KB111249

수레바퀴 I

수레바퀴 Ⅰ

발행일	2018년 5월 16일		
지은이	정 신 안		
펴낸이	손 형 국		
펴낸곳	(주)북랩		
편집인	선일영	편집	권혁신, 오경진, 최예은, 최승헌, 김경무
디자인	이현수, 허지혜, 김민하, 한수희, 김윤주	제작	박기성, 황동현, 구성우, 정성배
마케팅	김회란, 박진관, 조하라		
출판등록	2004. 12. 1(제2012-000051호)		
주소	서울시 금천구 가산디지털 1로 168, 우림라이온스밸리 B동 B113, 114호		
홈페이지	www.book.co.kr		
전화번호	(02)2026-5777	팩스	(02)2026-5747

ISBN	979-11-6299-114-5 04810(종이책)	979-11-6299-115-2 05810(전자책)
	979-11-6299-113-8 04810(세트)	

이 도서의 국립중앙도서관 출판예정도서목록(CIP)은 서지정보유통지원시스템 홈페이지(http://seoji.nl.go.kr)와
국가자료공동목록시스템(http://www.nl.go.kr/kolisnet)에서 이용하실 수 있습니다.
(CIP제어번호: CIP2018013994)

(주)북랩 성공출판의 파트너
북랩 홈페이지와 패밀리 사이트에서 다양한 출판 솔루션을 만나 보세요!
홈페이지 book.co.kr • **블로그** blog.naver.com/essaybook • **원고모집** book@book.co.kr

정신안 에세이

수레바퀴

저마다의 짐을 지고 굴러가는
모든 영혼에게 바치는 위로와 공감의 헌사

I

북랩 book Lab

육십이 넘어 새벽 공기를 마시며 몽마르트르 공원을 가면 나는 어릴 때가 생각났다.

어린 시절 나는 방학이 되면 시골에 있는 외할머니 댁에 갔다. 어머니는 나를 시골로 보내기 위해 기차역으로 데려가 열차에 자주 태웠다. 대부분 우리 집에서 학교 다니던 외삼촌을 따라 가는 경우가 많았다. 어느 해 봄방학 때 나는 내 짝이 된 친구 J와 함께 처음으로 외갓집에 우리끼리 가기로 약속했다. 그의 외갓집이 나의 외갓집 옆 동네에 있었다. 우리에게 인도하는 어른은 없을 것이다. 조금 걱정스럽고 무섭다는 생각이 들었지만, 잘할 수 있을 것 같은 생각이 들었다. 그 외갓집 길은 머릿속에서 안 봐도 보이는 길이었다.

J는 어머니가 얼마 전에 죽었다고 했다. J의 외갓집은 죽은 어머니의 어머니, 즉 외할머니의 집이었다. 나는 그가 엄마 없이 산다는 것이 슬펐고, 불쌍했다. 우리는 어리고 작았다. 그런데 그가 학교에 오면 그의 손은 항상 빨갛게 부풀어 있었다. 그의 빨간 손은 물에 젖었던 것이다. 그는 손을 비볐고, 두 손을 맞잡고 비틀었다. 나는 그가 왜 그런지 몰랐다.

어느 날 그는 나를 데리고 그네 집으로 갔다. 넓고 큰 대문이 웅장했다. 웅장한 대문 안에는 뚱뚱한 여자가 재봉을 하고 있었는데, 어떤 젊은 여자가 그 옆에서 거들고 있었다. 그는 나를 부엌으로 데려갔다. 그곳에서 부뚜막에 산같이 쌓인 그릇들을 설거지했다. 그는 한참을 혼자 그 많은 그릇과 냄비를 물로 씻고 헹구었다. 그릇을 씻은 후 그는 나를 대문 밖으로 데리고 나왔다. 그리곤 나에게 말했다. 뚱뚱한 사람이 새 엄마라고. J는 여리고 가냘팠다. 키는 무척 크고, 가늘고 길었다. 그는 바람이 불면 금방 휘날릴 듯 휘청거렸다.

어느 해 약속한 봄방학이 되었다.

J와 나는 손을 잡고 기차를 탔다. 기차는 복잡했다. 도시에서 산 물건들을 짊어지고 시골로 장사 다니는 사람들이 많았다. 우리는 출입구 끝에 붙어서 언제 내려야 할지 집중하며 정신을 바짝 차리고 긴장을 했다. 못 내리면 우리는 큰일 난다. 기차는 느리게 출발하더니, 조금 지나 빠르게 달렸다. 다시 기차는 천천히 달리다가 간이역에서 쉬었다. 간이역에서 사람들이 많이 내렸다. 기차역은 다양했다. 대도시와 중소도시의 역은 내리는 사람보다 타는 사람이 많았다. 기차는 그 많은 사람들을 간이역사에 계속 쏟아냈다.

우리도 외갓집 역에 도착했고, 그곳에서 내렸다. 그곳은 아주 작은 면사무소가 있는 곳이었다. 해가 지고 있었다. 주변은 산이 많고 높았다. 산 그림자가 길어서 어둠이 빨랐다. 산과 산 사이에 평지가 있었는데, 그 평지에 논과 밭이 산자락으로 붙어 있었다. 논과 밭 사이에 길을 내서 도로가 났다. 우리는 긴 신작로를 따라 외할머니 집이 있는 쪽으로 걸었다. 길은 멀었다. 가도 가도 끝이 없었다. 해가 서쪽 산을 꼴깍 넘어가고 있었다. 서서히 바람이 차졌고 거세게 몰려오다가 지나갔다. 어둑어둑해지면서 시야가 흐려졌다.

어둠은 빠르게 몰려왔다. 어둠과 함께 두려움이 나를 잡아당기며 몸 쪽으로 붙었다. 어둠 속에서 불빛은 하나도 없었다. 저 멀리 산 밑 쪽으로 작은 불빛이 반짝반짝 빛날 뿐이었다. 우리는 서로 손을 꼭 잡고 바람을 밀쳐내면서 빠르게 걸었다. 어둠이 무서웠다. 바람소리와 함께 귀신이 나를 휘감아오는 듯했다. 나는 그동안 들은 똥통의 달걀 귀신, 호랑이 귀신이 생각났다. 무서웠다. 그날은 달빛도 없었다. 그래도 불빛 하나 없이 무서움을 삭이며 남쪽 동네 어귀 갱변에 도착했다.

그 갱변은 비가 오면 큰 강이 되고, 비가 안 오면 자갈과 모래, 덤불로 덮여 있었다. 한겨울이 막 지난 때라 갱변은 메말라서 덤불이 버스럭거렸다. 바람과 덤불의 버스럭거림은 귀신을 몰고 올 듯한 느낌이 났다. 센 바람이 불면 우리는 서로 몸을 붙이고 어머나, 하면서 바람이 지나가기를 바랐다. 갱변을 지나 건너편 산모퉁이를 지나야 내 외갓집 마을이 보였다. 갱변 바람은 갈수록 더 거칠어졌다. 줄지어 선 나무들이 거친 바람에 휘둘렸다. 나무줄기는 윙윙 소리 치며 울어댔다. 나무끼리 부딪히는 어석거리는 소리가 도깨비 소리로 들렸다. 검은 도깨비가 내 몸을 조이고, 무서운 도깨비 소리가 우리를 갉아 먹을 것 같았다. 우리는 으악, 소리를 질렀고 어둠속 갱변 숲에서 뒷걸음질 치며 다시 한길로 나왔다. 처음에 나의 외갓집으로 가려 했지만, 갱변에서 산 밑 끝 마을까지 어귀가 깊었다. 깜깜한 칠흑 같은 길을 찾을 수 없어서 갈 수가 없었다.

한길에서 가까운 J네 외갓집으로 가기로 했다. 한길을 따라 계속 걸었다. 높은 산은 더 높은 쪽이 한길 따라 높게 하늘을 향해 서 있었다. 하나는 동쪽을 향해, 다른 쪽은 서쪽을 향해 있었다. 산 밑으로 마을이 있었다. 할머니 마루에서 서쪽 앞산을 보면 아득히 멀고 커서 하늘과 붙었다고 생각했다. 할머니네 뒷산도 높고 컸다. 뒷산 꼭대기는 먼 세상의 다른 나라였다. 산이 높아서 그림자가 길었는지, 어두운 길은 더욱 어둡고 힘들었다. 산 위에서 내려오는 바람이 들판을 휘몰아가면서 우리의 몸을 훑었다. 우리는 쓰러지지 않으려 애쓰면서 뛰었다. 한참을 뛰고 달렸다. 무서운 바람과 싸우면서 용케도 J의 외할머니 집을 찾아 들어갔다.

외할머니는 작고, 조그만 했다. 그는 J를 보자마자 붙들고 울었다. 그는 너무 작고 왜소하고 늙어서 금방 쓰러질 것 같았다. 그의 외할머니 울음은 우리를 슬프게 했다. 나는 가슴이 찡하면서 아렸다. 할머니는 곧 우리에게 먹을 것을 챙겨주었다. 슬픔도 잠시, 우리는 힘들었던 하루를 뒤로하고 잠 속으로 빠졌다. 그 후 우리는 특별한 친구로 남았다. 그리고 J의 손이 물에 젖어 빨간 상태는 계속되었다. 그런데 어느 날 전학을 가면서 우리는 영원히 만날 수 없는 친구가 되었다.

*

나는 외할머니 댁에 수시로 따라다녔다.

외삼촌은 우리 집에서 학교를 다녔기 때문에 학비를 타거나 용돈을 타기 위해서, 또는 방학 때면 기차를 타고 외갓집에 갔다. 나는 기차 여행을 좋아했다. 창밖을 스치는 풍경과 마을을 구경하는 것도 좋았다. 느리게 기차가 움직일 때 기관차에서 검은 연기가 났다. 굴속을 들어갈 때 매콤한 연기가 창속으로 들어왔다. 굴속으로 들어가면 잠시 기차 속은 캄캄할 때가 많았다. 기차 속에 불이 들어오지 않았다. 우리는 숨죽이며 굴속을 빨리 지나가기를 바랐다. 나는 거의 가장 느린 완행열차를 탔다. 시골마다 설 수 있는 것은 완행열차뿐이었다. 완행열차는 사람들과 짐 덩이로 가득했다. 맨손으로 다니는 사람은 없었다. 사람들 속에 나는 파묻혔다. 그 속에서 숨 쉬는 일은 쉽지 않았다. 역에 쉴 때마다 사람들과 짐 덩이가 함께 쏠렸다가 넘어졌다.

그 당시 기차는 가장 중요한 교통수단이었다. 시골 사람들은 기차를 타고 도시로 이동했지만, 20~30킬로미터를 걸어 다니는 사람들도 많았다. 아침에 한 번 저녁에 한 번씩 서울서 부산까지 오고 갔다. 오후 차는 거의 막차가 됐고, 막차는 통학생들로 가득 찼다. 사람들은 두 손에 보따리를 들고 있는데, 보따리가 사람보다 더 컸다. 보따리가 객차로 들어오면 보따리가 사람을 밀쳤고, 나같이 작은 아이는 보따리에 밀쳐져서 쓰러졌다.

사람들은 상대방을 밀쳐냈다. 그곳에 질서는 없었다. 그들은 저마다 사는 데 바빴다. 그들은 자식을 위해서 힘썼으며, 그들을 위해서 몸을 바쳤다. 간이역은 비좁았다. 기차에서 내리면 역사 입구에서 차장이 차표를 걷었다. 그곳에서는 차표 없이 몰래 통과하려는 사람과 승차표를 확인하는 차장이 실랑이를 벌이곤 했다.

어느 추운 겨울날 나는 외삼촌과 기차역에서 내렸다. 우리는 외갓집을 향해 걸어갔다. 한길로 접어드는 것보다 철로를 따라 샛길로 가는 게 더 빨랐다. 삼촌은 빠른 길로 빠르게 갔고, 나는 작은 걸음으로 뛰듯이 따라갔다. 어둠이 빨리 와서 발이 어둠을 헤치고 걸어야 했다. 검은 그림자가 나를 따라왔다. 무섭다는 생각이 나를 지배했다. 그래도 하늘에 달이 뜨면 달이 나를 따라와서 위안이 됐다.

그날은 사방이 칠흑 밤이더니 작은 초승달이 떴다. 그 달을 벗 삼아 걷다 보니 외갓집에 쉽게 도착했다. 대문에 도착하면 할아버지, 할머니, 막내이모, 삼촌들이 방 문을 열고 반겼다. 큰이모는 배고프겠다면서 밥과 고구마, 동치미를 차려주었다. 밥을 먹으면서 식구들은 그동안 쌓인 이야기를 늘어놓았다. 우리가 밥 먹을 때, 그들도 함께 고구마나 무를 먹었다. 그때의 무는 시원했고, 달콤했다.

배가 차면 슬슬 졸음이 왔다. 잠자기 전 용변을 봐야 하는데, 변소 갈 일은 큰일이었다. 달빛이 비치는 날은 갈 만하지만, 달이 없는 캄캄한 날은 무서워서 벌벌 떨었다. 방문만 열면 저 멀리 앞산자락에 깜박깜박 불빛이 보였다. 그 불빛은 분명 도깨비불이라고 생각했다. 방에 켜진 호롱불은 얼굴 그림자가 비쳐서 얼굴이 분명하지 못했다. 이모를 붙들고 변소를 갔다 오면 써늘한 한기로 온몸을 떨었다. 곧바로 두꺼운 솜이불을 뒤집어쓰고 눈을 감았다. 그럴 때 삼촌은 귀신 흉내로 막내이모와 나를 무섭게 얼렀고, 어느 때는 서로 이불을 끌어가 온몸을 덮고 무서움을 달래려다 무명 이불을 다 찢어놓기도 했다.

*

신새벽이 되면 외할아버지는 일어나라고 고함을 쳤다.

겨울에 시골의 새벽은 빨리 왔다. 외할아버지의 기침소리는 컸다. 외할아버지는 방문을 열고 호령했다.

- 여이, 일어나라, 일어나! 어서 일어나라. 쇠죽 끓여서 소 밥 줘야지.

사람들이 일어날 때까지 외할아버지는 계속 소리쳤다. 아직 어둠은 짙어서 어둠이 가시려면 한참 시간이 걸렸다. 밖엔 쌩쌩 눈바람이 불고 입에서 하얀 입김이 서렸다. 건넌방 외숙모가 앞치마를 두르고 부엌으로 나갔다. 할머니도 하얀 수건을 머리에 쓰고 하얀 명주를 목에 둘렀다. 하얀 앞치마를 치마 위에 걸쳤다. 곧 부엌으로 가서 불을 지폈다. 불타는 소리가 타닥타닥 났다. 사랑에서도 일꾼이 쇠죽을 끓였다. 식어가던 안방이 다시 따뜻해졌다.

나는 따뜻한 아랫목에서 이불을 쓰고 외할아버지의 "어서들 일어나거라"라는 소리를 들으며, 눈을 감고 손을 따뜻한 방바닥에 대고 누워 있었다. 어둠은 느리게 느리게 사라졌다. 창호지 문틈으로 하얀 안개 같은 공기가 미끄러져 들어오면서 밝아졌다. 부엌에 있던 외할머니가 방문을 열고 찬바람과 함께 쌩하고 들어왔다.

- 일어나거라 잉? 일어나! 밥 먹어야지.

그는 나를 깨웠고 덮은 이불을 홀떡 걷어 제쳤다. 이미 해가 떠서 날은 훤했다. 창호지 문틈으로 햇빛이 비쳤다. 호롱불 켜는 기름을 아끼려면 아침 일찍 식구와 일꾼들은 일을 시작해야 했고, 해가 지면 그날 일들을 모두 끝내야 했다. 외할아버지는 석유를 아꼈다. 식구들에게 자주 기름을 아끼라고 소리쳤다. 게슴츠레 눈을 뜨자 할머니 모습은 하얀 옷에 하얀 명주 스카프를 두르고 하얀 앞치마를 입었다 그는 곱고 예쁜 작은 할머니였다. 할머니의 작은 손이 방을 깨끗이 치웠다. 방문이 양쪽으로 열리자 밖의 냉기가 쏴, 하면서 방 안의 따뜻한 공기를 모두 날려버렸다.

곧 아침상이 들어왔다. 외할아버지를 중심으로 외삼촌들이 밥상을 받았다. 외할머니를 중심으로 손자나 이모들, 외숙모들이 먹는 도래상이 두 번째로 들어왔다. 세 번째로 일꾼상이 들어왔다. 뒤이어 모자라지 않게 쟁반에 따로 밥상이 들어와서 외할머니 곁에 놓였다. 쟁반에 둘러앉은 이들은 많았다. 그들은 동네 일 거들어주는 이, 심부름하는 이, 오가면서 미역, 피둥어, 선지를 머리에 이고 팔러 다니는 이들이 대부분이었다. 밥 먹는 이는 항상 많고 시끄러웠다.

밥은 수북이 펐다. 가마솥에 한 밥은 구수하고 찰졌다. 흰 쌀밥에 보리가 듬성듬성 붙어 있었다. 기름이 짜르르 흘렀다. 된장찌개가 보글보글 끓었다. 외할아버지 옆에는 화로가 있어 그 위에서 다시 끓여졌다. 나는 쌉싸름한 무 줄기와 삭힌 무를 좋아했다. 쫑쫑 썰어서 큰 양푼에 비벼서 아줌마들이 먹으면 나도 끼어 앉아 먹었다. 하늘하늘한 깻잎 장아찌도 즐겼다. 곰삭아서 노랬고, 온갖 양념을 다 넣어 맛깔스러웠다. 한 잎을 젓가락으로 집어 금방 한 가마솥 밥에 올려 싸서 먹는 맛이란! 그야말로 꿀맛이었다.

외할아버지는 부지런했다. 밥 먹으면서도 일꾼들의 할 일을 일일이 나열하며 그들에게 지시하고, 그 일을 꼭 끝마치도록 독려했다. 식구들에게 각자 해야 할 일을 말하고, 빨리 끝내라고 강조했다. 그는 몸도 빠르고 말도 빨랐다. 겨울이면 농촌은 원래 한가로워서 노는 일이 많고 탈도 많이 생겼지만, 외갓집은 겨울에도 바빴다. 사랑에서는 산내끼(새끼줄)를 짚으로 꼬고, 가마니를 짰다. 그리고 겨우내 담뱃잎을 말렸다. 담뱃잎이 노랗고 예쁘게 마르도록 잘 건사하려 애썼다. 그것은 정부에서 지원하는 돈을 충분히 받을 수 있는 좋은 길이 됐다.

*

외할머니 집은 빨강 양철집이었다.

마을 집은 모두 초가집이었다. 초가집은 매년 지붕에 옷을 입혀야 했다. 양철 지붕은 무명옷을 나일론 옷으로 바꾼 듯이, 오랫동안 지붕에 옷을 입히지 않아 편리했다. 담벼락도 대부분 토담이었는데, 그 위에 볏단을 엮은 지붕을 올렸다. 봄이 되면 박씨와 호박씨를 심어 담을 타고 지붕으로 넝쿨을 올렸다. 때마다 호박을 따서 호박나물을 즐겼다.

동네 사람들은 그 집을 빨강 양철집, 또는 이장 집으로 불렀다. 이장 집은 바빴다. 서신이 오면 읽어줬고, 학비가 없으면 학비를 빌려주었다. 수시로 동네 남자들은 이장 집으로 불려 와서 할아버지한테 혼났다. 뭐 시기가 노름방에서 돈을 잃었거나, 뭐시기가 계집질하다 들켰거나 하는 등의 이유로 그들은 마당으로 불려왔고, "그래서 되겠냐?"고 혼쭐이 났다. 우리는 혼나는 그들을 시끄럽게 키득거리며 쳐다봤다.

큰 대문도 초록색 양철 대문이었다. 대문은 탈곡기가 자동차에 운반되어 들어갈 만큼 넓었다. 마당은 넓고 깊었다. 큰 대문 옆에는 커다란 고염 나무가 있었다. 감보다 작은 갈색 열매였다. 찐득한 찰감처럼 쫀득했는데, 큰 항아리에 가득 채워서 겨울에 눈이 내릴 때 종지에 녹여 먹으면 살얼음 천연 셔벗 맛이 났다. 마당은 항상 판판하게 잘 관리했다. 가을이 되면 그 마당에서 타작을 했다. 한 해 동안 지은 벼농사를 마당으로 옮겼다. 마당은 벼를 계속 옮기는 사람, 탈곡기로 탈곡하는 사람들로 붐볐다. 그들은 밤새워 돌아가면서 벼를 털었다. 턴 볏짚은 뒷마당으로 옮겼다. 그곳에 볏짚을 쌓았다. 쌓은 볏짚 단은 집채보다 높았다.

지붕보다 높아진 볏짚 단 꼭대기를 나는 좋아했다. 나는 그 꼭대기에 올라갔다. 저 멀리 내려다보이는 그곳이 무섭기도 했지만, 하늘을 나는 기분을 주기도 했다. 위험하다고 외할아버지는 "여이, 어서 내려와!" 하고 난리를 쳤지만, 그곳은 나의 별천지였다. 가까운 땅을 보면 속이 울렁거렸다. 하늘과 지붕 쪽을 보면 나는 그야말로 나만의 아득한 저 세상 위의 내가 되었다. 겨울이 되면 앞마당 한편에 두엄이 쌓였다. 거름과 재가 섞였다. 한겨울 내내 두엄을 모았다. 가끔 볏짚 단을 태우고 그곳에 벼이삭을 올렸다. 벼이삭에 붙은 벼가 한 올씩 터지고, 타닥타닥 터진 튀밥이 벼 줄기에 붙어서 하얀 꽃이 됐다. 우리는 그것을 훑어 먹었는데, 검은 재가 얼굴에 붙었다. 얼굴이 검은 재로 색칠된 검정 아이가 됐다.

*

양철집 아래채에는 일꾼 몇 명이 거주했다.

오가는 장사꾼이나 나그네도 밥 한 술 얻어먹고, 그곳에서 잠을 자고 길을 떠났다. 그곳에서 가끔 분란이 일어났다. 1년간의 세경을 미리 챙기고 도망간 일꾼 때문에 소동이 일어났고, 그 소동으로 다른 일꾼들도 그렇게 할까 봐 외할아버지는 난리를 쳤다. 미리 준 세경을 떼어먹고 도망간 그들 때문에 외할아버지는 속을 많이 썩었다. 그들은 항상 농사일을 도왔고, 그들이 필요로 하는 모든 것을 할아버지는 대주었다.

다른 별채가 안채인 양철 지붕 쪽으로 이어졌다. 대문에서 보면 디근자 형이 됐다. 그 별채 한쪽은 탈곡한 벼를 가득 채울 수 있는 곳간이었다.

그 옆방은 큰 광이었다. 커다랗고 두꺼운 항아리가 깊고 커서 우물 같았다. 잔치 때는 동동주가, 평상시에는 쌀과 제사 지내는 제물로 채워졌다. 그 속을 보면 온갖 잡다한 물건이 다 있었다. 피등어, 오징어, 곶감, 조기 말린 것 등 다양한 것들이 항아리 속에 채워졌다. 그 항아리는 깊어서 몰래 먹으려 들어갔다가는 다시 몰래 나올 수 없는 무서운 곳이었다.

별채 중간에 외양간이 있었다. 그곳에 큰 소가 있었는데, 외할아버지는 그 소를 귀한 손님처럼 챙겼다. 아침마다 소가 아픈지 어떤지를 확인했다. 쇠죽을 끓여서 잘 먹도록 일꾼에게 지시했다. 소는 농사를 잘 짓는 일꾼이었다. 외양간 옆에 사랑방이 있었고, 사랑방 쪽에 커다란 가마솥이 걸려 있었다. 그 솥에서 쇠죽이 끓여졌고, 겨우내 사랑방과 소가 따뜻하도록 불을 지폈다. 안채 마루 밑은 검둥이나 하얀 바둑이 차지였다. 일꾼 방 곁에는 닭장이 있었다. 아침이 되면 꼬끼오, 꼬끼오 하는 요란한 소리가 났다. 막내이모는 수시로 그들을 불러 모이를 주었다. 강아지는 식구들이 먹은 나머지 음식을 먹였다. 뒷마당 뒤켠에 재를 모아두는 헛간이 따로 있고 그 옆에 돼지우리가 있었다. 음식찌꺼기에 밀겨나 쌀겨를 타서 꿀꿀 소리를 내면, 돼지들이 밥을 먹으러 달려들었다. 화장실은 일꾼 방 옆과 뒤켠 헛간 옆에 있었다.

지붕 밑에는 제비집이 많았다. 봄이 되면 새끼들이 하루 종일 빨간 입을 벌리고 먹이를 달라고 짹짹거렸다. 가끔 능구렁이가 집 둘레로 담을 타고 다녔다. 늙은 뱀이 화장실 천장에서 갑자기 떨어졌다. 외할머니는 그 구렁이를 신처럼 위했고, 자기네 집을 돌본다고 해치지 말라고 일꾼들에게 일렀다.

겨울방학이 되면 외지에 사는 손자들이 외할머니네 집으로 모여들었다. 조무래기들은 많았다. 이웃에 사는 아이들과 이모네 애들, 막내이모, 막내외삼촌 등이 모여 조잘거리면, 넷째이모는 우리를 불렀다. 쇠죽 끓인 가마솥에 물을 더 넣고 다시 데웠다. 그 가마솥에 발을 넣었다. 부뚜막에 앉아 따끈한 솥에 발을 넣으면, 온몸이 풀어지면서 즐거웠다. 짚을 넣어 삶은 검은 물은 처음에는 더러워서 꺼려졌다. 큰이모는 어서 발을 넣으라고 소리쳤다. 한 아이가 슬그머니 발을 넣으면, 모두가 함께 넣었다. 애들은 "아, 뜨거, 뜨거!" 소리치며 발을 넣었다.

그곳에서 우리는 조잘대며 낄낄거렸다. 또한 그곳은 겨울 내내 터진 손과 발을 닦는 곳이었다. 그 사이 큰이모는 가마솥 밑 불구덩이 속에 고구마를 넣고 아이들을 얼렀다. 잘 닦는 사람만 주겠다고. 큰이모는 불쏘시개 했던 볏짚을 물에 적셔 손으로 비벼 수세미를 만들었다. 그리고 아이들에게 한 줌씩 주고 닦으라고 했다. 아이들은 고구마 먹을 생각으로 벅벅 문질렀다. 땟국물과 터진 살갗에서 나오는 피가 범벅이 됐다. 잠시 뜨겁고 진한 쇠죽물 때문에 피멍이 보이지 않았다. 아이들은 아픈 줄도 모르고 박박 계속 문질렀다. 살갗이 터진 곳으로 진액이 들어가면, 속살이 따가워져서 아프다고 아우성을 쳤다. 다시 큰이모는 엄살 부리지 말라며, 억센 손으로 때를 벗겼다. 시뻘건 피를 무시했고, 때는 벗겨졌다. 다 닦은 후 큰이모는 '구루무'(크림)를 가져다가 모두에게 발라주었다. 우리는 보들보들 깨끗한 손과 발을 보고 즐거워하며, 큰이모가 준 구운 고구마를 맛있게 먹었다.

*

　　　　여름과 겨울, 방학이 되면 주변에 아이들이 많이 모였다.

산과 들로 뛰어 놀면서 술래잡기, 밀치기, 딱지치기, 둠벙에서의 물놀이 등으로 한나절을 보냈다. 내가 오면 주변 친척들은 특별하게 생각했다. 나는 도시에서 온 꼬마 손님으로 치부했다. 친척들은 나에게 밥을 해주는 것이 특별한 대접이라고 여겼다. 마을 제일 윗동네에 사는 할머니를 우리는 웃말 할머니라 칭했다. 그 할머니의 딸인 사촌이모가 나를 데려가서 밥을 해주었다. 웃말 할머니네는 흰 쌀밥을 먹지 않았다. 그 집은 항상 배추에 쌀이 섞인 멀건 죽이었다. 멀건 죽에 간장을 넣어 먹었다. 그곳에 사는 사촌이모와 삼촌은 착하고 욕심이 없었다. 나는 그들을 보면 반갑고 친근했으며, 나와 더 가깝게 느껴졌다. 나를 업어주고, 넓은 들을 거닐어주었다. 나를 데리고 다니며 이곳 저곳을 보여주었다. 심적으로는 편안하고 좋았는데, 왠지 그 집은 슬퍼보였다.

중간쯤에 막내 작은할아버지가 살았다. 그곳에는 아이들이 많았다. 너무 많아서 구분이 되지 않았다. 모두가 나보다 어리고 작았다. 그곳에서도 나는 도시에서 온 특별한 사람이었다. 그들은 나를 좋아하면서도 가까이 오지 못했다. 그들은 부끄러워하고, 쑥스럽게 생각했다.

불 때서 지은 가마솥 밥에 달걀찜, 김구이와 호박나물을 특별히 들기름에 볶아서 손님 대접을 해주었다. 아이들은 저마다 어리지만 제 몫을 했다. 동생 보는 아이, 상 닦는 아이, 엄마 심부름하는 아이, 청소하는 아이들이 됐다. 그들은 어리지만 작은 어른이었다. 내가 컸지만 나는 그들의 동생과 같았다. 그곳에서 나 스스로 어색한 몸짓을 나타내면서 어울리고 놀았다. 낯이 익을 때쯤 우리는 헤어졌다. 다시 한 학기가 지나 방학이 오면, 우리는 다시 새롭게 낯가림을 시작했다.

큰외삼촌은 시골 근처의 초등학교 선생님이었다. 키는 멀대같이 컸다. 아침이 되면 꾸부정한 몸을 폈다 오므렸다 했다. 외삼촌의 방은 화려했다. 외숙모가 시집올 때 해온 장롱과 벽에 붙인(예쁜 수로 장식한) 옷 덮개, 화려한 방석, 원앙 베갯잇이 내 눈을 즐겁게 했다. 아침밥을 먹고 나면, 외삼촌의 볼은 항상 불룩 올라왔다.

- 삼촌 볼이 왜 그래?
- 아무것도 아냐.

외삼촌은 분명 눈깔사탕을 입에 물었는데, 아무것도 아니라고 했다. 나는 외삼촌이 이상했다. 방학 때마다 외삼촌은 그랬다. 나는 계속 물었고, 외삼촌은 계속 아무것도 아니라면서 사탕볼을 감췄다.

어느 해 겨울 집안이 발칵 뒤집혔다. 외할아버지가 삼촌을 찾았고, 외삼촌은 숨었다. 둘은 계속 숨바꼭질을 했다. 드디어 학교 숙직실에서 외할아버지가 외삼촌을 붙잡아 왔다.

- 야가 미쳤구나, 미쳤어.

- 제정신이 아니구나.

외삼촌은 계속 외할아버지한테 혼나고, 외삼촌은 말이 없었다. 선생끼리 숙직실에서 방학 내내 마작을 했고, 월급을 모두 날려버린 것이다. 겨울방학이 되면 마작 병은 다시 도졌다. 그리고 외할아버지와의 숨바꼭질은 계속되었다.

어느 해 여름방학 큰외삼촌은 동네 부근 저수지로 낚시를 갔다. 그는 신선놀음을 즐겼다. 낚시터로 점심밥을 가져오라고 집 식구에게 일렀다. 갈 사람이 없었다. 외숙모가 나와 막내외삼촌에게 갖다주라고 했다. 나는 낚시터 저수지가 어디에 있는지 몰랐다. 각자의 두 손에 여러 가지 도시락을 손에 쥐게 했고, 큰 도로로 저수지 가는 길을 따라가게 했다. 막내외삼촌은 신작로를 따라 마구 뛰어갔다. 나도 덩달아 뛰어갔다. 그는 따라오지 말라고 했다. 나는 저수지를 모른다고 했다. 그럼 너 먼저 가라고 했다. 그는 숲속에 숨었다. 이상했다. 왜 그러냐고 물었다. 너는 여자, 자기는 남자라서 서로 떨어져서 가야 아이들에게 놀림을 받지 않는다고 했다. 저수지에서 외삼촌은 고기를 하나도 잡지 못했다. 그러나 큰외삼촌은 방학마다 저수지로 낚시를 갔고, 갈 때마다 어망에 고기는 없었다.

어느 해 방학 내가 외할머니 집에 갔을 때, 큰외숙모에게 아들이 있었다. 아들은 몸체가 길었는데, 앉고 서지를 못했다. 넷째 이모가 그애를 건사했다. 이빨은 다 썩고, 몸은 오징어처럼 흐물흐물했다. 기저귀를 찼는데, 여동생도 있었다. 언제쯤인가 큰외삼촌네는 읍으로 이사를 갔는데, 큰아들은 할머니네 집에서 키웠다. 나는 그애를 업어주었다. 할머니는 죄 받는다고 그애를 떠받들며 키웠다. 백설기 떡을 해서, 그 떡으로 화롯불에 죽을 만들었다. 그 손자에게 할머니는 미음 죽을 해서 먹였다. 그 손자는 좋으면 까맣게 썩은 이를 보였고, 웃는 모습으로 답했다. 큰외숙모는 그애를 보면 죽으라고 구박했다. 할머니는 죄 받는다고 외숙모를 나무랐다. 7살이 되던 해의 어느 날 그애는 가버렸다. 그애 때문에 애달픈 일이 많았고, 외숙모는 깊은 울음을 많이 울었다.

외할아버지는 바빴다. 농사가 많아서 농사일을 하려면, 일꾼과 놉을 얻어 많은 사람을 부려야 했다. 일하는 사람에게 밥을 해 먹이는 일은 농사 짓는 것만큼 큰일이었다. 이모가 많았는데, 이모들에게는 모두 부엌에서 밥 일을 거들도록 시켰다. 외할아버지는 철저한 농사꾼이었고, 경제 논리에 밝았다. 서당에서 외할아버지가 공부할 때, 어리지만 똑똑했다고들 했다. 서당 선생님은 똑똑하지만 가난한 할아버지에게 나이 찬 자기 딸을 혼인시켰다. 결혼 후 외할아버지는 술과 담배, 잡다한 쓸데없는 것들과 거리를 두었다. 그는 멋이 없었다. 오로지 아끼고 절약하는 데 집중하고 살았다.

외할아버지는 남자들을 경제 살리는 사람으로 키워야 했다. 그래서 남자만 교육시켰다. 여자는 남의 눈에 띄지 않게 조용히 집안일과 부엌 일만 거들다가, 참한 남자가 생기면 시집보내는 것을 제일로 쳤다. 여자에게 글을 가르쳐 되바라져서 힘들면 큰일이라고 생각했다. 그 시골에서 글을 모르는 것은 흉이 되지 않았다. 여자를 함부로 내둘러서 왜놈들에게 잡히면, 그것은 낭패로 여겼다. 여자는 집안에만 있어야 했다. 사회적 지위가 있는 일을 위해 아들들은 철저히 공부시켰다. 그러나 큰외삼촌은 공부에 관심이 없었다. 외할아버지는 큰아들을 열심히 공부시키려 애썼다. 큰외삼촌은 자기중심적으로 생각했고 자기만 생각했다. 외할아버지는 그 아들을 사범학교에 보궐로 입학시켰다. 졸업 후 시골집 근처 초등학교 교사로 부임시키고, 부잣집 딸과 결혼시켜 함께 살았다.

아무도 외할아버지에게 시비를 걸 수 없었다. 동네의 술주정뱅이는 수시로 혼이 났다. 노름으로 집 날리고 돈 잃은 이들도 외할아버지만 보면 도망갔다. 동네 아이들의 모자란 학비는 모두 외할아버지가 빌려주었다. 외할아버지 집에 선지 장사가 수시로 왔다. 시래깃국에 선지는 많이 필요했다. 가마솥에 끓여서 온 집안 사람들에게 먹였다. 오가는 식객이 많았는데, 그들은 밥값과 잠 값으로 농사일을 거들었다. 안채 중에서 대청마루 지나 작은 방 지나 상 윗방에 외할아버지가 머무는 때가 많았다. 그 방은 움푹 들어갔고 아담했다. 벽장과 자개 꽃장이 벽 쪽에 서 있었다.

마루는 대감댁 마루처럼 높았다. 난간은 영화 속처럼 나무 난간으로 장식했다. 누군가 외할아버지를 찾으면 대청마루에서 호통 치듯 우뚝 서서 그들의 이야기를 듣고 이리저리 지시했다. 나는 할아버지 친구들을 보지 못했다. 할아버지는 항상 바빴고, 두루마기를 입고 읍내를 자주 갔다. 읍내까지 한나절이 걸렸다. 읍내에서 돌아올 때마다 일꾼이 지게에 제물을 지고 오는 경우가 많았다. 오일장은 수시로 왔다. 장날마다 호롱불 켜는 석유를 일꾼에게 사서 주었다. 기름이 없으면 시골은 큰일이었다.

- 아껴 쓰라.

- 야들이 맬 없이 기름들을 달콘다냐?

그는 수시로 호롱불 점검을 하면서 기름 아끼라고 소리쳤다. 안방, 윗방, 건넌방, 사랑방, 일꾼방 상윗방을 점검했다. 당신이 쓰는 상윗방은 불을 켜지 않았다. 해가 있을 때 모두들 서둘러서 일하고, 어두워지면 누워서 자라 했다. 그는 해가 뜨자마자 일하라고 모두를 깨웠다.

농촌에서 가장 기쁜 날은 명절이었다.

겨울 내내 쉬면서, 한겨울의 지겨움을 달랠 수 있는 때는 설 명절이었다. 명절은 일꾼이나 식구들에게 즐거운 날이었다. 한 달 전부터 외할아버지는 바빴다. 미리미리 제물을 장에서 구입해 광에 채웠다. 우선 큰 가마솥에 조청을 고았다. 일주일 내내 작업을 했다. 꿀단지마다 가득 채워서 구멍, 구멍에 숨겼다. 찌꺼기만 종지에 떠서 식구들이 입맛을 보게 했다. 부엌 밑 흙바닥에 실한 밤을 가득 넣어 항아리를 묻어 일 년 치 제물로 썼다. 사람들이 부엌에서 일하느라 바닥을 거닐면 쥐가 밤을 훔쳐 먹지 못했다. 그 사이 찹쌀유과를 만들었다. 말린 찹쌀 반죽을 기름에 튀기면 톡톡 터져서 부풀었고, 그것에 꿀을 묻혔다. 그 유과 맛은 꿀맛이었다.

나는 지금도 다른 과자보다 그때의 그 맛을 기억해서 유과를 즐긴다. 어릴 때의 기억이란 계속 몸속에서 살아 있고, 함께 그 추억을 즐기는 것이 신기했다. '내가 이런 글을 써서 무슨 도움이 될 것인가' 생각해보지만, 나는 나를 치유하면서 내가 살았던 삶 속에 분명 삶의 진리가 있을 것으로 생각했다. 나를 찾고, 내 안의 슬픔과 기쁨, 그 속에 있는 풀 수 없는 분노, 두려움 등에 삶의 진실이 있지 않겠는가? 나는 그 진실과 진리를 찾아보고 싶었다.

설 일주일 전쯤이 되면 쌀 몇 가마를 물에 불렸다. 불린 쌀을 소가 끄는 수레에 싣고 읍내 방앗간으로 갔다. 모두 가래떡으로 만들어서 집으로 갖고 왔다. 오자마자 아이들은 가래떡을 먹었다. 외할아버지만 조청에 찍어 먹었다. 남겨진 조청 종지에 우리는 서로 떡을 넣고 비벼먹었다. 저녁에 잠자다가 이모들은 할아버지 몰래 조청을 훔쳐 먹었다. 잠자다 깬 나는 이모를 보고 웃었다. 이모는 얼른 내 입에 꿀덩이를 넣어주었다. 쫄깃한 젤리같이 몰캉한 덩어리가 입 속에서 녹았다. 그렇게 맛있을 수가 없었다.

설날 하루 이틀 전엔 콩을 불렸다. 하루 종일 불린 콩을 맷돌에 갈았다. 맷돌에 간 콩 국물을 가마솥에 끓였고, 그날은 두부로 배를 채웠다. 온 동네 사람이 오가고, 박 바가지에 두부를 얻어 집으로 갔다. 외할머니는 맏사위인 우리 아버지를 위해 따로 항아리에 두부를 챙겨두었다. 사위가 두부를 좋아한다는 걸 그는 알았다. 좀 더 딱딱한 형태로 두부 양을 늘리려고 돌로 베주머니를 오랫동안 눌러놓았다. 작은 설날은 바빴다. 부침개를 하는 날이었다. 포 뜬 생선 전, 야채 전, 고기 전, 두부 전 등 다양한 전을 부쳐 채반에 가득 채웠다. 부침개는 하루 종일 마당에서 부쳤다. 꼬마들은 그것을 먹었고, 더 먹으려 애썼다. 어른들은 제사 지내고 먹으라고 말렸다. 설 제사가 끝나면, 제사 지낸 사람들에게 음식을 모두 골고루 싸서, 보따리를 만들어 손에 들려 보냈다.

나는 외할아버지가 돈이 있는지 없는지 몰랐다. 외할아버지 손에 돈은 보이지 않았다. 나는 기차를 태워 집으로 보내졌다. 외갓집으로 갈 때 기차에서 내렸다. 외삼촌이나 이모가 데려가고 데려왔다. 명절에 사람과 친척이 많았다. 그들은 시끄럽고 목소리가 컸다. 이모는 마중 나와 나를 업고 갔고, 힘들면 삼촌이 안고 갔다. 밤에는 이모가 업고 마실을 갔고, 집으로 돌아올 때 달밤에 잠자는 나를 업어다가 이모 방에 뉘였다. 막내이모는 방에 들어갈 때 외할아버지에게 들키지 않으려고 나를 업고 살금살금 기어서 방으로 들어갔다. 나는 외삼촌과 이모의 손에서 오고가는 날이 많았다. 명절에 외갓집으로 엄마는 나를 예쁜 옷과 꽃신을 사서 신겨 보냈다.

어느 해 방학에 외할머니 댁에 갔을 때 깜짝 놀랐다. 안방 구석 쪽에 깡통이 박혀 있었다. 그 깡통 속에는 1원짜리 동전이 터질 듯이 가득 찼다. 그때 나는 한창 1원짜리만 있으면 눈깔사탕 사먹는 일에 집착하고 있을 때였다. 아버지가 퇴근하면 으레 돈 1원을 받는 것이 최고의 기쁨이었다. 그 돈으로 롤 단팥빵 아니면 눈깔사탕을 사먹었다. 그런데 동갑내기 막내삼촌은 내가 셀 수 없는 돈을 모았고, 그 돈을 많이 모았다고 자랑했다. 나는 그 많은 돈에 놀랐다. '그 많은 돈을 어떻게 하려고? 무엇에 쓰려고?' 하고 궁금해 하면서 걱정을 했다. 그 후 그 깡통은 계속 그곳을 지켰고, 막내삼촌은 그곳의 주인이 됐다.

가을에 익은 벼에 붙은 메뚜기를 잡는 것은 내가 즐기는 게임이었다. 동네 조무래기들과 함께 메뚜기를 잡았다. 소주병이나 긴 풀줄기에 꿰어 잡은 메뚜기를 외가로 가지고 오면, 이모는 프라이팬에 들기름을 넣고 소금을 넣어 볶아주었다. 아이들과 냇가로 가서 돌 밑에 있는 가재를 잡았다. 어쩌다 동네 어른들이 깊은 계곡물을 폈다. 고기를 잡을 때 우리는 가재를 냄비에 주워담았다. 그날은 횡재하는 날이었다. 이모는 냄비에 간을 해서 끓였다. 갈색 가재가 빨강 가재가 됐다. 우리는 냄비를 둘러 앉아 맛있게 먹었다.

*

중소도시에서 살던 엄마는 돈을 모으기 위해 동네 사람들과 뜨개질을 했다.

엄마는 상판을 떴고, 앞판, 뒤판을 짜서 붙였다. 어떤 때는 소매를 짰다. 그때는 공작 털실이 유명했다. 엄마는 공장에서 원하는 대로 짜주고 돈을 받았다. 털실이 남은 자투리는 내 스웨터와 바지가 됐다. 아버지 조끼도 자투리로 짜서 입혔다. 동네 아줌마들은 시간을 맞추기 위해서 밤새워 짰다. 엄마는 앞집 아줌마네 집에서 '이바구'를 즐기며 짰다.

우리는 중소도시의 변두리에 살았다. 집은 산 날망 밑에 있었다. 산 날망에서 보면 우리 집 내장이 다 보였다. 작은 초가집이었지만 뒷방에 부엌과 방이 있어서, 온전히 세를 두었다. 부엌과 윗방, 쪽을 이은 마루방이 있었다. 우리 식구는 모두 안방에서 살았다. 윗방과 마루방은 외가와 친가 삼촌들, 고모, 이모들이 잠자고 거쳐가는 방이었다. 울타리는 널빤지를 촘촘히 붙였다. 겉 표면에 검은 기름칠을 해서 비가 와도 썩지 않게 했다. 우리 집은 뜰 위에 신을 벗어놓고 넓은 마루를 거쳐 안방과 윗방으로 들어갈 수 있었다. 마루는 여름에 유자와 수세미 넝쿨이 그늘을 만들었다. 그곳은 지붕 위까지 뻗어 터널이 되었다. 우리는 앞마당 텃밭에서 상추와 쑥갓을 뜯어, 그 채소로 밥을 비며 먹었다.

텃밭 끝에 변소가 있었고, 똥통 위에 널빤지 두 개가 걸쳐 있었다. 잘못 헛디디면 똥구덩이에 빠졌다. 여름날 퇴근한 아버지는 텃밭에 물을 주었고, 가을배추에 똥거름을 섞어 뿌렸다. 우리 집은 우물이 없었다. 나는 엄마가 없으면, 부엌 물 항아리에 물을 채우려고, 물을 길러 양동이를 가지고 앞집으로 갔다. 두레박으로 올려 펐다. 양동이가 철철 흘렀고, 비실대며 양동이를 들어서 항아리에 부었다. 엄마가 시킨 적이 없었는데, 그것을 해야 할 것 같았다. 물을 가득 채우면 숙제를 마친 기분이 들었다.

나는 놀기를 좋아했다. 동네 골목은 아이들로 북적댔다. 여자 남자 동네 꼬마들은 다 모여 있었다. 구슬치기, 자치기, 줄넘기, 사방치기, 공기놀이 등 놀이 문화는 많았고, 해질 때까지 놀았다. 저녁때 밥 먹으러 하나씩 꼬마들이 불러서 집으로 갈 때면 나도 집으로 왔다. 집으로 오면 외삼촌이 불렀다.

- 너 숙제 다 했냐?
- 넌 왜 맨날 늦게까지 노냐?
- 오늘 배운 것 검사할 테니 책 가져와 봐.

외삼촌의 소리는 나를 겁나게 했다. 그 소리는 등줄기를 뜨겁게 하면서 나를 괴롭혔다. 얼굴에 비지땀이 흘렀고, 땟국물이 흘렀다. 나는 공부가 싫었다. 공부하라는 소리는 무언가 내 몸을 칭칭 감아서 숨통을 죄는 느낌이 들었다. 나는 놀고만 싶은데, 공부 얘기는 입맛을 떨어지게 만들었

다. 삼촌이 그러거나 말거나 귓등으로 듣고, 그날그날 피하면서 무사히
넘기려 애썼다.

*

어느 날 엄마가 나를 불렀다. 아버지가 찾는
다고 했다. 그때 나는 한창 재미있는 자치기로 이겨가고 있었다. 아버지
라는 말에 심장이 멈췄다. 엊그제 본 시험 점수가 엉망이어서 몰래 시험
지를 꼬깃꼬깃 구겨서 장롱 틈새에 깊숙이 감추어둔 생각이 들었다. 그
생각은 나를 경직시켰다. 무엇인가 죄를 지었다는 생각을 일으켰다. 등줄
기에 땀이 나고 겁이 났다. 혼날 것이 두려웠다. 이마에 뽀송뽀송 땀이 났
다. 겁먹은 두려움으로 살금살금 눈치 보며 엄마 따라 대문으로 들어섰
다. 삽짝 문은 삐그덕거리는 판자목이었다. 살며시 밀고 들어갔다.
  - 삐그덕.
  아버지 눈과 내 눈이 마주쳤다. 무언가 잔뜩 벼르신 모습으로 소리 치
셨다.
  - 당장 나가서 회초리 해오너라.
  나는 무서워 벌벌 떨면서 다른 집 담벼락 울타리 가지 줄기를 꺾어서
가져왔다. 아버지는 대청소하다가 내가 숨긴 시험지를 보고 펼쳐서 내 앞
에 놓았다.
  - 이게 뭐냐? 공부를 하는 거냐? 종아리 걷어라.
  마루에 올라 종아리를 걷었다. 아버지는 두어 번 내 종아리를 회초리
로 내리쳤다. 아픔보다 난생처음 맞는 매가 두려웠다. 온몸이 덜덜 떨리
고, 눈물이 줄줄 흘렀다. 아버지는 다시 한 번 구겨진 시험지를 펼치고
"이게 뭐냐?"고 큰소리를 쳤다. 집안이 온통 내려앉을 듯 큰 호령이었다.

내 눈 속으로 나쁜 점수의 숫자가 들어왔다.

- 다음부터 공부 열심히 해라.

아버지의 노여움은 사라졌다. 아버지의 손이 내 머리를 쓰다듬어주면서 열심히 공부하라고 타일렀다. 그렇게 혼이 난 후면 아버지는 나에게 눈깔사탕을 사먹고 공부하라고 돈을 주고 사랑을 주었다. 매를 맞은 후부터 하기 싫은 공부가 굉장히 중요한 것으로 생각되었다. 그래도 여전히 나는 노는 게 즐거웠고, 놀이에 최선을 다했다. 노는 문화는 나를 놀이 속으로 빠지게 했다. 나는 아버지나 외삼촌의 눈을 피하면서 즐겼다.

*

이 글을 쓰면서 나는 내 어린 시절과 내 딸의 어린 시절을 비교하게 되었다. 그리고 또다시 내 손자가 지금 겪어가는 현재를 생각하게 되었다. 장식장 위의 사진 속에는 분명 내가 내 딸을 포대기로 업고 있다. 내 딸은 앞 끈으로 제 아이를 안고 찍었고, 핸드폰에 저장해서 내 핸드폰으로 전송했다. 나는 내 외할머니를 기억했다. 내 엄마는 아직도 살아 있다. 나는 내 딸을 가까이 두고 함께 살고 있으며, 외손자들과 수시로 만나면서 살고 있다. 지금까지의 사실을 현재에 비추어보면 분명 행복했고, 축복받은 인생임에 틀림없다.

내 엄마는 노인이 된 후 매년 자기 생일날이 돌아오면

- 아이고 내 생일인데 어쩌냐?
- 야들이 왜 가만히 있는 거냐?
- 야단났네, 이것들이 왜 내 생일을 안 찾느냐?

그는 자기 생일을 방방곡곡 알려야 했다. 자기 생일을 찾아야 했다.

내 엄마는 학교를 다니지 못했다. 학교를 가려고 하면 엄마네 할아버지가 "기집년이 시집가면 되지 무슨 공부냐?"면서 종아리를 때렸다. 그 시대 여자와 남자는 다른 삶을 살았다. 남자는 경제성이 있는 사람으로 키우고, 여자는 아이 낳고 부엌일 잘하면 됐다. 내 외할아버지는 특히 교육은 남자만 필요한 것이라고 여겼다. 이모 다섯은 까막눈이었고, 아들 셋만 대학을 보냈다. 막내외삼촌은 나와 동갑내기였다.

내 엄마는 팔 남매 맏이였다. 그는 기억력이 좋고, 동생들을 모두 건사했다. 남자 동생을 자기 집에서 하숙시키고, 모든 먹거리를 외가에서 조달했다. 아버지가 타온 월급은 모두 저축했다. 그는 돈 모으는 재주가 있었다. 지금도 그는 우리가 주는 용돈을 모두 농협이나 신협에 넣는다. 그가 모은 돈은 일반 사람이 쓰는 돈을 쓰지 않고 모은 것이다. 그는 짠순이로 살았다. 엄마는 내 막냇동생과 피터지게 싸우는 일이 많았다. 시골에 가면 필요한 물품이 많지만, 그는 필요해도 필요 없이 사는 것을 즐겼다. 그는 막내여동생이 필요한 물품을 사다주면 썼다.

- 엄마 돈 모아서 뭐하려고? 제발 돈 좀 쓰고 살아. 엄마 죽으면 오빠 또 주려고? 오빠는 이미 집 사주고 차 사줬는데, 다 날려버렸다고. 난 엄마같이 안 살아.

- 그래, 네년은 나같이 살지 마라.

그렇게 둘은 싸웠다. 그리고 섭섭해서 나에게 전화했다. 그년이 나한테 그러더라면서 미주알고주알 일러바쳤다. 나는 엄마 편을 들었다.

- 근데 왜 엄마 돈 꿔가서 새 집을 지었대?

- 엄마가 빌려주지 않으면 집이나 지을 수 있겠어?

- 엄마가 최고여, 최고.

- 글쎄 말이다.

그는 마음이 삭여졌고, 풀어졌다. 언제부턴가 나는 엄마의 잘못을 잘못이라 말하지 않기로 했다. 구순이 되어가는 엄마를 잘못이라고 말하는 것은 내 잘못이다. 다른 엄마와 비교해보았다. 어느 친구가 말했다. 양로원으로 엄마를 보러 갔는데, 어머니가 딸을 보고 "누구십니까?" 물어서 한참을 울었다고. 그 후 나는 엄마의 존재를 달리 생각했다.

나는 언제부턴가 머릿속에서 혼란이 일어났다. 엄마가 엄마답지 않음에 고통스러웠다. 죽을 때까지 엄마는 엄마이어야 한다는 논리가 맞지 않는 것이다. 엄마의 배반은 나를 충격 속으로 빠지게 했다.

*

어느 해 마지막 박사학위 논문 심사로 나는 밤을 새워야 했다. 늦은 공부였기에 힘들었고, 논문 발표는 나에게 중요한 졸업을 의미했기 때문에 힘들었다. 그날 엄마는 당신의 생일밥을 얻어먹어야 했다. 나는 부엌 식탁에서 컴퓨터 자판을 두드렸고, 미역국을 끓였다. 뜨거운 밥과 잡채, 전을 부쳤다. 그렇게 상차림을 했다. 그리고 나는 집을 나서서 학교로 갔다.

남자동생이 바람난 올케와 이혼했다. 아이가 셋이었다. 조카들은 아빠 따라 중국으로 갔다. 막내가 대여섯 살인데 초등학교를 가야 했다. 막내를 돌볼 사람이 없었다. 몇 개월 후 내 엄마는 아들과 손자들이 보고 싶어 안달이 났다. 나는 비행기를 태워 중국으로 보냈다. 그곳에서 막내손자도 돌봐주고 밥 해주기를 바랐다. 그는 열흘을 못 넘겼다. 아들에게 자기는 콩 때문에 가야 한다면서 한국으로 보내달라고 했다. 나는 어이가 없었다. '자기 손자는 자기가 돌보는 게 아닌가?' 묻고 싶었다. 그는 그대로 집으로 왔다. 콩 값은 비행기 값의 십분의 일도 안 됐다.

엄마에 대한 신뢰는 나를 배반했고, 엄마는 엄마 길을 찾았다. 내 아이들이 어렸을 때 엄마는 수시로 우리 집을 오갔다. 나는 박사학위 공부로 바빴다. 나는 엄마가 아이들에게 미리 해놓은 밥을 챙겨주기 바랐다. 학교 갔다 오면 아이들은 굶었다.

- 할머니는?

- 몰라.

엄마는 이모네 집으로 가서 그곳에서 놀았다. 어느 때는 계속 그곳에 기거하며 살았다.

나와 엄마와의 갈등은 커졌다. 엄마의 역할이 상실된 모습은 내가 나를 이해할 수 없게 만들었다. 이제 또 다른 문제가 생겼다. '나와 내 딸과의 관계를 어떻게 유지해야 하는가?'가 인생의 문제가 됐다. 친정엄마는 내 딸이 태어났을 때 오십대 초반이었다. 내 딸이 아기를 낳았을 때 나는 육십 대 중반이었다. 아이를 받아 돌봐주면서 치통으로 이를 빼야 했고, 허리에 무리가 가서 병원 신세를 졌다. 내가 나를 희생하면서 건사할 수 없었다. 나도 차츰 이기적 엄마가 되어갔다. 이제 나도 엄마의 길을 찾아야 했다. 지금 엄마를 이해했고 엄마에게 감사를 해야 했다. 마지막까지 건강하게 살아가는 사람이 인생을 이겼다고 생각했다. 나의 길도 내 인생을 주위 사람들에게 담보 잡히지 않는 길이 되게 하는 것이 최선일 것으로 생각했다.

내 딸아이도 내가 노인이 되어가는 사실을 감지하지 못할 것이고, 엄마가 엄마답지 못함에 많은 고통을 느낄 것이기에 나는 말하고 싶었다 어떻게 자연의 현상을 이해시켜야 가장 자연스레 받아낼 것인가를…. 그리고 너도 그런 길을 걸어야 할 것을….

*

육십 대가 넘어 친구들과 어울리면서, 삶을 성찰하는 기회가 생겼다. 그중에서도 함께 골프 치는 멤버끼리

조를 짜서 차를 탈 때 우리는 온갖 소리로 잡담을 즐겼다. 그 속에서 우리가 살아오고 살아가는 얘기가 나왔다.

　같은 아파트에 사는 낯면이 있는 할머니를 만나면, 처음엔 손자 이야기로 꽃을 피웠다. 자연히 같은 유아원을 다니는 손자 유아원 동기 할머니도 생겼다. 유아원 동기 할머니끼리 사귀다 보면 고등학교 동기, 대학동창들의 이야기까지, 끝없는 이야기가 등장했다. 시어머니의 사랑만을 받았던 J씨, 그는 이제 박사 며느리와 박사 아들을 두었다. 그는 그의 손자를 돌보면서 자기를 반성했다. 내가 과연 우리 며느리한테 잘하고 있는가? 스스로 물은 것이다.

　자기는 어느 날 좀 많이 배웠다고 잘난 체를 하고 있었다고. 시어머니는 학교를 다니지 않은 무식한 어머니였다. 그는 오로지 아들과 며느리를 사랑만 해주시는 어머니였다. 그는 항상 부뚜막에 정한수를 떠놓고 자식이 잘되기만을 비는 조용하고 말없는 시어머니인 것이다. 그 시어머니는 성자의 모습이었다. 자기는 절대로 그 시어머니 같은 시어머니는 될 수 없을 것 같았다. 오로지 그 시어머니같이 되려고 노력하는 시어머니가 될 것이라고.

　나는 그 친구가 훌륭해 보였다. 자기가 시어머니가 되어 자기 성찰을 하고 있으니 말이다. 대부분 자기 자신의 시대를 생각 못 하고, 현재 자기 위치만을 고집할 수도 있는데, 그는 그렇지 않다는 게 훌륭했다. 그와 단짝인 K씨, 그는 나와 똑같은 다혈질이었다. 옳은 일을 옳게 여기고, 옳지 못한 일에 참을 수 없어하는 게 너무 똑같았다.

　K씨는 성품이 곧고 직선적이었다. 그는 규칙과 원칙을 준수했다. 그는 막내였다. K씨 부모 세대는 내 부모 세대보다 한참 위였다. 그의 큰언니, 오빠의 세대가 내 엄마 세대와 같았다. 내 막내외삼촌과 같은 처지였다. 그의 사고는 분명 한 세대 위의 노인층 사고에 익숙해졌을 것이다. 그 세대는 아들을 귀히 여기고 딸을 등한시하던 시대였다. 그는 지금 딸네 아

이들 세 명을 돌봄이 아줌마와 파출부 그리고 자기까지 합세해서 키워주고 있었다. 그는 무심결에 말했다.

- 외손자 키워서 무슨 소용이 있는가?
- 다 쓸데없는 헛짓이지.

나는 그의 생각에 깜짝 놀랐다. 이와 같은 생각은 부모들만이 할 수 있는 생각이라고 했다. 그런데 20세기 이 시대에, 그것도 서울의 좋은 대학교를 졸업한 사람이 그런 생각을 가질 수 있는가? 인터넷 시대이고 변화의 시대라지만, 개인 간의 격차는 클 수 있다. 미묘한 생각들이 시대와 지역을 지배하고 각자의 사고를 지배하는 것이다.

나는 매사에 열린 사고를 좋아한다. 전 세계가 함께 움직이는 인터넷 시대에 공유하고 시정하며 빠르게 함께할 수 있어야 한다고 생각한다.

내가 살고 반평생을 키워진 도시인 내 고향을 나는 사랑했다. 많은 추억과 미래를 꿈꾸던 내 고향이 아니던가? 그래서 가끔 그 친구들을 찾아 고향을 방문했다. 나는 어떤 때 그 친구들을 보면 숨이 막혔다. 그들은 분명 착하고 인정이 철철 넘치고 순박했다. 따뜻한 정을 듬뿍 주는 사랑스러운 친구들이었다. 그렇지만 그들의 사고는 달랐다. 그들만의 생각 속에 그들을 가두었다. 얼마든지 그들의 생각을 변화시킬 수 있고 새롭게 열린 쪽으로 사고를 이동할 수 있을 텐데, 그들은 그럴 수 없었다.

그들만의 고집과 아집으로 사고의 틀을 단단히 묶어버렸다. 나는 그들을 보면 속이 답답하고 힘들었다. 이제 대부분의 친구들이 육십을 훨씬 넘었다. 우리들의 틀은 지키려 애쓰는 쪽으로 기울어졌다. 팔구십 대인 부모 세대들이 가졌던 그들만의 생각 속으로 들어가는 것처럼 우리도 한 방향으로 집중해가고 있었다.

내가 어릴 때 봄이 오면 담장은 초록색이

되었다. 담장에 심어 울타리로 쓰던 나무에서 잎이 돋아 파랬다. 더러는 빨간 열매 꽃이 폈고, 호박덩굴이 엉켜 호박꽃도 함께 나무 울타리에 붙었다. 담장 잎이 파래지면 울타리가 촘촘해져서 이웃집 마당 넘어 안채는 보이지 않았다. 집 사이의 골목길은 길었다. 끝집은 살구나무집, 그 옆에 딸 부잣집이 있었다. 둘째 딸이 나와 동갑내기였다. 아줌마는 아들을 바랐다. 해마다 아줌마는 딸을 낳았다. 아줌마는 내 남동생을 부러워했다. 남동생은 얼굴이 떡판처럼 넓고, 눈 속이 깊고 컸다. 겁이 많고 아버지한테 혼나면 눈물이 많아 얼굴을 뒤덮었다. 몸체도 평평한 떡판이었다. 동네 아줌마들은 그를 장군감이라 했다. 딸 부잣집은 이런 아들 낳는 것이 소원이었다. 기억하기로 다섯 공주였는데, 마지막으로 내 남동생 같은 사내애가 태어났다.

온 동네에 경사가 났다. 고만고만한 여자아이들은 아기가 아기를 업은 꼴로 골목길을 다녔다. 큰언니가 막둥이를 업고, 둘째가 막둥이 위의 언니를 업었다. 셋째가 막둥이 위, 위 언니를 손잡고 다녔다.

동네 어귀에는 큰 느티나무가 있었다. 여름이면 '아이스케키' 상자를 짊어진 꼬마아이가 소리쳤다.

- 아이스케키. 아이스케키, 맛있는 아이스케키!

꼬마들은 아이스케키 통을 보고 입맛을 다셨다. 다른 아이들이 사먹는 모습을 보며 침을 흘렸다. 나는 아버지 퇴근시간을 기다렸다. 그래야 아이스케키를 사먹을 수 있었다. 동네 어귀에는 상점이 여럿 있었다. 국수집, 담배 집, 채소 팔면서 잡화를 파는 집 등이 있었다.

어느 날 엄마는 추진 국수를 사오라 했다. 그날 추진 국수가 없었다. 아줌마는 추진 국수를 만들었다. 나는 그 과정을 지켜봤다. 그는 밀가루 포대를 열고 국수틀 입구 넓은 판에 밀가루를 부었다. 바가지로 밀가루 위에 물을 조금씩 붓고 손으로 비볐다. 다시 마른 밀가루 위에 물을 부으면서 손으로 비비고 문질렀다. 여러 차례 반복하며 밀가루 반죽을 되직하게 뭉쳐서 적당한 크기의 덩어리를 손으로 뭉쳤다. 꼭꼭 뭉쳐서 기계틀에 넣고 손잡이를 돌리니 국수가 나왔다. 신기했다. 그는 국수를 적당히 잘라 저울에 달았다. 그것을 봉지에 넣어주었다. 국수집은 주전부리로 먹을 것이 많았다. 엄마를 따라가면 뭐라도 생길까 하고 졸졸 따라다녔지만 국물도 없는 때가 많았다.

내가 처음 시집간 때였다. 처음 떡볶이를 했다. 떡이 국물에 빠져 떡볶이 국이 됐다. 그다음 수제비를 할 때, 어렸을 때 본 추진 국수가 기억나서 그대로 해보려고 애썼다. 다행히 성공적인 수제비국이 됐다.

오륙십 년 전의 기억들은 기억할 수 있다. 그러나 엊그제 일들을 기억 못 해서 실수하는 일이 잦을 때, 나는 나를 못 믿고 나를 의심해야 했다. 내가 지금 글을 쓰면서도 나의 존재를 나는 어디까지 믿으면서 존재할 것인가를 생각해본다. 나는 이제 서서히 사그라들어 가고 있음을 깨달아야 할 것이다. 나는 어떻게 살았는가 나 스스로 정리하고 싶었다. 나를 정리하고 치유하면서 남은 인생은 좀 더 행복하기를 바랐다. 아니, 적어도 내주위 사람들에게 상처 주지 않으면서 조화롭게 함께 공존할 수 있는 삶의 방법을 터득하고 싶은 것이다.

*

내가 결혼할 때 즈음. 나는 어리석어서 보이지 않는 것들이 많았다.

시어머니는 살림의 달인이었다. 나는 제대로 할 줄 아는 것이 하나도 없었다. 그는 빨래 말리는 것을 중요시했다. 아침에 넌 빨래를 그는 햇빛 방향에 맞추어 옮겨가며 말렸다. 웬만하면 여름 햇살에 다 마를 수 있었다. 그러나 그는 깨깨 말려야 한다며 아침엔 동쪽을 향해 빨래를 널었다. 점심때는 빨래를 걷어 남쪽 볕이 잘 드는 담벼락에 붙였다. 저녁때는 동쪽 담벼락에 빨래를 붙여 그가 말한 대로 명태처럼 깨깨 말렸다.

처음에 서툴렀지만 여름방학 내내 그 일은 나의 중요한 일과가 됐다. 중간 중간 학교 근무시간은 나에게 천국이 됐다. 계속되는 일상의 되풀이가 내가 내 안의 나를 죽게 했다. 하루 종일 손은 물에 젖었다. '퐁퐁'에 절인 손이 통통 부었다. 가려웠다. 그는 내가 서서 서투른 일들을 느리게 하루 종일 꿈지럭거려 마무리하는 것을 즐겼다. 햇빛 따라 움직여야 하는 빨래는 나를 괴롭혔다. 내 안의 나를 반항하게 했다. 이 비경제적인 일을 왜 할까? 조금 늦게 마르면 어떤가? 오늘 마르지 않으면 내일 말리면 되지. 나는 그를 이해할 수 없었다.

그는 마룻바닥, 세면대, 장독대, 부엌, 타일 바닥, 화장실 바닥을 날마다 닦았다. 그의 일은 내 일이 됐다. 왜 날마다 퐁퐁으로 닦지? 먼지 좀 낀다고 금방 죽나? 그의 깔끔함은 나를 죽였고, 나를 힘들게 했다. 시간은 느리고 길었다. 그날이나 그다음 날이나 뜨거운 열기가 온몸에 스며들었다. 숨이 막혔다. 삶이 지겨웠지만 남편의 군 생활처럼 나 또한 겪어야 될 일이었다. 세월의 힘은 강했다. 지겹고 축축한 무더운 날씨는 세월에 못 이겨 서서히 물러가고 있었다. 이제 여름방학의 끝이 온 것이다. 그러나 그는 나만의 시간을 주지 않았다.

얼마 남지 않은 시간, 길어야 하루 남은 시간이었다. 나만의 시간을 주기를 바랐다. 그러나 그는 주지 않았다. 나는 나만의 나들이를 원했다. 나는 그에게 요구했다.

- 내일 모레 개학하니 친정에라도 다녀오고 싶어요.

그의 얼굴은 금세 붉으락푸르락했다. '꼭 가야 하느냐?'며 그만의 폭발적인 분노가 그의 몸속에서 일어났다.

- 꼭 나들이를 해야 하냐?

그는 눈을 크게 치켜뜨고 떨었다. 나도 질 수 없었다. 나는 머리를 방바닥으로 숙이고 끄덕끄덕했다. 그는 시장통에 가서 수박 한 통을 사서 머리에 이고 왔다. 방바닥에 내동댕이쳤다. 수박이 깨질 듯이 굴러갔다.

- 그러잖아도 친정에 보내려 했다.

그는 어쩔 수 없이 허락했다. 나는 서둘렀다. 시간이 없었다. 온전히 그날 반나절과 그다음 날 하루뿐이었다. 수박을 짊어지고 내 살던 진정한 내 집으로 갔다. 내 집은 편안했다. 내 안의 내가 나를 찾았다. 몸속의 힘줄이 늘어지면서 간만의 자유를 가졌다. 몸속에 퍼지는 느슨함은 나를 편안히 꿈속으로 빠지게 했다. 오랫동안의 꿈속에서 눈을 뜨자 하루해가 가고 이튿날이 되어 있었다. 그날 온 식구가 물놀이를 갔다. 물속에 하루 내내 몸을 담그고 수영했다. 내 몸은 이제 자유인이 됐다. 산은 푸르렀고, 물은 맑고 찼다. 찬란한 햇빛은 나를 축복했다. 우리 모두는 즐거웠다. 온몸에 쌓인 찌꺼기들이 스멀스멀 빠져나갔다. 내 몸 깊은 곳은 그렇게 치유됐다.

멀어서 보이지 않는 세월은 늘어지고 길었다. 나는 여전히 새벽에 출근하고 퇴근했다. 내 봉급은 고스란히 시어머니 손으로 들어갔다. 삶은 어둡고 추우며, 희망이 없었다. 나는 돈 버는 기계가 됐다. 주말은 파출부로 집안일 모두를 그가 원하는 대로 하도록 노력했다. 시아버지는 오토바이를 타고 출근했다. 오토바이는 컸다. 따로 어디 장소에 넣을 곳이 없었다. 오토바이는 귀했다. 그것은 그의 위엄이고 자신만의 힘이었다. 오토바이는 현관에 붙은 작은방에 모시고 살았다. 아침저녁 쪽마루 위에 널판을 깔아 오토바이를 굴려 한길로 나갔고, 퇴근하면 똑같은 방법으로 쪽방으로 들어와서 벽 쪽에 세웠다. 그것을 들고 나가면 방은 엉망이 됐다. 진흙이 묻어 방바닥에 지렸다. 나는 얼른 그곳을 깨끗이 닦아야 했다.

나는 그 일이 싫었다. 사람보다 오토바이가 더 위로 보였고, 그것이 나를 지배했다는 생각이 못마땅했다. 오토바이는 그 방을 가득 채웠다. 방을 가득 채워서 방은 더 비좁았다. 오토바이가 동서로 자리 잡고 꼬리의 끝 위 벽면에 간이 미닫이로 기다란 방을 다시 구분 짓게 했다. 그 미닫이 위쪽에 남은 벽면 자리에 사진이 진열되었다. 시아버지, 시어머니, 그들의 결혼사진, 큰아들, 작은아들, 그리고 오형제를 함께 찍어서 걸어놓았다.

*

어느 날 그렇게 딸 부잣집에서 탐내던 남동생은 가버렸다.

난생 처음으로 죽음에 대해서 생각했고, 죽음의 존재를 알았다. 거의 십 년 동안 동생을 그리워했고, 동생이 나를 울렸다. 그 후 이십 년 동안 동생은 내 몸 속에서 나갔고, 동생을 영원히 잊었었다. 갑자기 지금 눈에서 눈물이 쏟아진다. 내 안의 슬픔이 계속 밀려온다. 이것이 무슨 의미일까?

어느 해 저녁. 어둠이 어스름하게 깔려오고 저녁 준비를 막 하려 했다. 초인종이 울리면서 고종사촌이 왔다.

- 너네 동생이 죽었어.

죽음이 오리라고 알고 있었지만, 이렇게 빨리 올 줄은 몰랐다. 온몸이 떨리면서 눈물이 쏟아졌다. 허둥지둥 아이를 업었다. 큰애 손을 잡고 엄마 집으로 달려갔다. 엄마는 실신했고 눈을 감았다. 태어나서 처음 죽음을 맞이했다. 그는 가장 가까운 가족이며, 내가 밀착되어 살았던 혈족이지 않은가? 그가 아파할 때, 내게 소중한 것들과 바꿔도 괜찮으니 동생만 살게 해달라고 빌었었다. 그는 군대 갔다 와서 새 마음으로 공부를 시작했다. 원하는 대학에 다시 입학했다. 사학년 끝 무렵에 그는 공부해보겠다고 절로 갔다. 절에서 공부하다 그는 소화가 되지 않는다고 집으로 왔다. 그는 위 검사를 했다. 검사 결과 위암 초기 증상이 있었다. 의사들의 권유로 위암 수술을 했는데, 삼 개월이 채 안돼서 죽었다.

죽기 전 그를 만났을 때 그는 살이 없었다. 그는 뼈다귀만 남았다. 그는 엄마의 꿈이고 미래였다. 그는 우리 집 대들보이자 엄마의 심장이었는데, 엄마는 가장 소중한 것을 하루아침에 잃어버린 사람이 됐다. 아들이 아프면서 엄마도 아파했다. 아들이 수술하면 엄마도 수술했고 아팠다. 아들의 암이 그의 살을 파고 살 속을 먹어댔다. 동생은 아픔을 호소하고 통증을 호소했다. 통증 치료로 그중 나은 것이 모르핀이었다. 모르핀은 통증이 일어날 때마다 투입됐다. 아버지는 아들의 통증을 차마 볼 수 없었다. 아버지는 울면서 아들의 고통을 막아보자고 모르핀을 놓았다.

병원이나 집이나 모든 사람들은 감당할 수 없는 죽음을 놓고 속마음을 썩혔다. 죽음 속에서 산소 호흡기가, 모르핀이, 영양주사와 함께 죽음의 시간을 연장하려 애썼다. 속살을 파먹는 암은 먹을 게 없어야 죽으므로 함께 죽을 것이다. 속살은 이제 더 이상 남아 있지 않았고, 암도 살아남을 수 없어 중환자실로 옮겨야 했다. 중환자실로 옮겨질 때 작은아버지는 아버지 몰래 엘리베이터 속에서 산소 호흡기를 빼버렸다. 그는 그렇게 조용히 눈을 감았다.

죽음이 와서 조용히 죽음을 맞이하는 것도 축복인 것을 알아야 했다. 죽음이 왔지만 죽을 수 없는 일도 고통거리였다. 내 친구 시어머니는 구십오 세에 갔다. 그가 가는 데 삼 년이 걸렸다. 의료진이 그를 계속 살렸고, 그것이 자식의 효도라 생각했다. 그가 죽었을 때는 십자형 뼈만 남았다. 그가 믿던 불당의 스님이 왔다. 그 스님은 염할 때 "이렇게 고생스레 돌아가시게 하다니…" 하며 몹시 애처로워했다고 한다. 나는 생각했다. 나이 들어서 죽음을 즐겁고 행복하게 받아들이는 것도 성스러운 것이라고.

내가 처음 시댁을 방문했을 때 그곳은 낯설었다. 집의 구조도 그랬고, 사람들도 그랬다. 시댁 식구들은 이북의 생활 습관을 가진 부모를 따라 길들여졌고, 나는 남쪽지방의 전형적인 농촌 생활방식에 익숙한 사람이었다. 나는 중고등학교 교사였고, 남편은 행정대학원을 졸업하고 행시를 한 수습 사무관이었다. 우리 학교 영어 선생이 고교 동창이었던 남편을 소개했다. 우리는 데면데면한 상태에서 만나 결혼이 진행되었다. 동갑내기였다. 그 당시 내 친구들은 모두가 결혼했고, 아기도 낳았다. 그는 나와 약혼하고 곧 장교로 군대를 갔다. 훈련이 끝나고 결혼했다 그해 겨울 시댁에서 신혼 생활을 하며 학교를 다녔다. 시댁은 모두 남자였다. 시동생이 넷이었는데, 남편까지 아들만 다섯이었다. 남편은 군복무 중이어서 나 혼자 신방을 지켰다.

시댁의 집 구조는 특별했다. 한길 가를 따라 길게 지붕이 이어진 다세대 형태였다. 열 가구 이상 되는 가구들이 길게 길을 따라 이어졌다. 어느 집은 살림집, 어느 집은 술집, 어느 집은 연탄가게, 담뱃가게, 쌀가게, 철물점, 자전거포집 등, 살림집과 가게가 섞였다. 시댁은 그중 세 칸을 차지하고 있었다. 안채가 되는 두 칸을 안방과 윗방으로 썼다. 직사각형으로 안방은 길었고, 길게 쪽방을 내서 창고로 썼다. 윗방은 미닫이를 달아 두 칸으로 만들고, 쪽방과 같이 부엌을 이어 붙였다. 부엌 천장은 낮았다. 그 위에 윗방 다락 벽이 부엌 천장 위로 내려왔다. 부엌은 딱 한 평이었다. 벽 쪽에 찬장을 붙여놓았다. 부엌 바깥으로 입구 쪽에 수도가 있고, 그 옆으로 가스통 홈을 만들어 가스통을 넣었다. 그 옆에 펌프가 있었다. 좁다란 넓이의 시멘트 마당 곁에 벽돌 한 장 높이의 장독대가 있고, 그 옆으로 푸세식 화장실이 있었다. 마당 끝 북쪽에 김장독 세 개를 시멘트 면으로 박아놓았다.

안채에서 한 집을 건너 작은 한 칸의 집이 있었다. 한길과 현관 유리창이 경계선이었다. 현관을 열면 곧 쪽마루가 걸쳐져 있고 작은 직사각형

방이 이어졌다. 뒷문을 열면 반 평의 부엌이 있고, 그 옆으로 반 평의 작은방과 화장실이 줄지어 있다. 담장 밑으로 펌프가 붙어 있었다. 이곳이 내가 살던 신혼집이었다.

안채 현관문은 유리로 된 미닫이 문이었다. 윗부분은 우둘투둘한 우윳빛 유리에 창살을 박았고, 아래 부분은 넓은 널빤지로 되어 있었다. 그 미닫이 현관문을 열면 한 뼘짜리 쪽마루가 놓여 있다. 한길에서 신을 벗으면서 발을 마루에 놓고, 손으로 신을 집어 쪽마루 밑으로 넣어야 했다. 비좁고 품격이 없어 보이지만, 나름 현대적 감각을 입힌 좁은 공간에서의 최신식 집이었다. 그 당시 일반적인 집에는 가스보다 연탄을 사용했다.

그러나 시댁은 난방이 연탄이고, 음식을 가스로 했다. 방으로 이동하는 이동식 가스였다. 그 가스 불을 방으로 옮겨 불고기를 수시로 구워먹었다. 나는 처음에 깜짝 놀랐다. 음식점용 이동식 프로판 가스 철판에서 불이 솟아올라서 말이다. 차츰 익숙해지면서 적응해갔다. 시댁은 먹는 것을 즐겼다. 웬만한 갑부집도 시댁같이 불고기를 많이 해먹는 것을 보지 못했다. 그 집은 먹는 것에 집착이 강했다. 시댁 주변의 집들은 대부분 상가 주택이었는데, 주택을 따라 이어진 길은 항상 시끄럽고 싸움이 잦았다.

나는 밤새 잠을 못 자는 날이 많았다. 술주정꾼들이 가게 문으로 착각하고 밤마다 현관문을 두드렸다.

- 문 열어, 문 열어!

- 문 열라구, 문 열어!

밤마다 문은 두드려졌다. 소리치면서 몸을 현관 유리창에 부딪치며 난리를 쳤다. 나는 그런 꼴을 본 적이 없었다. 나는 무서웠다. 금방 쳐들어올 기세로 유리문은 흔들렸다. 가슴이 콩알만 했다. 솜이불을 뒤집어쓰고 귀를 막았다. 두 손에 땀을 쥐며 아침이 밝아 날이 새기를 기다렸다.

아침이 되면 어제 저녁의 혼탁한 밤은 사라졌다. 한길 가의 건물들은 고요했다. 밤새 시끄럽던 술주정꾼들은 어디로 갔는지 아무도 없었다. 신접살림은 이런 것인가 보다 생각했다. 어느 날 시어머니가 내 방으로 왔다. 이불장에서 이불을 끌어냈다. 그는 볼멘소리로 이불호청을 타박했다.

　- 무슨 놈의 이불깃을 무늬 있는 호청으로 하느냐? 새하얀 호청으로 해야 하지 않느냐?

　나는 그 후 친정에서 해준 것을 타박하는 시어머니의 말을 전했다. 그 다음 주 친정엄마가 이불을 다시 해서 이불 보따리를 시댁으로 보냈다. 나는 그 당시 뭐가 뭔지 몰랐다. 시어머니가 원하는 일을 했고, 그가 바라는 대로 하는 로봇에 불과했다.

　결혼한 그해 겨울은 추웠다. 나는 시댁에서 내가 근무하는 학교를 가야 했다. 새벽에 일어났다. 안채 방으로 이동했다. 살금살금 기어서 부엌으로 갔다. 그곳에서 점심 도시락을 대충 챙겼고 간장을 반찬 삼아 물에 만 밥을 먹었다. 곧바로 가르칠 교과서를 가방에 넣고 시외버스 터미널 쪽으로 걸어갔다. 새벽은 어둠이 짙었다. 입에서 새하얀 입김이 나왔다. 버스를 타면 곧 잠이 들었고, 학교까지는 한 시간가량 소요됐다.

　학교생활은 바빴다. 학생카드 정리와 교육청이 지시하는 문건 처리가 많았다. 쉬는 시간에 그 일을 해야 했다. 수업시간은 오로지 학생들의 교과 성적을 향상시키는 데 힘썼다. 수시로 시·도·군의 학력평가가 있었다. 그 평가 결과로 학교 등급을 매겼고, 선생님들의 평가 또한 학생들의 평가 점수에 따라 담임이나 교과 선생들이 평가를 받았다. 오 년 차가 넘어서 학교생활은 익숙했다. 몇 개월에 한 번 남편은 시댁으로 휴가를 왔다. 신혼이기는 하나 중매로 만났고 나이가 웬만큼 들어서 결혼했기 때문에, 애절한 연인들의 애달픔이 있진 않았다.

　어느 겨울 크리스마스가 다가오고 있었다. 남편은 쥐꼬리만 한 군대 월급을 모아 나에게 털구두를 사주었다. 그것이 문제가 되었다. 시어머니의 노기가 온 집안을 쑥대밭으로 만들었다. 자세한 내막은 알 수 없는데, 집

안에는 온통 먹물을 뿌려놓은 듯한 침묵만이 감돌았다.

- 평생 가르쳐서 대학, 대학원까지 보내고 행시까지 시켜놓았더니, 제 어미나이만 신을 사줬느냐?

이 사건은 그가 받을 죽을 죄목이었다. 침묵의 공간은 넓고 길었다. 집 안의 공기는 시퍼렇고 차가웠다. 식구들의 눈이 퇴근한 내 눈과 겹쳤다. 그들의 눈 속에 어둠과 절망이 보였고, 내 눈 속으로 그들의 낭패를 보았다. 어머니의 몸속 화기는 뜨거웠다. 그에게 퍼진 노기와 질투를 나를 향해 쏘았다. 그의 몸이 부르르 떨렸다. 그 몸속의 고통이 어떻게 변할지 몰랐다. 결혼 전에도 몇 번 그런 사태가 있었고, 그럴 때마다 나는 고양이 앞의 쥐 모습이었다. 내가 뭘 잘못했는지 나는 몰랐다.

*

시어머니는 뚱뚱했다. 체구가 크고, 몸의 뼈가 두꺼웠다. 손목과 발목이 두툼하고 허리통도 두꺼웠다. 여성이라기보다 농촌의 여장부로, 쌀 한 가마를 번쩍 들어대는 집안의 대들보였다. 그는 옳은 일만을 고수하는 자기 식 주장이 강했다. 목소리가 컸다. 온 동네에서도 그는 특별했다. 그가 주인공이었고, 주인공이 아닌 곳은 가지 않았다. 그의 강한 성격은 사람들이 스스로 멀어지면서 피하게 했다. 그가 하는 말은 항상 옳으며 다른 사람의 말은 틀렸다는 식의 어투였다. 그의 억양과 강한 톤은 우리를 윽박지르고, 따르지 않는 사람은 죽일 놈이 되어야 했다. 그는 피난민 생활을 거쳐 강하게 살았고, 사기를 당해 온 재산을 몽땅 털린 적이 있다. 그는 강한 여자여야 했고 이 세상에 일어나는 일이 자기에게 맞지 않으면 모두가 적이어야 했다. 그의 가족들도 그가 가장 사랑하지만 가장 큰 적이었다. 그의 몸은 전쟁 속에서 생존한 그만의 고통을 지니고 있었다.

그의 고통은 그만을 위한 잔치를 벌였다. 그는 그의 자식과 남편을 자신의 제물로 사용했다. 그가 가장 중요시한 것은 돈이었다. 그에게 돈은 사람과 같았다. 그는 모든 자식에게 돈을 잘 주고 베풀었다. 그러나 그 자식이 경제적 독립을 했다 하면, 그때부터 자기가 필요한 용돈과 생활비를 사정없이 요구했다. 그에게 일어나는 가장 중요한 사건은 돈과의 문제가 됐다. 그가 모든 것을 잃어버렸을 때, 그가 가진 유일한 것은 돈의 힘이었다. 그는 시장통에서 궂은일을 했고 궂은일로 연명했다. 그렇게 자식을 키웠다.

그의 힘은 돈이었다. 그는 돈과 돈이 주는 권력을 자기 손아귀에 넣어야 했다. 그가 손을 펴면 그의 식구들은 그의 손을 받들어야 했고, 그가 손을 오므리면 모두가 따라 손을 굽혔다. 식구들은 그의 비위를 맞췄다. 그가 활화산처럼 폭발하면 그의 식구들은 그의 분노를 받아냈다. 그들은 그의 분노가 사그라질 때까지 기다렸다. 그의 몸속의 분노는 모두를 숨막히게 했다. 그런 일은 자주 일어났다. 그리고 그에 의한 식구들의 감정은 깊게 각자의 몸속으로 스며들었다. 그 식구들에게 어머니는 어려움을 잘 견디게 한 위대한 어머니였다. 그들은 위대한 어머니에게 오로지 순응하는 훌륭한 자식이었다.

나는 외부에서 들어온 낯선 자였다. 외부에서 객관적으로 볼 때, 그 자식들은 어머니에게 잘 길들여진 자식들, 효도하는 자식들이었다. 이제 시어머니는 나를 시어머니 편으로 길들이려는 방편을 세웠을 것이다. 그는 어느 날 퇴근하는 나를 불러 무릎 꿇게 했다. 그리고 말했다.

- 월급은 한군데로 들어와 모였다가 한군데서 나가야 한다.

두꺼운 음성으로 크게 강조하며 명령했다. 그의 의도는 내 봉급을 그가 관장하겠다는 것이다. 나는 그가 무서워서 얼른 말했다.

- 네.

그날부터 나는 그에게 차츰차츰 길들여져갔다. 학교에서 월급을 타면 곧바로 봉투째 그에게 바쳤다. 그는 항상 총액을 검토했다. 급여 액수가 맞는지 확인했다. 나는 무슨 큰 잘못을 한 것처럼 검열받았고, 그의 이상한 눈빛을 받았다. 그는 그중 2만 원을 떼어 주었다. 용돈이었다. 목소리가 체구만큼 웅장하고 팔 다리가 우람했기 때문에 어렸을 때부터 천하장사였다. 부엌일의 달인이었다. 냄비며 솥이 반짝반짝 빛났다. 체구와 다르게 꼼꼼하고 매사에 철저했다. 집안은 깨끗했고, 정리 정돈의 달인이었다. 날마다 털어내고 닦아냈으며, 그 일에 자신의 모든 가치를 부여했다.

월급이 통째로 그의 통장으로 들어가면서 대접은 나아졌다. 학교 갔다 오면 저녁 상차림이 갖춰졌다. 모든 식구가 화기애애하게 식사를 했다. 시댁 밥상 차림은 돼지고기가 중심 메뉴였다. 돼지고기를 볶아 하얀 동치미 배추를 어슷어슷 썰어서 온갖 양념과 함께 볶았다. 그곳에 당면을 넣어 끓였다. 찌개 겸 볶음요리가 됐다.

나는 채식을 즐겼다. 그 돼지고기 요리의 비릿한 향이 나의 입맛에 맞지 않았다. 거기에 퉁퉁 불은 당면, 흰 배추의 들큰한 비릿함, 그야말로 최악의 특유한 돼지 비린내가 밥을 먹을 수 없게 했다. 식구들은 그 맛에 길들여져서, 소주 한잔씩 걸쳐 게걸스레 먹었다. 불판에 끓이면서 김이 서린 비릿함이 코를 자극했다. 그러면 부엌으로 가서 숨 한 번 크게 들이쉬고 누룽지 밥을 퍼왔다. 비릿한 음식은 누룽지에 맞지 않았다. 칼칼한 배추 겉절이가 제격이었다. 시댁은 곰삭은 시큼한 빨강 김치를 즐겼다.

나는 시댁과 입맛이 달라도 너무 달랐다. 내 입에 맞는 음식은 없었다. 면적도 크지 않으면서 지역의 차이가 무서웠다. 나는 나의 조부모나 외조부모가 쌀농사를 지었기 때문에, 나 스스로가 농경문화에 길들여졌을 것이다. 시부모네 쪽은 이북이 고향이니, 북쪽의 추운 문화 음식을 즐겼다. 서로의 문화 차이가 있었던 것이다.

시댁의 남자 형제는 다섯 명. 남편이 첫째로서 막내와 아홉 살 차이가 났다. 대부분 대학생이고 막내만 중학교 3학년. 그들은 돼지고기 찌개와 소주를 놓고 밤 12시까지 먹었다. 나는 계속 기다려야 했다. 지겨웠다. 이놈의 술상은 언제 끝날 것인가? 제발 술 좀 그만 먹으면 좋으련만…. 술상을 다 치우면 1시가 넘었다. 나는 빨리 자야 했다. 새벽에 일어났고, 통근차를 놓치지 않으려 애썼다.

시집 온 해. 그해 겨울은 추웠다. 남편은 백령도로 옮겨졌다. 같이 훈련받은 동기들은 모두가 서울에 남았다. 뒤꼍 마당에는 눈이 쌓였다. 눈 녹은 얼음의 두께는 십 센티미터가 넘었다. 마당 한가운데에 큰 화덕이 있었다. 화덕 속에 세 장의 연탄이 빨갛게 불이 붙었고, 그 위에 커다란 양은솥이 걸려 있다. 그 속에서 뜨거운 물이 펄펄 끓었다. 식구들은 필요한 뜨거운 물을 마음대로 쓸 수 있었다. 이 집은 부자구나 하고 생각했다. 일반 가정은 아궁이에서 방구들로 불이 들게 하고, 쇠뚜껑을 올려 그 위에 솥을 얹었다. 솥에서 미지근한 물이 끓기를 기다렸다.

방에서 부엌으로 가는 문은 내 몸을 반 접었다. 신을 신고 부뚜막을 거쳐 깊숙이 파인 부엌 바닥을 지나, 다시 부엌문을 거쳐 마당으로 갔다. 부엌문과 이어진 담벼락 쪽에 수도가 있었다. 커다란 빨강 고무 '다라이'가 수돗물을 받았다. 날씨가 매서웠다. 수도가 얼지 않도록 꼭지를 조금 틀어 방울지어 떨어지게 했다. 한밤중에 내린 눈과 수돗가에 떨어진 물이 엉켜 수돗가 수채 주변이 얼음바위가 됐다. 밤새 참은 소변을 보려고 화장실로 달려가면 여지없이 미끄러졌다. 즉시 시어머니는 밖으로 나왔다. 그는 뜨거운 물을 빙판에 뿌렸다. 그리고 곧 망치로 얼어붙은 얼음을 깼다. 그의 억센 팔에 얼음은 금방 조각났다. 얼음을 쓸어서 수채로 밀어넣었다.

물이 가득 찬 뜨거운 양은솥을 그는 번쩍 들어 마당에 놓았다. 화덕 속에 있는 사라져가는 연탄 불씨를 들어냈다. 그 밑에 깔린 다 탄 연탄을 버렸다. 불씨가 있는 연탄을 맨 아래쪽에 넣었다. 그 위에 새 연탄을 올려 불을 지폈다. 그는 그 일을 즐겼고, 그의 즐거움이라고 말했다. 사기를 당해 오랫동안 고생했던 일을 두고두고 얘기했고, 그 시절을 생각하면 지금이 행복하다는 의미였다.

*

'나는 누구인가?'

운악산 현등사 절 입구 계단을 밟으면 보게 되는 다듬어지지 않은 돌에 새겨진 문구였다. 진정으로 나는 누구인 것인가? 나는 적어도 양심적으로 살려고 노력했다. 매사에 합리적이고 과학적이기를 바랐다. 해결할 수 없는 일은 죽는 일 말고는 없을 것이라고 생각했다. 웬만하면 내가 손해보고, 어떤 일에 대한 경제적 부담을 책임져주면 해결될 것이라 생각했다. 남에게 부당한 것을 요구하는 사람을 증오했다. 나 자신이나 상대방을 힘들게 괴롭히는 사람을 증오했다. 아무리 혈족이라 하더라도 공짜를 바라는 사람을 싫어했다. 남한테 혜택을 받았으면 어떠한 형태라도 갚아주려는 사람들을 좋아했다. 어떠한 형태의 도움을 주면 그 도움을 고맙게 받고, 그 사람에게 고마움을 돌려주는 것을 좋아했다.

가끔 즐거운 도움을 주었을 때 오히려 도움을 준 상대방을 공격하고, 그 도움에 대해 증오하는 사람들을 싫어했다. 그들을 보면서, 돕지도 말고 그대로의 존재 상태를 유지하는 것이 좋을 것으로 생각했다. '우리는 인간관계 속에서 어떻게 잘 조화롭게 살아야 하는가?'를 생각하게 되었다. 무조건 참고 인내해서 서로를 공존하게 만드는 것이 좋을까? 그것은 스스로에게 일어나는 스트레스로 자신을 불행하게 하지 않을까? 이런 생각을 하게 했다.

인간의 정은 끈끈하면서 탈이 생기고, 그 탈에서 고통이 생겨나기 때문에 오히려 무서웠다. 나는 탈이 없이 정을 유지하려 애썼다. 나는 자유를 사랑했다. 구속을 증오했다. 상대방을 제 편에 넣기 위해 온갖 수단을 부려 손아귀에 넣는 것을 증오했다.

우리가 항상 만나되 물같이 필요한 존재이고 특별하지 않으며, 필요할 때 마시고 먹고 싶지 않으면 그대로 둘 수 있는 그 모습 그대로 그곳에 있을 수 있는 것이기를 바랐다. 수시로 전화할 수 있고, 섭섭한 일도 없으며, 필연적 만남을 가질 필요도 없지만, 생각나면 그리운 친구를 좋아했다.

*

시댁이 사기당해서 가진 것이 아무것도 없을 때, 시어머니는 먹고 살 수가 없었다. 그는 야채장사를 시작했다. 시장 주변을 돌면서 시장에서 팔고 남는 배춧잎과 무 줄기를 주워다가 삶아서 팔았다. 그는 체면을 차릴 계제가 못 됐다. 우선 식구들 먹을 양식이 필요했다. 남편이 대령이었을 때 식모, 침모를 두었고, 그가 필요한 생필품들은 양키 시장(미제 시장)에서만 사서 썼다. 제일 소중한 기호 식품인 외제 커피와 크림은 그의 중요한 구매품 중 하나였다. 그런데 자기의 모든 것을 버리고 씩씩한 다섯 아들을 키우는 데 어미로서 최선을 다했다.

살아가기 위해서 시래기를 삶아서 팔았고, 야채 장사를 위해 채소가게를 열었다. 그러나 그것은 가게라고도 할 수 없었다. 길거리 가게 한구석에서 좌판을 벌여 놓고 장사를 했기 때문이다. 첫째의 중요한 임무는 배추와 무를 많이 배달하는 일이었다. 그때 남편은 초등학생 열 살짜리였다. 배달하는 무게가 초등생에게 너무 무거웠다. 그는 버릴 수도 없고, 어쩔 수가 없었다. 어머니 말은 강했다. 그 말을 듣지 않으면 죽어야 했다.

그렇게 배달된 무와 배추가 내려질 때 몸은 살 수 있었다.

그 당시 돈이 없어서 시어머니는 매 끼를 밀가루로 풀죽을 쑤어 먹었다. 돈이 벌리면 풀죽은 수제비로 변했다. 어쩌다 밥이 되어 식탁에 오르면 모두가 환호를 외치며 먹었다. 자주 수제비로 때를 이었지만, 밀가루를 싫어한 둘째는 먹지 않고 굶었다. 그는 죽어도 먹지 않았다. 어머니는 그에게 몰래 밥을 먹였다. 그가 더 이상 먹지 않으면 그는 죽었을 것이다. 그렇게 몇 년을 살았다. 국가 유공자에 대한 배려로 아버지는 동사무소 동장으로 취직이 되었다. 밥은 먹고 살 수 있었다. 아이들은 성장해 나갔다.

시어머니는 채소장사를 계속했고, 차츰 이문을 남기는 기술도 늘었다. 조금씩 돈을 축적했다. 그 돈을 모아 쪽방을 한 칸씩 사서 붙였다. 그 쪽방은 온 식구가 잠잘 수 있는 집이 됐다. 그 집에서 그는 조금씩 남는 여유 자금을 빌려주며 일수놀이를 시작했다. 일수놀이는 이자가 높아 짭짤했다. 처음에 남의 돈을 싸게 이자를 주고 얻고, 다시 사람들에게 빌려줄 때는 높은 이자를 받았다. 빌려가는 사람들은 주로 푼돈, 작은 돈을 비싸게 빌려갔다. 그 일은 사업상 좋은 돈벌이가 됐다.

그는 그 일이 맞았다. 사람들과 돈거래는 활발했고, 시장통에서 그 일은 맞는 일이었다. 그 후부터 일수놀이만 하고 살았다. 날마다 푼돈이 나갔다 들어왔다 했다. 치부책에 빌려간 자와 갚는 자가 기록되었다. 이자도 철저히 받았다. 큰돈부터 잔돈까지 받아 묶었다. 일만 원짜리는 백 장씩 묶어 다발을 만들었고, 그 외의 돈은 자투리로 묶어 그 액수에 맞는 숫자를 묶음표에 기록했다. 잔돈 통은 따로 준비하고, 통 속에 백 원짜리 잔돈을 수북이 쌓아 모아두었다.

그날그날 오가는 사람은 모두 달랐다. 남자일 때도 있고 여자일 때도 있지만, 여자가 더 많았다. 저녁 식사가 끝나면 그는 날마다 일일 계산을 했다. 그날 들어온 돈을 방바닥에 펼쳤다. 1만 원짜리 돈을 쫙쫙 펴고 돈 둘레의 사각 끝을 일일이 펴서 그림을 맞추었다. 잘 펴지지 않는 지폐와 구겨진 지폐는 다림질을 했다. 반듯해진 지폐를 1만 원 권, 5천 원 권, 1천 원 권으로 구별 짓고, 1만 원 권 세종대왕 그림 쪽에 같은 그림이 오도록 백 장을 차곡차곡 맞춰서 묶었다. 한 묶음이 되지 못한 것은 1만 원 권, 5천 원 권, 1천 원 권 등을 차례로 나열해서 묶었고, 돈 묶음지를 씌워 묶음지에 액수를 기록했다.

그는 그 일을 사랑했다. 그렇게 사랑할 수가 없었다. 날마다 돈을 방바닥에 벌려놓고 한 장씩 다듬었다. 사랑스럽게 돈을 배열했다. 돈의 그림을 짝 맞추고, 다림질해서 셈을 하고, 그들을 합산해서 기록하는 일을 즐겼다. 그 일은 하루 일과 중 가장 행복한 시간이었다. 들어오는 일수 이자는 많았다. 그 당시 교육자 봉급은 십만 원이 채 되지 않았다. 그런데 그의 한 달 결산이자 액수는 육십만 원이 훨씬 넘었다. 교육자 6~7명의 월급 총액과 맞먹는 액수였다.

그가 버는 액수가 커지면서 어렵던 시절의 감각은 잊혀졌다. 그가 쓰는 돈은 컸다. 그는 돈의 가치를 몰랐다. 그는 평생 자기가 그렇게 돈을 벌 거라고 생각했다. 그는 당당했다. 그의 힘은 돈이었다. 돈은 그에게 권력이었다. 돈의 힘처럼 그의 말 또한 명령이며 법이었다. 나는 그가 어떤 존재인가 몰랐다. 그와 나의 관계는 여느 시어머니와 며느리 관계처럼 일상적 관계일 뿐이었다.

아침이 되면 학교에 가고, 저녁이 되면 돌아왔다. 다달이 봉급은 그에게 갔고, 그가 주는 차비로 한 달을 넘겼다. 세월은 느리고 지루했다. 한 달에 2~3번 남편이 편지를 보냈다. 편지는 담담했다. 일상적인 생활이 기계처럼 지나갔다. 아직 봄바람이 올 날은 멀어 보였다. 장독대 밑 얼음은 녹았지만 바람은 찼다. 겨울방학 내내 그의 몸짓을 따라 살림을 배웠다.

그는 새벽에 일어났다. 온 집안을 먼지떨이로 털었다. 빗자루로 쓸고 쓰레받기에 담아 버렸다. 물걸레질로 구석구석 닦았다. 부엌은 바닥, 벽, 부뚜막을 수세미에 퐁퐁을 묻혀 박박 닦아냈다. 다시 그곳을 물행주로 씻어냈다. 간이 유리창에 물을 뿌리고 틈새를 닦아냈다. 뜨거운 물에 행주를 빨아 장독대를 닦았다. 푸세식 화장실은 따로 마련된 걸레로 대야에 물을 떠서 닦아냈다. 회면으로 된 마당은 솔로 닦아내고 물을 뿌렸다.

현관문과 이어진 한길 가 창문은 물걸레로 닦고, 쪽마루 밑바닥도 물걸레질 했다. 그는 청소의 달인이었다. 그는 나를 그와 같이 만들려고 애를 썼다. 그의 태도는 나를 시험했다. 며칠간 나에게 보여주었다. 그것은 나에게 그렇게 하라는 뜻이었다. 겨울방학 내내 나는 그를 따라 그렇게 했다. 그것이 시집에 대한 예의였다. 그는 나에게 최대한 해주려고 노력했다. 우리는 그 당시 별반 충돌 없이 잘살았다

*

갑자기 예상할 수 없는 일들이 영화같이 일어나고 영화같이 사라졌다.

세월호 사건이 그랬고, 성완종 사건이 그랬다. "대기업들도 검찰 수사로 피해 보는데…" '中企, 생사람 잡는 수사에 우리는 존폐 위기'라고 쓴 신문 기사가 나를 울렸다.

지난해 지방의 한 중소기업인이 검찰 수사를 받았다. 검찰은 압수 수색과 계좌 추적, 이 기업인의 주변을 샅샅이 뒤졌다. 이렇게 검찰이 이 기업인을 압박했지만, 애초 목표로 했던 정관계 로비 정보는 확인하지 못했다. 그러자 검찰은 탈세 수사로 방향을 바꿨다. 과거 세무 당국이 이 회사에 대해 세무조사를 했는데, 그때 세금을 덜 낸 사실을 인정하고 세금을 완납해 세무 당국도 검찰에 고발하지 않은 사안이었다. 그런데도 세금을 약점 삼아 수사를 벌여 나중엔 횡령죄를 추가했다. 신문기사 내용을 보며 나는 생각했다.

'이런 검찰은 국가에 왜 필요한 것인가?'

나는 지금 이것을 묻고 싶다. 국가를 망치고 있는 현실을 말하고 싶은 것이다.

《로이슈》 2015년 4월 2일자에서는 '울산지검 국산화 연구개발비 4억 횡령 甲 임직원 구속 기소, 기술사 3명 불구속 기소'라는 기사가 났다. 이에 따르면 울산 지방 검찰청 특별수사부는 甲협회 비리 사건을 수사해 회장 등 임직원 4명을 구속 기소하고 기술사 3명을 불구속 기소했다고 한다.

어느 봄날 아침 식사가 막 끝났을 때 전화가 왔다. 모르는 전화였다. 작은딸이 엄마 친구라 생각하고 나를 바꿔줬다. 회장님을 찾았다. 동시에 초인종이 울렸다.

- 누구세요?

- 누구세요?

대답이 없었다. 또 다시

- 누구세요?

내가 문을 열었다. 세 명의 장정이 문을 밀고 들어왔다. 나는 대충 설거지를 끝마치고 월요일 아침 분류 쓰레기를 처리하려 했다. 우리는 갑자기 밀려온 검은 장정들을 보며 서성댔다. 그들이 거실에 앉았다. 남편도 앉았다. 서류를 내놓았다. 내가 뭘 필요로 하느냐고 물었다. 그들은 나에게 말했다. 아무 일도 나에게 시킬 일이 없다고.

- 비닐 쓰레기 버리러 가도 됩니까?

- 그렇게 하십시오.

나는 아무 생각 없이 일주일 내내 모은 페트병과 폐비닐, 병, 우유팩, 캔 등을 가지고 나가서 분류수거를 하고 들어왔다. 그들은 무엇인가 열심히 찾으며 물었다.

- 안방에 가도 되겠습니까?

- 가세요.

그들 세 명은 뒤지기 시작했다. 어떤 사람이 통장을 달라고 해서 통장을 주었다. 그는 뒤적거렸다. 거의 마이너스 통장뿐이었다. "통장이 왜 그리 많습니까?" "네, 많아요." 벽에 있는 장롱 속을 뒤졌다. 서류가 가득 나왔다. 이것은 무엇이냐? 그것은 온갖 잡동사니 서류였다. 다른 사람들이 주식을 사듯 남편이 퇴직하자마자 나는 작은 집을 샀다. 어머니가 가진 세든 집을 관리하는 서류들이었다. 세든 사람들이 세를 내지 않아 법원에 가서 신청한 서류와 내용증명 서류도 많았다. 그들은 꼼꼼히 봤다. 공무원 퇴직하고 마련한 것들이 많았다. 나는 남편이 공무원에서 퇴직하여 공직이 아닌 것이 얼마나 좋은지 모른다고 말했다. 그들은 말이 없고 조용했다. 그들은 통장 이름이 다른 것을 가져가겠다고 했다.

- 김○○가 누구입니까?
- 친정엄마인데요.
- 정○○은?
- 친정 동생.
- 정○○는?
- 우리 아랫동서.

그들은 그 통장을 모두 압수해 갔다. 그들은 계속 뒤졌다. 장롱 속의 오래된 통장도 뒤지고 확인했다. 나는 여러 채의 집을 사서 빚이 많다고 말했다. 이것저것 뒤졌지만 모두가 마이너스 통장뿐이어서인지, 그들은 조금 기운이 빠졌다. 남편은 말이 없고, 나는 떠들었다. 나는 잘못이 없음을 강조했다. 죄 없는 사람을 부풀려서 잡으면 그쪽도 힘들겠다. 뭔가 있을 듯한데 없으니 얼마나 김빠지겠냐? 강한 만큼 당신네 집착도 강했을 것이고, 그에 비해 죄목에 대한 업적이 나타나지 않으니 김이 빠져 힘들겠다 말했다.

그들은 다시 열심히 찾았다. 장롱 위 메모장, 책상 위 메모장, 거실 탁상 위 메모지. 모두가 내가 쓴 것들이었다. 그들은 왜 회장이 쓴 것은 없는가를 물었고, 남편은 원래 쓰지 않는다고 말했다. 그들은 작은 방 내 서재에 가서 뒤졌다. 내가 쓴 논문을, 작성한 USB를 챙겼다. 가져가라. 전공 서적, 논문집 등을 뒤졌지만, 그들이 찾는 것은 보이지 않았다. 서랍장에 있는 영수증, 아이들이 준 백화점 상품권 등 그들이 정말 찾고 싶은 것은 아무 곳에도 없었던 것이다. 전날 남편이 적어둔 메모만 챙겼다. 그리고 남편을 데리고 가버렸다. 그들은 서둘러 가면서 메모지를 잊어버리고 갔다. 그들은 그 메모지를 사진으로 찍어 핸드폰으로 전송해달라고 했다.

남편이 가는 뒷모습을 보면서 나는 그들에게 요구했다. "같은 편이지 않느냐?" 하고 물으면서, 같은 공무원이었음을 강조했다. 그리고 사랑의 매로 힘들지 않게 해달라고 부탁했다. 그들이 가면서 나를 보고 웃었다. 그리고 내 핸드폰으로 문자가 왔다. 메모지를 사진 찍어 전송해달라고. 나는 사진 찍어 전송하면서 다시 문자를 첨가해서 보냈다.

- 심적 고통이 없도록 힘써주세요. 그러다 남편이 스트레스를 받아 죽으면 서로 힘들 것입니다. 모두가 인연이라 생각합니다. 공무원 삼십 년 일급까지 국가만 위해서 노력한 사람입니다. 그쪽이나 이쪽이나 다 같은 사람입니다. 잘 부탁합니다.

- 예, 사모님, 그러겠습니다. 너무 걱정하지 마십시오.

- 감사합니다. 잘되면 술이라도 대접하고 싶습니다. 언제고 오케이입니다.

- 사모님, 뵌 적은 없지만 조 변호사입니다. 최선을 다해보겠습니다. 편안한 마음으로 기다리십시오.

계속 회사 직원이 전화를 했다. 회장님의 근황을 묻고 걱정했다. 갑자기 일어난 사태가 심각하게 돌아갔던 것이다. 나는 그동안 여러 정황이나 일들을 소상히 설명하면서, 나는 아무렇지도 않다고 강조했다. 사실 내 머릿속은 텅 비어갔고, 남편이 사적으로 횡령할 사람이 아니라는 확신만 가졌다. 그가 자신의 모습을 참을 수 없어 해서 안타까웠다.

어느 날 남편의 핸드폰 문자가 왔다. 오늘 테니스 못 침. 그 사연은 예사롭지 않았다. 문자에는 알 수 없는 검은 그림자가 서렸다. 그동안 그는 너무나 평화롭고 고요했다. 다들 퇴직하고 쉬는 편인데, 그는 작은 회사에 몸담고 있는 것으로 만족했다. 그 회사는 작아서 들고 나가는 돈이 적어 경제에 이렇다 할 마음 쓸 만한 일이 없었던 것이다. 규모가 작지만 인정이 있는 곳이었고, 이래저래 규모를 키울 수 있는 곳이었다. 그는 조용히 그곳을 다녔다.

그 회사는 십 년 넘게 직원들이 날마다 같은 자리에서 그 모습대로 자리를 지킨 터였다. 십 년 전 월급을 십 년 후에도 받았고, 회사는 높은 월세로 살았다. 그는 열심히 회사를 살리려 애썼다. 빚에서 벗어나고자 노력했다. 삼 년 지나 재임이 되면서 회사 건물을 샀고, 직원들 임금도 올려주었다. 나름 회사 규모도 커지고 직원들도 힘을 받았다. 경기도에 연구소도 새로 짓고 사업도 확장했다. 나이 많은 연구소장 대신 연구이사가 추천하는 소장을 새로 채용했다.

그는 그가 잘 아는 업체와 손을 잡고 한전의 사업을 시작했다. 연구소장과 그 업체는 일을 마무리 짓지 못했다. 한전에서 항의가 왔다. 그에 대한 책임은 고스란히 남편이 짊어져야 했다. 그 업체는 너무 작아서 그것을 감당할 능력이 없었다. 새로운 탄탄한 회사를 선정했는데, 잘못된 하자를 수습했다. 울산의 그 작은 업체는 자기네를 다시 써주지 않는다는 이유로 사업했던 작업비를 요구했다(작업이 완성돼야 한전에서 지불되는 것이었다). 남편은 그들이 원하는 돈을 빚을 내서 끝내게 했다. 그들은 계속 한전과의 사업을 다시 재개하고자 했으나, 이미 하자품을 유발한 업체인지라 교류가 되지 못했다.

　　　　　나는 요즘 죽음과 관계되는 책에 마음이
갔다. 그것은 내가 어떻게 죽을 것인가에 관심이 많아졌기 때문일 것이
다. 어느 날 내가 이미 읽었던 책 『마음 가는 대로』(수산나 타마로)가 책꽂이
에서 내 손으로 다시 펼쳐졌다.

　"건강한 시절에는 몸이 나의 적이 될 거라고는 상상도 못 했지. 하지만
병이 들면 내 몸이 가장 무서운 적이 된단다. 단 한 순간이라도 몸과 싸
우려는 의지가 약해지면 지고 마는 거야."

　"내가 세상을 떠날 때 네가 곁에 있어준다면 좋겠지. 지금 내 상태를 알
린다면 너는 아마도 집으로 돌아올 거야. 그리고 나서는? 난 꼼짝없이 휠
체어에 앉아 삼사 년을 더 살 수도 있을 거야, 심지어 정신을 놓아버릴지
도 모르지. 그러면 넌 헌신적으로 날 돌보겠지. 하지만 시간이 흐르면서
헌신은 분노로, 증오로 바뀔 거야. 몇 년 동안 너의 젊음을 허비해버렸으
니까."

　주변에 일어나는 죽음의 길이 곧 우리의 길이 될 것이기 때문에 나는
그들의 삶을 살폈다. 내 친구 민 씨네. 시어머니는 드디어 양로원에 맡겨
졌다. 큰아들은 베트남에 가서 사업을 했고, 작은아들이 어머니를 돌봤
다. 아줌마를 두고 보살폈다. 어느 날부터 치매기가 심했다. 그래도 작은
아들만 그의 아들로 보였다. 몇 년 만에 나타난 큰아들에게 그는

　- 누구십니까? 나를 아세요?

　라고 물었다. 서울에 사는 큰며느리는 명절만 되면 베트남으로 날아갔
다. 그는 가족들의 특별한 날에도 베트남으로 갔다. 작은아들네는 큰 형
수가 웃긴다면서 그들의 짓거리가 부당하다고 말했다.

　둘째 아들은 어머니를 양로원으로 모셨지만, 잘하고 있는지 스스로에
게 물었다. 둘째 아들은 어머니가 밥을 씹지 못하고 음식을 삼키지 못하
니 치료하면서 요양하는 것을 찾아야 했던 것이다. 민 씨는 말했다. "이렇
게 동물같이 백세를 살면서 장수하면 무슨 의미가 있는가?" 하고 스스로

물었다.

맞는 말이었다. 이제 죽음의 시간이 너무 길게 고통 속에서, 의식 없이 살아가는 일이 끔찍스러운 일이 된 것이다. 우리는 이제 죽음을 잘 맞이하기를 바라는 바람이 새롭게 생겼다.

내 엄마는 노인이 되고부터 엄살이 많아졌다. 조금만 아프면 내 형제들을 들들 볶았다. 이곳이 아프다. 저곳이 아프다. 다리가 아프다. 눈이 아프다. 안 아픈 곳이 없었다. 우선 다리를 수술하기로 했다. 종합 진단을 받기 위해 병원에 입원했다. 주변 환자들은 모두가 링거를 꽂고 누워 있었다. 어떤 이는 일 년이 넘었고, 또 어떤 이는 이 년이 넘었다. 그들은 찾는 가족도 없었다. 그들의 가족은 먹고 살기 힘들었다. 아들이 일용직인데, 일용직을 해서 병원비를 댔다. 병원에 면회 올 시간은 없었다.

내 엄마는 당당했다. 병원이 병원답지 못하면 큰소리를 쳤다. 진단 결과 다리보다 심장을 더 먼저 시술해야 했다. 그는 그곳에서 시술을 했다. 그곳에 있으면서 많은 깨달음을 얻었다. 병원이 모두를 치료할 수 없다는 것과, 병원 입원은 죽음을 늘릴 뿐이지 행복을 주는 곳이 아니라는 것, 죽음은 조용히 집에서 맞이하는 것이 최고 좋은 것이라고 생각했다.

*

차를 타고 건너오는 구속 게임의 소리는 파도처럼 거칠게 내게 왔다. 차가 쌩쌩 달리면서 바람도 따라 스치며 지나가는 소리는 나에게 억센 소리였다. 신호등에 묶여 차가 밀물처럼 몰려왔고, 바람의 부딪힘이 멈추듯 구속 게임의 말소리가 멈췄다. 다시 신호등이 바뀌면서 구속 게임의 말소리가 폰을 타고 밀려왔다. 그들은 죄를 말했고, 수학적으로 죄를 계산해냈다.

남편은 수학적이지 않았다. 그는 수학을 못 했다. 수학 게임에 지고 있었다. 수학적 계산 속에서 그의 죄는 수학적으로 무거웠다. 나는 수학적으로 계산하지 말라고 그에게 주문했다. 수학적 게임은 우리를 힘들게 했다. 풀 수 없는 게임이 되었다. 우리는 우리 식의 자연 계산법을 계산했다. 나는 행복한 계산법으로 바꾸었다.

내가 있어 행복하고, 당신이 있어 행복했다. 우리는 죽음을 생각하지 않음에 대해 기뻐했다. 지금 맛있는 음식을 씹을 수 있음에 감사했다. 등산을 할 수 있을 만큼 건강이 있어 행복했고, 멋진 자연을 눈으로 확인할 수 있어서 행복했다. 맛있는 밥을 사먹을 수 있어서 행복했고, 편안한 잠을 잘 수 있는 집이 있어서 행복했다.

구속 게임의 소리가 거칠어도 상관없고 온 세상에 펼쳐져서 그를 발가벗겨도 상관없다. 겉이 검게 보일지 모르지만 그 속의 그는 배속같이 깨끗한 것을 가지고 있을 것이었다. 그는 투명하고 투명한 유리 속을 보이고 있지만, 구속 게임은 그에게 검게 죄를 만들고 죄를 씌웠다. 그를 보는 주변 사람들은 그를 검다고 말했다. 경비원이 그랬고, 친구들이 그랬다. 친구는 친구에게 전했고, 또 다른 친구에게 말했다. 그들은 나에게 검은색을 원할까? 내가 말한 하얀색을 그들끼리의 검은색으로 말하고 싶은 것일까?

말은 말의 게임을 만들고, 말의 게임 속을 그들은 즐겼을 것이다. 진정으로 하얀색을 말하고자 했을 것이다. 다만 하얀색을 검은색으로 색칠했을 뿐이리라. 그러면서 구속 게임은 계속 진행되고 있었다. 그가 죽어야 경쟁자들은 살고, 그들의 삶이 풍요로웠다. 그들은 그래서 그를 죽이고 싶은 소리로 죽이라고 떠들어댔다. 죽음의 소리는 세상에 퍼졌다. 세상 속에 죽음이 살아 있었다.

나는 항상 방학이 되면 고민했다. 외가로 갈 것인가? 친가 할머니 집으로 갈 것인가? 대부분 친가 삼촌이 우리 집에 있으면 삼촌을 따라갔고, 외삼촌이 가면 외삼촌을 따라갔다. 방학 때쯤 친가 삼촌은 우리 집에 들러 나를 데리고 버스를 탔다. 동네 어귀에는 신작로가 있었다. 먼지를 하얗게 일으키며 동네에서 버스를 내렸다. 버스가 서면 동네 사람들은 버스에서 누가 내리는가? 하고 눈을 집중하고 관심을 가졌다. 삼촌은 동네 어른들에게 인사를 했다. 그는 작은 내 손을 잡고 동네 어귀를 거쳐 좁은 길을 따라 동네 안쪽으로 들어갔다.

주위 사람들에게 나는 도시에서 온 좀 색다른 아이로 비쳤다. 나는 그들과 눈이 마주치지 않도록 삼촌 쪽 몸으로 바짝 붙어서 땅속을 봤다. 내 몸은 쑥스러워서 움츠러들고, 얼굴은 벌게지며, 발걸음은 빨라졌다. 한길 가에서 바로 동네 샛길이 이어졌는데, 한쪽은 계곡물이 흐르고 다른 한쪽은 논과 밭, 미나리꽝이 집 담벼락과 붙어 있었다. 길게 이어진 동네 둑길의 끝에 동네 마을이 있었다. 둑길 끝 넓은 공간은 아이들이 자주 모여 장난치고 즐기는 곳이었다. 여름이면 장맛비에 계곡물이 강처럼 불어, 헌 깡통에 줄을 매어 물을 푸며 놀았다. 가을엔 계곡에 연 호두나무를 따고, 징검다리 위에서 파랗고 두꺼운 호두 껍데기를 돌에 박박 밀어서 벗겨 호두를 까먹었다.

흙담과 돌담이 많았다. 흙담에는 호박과 박 바가지 넝쿨이 심겼다. 돌담 속은 작은 새끼독뱀이 나와 꼬마들을 놀라게 했다. 봄날이 되면 새벽녘에 꼬마들이 모였다. 바가지를 들고 감꽃을 주웠다. 긴 실에 꿰어 꽃목걸이를 만들었다. 초가을이 되면 골목을 돌며 파란 감을 주웠다. 할머니는 장독 항아리에 소금을 풀고 땡감을 익혀 먹었다. 도시에서 시골로 오면 제일 먼저 할아버지 거처를 들르고, 그곳에 있는 할아버지에게 절을 했다. 그들은 날마다 정치 얘기를 했고, 큰소리로 잘못을 말했다. 곧바로 안채로 들어가 할머니에게 절했다.

해질 무렵 삼촌은 밭에 가서 참외, 수박을 따왔다. 뒤뜰 함지박에 과일이 식도록 담가놓았다. 나는 할머니 집 작은 손님이었다. 작은 엄마는 부엌 옆에 소쿠리를 놓고, 그 위에 동부를 넣고 푸짐한 찐빵을 쪄서 하나 가득 펼쳐놓았다. 저녁에는 커다란 멍석을 부엌 입구에 깔고, 멍석 옆에는 모깃불을 놓아 모기에 물려 뜯기지 않게 했다. 앞산에 해가 지면 어둠은 금방 왔다. 어둠은 칠흑 같았다. 나는 무섬증이 몸속에서 일어났다. 내 몸은 꼼짝을 못 했다. 안방 앞에 달린 100와트 작은 전구가 유일한 빛이었다.

밥상은 급히 차려졌다. 두레상에 된장찌개, 호박나물, 오이 겉절이, 나물무침 등이 나왔다. 삼촌은 커다란 국그릇에 여러 가지 반찬을 넣고 밥과 함께 고추장을 넣어 썩썩 비벼 먹었다. 나도 그것이 맛있어 보여 한 숟갈 입에 넣었다. 금세 입이 매워 땀을 흘리며 호호거렸다. 삼촌이 먹는 밥은 꿀맛이었다. 진하게 덥고 끈적이는 한여름의 열기는 산에서 내려오는 바람과 계곡의 냇물 속으로, 흐르는 물속 바람으로 사라졌다. 오히려 몸속에서는 한기가 서렸다. 밥을 먹으면서 이미 눈은 감겼다.

치워진 밥상 위 멍석에서 나는 스르르 모로 누웠다가 깜박 잠들었다 깨어났다. 다시 눈은 총총히 빛났고, 하늘의 별도 빛났다. 나는 할머니의 옛날이야기를 졸랐다. 할머니 얘기는 재미있었다. 하나가 끝나면 또 졸랐다. 하나 더 하라고. 금방 또 한 토막의 이야기가 끝났다. 나는 다시 또 하나 하라고 할머니를 졸랐다. 할머니는 두 가지 이상 들으면 손녀인 내가 시집가서 못 살게 된다고, 내일 다시 재미있는 얘기를 들려준다고 말했다.

그 말이 끝나자마자 나는 이미 눈이 감겼고, 깊숙이 잠속으로 빠져들었다. 삼촌은 다시 나를 깨웠다. 방에 가서 자라고. 게슴츠레한 눈을 뜨고 비틀거리면서 할머니를 따라 안방으로 들어갔다. 안방문은 작아서 어른은 모두 허리를 반으로 접고 들어갔다. 모기장이 문에 발처럼 쳐져 있었다. 모기장 발을 걷고 들어서면 방은 뜨거운 석양 열에 데워진 화끈한 열기가 몸속으로 닿았다. 숨이 탁 막혔다. 자연식 찜질방이 됐다. 서양 집이라 서산으로 넘어가는 태양열이 흙벽에 붙어 그가 가진 뜨거운 열에너지를 몽땅 털어놓고 간 것이다.

나는 돗자리와 이불이 섞여 있던 바닥으로 엉금엉금 기어가서 몸을 굴렸다. 몸이 바닥과 섞이면서 잠속으로 빠져버렸다. 아침 새벽녘에 할머니의 기도소리가 들렸다. 할머니는 절에서 배운 여러 가지 염불을 오랫동안 외우고, 수시로 손을 모아 합장하며 암송했다. 공중을 향해 타원을 그리고, 다시 합장했으며, 그 행동은 여러 번 반복되었고 다시 기도했다.

아침은 상쾌했다. 일찍 일어난 작은엄마는 부엌에서 불을 땠다. 삼촌은 사랑채에 가서 소를 먹일 여물을 챙겼다. 할아버지는 아침나절 밭과 논을 둘러보고 그날 할 일을 아침상에서 삼촌에게 일렀다. 아침상이 차려졌다. 된장찌개 아니면 뭇국, 여러 가지 나물무침, 볶은 고추, 호박찜이 대부분이었다. 식구들은 아침에 입맛이 없이 밥을 먹었다. 할머니는 이가 좋지 않아 항상 숭늉을 먹었다. 노란 놋쇠 그릇에 담겨졌다. 그것은 가마솥에서 금방 끓여온, 묽으면서 차지게 으깨진 죽이었다. 맛이 구수하고 입에 착착 감겼다. 그렇게 맛깔스러울 수가 없었다. 나는 할머니 숭늉 먹는 것을 좋아했다. 할머니 입맛에 나도 길들여졌다.

나는 지금도 할머니의 숭늉을 잊지 못한다. 가끔 두꺼운 프라이팬에다 밥을 누룽지로 만들었다. 되도록 시간을 오래, 느긋이 누룽지를 두껍게 만들었다. 그것에 물을 조금씩 넣으며 나무주걱으로 서서히 박박 문질러서, 숭늉을 만들어 먹으며 즐겼다. 지금 아이들은 치킨에 햄버거 문화지만, 우리는 어쩌면 숭늉 문화일 것이다. 문화가 다르니 사고가 다를 것이고, 사고가 다르니 서로 조화롭기가 힘든 게 아닐까?

나는 평생을 시어머니의 생각이 그르다

고 생각했고, 시어머니는 평생을 맏며느리인 내가 못됐다고 생각하며 살아왔다. 우리는 서로 조화롭지 못했다. 그가 동쪽으로 가자 하면 나는 동쪽으로 갔고, 그가 서쪽으로 가자 하면 서쪽으로 갔다. 우리는 그렇게 삼십 년 이상을 살아왔다. 그러나 언제부턴가 내 눈에 그의 부당한 행동이 보였다. 그러나 그는 옳고 바르다고 주장했다. 모든 식구는 그의 편이고, 나만 반역자가 됐다. 나는 심적 독립이 필요했다. 부당함에 길들여지는 일을 하고 싶지 않았다. 옳은 것은 옳다고 하고, 그른 것은 그르다고 해야 했다.

육십이 넘어 나는 나를 독립시켜야 했다. 나는 자유롭고 싶었다. 결혼해서 삼십 년 넘게 시댁이든 친정이든 최선을 다하면서 봉사했다는 생각을 했다. 내 마음속 깊이 어떻게 하면 내 자유를 찾을 것인가를 생각했다. 그동안 나는 일찍 죽을지도 모른다는 심리적 압박감을 가지고 있었다. 이미 우리 집안은 수명이 짧다는 증거가 있었다. 동생이 이십구 세에 갔고, 조카들이 어려서 갔으며, 아버지는 쉰아홉에 간 터였다. 나는 아버지 나이까지 내 삶의 책임을 다해서 아이들이 독립하게 하면 될 것이라 생각했었다. 그 후 죽음은 자유로운 죽음이 될 것이라고. 육십이 넘으면 덤의 인생으로 생각했다. 육십이 넘으면서 나는 더 자유를 갈망하고, 내 존재를 찾는 욕망이 강해졌다.

육십이 넘은 어느 해 추석 명절. 경부 고속도로가 꽉 막혔다. 오늘 또 한민족의 대이동이라 생각했다. 작은추석은 음식장만 하러 시장 가랴, 부침이 부치랴, 식구들 모여 만두 만들랴 바쁘기 때문에 명절 전전날에 도착해야 했다. 우리는 퇴근하자마자 김밥을 주문하고, 차 안에서 먹을 음료와 과자를 챙겨 일곱 시경 서울을 떠났다. 차는 한남대교부터 밀렸다. 톨게이트를 지나는 데 두 시간이 걸렸다. 걸어서 뛰는 편이 나았다. 죽전을 지나 밤은 짙어졌다. 천안까지 갔을 때 열 시가 훨씬 넘었다. 시어머니는 갑자기 생뚱맞게 시골에 오지 말라고 전화했다. 평생 가던 일을 오지 말라니 이해할 수 없었다. 남편은 말없이 차를 몰았다. 시골 가까이 가면서 몇 차례 더 오지 말라는 전화를 받았다. 남편은 열두 시가 넘어 유성 쪽으로 가서 그곳에서 잠을 잤다. 이튿날 새벽 다시 시댁으로 출발하려 할 때 또 오지 말라고 전화가 왔다.

언젠가도 그런 일이 있었다. 남편 사무실 상관 부모가 죽어 상갓집을 들렀다가 명절 쇠러 시골에 갔다. 그때도 어머니는 우리를 부정 탔다며 쫓아냈다. 그래서 서울로 돌아왔다. 이번에는 왜 또 그러는지 몰랐다. 그래도 우리는 의무와 책임을 위해 일찍 서둘러 새벽에 시댁으로 갔다. 시어머니는 문을 잠그고 집을 비웠다. 우리는 집에 들어갈 수가 없었다. 우리 식구는 거리를 새벽부터 거닐었다. 시장통도 가고 역전도 가보고 주변 도심지도 거닐어보았다. 새벽장이 열리려고 식품점이나 양품점이 바빴다. 마지막 명절 고객을 위해 가게를 화려하게 꾸몄다. 옆 동네 사는 동서가 열 시 넘어, 문 땄으니 집으로 오라고 전화했다.

나는 몸속에서 불같은 응어리가 솟구쳤다. 남편에게 불평했다. 시어머니가 버선발로 뛰어나와 반겨도 시원찮은데 오지 못하게 문 걸고 사라지는 걸 나는 용서할 수 없다고. 그렇게 그날 찬밥 신세로 들어가서 제사 음식을 준비했다. 이튿날 제사상을 새벽부터 차렸다. 아이들은 차례를 지내기 위해 세수를 했다. 우리 집 막내가 수돗가에서 세수를 하고 코를 풀며 닦았다.

- 누가 음식에 티끌 들어가라고 코를 푸느냐?
- 엄마, 그럼 어디서 세수해?

시어머니의 억센 소리가 모든 식구들을 흔들어 깨우면서 집안을 썰렁하게 만들었다. 그리고 작은애의 반항적인 탁한 소리가 났다. 차례 음식을 담으면서 동서에게 작은 소리로 "아이고, 할머니랑 똑 닮았다"고 말했다.

우리는 바쁘게 차례를 지내고 성묘를 했다. 갈 사람은 갔고 집에 있을 이는 집에 있었다. 우리는 시댁에서 차 밀리는 것을 생각하여 새벽 두 시에 출발해서 서울로 왔다. 오자마자 잠을 잤다. 아침식사를 준비하고 밥을 먹으려고 식구들이 모였는데 시어머니한테서 전화가 왔다

- 나 너 때문에 한 잠도 못 잤다.

- 어째서 걔가 날 닮았더냐?

그는 그동안 쌓인 그만의 적의를 나에게 폭포수처럼 쏟아내고, 그가 만든 적의로 나를 찔러댔다. 그는 짐승의 울음소리로 징징 울면서, 나를 죽음의 끝까지 밀고 가고 싶어 했다. 그의 적의는 무서웠다. 그의 살기가 몸속으로 희미하게 들어오면서 내 몸속은 삶과 죽음이 뒤엉켰다. 나는 지금까지 순행을 바랐지 역행하고 싶지 않았다. 나는 서서히 죽음 쪽으로 미쳐가기 시작했다. 나는 서서히 역행하기 시작했다.

- 내 나이가 육십이 넘었어요. 나 이제 이 집 며느리 안 할 겁니다. 나 그 집 호적에서 빼주세요.

그렇게 나는 죽음을 각오하고 새로운 삶을 말하면서 전화를 내가 먼저 끊었다. 나는 그의 적의를 스스로 비워주고 싶었다. 그는 그의 적의가 악으로 말해질 것이었고, 그는 악 속에 그와 나를 묶어 온 천하에 펼쳐서, 내가 악 속에서 죽기를 바랐을 것이다. 그렇게 시간은 갔고, 시간이 갈수록 나는 그들과 소통을 두절했다. 그는 자기네 떨거지끼리 뭉쳤다. 몇 년간 나에 대한 악은 그들에게 결속을 만들어줘 특별한 믿음을 고수했다. 그들은 선의 사람이 됐다. 그들의 선은 경제적 가치를 가질 수 없었다. 그는 다시 아들을 꼬드겨서 자기의 경제지수를 맞추고자 노력했다. 반역에 대한 반성으로 그의 장남인 남편은 어머니의 뜻을 받들어야 자신이 편안해지는 것이다. 그는 책임이 강한 자기의 뜻을 만들었다. 그는 어머니에게 평생 길들여진 아들이었다. 나는 생각을 수학적으로 분류하기로 했다.

아들 인생은 아들 것이고, 내 인생은 내 것이라고. 나는 드디어 자유인이 됐다.

- 나는 자유인이다.

나는 육십 넘어 내 자유를 찾은 것을 축복하며 행복했다.

*

방학이 되어 친할머니 집에 갔다.

친할머니네 동네 가운데는 가장 큰 고관들이 사는 집같이 커다란 네모 집이 자리했다. 솟을대문은 높고 대궐 같은 문은 항상 닫혀 있었다. 그 집에 누가 사는지 나는 몰랐다.

그 집을 중심으로 동네 마을 집은 옹기종기 붙어서 벌집모양으로 산 밑의 동네를 가득 채웠다. 나는 동네를 끼고 야산을 돌아다니는 일이 내 일이 됐다. 냇물에 들어가서 철퍼덕거리는 일과 동네어귀 움푹 들어간 막다른 골목이 있는 작은할아버지네 집에 놀러가는 일이었다. 그곳에는 식구가 많았다. 나보다 한 살 많은 고모와 몇 살 아래 삼촌이 있었다. 고모이지만 그는 경쟁자며 친구였다. 나는 눈만 뜨면 갔다. 그는 부엌에서 불을 때거나 농사일을 거들었다. 나는 그를 따라다니는 일로 하루하루를 보냈다. 그 집은 양계장을 해서 하얀 닭이 수백 마리 있었다. 수시로 닭이 놀라 소란이 일어났다. 저희들끼리 싸우고 창자가 드러나 죽기도 했다.

나는 그 식구들이 밥 먹는 것을 본 적이 없었다. 밥 때가 되면 나는 할머니 댁으로 왔다. 밥을 먹은 후 찐빵을 들고 나가서 고모한테 주고 싶었다. 그러나 삼촌은 먹고만 가라고, 들고 나가면 안 된다고 말렸다. 점심 후 나는 또다시 고모네로 갔다. 어른들은 이미 밭으로, 논으로 나갔다.

우리는 소꿉놀이를 하거나 산으로, 들로 싸돌아다녔다. 나무와 풀을 꺾고, 눈에 보이는 잡풀을 만지며 놀았다. 제일 무서운 것은 꽃뱀과 누렁뱀을 만나 덤불속에서 밟을 뻔한 일이었다. 논두렁에는 녹두나 동부가 심겨졌다. 그 길 따라 다른 쪽 길로 접어들 때 우거진 덤불과 함께 뱀이 꼭 나타났다.

어머나? 기절하며 그곳을 벗어나야 했다. 다시는 그런 덤불 속을 걷지 않으려 애썼다.

덤불을 지나 둑방 밑으로 내려오면 졸졸 흐르는 작은 개울이 산 쪽에서 내려왔다. 맑고 깨끗한 물과 두꺼운 자갈모래 틈 사이에 털이 숭숭 난 검은 참게와 작은 민물가재가 숨어 있었다. 우리는 그것을 잡으려고 애썼다. 참게는 집게가 컸고, 한 번 물면 놓지 않았다.

한여름 칠월칠석 날이 가까워오면 동네 할머니들은 새 치마저고리를 갈아입고 읍내에 있는 절로 향했다. 나는 할머니를 따라갔다. 읍은 멀었다. 굽이진 산을 두어 개 넘어갔다. 산 사이에 한길을 냈는데, 구부러진 길은 끝이 없이 걸어야 했다. 산 중턱 길에서 읍내는 한참을 내려갔다. 읍내 북쪽 끝에 붙은 뒷산 중턱에 절이 있었다. 주지스님은 호호 할머니였다. 내가 어렸기 때문에 나를 잘 다독여주었다. 사람은 많았다. 그 스님이 염불을 하면 모든 할머니가 염불을 하고 합장하며 열심히 절을 했다.

나는 그 시간이 지루했다. 절 주위를 돌아다녔다. 꼬마도 없었다. 절에 차려진 상 위에만 눈이 갔다. 떡, 과일, 과자 등 화려한 먹거리만 보였다. 언제 끝나는가? 먹고 싶다는 생각만 간절했다. 절에 가는 일은 동네 할머니들의 잔치였다. 그곳에서 음식을 먹은 후 다시 되돌아 집으로 가면서 다른 절에 들렀다. 남쪽 산자락에 있는 큰 절이었다. 그곳에는 내가 아는 친척 할머니가 그곳에서 합장하고 기도했다. 그는 우리를 만나자 먹을 것을 챙겨왔다. 나는 배가 차서 먹지 못했다. 그 음식을 하얀 수건에 싸서 손에 들었다. 다시 돌아오는 길은 또 다시 멀고도 힘들었다.

2014년 내내 세월호가 국가를 묶었고 정

치가들은 세월호에 끌려갔다. 세월호는 모든 국민과 국가를 무덤 속까지 끌고 가려 애썼다. 서민은 이 사건을 지긋지긋해하며 욕했다. 세월호를 위한 반역이 일어났고, 그것을 정치의 일로 만들었다. 국민들을 싸움 속으로 끌어들이고, 세월호를 두고 패를 갈랐다. 패싸움을 부추겼다. 언론이 하는 말은 누가 옳은지 몰랐다.

세상에서는 우리가 인터넷 강대국이라고 칭찬했다. 가장 빠른 나라, 인터넷 국가라고 했다. 그러나 인터넷 강대국은 인터넷으로 죽었고, 인터넷으로 죽임을 당했다. 온 나라는 싸움판이 됐고, 싸움으로 죽었다. 정치가는 정치가, 국민은 국민이, 인터넷은 그들끼리 서로 찌르고 할퀴면서 죽을 때까지 싸웠다.

TV 그림 속에 각자의 성을 쌓았다. 그들은 성 안에서 그들의 농성을 강하게 했다. 그들은 서로 자신의 위치를 고수하고, 적을 압박하며 적에게 집중했다. 그들의 끝없는 싸움은 죽음에 대한 보상금이라는 돈과 그들 편에 서게 하는 정치가들의 업적이었다. 세월호 속에서 죽은 슬픔보다 그 속에 녹아든 적들 때문에 국가는 온통 적의 나라가 되었다.

새해부터 새 일을 창조하겠다는 정치가는 치적을 쌓기로 했다. 정치가의 업적은 쓰레기 청소에 집중했다. 쓰레기 청소자로 지목된 자들은 모두를 쓰레기통에 넣어야 했다. 정치가의 하수인은 자기의 업적을 쌓아야 승진이 됐고, 그에 걸맞은 정치적 추종자의 업을 만들 수 있었다. 정치 추종자는 무서웠다. 그들은 임진왜란 때 아군이나 적군의 목을 쳐서 임금에게 바쳤듯이, 죄가 있든 없든 그들의 눈에 맞춰지는 자들은 그들의 업적에 맞게 죄목을 씌워 목을 조였다. 그들은 치졸했다. 그것이 그들의 업적을 높이는 일이 됐다.

추종자들은 치적과 업적을 올리는 데 혈안이 되어 미쳐갔다. 미친놈들은 아무도 못 말렸다. 미친놈에 걸린 국민들은 그들의 업적을 위해 죽어갔다. 그들은 경제와 상관없다. 미친놈에게 걸린 국민의 회사도 함께 죽음을 가져야 했다. 경제는 수학의 경제일 뿐 국민의 경제가 아니었다. 정치가는 아무것도 몰랐다. 청소를 하면 경제가 살 것이라 믿었다. 국민은 경제적 수학이 힘들었다. 그들의 추종자가 업적의 수에 초점을 맞추어 국민의 경제가 죽어감을 몰랐다. 업적을 쌓을수록 경제 지수는 하락했다. 업적 치수가 오를수록 국민의 경제는 피를 토했다.

정치가는 아무 상관이 없었다. 임기 내에 끝내야 하는 청소 업적이 중요했다. 그들은 어리석었다. 청소 작업이 경제 지수와 상관되지 않았다. 그들의 경제 지표 빨강 불을 알지 못했다. 국민은 정치가가 답답했다. 앞뒤가 소통되지 않았고 무엇이 소통인지 몰랐다. 청소와 경제가 어떻게 함께 묶여서 돌아가는지 몰랐다. 모두가 먹통이었다. 먹통들만 먹통으로 살아갔다.

이 세상의 변화 속에 정치가들은 이웃들을 화려하게 만났다. 그들은 우리에게 화려한 밥상을 차려줄 것으로 알았다. 그들은 진정한 국민이 무얼 필요로 하는지 몰랐다. 멀리 떠다니면서 남의 것이 커 보이는 것을 잡으려 하는 헛짓을 바라마지 않았다. 우리는 내가 가진 것을 올곧게 지켜내며 조화롭게 살기를 바랐다. 그리고 우리는 남에게 피해 주지 않으며, 건강하고 조화롭게 주변사람들과 함께 행복한 삶을 추구할 뿐인 것이다.

*

나는 새벽어둠이 있을 때 서리풀 공원과 집 뒷산 몽마르트르 공원을 산책했다.

어느 때는 서쪽 하늘에 달이 하얗게 떠 있었다. 겨울 새벽은 바람이 찼고 한강 바람으로 소나무가 흔들렸다. 봄이 되면 날씨는 푸근했고, 희뿌

연 연기 속에 공원이 잠겼다. 누에 다리 밑으로 자동차가 줄지어 섰고, 번 쩍이는 불빛이 꽃을 이루었다. 그 불빛은 한강 다리를 넘고, 우면산 굴을 뚫었다. 저 멀리 남산타워 불빛이 점찍어 수를 놓고 자동차 불빛, 가로등 불빛이 엉켜 환상의 나라를 만들었다.

남산은 추억이 많은 곳이다. 반세기 전 아버지는 나에게 서울 구경을 시켜주었다. 그는 나를 밤새워 기차를 태우고 올라와 새벽녘에 남산으로 데리고 올라갔다. 아버지 손을 잡고 솔밭 사이를 올랐다. 오르면서 새벽 어둠이 사라져갔다. 발이 미끄러졌다. 솔밭 사이의 마사토에 신발이 미끄 러졌다. 숨이 찼다. 소나무 등걸 밑에 앉았다. 반짝이는 불빛과 어스름한 불빛이 겹쳤다. 쉬었다가 다시 걸었다. 등성이가 보였다. 어둠속에서 사람 들은 체조를 했다. 숨 가쁘게 올랐지만 그곳에는 어둠과 안개, 먼 곳에 비치는 집집의 불빛뿐이었다.

아버지는 나에게 무엇인가를 보여주고 싶었다. 아버지는 밤새 기관차 를 몰고 왔고 승객과 화물을 서울역에 떨쳐놓고 후임자에게 자리를 물려 주었다. 그는 나를 데리고 남산에 올랐다. 한낮쯤 해가 중천에 떴을 때 나를 창경원에 데려갔다. 그리고는 다리 아프다는 나를 목마 태워 낙타 를 구경시켰다. 낙타 등이 뽈록뽈록했고 걸을 때마다 흔들흔들했다. 신기 했다. 동물원 울타리는 많았다. 가는 곳마다 배설물이 뭉친 역한 냄새가 심해서 목에서 구토가 일어났다. 지독한 냄새를 참으며 별별 동물들을 다 봤다.

지금 생각하면 창경궁을 창경원으로 일본이 격하시키고 조선 임금을 욕보이면서 관광지로 만든 사실은 치욕적인 일이었다. 제발 다시는 이런 치욕적인 일이 일어나지 않도록 정치가들이 잘해주기를 빌 뿐이다.

아버지의 정열은 어린 딸에게 서울을, 동물원을 구경시키고 싶었다. 아 버지는 일제강점기 때 공립 공업학교를 졸업했다. 그는 말했다. 기계과에 조선인이 셋이 있었다고. 졸업 후 그는 기차 기관사가 되었다. 그는 출퇴근이 부정확했다. 그는 기관차의 시간에 맞춰 출근했다. 어떤 때는 아침 일찍 새벽에 갔고, 어느 때는 밤 열두 시에 출근했다. 기관차도 다양했다. 승객 차일 수도 있고, 화물차일 수도 있다. 더러는 승객과 화물이 붙어 함께 움직였다. 그는 새벽 두세 시에 부산이나 마산에서 밤새워 기차를 끌고 와서 목적지에 하차시켰다. 그때가 퇴근시간이 됐다. 하차하자마자 숙소 목욕탕에서 목욕하며 몸을 풀었다. 그다음 이발과 면도를 하고 집에 왔다. 아버지는 나를 보면 오 원을 주었다.

- 가게 가서 두부 한 모 사와라.

- 나머지는 눈깔사탕 사먹어라.

나는 신이 났다. 집 앞에 있는 애꾸 할매 구멍가게로 펄쩍펄쩍 뛰어갔다. 내가 가면 그는 내가 뭘 살지 잘 알았다. 돈에 맞춰 두부 한 모와 눈깔사탕을 줬다. 구멍가게는 아주 작았다. 이삼 평 정도였다. 방은 어른이 발 펴고 잘 수 없었다. 가게는 방문과 좌판 사이가 이 미터가 채 안 됐다. 방의 중간 높이에 선반을 놓아 베개와 이불이 올려졌다. 바닥은 벽면에 딱 붙어야 누울 수 있었다. 방 문턱은 높아서 무릎 높이만큼 기어올라야 했다. "두부 주세요" 하면 그는 오그렸던 발을 뻗쳐서 문턱 아래로 발을 내려, 평퍼짐한 흰 남자 고무신을 신었다. 길과 처마 밑 사이에 놓은 넓은 양은 '다라이' 속에 두꺼운 두꺼비처럼 생긴 손을 넣어 두부 한 모를 건져, 신문이나 회 포대 종잇조각에 싸서 주었다.

눈은 이미 새로 나온 눈깔사탕 빨강색에 초점을 맞췄다. 할머니는 오 원을 받아들고

- 이것도 하나 주랴?

- 예.

그는 얼른 회색 몸뻬 안주머니에서 일 원짜리를 찾아 내 손에 쥐어주고

- 두부 깨지지 않게 잘 들고 가.

하고 소리를 질렀다. 동네 꼬마들은 그 할머니를 호랑이 할머니라 했다. 호랑이 할머니는 심술이 많았다. 가게 앞터는 놀이하기 좋은 곳이었다. 비좁은 골목에서 쏟아져 모였다. 꼬마들의 집합소였다. 가게 옆에 들마루를 놓았다. 오가는 사람들이 앉아서 '이바구'를 했다. 호랑이 할머니 친구는 없었다. 그곳은 지나가는 막일꾼들이 막걸리 한 잔씩 걸치고 가는 곳이었다. 가게에 널판을 설치해서 위에는 봉지과자를 진열했다. 널판 밑에 항아리를 땅 속에 묻어 그 속에 막걸리를 담았다. 그는 긴 막대 달린 양은그릇으로 항아리 밑을 홀홀 내둘러 한 되박을 떠서 주전자에 따라 팔았다.

호랑이 할머니 얼굴은 무서웠다. 한 눈은 애꾸눈이고 움푹 패여 푹 들어갔다. 눈썹과 눈 사이가 깊고 험했다. 흰머리는 쪽을 져서 비녀로 꽂았다. 중들이 입는 헐렁한 회색 바지에 남자들이 입는 헐렁한 러닝셔츠가 그가 입는 유일한 옷이었다. 회색 바지 주머니는 안쪽에 붙었는데, 그 속으로 모든 돈이 들어갔다 나왔다 했다. 목소리는 걸걸하고 앙칼졌다. 한 번 꽥꽥 소리 내면 꼬마들은 줄행랑을 쳤다. 아이들은 자주 싸우고 울었다.

- 이놈의 새끼들 시끄럽다.
- 이놈 새끼들 얼른 꺼지라.

그는 물바가지를 뿌리면서 소리쳤다. 꼬마들은 그곳에 바글바글했다. 골목골목이 가늘고 길었다. 집과 집 사이는 세 발 자전거 타기에도 비좁았다.

좁은 골목의 반은 하수가 흘렀다. 집골목은 하수 오물 냄새가 가득했다. 집집의 담은 제각각이었다. 어느 집은 구기자나무를 빽빽이 심었다. 그 옆집은 탱자나무로 울타리를 삼았다. 가시덤불로 담장을 했다. 우리 집은 얇은 송판을 겹겹이 붙여서 담장을 만들었다. 집집에 화단이 있었다. 화단 옆엔 채소밭이 있었다. 상추, 아욱, 부추, 고추 등을 심어 자급자족했다. 화단 끝에 유자와 수세미를 심었고, 처마 밑이나 담장으로 줄기를 올렸다. 주렁주렁 유자와 수세미가 지붕으로 올라가면서 마당을 장식했다. 마당은 그늘이 졌다. 그래서 들마루를 놓아 그곳에서 식사를 하며 시원하게 즐겼다. 아버지는 화초와 채소를 잘 가꾸었다. 붉은 칸나, 색색의 다알리아, 노랑 국화가 화단을 장식했다.

나는 넓은 칸나 잎과 빨강 꽃을 좋아했다. 그것은 이국적인 느낌을 주어서, 어떤 미지의 세계를 상상하게 했다. 열대성 뜨거운 나라의 정열을 주면서 무한한 자유의 세계를 느끼게 했다. 화단 끝 채소밭 옆에 푸세식 화장실이 있었다. 그것을 이용하여 가끔 아버지는 채소밭에 거름을 주었다. 나는 냄새 나는 채소밭에서 도망을 갔다.

*

나는 육십이 훨씬 넘어 시어머니를 다시 이해하게 됐다. 큰애는 H, 작은애는 S, 사위는 Y, 손자는 W, 손녀는 y이다.

주말에 아이들은 테니스 대회에 참가했다. 나는 남동생과 함께 아이들을 데리고 아쿠아리움에 갔다. 추억 만들기로 수족관 물고기를 구경시켰다. 큰 물고기를 y는 무서워해서 눈을 감았다. W는 물고기보다 입장하기 전 보았던 장난감 자동차에 더 관심을 가졌다. 그는 자동차 광이었다. 하나씩 자동차 장난감을 사서 집으로 왔다. 모두들 피곤했다. 점심 먹고 아이들은 잠을 잤다. 나는 식구를 위해서 장을 보고, 저녁 식사준비를 했다. 돼지사태 찜을 만들었다. 다섯 시 반경 H에게서 전화가 왔다. 결승전에 올라가서 늦을 것 같다고. 그곳에서 회원들과 회식하고 갈 것 같다고.

나는 W와 y에게 고기를 찢어 쌈으로 먹였다. H, S, Y는 늦었다. 아홉 시에 도착했다. 미안해하며 대회에서 받은 상금을 주었다. 나는 받지 않

으려 했지만 H는

- 엄마 받아.

하면서 주었다. 나는 겸연쩍게 받았다. W는 엄마 아빠가 늦게 와서 삐져서 울었다. 그들은 내가 만든 음식을 싸가지고 갔다. S도 모임이 있다면서 맥주 집으로 함께 나갔다. 시간이 오래됐다. S가 오지 않았다. 하루 종일 시합하고 그는 기침이 심했다. 시합 전날도 밤새워 기침을 했었다. 걱정이 됐다. 나는 H에게 문자를 보냈다. S를 술집에 데려가면서 바로 보내겠다고 했는데, 그러지 않았다. 나는 H의 폰으로 문자 보냈다.

- H, S 보내라.

- 오고 있냐?

나는 계속 휴대폰으로 문자를 보냈다.

- 넌 엄마고, S는 미혼자다.

- 엄마, 지금 S, 집으로 갔어요.

이튿날 S는 말했다. W, y, H, Y 모두 술집으로 가서, 방을 얻어 그곳에서 떠들며 놀았다고.

- 그랬냐?

- 괜히 문자 보냈구나.

- 아기들이 집에서 부모 없이 울까봐 문자 보냈는데….

그날 저녁 나는 사실 아이들이 떠난 후 외출했다가 집에 왔다. 아는 사람이 S의 중매를 서보겠다 해서, 기대를 하며 집으로 왔다. 늦은 시간이었다. S는 없었다. 아직도 H와 S는 테니스 게임 이야기를 하며 술 마시고 노는 모양이었다. 나는 다시 집요하게 H에게 문자를 보냈다.

- 중요한 일이 그렇게 많은 거냐?

- 사람이 안 오니까 잠을 잘 수가 없네?

한 시간이 지나도 S는 오지 않았다. 속에서 불덩이가 솟아올랐다. H와 S가 미웠다. 지금 처지가 그럴 때는 아니라는 생각이 일어났다. 자중하며 자숙하는 시기라 생각했다. 내가 너무 아빠의 구속 사건을 애들한테 축소시키고, 자유롭게 그들의 자유를 허용한 것인가? 나는 다시 반성하기 시작했다. 애들도 애들다운 고통을 가져야 하는데, 아빠의 생각은 먼 나라의 일로 치부하면서 그들만의 생각 속에 빠져 있는 것이 아닐까? 이것은 분명 내 잘못이 크다고 반성했다.

그러면 어떤 생활 태도가 바람직한 것인가? 나는 아이들이 아빠 때문에 위축되며 부자유스럽게 슬픈 생활을 하는 것을 바라지 않았다. 현재의 존재를 유지하며 불행한 부분을 잘 이길 수 있도록 노력하며 살기를 바랐다. 일본 작가 마사오카 시키 수필선을 보면, 깨달음이란 어떠한 경우에도 태연히 사는 것이라 말했다. 나는 깨달음과는 거리가 멀지만, 그의 말 속에 진리가 있어 보였다. 현존 속에서 태연히 살면 모든 것이 지나갈 일이라고 믿었다. 그렇게 믿으면서 아이들이 너무 아무렇지도 않게, 아니 어쩌면 너무 지나치게 자유스러운 생활을 즐기는 것은 아름답게 보이지 않았다.

나는 속물인가? 나는 나를 반성해야 했다. 그러면서 애들도 애들답게 아빠의 구속 사건을 정면으로 직시하고, 그에 대한 고통을 가져야 한다는 생각을 했다. 그래야 인간답지 않은가? 나는 다시 H에게 S가 집에 오지 않았음에 대해 문자 보내면서 강압적인 압박 심리전을 벌였다.

- 내일 아빠 접견도 가야 하는데? 잠 못 자고 허리 병 도져서 차 몰고 갈 수 있겠냐?

- 나, 속상해지려 한다, 야.

최대한 자제하면서 문자를 보냈다. 삼십 분까지 나는 애써서 참았다. 그리고 S가 왔다. 나는 불을 끄고 눈을 감았다. 잠은 오지 않았다. 큰 호흡을 하며 잠을 청했다.

사십 년 전 생각이 났다.

지방에 살던 시어머니는 수시로 서울에 사는 나를 체크했다. 나는 박사과정 제2 외국어 시험을 치러야 했다. 아이들이 학교 갔을 때 학원을 다녔다. 오전부터 그는 내가 집에서 살림을 잘하고 있는지 확인했다. 오전 내내 전화를 했다. 전화는 불통이었다. 그는 집요하게 집착했다. 학교 갔다 온 아이들이 받았다.

- 엄마 어디 갔냐?

- 밥 먹었냐?

- 엄마가 왜 전화를 받지 않냐?

그는 애들을 추궁했다. 애들은 모른다고 했다. 저녁 퇴근 후 남편은 어머니의 집요한 행동을 알고, 베개를 전화 위에 올려놓았다. 내일부터 전화 받지 말라고 아이들한테 일렀다.

육십이 한참 넘은 나는 그와 똑같은 행동을 하고 있었다. 그의 집착과 우려가 끈질긴 고통을 주었듯이, 나는 지금 그의 행동을 따라 하고 있었다. 이 현상은 생물학적 노화일까? 어쨌든 나는 그를 이해하고 있었다. 계속 그를 따라 해서는 안 되는 것이다.

나는 어떻게 이 집착을 없앨 것인가를 나에게 묻고 싶었다. 생각 끝에 죽음을 생각했다. 내가 죽은 후 그 애들을 내가 관리할 필요가 없지 않은가? 무슨 소용이라는 말인가? 그 생각이 미치자 마음이 가라앉았다. 나는 나 스스로 그들을 속박하고 협박하며 집착했던 것이다. 나는 그들에 대한 그들의 행동을 부정적으로 비교했다. 삶의 투쟁을 하지 않고 시간 소비, 에너지 낭비하는 것을 비생산적 소비라고 비난했다. 그들만의 세계를 그들이 즐기는 행복을 이해할 수 없었다. 내 위의 할아버지가 자식과 손자를 비난하듯, 시어머니가 며느리를 비난하는 것과 똑같이 치졸한 자기중심적 생각만 할 뿐이었다.

나는 반성해야 했다. 시어머니를 모두 용서해야 함을 깨달았다. 돈밖에 모르는 그의 집착을 이해했다. 생일은 통상으로 가족이 모여서 생일 밥을 먹고 서로 사랑하고 조화롭게 가족의 따뜻함을 확인하는 기회일 테지만, 그는 그런 일을 싫어했다. 식구들이 모이면 만나서 모두 먹어치워 당신의 몫이 사라지는 것을 참을 수 없어했다. 그에게는 가족애보다 돈이 소중했다. 나에게 그의 생각은 어른답지 못하며, 바른 생각이 아니었다. 그렇지만 그의 삶이 쉽지 않았던 생각을 해보면, 그에게는 먹고 사는 돈이 진정으로 중요했던 것이다.

가족애도 필요 없고, 새끼에 대한 사랑도 필요 없었다. 그에게는 오로지 돈이 중요했다. 나는 그의 철학을 경멸했다. 그것은 어머니의 태도가 아니라고. 그런데 나의 행동을 보면서 나는 새로운 것을 발견하게 됐다. 나는 그의 철학을 이해했다. 그의 철학을 존중하고, 그의 삶의 방식을 중요하게 생각하고, 인간의 진정한 욕망을 이해했다. 육십을 한참 넘어서서 그의 삶의 철학을 존중하고, 이해할 수 있었다.

*

이래저래 방학은 금방 끝나갔다. 어쩌다 보면 개학 날짜가 다가왔다. 마음이 갑자기 조급해졌다. 방학 숙제는 하나도 하지 않았다. 가슴이 두근거렸다. 시골에서 집으로 가면 아버지는 틀림없이 숙제 검사를 할 것이고, 그에 대한 평가를 받아 종아리를 맞을 것이다. 걱정이 이만저만이 아니었다. 가기 전에 삼촌에게 방학숙제인 공작물을 만들어달라고 했다. 그는 여치 집 만드는 달인이었다. 볏짚 대를 꺾어서 이었다. 서로 매듭을 이어 빙빙 돌려가며 새집 짓듯 쌓아서 뾰족이 마무리를 했다. 표면은 빨강과 초록색을 입혔다.

그것은 내 방학숙제 1호품이 됐다. 방학책은 맨 뒷장 해답지를 밤 새워 베껴 채웠다. 아버지에게 날마다 조금씩 열심히 한 것처럼 보이도록 애썼다. 일기도 한 줄씩 한 달 치를 채웠다. 글씨는 엉망이었다. 방학 첫날부터 끝날까지 하루도 빼지 않고 채우는 것에 만족했다. 방학 끝나기 전날 삼촌은 나를 집으로 데려다주었다. 아버지는 여지없이 방학숙제 검사를 했다. 숙제 1호인 여치 집과 일기장, 방학책을 아버지 앞에 놓았다. 그가 일기장과 방학책을 한 장씩 넘겼다.

나는 온몸이 긴장되었다. 그에 대한 두려움이 몸속에서 일어났다. 성실히 공부하지 않았다는 죄의식 때문에 온몸이 땅속으로 꺼져갔다. 그리고 아버지의 분노가 나를 향해 폭발할 것 같았다. 나는 벌벌 떨면서 아버지 앞에 숨죽이고 앉아 있었다. 그는 아무 소리 하지 않았다. 뒷장에 덜 채워진 방학책을 펼쳐보면서 다 채우라고만 했다.

- 네, 아버지.

나는 얼른 방학책을 가져다가 그곳을 채웠다. 그렇게 방학이 끝나고 학기가 시작됐다. 곧 학교생활에 적응하고 새로운 놀이에 달인이 됐다. 공부보다 노는 데 소질이 있었다. 줄넘기, 고무줄놀이, 사방치기, 공기놀이에 선수였다. 편을 짜서 놀고, 그것에 빠져서 밥 먹는 일도 꺼렸다.

날마다 뛰며 놀았다. 노는 즐거움은 나를 행복하게 했다. 가끔 아버지는 나를 심문했다. 그동안 학교에서 공부한 내용을 확인하고, 시험 본 시험지를 검사했다. 시험지 성적이 좋지 않으면 나는 종아리를 맞았다. 그것은 나를 억압하는 가장 무서운 일이었다. 나는 아버지의 그런 모습이 무서웠다. 그 무서움이 싫어서 공부를 해야 했다. 수시로 산수책을 펴서 배운 것을 확인했다. 대답을 못 하면 그 즉시 혼났다. 차츰 나의 의식 속에 공부가 중요하다는 것을 깨닫게 되었다.

그래도 그것은 잠시뿐이었다. 아버지가 없으면 나는 놀이 문화에 빠져서 헤어나지 못했다. 학교에서 집으로 돌아오면 책가방은 마루나 방에 던져놓았다. 골목마다 꼬마들은 모였고, 놀이 문화에 빠졌다. 땀을 흘리며 하루 종일 해가 넘어갈 때까지 놀았다. 기관사이던 아버지는 객차와 화물차를 실어 전국으로 갔고, 전국으로 이동시켰다. 자동차가 귀하고 기차가 전국의 이동 수단이라 중요했다.

휴일과 명절은 더 바빴다. 밤새워 승객을 날랐다. 그는 승객을 위해 존재했고, 그것을 사명으로 여겼다. 그는 공립고등학교 기계과를 나왔다. 조선인이 없었다. 기술자가 없어서 그가 모두를 해야 했다. 그는 시험을 자주 봤다. 새로운 기관차가 들어오면 새롭게 기계를 습득했고, 그에 따른 교육을 받았다. 화장실의 종이는 아버지 시험지였다. 그는 항상 만점을 받았다. 복잡한 기계설비 장치들이 시험지에 나타났다.

내가 초등하교 고학년이 됐을 때 남동생이 입학했다. 그가 초등학교 2학년이 되어 통지표를 아버지가 봤다. 통지표를 본 아버지가

- 공부를 열심히 안 했구나. 네가 맞을 회초리를 해오너라.

그날 후 동생은 집을 나갔다. 아버지가 무서워서 도망갔다. 밤이 돼도 돌아오지 않았다. 우리 식구는 그를 찾아 헤맸다. 나무 뒤에 숨어 앉아 있는 그를 엄마가 찾았다. 그 후부터 아버지는 매 드는 일을 하지 않았다.

*

나이를 먹으니 도저히 잠을 이룰 수 없는 날이 많아졌다. 비어버린 집안을 여기저기 돌아다녔다. 책꽂이에서 책을 찾아 펼쳤다.

그대 자신을 등불로 삼아라.

그대는 언제나 투쟁하며 살아왔다. 이제는 조화되도록 노력하라. 그러면 문득 모든 의미가 바뀌는 것을 볼 것이다. 그때는 더 이상 자연과 대립하지 않는다.

태양은 떠오르고 구름은 사라진다. 그리고 엄청난 빛이 얼굴 위로 쏟아

진다. 태양을 사랑의 선물로서 편안하게 받아들여라. 눈을 감고 그것을 흡수하라. 그 빛을 흠뻑 마셔라. 기쁨과 축복을 느껴라. 그러면 전적으로 다른 에너지를 볼 것이다. 땀을 흘리지만 기분이 좋다. 땀을 흘리는 것은 그대를 정화시키고 몸 안의 독소를 내보내며 해로운 것을 제거할 것이다. 그것은 정화의 불이다. 바로 그 태도….

온유함이 가장 강한 것이니…

온유함은 비저항, 비투쟁, 조화의 태도를 의미한다. '나는 없고 존재만이 있다.' 이것이 온유함의 의미이다. 온유한 사람은 아주 민감해서 결코 전체를 거스르지 않는다 온유한 사람은 내가 아니라 전체만이 존재할 뿐이라고 말한다. 그는 자신을 완전히 낮춘다. 그는 경계를 짓지 않는다. 그는 전체의 방식을 존중한다.

붓다는 이것이 진정한 힘이라고 말한다.

온유함이 가장 강한 것이니

악한 생각을 품지 않으므로

마음이 편안하고 몸이 건강하다.

싸울 때는 에너지가 흩어진다. 싸울 때는 에너지가 소실된다. 붓다는 말한다.

싸우지 말라. 에너지를 보존하라. 그러면 강해질 것이다. 그러니 가끔씩 가만히 앉아서 아무것도 하지 마라. 고요히 앉아라. 아무것도 하지 말라. 그러면 무언가가 그대 안에서 자라날 것이다. 그대는 저장고가 된다. 그리고 알 수 없는 환희로 전율한다. 에너지로 가득할 때 전체와 연결된다. 그리고 전체와 연결될 때 그대는 에너지로 가득하다.

이렇게 책을 읽으면, 내 마음이 순화되었다. 그리고 반성했고 후회하며 되새겼다. 나는 못 말리는 내가 됐다. 육십이 넘으면서 내 에너지는 흩어졌고, 강렬히 소실됐다. 나는 내가 아니었다. 모든 모임의 말싸움에 끼어들었다. 상대방을 공격하며 내 에고와 고통으로 무찔러버렸다. 내 에고는 무적의 용사가 됐다. 무엇이 그렇게 중요하고 긴요하다는 말인가? 요즘 나는 항상 말의 중심에 서 있고, 말로 적의를 말했으며, 적의로 악을 말했다. 나는 나의 시어머니가 됐다. 삼십 년을 시어머니 말을 적의로 받았고, 그 적의를 악으로서 몸속에 심었다. 이제 나에게 박힌 악의 말이 몸 밖으로 나왔고, 누구에게나 악의 공격을 했다.

그리고 나는 후회하고 있었다. 왜? 왜? 부처가 말하는 거울이 되지 못하는가? 나는 혼자 있어야 했다. 함께 있으면 그들을 물고 늘어졌다. 나무와 꽃이 되지 못했다. 자연은 조용하고 자연을 지킬 줄 알았다. 나는 나이기를 거부했다. 내 속에 있는 모든 것을 드러내고, 보여주면서 자랑했다. 남이 자랑하는 꼴은 싫어하면서 말이다. 함께하는 이들에게 조금만 거슬리면 곡사포처럼 말로 쳐부쉈다. 그렇지 않다고, 내가 옳다고. 아니 왜 그렇게 따져야 하느냐고? 져주면 안 되냐고? 나는 잘난 척하며 이겨야 했다. 상대편을 이기는 것이 나의 목적이 됐다. 정신없이 이겨내는 말을 쏟았고 큰 소리로 이겼다.

그리고 또 후회했다. 져주면 변란이 일어나는 것인가? 네가 무엇이 잘나서 그들에게 이기는 말로 적의의 악을 쓰는 것인가? 조용히 고요히 그들의 말을 듣고 물 흐르듯 지나가지 못하는 것인가? 나는 병적이었다. 내 생각에 그르다 하면 말이 쏟아졌다. 어떻게 하면 쏟아지는 말을 막을 것인가? 내 속에는 평생을 고통 받은 에고가 쌓였다. 내가 만든 에고를 더 크게 만들어서 축적했을 것이다.

나는 에고를 죽여야 했다. 에고로 먹고사는 삶을 개선해야 했다. 죽여지지 않는 에고를 어떻게 잠재울 것인가? 그것이 문제였다. 우선 홀로 있어야 했다.

홀로 있으면 드세지지 않았다. 혼자 등산을 했다. 마음은 편안했다. 나는 껌을 씹고 싶었다. 배낭에서 껌을 찾았다. 껌통이 보이지 않았다. 시간이 오래 걸려 껌을 찾았다. 내 몸속에서 화가 치밀어 올랐다. 껌통이 없다면서. 나는 나를 이해할 수 없었다. 이것이 화날 일인가? 왜 화가 나느냐고? 꼬마들에게 껌통을 배낭에서 찾으라면 게임같이 즐겁게 찾지 않겠는가? 노화라는 게 이런 것인가? 나는 지금 노화 현상을 겪으면서 중증으로 변해가는 나 자신을 주시하며, 나 스스로 노화 현상으로 망가지는 자신을 추스르는 것들을 찾고자 노력하고 있다.

새벽에 차를 몰고 한길을 나가려 할 때 힘없는 노인을 힘 있는 노인이 붙들고 걷는 모습이 보였다. 나의 시어머니, 나의 친정어머니는 상노인이고, 그들을 보살펴야 하는 나는 중늙은이였으니, 그들의 관계는 나와 똑같은 관계였다. 우리 모두가 이 세상을 아름답게 마무리하는 관계가 돼야 할 텐데…. 나는 어느 날 굴곡진 고부간의 갈등을 나 스스로 순응하면서 풀어야 하리라고 다짐했다.

*

초등학교 무렵, 우리 식구는 안방에서 살았고, 외삼촌은 윗방에서 살았다. 그는 고등학교를 다녔다. 그는 열심히 공부했다. 시골에서는 우수했지만 도심지에서는 동료 학생들을 쉽게 따라잡지 못했다. 그는 매일 머리에 끈을 맸고, 공부하는 전투사로 노력했다. 잠이 오면 마당에서 역기를 들고 씨름했다. 동네 아줌마들이 오면 모두 쫓아보냈다. 자기는 공부를 해야 한다고. 나는 외삼촌을 슬슬 눈치 보며 피했다. 나를 보면 틀림없이 공부하라고 참견할 터였다.

나는 골목으로 도망가서 놀았다. 해가 다 질 때까지 땀을 뻘뻘 흘리며 놀았다. 집에 오면 그는 나눗셈을 물었다. 쥐 죽은 듯이 그가 묻는 답을 찾으려 애썼다. 온몸이 굳었고 산수 셈은 나와 먼 나라의 어려운 문제였다. 학교에서 시험 보는 일은 쉬웠다. 무조건 답지를 외웠다. 외운 답지를 시험지에 옮기면 됐다. 그러면 반에서 중상은 됐다. 그것은 아버지한테 혼날 일이 아니었다.

그해 겨울방학이 되어 외삼촌을 따라 외갓집으로 기차 타고 갔다. 엄마는 때깔 나는 신제품인 빨강 스펀지 점퍼를 사 입혔다. 그때 시골의 대부분 아이들이 흰색이나 검정색 무명 치마저고리를 입었다. 내가 입은 빨강 점퍼는 도시인이 입는 특권층의 옷이 됐다. 친척들은 나를 둘러쌌다. 그들은 부러운 눈초리로 나를 쳐다봤다. 겨울방학은 길었고, 밤도 길었다. 해가 넘어가면 밤은 캄캄했고 불빛은 없었다. 집집마다 호롱불을 켰고, 석유기름을 아꼈다. 막내이모는 밤이 되면 수를 놓았다. 호롱불에 베갯잇과 방석, 이불깃, 커튼 등 다양한 것에 예쁜 수를 놓았다.

설은 한 달 전부터 준비했다. 명절이 되면 으레 막내이모는 한바탕 소동을 일으키며 할머니 할아버지에게 떼를 썼다. 자기가 원하는 설빔 옷이 아니라고. 설 쇠러 온 모든 사람들은 이모를 보며 못된 행동에 어찌할 바를 몰랐다. 그런 이모가 나는 싫었다. 그는 분명 심통이 강한 못된 이모였다. 설이 지나면 곧 정월 보름이 왔다. 밤하늘은 밝은 달로 가득 찼다. 어둠이 짙은 마을은 대낮처럼 밝았다. 온 동네가 잔치판이었다. 특히 일꾼들은 밤샘을 하며 놀았다. 찰밥과 시루떡을 동네 어귀 서낭당에 놓고 고사를 지냈다. 팥고물을 듬뿍 넣고 떡을 했다. 집집마다 찰밥을 해서 나눠 먹었다. 아이들은 논두렁에서 구멍 뚫은 깡통에 불을 넣고 빙빙 돌리면서 놀았다.

초등학교가 끝나고 중학교 입학시험을 봤다. 제일중학교 시험을 쳤다. 그러나 나는 미끄러졌다. 입학하지 못한 상처는 이루 말할 수가 없었다.

친구들이 멋진 교복을 입고 갈 때 가지 못하는 상처가 오랫동안 잠재적으로 나를 지배했다. 재수를 했고, 또 다시 떨어질 뻔하다가 간신히 붙었다. 그 일로 나는 명랑하고 쾌활한 본성이 사라졌다. 매사가 소극적이 됐다. 중학교에 들어가서는 공부에 심혈을 기울이며 잘하려고 애썼다. 열심히 하는 만큼 성적은 오르지 않았다. 최선을 다했지만 성적이 좋지 않으니 자신이 없었다. 항상 주눅이 들었고 무엇인가 자존감을 상실했다.

나는 스스로 많은 것이 부족하다 생각했다. 나는 공부에 대한 욕심은 컸지만, 욕심만큼 성적은 채워지지 않았다. 그런 마음의 욕망은 나를 부정적인 에너지로 나를 가두었다. 오히려 나 자신을 소극적인 사람으로 길들게 했을 것이다. 어쩌다 주요 과목인 영어, 수학에서 두각을 나타내다가도, 조금 방심하면 금방 밑바닥으로 하락했다. 제일중학교 아이들은 집안 형편이 대부분 부유했다. 가정교사를 두고 교과목 선생님에게 따로 과외 받는 친구들이 많았다. 나는 스스로 노력하려 애썼다. 방학이 되면 친구 오빠 과외 방에서 저렴한 과외비를 내고 보충 수업을 받았다. 딱히 성적은 오르지 않았다. 내가 노는 데 정신이 팔려 공부하는 습관을 까맣게 잊어버리도록 방지했을 뿐이었다.

학과목 중에 두려운 시간은 음악시간이었다. 음악선생은 피아노 음계를 누르고 음계명을 물었다. 나는 피아노를 처음 보았다. 다른 아이들은 피아노를 잘 쳤다. 도, 레, 미, 파, 솔, 라, 시, 도 이렇게 차례로 치면서 물으면 음계를 알 수 있었다. 선생님은 아무 음계를 누르고 나에게 물었다. 나는 알 수 없었다. 대답을 못 한 나는 음악 점수가 아주 낮았다. 음계명을 익히게 하려고 선생님은 애썼고, 나도 음계를 알아내려 애썼다.

선생님은 계속 질문했고, 대답할 때까지의 시간은 나를 땅속으로 미끄러지게 했다. 얼굴은 화끈거리고 가슴은 벌렁거렸다. 우물쭈물하는 내 모습은 나를 엉망으로 만들었다. 그야말로 죽을 맛이었다. 음악 선생님의 가르침은 독특해서 진정으로 학생들을 음악적으로 살아나게 가르쳤다.

나는 그 선생님을 존경했다. 사분의 삼박자, 이박자 등을 입으로 부르게 했다. 그리고 곧 시험을 봤다. 일주일에 한 시간으로 박자와 음을 익힐 수는 없었다. 음악시간은 가슴 조이는 지옥의 시간이 됐다.

나는 내 안의 나와 아침부터 싸웠다. 내 안의 나는 작은딸에게 싸움을 걸며 공격했다. 그의 고집과 아집이 그를 가두고 어둠속에서 어둠을 먹고 살았다고. 너를 가두고 있는 곳은 어둠의 곳이라고. 공포와 두려움은 그의 친구라고. 그는 자기식의 세계 속에서 자기를 주인공으로 산다고. 그는 상대방이 존재하지 않는다고. 그애의 고집, 아집이 그를 가두고 살고 있음을 말하고 싶지만, 말하지 않았다. 나는 계속 그의 허점만 찾고, 그것을 비난하고 싶었다. 그에 비해 그는 나를 상관하지 않았다. 그는 나를 불쌍히 여겼다. 자기가 결혼 못 한 것을 자연의 현상이라고. 그는 두려움과 공포가 없는 아이. 자기식의 자아를 발달시켜 즐기는 아이였다. 상대방을 이해하지 않았고, 자기 식에 맞추지 않으면 곧바로 쏘아붙였다.

나는 언제까지 그애의 결혼 문제로 싸워야 할지 몰랐다. 나이가 서른다섯이면 결혼 적령기 끝까지 왔다고 생각했다. 그가 결혼에 생각이 없어서일까? 그렇지는 않을 것 같고, 마음에 드는 사람이 없어서? 뿅, 하고 갈 수 있는 사람이 없어서일까? 어려운 문제는 계속 내 속을 태울 것이다. 어느 날 집중적으로 그 생각에 멈추면 생각이 부풀려서 고통체가 확장됐다. 내 안의 에고가 눈덩이만큼 커지고, 내 딸을 향해 이해할 수 없는 폭언이 나왔다. 서서히 나는 나를 망각했고, 그에 대한 공격만이 존재했다. 그 또한 나에 대한 반격이 재개됐다. 우리는 인간이 아니었다. 서로 할퀴고 상처 주기를 일삼았다. 서로 똑같았다. 우리는 짐승이 됐다.

나는 갱년기의 막장 에너지였고, 그는 청춘의 끝자락 중년에 임박하는 마지막 발악이었다. 이런 것은 아니라고 생각했다. 감사할 줄 모르는 인간에 대한 반역이고, 존재에 대한 반역이었다. 우리는 고통과 화통을 지닌 기능장애를 소거하고 다시 새 삶에 대한 의식의 변화를 할 필요가 있었다. 일단 우리는 거리를 둘 필요가 있었다. 서로의 감정을 사그라지게 하는 것이 필요했다. 머리를 식히면서 산책을 했다. 싸워도 몸은 건강해야 했다. 산책을 하며 문제해결 방법을 생각했고, 생각이 막힐 때는 역으로 생각을 뒤집는 것도 하나의 방법인 것으로. 그래, 거꾸로 '시집가지 마라'로 생각을 바꿨다.

언덕에 있는 소나무 몸체에 손을 얹고 두드리며 말했다. 그래, 너 시집가지 마라. '가지 말라구!'를 외쳤다. 여러 번 되풀이하며 나를 달랬다. 뜨거운 에너지가 식어가면서 내 안의 고통체가 가라앉았다. 몸이 편안해지고 마음도 조용해졌다. 시집보내겠다는 고통체에 빠지면 나 자신의 왜곡된 감정에 빠졌다. 그 부정적인 감정은 점점 더 심각해졌다. 다시 그 감정은 나를 고통 속으로 빠지게 했다. 그 고통은 고통의 검은 에너지를 내뿜었다. 곧 다른 사람을 공격했고, 다시 그들로부터 반격을 받았다. 그리고 내면에서 내면의 고통체끼리 엉키면서 후회를 했다. 이래서는 안 된다고, 제발 나 스스로 집착에서 벗어나야 한다고, 그것이 내가 살아야 하는 방법이라고.

*

책을 폈다. 침대에 엎드렸다. 마음은 편안했다.

고요는 신이 말하는 언어이다. 그리고 다른 모든 것은 나쁜 번역이다, 라는 말이 있어 왔다. 고요는 실제로 공간을 가리키는 다른 말이다. 삶 속에서 고요와 마주칠 때마다 그 고요를 알아차리면, 자기 내면의 형상도 없고 시간도 없는 차원, 생각 너머와 에고 너머에 있는 차원과 연결될 수 있다. 그것은 자연의 세계에 널리 스며들어 있는 고요일 수도 있고, 소리와 소리 사이에 놓인 조용한 틈일 수도 있다.

우리는 가끔 고요를 느꼈다. 나는 어느 해 아프리카에 가서 처음 도착지인 케냐 나꾸르에서 고요를 느꼈다. 넓은 평원 위에 펼쳐진 나무와 평원 그 속에는 온갖 짐승들이 우글거렸지만, 하늘 아래 공간은 고요만 있었다. 그 순간 내 숨이 멈췄다. 어찌 이런 고요가? 나는 놀랐다. 평생 느껴보지 못한 적막과 고요였다. 그곳에 또 다른 신비스러운 신성함이 뒤섞였다. 그곳은 말할 수 없는 곳이었다. 종교적이고 철학적으로만 말할 수 있는 신성한 곳이었다. 그곳은 신비로우면서 가슴이 벅차 움직일 수 없는 곳이었다. 가슴 떨림을 오랫동안 간직했다. 나와 똑같이 남편도 그랬다고 한다.

제일중학교는 시간표가 헐렁했다.

보통의 시간에 학교에 갔다. 서두름이 없었다. 수업시간도 적절했다. 주중인 수요일은 수업이 네 시간이었다. 제각기 자유시간이 많았다. 학생들은 돈과 여유가 많았다. 그들은 교과목 선생들한테 과외를 했다. 교육청에서 학생을 대동시켜 매스게임을 시켰다. 시에서 행사할 때마다 학생들은 찬조로 그들의 축제 마당에서 춤을 추었고, 체조를 했으며, 구령 맞춰 행진했다. 봄과 가을에는 학생들을 시 행사 출연자로 대동시켰다. 공부는 뒷전이었다. 아이들은 새까맣게 탔다. 체조하다 일사병에 쓰러졌다. 여학생들도 여군처럼 행렬을 맞추고, 구령하며 시가지를 줄지어 걸었다. 학생들은 왜 그래야 하는지 몰랐다. 선생들의 지시를 따랐을 뿐이다.

제일중학교에서 제일고등학교에 입학하는 것은 쉬웠다. 대부분 다 입학했다. 낙오자 몇 명은 공부를 소홀히 했고, 딴 생각으로 딴전을 피운 아이들이었다. 내 친한 친구 둘이 제이고등학교에 갔다. 그곳에서 그들은 선두자가 됐다. 제일고등학교는 여학교였고, 제이고등학교는 남녀공학이었다. 제일고등학교는 입학 하자마자 학교 방침이 거셌다. 그곳은 입학생들을 쇠줄로 단단히 묶었다. 월요일마다 시험을 치고, 학생들이 잠시도 쉬지 못하도록 들들 볶아댔다. 학교는 학생들의 숨통이 막히게 수시로 시험을 봤다. 아침에는 여섯시부터 교실을 개방했다. 토요일, 일요일에는 밤 열시까지 자율학습을 시켰다. 학생들은 그곳의 방침을 잘 따랐다.

삼년 내내 학생들은 학교 방침대로 생활했다. 그 대신 대학 입학은 수월했다. 몇몇을 제외하고 각자가 원하는 대학을 갈 수 있었다. 타 학교는 대학 가기가 힘들었다. 대학입학 예비고사에 대부분 떨어졌다. 나는 학비가 싼 곳, 집에서 다닐 수 있는 곳을 선정해야 했다. 내 밑으로 줄줄이 동생이 입학해야 했다. 친구들은 대부분 서울로 향했다. 나는 그들이 부러웠다. 서울은 꿈의 도시였다. 그곳은 넓은 세상, 꿈, 희망이 가득해 보였다. 서울로 간 아이들은 그들만의 특별한 조직과 틀을 가졌다. 그들이 가진 새로운 세상은 무지개 색을 가졌다고 나는 부러워했다. 우리를 만나면 그들은 더 요란하고 시끄러웠다. 자기들의 행복을 화려하게 치장했다.

너네는 좋겠구나. 나도 서울에서 유학하고 싶었는데. 오랫동안 나도 그런 세상을 꿈꿨는데. 그들은 딴 세상 사람이 됐다. 내 앞에 존재하는 내 친구에게서는 예전의 모습이 사라졌다. 그들은 자유롭고 행복했다. 그들은 칙칙하고 어두웠던 찌든 학교생활을 멀리 보냈다. 얼굴엔 행복한 빛이 가득했다. 그들은 진분홍의 에너지를 발산했다. 한 학기가 지나면서 그들은 그들만의 옷으로 갈아입었다. 붉은 색상, 푸른 색상, 연초록, 회색, 검정색으로 자기중심적 색상을 옷과 함께 몸속에도 입었다.

얼굴은 평상시 같은 낯빛을 보이지만, 서울에서 유학하는 자들은 특별족으로 상승했고, 제자리에 머물고 있는 나는 하락했다. 방학 내내 방학 기간은 서울과 지방이라는 의미로 뒤섞였다. 우리는 남녀 미팅 장소에서 만났고, 미팅 파티에서 부딪혔다. 대학은 노는 문화가 됐다. 학교는 날마다 데모로 문이 닫혔다. 밥만 먹으면 음악 다실과 디제이 있는 커피 다방에서 죽쳤다. 그런 곳은 대개 지하에 위치했다. 넓은 지하 공간에 열대어 어항으로 장식된 아름다운 공간이었다. 나는 어항 속을 좋아했다. 예쁜 열대어가 파란 풀 속을 거닐며 수영했다. 열대어를 따라 나도 어항 속으로 들어갔다.

그것들이 모래를 뒤지면 나도 따라 모래를 팠고, 보글보글 산소통에서 산소를 받으면 나도 산소를 받았다. 어항 속은 환상의 세계였다. 환상의 세계는 곧 나에게 꿈을 주었다. 한겨울의 추운 날씨에 오들오들 떨면서 친구들은 모임 장소에 모였다. 어두컴컴한 지하 다방은 아늑했다. 훤하게 빛나는 어항 불빛을 따라 편안한 좌석을 차지했다. 같은 과 학생 팀이 대부분이었다. 다른 과 애들은 있어야 한두 명이었다.

대학에서 여학생은 삼 퍼센트 정도였다. 거의 같은 중등학교를 다닌 친구들이었다. 억압된 고등학교에서 성인이 됐다는 자유와 해방을 인정받은 시기였기에 기분은 최고였다. 공부에서 해방된 젊은이가 됐다. 항상 머리를 짓누르고 가슴이 답답하던 시간들에서 나를 해방시켰다. 우리는 날마다 만났고 날마다 이야기를 즐겼다. 우리는 수시로 미팅했고, 미팅을 밥 먹듯 즐겼다. 선뜻 남친을 만들지 못했다. 만났다 헤어지는 일에만 열중했다. 오빠 친구들을 졸라 돌아가면서 미팅을 주선하게 했다. 사춘기에 억압된 남학생에 대한 관심이 대학에서 폭발 현상으로 일어났던 것이다.

*

오십이 넘어 어느 날부터 위가 따가웠다.
김치를 먹을 수 없었다. 내가 좋아하는 커피를 마시면 위 통증이 유발되며 위 속을 쑤셨다. 위통이 자주 일어나서 일상을 방해했다. 병원을 찾아서 위통 완화제를 먹었다. 위 검사를 했다. 위가 헐었다. 위궤양으로 진단

됐다. 무엇인가를 먹으려면 '겔포스' 젤로 위를 도포하고 음식을 삼켜야 먹을 수 있었다. 시간이 갈수록 위의 통증은 더 심각해졌다. 물을 먹어도 위통이 왔다. 나는 김치를 물컵에 씻어서 삼켰다. 어느 날 찜질방에 갔다. 목이 탔다. 조심스럽게 찬물을 마셨다. 위통이 없었다. 그 후 나는 찜질방에서 물을 즐겁게, 행복해 하며 실컷 마셨다. 그렇게 행복할 수가 없었다. 물을 마음대로 먹을 수 있는 행복은 최고의 행복이 됐다.

위는 쉽게 낫지 않았다. 어느 날 병원에서 주는 처방전을 따라 약을 먹고 식사를 해온 지 삼 년은 넘었을 때, 입술 근육에 마비가 왔다. 깜짝 놀랐다. 병원 처방전이 무서웠다. 나는 우리 가족력을 생각했다. 남동생이 위암으로 죽었음을 자각하고 다른 치료법을 생각했다. 자연 치료법을 시도했다. 누가 말했다. 생감자 갈아서 먹으라고.

생감자를 갈아 먹었다. 위통이 없어졌다. 빈속에 먹었다. 상처가 따갑지 않았다. 나는 지금도 갈아 먹되 온갖 뿌리채소를 첨가해서 주스로 갈아 먹는다. 육십 넘어서 이제 커피도 먹고 매운 음식도 즐길 수 있다. 나는 먹을 수 있음에 감사했다. 위통은 무서웠다. 음식이나 약을 먹을 수 없으니 치료하기가 어렵고 영양 있는 섭취가 힘들었다. 자연히 몸이 쇠약해지고, 물을 먹고 싶지만 먹을 수 없음이 안타까웠다.

지금 나는 위통이 없어서 행복하다. 먹고 싶은 것 모두를 먹을 수 있음에 감사하다. 어느 젊은 날 아는 의사 부인이 나에게 말했다. 내가 뜨거운 커피를 즐기니까 그러지 말라고. 미지근하게 먹으라고. 뜨겁게 먹으면 위가 상한다고. 그때는 그 말을 무시했다. 그러거나 말거나 나는 뜨거운 커피, 뜨겁고 매운 국에 탐을 냈다. 그리고 나이가 들어 십 년을 고생했다. 우리 가족들은 나와 똑같이 뜨겁고 찬 것, 매운 것만 찾았다. 나는 그렇게 먹지 말라고 했다. 그들은 내 말을 무시했다. 조금 일찍 죽어주면 된다고. 처음엔 마음이 상했지만, 나도 그랬기 때문에 더 이상 말할 수 없었다.

육십이 되면서 허리통이 자주 일어났다.

한 번 허리통이 일어나면 나는 꼼짝을 못 했다. 식구들의 도움을 받아 한방에서 침을 놓고 부항을 떴다. 거동을 하려 해도 좀체 일어설 수 없었다. 한방이 아닌 양방의 병원을 가면 수술을 강요할 것이었다. 스스로 치유하려 애썼다. 뜨거운 욕탕에서 찜질하며 허리통을 혈액순환으로 치료하고자 노력했다. 그리고 살살 지팡이를 짚고 다닐 수 있게 되었다. 그때 나는 미리 예약된 골프를 취소할 수 없었다. 그곳에 약속 때문에 참여했다. 친구들이 핀을 꽂아주었다. 허리는 꽁꽁 허리띠로 동이고 진통제를 먹고 운동을 했다. 나는 생각했다. 내 가족의 수명이 짧은 편인데, 이렇게 살아서 골프 칠 수 있음에 감사할 뿐이었다.

어느 해 여름휴가로 나는 아프리카를 지정했다. 남편은 안 된다고. 나는 더 나이 들기 전에 가야겠다고. 의견충돌이 지속되었다. 나는 서울대 어느 학자가 지구를 이해하고 자연을 이해하려면 꼭 아프리카를 가야 한다고 쓴 글을 보고 아프리카에 가고 싶었다. 나는 남편이 가지 못하면 나라도 혼자 가겠다고 했다. 결국 우리는 함께 갔다. 가서 하루 이틀이 지나고 부족 마을로 갔을 때 탈이 생겼다. 허리통이 재발한 것이다. 나는 꼼짝을 못 했다. 일어설 수 없었다. 식사하기도 힘들었다. 그날 저녁 남편은 계속 나를 돌봐주었고, 시종이 됐다.

한밤중이 됐다. 배가 아팠다. 남편은 코를 골으며 잠을 잤다. 나는 그를 깨울 수 없었다. 배 아픈 통증은 심각했다. 그것을 참자니 온몸이 땀으로 범벅이 됐다. 입에선 신음소리가 났다. 침대에서 내려올 수가 없었다. 막바지에 나는 침대에서 굴러 떨어졌다. 그리고 내 몸을 배로 밀어서 욕탕으로 기어서 갔다. 간신히 몸을 변기에 기대서 통증을 참으며 변기에 앉았다. 그 시간은 아마 한 시간 이상 걸렸을 것이다.

나는 내 몸이 짐스러웠다. 볼일을 보고 움직이는 데 더 많은 시간이 필요했다. 다시 굴러서 욕탕을 넘고, 침대 밑에서 침대 위로 오르는 데 많은 시간이 걸렸다. 나는 슬펐다. 어찌 이럴 수가 있는가? 침대로 돌아왔을 때 나는 지쳐서 곧 잠으로 빠졌다. 이튿날 모든 여행자들은 구경을 갔는 데, 남편과 나는 침대에서 지냈다. 밖에서 온갖 동물이 우리를 보고 있었다. 특히 팔이 긴 원숭이가 창가에서 우리를 관람했다. 우리는 동물이 됐고, 그들은 주인으로 나를 주시하며 즐겼다.

그 후 나는 허리통에 다시 신경 쓰며 재발하지 않도록 노력했다. 허리통에 대한 설은 많았다. 허리에 쇠 자석을 붙이기도 했다. 허리 근처 신경 누르는 부분을 완화하려고 애썼다. 뒷산의 운동기구 중 거꾸로 서는 운동 기구를 사용했다. 이제는 스스로 거꾸로 물구나무서기를 배워서 아침마다 조금씩 운동했다. 어떤 날 일본 아이가 소아마비로 다리를 절었는데, 그 아이 치료법으로 밤에 잠잘 때마다 발과 종아리를 묶고 재웠다. 허리통과 다리통을 완화하는 방법이었다. 나도 그렇게 따라 했다. 허리와 다리를 일직선으로 하는 교정 방법은 통증을 완화하는 방법이었던 것이다. 허리통증 현상은 느리게 일어났고 참을 만했다.

*

대학생들의 잡담은 대단히 건설적인 이야기가 아니었다. 주로 남학생에 대한 이야기가 대부분이었다. 전주에서 미팅했던 남학생 이야기, 아니면 앞으로 미팅을 주선할 일들에 대한 이야기였다. 여고에 다닐 때 남학생 이야기는 해서는 안 되는 이야기였다. 남학생을 사귀는 아이는 부정적 이미지와 함께 학생들 사이에서 불량학생으로 낙인 찍혔다. 학교에서도 남학생에게서 편지가 오든가 가방에서 남학생이 보낸 편지가 발견되면, 그애를 불량학생으로 여겼다. 그리고 어느 날 정학시켰다.

예술 계통, 무용하는 아이들은 그림같이 예뻤고, 남학생들이 줄지어 따라다녔다. 무용과나 체육과 특기생들을 가끔 따라다니던 남학생들과 탈이 생겼다. 그들은 공연하러 서울로 오고갔고, 그들과 눈이 맞아 사랑을 했다. 학교 규율은 엄격해서 그들에게 정학 처분을 내렸다. 그들은 주변 친구들과 잘 어울렸으나, 쉽게 학교 규율을 무시했다. 자기네끼리의 조합을 만들고 그들끼리의 내통을 가졌다.

그렇게 학교생활은 시끄럽고 무질서해 보였다. 하지만 그들의 삶은 오랜 세월이 흘러 이제는 그들의 이야기가 먼 옛날의 추억이 되었다. 여고 동창 모임에서 나온 소리에 따르면, 지금 그들은 누구보다 잘살고 있다고. 그들은 그들의 아이를 철저히 교육시키고, 훌륭하게 키웠다고. 그 아들들한테 효도 잘 받고 있다고. 그들은 결혼해서 그렇게 살림을 알뜰히 잘할 수가 없었다고.

여학교에서 남학생에 대한 생각은 금기사항이었다. 그곳은 오로지 대학 들어가기 위해 존재하는 곳이었다. 그곳에서는 공부가 다였다. 인간이나 인격 같은 것은 그곳에 없었다. 눈뜨면 학교 갔고, 해지고 달이 중천에 있으면 집에 왔다.

대학에 들어가자마자 머릿속은 온통 남학생으로 가득 찼다. 어떤 남학생과 어떻게 만날 것인가? 그것은 갓 입학한 여학생들의 중요한 과제이고 즐거운 문제였다. 대학에 입학하자마자 첫 미팅이 시작됐다. 남녀 짝을 맞춰 주선자가 모임을 주도했다. 여학생은 주로 문과에 많았다. 삼 퍼센트의 여학생은 귀한 존재였다. 주도권은 여학생에게 주어졌다. 남학생들은 여학생을 잡아보려고 안달을 했다. 남녀가 개방적이기는 하나 아직 전통적인 유교사상이 남아 있는 집이 많았다. 여학생들은 남학생들과 함부로 사귀는 것을 꺼려했다.

남학생들의 부정적 사고가 나는 싫었다. 미팅에서 만나서 서로 호의적인 마음으로 두 번째 만남을 가지면, 그들은 마치 그 여학생을 자기에게 반해서 사랑하는 것으로 떠벌려서 자신을 과시했다. 그런 이야기는 다른 남학생을 통해서 전달됐다. 그 소리에 여학생들은 질려버렸고, 남학생들을 꺼렸다. 여대생들은 남학생들의 우월감을 채워주는 먹거리의 대상이 되는 것을 피하고 싶었다. 그런 부류의 남학생들을 여학생은 혐오했다.

서울로 유학 간 오빠들은 많았다. 집집마다 큰오빠는 서울로 유학 보냈다. 각자의 집안 대들보라고 생각했다. 그들은 그 집안을 책임 져야 했다. 장남들은 가장 좋은 대학에 가서 가장 좋은 직장에 취직하는 것이 목표가 돼야 했다. 부모들 역시 그렇게 만들기 위해 심혈을 기울였다.

서울에서 내려온 친구 오빠들은 똑똑했다. 그들의 친구들과 방학 내내 미팅을 했다. 그들 또한 방학 내내 심심했고, 여동생 친구들과 사귈 마음을 가졌다. 처음에 다방에서 만났다. 짝을 맞추기 위해 번호 뽑기와 제비 뽑기로 파트너를 정했다. 그리고 단체로 야외에 갔다. 그곳에서 정해진 파트너와 데이트를 했다. 서로 만남이 호의적이면 애프터 미팅으로 이어졌다. 우리 팀의 영자는 남자를 잘 꼬드겼다. 그는 미팅을 하고 나면 항상 애프터 미팅을 받았다. 그는 애프터 미팅을 받아내야 한다는 집착이 있었다. 그는 남자에 대한 집착이 강했다.

그는 특별했다. 우리는 그를 '남자 밝힘증'이라고 불렀다. 그는 남자에게 속삭였다. 부드러운 콧소리로 아양을 떨었다. 그는 항상 약한 척, 연약해서 할 수 없는 척하는 모션을 썼다. 남자들은 그를 사랑했고 독점하지 못해 안달했다. 그녀 이름은 '연약한 당신'이 됐다.

*

유월 중순의 날은 여름같이 더웠다. 저녁에 잠시 비가 뿌려서 열기가 식었다. 한밤중에 후드득 후드득 내린 비에 단풍나무가 기운을 차렸다. 메말라 늘어진 산수국도 잎이 바짝 살아났다. 머릿속에는 시집 안 간 막내딸에 대한 갈등이 일어났다. 조용하다가 그쪽에 집착이 생기면, 그 문제로 머릿속이 꽉 찼다. 안 되겠다 싶어 집 뒷산인 몽마르트르 공원을 올랐다. 오르막을 올라 그곳에 있는 운동 기구를 사용했다. 철봉을 하고 거꾸로 뒤집기 기구로 몸을 뒤집었다. 하늘은 흐렸다. 산책길을 살금살금 뛰다 걷다 반복했다. 항상 아침에 산책하는 이들이 산책길을 따라 줄지어 갔고, 줄지어 내려왔다. 외국인들은 대부분 뛰었다. 나이든 할머니들은 지팡이를 들고 꾸부정한 모습으로 길을 따라 걸었다. 어느 할아버지는 라디오를 크게 틀고 쓰레기를 모으며 걸었다. 떼 지은 할머니들이 공원 옆 숲속에서 구령을 붙여가며 체조를 했다.

산책하며 어제 만난, 전에 차관이던 사람이 생각났다. 그는 여자였다. 남편의 후배였다. 남편과 함께 일했던 사람이었다. 그의 목소리는 허스키였다. 남성적인 에너지가 전달됐다. 남편의 근황을 물었다. 대답을 하는 사이 그는 계속 말했다. 그가 말할 때 나도 미리 그의 질문에 대답을 하게 됐다. 말과 말이 부딪혔다. 이상한 말의 소통이 되었고 말과 소통이 엉겼다. 남편을 배려하려는 의도는 알겠는데, 이상하게 말이 엉기면서 소통도 엉겼다.

왜 이런 문제가 생기는 것일까? 서로 자기 말을 먼저 하려는 경향이 있어서일까? 미진한 마음속에서 다시 딸 쪽의 불편한 진실을 알아내려고 애썼다. 나이가 서른다섯인데 어떻게 삶을 정리해야 할까를 생각했다.

딸과의 관계를 어떻게 하고 살아야 자연스러운 삶이 되는가? 오피스텔을 얻어줘서 따로 사는 것이 옳은가? 이대로 계속 살아가는 것이 옳은가? 어느 것이 서로 이롭고 각자의 인생을 행복하게 만들 수 있을까 고민했다. 머릿속은 계속 예전 일을 되돌아봤다. 그 딸이 고3 때였다. 그는 생각만큼 공부에 심혈을 기울이지 않았다. 밤늦게까지 공부하지 않았고, 수능을 위해 최선을 다하는 일도 없었다. 그냥 일반 학생처럼 책가방 들고 학교 가는 학생일 뿐이었다. 나는 내 딸들이 미웠다. 큰애는 문제집을 사기만 할 뿐 하나도 풀지 않고 통째로 버렸다. 나는 딸들에 대한 어떤 적개심이 쌓였다. 최선을 다하는 모습이 그리웠다. 성적과는 상관없었다. 왜 열심히 최선을 하지 않는가? 이것이 나의 불만이었다.

그런 불만은 그들에 대한 반동으로 나타났다. 우연히 강북의 넓은 아파트가 당첨되어 나는 이사를 감행했다. 고3 때 이사 가는 일은 없다. 오히려 학교 근처로 이사 오는 학부모들이 많았다. 그러나 나는 반대로 딸애를 무시하고 멀리 이사 갔다. 학교통학 시간은 2시간이 걸렸다. 속으로 쾌재를 불렀다. 내심 고소하단 생각이 났다. 나는 착한 어미는 못 됐다. 내 안에 적개심이 많았던 것일까? 매사에 일이 술술 풀리지 않아서일까? 그런 행동으로 과연 이루어진 것이 무엇인가? 무익한 행동에 불과하지 않았잖은가? 그렇다면 자연스러운 삶으로 일관하는 것이 나은가?

또 다른 생각이 났다. 막내여동생을 데리고 살 때였다. 그가 시집 갈 때를 놓쳐가고 있을 때였다. 그는 콘도로 어디로 그림 그린다고 놀러만 다녔다. 나는 열이 났다. 아버지도 없는데 시집을 보내야 하는 게 내 의무이고 책임이었다. 어느 날 나는 작은 차를 사줘서 집에서 내보냈다. 엄마는 딸인 나에게 네가 그럴 수 있느냐면서 울었다. 그 후 그는 시집갔다. 그것은 성공한 일이 됐다. 그렇다면 내 딸애도 집에서 독립시켜야 했다. 그런데 어떻게 자연스럽게 독립을 시켜야 할까? 그것이 문제였다. 이제는 모든 것을 감정적으로 하면 안 되었다. 서로 편안하게 호의적인 생각으로 삶을 개척해보자고 제안하고 합의해야 할 것이었다.

*

어느 여름방학. 우리 친구들은 서해안과 남해안

바닷가로 캠핑 여행을 떠나기로 했다. 영자 오빠 친구들 몇 명과 우리 친구들 몇 명이 기차역에서 만났다. 영자는 새 옷을 맞춰 입고 왔다. 빨강색 체크무늬 리본 반바지와 주황색 티셔츠를 새로 샀다고 보여주었다. 차비, 숙박료 등 필요한 경비는 총무에게 맡겼다. 비상금은 각자 챙겼다. 나는 고추장, 된장, 감자, 양파 등 필요한 야채를 집에서 모두 가져왔다. 영자는 가스통과 휴대용 가스레인지를 챙겼다. 우리는 처음 보는 오빠 친구들을 소개 받았다. 그중에는 여고 선생 아들도 끼어 있었다.

그의 몸체는 가늘가늘했다. 농담을 잘했으며 사람들 웃기는 재주가 있었다. 그는 금세 서먹한 분위기를 없앴다. 오랫동안 친했던 사람들처럼 우리의 마음을 그쪽으로 이동시켰다. 처음 가는 캠핑은 나를 설레게 했다. 남학생은 우리를 보호하는 차원에서 함께 갈 뿐이었다. 마음을 열어 그들과 함께하고 싶지는 않았다. 나는 내 마음속을 꼭꼭 닫았다. 허투루 남학생이 내 마음속으로 들어오는 것을 거부했다. 그 당시 연애해서 결혼한 친척이 못 산다는 이야기를 귀에 못이 박히도록 들었다. 그 이야기는 나에게 부정적 의식을 심어주었다.

*

2001년 6월 30일.

난생 처음으로 해외를 간 날이다. 어느 책을 보는데 주인공이 49잔치를 했다. 그 주인공은 태어나서 가장 가고 싶던 바위산을 49세가 되던 해 아들과 함께 도전했다. 그를 보고 인생에서 49잔치가 중요함을 알았다. 나는 평생에 해외 가보는 것이 꿈이었다. 나도 그 주인공처럼 49잔치를 해보겠다고 다짐했다. 그해 아이들이 모두 대학에 갔다. 나도 대학 성적처리가 끝나는 날 배낭여행을 하기로 했다. 우선 돈이 필요했다. 자금조달을 위해 무조건 나를 담보로 국민은행에서 이천만 원을 빌렸다. 그리고 우리는 떠났다. 남편의 속마음은 힘들었지만 나는 어쩔 수 없었다. 그는 당시 이사관급 공무원이었다. 그의 친구들과 부처의 후배들은 유학과 해외근무로 대부분 외국에 갔다 왔다. 그들은 수시로 외국에 가고, 수시로 돌아왔다.

나는 남편을 이해할 수 없었다. 그는 자기가 없으면 나라가 망하는 줄 알았다. 나는 속으로 말했다. '여보, 당신은 국가를 위해서 잘 지키고 있으세요. 우리는 떠나렵니다.' 떠나기 전 밥통에 밥하는 법을 적은 스티커를 붙여놓았다. 반찬은 대충 몇 가지 만들어서 냉장고에 넣었다. 필요한 사항들은 모두 메모지에 기재해서 벽과 식탁에 붙여놓았다. 김밥 집 전화번호도 기입하고, 그밖에 필요한 것들을 식탁 밑과 위에 놓아두었다.

나는 큰딸과 작은딸을 데리고 새벽 4시에 집을 떠났다. 태풍이 와서 온 천지가 바람과 비로 쑥대밭이 됐다. 공항버스 첫 차를 타야 했다. 여행용 가방을 들지 않고 이민 배낭을 둘러메고 갔다. 해외여행이 낯설었다. 큰길 가에서 공항 가는 첫 차를 타야 비행기 시간에 맞았다. 나는 조바심이 났다. 놓치면 어떡하나? 노심초사 걱정을 했다. 가이드가 있는 것도 아니고 무조건 책을 보고 가야 했다. 비행기 표를 확인하고 터키 항공을 탔다. 대한항공은 비행기 값이 더블로 비쌌다. 더구나 세 명의 표 값은 더욱 컸을 것이다. 미리 유레일 패스도 오백만 원 주고 샀다.

이날 터키 이스탄불에 오후 6시경 도착했다. 공항의 규모는 작았다. 1960년대 한국 모습이었다. 택시는 티코보다 조금 컸다. 하늘은 맑고 파래서 한국의 가을 날씨 같았다. 햇살은 뜨겁고 공기는 상큼했다. 바다는 파랗고, 갈매기는 많았다. 도시 전체가 낡고 허름했다. 호텔 벽과 낡은 아파트 사이에 갈매기가 떼 지어 날았다. 어선들이 줄지어 선 모습은 한국의 작은 항구도시 같았다. 이층버스가 다녔고, 지상 전철버스 신호등 없는 건널목, 건널목 없이 신호등만 변하는 불빛 등이 이색적이었다. 우리는 여행자였기에 택시나 미니 슈퍼는 바가지요금을 요구했다.

이스탄불은 해변을 낀 도시였다. 한쪽은 동양 쪽에 가깝고 다른 쪽은 유럽에 속했다. 옛 터키 제국을 생각하며 여행했다. 그들의 생활은 우리 정서와 맞았다. 어린이들 중 두 사람이 줄넘기를 길게 돌렸고, 한 사람이 줄 속에서 뛰었다. 내 어렸을 때의 놀이 문화와 여기 것도 똑같았다. 신기했다. 지역적으로 멀고 얼굴 생김도 다른데, 같은 놀이 문화를 하다니.

이튿날 7시에 호텔 식사를 했다. 햄, 빵, 치즈, 오렌지 주스, 토마토, 요구르트, 우유, 커피 등 음식 종류가 많아서 행복했다. 서양식은 내 입맛에 딱 맞았다. 우리는 든든히 먹어두었다. 시내 지도를 마련하여 그곳을 나왔다. 지도를 보고 전철 길을 따라 걸었다. 고성이 보였다. 고성을 지나 이스탄불 대학이 보였다. 길에는 사람이 없었다. 한적한 시골길처럼 오르락내리락 했다. 길은 영화에 나오는 돌무늬 바둑판이었다. 물결무늬로 장식했고, 그 위로 왕궁의 수레들이 오가는 단단한 돌부리 형 바둑판 유형이었다.

길옆으로 술탄 왕조의 궁, 회교사원인 블루 모스크가 보였다. 실내 장식은 아름답고 웅장했다. 푸른색 꽃모양의 도안과 물결모양의 고리 형태가 서로 이어졌다. 그 색깔과 고리 형태는 아주 잘 짜여졌다. 양탄자의 짜임이 벽화로 그려졌다. 높은 천장은 둥근 원형으로 가운데 크게 홈을 팠고, 다시 원형을 여러 개 만들어서 중심 원형을 둘러쌌다. 그 원형에도 아름다운 색채의 그림을 그렸다. 바닥은 대리석과 나무로 장식되었다. 그 위에 붉은 양탄자를 깔았다. 홀 중앙 쪽에 큰 기둥이 있고, 기둥 주위에는 수도 시설이 설치되었다. 15세기경부터 완벽한 건축물이 그곳에 있었다. 그 시대는 분명 찬란했을 것이다.

아름답지만 옛 궁이 훼손되고 있었다. 그곳은 아이들의 놀이터였다. 궁 앞에는 어린 꼬마들이 생업을 했다. 물과 빵을 팔았다. 가느다란 손가락 사이로 그들의 어려운 모습을 보고, 그들의 고달픔에 가슴이 아렸다. 그곳에 놀러 온 가족들은 따뜻했다. 일요일이라 가족들은 많았다. 바닷가에서 온 가족이 모여 카펫을 깔고 고기를 구워 먹었다. 아이들은 시소를 타고 흙장난을 했다. 단지 화장실이 없어서 불편했다. 동서양을 연결하는 다리에서 별스럽지 않게 사람들은 낚시질을 했다. 그곳에서 물과 빵을 팔았다. 길에는 체중계를 놓고 몸무게를 달고 돈을 받았다. 어린 아기들은 그림처럼 예뻤다. 집집마다 3명 이상의 아이가 있었다. 허름한 고성은 가족나들이를 위해 휴식처가 됐다. 지붕은 모두 파괴되고 바닥은 낡았지만, 대리석이라 휴식처로는 그만이었다.

내 부모와 내 자녀들, 그리고 나와 남편이 어떻게 살아야 잘사는 것인가? 이 문제는 어렵다. 그리고 모든 이가 생각할 문제다. 나는 요즘 새로운 인생 공부를 해야 했다. 어떻게 살아야 정말로 행복한 삶을 사는 것인가? 이것을 계속 묻고 답해야 했다. 오늘 TV에서 〈아침마당〉을 봤다. 어느 조화로운 가족은 근처에서 옹기종기 모여 살고 필요한 물품을 공동 구매한다고. 헬리콥터 가족은 회사 다니는 딸이 선임 팀장에게 실수해서 혼났다는데, 이튿날 딸애 엄마가 그 회사로 뛰어갔다고. 자기 딸은 그렇게 혼나면서 회사 다닐 수 없다고. 즉시 딸의 짐을 싸서 데려왔다고. 모든 부모들은 자식에게 희생했다고 생각한다고. 자식은 그런 부모가 부담스럽다고. 어느 박사님이 배려와 과배려를 착각하지 말라고. 마음을 편하게 하면 배려, 부담스럽다는 생각이 들면 과배려라고 설명했다.

부모의 역할과 자식의 역할을 제대로 해야 가족이 행복할 수 있는 것이다. 부모는 부모다워야 하고 자식은 자식다워야 하는데, 이것은 어렵고도 힘든 일일 것이다. 내가 아이를 키울 때도 엄마의 역할이 어떻게 중요한가를 모른 채, 그냥 열심히 아프지 않게 보살피고 밥해주는 엄마였을 뿐이다.

아이들이 커서 초등학교에 들어갔다. 나는 우연히 독일식 교육에 관한 책을 읽었다. 독일 엄마들은 꼬마들이 학교에 갔을 때, 비가 와도 우산을 갖다주지 않았다. 우산을 갖다주면 아이들이 나약해진다는 교육설이었다. 그들이 스스로 우산을 챙겨가게 하는 것이 독립심을 길러주는 방법이라 말했다. 나는 그들의 교육이 선진국답다고 여기고, 그에 맞게 나도 우리 애들이 그렇게 키워져야 더 독립적이고 씩씩한 사람이 될 것이라 믿었다. 그 책을 읽은 후 나는 우리 애들에게 비가 철철 쏟아져도 우산을 갖다주지 않았다. 나는 애들을 강하게 키우고자 노력했다.

삼십 년 후 아이들은 우산 갖다주지 않은 미운 엄마로 나를 기억하고 원망의 소리를 했다. 오늘 우연히 운전 중에 라디오에서, 추억의 음악이 나오면서 어떤 사연이 읽혀졌다. 그 사연은 비오는 날 어머니가 우산과 우비를 갖다주던 생각이 났다고. 그때 형과 내가 불량식품을 어머니에게 사달라고 졸랐다고. 못마땅한 표정의 어머니가 할 수 없이 사주었다고. 우리는 그렇게 신날 수가 없었다고. 갖다준 우산을 쓰지 않고 비 맞으며 핫도그를 먹었다고. 어렸을 때의 즐거운 추억이 아련하게 생각난다고.

그 사연은 나를 가슴 아프게 했다. 즐거운 추억이 될 수 있는 일을 나는 이상한 교육철학으로 아이들의 마음에 상처를 주었던 것이다. 나는 아이를 중심으로 키우지 못했다. 어른을 중심으로 생활했다. 내가 아닌 시대 중심으로 모든 생활이 짜여서 시대 일이 우선이었다. 아이와 나는 시대의 종속물에 불과했다. 어쩌면 그 시대는 아직 농경사회 문화가 대세이고 뿌리 깊은 유교사상이 가정마다 뿌리 박혀 있을 때였다. 매사 시어른 중심, 남자 중심으로 생활 패턴이 움직였다.

그 시대는 연중행사 중 명절과 제사, 어른의 생신이 우선이었다. 그 행사를 위해서 온 가족은 모였고, 직장을 건너뛰게 했다. 산업화와 정보화가 이루어지면서 가정은 변해갔다. 모든 가족이 모여 행사를 계속하기에는 시간과 돈이 모자랐다. 각자의 불만과 의견은 충돌되었고, 소요되는 비용을 월급에서 충당하기에 어려움이 많았다. 고집스러운 어른들의 집요한 요구와 따라갈 수 없는 시대적 상황은 결국 분열을 일으켰고, 집집이 가족은 흩어졌다.

자식들은 이제 나이가 많아졌다. 구십에 가까운 어머니는 아직도 구시대적 의식과 의례를 고집하고 고수했다. 칠십 넘은 자식들은 이제 돈도 없고 힘도 없으며 어머니를 따를 만한 상황도 못 됐다. 그들은 영원한 평행선일 뿐이었다.

*

여고 동창 모임으로 골프를 갔다.

육십이 한참 넘어서 골프하러 가는 것은 쉽지 않다. 각자 집안일을 떨쳐내야 하는 게 어렵다. 쌍둥이 손자를 보다가 뛰쳐나와야 했고, 직장 다니는 며느리 대신 다시 사돈에게 손자를 맡겨야 했다. 그렇잖으면 집안 제사가 끼어 있지 않아야 했다. 그중에서 가장 중요한 일은 아픈 데가 없어야 골프를 칠 수 있다는 것이었다. 나는 가끔 여고 골프 참석하라고 연락받고 수시로 생기는 허리 통증으로 곤혹을 치렀다. 약속을 지키려고 참석했지만, 골프 핀을 꽂을 수 없어서 친구들의 도움을 받아야 했다. 긴 채는 휘두르지 못하고, 짧은 채로 살살 친구들의 뒤를 따르며 운동해야 했다.

육십이 넘으면 남편이 대부분 퇴직하고, 자식들은 부모 도움으로 대부분 결혼했기 때문에, 부모인 우리에게 남겨진 재산으로 골프치기는 힘겨웠다. 이곳에 참여할 수 있는 회원은 남편이 사업했던 사람들이 대부분이고, 아니면 회원 자신이 평생을 교직 생활, 혹은 회사를 다녀 연금을 타는 경우에야 가능했다. 그러나 그 친구들도 여러 사정이 생겨 여유롭지 못해 참여하지 못했다. 자신이 오롯이 30년 이상 직장 생활로 경제를 책임지고 살았지만, 그 경제가 지켜지지 못한 친구를 보면 가슴이 아팠다.

일단 그곳에 참여한 회원은 모든 것을 떨쳐낸 성공한 사람들의 모임일 수 있었다. 회원은 처음에 적어도 3~4팀이었는데 2팀으로 줄었다. 한두 명은 더 참여하고 싶어 했지만 구성이 어려웠다. 차편, 숙소편이 어려웠다. 참여자들은 매사에 감사했다. 주선하는 임원들에게도 감사했다. 회원들은 각자 필요한 것들을 준비했다. 바위만 한 수박, 토마토, 귤, 맛있는 영양떡 등을 준비해서 가져왔다. 그것은 모든 이를 즐겁고 행복하게 했다. 손자들에게 시달리거나 힘겨운 가정사에서 해방된 자들이라 더 행복해한 것이다.

이제 어느 정도 스코어에 집중해서 상대편을 공격하지는 않았다. 처음에는 친구들과의 경쟁이 심해서 심적으로 고통을 받았다. 욕심이 많은 친구는 경기에서 이기고 싶어 했고 이겨야 했다. 그러나 골프는 쉽지 않았다. 항상 잘되는 경기가 아니었다. 잘되다가도 잘 안 돼서 심적 고통을 많이 받는 경기였다. 자신을 다스릴 수 있어야 했다. 세월이 많이 흘렀다. 십 년 이상이 되면서 서로 부딪히고 어울리면서 우리는 서로 조화로워졌다. 상대편이 미우면 미운 대로 미운 정이 들었던 것이다.

이제 편안한 노후를 서로 보듬으면서 조화롭게 골프 게임을 함께할 수 있음에 감사했다. 게임은 친구를 소중하게 만들었고, 집안일의 고통에서 벗어나 잠시 휴식하며 새 에너지를 받게 만들었다. 골프 모임은 노년을 행복하고 즐겁게 함께할 수 있는 친구들의 모임이 되어갔다. 일 년에 한 번씩 일박이일 여행과 매월 한 번의 골프 게임으로 더 행복한 노년의 날들을 기대하게 했으며, 회원들이 멋진 인생을 보낼 수 있게 되기를 기원하게 했다.

한여름의 석양빛은 뜨거웠다.

한여름 아버지는 어느 날 퇴근 후 뜰 앞에 키우는 상추밭으로 들어가서 상추를 뜯어다 엄마에게 주었다. 엄마는 그 상추를 씻어 상추 겉절이와 상추쌈으로 반찬을 했다. 곧 밥상이 들어왔다. 아버지는 상추 서너 장을 한 손에 펼쳤다. 그곳에 밥을 얹고 노란 된장을 그 위에 얹었다. 그는 두루뭉술하게 싸서 맛있게 먹고, 금방 텃밭에서 따온 새파란 청고추를 고추장에 찍어 한 입 크게 물어뜯으며 맛있다고 했다. 매콤한 기운이 금방 그의 얼굴을 땀방울로 범벅되게 했다. 나도 덩달아 그를 따라 했고, 매워서 어쩔 줄 몰랐다. 얼른 찬물을 입에 가득 넣고 호호 불며 혀를 내밀고 식혔다. 조금 있다가 상추 한 바구니가 다 비워졌다. 햇빛을 받은 약간 억센 상추는 쌉싸름하고 달콤했다.

한여름 해가 서쪽으로 기울었지만 초가집인 우리 집은 온통 불구덩이 속이었다. 저녁때가 되면 채소밭과 마당, 마루, 방 안까지 아궁이에 불을 피운 것처럼 뜨거웠다. 화끈한 열기로 숨이 찰 때 아버지는 양동이에 가득 물을 채워 마당 쪽으로 확 뿌렸다. 잠시 동안 차가운 물과 뜨거운 햇볕 열기가 섞여서, 더운 증기가 우리 몸속으로 확 퍼졌다. 더운 공기가 코 속으로 번질 때 푸하, 숨이 멈췄다.

집집마다 대문을 꼭꼭 잠갔다. 지나가는 거지들이 문 열린 집으로 들어갔다. 그들은 부엌으로 가서 솥단지, 양은냄비, 수저 등을 몽땅 쓸어갔다. 그들은 빨랫줄에 넌 빨래들도 모두 훔쳐갔다. 동네 사람들은 문단속을 철저히 했다. 우리 집 대문은 허술했다. 판자로 만들었지만 튼튼히 잠기지 않았다. 다른 집들은 나무를 엮어서 만든 대문이 많았다. 우리 대문은 오징어 몸처럼 흐느적거렸다. 바람이 불면 몸체가 사방으로 흔들렸다. 흔들리는 대문은 쉽게 열 수 있었다. 엄마가 아침에 빨아서 빨랫줄에 널었던 러닝셔츠와 속옷, 담요 등이 수시로 사라졌다. 그때는 대문이 있으나마나였다.

아버지가 퇴근하면 당신이 쓰고 남은 조개탄을 어깨에 메고 왔다. 밤샘으로 화차를 때고 남은 찌꺼기였다. 어머니는 그것을 받아 부엌으로 갔다. 그것으로 불을 지폈다. 우리 집은 수시로 손님이 많았다. 밖에서 뛰어놀다 집에 오면, 엄마는 "먼 친척 할머니다. 어서 절해라" 하고 말했다. 그 할머니는 자주 어린 아들을 데리고 왔다. 눈이 부리부리하고 거무스름한 피부에 남성적인 쉰 목소리가 무서웠다. 나이는 엄마보다 한참 위였다. 우리 친할머니만큼이나 위였다. 아들은 나보다도 어렸다. 그 할머니는 올 때마다 울었다. 나는 그가 왜 우는지 몰랐다. 그가 오면 엄마는 쌀과 먹을 것을 챙겨주었다. 어느 날은 나도 사주지 않는 새 신을 그 아이에게 사주었다. 그 아이는 그 신을 신지 않고 가슴속에 품고 갔다.

먼 일가친척들이 우리 집을 거쳐서 가는 일이 많았다. 외가 쪽이 그랬고 친가 쪽이 그랬다. 남자는 모두 삼촌이라 불렀고, 여자는 고모, 아니면 이모였다. 아버지의 사촌, 육촌, 팔촌 모두가 고모, 이모였다.

어떤 삼촌은 장난 꾸러기였다. 그가 오면 내 팔은 온전하지 못했다. 양팔이 깁스로 칭칭 감겼다. 우리 집이 소도시에 있었기 때문에 시골에 사는 친척들은 모두가 우리 집을 거쳐갔다. 연배가 비슷한 외삼촌들과 친삼촌들이 우리 집에서 학교를 다녔다. 내가 듣기로 큰외삼촌은 공부를 못했고, 친삼촌은 공부를 잘했다. 친삼촌은 사범학교에 당당히 시험을 쳐서 입학했다. 큰외삼촌은 사범학교에 들어갈 성적이 못 되었고, 외할아버지는 소를 팔아서 보결생으로 입학시켰다. 어느 날 그들은 장기를 두다가 싸웠다. 그들은 아버지에게 종아리를 맞았고, 되지게 혼이 났다.

정월 대보름이 되면 삼촌들과 우리 식구들은 담장을 지키느라 잠을 못 잤다. 집 담장이 모두 검은 콜타르 기름을 바른 얇은 판자 쪽이었기 때문이다. 동네 아이들은 이 담장을 떼어다가 쥐불놀이에 썼다. 기름칠한 판자가 성냥만 대면 훨씬 잘 타고 오랫동안 쥐불놀이를 즐길 수 있었기 때문이었다. 삼촌들과 어머니가 열심히 지켜도 판자 조각들은 뜯겨 나갔다.

- 이놈들, 어디서 감히 담을 뜯어가느냐?

고래고래 엄마가 소리쳐도 잘도 뜯어갔다. 이쪽에서 뿌지직, 저쪽에서 뿌지직. 밤새 지켜도 새벽녘이 되면 담장에 구멍이 뚫려서 사람들이 그곳으로 오갈 수 있었다.

한여름 장마는 길었다. 우리 모든 식구들은 앉아서 밤을 샜다. 장대비가 억수로 퍼부으면, 담장 옆 하천과 하천에 접한 산줄기 언덕배기에서 황토물이 우리 집을 쓸어갈 기세로 물이 불어났다. 조그만 수채 개울이 갑자기 좁은 골목을 삼켜 물바다로 만들었다. 그 물이 우리 집 담장 밑을 파고들었다. 채소밭, 마당, 안방까지 치밀고 들어올 기세였다. 모두가 뜬눈으로 기둥을 붙잡아야 했다. 어른들은 하늘을 봤다.

- 어, 어, 하늘은 왜 그러는 거야?

하며 언제쯤 비가 멈출 것인가 가슴 조이며 밤새우고 새우잠을 잤다. 날이 밝았다. 비가 멈췄다.

동네 사람들은 물 구경을 갔다. 동네 어귀를 지나 큰 시내가 합쳐지는 곳에 있는 능청다리로 갔다. 능청다리 밑의 시뻘건 물이 다리를 집어삼키려 했다. 다리 사이로 돼지가 산 채로 떠내려갔고, 토끼, 오리, 깡통, 바가지, 플라스틱 오물 등 온갖 잡스러운 물건들이 황토물과 함께 둥둥 떠서 내려갔다. 물은 무서웠다. 모두를 쓸어갔다. 이럴 때 아버지는 바빴다. 화물차와 객차가 서로 오가는 시간이 길어졌다. 철길이 끊겨 철길이 수리되어야 기차가 오갈 수 있었다. 바쁜 나날을 보낸 후 아버지는 가끔 한낮에도 집에 와 쉬었다.

동네 꼬마들은 시끄러웠다. 대개 러닝셔츠에 반바지 차림이었다. 명절이 오면 엄마는 나에게 치마저고리를 입혔다. 색동 신(일명 코빼기 신)에 하얀 버선도 신겼다. 어느 때는 친할머니네에 보내졌고, 또 어느 해는 외갓집으로 외삼촌을 따라 보내졌다. 미리미리 설빔을 입혀서 기차를 태워 보냈다. 예쁜 옷을 입고 외삼촌 따라 기차를 탔다. 사람들은 꼬마가 예쁘다면서 말을 걸어왔다. 나는 그것이 싫어서 삼촌 뒤에 엉겨붙었다. 명절 때라 사람은 기차에 가득 찼다. 키가 작은 나는 외삼촌 무릎을 잡고 있어야 했고, 숨이 꽉 막혀 답답했다. 외갓집은 정거장에서 멀었다. 두세 시간은 걸렸다. 그곳에 버스는 없었다. 외갓집에 들어서면 저녁이 됐다. 명절 음식이 가득했다. 그중 제일로 꼽는 것은 조청이었다. 조청 속에 든 건더기가 그중 맛이 좋았다. 따끈한 가래떡을 조청에 푹 찍어 먹는 맛이 좋았다.

*

오늘 남편을 만났다(2015년 6월 5일).

남편은 계속 구속 게임 속에 처해 있었다. 남편은 아이들을 거부했다. 자신의 모습을 다른 누구에게 보여주고 싶지 않았다. 처음 면회 갔을 때 그는 나와 눈을 맞추지 않았다. 얼굴은 퉁퉁 부었고 몸도 물에 불린 사람처럼 부어 있었다. 그는 밤새 자신을 되돌아보고 인생이 무엇인가를 셈했을 터였다.

그의 자세는 낮았다. 온몸을 죽이고 모두를 떠나보낸 사람이 됐다. 나는 아무렇지도 않게 그를 위로했다. 그가 공금을 사사로이 쓴 적도 없고, 국가만 위해 나라를 지켜보겠다는 심정으로 정부 부처를 평생 지켰을 뿐이다. 그는 공직자들의 꽃인 유학이나 해외근무 한 번 못 했다. 후배나 선배들에게 물려주고 부처를 지키는 것이 자신의 길이라 여겼다. 후배는 화려한 길로만 밟아갔고, 자리를 물려주면 잘도 받았다. 마지막 자리 물려받은 그 후배가 남편을 칼질해서 그 자리를 차지했다.

나는 그를 용서 못 했다. 바다 같은 남편은 아무렇지도 않게 칼질한 후배를 자신의 사람으로 여겼다. 그는 그런 사람이었다. 그런 과정은 나를 더 단단하게 했으며, 얼마나 더 나쁘게 추락할 것인가를 생각하게 했다.

그것은 죽음일 것이라 생각했다. 죽음이 아니면 모두가 이겨낼 수 있을 것이라 생각했다. 그는 죄지을 사람이 못 됐다. 그는 투명했다. 모두가 그를 알았다. 나는 부끄럽지 않았다. 없는 죄를 만들어내고 죄목을 붙이는 데야 어쩔 수 없는 일 아니겠는가? 적의를 가진 자들은 그의 몫을 필요로 했고, 그의 몫 속에서 그들의 승업(승진과 업적)이 필요했던 것이다.

나는 나를 위로하며, 이 구속 게임은 길 가다가 똥 밟았다고 생각했다. 더 심하게 IS 테러로 온몸에 상처를 입었다고. 내 남동생은 중국에서 법인 장으로 해외근무 이십 년이었다. 그가 말하길 그렇게 죄를 씌우자면 대한민국 회사 모두가 감옥에 가야 한다고 했다. 재수가 나빠서 정치계 청소차에 걸려든 것이라고.

다른 사람들은 온 식구들이 면회 가고, 만났다. 나는 갈등이 일어났다. 애들을 만나게 해야 하는지, 말아야 하는지? 작은애는 말했다.

- 아빠에게 직접 물어봐요.

나는 그를 만날 때 물어봤다. 다른 사람들은 자기 식구들이 모두 면회 오는데, 자기는 아이들을 면회하겠냐고. 그러겠다고 했다. 면회 날 아이들을 데려갔다. 그는 모습이 편안했다. 아이들도 아빠가 마음을 내려놓았는지 편안해 보였다고 했다.

다행이었다. 자기 스스로를 못 견뎌하면서 내적인 고통으로 일그러졌다면 우리도 힘들 텐데, 그는 편안했다. 스스로를 잘 다스렸다. 피부도 좋아졌다. 아이들과 이것저것을 잘 이야기했다. 아이들은 몸 건강히 계시라고 인사했다.

다음달 7월 3일 아빠가 죄 없이 나오기를 바랐다. 적의를 지닌 자들은 그들의 승업에 어떡해야 남편의 몫을 이용하여 자신을 높일 것인가에 집중했다. 그들의 마음은 그들의 것이다. 우리는 그들의 마음을 몰랐다. 멀리서 밀려오는 무거운 검은 파도의 물결이 그들의 마음속에서 사라지기를 바랐다.

다음 면회할 시간이 나타나지 않았다. 앞좌석에 면회 온 자들이 대거 뭉쳐 있었다. 그들은 금융 관계자들로 보였다. 그곳도 정치계의 청소차가 지나갔고, 무더기로 구속된 모양이었다. 나라의 청소는 곳곳에 일어났다. 정치가는 그것을 업적으로 만들 요량이었다. 그것을 알고 이간질쟁이들은 또 다른 죄목을 만들 것이고, 이간질쟁이들이 그 자리를 차지할 것이다. 남편의 구속은 이간질쟁이들의 농간이 컸다. 이간질쟁이들은 자기의 이익을 위해서 죄목을 부풀렸다. 죄목이 없으니 다르게 비틀어서 만들었던 것이다.

어느 공직자가 동생의 구속으로 인해 고통을 받았다고 했다. 동생은 시골에서 농사를 졌다고. 어느 날 그 동생이 쓰레기를 태웠는데 마침 옆 동네에서 외양간에 불이 났다고. 불이난 사람이 동생 때문에 불이 났다며 손실을 물어달라고. 동생은 못 물어준다고 하고, 그쪽은 물어달라고 했다. 결국 고소했고 동생이 구속되었다. 그 죄를 없애는 데 삼년이 걸렸다. 결국은 그때의 바람이 역풍이라 외양간으로 바람이 가지 않았다는 과학적 근거로 풀렸다. 서로의 피해로 마음의 상처가 힘들었다.

지금 나라의 청소는 곳곳에서 일어났다. 죄 없는 사람들을 구속하지 않기를 바랐다. 국가적 손실이 눈에 보였다. 구속된 가족의 고통, 구속되어 마비되는 회사의 손실, 대거 구속자들의 수용비용 등, 온 나라가 쓸데없이 세금으로 헛된 소비를 하고 있었다. 나는 정치가들이 경제 살림을 잘 알기를 바랐다. 한 번도 벌어보지 못한 자들, 부모에게 받아 써보기만 한 자들을 혐오했다. 그들은 돈을 몰랐다.

시골 외갓집 초등학교 운동회는 온 동네 잔치였다. 운동회가 시작되면 산과 산, 강과 강 사이의 모든 동네 사람들이 함께 모였다. 도시로 갔던 사람들도 모두 모였다. 운동회는 추석 끝나고 이튿날에 했다. 남녀노소 졸업생 모두가 모였다. 나는 큰외삼촌이 그 학교 교원이라 마음이 편안했다. 내가 차지한 곳은 어느 넓은 교실 유리창 가였다. 유리창을 통해 운동장에서 펼쳐진 운동 경기를 즐길 수 있었다.

운동장은 넓었다. 사람들은 분주했다. 운동장 한가운데에 커다란 멍석을 여러 장 펼쳐놓았다. 그곳에 싱싱한 감을 몇 가마씩 날랐다. 그곳에 감을 산더미같이 높게 멍석에 쌓아 펼쳐놓았다. 나는 깜짝 놀랐다. 아니, 이게 무엇이란 말인가? 어떻게 저렇게 많은 감을 운동장에 쌓아놓고 모든 이들이 원하는 대로 먹게 한단 말인가? 도시에서는 눈만 뜨면 남의 물건 훔쳐가서 속 썩이던 것만 보았는데, 이곳은 그런 곳이 아니어서 충격받았다.

운동회가 시작되면 어린이는 어린이대로 어른은 어른대로 그동안 못 만난 세월들을 회상하며 서로 즐겼다. 그들은 해가 질 때까지 즐겼다. 주변에 둘러싸인 산과 강들도 덩달아 춤췄다. 그곳은 아직 전기가 없었다. 날이 저물면 온 천지가 칠흑 같았다. 산은 산그림자와 더불어 까맣게 다가왔다. 하늘에 달과 별이 없으면 도깨비와 귀신이 사람의 입을 통해서 살고 죽었으며 모든 이를 놀렸다.

산 밑에선 항상 반짝이는 작은 불빛이 빛났다. 우리는 그것이 도깨비이고 귀신이라고 생각했다. 동네어귀 모퉁이 돌아서는 산비알에는 도깨비와 귀신이 항상 가득했다. 동네 사람들은 그들이 항상 존재하는 것으로 여겼다. 그들은 불빛과 함께 사라졌고 어둠을 좋아했다. 어둠이 오면 우리는 삽짝 문을 닫고 방문을 걸어 잠갔다. 그들이 집으로 들어오지 못하게 하기 위해서였다.

내 엄마는 훌륭했다.

아침에 눈을 떴다. 여러 생각들이 밀려왔다. 엊그제 후배가 한 말이 생각났다. 그의 어머니는 노인정에 가지 않았다. 그곳에 가보면 자기가 있을 곳이 못 된다고 한다. 어느 날 그는 노인정에 갔다. 당신이 다리 아프고, 허리 아프고, 말할 사람이 없으니 노인정에 가서 봉사하며 적응했다고 한다. 그곳에서 글 모르는 할머니나 무식한 사람에게 글도 읽어주고 대필도 해준다고.

후배는 얼굴을 찡그리며, 어찌 그런 일이 있을 수 있는가 하는 표정이었다. 그의 말은 내 가슴을 찔렀다. 내 엄마, 이모들은 평생 글을 모르고 살았다. 그들은 글을 몰라 속 터졌고, 가슴앓이를 했다고 말했다. 그들이 그러고 싶었겠는가? 태어나기를 일제강점기 때에 태어났다. 왜놈들에게 잡혀갈까 조바심으로 꽁꽁 숨어 살았을 것이다. 또한 그들의 조부모들은 글을 깨우쳐 신여성이 되는 것을 반대했을 것이다. 시대가 그랬고 6·25라는 전쟁이 그들이 글을 깨우칠 기회를 앗아갔을 것이다.

부농인 외할아버지는 아들들만 가르쳤다. 딸들은 무조건 숨겼고 집에서 조용히 집안일 거들며 살림하는 방법만 가르쳤다. 신랑감을 잘 골라서 시집보내는 게 그의 소원이었다. 자식들은 적당히 짝을 맞추어 결혼했다. 그들은 외할아버지의 주특기인 '아껴라'로 무장됐다. 할아버지는 눈만 뜨면 "아껴라!" 하고 소리쳤고, 모든 식구는 왕 짠돌이가 됐다. 자식들은 결혼하면 아끼고 돈을 모으는 데 달인이 됐다. 그의 막내이모. 그는 그중 뛰어난 절약의 고수였다. 그는 마당 옆 수돗가에 붉은 플라스틱 다라를 놓고 수도꼭지에서 한 방울씩 하루 종일 땀박, 땀박 떨어지게 했다. 그곳에 하나 가득 모인 물은 다른 양은 양동이에 옮겼다. 그는 그 담긴 물로 밥하고, 씻고, 먹고, 청소했다. 수도 계량기는 돌아가지 않았다. 흐르는 물을 받았을 뿐이다.

수도 검침원은 검침하면서 이모에게 물었다. 이곳에서 살지 않느냐고.

그는 돈 아낌의 달인이었다. 먹는 것, 입는 것, 잠자는 것 등 아끼지 않는 것이 없었다. 도시에 살아도 웬만하면 저녁에 불을 켜지 않았다. 그의 아들이 장가갈 때 손님들이 많아서 구석방에 앉아 있던 이모부. 엄마가 어두운데 불 좀 켜고 계시라고 하자 안 된다고, 쓸데없이 불 켜고 있다고 마누라한테 혼난다고 했다. 그런데 그날 친척들은 깜짝 놀랐다. 그 이모가 장가가는 아들 아파트를 사서 줬다고.

각자의 가치관은 존중할 일이다. 어느 시어머니는 장가가는 아들 봉빼면서 생활비 부치며 책임지라고 난리쳤다는데, 그보다는 훌륭했다. 이모들은 거의 팔십이 넘어갔다. 그들은 아직도 살림에 집중하고 살림을 하며 돈 아낌에 치중한다. 그들은 아직 손이 건강하고, 몸이 건강하다. 각자는 몸이 부실하다고 말이 많지만, 잘 걷고 잘 먹으며 특히 머리가 온전하다.

제일 큰언니인 내 엄마. 그는 다리를 절어서 걷는 일이 힘들었다. 다리 수술하기로 한 날, 심장이 막혀서 심장 시술이 더 시급하다고 했다. 그날 심장 시술을 했다. 그는 심장 시술로 혈을 녹이는 약을 투여했고, 계속 복용해야 했다. 다리 수술은 2년 후로 기다려야 했다. 나는 말했다. 내일모레면 엄마가 구순이 넘어간다고. 수술하다가 누워서 돌아가시느니 움직이다 돌아가시는 것이 어떠냐고. 그도 그것이 좋겠다고. 수술하지 않겠다고. 엄마는 그동안의 삶이 훌륭했다고. 그중에서 팔십이 넘어서 혼자 미국여행 갔던 것은 무척 훌륭하고 용감했다고. 나는 그때 그것을 몰랐다고. 육십이 넘어서 알았다고.

어느 날 나는 마지막으로 엄마를 여행 보내고 싶었다. 엄마는 팔십이 막 넘은 나이였다.

- 엄마 미국여행 가실 겨?

- 웅, 보내주면 가지.

나는 여행사를 찾아 미국 쪽을 선택하고 엄마의 모든 것, 여권, 돈 등을 보냈다. 그 외 여행의 잡다한 것을 나는 몰랐다. 나도 여행을 해본 일이 없었기 때문이다. 더구나 팔순 넘은 여행자를? 나는 지금 생각하면 황당한 일을 아무렇지 않게 효도 차원에서 처리했다. 그리고 죽음이 가까이 오고 있을 것이라고, 죽음이 와도 슬퍼하지 않도록 나 스스로 미리 아름다운 이별 여행식을 치렀던 것이다. 막내 여동생이 공항으로 짐 싸서 엄마를 떠나보내러 갔다. 그는 가이드에게 엄마를 인계했다. 나는 그것이 다였다. 나는 여행의 이치를 몰랐다. 엄마는 보름이 다 되어서 동생 아파트 현관에 도착했다. 엄마는 불렀다. 동생은 오층에 살았다. 큰 소리로

- 야이, 나 왔다.

했다. 동생이 베란다로 넘어다 봤다. 엄마가 큰 짐 가방을 들고 집으로 온 것이다. 그는 말했다. 가이드가 초보자라 '시원치 않았다'고. 자기가 가이드를 했다고. 처음 가서 화장실 때문에 고민했다고. 이놈의 화장실이 여느 것과 달랐다고. 변기 물 내리는 것이 눌러도 안 되고, 돌려도 안 되고, 위로 올려도 안 되고, 한밤중이라 가이드 찾기도 뭐해서, 엄마는 바가지에다 화장실 속물을 퍼서 우선 비상수단으로 처리했다고 했다. 그리고 침대에 누웠다고. 눕고 생각하니 화가 나더라고. 요놈의 화장실을 이기지 못한 것 같다고. 다시 벌떡 일어나서 싸우러 갔다고. 변기에 붙어서 전투를 했다고. 꼭지를 누르고, 올리고, 내리고, 비틀고, 잡아 뺐더니 갑자기 물이 쏟아졌다고. 그것은 빼야 물이 나오는 곳이었다고.

우리는 엄마의 행동에 배꼽 잡고 웃었다.

*

학문의 세계에서 나의 위치는 학적과 학업의 위치에 의해 결정되었다. 내가 처음 학문이라는 과정을 밟을 때였다. 그곳은 정말 보이지 않는 그들만의 세계였다. 학문의 세계는

높고 깊었다. 그곳엔 그들만의 서열이 있었다. 그 서열은 보이지 않고 명확하지 않지만, 분명 완벽한 서열이 존재했다. 왜 서열이 만들어지는지 나는 알 수 없었다. 나는 서열 뒤에서 그들 뒤를 따라가기만 하면 되었다.

나는 앞에 설 수도 옆에 설 수도 없는 불편한 존재였다. 나는 그들의 꽁지만을 따라가며 그들의 관객이 되어주고, 그들이 빛나게 서 있으면 그것으로 족했다. 그들은 그들의 학문적 잔치를 즐겼다. 학문적 잔치는 수시로 열렸고, 학기마다 특별히 개최됐다. 학문적 잔치는 그들의 연구 업적을 발표하는 것이었다. 대개 세미나 일정을 공고하고, 그에 걸맞은 학문적 논문을 모집했다.

모집된 논문 중에서 발표자를 선정했다. 아니면, 권위 있는 스승님의 후계자가 종용받아 발표를 했다. 그 발표를 통해서 학계의 학문적 업적을 쌓을 수 있었다. 그날의 발표는 스승들이 제자들의 학문적 세계를 시비하며 다툼을 가지는 곳이기도 하다. 학문의 세계는 같은 계열의 학문을 새롭게 발견하고, 창조한 논문을 작성하여 그들과 토론하며, 자기 학문적 업적을 알렸다. 그곳은 논문 발표를 통해 자기의 존재를 학계에 알리는 곳이기도 했다.

보이지 않는 갈등과 암투가 그 세계에 존재했다. 누구의 제자이며, 누구의 학풍을 따랐으며, 어떻게 노력하고, 어떻게 그 세계에 집중하고 있는가를 각자가 발표를 통해 알리고 평가받았다. 대부분 세미나 첫날은 오후에 개최됐다. 지방에서 올라오는 교수가 많았다. 오후 중간쯤이나 좀 느지막이 권위 있는 교수들의 특강이 배정됐다. 제 시간에 맞추어 한바탕 논문을 발표하면, 그 논문에 대한 시비가 불꽃을 튀겼다. 그 불꽃은 발표한 사람의 가슴에 비수를 꽂았다. 흥분한 사람들의 다툼이었다. 그들은 자신의 학문에 대해 반기를 든 사람들에게 반격을 가했고, 그 논문에 대해 논쟁에서 투쟁으로 바뀐 경우도 있었다.

제자가 자기 스승님의 학설에 부정적 입장의 학설을 제기했다가는, 그 스승과 제자는 바로 원수지간이 됐다. 제자가 뛰어나서 스승의 자리를 물려주었다는 그 유명한 뉴턴과 같은 일은 있을 수 없는 것이었다. 그래도 식사 시간이 되면 그들은 화기애애하게 식사를 즐겼다. 나는 그들이 싸울 때가 즐거웠다. 학문적 시비는 묘한 매력이 있었다. 주장하는 자의 강력한 논리와 공격하는 자의 까다로운 질문이 서로 불꽃 튀겼고, 각자의 논리로 서로를 심판했다. 열심히 연구한 자를 인정했고, 비판하는 권위자가 진정한 권위자인가, 아니면 자기중심적인가를 비판했다. 학자들은 제각기 그들의 학문을 각자의 가슴속에 새겼고, 그들의 학풍을 받으려는 자와 배척하는 자들로 집단이 이루어졌다. 그 학풍의 유형으로 새 학회가 형성됐고, 동참하여 연구하는 학회로 발전했다.

나는 내 전공과 관련된 학회 몇 군데에 가입했다. 처음 그 학회에 들어가려면 인턴 사원처럼 비위가 상했다. 석사과정은 입회를 거부했고, 박사과정 이상만 허용했다. 다행히 나는 박사 과정이라 허용되었다. 회원이 되면, 정교수인지 아닌지를 구분했다. 똑같은 박사이지만 운 좋게 교수가 된 사람은 학회에서 급을 분리해서 학회비와 그 밖의 학문적 자리 배정에서 위쪽에 대우해주었다. 같은 동료 친구였던 사람들은 말할 수 없는 낭패감을 맛봤다. 정말 학문적 노력으로 교수가 된 사람들은 모두가 그를 우러러보았다. 그러나 줄을 잘 서서, 그 외 수단으로 교수가 된 이에게는 말하기 어려운 비애감을 갖게 했다. 그가 학문적 업적이 없음에 더 분통터져했다. 그렇지만 학회에서 개최하는 세미나는 그들만의 축제가 됐다.

여름학기, 겨울학기 동안 그들은 각자의 학교에서 보조금을 받아 세미나를 개최했다. 어떤 때는 몇 박 며칠 동안 그들은 논쟁하고, 그 논쟁을 즐겼다. 세미나가 끝나면 기쁜 마음으로 다음을 기약했다. 세미나를 주관하는 학회에는 권위 있는 주심 교수가 있었다. 그 주심 교수 혹은 퇴임한 교수가 그 학회를 주관했다. 운영 면에서는 그를 따르는 후배 교수가 그의 지시를 따랐다. 그 권위자 교수는 아마 죽을 때까지 그 학회를 지배할 것이다.

학문적 권위자나 학계의 권위자, 혹은 대학의 행정학적 권위자는 추종자가 많았다. 그 추종자 밑에는 다시 그들을 추종하는 제자들이 있었다. 그들은 그들대로 자기의 추종 제자를 만들어 내기 위해 혈전을 벌였다. 그들 중에는 진정한 학문의 진리를 전달하고자 하는 존경스러운 교수님들도 있었다. 그러나 학문이라는 학계를 학풍으로 일으키려는 세력은 사적으로 스승들의 권력을 이용하여, 그들 자신들을 위한 학문적 지배를 지속하고자 하는 이들의 세력보다 훨씬 약했다.

각 대학은 그런 암투가 더욱 심화되었다. 학과마다 보이지 않는 실세들이 존재했다. 그 실세들은 그 세계를 관장했다. 내 후배는 같은 계통 여교수의 수제자였다. 그는 철저히 여교수의 시종이어야 했다. 여교수의 아이들을 가정교사로서 가르쳤고, 아프면 약 사 먹이고 밥해 먹여야 했다. 그는 학문의 제자가 아니라 집사와 비서, 여교수의 그림자 존재로 존재해야 했다. 그가 쓴 책 표지에 여교수님 이름을 올려 공저로 올렸다. 학업의 가치를 돋보인다는 여교수님의 말을 따라야 했다.

내가 그 학계에 들어갔을 때 내 나이는 사십이 넘었다. 모든 것이 낯설고, 보이는 것이 없었다. 좌충우돌로 학교를 다녔다. 나는 그 학계에서 원하는 일들을 열심히 하려고 애썼다. 나를 제자로 삼고 자신을 스승으로 만들기를 원했다.. 그들은 대부분 학부 후배들이었다. 학부에서 스승이었던 교수님들은 별 문제가 되지 않았다. 중간층 교수들, 어린 교수, 동등한 나이를 가진 교수들은 나의 존재가 불편하면서도 나를 필요로 하는 어떤 느낌이 전해졌다. 나도 내가 어찌해야 할지 몰랐다. 나는 오로지 그들을 스승으로서 대우했다. 그런 대로 좋은 관계를 유지했고, 나도 불편하지 않은 관계를 유지하기 위해 노력했다.

나는 열심히 공부했지만 확실한 내 것은 보이지 않았다. 어학의 어느 부분을 전공할 것인지 보이지 않았다. 이쪽 부분과 저쪽 부분, 이곳과 저곳, 아니면 보이지 않는 곳 등 실체가 없는 헛것을 파고 들어갔다. 나는 무엇인가를 읽고 썼다. 그것이 최선이었다. 그 학문을 하면 틀림없이 나를 개선할 것이고 내 삶을 올릴 것이라고 믿었다.

*

캠핑을 함께 간 남학생들은 여학생을 지켜주는 지킴이 그 이상은 아니었다.

함께 간 남학생 중 그곳에서 항상 청량제 역할을 하는 학생이 있었다. 시골 길은 길었다. 내륙에서 바다까지는 너댓 시간이 걸렸다. 그 버스는 하루에 한두 번밖에 왕래하지 않았다. 죽어도 타야 하는 버스였다. 버스 속 사람은 사람이기보다 짐짝이었다. 기사와 차장은 승객을 무한정 태웠고, 승객도 무작정 타고 가야 했다. 승객이 가지고 있는 보따리는 자신보다도 컸다. 짐과 사람이 엉켰다. 푹 꺼진 노면으로 버스가 지나가면 모든 것들이 한바탕 뒤집혔다가 자리 잡았다. 그 속에서 인간의 존엄이나 도덕 등은 보이지 않았다.

땀과 더위, 숨소리까지 차올랐다. 등짐과 보따리 짐이 각자의 몸을 내리눌렀다. 남생은 어느새 가게에서 산 '오란씨' 음료를 나눠주며 상큼한 말로 우리 팀을 웃겼다. 그는 진정 레몬 같은 남학생이었다. 닫힌 몸속으로 남학생의 웃음이 밀고 들어왔다. 남학생에게서 남성이라는 회벽 같은 경계가 차츰 풀어졌다. 남학생의 웃음 섞인 농담이 나와 함께 간 우리 팀을 기쁘게 할 즈음 빨강 장미가 삐졌다.

- 아니, 왜?
- 무엇으로 삐졌을까?

우리는 의아했다. 차츰 장미의 태도가 비쳤다. 장미는 남생이를 자기만 독점하고 싶은 것이었다. 나는 속으로 그를 비웃었다. 남학생이 제 애인인가? 애인도 아니면서 왜 그래? 그 후 장미는 장미꽃답게 자신을 드러냈다. 빨갛게 가시를 돋치며, 레몬 향을 가진 남학생에게 착 달라붙었다. 장미는 남학생 곁에서 레몬 향을 자기 쪽으로만 보내게 했다. 하루가 지나고 결국 남학생은 빨강 장미의 사람이 됐다. 여행 내내 그들은 연인이 됐다. 서로 먹을 것을 챙겼고, 손을 잡고 사이좋게 다녔다. 그리고 심심하면 손장난을 했다. 빨강 장미 친구가 있으면, 노랑 장미 친구도 있었다. 그 꼴을 못 보는 노랑 장미가 내 귓속에 대고 그를 욕했다.

- 야, 저 모습 천박하지 않냐?

- 품위를 지켜야지.

- 저 손장난이 꼴사납다.

노랑 장미는 음식을 혐오했다. 여행 다니면서 먹지 않았다. 먹는 것을 피하면서 다녔다. 그는 몸이 뚱뚱해질까 봐 먹는 것을 피했던 것이다. 우리는 캠핑 찌개를 좋아했다. 넓은 코펠에 물을 가득 붓고 멸치와 다시마를 넣었다. 그리고 끓이면서 된장을 풀었다. 그 속에 감자, 양파, 호박을 듬성듬성 썰어 넣고, 고추장을 한 술 푹 떠서 넣었다. 여기에 풋고추를 손으로 뚝뚝 잘라 넣어서 푹 끓였다. 감자가 푹 익으면, 간을 봤다. 심심하면 소금을 넣고 간을 맞췄다. 구수했으며, 칼칼한 맛과 양파의 달달한 맛이 별미였다. 그 찌개에 금방 한 하얀 쌀밥은 캠핑 족에게 최상의 밥상이었다.

시원한 소나무 숲속. 남쪽 바다에서 불어오는 바람을 맞았다. 지금 막 끓인 뜨거운 찌개 백반은 바로 지상 낙원의 음식이었다. 그러나 밥상 앞에서 수저 들고 멀뚱히 앉아 먼 산만 바라보는 노랑 장미의 꼴은 입맛을 뚝 떨어지게 했다. 나는 그가 미웠다. 밥상 놓고 TV만 쳐다보는 어린애들 같은 모습이었다.

나는 장미들의 갈등을 느꼈다. 남생과 그의 친구들 사이에서 묘한 에너지의 엉김이 보였다. 색깔은 무채색이었다. 에너지의 이동이 색상을 나타낼 수 없어 찌뿌둥한 날씨를 연상케 했다. 나는 모두를 무시했다. 뜨거운 밥에 된장찌개를 얹어 먹었다. 입맛에 밥이 척척 들러붙었다. 다시 밥을 밥공기에 넉넉히 넣고 된장찌개를 국자로 떠서 밥을 말았다. 그때 고추장 반 술을 넣고 비볐다. 내 취향에 맞는 맛이었다.

부지런히 먹었다. 해수욕장에 들어갈 욕심으로 나는 배불리 먹었다. 금강산도 식후경이라고, 배가 부르니 산천이 보였다. 남쪽 끝 바닷가라 사람이 적었다. 솔밭 주위는 캠핑족이 많았다. 불이 없으면 성냥을 빌려주고, 호박과 감자가 없으면 서로 조금씩 나누어 먹었다. 우리 팀에 V가 있었다. 그는 노랑장미 오빠 친구였다. 그가 설거지통을 가지고 계곡물이 바다로 흐르는 쪽으로 갔다. 나도 그를 따라 갔다. 물이 차고 깨끗했다. 물은 투명하고 속이 훤하게 다 보였다. 어쩌면 이렇게 깨끗할까? 천혜의 수영장이었다. 그곳은 바다에 빠졌다가 바다로 흘러내려오는 계곡물에 빠지면 됐다. 갈증이 생기면 계곡물을 마셨다. 씻고 먹는 물의 비용이 필요 없었다.

그늘진 소나무 밭에 텐트를 마음대로 칠 수 있는 것도 호사이고 행복이었다. 한낮 내내 수영과 물장난을 쳤다. 우리는 그날 밤 텐트 속에서 어떻게 잠을 잤나 몰랐다. 새벽녘에 남학생들이 우리를 깨웠다. 지금 비가 억수같이 오니 민박집으로 철수하자고. 돈이 아까웠지만, 감기 들어 몸살 날까 염려되어 민박집으로 옮겼다. 이튿날 해는 쨍쨍 빛났다. 일행을 따라 배를 탔다. 남해바다를 통해 우리나라 남쪽 지역을 둘러보는 것이 목적이었다. 그 시절 나는 특혜 받은 사람이었다. 그 당시 여자가, 아니 이십대 여성이 자유롭게 나다니는 일은 어른들에게 부정한 일로 비춰졌다. 더욱이 남자들을 끼고 나다닌다? 이는 천하에 부정한 일로 보였다.

나의 부모는 다행히 깨어난 사람이었고, 당신의 딸이 믿을 만한 존재라고 믿었던가 보다. 나의 행동에 아무런 제재를 가하지 않았다. 그야말로 자유로운 영혼을 가져도 됐다. 가끔 친구들은 행동에 구속이 있었다. 미팅을 해서 서로 소통되는 남학생과 애프터 미팅을 하게 되면, 내 집으로 그 남학생이 전화를 했고, 나는 그 전화 받은 내용을 친구 부모 모르게 전달해서 만나게 했다. 그런 작업을 대학 내내 해주었다.

통영에서 가장 궁금한 지하 터널을 봤다. 어떻게 바다 터널을 뚫었을 까? 궁금했었다. 터널 위로 바다가 있다는 것이 신기했다. 다시 배를 타 고 이순신 장군을 생각하며 한산도로 갔다. 한산도는 작은 어촌이고 시 골이었다. 젊은 나이에는 그곳의 아름다운 자연이 보이지 않았다. 이순신 장군의 역사적 발자취만 확인했다. 다시 배를 타고 거제도로 갔다. 거제 도는 한산도보다 훨씬 컸다. 숙소를 찾아 걷는 길은 지루하고 길었다. 숙 소는 작은 어촌의 낡은 방이었다. 밥해 먹는 일도 익숙해져갔다.

나는 밥하는 일이 두렵지 않았다. 대충 식재료를 넣고 끓였다. 빨강 장 미는 밥하는 일을 아주 잘했다. 매사에 능숙하고 손놀림이 재빨랐다. 노 랑 장미는 익숙지도 않지만 하려 들지도 않았다. 그들은 묘한 갈등으로 매사에 부딪히고 불편한 관계를 가졌다. 그들은 남자들에게 묘한 감정을 나타냈고, 서로 견제하면서 시기와 질투를 유발했다.

나는 그들의 태도가 짜증났다. 명쾌한 감정을 드러내지 않았다. 싫으면 싫다, 좋으면 좋다고 감정을 나타내길 바랐다. 그러나 둘은 이것도 저것도 아니면서 묘하게 경계했다. 나는 그들의 감정들 사이에서 속 응어리가 졌 다. 속 시원한 처방 없이 위장에서 소화 못 시켜 트림 나듯 했다. 그러면서 이튿날 쪽배를 타고 해금강을 갔다. 파도는 거셌다. 쪽배 속으로 파도가 밀려 들어왔다. 온몸을 파도에 적셨다. 무서웠다. 이러다 죽을 수 있을 터 였다. 멀리에 나타난 해금강은 무서운 파도에 눌려 그 아름다움을 볼 수 없었다. 무엇인가 숙제로 갔다 왔다는 인증표만 마음속에 찍었을 뿐이다.

숙소에 돌아와보니 난리가 났다. V가 관리하던 회비를 쪽배에서 소매 치기 당했다. 그의 카메라도 없어졌다. 우리는 당장 꼼짝할 수 없었다. 모 처럼 찍은 그동안의 추억 사진도 몽땅 사라졌다. 우리는 각자의 여윳돈을 출혈했고, 그 돈에 맞추어 곧장 기차를 타고 집으로 돌아왔다.

*

　　　　　나에게 대학생활은 놀고, 먹고, 즐기는 생활일 뿐이었다.

　아침에 눈뜨면, 책 한두 권과 노트 한두 권 옆구리에 끼고 학교에 가고, 강의 한두 시간 들으면 됐다. 즐기는 것을 좋아하는 비슷한 친구들. 잡담할 곳을 찾았다. 강의가 끝나자마자 정문 쪽으로 슬슬 걸어 나와 시내 중심가 쪽으로 걸어갔다. 음악이 있고 잡담할 수 있는 적당한 곳을 찾았다. 각자의 취향을 말하고, 적절히 비슷한 곳을 찾아 들어갔다. 그곳에서 하루 종일 죽치고 이바구를 했다. 요즘 말하면 비생산적인 행동의 극치였다.

　그런데 그때가 인생의 황금기였다고 기억하고 있었다. 어스름 저녁때가 되면 생맥주집에 들러 요즘 말하는 치맥을 즐겼다. 내가 유일하게 좋아했던 것은 멕시칸 샐러드였다. 양배추를 가늘게 채쳐서 마요네즈랑 버무리고, 그 위에 삶은 노랑 달걀가루를 솔솔 뿌렸다. 그것을 잘 섞어서 먹으면 고소하고 아삭한 식감이 그렇게 행복할 수 없었다. 거기에 찬 생맥주 한 모금과 계절에 맞는 달콤한 사랑의 팝송이 울리면 나는 행복 그 자체가 됐다.

　그런 날은 계속되었다. 그것은 일상생활이 됐다. 대학생활 내내 도서관에 들러 공부한 기억은 별반 없었다. 교수님 또한 학생을 위해 열정적인 강의를 한 적도 별로 없었다는 생각이 든다. 누런 노트를 펴고 오래된 강의 목록을 그대로 전달할 뿐이었다. 새로운 학문과 도전적인 학문의 세계를 맛보지 못했다. 봄이 오면 축제에 참가했다. 다른 여학생들은 불참했다. 그것이 미덕이라 생각하는 자도 있었다. 여성은 그래야 된다는 어떤 암묵적인 분위기가 있었다. 축제 때 종합운동장에서 초청 가수들의 음악에 열광까지는 못 해도, 먼발치에서 조용히 들으며 행복해하고 즐겼다.

학교생활은 미미했다. 내 안의 열정에 미치지 못했다. 중고등학교 시절 갇혀 있던 응어리를 풀고 싶었다. 그래서 야외 활동에 좀 더 적극적이고 활달하기를 바랐다. 나는 조직적인 학교생활에 길들여졌다. 그래서 모든 활동은 친구들과 함께 해야 하는 것이다. 나는 어떤 존재인지 몰랐다. 여자라는 어떤 의미가 사회나 학교에서 보이지 않는 어둠의 공간을 보여주었다.

중학 1학년 때 칠판 글씨가 보이지 않아 안경을 맞춰 썼다. 할아버지들이 노발대발하면서, 여자가 시집 못 가게 무슨 안경을 쓰느냐고 했다. 대학 입학할 때 친할아버지와 외할아버지가 다투었다. 친할아버지는 여자도 배워야 한다고 했고, 외할아버지는 시집가야 한다고 했다. 그 당시 사회는 남존여비 사상이 팽배했다.

가끔 과 친구끼리 모여 막걸리나 생맥주를 마셨다. 처음 막걸리를 먹고 나는 기절했다. 오랜 시간 후 깨어났다. 나는 문과에 입학했지만, 문과가 맞지 않다고 생각했다. 나는 수리적이고 논리적인 것에 더 적성이 맞았다. 그렇다고 미적분을 하는 수학적 재능이 있는 것은 아니었다. 외우는 일을 못 했고, 어학적인 두뇌도 아니었다. 한마디로 두뇌가 떨어지는 우둔한 학생이랄까? 그렇다고 비논리적인 것은 참을 수 없는 복잡한 머리였다. 소설책이나 잡다한 책을 이것저것 읽는 것을 좋아했다. 평생 동안 학교에서 책 읽고 시험 보는 일에 길들여져서 책 보는 일은 생산적인 일로 생각됐다.

중고등학교의 집단은 목표가 공부였다. 공부가 그 사람의 인생을 좌지우지했다. 제1 중학교, 제1 고등학교 제1 대학을 가야 했다. 학교, 학부모, 학생 자신이 삼위일체가 되어야 했다. 그렇지 못하면 제2, 제3으로 학생과 학부모를 구별 지었다. 그들은 사회의 상급 층으로 분류됐고, 그 속에서의 사람들은 상급 층으로 가기 위해 노력했다. 나는 그 그룹에 속하고자 했다. 그중에서도 서울의 대학 쪽으로 진출한 사람은 지방보다 우위로 등급이 매겨졌다. 그들은 특별한 사람으로 선망의 대상이 됐다.

대학은 구속된 생활에서 벗어나는 유일한 길이었다. 공부라는 짐을 내려놓을 수 있었다. 부모의 그늘에서 벗어날 수 있었다. 한마디로 자유가 생겼다. 이것저것 눈치 볼 필요가 없었다. 나는 자유인이었다. 자유는 나를 해방시켰고, 매사를 행복하게 했다. 나는 차츰 놀고 즐기는 쪽으로 빠져들어갔다.

어느 날 영문과 친구 G가 왔다. 먼 곳의 친구네 집을 방문해보자고. 우리는 시내버스를 탔다. 버스에서 먹을 옥수수 강냉이, 새우깡, 찐 옥수수를 사서 찾아가는 집은 시골 농촌이었다. 다시 시외버스로 바꿔 탔다. 버스는 붐볐다. 그 속에서 우리는 가져간 것들을 먹었다.

우리 사이에는 끊임없는 말들이 오갔다. 그가 사귀는 남친 이야기, 같은 과에 있는 그의 친구, 내 주변에 있는 친구들에 대한 이야기를 늘어놓으며 즐겼다. 우리는 날마다 만났고, 만날 때마다 그 이야기와 이 이야기가 그렇고 그랬지만, 우리는 참새 새끼들 마냥 조잘대고 깔깔댔다.

그는 어느 날 다시 나를 꼬드겼다. 기타를 배우자고. 나는 레슨비와 기타를 준비해서 그를 따라갔다. 기타 선생은 학교의 남학생인지, 학원가의 선생인지 확인할 수는 없지만, 몇몇의 수강생들과 함께 방에서 배웠다. 그 당시 통기타가 유행이었다. 통기타를 잘 치는 사람들을 특별하게 생각했다. 방송에서 대학의 축제 때, 아니면 캠핑 족들에게 기타를 연주하는 사람들은 대단한 존재로 인정했고, 대학생들은 그들을 부러워했다. 처음에 나는 기타 줄을 잡을 수가 없었다. 그 기타 선생은 손가락 코드를 짚어주고, 손놀림에 대해 가르쳐주었다. 이튿날 G는 다시 나를 꼬드겼다. 배우지 말자고. 나는 한 달 치 레슨비가 아까웠다. 그러나 나는 그가 하자는 대로 했다. 나는 지금 내가 생각해도 이해할 수 없는 멍청이였다.

또 어느 날 영문과 G, 국문과 E가 와서 함께 어느 미팅에 나갔다. 그들은 둘 다 애프터 미팅을 가졌고, 나는 집으로 왔다. 며칠 후 그 둘 사이에 문제가 생겼다. 문제는 E의 파트너가 G를 좋아해서 그들끼리 따로 만났다. G가 멀리했지만 E의 파트너는 이수에게 달라붙었다. G는 그가 싫지 않았다. 그들은 친하게 만났다. 그 사실이 E에게 알려졌고, 둘은 다투었다. 그 둘은 서로의 갈등을 나에게 호소했다. 나는 그들의 모습이 추했다. 나는 그들을 멀리했다. 얼마 가지 못해서 그들의 친구 관계는 깨졌다.

*

E가 휴일에 등산을 가자고

전화했다. 나는 그가 만나자는 곳으로 갔다. 그곳에는 남학생 둘이 서 있었다. 모두가 의대생이었다. 우리는 함께 산행을 했다. 산은 높고 바위가 산을 덮었다. E는 예쁜 공주과의 여자였다. 그는 남자들이 그를 보호하고 시위하며 그들의 손을 지팡이 삼아 오르는 것을 즐겼다. 그들에게 장난기와 아양기로 관심을 촉발했다. 매사에 콧소리가 났고, 그만의 특유한 관능적 몸짓이 남자들을 유혹했다. 그들은 E를 공주처럼 아꼈다. 그의 요구대로 그들을 친밀하게 만들었다. E는 역시 매력녀였다. 남자들이 따랐다. 나는 그런 모습이 싫었다. 그의 그런 태도는 내 속에 있는 그 무엇이 느글느글 올라오게 했다.

나는 씩씩하게 앞질러서 올라갔다. 산행은 험악했다. 좁은 굴속을 몸을 비틀어서 기어 나오고, 다시 좁고 어두운 바위틈을 따라 기어나갔다. 뒤처진 동자는 두 남학생들을 대동하며 느리게 느리게 따라 나왔다. 오랜 시간의 산행으로 모두 지쳤다. 대충 요기를 하면서 하산했다. 산의 끝자락에 도달한 후 두 남학생의 태도가 달라졌다. 그들은 공주인 E보다 내 쪽으로 호의적인 호감을 보냈다. 나는 그들이 싫지 않았다 그러나 그들은 내 친구가 아니었다. 동자 친구들이었다. 나는 정중한 몸짓으로 그들의 호의적 감정을 막았다.

버스를 타고 시내에서 헤어졌다. 아쉬운 감정이 내 몸 안에 있었지만, 아무 일 없었던 듯 우리는 인사를 하고 헤어졌다. 그 후 E는 그들의 이야기를 일체 하지 않았다. 나 또한 그들에 대해 묻지 않았다.

*

내 친구 G는 자기 남친이 어떤지 봐달라고 했다.

영문과 G가 나를 찾았다. 그는 남친이 있는데, 그 친구에 대해 어떻게 생각하는지를 묻고 싶다고 했다. 그는 의대생이었다. 키가 훤칠했다. 스카프로 목을 장식한 매력남이었다. 우리는 맛있는 음식을 시켜 먹었다. 그는 유머 감각이 있었다. 그는 보기에 아주 괜찮은 남성이었다. 그를 보내고 우리는 다시 커피 집을 찾았다. 그는 그가 싫다고. 나는 싫다는 그를 이해할 수 없었다. 그렇게 G를 좋아하는데 왜 G는 그를 싫어하는지 말이다.

G는 음악을 즐겼다. 학교 옆에 그의 집이 있었다. 그는 항상 음악을 들었고, 나에게 음악을 들려주었다. 어느 때는 스스로 기타를 치며 음악을 즐겼다. 그가 음악을 사랑하듯 나 또한 그의 음악 속으로 빠져들었다. 그의 팝송 속에서 내 삶의 행복을 함께 공유했다. 우리는 음악 속에서 인생을 찾고, 음악을 통해 인생을 배웠다.

그 당시 음악은 우리 인생의 전부가 됐다. 음악 속에서의 삶은 과거와 미래를 잊고 현존을 깨닫게 했다. 그는 내가 집에서 조용히 책을 읽고 쉬는 것을 거부하게 했다. 그는 나를 불렀다. 새로운 음악 다실을 찾았고, 그곳을 소개했다. 그 속에서 우리는 하루 종일 음악과 놀았다. 디제이에게 쪽지를 보내고 신청곡도 부탁했다. 그는 다른 친구들의 기피 인물이 됐다. 그는 지독한 다이어트 광신자였다. 퉁퉁했던 몸집을 앙상한 나뭇가지처럼 줄였다.

몸집을 줄인 후 그는 더 극심한 다이어트를 했다. 그의 다이어트는 혐오감을 유발했다. 그는 먹고 싶은 것은 먹었다. 먹고 난 후 그는 화장실로 갔다. 그곳에서 그는 억지로 먹은 것을 토했다. 그런 짓을 본 친구들은 그를 이상한 사람으로 여겼다. 그를 딴 세상 사람으로 여겼다. 그리고 그를 욕했다. 나는 그보다 더 뚱뚱했다. 나는 그런 극단적인 행동을 하지 못했다. 그것은 자연스러운 모습이 아니었다. 먹는 것을 죄악시하는 것은 죄라는 생각이 강했다. 나는 열심히 먹었고, 먹은 만큼 살쪘지만 행복했다.

시험 기간이 오면 노는 것을 자제했다. 벼락치기로 밤새워 공부했다. 학점을 높여보려고 애썼다. 시험지가 배당되면 학생들은 커닝의 달인이 됐다. 나는 아는 남학생이 없었고 양심상 커닝을 못 했다. 커닝의 달인들은 그들끼리 정보를 주고받았다. 그들은 열심히 공부한 자들을 무색케 했다. 나는 몹시 짜증스러웠다. 열심히 공부한 자들에 대한 배려는 없었다. 그 당시 학교 정문은 군인들이 수시로 막아섰다. 박정희 정권에 대한 반발이 극심해서 대학생들의 데모가 수시로 일어났다.

학교 정문이 폐쇄되면 곧 친구들은 새로 개업한 음악 다실을 찾았다. 그곳에서 우리는 잡담을 즐겼다. 뭐 새로운 놀 거리가 없나 작당을 했다. 노티 나는 아저씨들도 음악을 즐기려 그곳에 모였다. 노티 아저씨들은 여학생들을 꼬드겼다. 그들은 돈이 많고 할 일 없는 한량들이 대부분이었다. 그들은 초청 가수가 나오는 카페로 여학생들을 데리고 갔고, 그곳에서 밥 사주고, 술 사주었다. 그들은 어찌해보겠다는 검은 마음이 있었지만, 우리는 그들의 속셈에 넘어가지 않았다.

땅과 소를 팔아 가족의 장남으로서 그 가문의 영광을 위해 농촌에서 소도시로 올라와 입학한 남학생들이 많았다. 온 가족이 장남을 위해 희생했다. 누나, 동생들, 특히 여자들은 공장에 가서라도 돈을 벌어 장남의 학비를 댔다. 그들의 장남인 남학생들은 여학생이 감히 술을 즐긴다? 있을 수 없는 일일 것이다. 나는 학부의 남학생들이 싫었다. 소통이 되지 않는 것들이 싫었다. 어떻게 축제의 모임에 어울리게 되면 그들은 소문을 일으켰다. 함께 다과회를 가지거나 술 파티에 참석할 때 그들은 말했다. 그 여학생이 자기를 좋아했다고. 아니면 그 여학생과 애인 관계라고, 어쩌면 그 여학생과 잤다고.

소문이 커져서 튕겨 나온 것들은 우리를 죽였다. 나는 소문의 진실을 생각해봤다. 그들은 여학생들과 사귀고 싶은데 그럴 수 없음에 대한 보복? 그들의 심리적인 악의가 그렇게 표현됐다고 생각했다.

*

오늘 날씨는 청명했다.

팔월 초. 유리창 너머의 백일홍과 소나무 숲, 맑고 투명한 하늘이 나의 영혼을 맑고 깨끗하게 했다. 어릴 때의 이런 날 생각이 났다. 그때 여름방학이 되면, 한 살 위인 사촌 고모를 따라 강과 산으로 싸돌아다녔다. 그 어린 시절 그것들은 자연 속에 내가 있었는지, 자연이 내 품으로 왔는지 난 몰랐다. 우리는 항상 서로 있었고 함께했다. 흙과, 들, 나무, 녹두밭, 콩밭, 털 있는 검은 참게, 돌 밑의 가재, 매미가 미루나무에서 맴맴, 호두나무 그늘에서 할머니의 잡담소리, 벼 이삭이 파이면서 논두렁에 나타나는 굵은 뱀, 뱀에 놀라 기겁하며 논두렁에 빠지는 내 발 모습. 저 멀리 신작로에 장터 갔다 돌아오는 동네 사람들. 나는 지금 추억을 먹으며 낡은 영혼을 달래고 있다.

어제 저녁 그 사촌 고모로부터 전화를 받은 후 한숨도 못 잤다. 그 고모는 지방 교대를 나왔다. 그는 시골에서 나름 재원이었다. 그가 사는 지역은 읍이었고, 그 읍 소재 여고에서 공부도 제법 잘했다. 그 시절에는 예비고사가 중요했다. 예비고사를 통과해야 대학에 갈 수 있었다. 그는 열심히 공부했다. 그러나 예비고사는 전 과목을 골고루 잘해야 하는데, 그 학교는 교사가 반밖에 없었다. 나머지 과목은 자기 스스로 공부해야 했다. 첫해 그는 낙방했다. 그 다음 해에 그는 그 학교 역사상 처음으로 예비고사 합격자가 됐다.

그는 소도시에 있는 교대에 시험 쳐서 붙었다. 그는 시험 준비할 때 피아노가 없어서 고생했다. 날마다 십리 밖에 있는 읍내에 가서 피아노를 연습했다. 필수과목 중 피아노는 고모에게 어려웠다. 배운 적이 없는 것을 연습하려니 말할 수 없는 고통이었다. 사람이 많아 피아노를 차지하기 쉽지 않았다. 그렇게 어렵게 입학해서 열심히 공부했고, 졸업해서 초등교사가 됐다.

그는 신나게 학교 교사를 했다. 월급 타면 조카인 나를 미용실에 데려가 대학입학 기념으로 처음에 파마를 시켜주었다. 주말이 되면 그가 우리 집으로 왔다. 우리는 열심히 싸돌아다녔다. 내 친구가 주선한 미팅에 우리는 함께 참석했다. 그는 월요일 아침 새벽차를 타고 학교에 갔다. 오랫동안 그렇게 살았다. 나는 졸업 후 시골 중등학교 교사로 발령받아 우리는 한동안 만나지 못했다. 세월이 흘러 그는 그대로 나는 나대로 결혼하고 바쁘게 삶을 살았다.

세월은 빨랐다. 가끔 어쩌다 안부를 물으며 살았다. 매년 여름이 되면 나는 고모를 찾았고, 살아온 이야기를 하며 밥을 먹었다. 올해는 전화가 뜸했다. 다행히 어제 통화가 됐다. 그는 울었다. 오로지 죽고 싶다고. 이혼하고 싶은데 이혼을 안 해준다고. 내일 모래면 칠십이 될 텐데. 당장 먹고살 것이 없다고. 쌀 살 돈이 없다고. 지금은 20세기다. 이럴 수가 있는가? 나는 눈물이 나왔다. 나도 어찌할 수가 없어서 말이다. 어디서 어떻게 무엇이 잘못된 것인지? 어떻게 해결해야 하는 것인지?

고모 딸은 결혼했고, 아기 하나를 낳았으니 그런 대로 해결됐다. 둘째인 아들은 조그만 회사에 다니는데, 3년 동안 여자친구가 기다렸다. 그러나 월세방이라도 얻어줄 돈이 없어 결혼을 못 시켰더니, 다른 데로 가버렸다. 그 후 아들은 회사를 그만두겠다고 했다. 언제 돈 벌어 장가가겠느냐며 그는 난동을 부렸다. 지금은 사그라졌다고 한다. 알량한 돈을 제 멋대로 쓰면서 희망 없이 산다고. 남편은 부잣집 아들로 살아온 내력을 티내며, 평생 식구들을 괴롭히며 독불장군으로 군림했다고. 부잣집 아들을 선택한 것이 잘못이었을까? 아니면 잘못 키워진 부잣집 아들이 문제인가? 회사가 망가졌는데, 회생되지 못하는 회사를 평생 붙들고 앉아 있는 남편이 문제인가? 모든 것들이 원인이 됐을 것이다.

이제 어떻게 나머지 인생을 살아갈 것인가가 문제였다. 연금도 없고, 돈도 없고, 무엇을 어떻게 살 것인가? 그가 가진 재산은 임대주택 보증금 1억이 전부이다. 그는 파출부도 할 수 없단다. 조그만 양품점을 운영해서 15년을 먹고 살았는데 온몸이 쑤신단다. 기관지가 나빠서 에어컨을 켤 수도 없다. 에어컨을 켜면 기침으로, 그것도 폭풍기침으로 몸이 자지러진다고 한다. 옛날 농사짓던 시절엔 평생 농사만 짓고 살면 밥은 굶지 않았다고. 지금은 아무것도 없으면 밥을 굶어야 한다. 아프리카 난민이 걱정되지만, 지금 내 주위 사람이 굶어 죽어야 하는 지경은 어떻게 해석해야 하는가? 나는 오늘 진정한 삶을 다시 생각해야 했다.

우리 과 교수들은 타과 교수들에 비해 특별했다.

　시를 쓰는 교수님, 소설을 쓰는 교수님들은 술과 문학이 구분되지 않았다. 으레 그들 사이에는 술이 문학이고 문학이 술이 되는 암묵적 분위기가 존재했다. 지방 여학생의 존재는 교복 입고 차렷 자세로 사회 이목이 두려워 신호등을 기다리는 모습과 같다. 그 모습은 조선 말기의 영향이며, 나는 젊은 아버지와 어머니의 자유로운 의식을 가진 자유스러운 자녀가 될 수 있었다. 할머니 할아버지와 함께 살거나 나이 비슷한 조카의 아빠인 오빠들이 살면, 그 집엔 조선시대 사람이 살아가는 유교적 삶이 함께 존재하는 경우가 많았다.

　할아버지들은 남녀 7세 부동석이라는 구호를 철학으로 삼았고, 그들의 손녀가 남학생과 눈을 마주쳐도 변고로 생각했다. 내 친구 E 역시 그런 처지였다. E가 뭇 남성들에게 그렇게 집착이 강한 것도 그런 억압적 풍조에서 생겨난 반항적 심리 때문이 아닐까? 그는 남학생에게 내 집 전화번호를 알렸다. 그가 E를 찾으면 나는 약속 장소와 시간을 E에게 알려주었다.

　대학은 길지 않았다. 실컷 놀고먹던 대학 시절은 짧았다. 졸업이 가까워지면서 심리적 압박감이 몰려왔다. 수능을 보듯 교사 임용을 위한 순위고사를 치러야 했고, 임용고시를 봐야 교사 자격증이 주어졌다. 지방에서 국어과 교사는 취직이 잘되었다. 친구들은 제각기 국어교사로 부임 받았다. 나는 먼저 사립학교에 추천을 받아 도시 인근 학교로 부임 받았다.

＊

　　　어느 비오는 날. 내게 꼭 필요한 공기 친구가 자기네 집에 오라고 했다.

그는 나에게 공기 같은 존재였다. 없어서는 안 될 귀중한 사람으로, 나는 그를 공기 친구로 명명했다. 그는 갑자기 이른 아침에 등산을 함께 가자고 했는데, 나는 이미 약속이 있어서 안 된다고 했다. 나는 잠시 공기 친구를 생각해봤다. 그가 이사를 갔는데, 시댁의 복잡한 일들이 그에게 스트레스가 생기게 했던 것일 터였다. 나는 그 다음 주말에 축령산을 갈 것이니 너도 가려면 가자고 했다. 그에게 전화가 왔다. 자기 아들도 데려가겠다고 했다. 나는 머리가 띵했다.

몸은 거부증으로, 이해할 수 없는 수학적 문제가 머릿속에서 일어났다. 단둘이 친구하고만 가고 싶다는 생각이 몸속에서 일어났다. 갑자기 그의 아들이 간다는 사실이 내 마음에 혼란이 일으킨 것이다. 그렇다고 그를 거부할 수는 없었다. 그 일은 그날 내내 내 심기를 불편하게 했다. 무엇인가 내 몸이 그의 아들을 거부 속에 묶었고, 계속 부정적 인상으로 존재했다. 나는 나에게 나를 설득했다. 봉사 차원에서 함께한다고. 아들을 왜 거부하느냐고?

- 내가 아파서 누워 있으면, 아니 죽으면, 이렇게 만날 수도 없지 않느냐?
- 거부, 거부, 이것은 부당한 일이야.
- 너 왜 그리 쪼잔하니?

나이 많은 나를 아들이 돕고 있다고. 아들이 내가 못 하는 핸드폰 수리, 집수리 하며 도와주지 않느냐고. 그래도 내 가슴은 딱딱하게 굳어만 갔다. 왜 그리 부정적인지 모르겠다. 나는 차츰 내 마음이 얼마나 질기고 막가파인가를 깨달았다. 나는 내 마음이 무서웠다. 그 마음을 손쉽게 설득할 수 없었고, 검고 질긴 고무줄이 몸속에 존재하며 나를 휘두르는 것을 알았다.

몸속의 거부, 거부, 거부를 안고 그 다음 주말 그들을 만났다. 얼굴을 보고 만남을 가지니 몸은 거부증을 사그라지게 했다. 그의 아들이 내 차를 운전했다. 힘든 배낭을 차에 옮겼다. 그의 태도가 사랑스러웠다. 곧 거부중이 사라지고, 그를 받아들였다. 이렇게 내 몸이 간사할 수가 없었다. 나이가 육십 넘으면 그렇게 속물적이고 동물적이 되는 것인가? 아니면 머리와 가슴이 다르게 작용하는 것인가? 나는 나를 몰랐다. 함께 식사를 하기로 했을 때도, 태도가 불량했던 이가 불쑥 나타나서 함께 식사하게 되는 경우에도 내 몸은 거부중을 나타냈다. 온몸이 굳으며 살이 진동했다. 그가 싫다고. 하지만 이성적인 머리는 그러면 안 된다고. 그러면 마음의 작용인가? 감정적인 가슴은 싫다, 싫다고 한다.

이번 일도 그랬다. 안 된다와 싫다가 공존하며 계속 작용을 했다. 그러더니 이로운 물질에 녹아서 사그라졌다. 마음은 완전히 동물적이 됐다. 그들 모두를 관찰하고, 주시하며, 고찰하는 것은 나와의 싸움이 됐다.

*

씩씩한 방순이를 만났다.

그는 강직했다. 그의 주장은 하늘을 찔렀다. 거침이 없었다. 씩씩해서 친구가 우러러보였다. 그는 매사가 전투적이었다. 그는 알프스를 5번 올랐다. 친구들은 그를 존경했다. 그는 이제 이태리 쪽 알프스 등반을 할 예정이었다. 그를 따라 친구들은 함께 가기를 바랐다. 그의 말은 신비스러웠다. 우리가 못 하는 일을 그가 했다는 사실로도 그는 영웅적 인물이었다. 우리는 절대 할 수 없는 일들을 그만이 할 수 있었기에, 그에 대한 우리의 로망이었다. 그는 훌륭했다. 그가 하는 일들은 모두가 특별했다.

그러나 나는 그를 욕하고 싶었다. 나는 그를 시기하는 것일까? 그에게 왜 나는 부정적일까? 나도 그와 비슷한 유형이라서? 나는 그를 부정적으로 해석하고 비판하고 있었다. 이성적으로 그래서는 안 된다면서 몸은 또 다시 부정적인 방향으로 그를 몰아가고 있었다. 그를 헐뜯고 싶은 게 나는 많았던 것이다. 그는 공직에서 30년을 보냈다. 공직에 있으면서 휴가차 알프스 산을 올랐다. 공직에서 물러난 후 그는 계속 자신을 자기 일에 묶었다. 사회복지 기관에서 개강하는 것들을 모두 수강했다. 음악, 미술, 역사, 지리, 영어, 중국어 등 일주일 내내 바빴다.

그는 일에 중독됐다. 그것은 그의 기쁨이고 즐거움이었다. 그에게는 계속 생산적인 일만이 필요했다. 무조건 그쪽으로 달려야 했다. 그것만이 그의 일이며 삶이 됐다. 친구들은 그를 향해 박수를 쳤다. 나는 그렇지 못했다. 이제 쉴 때라는 것을 알리고 싶었다. 육십이 넘어 육십 중간이 되고 있는데, 이제는 멈춰서야 할 때라고. 이제는 마음을 고요히 하고 자신의 내면을 고찰할 때라고. 새로운 마음의 공부를 해야 한다고. 서양도 동양 쪽으로 관심을 돌렸다고. 우리나라는 서양화되면서 서양적이 됐고, 시간, 돈, 산업적 정보화에 물든 인간이 되었다고. 일하지 않으면 안 된다고. 우리는 기계적이 됐고, 시간적이 됐으며, 물질적 인간이 되었다고.

*

이제 우리는 조용히 치유의 시간을 가질 필요가 있었다.
어떻게 죽음을 맞이하며 행복한 삶을 마무리할 것인가를 생각할 때가 된 것이다. 지금부터 새로운 정신적 안정을 추구해야 했다. 편안하고 고요한 자연 질서에 동참하며, 신성한 영적인 것을 찾아 나의 행복과 지복을 추구할 때라 생각했다. 한평생 우리는 우리의 내면을 찾지 못했다. 나밖의 모든 것에 나를 바쳤다. 그 속에 나는 없었다. 비바람에 휘둘렸고, 부모님에게, 사회에, 교육에, 관습에, 나 이외의 모든 것에 나를 바쳤고,

그렇게 하라고 나를 맡겼다. 이제 나를 찾아야 했다. 내 속에 있는 것을 지키려면 마음을 제거해야 한다고 들었다. 성자들의 죽음은 어떠했을까? 그들은 깨달음을 가졌다는데.

성 프란시스코의 깨달음. 그는 죽을 때 웃었다. 웃음이 무척 컸던 모양이었다. 그래서 동료 성직자들이 웃음을 자제해달라고 요구했다. 그렇지만 그는 즐거운 웃음을 참을 수가 없었다. 그렇게 웃으면서 죽었다. 장자가 죽을 때도 즐거운 마음으로 웃으면서 죽었다. 소크라테스도 죽을 때 웃으면서 행복해하며 죽었다. 그들 모두의 깨달음이 보였다.

처음 아프리카 케냐의 나꾸르에 도착했을 때, 나는 깜짝 놀랐다. 저 멀리 하늘 아래 땅은 고요했다. 그곳에는 침묵, 고요, 적막, 공존, 신성함이 존재했다. 그곳은 자연과 연합체, 공동체가 합쳐진 곳이었다. 이곳이 바로 깨달음의 장소가 아닌가 생각했다. 그곳에는 영원성이 존재하는 말할 수 없는 그 무엇이 있었다. 그곳에서 나의 남편도 똑같은 정신적 에너지의 흐름을 느꼈다. 수많은 여행지를 다녔지만, 그곳에서처럼 어떤 에너지의 흐름을 느낀 적이 없었다. 그곳은 정말 우리에게 새로운 충격을 준 특별한 곳이 됐다.

그곳에서 내가 느낀 에너지 흐름을 그 후에도 다시 느끼려고 애썼다. 그러나 그 느낌은 쉽게 찾아오지 않았다. 그 다음 해 코타키나발루의 어느 이슬람 사원 한가운데서 나는 그 느낌을 받았다. 온몸이 무중력 상태가 됐다. 무겁던 어깨가 가벼워지고, 몸이 새털처럼 가벼우면서 고요했다. 몸속의 고요가 몸을 무중력 상태로 변화시켰다. 곧 편안함에 의한 기쁨이 발견됐다. 어? 이것은 아프리카의 나꾸르와 같은 영감이었다. 나는 천장이 높은 이슬람사원 한가운데서 눈을 감았다. 고요한 에너지가 몸속으로 들어왔다. 기뻤다. 나는 이슬람 신자가 아니었다. 그렇지만 그것과 상관없이 사원 안 중심이 좋았다. 그곳은 우주의 한가운데였다.

나는 내가 읽은 책이 생각났다. 『삶으로 다시 떠오르기』를 쓴 영적 지도자 에크하르트 톨레가 주장했다. 지금 이 순간에 존재할 수 있다면, 깨어 있는 고요 속에서 주의를 기울일 수 있다면, 모든 창조물, 모든 생명 형태 안에서 신성한 생명의 본질을 느낄 수 있다. 만물 속에 내재해 있는 순수의식 또는 영을. 그럼으로써 그것을 자신으로서 사랑하게 된다고.

*

국립학교만 다닌 나에게 사립은 아주 낯설었다. 내가 간 사립학교의 방침은 엉망이었다. 학교를 관장하면서 휘두르는 사람은 그 학교 주인인 이사장이었다. 이사장 밑에 교장, 교장 밑에 선생과 교직원이 교장의 눈치와 이사장의 눈치를 봤다. 시간표를 관장하는 수학 선생은 그 학교의 며느리였다. 뚱뚱하고 교만하며 제멋대로이던 며느리. 그는 교직원의 왕따였다. 그의 남편은 그 학교의 체육 선생이었다. 그는 뭔가 부족했고, 사람들로부터 그 부족함을 지적당했다. 이사장인 아버지, 그의 부인인 수학 선생에게 그는 지천꾸러기가 됐다. 그는 헛짓을 잘했고, 그가 한 일들은 쓸데없었다. 교직원들은 그를 무시했고 그네 가족을 왕따시켰다. 허수아비 교장은 직원의 봉급을 삭감하라는 이사장의 지시를 충실히 이행했다. 우리는 수시로 알 수 없는 명목하에 삭감된 봉급을 받아야 했다.

이사장이 선산에 설립한 중등학교는 학교 예산 중 그의 보물이었다. 가장 작은 규모로 투자하고 최대의 학생 학비 수업료를 받아내서 학교 운영을 했다. 그는 학비 자금을 축적해서 그의 비자금을 마련하느라 애썼다. 퇴직한 나이 많은 사람을 반 월급에 데려다가 교장으로 앉혔다. 그를 이사장의 꼭두각시로 만들었다. 그는 교직원을 감시하고, 이사장에게 보고했다. 혹 그의 비리가 누출될까 봐 조바심 냈다. 깡말라서 눈이 초롱초롱

했다. 사방 감시자로서 능력이 있었다. 그는 학생들을 동원해서 학교의 일꾼으로 썼다.

학생들은 가난한 농사꾼의 아이들이 대부분이었다. 농사를 지어서 푸성귀나 그들이 재배한 농산물을 읍의 장날 길에서 팔아 학비를 댔다. 그 학생들은 집에서 농사꾼이었다. 그들은 힘이 세고 막일을 잘했다. 이사장은 그들을 잘 이용했던 것이다. 학교의 허드렛일들은 이사장의 처제와 처제의 남편이 맡았다. 그들은 일을 잘했다. 못 고치는 것이 없었다. 교직원들은 그를 맥가이버라고 불렀다. 도저히 고칠 수 없는 것들을 모두 수선했다. 그러나 가끔 그는 심통을 부렸다. 그의 보수는 적은데 시키는 일은 끝이 없었다.

교직원들은 그곳을 잠시 머무르는 직장으로 여겼다. 인권과 인간의 대접이 없는 곳이라 말했다. 시간이 갈수록 그곳을 벗어나고자 노력했다. 나도 그들과 같은 생각이었다. 얼굴이 까맣고 주근깨투성이지만 인정이 철철 넘치는 영어 선생은 출근할 때마다 가슴앓이를 했다. 출근할 때마다 그의 아들이 아파트 계단에서 울었다. 엄마를 찾았고 엄마 품에서 떨어지지 않으려 애달프게 울었다. 엄마가 차탈 때까지 계단에 쪼그리고 앉아서 엉엉 울었다고 한다. 학교에 와서 그는 화장실에서 아들이 불쌍해서 울었다.

발랄하고 명랑한 음악 선생. 그의 남편도 음악을 전공했다 그들은 서로 사랑해서 결혼했다. 그의 집은 내가 학교 가는 길목에 있었다. 나는 그의 집에 들러서 그와 함께 학교에 갔다. 어느 날 그의 집을 들렀다. 대문에 서서 서성댔다. 그의 남편 목소리가 들렸다.

- 여보, 내 물건 어디 있지?

그 목소리는 오페라 목소리였다. 그는 고운 바리톤 음색이었다. 그의 말은 곧 음악이 됐다. 평소의 말이 원래 그렇다 했다. 신기했다. 그의 멋진 목소리 톤이 그렇게 아름다울 수 없었다.

그 학교의 과학 선생은 남자였다. 그는 깔끔하고 깨끗했다. 그는 점심 시간이 되면 교무실 난로에 일인용 노랑 양은냄비에 물을 넣고 교무실 난로 위에서 끓였다. 그곳에 그가 가져온 신 김치 몇 조각을 밀어 넣었다. 신 김칫국물도 첨가시켰다. 곧 냄비 속 물이 펄펄 끓으면 라면을 넣고 젓가락으로 휘휘 저었다. 다시 스프를 넣고 끓여서 자기 책상으로 가져다가 먹었다. 그가 땀을 뻘뻘 흘리고 호호거리며 먹는 모습이 그렇게 행복해 보일 수 없었다.

교직원들은 서로간의 우의를 다지며 학생들에게 최선을 다했다. 이사장과 교장은 이상한 수법으로 이상한 논리를 만들어 교직원의 봉급과 학생들의 학비를 착취했다. 그들은 부적절한 꼼수를 만들어냈고, 그 꼼수로 교직원을 묶었다. 그들은 학교 운영을 통한 그들 식의 방법으로 비자금을 만들어 유용했다. 그 과정 속에 직원들을 최대한 이용했다. 수법은 갈수록 악랄해졌다. 그 속에서 그들과 함께하는 일은 힘께 공범으로 살아간다는 것을 의미했다.

나는 그곳을 떠나기로 했다. 그곳에서 떠나는 길이 나의 살 길인 것이다. 내가 떠날 때 교장은 나에게 공범의 소행을 끝내는 말미로 돈을 뜯어냈다. 그곳은 분명 사기꾼 집단이었다.

*

온 천지는 싸가지 없게 변하고 있다고.

2015년 2월 말 수유역 근처에서 후배를 만나기로 했다. 날씨가 추웠다. 영하 6도였다. 나는 빨간 오리털 점퍼를 입었다. 전철을 탔다. 사람이 많고 난방이 잘되어 점퍼를 벗었다. 나는 충무로 3호선 환승역에서 후배를 만나 4호선으로 갈아탔다. 빈자리, 한 자리가 보였다. 후배가

- 언니 여기 앉아.

했다. 그는 서고 나는 앉았다. 내 옆에 한 사람이 앉았고 그 옆이 비었다. 그는 폰을 보며 문자를 쓰고 있었다. 꼭 학생 같았다.

- 학생, 미안하지만 옆자리로 옮겨주면 좋겠네?

아무 소리가 없었다. 나는 전철 소리로 못 들었나 보네 생각하고 다시

- 학생, 옆자리로 가주면 좋겠는데?

했다. 아무 소리가 없었다. 그는 폰 문자에 집중했다. 때마침 빈자리 옆 아줌마가 그 학생을 힐끗 쳐다보며 일어났다. 나란히 두 자리가 생겨서 그 학생 옆에 내가 앉았다. 우리는 그동안 있었던 이런저런 이야기를 했다. 그때 갑자기 내 옆에서 폰 문자를 보던 학생이 나를 향해서

- 언제 봤다고 나에게 자리를 옮겨달래?

하고 소리를 쳤다. 전철 칸은 적당히 헐렁했고, 양 사이드 의자에 사람들이 앉아 있었다. 그들은 우리 쪽을 봤다. 나는 깜짝 놀랐고 어이가 없었다.

- 어?

악쓰는 학생과 싸울 수는 없었다. 나는 마음을 달랬다. 참았다. 그리고 침착하게 말했다.

- 어이고, 죄송합니다.

비켜준 아줌마도 어이없어 하며 그 학생을 쳐다봤다. 그는 다시 거세게

- 싸가지 없게.

나는 또다시 어이가 없었다. 다시 나도 했다.

- 죄송합니다. 죄송합니다.

후배는 어이없어하면서

- 아니, 엄마 같은 사람한테 이게 무슨 소리야 ?

모두가 쳐다봤다. 나는 큰 소리로 또렷이 말했다.

- 이게 우리의 아들딸이고, 동생이다. 우리가 잘못 가르친 탓이야.

라고. 이제 육십이 넘어 웬만큼 상대편의 화를 받아넘길 수 있게 됐다. 스스로 화를 잠재우며 진정할 수 있게 됐다. 예전 같으면 옳고, 그른 것을 따지고, 그른 것을 이해할 수 없었다. 지금은 무조건 '죄송합니다. 내 탓입니다. 우리 탓입니다'로 돌리면서 매사가 편안해지고 쉽게 상처가 아물 수 있게 되었다.

*

나는 임용고시를 새로 보았다.

새로 부임한 곳은 서쪽 지역의 작은 읍의 중학교였다. 집에서 시외버스를 타고 가면 한 시간이 채 걸리지 않았다. 교직원은 50명이고 여교사는 4명이었다. 읍이 제법 컸다. 인구도 꽤 많았다. 주변에 부대도 많았다. 군 부대가 많으니 음식점과 카페, 시장, 찻집이 번창했다. 음식점은 항상 붐볐다. 가자마자 나는 3학년 담임이 됐다. 출근하면 학생들의 신상카드와 사진, 학교 업무가 쌓여 있어 바빴다. 눈코 뜰 사이가 없었다. 학교 방침과 교육행정 방침이 많아, 그것에 모든 정열을 쏟아야 했다.

학생 중심의 교육은 쉽지 않았다. 쌓인 업무량은 계속 늘어났고, 교육계의 윗사람이 바뀌면 새 정책과 새 방침이 내려와 일선 교사들은 힘들었다. 수업시간도 많았다. 3학년 교과목을 모두 이수시키려면 학생과 선생은 부단히 노력해야 했다. 중2, 3학년은 사춘기에 접어드는 시기다. 그들 중에는 마구 뛰는 망둥이마냥 학교에서 이탈하는 자가 수시로 나타났다. 그들은 경찰서에 잡혀갔다. 나는 그들을 찾아 경찰서로 가야 했다. 부모와 함께 그 학생의 책임자로서 용서를 빌며 그를 인도 받기 위해 노력했다.

어느 해 봄 학기가 시작됐다. 가정방문의 일환으로 학생 집을 방문했다. 한 학생의 집은 술집이었다. 그곳은 쪽방이 달린 여러 개의 쪽방이 이어져 있었다. 그 작은 쪽방 속에는 여자와 아이가 함께 있었다. 그곳은 분명 내가 찾는 번지수와 같았다. 그 집의 주인과 내가 찾는 학생은 그곳에 없었다. 쪽방과 쪽방 사이는 어둑했다. 어두컴컴한 쪽방 속에서 아이들의 울음소리가 들렸다. 이런 곳이 있다는 사실이 나는 믿기지 않았다.

그곳은 분명 어둠의 세상이었다. 내가 상상할 수 없는 소설 속의 방이었다. 그들이 그 속에서 인간으로 살아가는 그들의 모습이 신기했다. 곳곳에 아이들이 많았다. 그들은 나를 동물처럼 보았다. 온몸에 솔기가 돋았다. 그들의 눈빛 속에서 무섭고 질긴 생의 빛이 나에게로 쏟아진 것이다. 나는 그곳을 얼른 피하고 싶었다. 숨통이 멎을 것 같은 살벌한 눈빛이 싫었다. 그곳에서 인간으로 살아가는 것이 신기했다. 나는 그쪽 지역이 그런 곳인 줄 몰랐다. 바깥에서는 보이지 않았다. 그곳은 어둠의 자식들이 모여 사는 곳이었다.

저녁 내내 보충수업이 이어졌다. 중학 3학년생들을 공부시켜 고교 입시에 대비하는 일이었다. 어느 날 3학년 담임들에게 학부형이 저녁 대접을 하겠다는 전갈이 왔다. 주임 선생님과 함께 식당으로 갔다. 기다란 회식상이 차려졌다. 여선생은 나 혼자였다. 옆에 있는 수학 선생이 삼겹살을 구웠다. 나는 고기를 싫어했고, 돼지의 비릿한 냄새가 더욱 싫었다. 비릿함과 눅진한 기름기가 내 속을 뒤집었다.

주임 선생들의 눈치를 보며 상추에 한 잎 싸서 먹었다. 위에서 뜨거운 열기가 끓어오르면서 속에서 불이 났다. 그 다음부터 아예 고기에 손을 대지 못했다. 수학 선생은 소주를 한잔 주면서 차 마시듯 먹으며 고기쌈을 먹게 했다. 소주가 배 속을 가라앉혔다. 고기 맛이 났다. 그는 강조했다. 선생은 분필가루를 많이 마셔서 이렇게 먹어두는 것이 몸을 위해 좋다고. 소주의 쏴한 맛과 쓴맛이 비릿한 고기 냄새를 없앴다. 신기했다. 그후 나는 소주에 고기를 즐길 수 있었다.

학교생활은 차츰 일상적인 일로 적응되어갔다. 아침부터 교육 업무에 시달렸다. 오후 늦게까지 보충수업을 했다. 보충수업으로 각자의 학급은 학급대로, 교과목은 교과목대로 수행평가를 올려서 학교에 대한 군내 학교평가를 높여야 했다. 그것은 교장과 교감의 업적이 되고, 학교의 업적이 됐다. 학교는 크지만 여선생이 적었다. 남선생은 숙직을 하고, 여선생은 일직을 했다. 네 명이 돌아가면서 일요일에 학교를 지켰다. 한 달에 한 번 꼴로 학교에서 근무했다. 일직하는 주는 그 다음 주 수업이 힘들었다. 한 달에 두 번을 계속 쉬지 않고 학교 근무를 하는 편이었기 때문이다.

중소도시에서 군이나 읍으로 발령받은 초임 선생들은 대부분 총각이나 처녀였다. 그곳에 총각 선생은 대여섯 명이었다. 그곳의 총각 선생은 처녀 선생을 잡으려고 혈안이 되어 있었다. 내가 그 학교에 부임했을 때 총각 처녀 선생들이 이미 짝을 지어 모임을 가졌고, 그들 사이에 쌍을 이루어 결혼 날짜를 받은 이들도 있었다. 나는 그곳 문화에 쉽게 적응되지 않았다.

나는 그 모임에 참여하지 않았다. 어떤 여선생을 어떤 남선생이 열심히 구애하려 애썼는데 이루어지지 않았다고 한다. 결국 그 남선생은 그 옆 지역 초등교 여선생을 구애해서 결혼하기로 했다. 결혼하기로 한 남선생은 처녀, 총각 선생을 초대해서 자기네 집에서 잔치를 벌였다. 그 선생은 자기들 스스로 결혼하는 것에 대해 무척 기뻐하며 만족해 했다고 한다. 결혼하지 못한 사람들에게 어서 결혼하라고 재촉했다고도 한다.

나는 계속 학교생활로 바빴다. 졸업 후 몇 년이 지났다. 동창들은 하나씩 결혼하기 시작했다. 남은 친구는 거의 없었다. 어느 날 통근버스를 타고 출근했다. 그날 학교생활은 학력평가를 위한 준비로 바빴다. 야간 보충수업 중에 영어 선생의 쪽지가 왔다. 자기와 차 한잔하자고. 수업이 끝나고 찻집으로 갔다.

그곳에서 그는 고등학교 동창을 소개했다. 그는 몸집이 두꺼웠다. 몸에 비해 키는 크지 않았다. 몸집이 두꺼운 만큼 목둘레도 두꺼웠다. 머리와 몸통 사이의 목은 간격이 좁아서 왠지 답답했다. 거기에 그가 입은 까만 목티는 그의 목을 조였다. 그는 멋을 몰랐을 것이다. 그의 얼굴은 네모진 널판이었다. 그는 소탈해 보였다. 까탈스럽지는 않아 보였다.

나는 긴 판탈롱 베이지색 바지에 마이를 걸쳤다. 그곳에서 처음 만났고, 그 후 출근하며 서로 부딪혔다. 영어 선생은 미리 언젠가 친구를 소개하겠다고 했었다. 그는 소개했을 때 여성스럽게 치마를 입고 화장을 하고 오기를 바랐는데, 그러지 않았다고 지적했다. 며칠 후 만난 그 사람이 나를 만나러 학교로 왔고, 우리는 그날 함께 식사했다. 우리는 그때부터 만남이 이루어졌다.

*

오늘 남편은 마지막 봉사를 끝내며 모든 사회의 짐을 내려놓을 것이다.

이제부터 진정한 한 인간으로서 자연으로 돌아갈 것이다. 마지막 제2의 인생이 되는 것인지, 제3삼의 인생이 되는 것인지 알 수 없지만, 지금 편안하게 존재할 수 있는 것에 감사했다. 우리는 지금까지의 인생을 성공이라 말하고 싶었다.

부처가 깨달을 때 그날 그곳에 아무 욕망도, 목적도, 나아갈 방향도 없었듯이, 우리에게도 모두가 편안히 그대로 존재하고 있었기 때문에 행복한 것이다. 장자는 말했다. 처음부터 어떤 노력도 하지 말라고. 다만 진리 자체를 이해하라고. 삶이 그 자체로 흘러가게 하라고. 그러면 휴식할 수 있다고. 헤엄치려 하지 말고 그저 흐름에 내맡긴 채 흘러가라고. 그 흘러감 자체가 궁극의 깨달음이라고. 장자는 말한다. 신은 없다. 악마는 없다. 오직 삶만이 존재한다고.

성직자들이 신을 만들고, 그들이 악마를 만들었다. 그들은 옳은 것과 그른 것을 구분하기 때문이다. 그리고 일단 구분하는 마음이 일어나면 결코 옳을 수 없다. 자연 그대로의 것은 옳다. 옳고 그름을 구분하는 마음을 가지면 그대들은 결코 휴식할 수 없으며, 평화로울 수가 없다. 언제나 긴장 상태일 것이다. 삶 전체가 침묵이고 명상이다라고.

여기 기본적인 것이 있다. 옳고 그름의 판단이 없으면 그때 그대는 자유인이다. 그리고 쉬운 것이 옳은 것이다라고. 장자는 역사를 만들지 않는다. 쉬운 것이 옳은 것이기 때문이다. 역사는 미친 자들, 무엇인가에 광적으로 사로잡힌 자들, 어떤 식으로든 문제를 만드는 자들에게 주목한다고. 쉬운 것이란 아무도 그대를 주목하지 않을 것이며, 그대는 존재하지 않는 것처럼 존재할 것이라고.

쉬운 것이 옳은 것이다. 옳게 시작하라, 그러면 쉬워진다.

삶의 방식을 바꾸라고. 옳게 시작하라고. 그러면 언제나 쉽다고. 옳게 시작하라고. 그러면 언제나 휴식한다고. 언제나 쉬운 삶을 살라고. 어린 아이처럼 행복하게 잠자고, 행복하게 먹고, 행복하게 춤추고, 에너지로 흘러넘치면서. 단지 쉽게 살라고. 나는 장자의 말에 감명 받았다. 그리고 자연스러움에 가깝게 살면 행복이 있다고 해석했다. 어떤 식으로든 우리는 강요하고 강요받지 않는 삶을 추구해야 했다.

*

소개받은 남자와 몇 개월간의 만남이 이루어졌다.
우리는 부모와의 면담이 필요했다. 그의 가족은 많았다. 아들만 다섯이었다. 그는 장남이었다. 아버지는 유한 편이고, 어머니는 심술이 가득한 욕심 많은 어른이었다. 아들 다섯을 손에 쥐고 흔들 수 있는 유능한 어른이었다. 맏며느리가 될 수 있는 나의 위치는 무엇이 무엇인지 몰랐다. 사회적인 관습에 따라 결혼이 진행됐고 그것에 맞춰졌다. 어느 날 그는 해군장교로 입대하겠다고 했다. 그는 우리가 약혼식을 하고 입대하는 것이 좋겠다고. 우리는 관광호텔에서 약혼식을 거하게 했다.

약혼식 때부터 그 집과 우리 집은 문화가 달랐다. 우리 집은 술 문화가 없고, 그 집은 술 문화가 발달했다. 그들은 예식보다 술을 더 즐겼다. 그는 그 집의 대들보이고, 아들 중에서 가장 유능한 아들이었다. 그는 S대학을 졸업했으며 행시에 합격한 어머니의 훌륭한 아들이었다. 그 어머니는 훌륭한 아들에 대한 회색 욕심을 가졌다. 그 회색 빛깔이 무엇인지 몰랐다. 어느 때는 붉어서 불이 났고, 그 불이 나에게 옮겨왔다. 뜨겁고 힘에 겨웠다. 그는 가까이하기에는 너무 먼 당신이 됐다.

어머니와 다르게 그 남자는 순수했다. 보이는 대로 보여주고 감춤이 없었다. 나는 그 남자가 편했다. 나 또한 보이는 대로 보이기를 바랐다. 우리는 비슷한 마음이 비슷하게 어울렸다. 약혼식 날 첫 번의 문화 충돌이 생겼다. 그 집은 호텔의 술을 다 마셔버려야 했고, 우리 집 측 회계 담당자인 외삼촌은 식장비보다 술값이 몇 배가 더 되었다고 막바지에 술 주문을 거절했다.

그에 대해 셋째 아들은 반항하고, 미래 형수에 대한 예의를 사절하며 비방했다. 그때부터 사사건건 시비가 일어나기 시작했다. 그는 자기 식 자존심을 드러내며 자신의 특별한 결혼식을 자기 애인에게 주문했다. 그는 수시로 나를 은근히 비하했다. 그는 자기만의 특별한 예식으로, 형수보다 더 좋은 화려한 예식을 하려고 애썼다. 그는 그럼으로써 형수에게 호텔 술 더 못 먹게 한 것에 대해 앙갚음을 하려 애썼다. 나는 그와 정서가 맞지 않았다. 그는 자기를 드러내는 것을 즐겼고, 자기 사랑 방식이 남을 역겹게 했다. 약혼식을 하고 남편은 해군장교로 입대하여 훈련소로 들어갔다. 그는 편지로 소식을 전했다. 나는 학교생활로 바빴다. 약혼은 나를 불편하게 했다. 주일마다 시댁에 문안 인사를 가야 했다. 일직을 빼고, 나는 매주마다 시댁에 들르는 일 자체가 부담스러웠다.

그해 가을 우리는 결혼을 했다. 나는 시댁에서 살았다. 시부모에 시동생 넷이 함께 살았다. 학교생활은 계속되었다. 새로운 삶이 이어졌다. 시댁의 문화와 친정의 문화는 달랐다. 시댁은 고향이 이북이라 북쪽 지역의 문화였고, 친정은 신라 계열의 남쪽 지역 문화가 짙었다. 시댁은 육고기 중심의 기름진 술 문화였다. 친정은 쌀 중심의 담백하고 깔끔한 채식주의 문화였다.

문화가 다르니 먹는 것이 힘들었다. 그들은 항상 기름진 고기반찬이 주였다. 돼지고기의 기름기가 상차림에 주요 메뉴였고, 손님이 오면 쇠고기 불고기가 주 메뉴였다. 불고기의 양은 음식점 수준이었다. 커다란 양푼 스테인리스 다라이에 이십 근 이상의 불고기를 재웠다. 아들 다섯과 부모님은 그것을 모두 먹어치웠다. 장년의 먹성은 대단했다. 어린애 키만 한 술독에 담긴 술이 동시에 사라졌다. 그 당시 시댁은 날마다 잔치며 술 파티였다. 누구의 생일이라서, 제사가 있는 날이라서, 아들이 휴가라서, 입학하는 아들 입학 축하 자리라서…, 등등의 이색적 날들이 이어졌다. 이들은 이벤트성 파티로 술을 즐겼다. 저녁은 으레 술을 마셨고 그것에는 이유가 붙었다.

*

이제는 퇴직을 하고 진정한 시간이 주어졌다.

엊그제만 해도 남편은 판결문의 사회봉사 명령을 수행하고자 몸을 부셨다. 그가 선택한 곳은 집에서 가까운 복지회관이었다. 그곳에서 봉사하는 자는 일곱 명 정도였다. 젊은이들은 음주운전으로 걸린 자가 많았다. 봉사 판결문으로 함께 봉사했다. 더러는 여러 번 걸려서 봉사 시간이 많은 자도 있었다. 복지회관에서 밥 먹는 노인 회원은 많았다. 식단에 단백질인 닭고기, 쇠고기, 돼지고기가 나오는 식단이면 백여 명이 더 왔다. 보통 삼사백 명 노인이 와서 먹었다. 봉사원 대여섯 명이 음식 뒤치다꺼리하는 일은 쉽지 않았다.

그곳의 일은 아침 아홉 시경 시작됐다. 그날 먹을 음식재료를 두세 시간 준비했다. 깻잎 장아찌를 준비하려면 몇 박스에 담긴 깻잎 장아찌 잎을 대여섯 장씩 떼어 사백 명이 먹을 양을 펼쳐놓았다. 살짝 언 70kg 정도의 불고기를 큰 함지박에 양념과 함께 비벼서 준비했다. 버무릴 때 얼어버린 고기가 손을 얼려버렸다. 손이 얼어서 두어 시간 냉동된 손을 녹여야 했다. 파, 마늘, 양파 다듬어 썰기 등 완전히 군대식 작업이 계속됐다.

그는 열심히 했다. 고기가 있는 날과 월요일은 봉사자가 많이 빠졌다. 그들은 힘든 날은 피했다. 남편은 그러면 안 된다며 그런 날은 죽도록 일을 해야 했다. 봉사자는 두 명밖에 안 됐다. 그는 육십이 넘은 중늙은이고, 다른 하나는 청년이었다. 그는 그날이 되면 밤새 앓았다. 육체노동의 진가를 알았다. 어쩌면 평생 처음으로 진정한 삶을 이해하게 됐는지도 몰랐다. 그는 많은 것을 깨닫고 알아갔다.

점심식사 때가 되면 노인들은 모였다. 나이든 이들은 식판에 배식을 받았고, 그들은 먹었다. 다 먹은 식판, 수저, 젓가락 등을 분류해서 통에 넣어야 했다. 노인들은 멋대로인 사람이 많았다. 엉망으로 쑤셔서 대충 넣었다. 다 먹은 식판을 받으면서 한 봉사원은 소리쳤다.

- 어이 아줌마, 그렇게 놓으면 어떡해요? 식판, 수저, 젓가락을 따로따로 넣어야지요.

- 어이, 아저씨, 이렇게 아줌마같이 넣으라고요.

그는 전직이 군인 상사였다고 한다. 그는 군대식으로 할머니 할아버지를 야단치며 혼내준단다. 그가 선 곳인 주방과 주방 밖은 서로를 볼 수 없이 서로의 몸통만 보인단다. 몸통으로 상대를 이해했고, 남녀를 구분한다고 했다.

어느 날 남편은 식재료로 버섯을 준비했다. 수많은 버섯상자를 씻고 잘게 찢어 다듬었다. 또 어느 날은 달걀찜을 위해 달걀을 깨는데, 평생 가장 많은 달걀을 깨봤다. 그는 서서히 생활의 달인이 되어가고 있었다. 평생 먹어도 다 못 먹을 양의 양파를 눈물 흘리며 잘랐고, 수많은 깻잎과 상추를 씻었다. 그는 부엌일을 이해하기 시작했다. 막내이모 없는 잡일이 얼마나 여자들을 힘들게 하고 있는가를.

*

시댁은 먹고 마시는 것을 즐겼다.

점심에는 중국요리를 자주 시켰다. 식사는 짜장이나 짬뽕, 잡탕요리 등이었다. 남자들은 소주 한잔을 걸쳤다. 식사비용이 꽤 들었다. 친정은 특별한 날만 중국요리, 그것도 값싼 짜장이나 우동을 먹을 수 있었다. 특별한 날은 졸업, 입학식 때였다. 그러니 삼 년에 한 번 정도였다. 시댁은 수시로 먹었다. 그 당시 시어머니는 일수놀이를 했다. 그는 돈을 빌려주고 비싼 이자를 받아 수익을 챙겼다. 사람들은 그를 부정적인 시각으로 보았지만, 그 또한 온갖 고난을 거쳐 스스로 만들어낸 사업이었다.

시아버지는 육사를 거쳐 6·25전쟁 때 전투를 잘한 육군 장교였다. 키는 작고 상체가 하체보다 큰 비대칭의 몸이지만, 전쟁터에서는 씩씩하고 용감한 지휘관이었다. 부하들은 그 지휘관을 항상 존경하고 따랐다. 전쟁이 끝나고 평민이 됐을 때도 그 부하들은 죽을 때까지 그를 존경했다.

그는 전쟁으로 인해 몸속에 열한 개의 파편을 지녔는데, 죽을 때까지 함께했다. 그는 짬뽕에 소주 한잔을 먹으며 "나는 돈 많은 이병철보다 행복하다"고 했다. 그는 위가 아파서 밥을 먹지 못하지만 "나는 소주에 짬뽕을 먹을 수 있다"고 했다. 그는 호기로운 말로 자신을 즐겁게 했다. 그가 군에서 전역하고 퇴직금을 탔을 때 사기꾼들은 그 돈을 탐냈다. 결국 감언이설에 넘어가서 그는 빈털터리가 됐다. 집식구들은 굶어야 했다. 집에서 쫓겨났다.

총칼의 전쟁이 아닌, 삶의 전쟁이 시작됐다. 시장에서 시래기를 줍고 팔았다. 짐 배달을 해야 했다. 쌀은 없었다. 멀건 밀가루 수제비로 요기를 했다. 아들 다섯이 모두가 고르지는 않았다. 밀가루 죽 수제비를 죽도록 안 먹는 놈은 죽어가서, 몰래 그놈만 밥을 먹게 해서 살렸다.

어머니는 강했다. 살고자, 살아남고자 애썼다. 그는 힘이 셌다. 팔뚝이 쇠철이었다. 목은 두껍고 몸통도 두꺼웠다. 다리 또한 쇠강철이었다. 살고자 하는 마음은 강했고 그를 반역하는 자는 그에게 죽었다. 그는 시장바닥에서 부대장의 우아한 사모님이 아니었다. 그는 시장바닥의 두목이 됐다. 그가 필요한 것은 그가 갖기 위해 애썼다. 그의 목소리는 시장바닥을 울렸다.

그는 악착같이 돈을 모았다. 그는 그 돈을 이용했다. 그것이 시장에서 은행 대신 꾸어주는 돈놀이였다. 그 또한 일수 돈을 이용하여 돈을 모았고, 그것이 돈 장사가 되어, 그 또한 그렇게 돈을 벌었던 것이다. 가난한 사람들은 돈이 필요했다. 비싼 이자 돈이라도 빌릴 수 있으면 그들은 빌렸다. 돈은 돈을 불렀고, 불린 돈이 목돈이 됐다. 그는 돈에 재미가 났다.

사람들은 돈을 빌리러 왔다. 돈이 부족하면 그는 조금 싼 곳에서 빌려와 다시 비싸게 돈을 빌려줬다. 그는 돈을 사랑했다. 빌린 돈이 이자와 함께 들어오면 그는 돈을 방바닥에 진열했다. 새 돈과 헌 돈을 구별했다. 구별된 돈을 한 장씩 손끝으로 잘 폈고, 구겨진 것은 다림질을 했다. 다림질한 돈은 그림 쪽과 글씨 쪽을 맞췄다. 한 장 한 장 맞춰진 돈을 백 장씩 종이끈으로 묶었다. 백 장이 안 된 자투리 돈은 안 된 채로 셈해서 종이 묶음 위에 그 액수를 적어놓았다.

그 돈 놀이는 수입이 좋았다. 돈을 빌려주면 선이자를 떼고 돈을 주었다. 목돈을 갚을 때는 이자와 원금을 함께 갚는 것이다. 그 방법도 그가 시장 바닥에서 배웠다. 살아가는 방법으로 터득한 것이다. 그는 수단이 좋았다. 간신히 철로 변에 얻은 셋집에서 그들은 살았고, 돈을 모아 셋집을 자기 집으로 만들었다. 그곳은 전쟁 후 철길 따라 생겨난 엉성한 집들, 주변에 들어선 공장들, 음식점, 술집, 여인숙, 영화관, 시장 등이 혼재해서 동네를 이룬 곳이었다.

그들의 집은 집이 아니었다. 사람이 살면 집이 됐고, 상가로 만들면 상가가 됐다. 기다랗게 지붕만 철길 따라 철길처럼 길게 한 지붕으로 이어졌다. 그곳에 한 칸씩 십오 평의 크기를 길게 칸을 두고 칸막이를 했다. 그곳은 술집이 되고 쌀집이 됐다. 공장으로 혹은 담배 가게로, 연탄 가게로 각자의 형편에 맞게 만들어 그곳에서 살았다. 내가 결혼했을 때 시댁은 세 칸을 썼다. 두 칸을 이용해서 하나는 안채로, 또 한 채는 윗방이 있는 것으로, 부엌과 수도가 있었다. 안채 마당과 연결해서 마당과 장독대와 화장실을 만들었다.

내 신혼 살림집은 별채로 한 칸 건넛집이었다. 똑같은 패턴의 집 구조였다. 출입문인 창 미닫이를 열면 쪽마루가 있고, 곧 방 미닫이가 있었다. 그것을 열면 살림 넣고 둘이 누울 수 있는 공간, 그리고 부엌과 이어진 방문을 열면 연탄을 갈 수 있는 한 평 정도의 부엌, 그 옆에 한 평 방인 쪽방, 쪽방 앞에 간이 펌프식 세면대, 그 끝에 푸세식 화장실 등이 옹기종기 붙어 있었다.

그곳은 돈 놀이 장사로 최적의 곳이었다. 공장은 시내까지 뻗쳐갔다. 재건 복구의 사회 현상이 공장을 필요로 했고, 중소도시의 발달이 농촌 인구의 이동을 도왔다. 가난한 농민들은 도시의 공장에서 돈을 벌었고, 그들은 돈을 빌려 장사했다. 그들은 술집을 찾고, 술집들은 나날이 늘어났다. 술장사들은 돈을 빌리고, 그들은 술을 팔면서 여자들도 들였다. 그 여자를 상대로 술집 주인들은 돈을 빌려 그들을 이용했다. 시내는 갈수록 복잡했다. 시댁은 한길 뒤편에 있었고, 차츰 먹자골목과 술집이 뒤섞인 곳으로 더 왕성해져갔다.

시댁은 윗방과 똑같은 형태의 안방이 있었다. 윗방의 벽을 경계로 안방 벽이 이어졌다. 그 안방 벽면에 기대서 TV를 보고 벽을 따라 누워서 식구들은 뒹굴었다. 그 반대편 벽은 이불 장롱이 벽면을 따라 놓였다. 동서로 길어진 안방은 간이용 쪽방과 마당이 경계가 됐다. 마당 끝 구석에 푸세식 화장실 그 앞쪽은 옆집 담벼락과 경계를 만들었고, 담 밑에 겨울 김장용 장독을 땅속에 묻어두어 해년마다 김장을 해서 넣었다. 여름에는 소금 등을 넣는 창고로 썼다.

안방의 서쪽 창벽은 한길로 이어져서 외벽이 됐다. 창가로 TV를 설치해서 식구들이 즐겼다. TV 옆 공간엔 화장대가 놓였다. 그 위에 전화를 설치했다. 윗방에 이어진 부엌은 비좁았다. 수돗물이 나오는 개수대와 가스대가 서로 붙었다. 부뚜막은 낮았다. 윗방과 부엌이 내통하는 쪽문은 낮아 키 큰 나는 수시로 머리를 찧고, 아파하면서 부엌일을 했다.

나는 부엌일에 서툴렀다. 평생을 공부하고 학교 일에만 신경 썼기 때문이다. 집안일을 중요하다고 생각해보지 않았다. 작은 부엌 바닥엔 작은 청색 바둑알만 한 타일을 박아놓았다. 방벽에 붙은 두 칸 용 찬장과 음식을 넣어두는 작은 나무 찬장이 가스대 옆 벽면에 붙어 있었다. 윗방과 안방은 구들장 밑에 작은 선로를 놓아 연탄불을 구들장 밑으로 밀어 넣었다.

한겨울 방구들은 따뜻했다. 그렇게 난방할 수 있는 시집은 부유한 집이었다. 요리할 수 있는 가스가 따로 있었고, 방에서 불고기 요리를 하고자 할 때는 식당에서 쓰는 이동식 가스대가 방으로 옮겨졌다. 대부분의 집은 연탄 아궁이에 방구들을 데워서 난방을 하고, 그 위에 냄비를 올려 요리를 해서 이중으로 연탄불을 이용했다.

시어머니는 깔끔해서 정리 정돈의 달인이었다. 먹었던 음식은 버렸다. 누룽지 찌꺼기는 물에 불려서 버렸다. 내 어머니의 교육은 아끼고 아끼는 문화였다. 나는 버려지는 누룽지 밥을 마른 누룽지로 만들어 모았다가 친정에 갖다주었다. 내 어머니는 그렇게 행복해할 수가 없었다. 그는 깨끗함이 더 중요한 것이다. 그는 날마다 장독대를 수세미로 닦고, 마당과 화장실, 부엌도 수세미로 닦았다. 그의 행복은 깨끗함이었다.

그는 몸집이 컸다. 둥글고 몸통이 웬만한 장정을 능가했다. 두꺼운 손과 발 허벅지가 한 아름 됐다. 몸통이 크니 그의 목소리는 온 천지를 울렸다. 그는 고기를 즐겼다. 특히 개고기를 즐겼다. 육고기를 즐겨서 힘이 셌고, 무거운 것을 잘 들었다. 그는 돈 쓰는 것을 즐겼다. 돈을 쓰면서 스스로 행복해했다.

그가 번 돈은 먹고 사치하는 데 허비했다. 그는 커피나 크림을 꼭 미제만 파는 양키 시장에서 샀다. 그의 화장품 또한 고루고루 갖춰서 미제를 샀다. 미제 커피 잔, 미제 커피포트, 치약, 비누, 유리잔 등이 그가 하는 사치였다. 시장에 갈 때는 택시만 탔다. 목욕은 일주일에 한 번 목욕탕에서 때밀이가 해줬다. 대부분의 사람들은 집에서 대충 샤워하다가 일 년에 한두 번 명절 때 목욕탕을 찾았다. 시집은 내가 생각하는 천국이었다.

우리 집은 보이지 않는 예의라는 굴레가 강했다. 할아버지 할머니들에서 풍기는 무거운 힘줄이 나를 구속하고 나를 묶었었다. 보이지는 않지만 스스로 조여서 벗어날 수 없는 서로의 관계가 있었다. 시집의 분위기는 자유분방해 보였다. 먹는 것도 풍족하고, 쉽게 먹을 수 없는 것들도 마음대로 먹을 수 있었다.

결혼 후 두 달이 채 안 됐을 때였다.

남편은 전방근무 중이었다. 시어머니는 나를 불렀다. 그는 말했다. 돈이라는 것은 한곳으로 들어왔다가 한곳으로 나가야 한다고. 네 월급은 나에게 줘야 한다고. 나는 어리숙하고 어리바리했다. 그가 그래야 한다니 그런가 보다고. 그는 전달에 받은 월급을 가져오라고. 나는 월급 모두를 주었다. 그는 나에게 차비만 떼어주었다.

아침은 바빴다. 새벽녘에 도시락을 챙기고 통근버스를 탔다. 퇴근 후에는 집으로 서둘러 와야 했다. 그들과 식사를 함께 하기 위해서. 시집은 저녁 시간이 길었다. 아들 넷과 시아버님은 술을 즐겼고, 이야기가 길었다. 온갖 정치, 경제 얘기가 꽃을 피웠다. 어른은 박정희 정권에 찬성을, 시동생들은 야당에 손을 들어 가끔 다퉜다. 불판에 올린 불고기가 없어질 때까지 그들은 시비로 그런 시간을 보냈다.

그 옆에서 시어머니는 일수 계산으로 바빴다. 나는 그들의 술상이 어서 끝나기를 바랄 뿐이었다. 12시가 되어야 술판이 끝나고 나는 설거지를 했다. 신혼 방에 가면 새벽 한 시경이 됐다. 그런 일은 일상이 되었고, 그것이 그들의 문화였다. 지루한 시집 생활과 학교생활은 느리게 느리게 흘러갔다. 처음의 시집 생활에 차츰 익숙해졌다는 뜻이기도 했다. 가끔 남편은 전방에서 휴가차 들렀는데, 한 번씩 집에 오면 사달이 생겼다.

어느 해 봄 그는 휴가를 내고 집에 왔다. 그날은 공휴일이라 나도 학교를 쉬었다. 남편과 나는 오랜만에 봄나들이를 갔다. 딸기 철에 관광 나들이가 겹쳐서 시내버스는 사람들로 가득 찼다. 우리는 시내버스를 타고 유원지를 찾았다. 그곳에서 한두 시간만 보냈다. 곧 집으로 오려고 시내버스를 기다렸다. 차 타려는 사람은 많고, 기다리는 줄은 무한정 길었다. 저녁때가 돼서야 차를 탈 수 있었다. 그곳을 빠져나와 집에 도착했을 때 시어머니는 노발대발하면서 나와 남편을 쥐 잡듯 다그쳤다.

- 네가 사람이가?

- 주부가 저녁을 해서 먹을 생각은 않고 어떻게 늦게 왔다냐?

그는 화가 나서 노기충천했다. 나는 그가 무서웠다. 온몸이 떨렸다. 그는 육중한 몸을 떨면서 붉은 얼굴로 일그러진 눈을 부릅떠서 나를 쏘아보았다. 우리는 그가 앉은 안방의 아랫목을 향해 목과 눈을 방바닥으로 향했다. 그의 앞에서 무릎을 꿇었다. 우리는 죽은 목숨이었다. 그는 오랫동안 우리를 향해서 자기 삶의 화풀이를 해댔다. 나는 무엇이 잘못인가를 몰랐다. 나는 그를 이해할 수 없었다. 내가 놀러가겠다고 한 적도 없었다. 그는 무조건 나와 남편에게 놀다 오라고, 나를 밀면서 놀다 오라고. 그런데 이런 사달이 난 것이다.

남편 휴가가 있은 후 그해 겨울 12월이 됐다. 어느 날 그는 나를 불렀다. 그는 나에게 그해에 내가 쓴 내역과 비용을 통보했다. 쓴 비용은 백만 원이 넘었다. 내 월급은 십만 원이 넘지 못했다. 아니? 이게 웬 말인가? 나는 이 집으로 시집와서 밥해먹고 월급타서 갖다준 일밖에 없는데, 무슨 돈을 썼다는 것인지? 알 수 없는 일이었다. 그는 말했다. 네 남편이 와서 불고기 해먹고, 중국요리 시켜먹은 것이라고. 모든 식구가 먹은 비용이 내가 쓴 비용이 된 것이다. 나는 그를 이해할 수 없었다. 그의 계산법은 특이했다.

해가 바뀌고, 바뀌어도 달라지는 것은 없었다. 그날이 그날이고, 그날들은 계속 연장될 뿐이었다. 시집은 나를 부업에 묶어두는 곳이었다. 수돗물 속에서 그릇을 닦고, 수돗물을 이용하여 빨래를 하고, 그가 중요시하는 장독대 목욕시키기, 화장실 닦기, 부엌 벽 수세미로 닦아내기 등, 그가 했던 일을 그대로 해주는 것이 주요한 일과가 됐다. 그는 계속 나를 며느리로서 그의 욕구를 채우는 대상으로 보았다.

그는 음식 하는 일을 즐겼다. 콩을 불려서 믹서에 갈아 비지찌개를 즐겨 해먹었다. 양은솥 바닥에 돼지 뼈와 살코기를 깔고 그 위에 배추김치를 헹구어 썰어서 얹었다. 그리고 다시 그 위에 간 콩비지를 넣고, 물을 붓고 끓였다. 버글버글 끓으면 양념장을 올려 먹었다. 나는 그 음식이 입에 맞지 않았다. 걸쭉한 콩비지 돼지고기는 나에게 버거운 음식이었다. 고 단백질이 겹쳐서 느끼했다. 그 집 식구들에게는 소주에 안주 삼아 먹는 최고의 음식이었다. 제각각 몇 그릇씩 그들은 즐겼다. 그는 내가 못마땅했다. 그는 내가 그의 종속물이기를 바랐다. 그가 좋아하면 나도 좋아해야 하는. 아니 모든 식구가 그가 원하는 대로 해야 하는. 나는 안에서 반기가 일어났다. 이것은 아니라고.

어느 날 그는 트집을 잡았다. 내가 해온 혼수 이불이 잘못되었다고 타박했다. 나는 그가 원하는 것이 무엇일까 생각하고, 그가 원하는 혼수 이불을 친정에 부탁해서 다시 해오라고 했다. 차츰 나는 삶의 즐거움이 없어져갔다. 나는 시집에 돈 벌어다 주는 시종일 뿐이었다. 그곳에서 내 삶의 희망은 보이지 않았다. 나는 스스로 절망을 느꼈다. 그 절망 속에서 나는 내 살을 깎아먹었는지 몸이 말라갔다.

*

2015년 9월 25일. 내 친정엄마는 87세이다.

추석이 내일모레라 우리 집으로 추석을 쇠러 왔다. 그는 처음에 딸 집에서 명절 쇠는 것을 남부끄럽다고 했다. 자신의 처지가 온전치 못하다고. 몰래 울어 눈이 퉁퉁 부었다. 이제는 당당히 오고, 요구가 많아졌다. 추석 일주일 전부터 시골에서 자기를 데려가라고 아들에게 성화를 부렸고, 아들은 바로 그를 모시고 와 큰딸인 내 집에 맡겼다. 그는 내 눈치를 보며 은근히 그의 내심을 보냈다. 나는 그가 뭘 원하는지 알았다. TV에서 치킨이 나오면 치킨을 먹고 싶어 했고, 피자가 나오면 피자가, 짜장면과 탕수육이 나오면 그것을 먹고 싶어 한다는 것을.

소울 식품으로 고구마가 나오면 고구마를 즐겼다. 그는 우유를 좋아했다. 몇 통을 사다가 냉장고에 넣었다. 그는 수시로 마셨다. 어느 날 그는 탈이 났다. 밤새 화장실을 오갔다. 그날부터 그는 누룽지밥을 요구하고, 된장찌개를 요구했다. 내 딸아이는 그를 못 마땅히 여겼다. 그가 왔다 가면 내가 틀림없이 허리 통증이 재발하여 꼼짝 못 하고 누워 있을 거라고. 그가 오기 전에 나는 이미 허리 통증으로 수시로 앓아서 누웠다. 재발해서 움직이지 못할까 봐 우리 식구들은 걱정이 컸다.

　나는 내 엄마의 삶을 통해서 내 삶을 알아갔다. 그의 고통은 내 고통이 될 것이다. 그의 기쁨 또한 내 기쁨이 될 것이기에. 그는 송편 속으로 콩고물을 넣겠다고. 어린 시절 콩고물 속은 아무도 먹지 않았다. 다만 나이든 큰 고모가 즐겼었는데, 내 엄마도 그 콩고물을 넣자고 했다. 그는 그래도 자기가 좋아서가 아니라, 우리들이 좋아해서 한다고. 나는 육십 중반이 되어 내 엄마를 이해할 수 있어서 다행이다. 나와 열 살 이상 나이 차이가 나는 내 동생은 엄마와 싸우는 일이 많았다. 그들의 생각 차가 너무 커서일까? 정서가 맞지 않아서일까? 우리는 삶의 동반자로서 우리의 삶을 어떻게 조화롭게 이해하며 잘살 것인가를 관조할 필요가 있었다.

　엄마로부터의 요구를 멀리하기 위해서 나는 잠시 허리 통증을 치료할 필요가 있었다. 그는 아침 TV 드라마를 열심히 봤다. 드라마를 본 후 그는 송편을 만들겠다고 했다. 그는 평생 송편을 빚어야 추석 쇠는 맛이 난다고 했다. 대부분의 사람들은 송편을 샀지만, 그는 스스로 만드는 것을 즐겼다. 그는 얘기가 하고 싶으면 전화를 걸었다. 그의 동생네로. 바로 밑의 여동생을 찾아 못된 자기 막냇동생 욕하는 것을 즐겼다. 그는 한나절을 전화했다. 누구네 잔치를 언제 하는지? 쫌보년들이 얼마나 잘하는지? 누구 네가 도배를 하는데 왜 하는가? 쫌보년들이 아까워서 어떻게 잔치를 하고, 도배를 하느냐고. 한 턱을 낸다더니 언제 하느냐? 그들은 맞장구를 치며 욕했다. 맞았어, 그래 그렇다니까?

그는 밥을 중요시했다. 밥을 먹어야 힘이 난다고. 그는 화장실 일을 힘들어했다. 나는 그에게 사과와 배를 반씩 쪼개서 씨를 없애고 수저와 함께 주었다. 그는 옛날부터 과일을 수저로 긁어 먹는 일을 즐겼다. 화장실을 잘 가려면 잘 드셔야 한다고 나는 강조했다. 슈퍼에 가면 삶은 옥수수, 폭신한 맛이 나는 밤고구마를 사와서 쪄주었다. 그는 좋아서 함박웃음을 지었다. 그는 나에게 고맙다고 했다. 우유를 컵에 가득 채워 함께 주었다.

그가 거실로 오면 나는 송편거리를 주었다. 그는 계속 콩고물이 좋다고. 나는 방앗간에서 속을 샀다. 계피 든 고물과 콩고물을. 그는 채반에 잘 빚었다. 그는 다시 부침개를 해야겠다고. 오징어를 넣어야겠다고. 나는 슈퍼로 갔다. 동태전거리, 동그랑땡용 간 쇠고기, 간 돼지고기와 야채, 과일 등을 샀다. 우리는 거실에 앉아 음식을 준비했고 TV를 켰다. 그는 인간극장을 좋아했다. 총 5막으로 되어 있었다. 한국에서 독일로 간 간호사가 풍차호텔 주인이 되었다. 그가 주인이 된 사연과 열심히 살아가는 모습을 보여주었다.

우리는 그 사이 송편과 부침개를 완성해서 채반에 널어놓았다. 그는 힘이 들었는지 점심을 먹고 한숨 잤다. 나는 남편과 뒷산으로 산책을 갔다. 아직 허리가 부실했다. 꾸부리지 못했다. 남편 팔을 지팡이로 삼았다. 근처 친구들은 잉꼬부부라며 곯렸다. 먼발치에 아는 사람이 오면 남편과 거리를 두었다. 그러나 무시할 때가 많았다. 내가 이렇게 걸어 다닐 수 있는 것이 어디냐고? 그렇잖으면 계속 누워만 있어야 하지 않겠냐고? 나는 아침에 눈떠서 화장실에 갈 수 있으면 오늘은 성공, 성공, 하면서 하루를 시작했다.

그동안 일어나지 못해서 화장실 일을 보지 못해 얼마나 힘들었던가 생각했다. 걷지 못해서 진통제를 먹으며 참아내려 애썼다. 꾸부정한 자세, 일어나되 허리를 펴지 못해서 반 주저앉은 상태로 한방 병원을 갔고, 앉지를 못해 모두가 나를 붙들어야 했던 일들은 나에게 많은 생각을 갖게 해주었다. 건강할 때 많은 사람에게 베풀며 살자고. 욕심내지 말고 서로 좋은 말과 좋은 모습만 가지자고. 남이 필요한 것들은 필요할 때 주자고. 숨 쉬고 살아 있을 때 건강하면 성공한 것이라고.

*

몸무게가 십 킬로그램 이상 빠졌다.

주위 동료 교사가 걱정했다. 살이 너무 빠지면 병원에 가야 한다고. 특히 중매쟁이 선생은 어느 날 남편을 불렀다. 그는 나를 편들었다고 한다. 그러다가 어찌되면 어떡하냐고. 그러거나 말거나 시간은 어김없이 흘러갔다. 해가 바뀌었고 지루하고 힘든 시댁에서의 심리적 갈등 속에서 나는 잘 버텨나갔다. 시어머니에게 월급을 바쳤고, 그는 용돈으로 차비만 달랑 주었다. 다달이 계산속에서 내 월급은 내가 다 써버렸다고 했다. 내 양말 사주고, 속옷 사주고, 무슨 무슨 행사로 썼고, 집식구 생일로 음식 사먹고. 그달의 소모성 행사 경비는 내 월급에서 다 써버렸다고.

그의 방법은 옳은 것이라고. 당연히 그의 법규는 그 집에서 합당한 것이라고. 해가 바뀌면서 나는 내 안의 힘이 사라졌다. 희망과 꿈이 없었다. 내 친구 동료 똑순이는 달랐다. 그네 시댁은 그를 왕비로 섬겼다. 남편이 학교까지 데려왔고, 퇴근 후 데려갔다. 통근버스에 시달려 퇴근하면 시어머니는 심통을 부렸다. 내가 널 밥해줘야 하느냐고. 나는 미안했다. 무엇인가 엄청 잘못했다고. 그는 며느리에게 대접을 받아야 되는데, 밥을 해서 나를 기다려야 한다고.

어느 날 제삿날이 되었다. 그날 나는 조퇴를 했다. 일찍 서둘러 시집으로 왔다. 그는 눈을 부라렸다. 왜 그리 늦게 왔냐고. 그는 나에게 불같은 성질로 화를 냈다. 부엌은 이미 기름 냄새로 가득했다. 그의 화를 몸으로 받으면서 나는 그의 말에 따라 일을 도왔고, 그가 원하는 일을 따라 했다. 그는 뚱뚱한 체구와 달리 꼼꼼하고 철저했다. 음식마다 파 써는 길이가 달랐는데, 그 파 길이가 다르면 성질을 냈다. 나는 무서웠다. 그가 내는 화는 온 집안을 쑤셨고, 오랫동안 그 진동이 집안을 어둠속으로 몰고 갔다. 자유롭고 편안하게 살아온 나는 그 집안 분위기에 적응하는 것이 쉽지 않았다.

집안 식구들은 그의 눈치를 보고 그의 기분에 따라 밝았다 흐렸다 했다. 나는 그런 것이 싫었다. 뭔가 잘못이 있지만 말할 수 없었다. 고요해지기를 기다렸다. 그가 스스로 마음을 가라앉힐 때까지 기다렸다가 풀어지면 일이 시작됐다. 제사 상차림을 하고, 제사를 지냈다. 모두가 일사분란하게 일을 끝내고 음복을 했다. 자정이 넘어 상이 물러났다. 너무 늦어 내일 아침에 치우라고. 이튿날 일찍이 뒤처리를 했다.

이미 학교는 늦어 지각했다. 마음은 조급하고 바빴다. 마음이 편치 않았다. 학교가 걱정스러웠다. 뭔가 이치에 맞지 않다고 느꼈다. 집안 행사는 나로 하여금 돈을 내야 할 것 같은 생각이 들게 했다. 내게 어쩔 수 없는 괴로움이 일어났다. 모든 돈은 시어머니가 챙기고. 시동생은 돈 버는 형수에게 은근히 무엇인가를 바랐다. 나는 고민했다. 나는 따로 보충수업을 했고 보충수업 비를 따로 교무실 여 급사에게 관리시켰다. 집안의 모든 것은 시어머니가 관리해서, 내게 있는 모든 것도 그는 뒤져서 관리하고자 했다. 나는 숨길 수 없었고, 그러고 싶지도 않았다.

어느 날 수업하는 중에 불여우 시동생이 찾아왔다. 나는 직감했다. 나에게 용돈을 타고자. 어쩔 수 없이 급사에게 돈을 찾아다가 밥 사주고 용돈을 줬다. 그는 냄새를 잘 맡았다. 나는 그가 미웠다. 그는 그의 어머니를 살살 긁어서 돈을 탔고, 그의 기분을 높여서 자기가 필요로 하는 것들을 챙겼다. 그는 어느 날 대학원에 진학했고, 형 따라 고시공부를 했다. 그에게 공부는 취미가 되어갔다.

그때 새끼 곰인 막내는 고려대를 목표로 열심히 공부했다. 새끼 곰은 팝송을 좋아했다. 학교 갔다 오면 무조건 라디오를 붙들고 눈감고 팝송에 빠졌다. 새끼 곰은 묵직하고 착하고 순했다. 바위처럼 무겁고 조용했으며 사람들을 편안하게 했다. 막내 바로 위 형은 장난꾸러기 물개였다. 그가 가는 곳엔 항상 큰일이 생기고 일이 터졌다. 집 식구들은 그가 저질러놓은 잡일들을 처리했다. 그러다가 그는 군대에 갔고 집안은 조용해졌다. 진돗개가 된 둘째 형은 군대 제대 후 몇 년간 남의 살이를 하다가, 이제는 자기 사업을 만들어보려고 남의 사업장을 배회했다. 그는 큰 사업을 벌여보고자 노력했다.

추운 겨울이 왔다. 새벽마다 타는 시외 통근버스는 내 발을 얼려 동상이 걸리게 했다. 난방 없이 한 시간 이상을 타야 하는 것이 안쓰러웠던지, 휴가차 오는 길에 남편은 육 개월 모은 월급으로 털 부츠를 사왔다. 그날이후 시어머니는 식음을 전폐했고 잘못 키운 아들을 한탄했다. 그 후 아들은 석고대죄로 어머니에게 빌며 읍소 대작전을 벌였다. 그동안 집안은 쑥대밭이 됐다. 다시는 아무것도 사오지 말라고.

그 이듬해 애를 가졌다. 입덧이 심해서 학교 가기가 힘들어 친구와 자취를 했다. 입시학생 담임이었다. 학과목 담임에게 서점에서 선물을 자취집으로 보냈다. 때마침 시어머니가 자취집을 방문했고, 집에 선물이 있는 걸 보고 화가 나서 집으로 되돌아갔다. 부대에 있는 아들을 불러 네가 그럴 수가 있느냐고? 어찌 어미를 보러 오지 않고, 제 어미나이만 보고 갔다고. 그는 그렇게 마구잡이로 그의 아들을 닦달했다.

나는 서서히 그의 방식대로 길들여져갔다. 그가 윽박지르면 모든 아들들이 어머니 "왜 이러세요? 우리가 잘못했어요. 참으셔요" 하듯이 나도 똑같은 방법으로 그렇게 해야 했다. 내가 뭘 잘못했지? 잘못한 게 없는데? 그래도 집안이 조용하려면 그렇게 하는 것이 마땅한 것이라고. 나는 계속 부당한 삶을 살아가는 것이 싫었다. 이것은 합당하지 않다고 생각했다.

*

2015년 3월 말. 우리 집 뒷산에 있는 몽마르트르 언덕(공원)을 산책했다.

오후 네 시쯤이었는데 사람이 많았다. 프랑스인이 많았다. 그들은 어른과 아이가 한 데 어울려 잔디 위에서 축구를 했다. 덩치 큰 아빠와 어린 아들이 축구공을 패스하며 상대편을 공격했다. 달리기 할 수 있는 부드러운 트랙 길은 붐볐다. 걸어가는 이, 뛰는 이, 강아지와 놀면서 함께 걷는 이, 아기 손잡고 아장아장 걷는 이 등으로. 그날 나는 글을 쓰고 싶었다. 글을 쓰다가 눈이 뻑뻑하고 아파서 눈동자를 굴리며 눈 운동으로 치유하려 애썼다. 남편의 구속 사건으로 이미 마음의 상처가 있었다. 주체할 수 없는 빈 공간을 채우고자 애썼다. 많은 잡념이 머릿속을 채웠다. 막내딸이 심한 말로 공격해오며 싸우던 것들이.

엄마는 아주 강하고 거센 캐릭터라고. 아빠도 물론 강한 캐릭터고. 자기는 엄마가 싫었다고. 엄마의 삶은 스스로 불행했음을 느끼게 했다고.

그의 말은 사실이었으리라. 공격하는 말은 나에게 상처가 됐다. 젊어서 나는 최선을 다해서 교육과 삶을 위해 헌신했다. 그러나 그에게 나는 나쁜 엄마로 그의 머릿속에 새겨졌다. 후회하지는 않았다. 오롯이 경제를 살려 내 책임을 완수하려 애썼을 뿐이다. 자식 교육을 최대 목표로 하여 살아왔다. 그렇지만 그 목표 달성을 했는지는 모르지만, 그들은 나에 대한 반항으로 나를 공격했다. 엄마의 책임과 요구가 그들에게 악행을 요구하는 못된 어미로 그들의 가슴속에 자리 잡게 됐다.

나는 생각했다. 그들의 존재가 내 삶을 확장하게 하려 애썼다고. 그의 말은 실망이 컸었다고. 무엇하러 자식들을 애써 키우겠는가. 우리 세대는 부모가 지랄망둥이 어미라도 감사하고 고마워해야 했다. 그런데 지금은 공주처럼 대접하지는 못했어도, 최선을 다한 우리를 자식들은 오히려 공격하고 험담으로 우리를 죽이듯이 뭉갰다고. 그들을 통해 우리는 말할 수 없는 허망과 헛짓으로 그들을 키웠음을 자각했다고.

나는 다시 나 스스로 반성했다. 무엇이 잘못된 것인가? 일단 내가 그들을 잘못 키운 탓으로 생각해야 할 것이다. 서른다섯까지 결혼 못 한 작은 애에 대한 나만의 생각을 재정립할 필요가 있는 것이다. 내 삶이 다하고 끝났을 때 그애를 어쩔 것인가? 걱정했던 것들을 모두 버리기로 했다. 부모에 대한 적개심과 공격이 이제까지 먹여주고 입혀주고 공부시킨 결과인 것인가? 이것은 아니라고. 이제 더욱 정신을 바짝 차리고 삶의 독립을 선언해야 할 것이라고. 네 삶은 너이지 내가 아님을 인식시킬 필요가 있는 것이다.

올해 그가 결혼하지 못하면 분명 독립을 시켜야 한다고. 스스로 살아내는 힘을 기르게 할 필요가 있다고. 한 집에서 함께하는 것은 서로에게 상처 주고 공격할 일밖에 없음을 자각해야 한다고. 시어머니도 일찍이 이별을 선언한 일이 잘한 것이고. 친정어머니 역시 마찬가지로 독립적 삶을 살아가는 것이 성공적 삶이라고 강조한 것이 잘한 것이다. 이제 어차피 우리는 죽을 때까지 각자의 삶을 살아가는 것임을 우리는 깨달아야 할 것이다. 백세 노모가 팔십 세 치매 아들을 건사하며 불행히 살아가는 시대가 됐다.

복잡한 생각과 부정적인 생각은 나를 더 나쁜 곳으로 빠져들게 했다. 이것은 아니라고 나를 부인하면서 긍정 쪽으로 방향을 전환하려 애썼다. 그렇게 최선을 다하는 것이 나의 임무고 책임이었다. 지금까지 아무 도움을 받지 못했다. 차라리 내가 도움 주는 길을 선택하리라. 자식이라고 별

수 없는 것이다. 그들 역시 자립하지 못한 존재일 뿐이었다. 제 스스로 어떤 처지인지 모르면서 공격하는 존재를 어떻게 이해할 것인가? 그들과 서로 타협하면서 깊은 경제적 관련을 맺지 않도록 하는 것이 최선의 방법일 터였다.

만일 아들이었다면? 그것도 백수의 아들을 데리고 산다면? 더 큰 문제일 수밖에 없을 것이다. 부모를 더 공격하며 돈에 대한 그들의 생각으로 악행을 저지를 수도 있는 것이다.

*

모두를 내려놓자. 좀 더 현명해지도록 노력하자.

삶을 되돌아볼 때 전방의 생활은 편안했다. 오랫동안 꽉 짜인 학교생활과 시어머니의 시집살이는 결코 쉽지 않았다. 시어머니의 이상한 게임은 나를 힘들게 했다. 그는 수시로 그의 생각, 그가 가진 특별한 규범에 맞지 않으면 면전에 놓고 공격했다. 나의 죄는 남편의 죄가 됐다. 난 내 죄를 몰랐다. 사소하고 미묘한 잘못이 죽을죄가 됐다. 그는 스스로 노발대발 소리쳤고, 스스로 죽을 것처럼 난리치며 눕는 몸짓으로 식구들의 구원 요청을 청했다. 온 아들이 달려가서 그를 위로하며 어머니라면 죽어주는 효도의 모습을 보였다. 그때 그는 그에 대한 만족감으로 용서해주겠다고 했다.

그는 적절히 때가 되면 아들을 닦달했다. 아들이 그렇지 않다고. 사실이 아니라고. 그는 온갖 부적절한 용어로 아들을 공격하며 나를 길들였다. 그는 공격을 즐겼다. 공격하는 것이 버릇이 됐다. 나는 그가 무서웠다. 학부형 천오백 명보다 그가 제일로 무서웠다. 나는 차츰 그를 보면 주눅이 들었고, 그의 입에서 또 어떤 말이 나와 나를 괴롭힐 것인가 무서웠다.

그는 자기중심적 생각에 스스로 옳고 바르다는 철학을 몸속에 저장한 사람이었다. 그의 말은 무조건 옳아서 모두가 따라야 했다. 그는 자신에 대한 신념이 강했다. 그러나 타인들은 그를 이해할 수 없었다. 그의 길은 그만이 가는 길인데, 모든 가족이 그 길로 가지 않으면 큰일날 것처럼 되었다.

나는 딸아이의 행동이 어쩌면 그렇게 시어머니의 행동과 똑같이 나타날까 하는 생각이 들었다. 딸아이는 항상 말했다. 자기는 할머니와 다르다고. 그렇지만 그를 아는 가족들은 그가 이상한 시어머니 DNA를 꼭 닮았다고 했다. 딸은 나를 공격했다. 엄마가 착한 며느리 증후군이라서 공격당했다고. 왜 바보같이 그러냐고. 자기는 그런 처지면 이미 이혼했다고.

딸의 공격을 받으며 무한정 속상할 수만은 없었다. 긍정적으로 이해하고자 애썼다. 제아무리 나를 공격했어도 나는 차라리 강한 어미로 강하게 상처를 준 시어머니가 낫다고. 약한 모습으로 나약하게 그러면서, 따뜻한 사랑이 많은 어머니들은 결국 무능한 어머니의 모습이었을 것이라고. 둘 다를 가질 수는 없는 것이다. 둘 중에 하나를 겪어야 한다면, 차라리 지금까지 살아온 내 모습에 찬성하고 싶었다.

나는 당당한 모습으로 누구에게나 피해를 주지 않으려 애쓰며 살았다. 그것이 진정한 나의 모습이고 나의 색깔이었다. 그런 생각을 통해 나의 삶의 질을 높이고, 생활의 품격을 확장시키며, 창조적 생활을 더 신나게 멋있게 할 수 있었다. 딸의 공격에 나는 반성하지 않았다. 네 삶은 네가 살 것이고, 내 삶은 내가 주인으로 내 맘대로 살아갈 것이라고.

남편은 확고했다. 그는 강직했다. 매사가 딱 부러졌다. 그는 속마음으로 나를 학교 교직에서 떠나게 하려고 굳게 맹세했다. 그 다음 해 봄, 그는 나에게 사표를 쓰라고 했다. 나는 미련 없이 사표를 썼고, 그를 따라 전방으로 갔다. 그때 이미 큰애가 백일쯤 되었다. 전방의 생활은 편안했다. 따뜻한 남쪽 끝 해안은 남의 나라였다. 세 들어 사는 집은 이층집이었다. 이제 막 새로 지은 집이라 깨끗했다. 위층은 주인 세대가 하늘과 바다라는 두 어린 아들을 데리고 살았다. 남편은 뱃사람이었다.

해군 장교인 남편은 퇴근 시간이 정확했다. 그가 오면 시간은 거의 오후 5시 조금 넘어 있었다. 아침이 되면 출근했다. 옆집 돌 지난 아들 준을 담벼락에 올려놓고 그 엄마는 우리를 불렀다. 나는 큰딸 L을 안고 담벼락에서 손을 잡히며 인사를 했다. 그네 집은 우리 집의 동쪽에 붙어 있었다. 뒷집은 골목길을 사이에 둔 집으로, 우리 집과 같은 모양의 새 집이었다. 그 위층에 태화네가 세 들어 살았다. 태화는 우리 애와 같은 나이였다. 우리 집 대문과 나란히 문이 이어진 그 집은 서쪽에 있었다. 그 집 아들은 a였다. a도 우리 아기와 같은 달에 태어났다.

그 동네 여러 명의 아기들이 옹기종기 모여 살았다. 고향도 제각기 달랐다. 서울, 대구, 진주, 청주 등이었다. 직업도 제각기 다른 군인, 대한통운, 군무원, 여행사 등. 우리는 수시로 모이고, 수시로 만났다. 회사 관사인 c네는 집이 넓었다. 그 집에서 우리는 우리끼리, 애들은 애들끼리 모이고 만나서 잡담하며 놀았다. 아기가 커서 아장아장 걸을 때 c네 꽃밭과 마당이 애들의 놀이터가 됐다.

어쩌다 a네 집을 들르면, 매실주가 벽 쪽에 진열돼 있었다. 깨끗이 정리 정돈되고 흐트러짐이 없었다. 소박한 시골 아낙의 살림 솜씨가 보였다. 방 두 칸이 길게 이어지고 부엌이 달린 집으로, a네 소유였다. 그와 같은 형태로 그 옆집도 있었다. 나이가 좀 든 여자였다. 그는 a네와 친했다. 그는 항상 얼굴을 가리고 살았다. 언뜻 보면 얼굴이 흉상으로 보였다. a네가 설명하길, 둘째를 낳고 끓는 솥이 있는 부엌에서 어지럼증으로 얼굴을 데었다고 한다. 너무 흉해서 볼 수가 없었다. a네와 유일하게 친했다.

우리 앞집은 야트막한 회벽을 사이에 두었다. 집주인의 나이는 우리 또래보다 훨씬 많았다 내가 거실 창을 열면 그 집 사람들 모습이 담 너머로 어스름히 비쳤다. 어느 날 거실 창을 열면서 깜짝 놀랐다. 담벼락 너머에서 나이 든 아저씨가 발가벗고 집을 돌아다녔다. 아니 이럴 수가? 나는 얼른 눈을 감고 창문을 닫았다. 이쪽 지역은 그런 것인가? 그 후 어쩌다 부딪히면 웃통은 항상 벗고 있었다.

봄기운이 가득해지자 집집마다 분주했다. 통장님이 집집마다 사람을 불렀다. 그 지역은 새 봄이 오면, 시를 위해 부역을 해야 한다고 했다. 이해할 수 없지만 이해해야 했다. 아기를 업고 길거리 청소를. 온 곳에 꽃이 폈다. 특히 벚꽃이 시가지를 온통 새하얗게 단장했다. 길거리 축제가 시작됐다. 남편이 퇴근하고 저녁 식사를 한 후, 한가로이 함께 온 시가지를 산책했다. 관광객이 떼 지어 몰려왔다. 볼거리가 많았다. 축제를 따라 그들과 함께 즐겼다. 집집이 친척들이 몰려왔다. 모두가 바빴다. 축제는 길었고 사람들은 시간가는 줄을 몰랐다.

위층에 살던 주인 세대가 다른 곳으로 이사 가고, 새댁이 새로 이사 왔다. 우리 첫애와 같은 나이의 아기인 순이가 있었다. 순이네는 부부가 시장에서 장사를 했다. 가끔 얼굴만 부딪혔다. 시간은 스멀스멀 지나갔다. 딸 L은 백일 지나 기었고, 엄마 찾아 이곳저곳을 배밀이로 기면서 목욕탕 세숫물에 빠져 죽을 뻔한 일로 가슴을 쓸어내리게 했다. 보행기로 달리다가 벽을 짚고 따로따로 섰다.

시어머니는 이것들이 어떻게 사는지 보러 시찰 왔다. 그가 볼 때 우리는 너무나 평화롭게 잘살고 있다고 가면서 그는 말했다. 군인 봉급이 적어서 조금씩 보태주기로 한 것을 없는 것으로 하겠다고. 나는 어이가 없었다. 남편의 봉급은 사만 원쯤. 나는 서서히 돈의 귀중함을 이해하기 시작했다. 그 봉급은 아기 우유와 쌀값에 적합했다. 그동안 젖을 먹였는데 내가 몸이 허약해지면서 몸이 아팠다.

의사가 젖을 떼라고 했다. 육 개월이 넘어 괜찮다고. 젖을 떼면서 아기가 들어섰다. 나는 걱정했다. 첫애가 딸인데, 만일에 다음에 아들이 아니면 아기를 또 낳아야 한다고. 남편은 장손이기 때문이다. 우연히 새댁끼리 점집을 찾았다. 나도 궁금했다. 돌아가면서 점을 쳤다. 나는 내가 가진 아이가 딸인지 아들인지 묻고 싶었다.

점쟁이는 내 사주를 보고 말했다. 당신은 복을 입을 것 같다고. 복을 요? 누가 죽어서 내가 소복을 입는다는 것이다. 그때 할아버지, 할머니가 있었기 때문에 그럴 수 있다고. 그리고 내가 가진 아이는 딸이라고. 나는 난감했다. 그럼 수술을 하고 아들을? 집으로 돌아왔다. 남편에게 사실을 설명하자, 남편은 완강히 거부했다. 걱정 말라고. 아기는 낳는 대로 끝이라고. 수술은 죄짓는 일이라고. 못할 짓이라고.

*

2015년 10월 10일. 나는 결혼 못 한 딸과 싸워야 했다.

딸은 35세. 그는 요즘 살을 빼고 있다. 덩치가 산만 했고, 허벅지가 굵어 돼지 몸통만 하다. 그의 말은 항상 가시가 돋쳐 있었다. 그에게 불리한 말 한마디. 곧 그로부터 직격포를 받았다. 나는 자주 그에 대한 불만이 쏟아졌다. 이 문제가 언제 해결될지 몰랐다. 어미로서 최선을 다할 뿐이다. 나 같은 부류의 사람이 얼마나 많겠는가?

도서관에서 우연히 펼쳐진 책 한 권. 그곳은 독일. 그곳도 시집 못 간 딸아이에 대해 엄마가 별난 크리스마스 잔치를 열며, 짝을 붙여주고 싶어 안달이 나 있다. 지금 세계의 어머니는 딸을 시집보내고자 애쓰고 있는 것이다. 어느 중국 엄마가 등에 딸 사진을 붙이고 딸의 짝을 찾고 있다. 나 또한 그런 짓을 하고 싶었다. 어제 저녁 새벽 한 시 반, 잠은 오지 않았다. 딸아이의 일생을 걱정했다. 나를 자책하며, 내 삶은 내 것이고 딸의 삶은 딸의 것이라고,

아침에 큰애한테서 전화가 왔다. 애들과 함께 놀이동산 가자고. 작은딸은 좋아서 그러라고 했다. 난 속이 탔다. 언니 인생에 꼽사리 끼지 말라

고. 네 인생을 살라고. 그는 아무렇지도 않았다. 그는 비경제적이었다. 그는 밥충이었다. 사회가 그런가? 내가 뭘 잘못했나? 대학 다녔으면 무슨 소용이? 영어를 잘하면 뭘 할까? 생산적 사람이 못 됨은 마찬가지. 교육을 잘 시켜 좋은 직장을 다니다가 좋은 신랑감과 결혼해서 오순도순 행복하게 사는 것이 최대의 행복이며 꿈이었다.

그런데 그와는 정반대다. 대학 졸업까지는 그런 대로. 취업이 안 됐다. 계속 취업에 애쓰다가 시원찮아 결국 낙오자로. 언니 회사의 일원으로. 비경제인으로. 그는 그렇게 살아왔다. 부모의 등을 업고 기생충의 달인으로. 학창시절처럼 해놓은 밥에 반찬, 빨아놓은 빨래. 청소도 내가. 그는 영원한 백수 공주. 그래서 가끔 나는 그를 향해 핵폭탄을 날렸고, 서로 몸싸움까지 하며 짐승처럼 싸웠다. 우리는 인간이 아니었다. 그곳엔 인격도 교육도 없었다. 으르렁대는 사나운 짐승일 뿐이었다. 그래도 그는 결혼하고 싶어 했다. 언니와 엄마가 행복하게 살아가는 모습을 그는 잘 알았다.

그에게 많은 사람을 소개시켰다. 아는 사람 모두에게 세일을 하듯 엄마의 책임을 다하려고 애썼다. 가에게, 나에게, 다에게, 라에게 마에게. 아는 모든 이를 통해서 김 씨, 박 씨, 이 씨, 곽 씨, 송 씨, 추 씨 등을 소개했지만, 소개는 소개로 끝났다. 이제 그는 선보는 달인이 되어갔다. 남자가 마음은 착한데 너무 고집이 세서, 부자로 못 살 것 같아서, 남을 헐뜯어서, 부정어만 사용해서, 약속 시간을 어겨서, 태도가 불량해서…; 등을 토달며 거절했다. 그는 결혼할 자세가 아니었다. 나는 한숨을 쉬었다. 과연 결혼이 가능할 것인가? 언제까지 딸애와 싸우며 살 것인가? 역발상으로 미리 결혼하지 말라고? 그것이 더 쉬운 일이었다.

큰딸에게서 문자가 왔다. 자기 아기 예쁜 사진 봐달라고. 사진이 예쁘구나. 이번에는 네 동생 좀 달래서 시집 좀 보내 보자고.

그는 처음 선볼 때 남자가 좋아하면 무조건 결혼하겠다 했다. 그런데

선을 보면 볼수록 타박만 했다. 그는 부처님과 예수님을 찾는 것 같았다. 서른 넘어 이제 반올림하면 사십에 가까운 중년이 된 것이다. 그는 항상 공주님이 되어야 했다. 상대편은 항상 왕자님이 되어야 했다. 그들은 만나면 모두가 저 잘났다 하고, 자기만 쳐다보라 했다. 선본 둘은 헤어지면서 서로를 욕했다. 그들은 영원한 평행선일 뿐이었다. 나는 그를 보면 화통이 났다. 왜 그러냐고. 좀 참아보라 했다. 선보는 놈들은 그놈이 그렇고 요놈이 그런 거라 했다. 그도 성자가 아니면서 공주를 보필하는 왕자를 찾는다는 것은 잘못이라 했다.

언니랑 즐겨 놀아 시집갈 생각을 하지 않는다고 딸을 욕했다. 요즘 나는 너 때문에 화통이 일어나서 잠을 잘 수 없다고 욕했다. 내가 미리 죽겠다 했다. 내가 죽으면 너희들 힘들 것이라 했다. 육십 중반이 넘으려니 눈 시려서 볼 수가 없다 했다. 숨쉬기도 거북하다 했다. 환절기 기침과 허리 통증이 힘들다 했다. 언제쯤 서울을 떠나야 하나 생각하고 있다.

큰딸은 "네, 알겠습니다. 지금 두꺼운 살이 좀 빠지고 있습니다. 대인관계 기피증을 회복하고 있습니다. 자기가 꼭 결혼시켜 보겠습니다. 걱정하지 마세요" 한다. 다른 집 사위들도 그렇고 그렇게 모두가 잘살아간다 했다. 그렇게 모두가 맞춰서 잘살아가는데, 왜 걔는 그런 것이냐 했다. 예부터 정자 좋고 물 좋은 곳은 없다 했다. 처음에 공주가 왕자를 맞춰주어야 한다 했다. 그럼 아기 둘 낳으면, 왕자가 공주를 맞춰줄 것이라 했다.

- 알겠어요, 알겠어요.

*

남편은 술을 좋아했다.
전방에서 처음 신혼생활 할 때 나는 일주일에 두 번 정도 저녁 반주상을 차렸다. 그곳은 수산물이 많았다. 시장에 가면 저렴하게 뱀장어, 미더덕, 조개 등을 살 수 있었다. 뱀장어회에 상추 깻잎을 상차림으로 했다. 초보 주부라서 음식 만드는 일이 서툴렀다. 옆집 준이 엄마가 하는 음식을 따라 했다. 그는 도라지 무침을 잘했다. 도라지를 사서 소금을 넣고 주물러 씻었다. 아린 맛이 가셨다. 거즈에 꼭 짜서, 그 위에 오이를 종이 두께처럼 얇게 저며서 넣었다. 다시 고춧가루를 넣고, 식초 설탕과 깨소금으로 적당히 간을 맞췄다. 그 요리를 처음으로 배웠고, 열심히 해서 먹었다.

서서히 아이 키우며, 동네 새댁들과 어울리며 적응해갔다. 시가지 주변에 집집이 문틈으로 안채집이 보였다. 집들은 목조 건물에 정원이 넓은 일본집들이 많았다. 일본 사람들이 그곳에 살다가 해방이 되면서 일본으로 사라진 곳이었다.

해변 가는 군부대가 자리했다. 해군과 관련된 곳이 많았다. 민간인은 출입이 통제됐다. 우리는 뒷산 꼭대기에서 바다를 봤다. 넓고 푸른 바다 위에 점점이 작은 섬들이 줄서 있었다. 민간인이 바다와 친숙할 수는 없었다. 해군과 해병들이 바다를 지켰고, 해양학교들이 바다를 차지했다. 그래도 외국 선박의 출입이 있었는지 시장 한쪽에서 양키 물건을 팔고, 각종 외국 물품들이 꽤 많았다. 그 물건들은 비쌌다. 커피 잔을 사고 싶어 가격을 물었다. 남편 한 달 치 봉급보다 비쌌다.

어느 날 고종 사촌 언니가 우리 집을 방문했다. 언니는 선글라스를 쓰고, 자가용을 몰고 왔다. 동네 사람들은 그를 특별하게 봤다. 그는 남보다 화려했다. 매사에 독특했다.

- 애, 난 커피 잔은 코렐이 제일 좋더라?
- 그 잔에 먹으면 커피 양도 충실하고 맛도 좋아.

그는 미제를 선호했다. 미제 그릇은 가볍고, 얇으며, 잘 깨지지 않는다고. 나는 그것이 비싸서 감히 엄두도 낼 수 없음을 알고 관심조차 두지 않았다. 그는 산 너머 남쪽 지방으로 이사 왔다. 수시로 우리 집에 들렀다. 한 번은 위층 가족이 시골에서 가져온 쌀을 우리 집에 맡겼다. 그는 그 쌀을 우리 것인 줄 알고 가져가버렸다. 돈을 물어줄 요량으로. 나는 황당했다. 결국 그 물건을 다시 사서 돌려주어야 했다. 그 당시엔 아직 아파트 문화가 형성되지 않았다. 그는 서울에서 오래 전에 아파트에 살았고. 남쪽으로 이사 오면서 아파트로 이사했다. 그는 내 생각에 상류층 사람이었다. 그가 하는 일, 하고 있는 일들은 나와 거리가 있었다.

그는 자기 쓰는 것에 충실했다. 나는 주변 사람들, 가족, 친척 등에 신경 쓸 일이 많았다. 더 쓸 만한 돈도 없지만. 그 언니의 엄마인 내 고모는 나를 사랑했다. 무엇이든 주고자 노력했다. 딸이나 아들이 쓰던 물건들을 챙겨주었다. 그들이 쓰던 스케이트를 나에게 주었을 때가 제일 기뻤다. 언니네 집에 서울 고모는 자주 들렀고, 우리 집에도 들렀다. 우리는 만나면 만두를 해먹었다. 밀가루 반죽을 했고, 부추에 돼지고기를 갈아 넣고 온갖 양념을 해서 밀가루 반죽에 소를 넣어 만들었다. 남편과 형부와 언니는 소주 한잔씩을 곁들였다.

내가 아이를 업고, 기저귀 가방을 어깨에 짊어지고, 남편을 데리고 그의 집을 방문했다. 그곳에 온 고모가 한마디 했다.

- 아니 자네가 아이를 안든지 가방을 들어야지. 그렇잖아도 작은애를 가졌다면서. 남자가 도와줘야지.

그 후 남편은 아이를 안고 나들이를 함께할 수 있었다. 만일 시어머니가 본다면 큰일 날 일이었다. 시어머니의 강압적인 집안일들. 무슨 사내가 집안일을 하느냐고 난리 치던 것들은 이곳에서 물러나게 되었다. 그 시대, 아직 1970년대 끝자락은 남녀의 역할 분담이 미비했다. 여자가 바깥일을 해도 집안의 모든 일은 여자의 책임이 됐다. 사회 일을 하되 집안일을 철저히 해야 하는 슈퍼우먼만 허용되는 시기였다. 그렇지 못하면 불량 며느리로 취급했다. 지금은 상상할 수 없는 일이다.

가끔 시내는 떠들썩했다. 배가 들어와서 뱃사람들이 시내로 들어온 것이다. 음식점마다 사람이 가득 찼다. 그곳에 해군들이 바다에서 오랜만에 들어오면 더욱 시끄러웠다. 시가지가 온통 술과, 음식, 사람들로 가득했다. 나는 가끔 제과점에 들러 하얀 '앙꼬'가 든 도넛을 먹고 싶었다. 처음 이곳에 와서 먹었던 생생한 하얀 앙꼬 도넛 맛이 지금도 나를 행복하게 했다.

그곳은 아구찜이 유명했다. 허름한 초가집에 많은 선원과 수병들이 줄지어 섰다. 커다란 함지박과 소쿠리에 꾸들꾸들 말린 아구가 그 식당 주변에 널려 있었다. 큰 냄비에 아구를 볶다가 삶은 콩나물을 넣고 매운 고춧가루와 양념으로 간을 하고, 찹쌀 전분으로 무친 다음, 마지막에 미나리를 넣어 버무려 접시에 담았다. 입에 넣으면 너무 매웠지만, 묘한 매력이 있었다. 담백하고 깔끔했다. 눈물 흘리도록 매워하며 흰쌀밥에 곁들이면 최고의 음식이 됐다.

*

아침에 몽마르트르 공원에서 산책을 했다.

나는 모 자동차회사의 배출가스 조작에 대해 말했다. 남편은 경쟁 회사가 언론 플레이로 그들 회사를 죽이는 게 목적일 것이라 했다. 나도 그쪽에 심증이 갔다. 경쟁 회사는 상대편 죽이기에 혈안이 되어 있었다. 남편도 이미 그렇게 당했고, 죄 없는 사람을 죄 있게 해서 검찰이나 법원 쪽에 업적 있는 존재로 만들었다. 사실이 어떨지 모르지만. 미국은 독일을 죽이기에 앞장선 것으로 보였다. 달러 가치는 하락하고 유로화가 상승하면서 나타나는 그들만의 부작용에 대한 방책으로 비쳤다. 사람들은 언론 플레이를 해서 개인과 회사, 나라까지 공격했다. 우리는 어디가 진실인지를 알기 어려웠다. 당해본 사람들은 그렇게 당해서 자기 인생을 죽였다.

이제 우리는 조용히 사회와 멀리 떨어져서 자연과 더불어 사는 방법을 연구할 터였다. 마음을 내려놓고 내가 진정으로 하고 싶은 일들을 하는 것이 우리 인생의 마지막 길일 것이라고 남편은 계속 강조했다. 내가 산 물건이 삼십 년 넘게 손해 본 물건들에 대해 좀 더 나은 파생 상품으로 교체하는 것을 반대했다. 그동안의 물건들로 충분하다고. 그냥 만족하라고. 더 이상의 욕심을 부리면 또 다른 피해를 가져올 수 있다고. 사람들은 내가 가진 물건에 대해 시기하고 질투할 수 있다고. 그들은 우리를 언론 플레이로 죽일 수 있다고. 그들이 노력하지 않은 것은 상관없고, 남이 더 많이 가진 것은 용서할 수 없다고.

지금 사회는 자연스럽지 못했다. 어떡하면 상대방을 죽일 수 있을까? 그들을 죽이고 더 많은 이익 위에 자기가 앉을 수 있을까? 그것이 그들의 관심이었다. 나는 회사 경영하는 일이 무섭다. 아무리 창의적이고, 독창적이며, 경제성이 있어도, 어느 때 어느 놈이 시기와 질투로 그 회사를 집어 삼킬지 몰랐다.

그래도 나는 주식 사듯 스스로 내가 필요한 물건을 샀고, 필요할 때 내 맘대로 그 물건을 팔면 됐다. 이익이 있으면 있는 대로 없으면 없는 대로. 어느 누구가 제재하고 견제할 수 없었다. 시장의 원리에 따라 나 스스로 결정해서 사고팔면 됐다. 그런 일이 자유가 돼서 좋았다. 어언 육십 중반이 됐다. 이제 정말로 진정한 내 삶을 찾고 싶다. 경제의 자유, 행동의 자유, 즐김의 자유.

육십이 넘으면 인생의 황금기로 매사가 매끄럽고 순탄할 것이라고. 그러나 인생은 그렇지 않았다. 육십이 넘어서도, 아니 죽을 때까지 인생은 쉽지 않은 것이라고. 우리가 더 많이 가진 것처럼 보이면, 주변 사람들은 또다시 시기하여 우리를 죽이고자 한다. 우리는 모든 것을 버리자고. 욕심과 욕망을. 더 이상 아무것도 없음을 보이자고. 마음을 비우고, 몸을 비우며. 나를 돌보자고. 또다시 죽음을 초래해서 힘들지 말자고.

그날 저녁 〈늑대와 춤을〉이라는 영화를 봤다. 예전에 봤지만 기억이 없었다. 주인공 이름이 인디언어로 '늑대와 춤을'이었다. 그들의 언어가 의미심장하고 재미있었다. '열 마리 곰'인 추장 '발로 차는 새' '주먹 쥐고 일어서'. 그들의 이름 속에 영혼이, 자연이 보였다. 그들은 용기 있고 의리가 있으며, 인간 본연의 본능이 살아 있었다. 그들의 본성을 나는 존경하며, 그들이 그리웠다. 현대인들이 잃어버린 본능을 그들에게서 찾을 수 있었다. 그들은 정말 살아 있는 인간처럼 보였다. 도시의 인간들은 죽음의 인간, 회색 빛깔 인간으로 비쳐졌다. 내 가슴속에 인디언의 따뜻한 피가 스며들어 좋았다.

*

둘째는 배 속에서 무럭무럭 자랐다.

둘째가 딸이라도 우리의 숙제는 끝이라는 남편의 생각에 따라 변하지 않을 것이라는 기대 속에서(시댁에서는 남편이 장남으로서 꼭 아들을 낳아야 한다는 의식이 강했다). 첫째는 성장이 빨랐다. 돌 전에 걷고 뛰었다. 그는 부산했고, 산발적인 탈이 생겼다. 뒷집 이층에서 자전거랑 굴러떨어졌다. 머리가 터져서 피가 분수처럼 솟았다. 경황없이 들쳐 메고 큰길로 나와서 택시를 불렀다. 택시는 태워주지 않았다. 나와 그가 피범벅으로 핏물이 흘렀다. 뛰어서 병원으로 향했다. 터진 구멍을 메우고 꿰맸다.

그 후 그는 자주 병원에 갔다. 터진 곳은 다시 또 터졌고, 감기가 걸리면 숨통이 막혔다. 그 집의 내력은 기관지가 약했다. 숨을 못 쉬니 처방하기가 힘들었다. 한밤중에도 소아과를 가야 했다. 감기가 잔뜩 들어 혼수상태가 왔다. 남편은 이미 출근했고, 아이의 상태가 심각해서 응급실로 갔다. 남편을 소환했다. 급히 온 남편과 나는 의사의 처방을 바랐다. 의사는 이제 막 돌 지난 아이를 벌겋게 옷을 벗겨 얼음 위에 궁굴렸다. 아기는 발발 떨었고, 버러지처럼 오그라들었다. 그는 그애를 이리저리 뒤적이며 얼음 위로 몸을 펼쳤다. 의사는 나를 바깥으로 내쫓았다. 나는 계속 울었고, 어찌할 수가 없었다. 한참 후에 남편이 나왔다. 큰딸을 포기하자고. 그렇게 각서를 썼다고. 우리는 한참을 그렇게 그곳에서 서성댔다.

그리고 얼마 후 큰딸이 깨어났다. 그리고 그는 살았다. 열도 식고, 물을 찾았다. 곤혹 속에 인생이 있었다. 집으로 돌아왔다. 산 넘어 큰 병원으로 가서 큰딸을 다시 진찰했고, 그곳에서 다시 치료가 시작됐다. 그들은 변명도 몰랐다. 그가 깨어나자 뇌파검사가 진행됐다. 뇌파검사를 한 달 내내 했다. 나는 배가 불러왔고, 등 뒤로 큰딸을 업고 초만원 시내버스를 타고 굽이굽이 산꼭대기를 넘어 큰 도시의 종합병원을 다녔다. 혹 큰딸의 뇌가 잘못되어 불구자가 될까 봐 노심초사로.

여러 달 동안 검사와 치료를 마쳤을 때 우리는 산 중턱의 작은 아파트로 옮겼다. 해가 바뀌고 아직 쌀쌀한 봄바람과 봄 향기가 그득했다. 산언덕에 작은 봄나물이 솟았다. 멀리 내다보이는 바다와 조그만 시가지가 우리를 행복하게 했다. 시간은 빠르게 지나갔다. 둘째가 힘들었는지 나를 이탈하려는 조짐을 보였다. 결국 친정으로 피난하여 조산하지 않도록 애썼다. 그가 태어나자마자 집으로 왔다. 집에 왔을 때 우리에게 귀중한 물건들을 모두 도둑맞았다. 카메라, 녹음기 등 필요한 전자제품은 모두가 사라졌다. 새롭게 장만하는 일은 쉽지 않았다. 그래도 걱정하는 일은 없었다. 있는 그대로 살면 됐다.

가끔 시어머니는 시찰 왔다.

시찰 왔다 가면 그는 심통이 일어났다. 어느 때 그가 왔는데, 큰딸 L을 위해 넣어주던 교육보험을 못 넣겠다고 했다. 너희들이 내라고. 교육보험은 그 당시 월 삼만 원. 우리 월급은 사만 원. 말이 안 됐다. 그러나 넣어야 했다. 또 어느 때 시찰 왔다. 그가 떠나간 후 그는 남편을 전화로 호출했고 그를 혼냈다.

- 네가 어찌 그러냐? 장남이면 동생 학비를 대야 하지 않느냐? 넷째 학비가 사십만 원이다.

남편은 괴로웠다. 어디서 학비를 구할 것인가? 그는 군인으로 밥 먹고 살기도 바빴다. 나는 친정에서 학비를 꾸었다. 그리고 남편은 그 돈을 어머니에게 부쳤다. 무엇인가 이치에 맞지 않았다. 이것은 아니라고 생각했다. 나는 애들에게 예방접종을 열심히 맞혔다. 애가 아프면 어찌할 수가 없었다. 탈이 생기면 면역성이 없는 아기들은 금방 죽어갈 것이다.

어느 날 고시 공부하는 시동생이 짐을 가지고 우리 집에 왔다. 보따리는 컸다.

- 형수님 저 왔어요.

- 네.

- 저 여기서 공부 좀 할까 해서요.

- 네.

그는 바다가 잘 보이는 방을 차지했다. 시어머니는 그에게 형수 집에 가서 조용히 공부하라고 했다. 아이 둘은 연년생으로 삐약삐약 울어댔다. 병원 갔다 오기가 무섭게 밥상을 차려야 했다. 그는 김치를 잘 먹었다. 수시로 김치 거리를 사다가 담갔고, 날마다 아기 목욕시키기도 쉽지 않다. 그는 계속 TV를 봤고, 슬슬 놀며 공부했다. 그의 애인도 들락거렸다. 그들에게 손님상을 차려야 했다. 연년생을 들쳐메고 상차림을 해줬다. 그가 하는 공부 태도는 그를 합격할 수 없게 했다.

그는 왜 그러냐고?

홍역으로 죽음을 넘어선 둘째 아이는 이제 시집을 가지 못해 내 속을 썩인다. 그의 나이는 어느덧 서른다섯. 더 늦으면 낙오자가 될까 봐 나는 심적 고통을 앓고 있었다. 노처녀의 히스테리까지, 그는 웬만한 일들에 위협적인 모습을 나타냈다. 나는 그를 보면 가슴이 아리고 숨이 멈췄다. 그가 혹 자신의 심리적 갈등으로 우울증을 일으키지 않을까? 그것을 방지하는 방편으로 나는 테니스 운동을 시켰다. 그에게 계속 레슨을 시켰다. 그는 공을 잘 쳤다.

아파트 단지 내 어머니들은 모임을 만들어 삼십 년 이상 테니스를 쳤다. 요즘 손자 봐주기, 무릎 수술, 부모님 봉양, 제사 등 다양한 개인적 사정으로 네 명의 운동 조가 쉽게 만들어지지 않았다. 이럴 때 회원들은 레슨하는 S를 불러 멤버에 채워 게임하기를 좋아했다. 그렇지만 그는 별반 좋아하지 않았다. 어느 날 그를 불렀다. 오지 않겠다는 애를 달랬다. 한번 해달라고. 그가 왔다. 그런데 오지 않겠다는 회원이 와서 인원이 채워졌다. 그가 당황해서 빠지려 했다.

그때 그 모임 회장이 초청한 자를 대우한다는 뜻에서 그에게 게임을 시켰다. 그는 온몸에 있는 심통과 위협적인 에너지를 밖으로 방출하며 게임을 진행했다. 나는 상대편에서 그를 보며 그가 못마땅하게 여겨졌다. 내가 싫은데 다른 회원도 그에게 좋은 감정이 일어날 수 없을 것 같았다. 그는 왜 평범하게 불편함을 적당히 참으면서 넘어갈 수 없을까? 싫으면 싫다는 것을 확실하게 표현하면서 상대방에게 자신을 드러내야 하는가? 사람들은 그래서 그를 피하고 어울리기를 꺼려했다.

그는 그 또래 애들과 소통하며 어울리지를 못했다. 물론 그에 맞는 장점도 많지만, 그의 반듯한 마음은 주장이 센 그쪽에 가려 부정적인 이미지가 더 도드라진 것이다. 나는 자주 그를 한탄하며 나무랐고, 우리 사이는 점점 더 벌어지고 있었다. 그는 아무것도 아닌 일에 자기주장을 강하게 세웠다. 나는 왜 그러냐고 자주 물었다. 그는 시비를 가리며 자기가 맞는다고 맞섰다. 물론 맞을 때가 많았다. 그렇지만 참아야 할 때가 더 많은 것이다.

어느 날 젊은 회원들, 그 회원 속에 작은딸인 S와 S의 언니, 형부도 끼었다. 그들이 한낮 동안 테니스 게임을 했다. 게임이 끝나서 짜장면 집으로 갔다. 인원이 많으니 미리 주문을 했다. 요리가 나왔다. 모두가 맛있게 먹었다. 짜장면도 함께 나왔다. 그래도 회원들은 먹었다. S는 식은 짜장면을 용서 못 했다. 그는 짜장면이 식었다고, 종업원을 불러 데워달라고 했다. 다른 회원은 대부분 식어도 먹었다. 그는 안 된다고. 결국 주인은 다시 짜장면을 만들어주었다.

- 그렇게 먹으니까 좋았냐?

나는 그런 S를 악동으로 말하고 싶었다. 그 악동이 시집가지 않고 평생을 모셔야 할 판이라고. 이제 서서히 헤어지는 연습을 해야 한다고. 제 아무리 결혼하고파 기도를 하면 뭣하냐고. 제 마음속 에고를 버려야 한다고. 제 싫은 점, 불편한 점 등을 참을 수 없어하면서, 선의의 뜻을 가진 남을 제 맘에 들지 않는다고 그는 공격했다.

- 악동은 어느 때까지 악동 짓을 할 것인가?
- 어쩌면 그네 친족의 할머니 씨를 빼닮았을고.

우리는 그가 미울 때 큰딸을 불러 욕했다. 그는 왜 그러냐고.

그는 사람 오는 것을 싫어했다. 외가든 친가든 그는 누가 우리 집을 점령하는 것이라 생각했다. 식구가 모여 어울려 잠자고 식사하지만, 그들 자체를 멀리했다. 제 방에 침입하는 자체를 금지시켰다. 중국에서 오는 조카들은 언니 눈치를 봤고, 그의 심기를 불편하게 하지 않으려 애썼다. 나는 가끔 어미로서 그와 싸웠다. 여기는 내 집이라고. 네 집은 아니라고. 남편은 둘이 치사하게 싸운다고 야단쳤다. 큰딸은 가끔 강조하며 말했다. 그래도 어쨌든 S를 꼬드겨서 시집을 보내보자고. 꼬드겨서 시집보내는 것이 우리의 임무고 책임이라고. 나는 심각했다. 계속 늦어지는 결혼에 조바심으로 심적 고통이 일어난 것이다.

*

시어머니의 생신은 자신의 욕망과의 투쟁이었다.

올해가 팔십오 세의 생일이었다. 작년에 둘째 아들네 집에서 잔치를 하고 싶다고 했다. 그러시라고 했다. 그런데 생일날쯤 그는 마음이 변했다. 생일잔치를 하지 않겠다 했다. 생떼를 치며 오지 말라 했다. 그는 생일날 당신 혼자 점심으로 냉면집에 가서 냉면을 먹고, 그곳에서 파는 불고기를 사왔다. 집으로 돌아온 그는 매사가 짜증스럽고 화가 났다. 직장 다니는 둘째네는 그를 어찌할 수가 없었고, 그가 무섭고 힘겨워서 남편 퇴근 시간을 기다려 회 거리를 사서 동서들과 함께 상차림을 하겠다 했다. 동서들도 그러겠다고 약속했다. 그날 저녁 동서들은 오지 않았다. 착한 표 둘째 며느리는 화가 났다. 갑자기 못 가겠다는 아랫동서가 밉지만, 책임을 다해야 하는 둘째네는 저녁상을 차려야 했다. 전화해서 시어머니는 하지 말고, 오지도 말라고 했다. 둘은 싸웠다. 가야 한다고, 그는 오지 말라고. 시어머니는 버티고 악을 쓰면서 자기의 심적 화풀이를 둘째네에게 쏟아냈다. 그래도 둘째네 부부는 시어머니 얼굴을 봐야 했기에 시댁으로 그냥 갔다. 그는 상차림하려 했던 돈을 달라고 했다. 그는 형제들이 모여 상차림 하려던 돈을 회수했고, 그가 사온 불고기로 식사를 하고, 부족한 것은 치킨을 시켜 먹었다고 했다.

그의 화풀이는 계속됐다. 왜 큰어미가 너에게 생일잔치 비용을 부쳐야 하나? 자기에게 부치라 했다. 그는 돈이 중했다. 새끼들보다 그는 돈이 더 소중했다. 그는 욕심이 많았다. 생일비용 따로 상차림 따로를 원했다. 그러나 자식들은 효도하기 힘들었다. 말단직 직장에서 생활비 따로, 제사비 따로, 명절비, 어버이날 용돈 비용, 생신비 등 다달이 부치는 비용은 컸다. 거기에 수시로 물가 상승비를 요구했다. 아무도 어머니에 대한 반란은 없었다. 나는 그 자식들이 불쌍했다. 평생을 어머니 그늘에서 힘 한 번 펴지 못하고 육십이 넘은 인생이 됐다.

각자의 가정적 리듬이 있고 배경이 있어서 불화 없이 살던 대로 그렇게 살아가는 것이 잘살아가는 일일 것이다. 그러나 나는 그들의 삶이 불쌍했다. 뭔가 자유롭고 독립적으로 자신의 활개를 펴지 못했음이 안타까웠다. 나는 그를 보면서 자식들이 항상 자유롭고 행복한 삶을 스스로 개척하기를 바랐다. 부모가 되는 내 입장을 죽이고 그들의 입장에서 잘살기를 바랐다. 어떻게라도 그들 스스로 행복했음을 인정하는 삶이 되게끔 도와주고 싶었다.

*

그는 내가 미워 나를 거부했었다.

나는 삼십 년 이상을 생신 상차림을 했다. 새벽부터 서울에서 시골로 내려갔고, 아침 내내 그를 위해 식재료를 샀고, 밤새워 지지고 볶고 끓였다. 국에 찌개에 찜에 샐러드, 회 등 온갖 나물 등으로 상차림을 했다. 생신날 특별 봉투를 마련하고, 그를 위해 축하했다. 그리고 끝나기가 무섭게 학교 가서 졸림을 참으며 수업했다. 오랜 세월, 그것을 당연한 것으로 여기며 열심히 살았다. 그런데 어느 날부터 그는 나를 거부했고, 나는 거부를 받아내며, 그를 달래가며, 용서를 빌며 삼십 년 세월을 보냈다.

내 나이 육십이 되면서 나는 내 안에서 이것을 용서할 수 없었다. 이것은 아니라고. 그것은 부당하다고. 그리고 그가 거부하면 그 거부를 받았다. 그 거부는 영원한 거부가 됐고, 이제는 거부가 거부로 존재한 것이다. 그러면서 어김없는 당신의 생일은 해마다 그날이 되어왔고, 자기중심적 생각으로 이번에는 둘째네에게 당신의 생일상을 요구했다. 둘째네는 그가 원하는 대로 그를 위해 생신 잔치를 차리려고 애썼다.

그러면서 그는 말했다. 한 해는 집에서, 그 다음 해는 식당에서 하고 싶다고, 그러나 그 마음은 항상 왔다 갔다 했고, 그의 마음을 스스로도 읽을 수 없었다. 더욱이 둘째는 그의 마음에 따라 요동 치며 순종했다. 그는 시시때때로 변했다. 그의 마음을 따라 그때가 되면 고통스럽게 한탄했다. 그는 항상 갑이고 며느리는 을이었다. 갑은 억셌고, 을의 고통 속에서 자신의 희열을 봤다. 온몸에서 뜨거운 에너지가 솟았다. 두꺼운 손에 힘이 났다.

그는 모든 자식과 며느리 손자를 손아귀에 쥐고 흔들어야 했다. 한두 해가 지나면서 둘째네는 첫째네를 이해했다. 둘째네는 그의 생일이 돌아오면 심적 고통을 당해야 했다. 어느 해 생일이 지난 어느 날. 둘째 동서는 첫째인 나에게 전화했다. 오랫동안 자신의 고통을 호소했다. 언제나 그날이 지옥의 날이라면서 울었다. 그래도 그는 순종하는 착한 표 며느리일 뿐이었다. 또 명년이 되면, 그는 자신의 생일 욕망의 잔치를 벌여야 할 것이고, 그의 심기는 걱정과 근심으로 어지러워질 것이다. 무엇을 선택해야 하나? 무엇을 포기해야 하나? 어디로 가야 하나? 어떻게 가야 하나? 무엇이 옳은 방법이고, 무엇이 옳은 접근 방식일까? 거기에는 그것을 할 수 있을까 하는 두려움이 그를 어지럽게 할 것이다. 그의 욕망이 악의 보스로 자리 잡아 둘째네를 또다시 괴롭힐 것이다.

삶의 고통을 느끼면 나는 책을 읽었다.

붓다께서 말씀하셨다.
탐욕에서 근심이 생기고
근심에서 두려움이 생긴다.
탐욕을 떠나면
두려움도 없고 근심도 없다.

- 삶의 해변에서 모은 조약돌, 『42장경』

그것을 관찰해보라. 그것들은 삶에서 일어나는 현실이다. 그것을 단순히 지켜보면 그 진실을 발견할 것이다. 어떤 사람이 옷을 사기 위해 기성복 집에 갔다. 판매원이 여러 벌의 재킷을 권했다. "돌아보세요, 이쪽을한 번 보세요. 자, 이제는 거울로 뒷모습을 보세요. 이쪽에서, 다시 저쪽에서." 그런데 그 사람은 계속 다른 재킷을 입어보겠다고 했다. 결국 주인이 와서는 그에게 재킷 하나를 골라주었다. 그는 한 번 입어보고는 즉시 그 옷을 샀다. "봤어? 내가 얼마나 쉽게 파는지?" "잘 봤어요." 판매원이말했다. "파신 것은 사장님이지만, 누가 그를 어지럽게 만들었죠?"

욕망이 생기고 나면 그대는 걱정과 근심으로 어지러워진다. 무엇을 선택해야 하나? 무엇을 포기해야 하나? 어디로 가야 하나? 어떻게 가야 하나? 무엇이 옳은 방법이고, 무엇이 옳은 접근 방법일까? 거기에는 '그것을할 수 있을까?' 하는 두려움이 있다. 끝없는 두려움. 그대는 어지러워진다. 욕망은 세일즈맨이다. 그런 다음 악마인 보스가 들어온다. 그때 그대는 지옥으로 내던져진다. 욕망이 그대를 어지럽게 한다. 그때는 아무도확신할 수 없다. 아무도.

둘째딸 S는 허약했다.

내 몸이 허약할 때 그가 생겼다. 아픈 진을 업고 병원 찾았을 때 내 몸속에서 힘들었으리라. 그는 백일이 되면서 비실비실 앓았다. 왜 밤새 우는지 소아과의사도 몰랐다. 분명 아프긴 한데 어디가 아픈지 나타나지 않았다. 해열제와 진통제만 처방했다. 며칠 후 그는 볼이 부풀어올랐다. 의사는 볼거리라고. 볼이 풍선처럼 부풀어졌다. 이미 예방접종은 했었다. 그는 일주일을 소일했고, 최대로 부풀려졌을 때 볼을 하얀 천으로 덮고 그 부위를 수술했다. 살 위에 구멍을 뚫어 철심을 넣고 빙빙 돌렸다. 그리고 볼에 있는 누런 고름을 후벼 팠다.

아이는 천지가 떠나가도록 울었다. 간호사들은 발버둥치는 애를 손으로 잡고 꼼짝 못 하게 했다. 그들은 인간이 아니었다. 기계와 물질의 관계였다. 그런 작업을 그들은 일주일 내내 했다. 살 속의 고름을 파냈다. 그 후 둘째는 흰 가운만 봐도 목 놓아 울어댔다. 조용한 시간은 금세 갔다.

또다시 둘째가 시름시름 앓았다. 소아과에 갔다. 아직 병원이 많지 않았다. 몇 개 없는 병원은 새벽부터 줄을 서서 차례를 기다려야 했다. 새벽에 가야 오전 시간에 진료를 끝낼 수 있고, 그렇잖으면 오후 다섯 시까지 끝내지 못해 이튿날로 미뤄졌다. 그 당시 병원은 갑이고 우리는 을이었다. 우리는 항상 을의 입장에서 슬프고 힘든 삶을 이어갔다. 그들의 눈돌림에 숨이 막히고, 그들의 소리에 우리 목숨이 왔다 갔다 했다.

아이는 밤새 울었다. 잠도 자지 않고 울었다. 나는 남편이 출근하자마자 하나는 걸리고 하나는 업고 병원에 갔다. 그곳에서도 어디가 아파서 우는지 몰랐다. 그들은 다만 감기약에 해열제 처방만 했다. 한 달, 두 달이 넘어도 별 달라진 것은 없었다. 두 달 후 나는 다른 병원을 찾았다. 나는 사실을 말했다. 지금 두 달 동안 계속 감기약과 해열제만 먹었다고. 그는 처방해주지 않고 내일 다시 오라 했다. 그다음 날 그 병원에 갔다. 그는 온몸을 진찰했다. 아무래도 홍역 같다고 했다. 그다음 날 다시 오라고. 홍역 예방은 했냐고? 했다고.

그다음 날 그는 그가 홍역이라 했다. 홍역은 열꽃이 피도록 도와줘야 했다. 그런데 열꽃을 막아서 힘들었다고. 그날 그는 열꽃 나는 주사 처방을 했다. 그날부터 그는 아무것도 못 먹을 테니 그가 좋아하는 음료를 주라 했다. 그 후 그는 하루 종일 토하고 쌌다. 그는 눈만 뜨면 울고, 싸고, 토했다. 그는 환타를 달라 했다. 그는 환타만 먹었다. 그렇게 한 달을 그는 홍역과 싸웠다. 홍역에서 벗어날 때 그는 얼굴에 눈, 코, 입이 붙고, 뼈만 앙상히 남았다.

병은 무서웠다. 인간의 존재를 사라지게 할 수 있음을 실감했다. 애가 살아 있음에 감사했다. 그 사이 남편은 날마다 집 문제로 골치를 앓았다. 집주인이 우리가 사는 전세 집을 담보로 빚을 냈고, 그 빚으로 우리 전 재산인 전세 보증금이 거덜날 지경이었다. 그는 날마다 주인집을 방문하여 전세금을 받아내려 애썼다. 어느 날 갑자기 전세금을 돌려받고, 곧바로 시장 가까운 문간방을 세 얻어 이사 갔다.

문간방은 이사차가 들어갈 수 없었다. 모든 짐이 골목에 나열되었다. 부엌살림부터 안방 살림, 목욕탕, 거실 물건 등 몸속의 내장이 적나라하게 드러난 것처럼 골목길을 메웠다. 이불 속이 삐져나왔다. 보자기로 싼 베개도 길바닥에 내동댕이쳐졌다. 나는 아이를 업고 손잡고 "어쩔꼬?"만 불러댔다. 남편은 전날의 회식으로 술에 절여져 무거운 몸으로 휘청댔다. 늦게 도착한 남동생 친구들이 살림을 셋방으로 옮겨주어 이삿짐이 이동됐다. 삶의 시작을 다시 할 수 있어서 다행이었다.

*

골목길과 셋방 출입문은 맞붙어 있었다.

출입문은 미닫이였다. 문을 열면 부엌이 있고, 부엌에 달린 부뚜막을 밟아야 안방으로 통했다. 주인댁은 점잖은 오십대 부부였다. 그들은 아이가 없었다. 소문에 의하면 그 집 아저씨에게 문제가 있다고 했다. 셋집은 비좁고 힘들었다. 재래형 부뚜막에서 아이들을 방 쪽으로 올려보며 밥을 했다. 낯선 살림이 어설프고 힘들었다. 그러나 셋집은 시내 한가운데 위치했다. 애들 병원과 시장이 가까워서 자유시간이 생겼다.

전에는 버스 타고 한나절 동안 병원에 갔고, 시장 들러 집에 오면 하루해가 다 지났는데, 셋집은 그렇지 않았다. 시간이 남아 시장통을 거닐 때도 있었다. 골목을 지나면 시장이 그곳에 있었다. 잡다한 생활 품목부터 먹거리와 다양한 식품들이 많았다. 바닷가라서 그곳 특산물인 바다장어가 많았다. 미더덕과 조개도 함께 있었다. 남편은 술을 좋아했다. 적당한 식단이 생각나지 않으면 무조건 바다장어 회를 떠 왔다. 신선한 야채와 함께 회를 소주에 곁들였다. 그것은 최고의 식단이 됐다. 나는 비릿한 그 냄새를 싫어했고, 감히 먹을 수가 없었다. 술 좋아하는 남편을 위해 나는 한 주일의 가운데 날인 수요일과 금요일에만 술안주를 해주었다.

똑같은 시간이 반복됐고, 생활의 리듬도 빨라졌다. 자연히 보이지 않는 틈새로 자유의 시간을 갈망했다. 내 안에서 일어나는 보이지 않는 욕망이 나타났다. 그것이 무엇인가는 알 수 없었다. 빈 공간의 잡을 수 없지만 잡아야 할 것 같은 색깔이 내 몸속에서 일어났다. 나는 시장에서 애들을 데리고 배회했다. 이상한 것들이 눈에 들어왔다. 사람들이 많았다. 그곳을 얼쩡거렸다. 우리나라의 전통 매듭이었다. 예쁘게 매듭을 만들어 여자들 노리개나 장롱, 벽걸이로 사용되었다. 옛날 궁중에서 쓰던 모습들이 아름다웠다.

나는 그곳에 수강신청을 해서 배웠다. 그곳에서 바가지 공예도 했다. 그들을 서로 접목해서 예술품으로 탄생시켰다. 그것은 아름다운 예술 작품이 됐다. 틈새의 작은 자유 시간에 나도 그것을 했다. 처음 몇 개월은 매듭에 열중하느라 바빴다. 한곳에 몰두하는 것은 나를 잊게 했다. 다시 바가지 공예를 했다. 바가지에 그림을 그려놓고 그것에 맞게 홈을 파서 모양을 만들었다. 작업은 길었다. 시간도 많이 걸렸다. 단순한 노동 작업으로 느껴졌다. 내가 좋아하는 일이 아니었다. 나는 창조적인 일을 원했던 것이다. 그래도 박 공예에 궁중매듭을 합성시켜 예쁜 예술 작품을 만들고, 그것을 시어머니에게 선물로 주었다. 그는 그 작품을 삼십 년 넘게 안방 벽에 붙여놓고 즐겼다.

*

육십 중반을 넘은 어느 해 11월 초.

제주도 공항에 도착했다. 햇빛은 찬란하고 공항은 붐볐다. 남편 친구의 초청으로 골프 리조트에 가기로 한 것이다. 짐은 무거웠다. 옷가방, 짐가방, 골프채 등 허리가 휘청했다. 과연 내가 언제까지 이 짐을 옮길 수 있으며 공을 칠 수 있을지 알 수 없었다. 항상 나를 스스로 실험하면서 살아가는 기분이 들었다. 리조트 대형 버스로 모든 짐을 옮겼다. 허리에 무리가 오면 문제가 생겨서 나는 함부로 짐을 들 수 없었다. 남편이 대신했다.

버스 속에 여자들이 많았다. 이미 앞좌석부터 중간까지 꽉 찼다. 뒷좌석에 자리 잡았다. 그들은 시끄러웠다. 도떼기시장처럼 버스가 소리에 눌렸다. 그들은 제각각 자신을 드러냈다. 긴 머리에 화려한 핀으로 장식한 이와 검정색 얇은 울 티셔츠가 속살을 살짝 비치면서 호기심을 자극하는 이가 눈에 띄었다. 그들은 결코 적은 나이가 아니었다. 육십은 훨씬 넘어 보였다. 그들이 입은 옷에서 돈 냄새가 났다. 연예인들이나 즐겨 입을 수 있는 듯한 옷이었다. 왠지 내 모습이 초라해 보였다. 걸맞지 않은 곳에 서 있는 느낌이 났다. 나는 매사가 어설프게 보였고, 그들은 그 생활에 달인으로 보였다.

차가 떠났다. 복잡한 시가지를 따라 차가 빠르게 빠져나갔다. 한참을 빠져나가면서 나는 가장 행복한 계열에 입단한 자가 됐다. 이 나이에 이만큼 좋은 곳에 초청돼서 갈 수 있음에 감사해야 했다. 40분 후 가로수부터 달랐다. 돌로 쌓은 담벽, 밭에 있는 귤나무에 귤이 주렁주렁 탐스러웠다. 그 귤이 내 가슴에 말할 수 없는 뭔가로 찡 울렸다. 리조트 입구에 줄지어 선 야자수, 그 또한 나를 먼 외국의 어느 곳으로 옮겨온 듯했다. 제주도는 분명 외국이었다. 그곳에서 점심 식사를 하고 골프를 쳤다. 공기는 맑고, 태양은 빛났다. 넓은 잔디가 있고 아름다운 나무들이 서 있었다. 빨강 열매가 달린 먼나무, 도토리가 달린 종가시나무, 붉은 열매가 깍지 속에서 옹기종기 붙어 있는 돈나무, 천수국 등이 가득했다.

공을 찾아 나무 속으로 갔다. 우람한 나무가 나를 위협했다. 무서웠다. 그러면서 그곳이 포근했다. 그 나무들은 특별했다. 어떤 말할 수 없는 존재를 보여줬다. 그것이 뭔지 몰랐다. 그렇지만 그 존재들은 존엄성이 보였다. 그리고 계속 그 모습을 찾고 싶었다. 그러나 그 모습이 항상 존재하지는 않았다. 그렇지만 그들이 서 있는 그곳이 바로 천국이었고, 나도 천국에 서 있는 가장 행복한 자가 되었다.

복잡한 서울은 우리에게서 떠나 있었다. 공을 치며 호수를 건너고, 다리를 건너며 모래밭을 건넜다. 돌무덤 속에는 뱀이 있고, 꽃 속에는 벌이 앉았다. 먼 산속에 구름이 있고, 나무위로 바람이 쉬었다. 잔디 위로 고라니가 뛰어갔고, 호수 위에서 새가 물고기를 잡았다.

사람들은 모두가 자책하며 공을 쳤다. "고개를 들지 말아야 하는데." "왼발을 굳게 벽처럼 굳혀야 하는데." "손을 빨리 내리치지 말았어야 하는데." "엉덩이와 몸을 먼저 돌려서 손과 팔의 리듬과 맞춰야 하는데." 그렇게 자책하며 우리는 18홀을 끝냈다. 그리고 뜨거운 탕 속에서 몸을 풀었다. 맛있는 식사로 행복을 자축했다. 나는 글을 쓰면서 나를 찾았다. 복잡한 서울 생활 속에서 나를 잃어버렸다. 너무 행복해도 나를 잃어버렸다. 나는 조용한 내 속살이 있는 나를 찾아야 할 것이다.

제대가 임박했다.

그동안 우리의 유일한 보물인 전자제품이나 카메라 등은 전집주인 아들에게 모두 도둑맞았다. 그가 우리 현관문을 복사했다. 이웃집 여자가 그것을 보고 알려줬다. 이미 훔쳐간 뒤였다. 제대하면서 전자제품이 시중가보다 훨씬 싸다고 사람들은 제대 기념으로 샀다. 남편은 석사 논문을 제대 전에 마쳐야 했다. 돈이 없었다. 셋방을 살면서 집세를 갉아 먹었다. 집세의 사분의 일을 썼고, 남은 돈을 가지고 서울로 올라왔다. 남편은 중앙 부처로 출근해야 했다.

강동의 시외삼촌댁에서 지내면서 살 집을 찾았다. 그는 헛웃음을 지으면서 그 돈으로 서울에서 너희가 살 집은 찾을 수 없다고 했다. 우리는 변두리를 찾았다. 빚을 내서 갈 수 있는 곳으로 과천을 추천해주었다. 강동에서 과천은 멀었다. 버스를 몇 번 갈아탔다. 사당에서 남태령을 넘었다. 버스에는 사람이 많았고, 상이군인이 강제로 협박하며 바늘을 팔았다. 무섭게 눈을 부릅뜨고 잘린 팔에 갈고리를 달아서, 그 끝으로 바늘 물건을 사람 앞에 내놓고 강요했다. 버스에 탄 사람들은 눈살을 찡그리며 어쩔 수 없이 샀다.

과천은 관악산과 청계산이 둘러 서 있었다. 산은 크고 웅대했다. 그 가운데 넓은 들에는 곡식이 누렜다. 관악산 줄기 밑에 과천 면사무소가 있었다. 면사무소를 중심으로 길 따라 이발소, 사진관, 미용실 등이 즐비했다. 싸전, 구멍가게도 잇따라 있었다. 그곳을 지나면서 저 멀리 주공 1단지가 논두렁 끝에서 시작됐다. 단지는 꽤 컸다. 길이 덜 닦여 아직 물이 신속으로 스며들었다. 새 아파트였다. 그곳은 빚내서 얻을 만했다. 가장 작은 16평짜리를 전세로 얻었다.

나는 내가 삶의 얼떤 초보생인 줄도 모르고 마냥 살면 되는 것이라고 생각했다. 없으면 없는 대로, 있으면 있는 대로 살았다. 주공아파트는 중앙난방 식이었다. 아침저녁 두 번 난방이 들어왔다. 좀처럼 따뜻한 기운이 없었다. 몸이 차니 아이들이 추워하며 탈이 생겼다. 큰애는 오줌을 자주 싸는 방광염 형태의 병이 생겼고, 작은애는 돌이 지나도 걷지를 못했다. 나는 애들을 들쳐 업고 사당이나 소화병원이 있는 서울역 쪽으로 자주 가야 했다.

작은애가 걷는 모습이 이상해서 물리치료를 받아야 했다. 잘못하면 안짱다리 형태로 갈 수 있다는 것이다. 나는 모든 패물을 팔았다. 그것으로 쇠로 된 의족을 맞춰서 밤마다 다리를 그 의족에 끼워 재웠다. 그는 자지 않고 울었지만 나는 다리 교정을 위해 업고 재웠다. 1년 후 그는 다리가 곧게 교정됐다.

과천의 생활은 편안했다. 건너 아파트에 남편 친구네가 살았다. 우리는 더러 만나서 식사를 함께 했다. 그들은 아직 아이가 없었고, 부인은 대학원을 다녔다. 그 부인네는 넉넉한 집안으로 보였다. 아파트도 훨씬 넓었다. 나는 아이들을 데리고 놀이터를 다니고, 이리저리 배회하며 집안일에 충실했다. 마음속에서 무엇인가 허하면서 '해야 되는 것일까?'라는 의문이 일어났다.

학교생활에 찌들려 고통스럽게 다니던 기억은 사라졌고, 새롭게 일을 하고 싶은 갈망이 일어났다. 아침이 되면 몽롱했다. 서둘러 남편을 출근시켰다. 아이들을 씻기고 밥 먹이고 놀이터에 갔다. 그곳에서 아이들의 시중을 들어주며 그들을 따라다녔다. 오후가 되면 소아과 병원에 들렀다. 예방접종과 감기약 처방으로 들르는 경우가 많았다. 저녁때가 되면 아파트 담벼락에서 채나물 장수, 생선 장수들이 물건을 머리에 이고 와서 팔았다.

아직 가게가 형성되지 않았다. 지하 슈퍼보다 행상이 싸서 나는 그곳에서 물건들을 샀다. 싱싱한 임연수와 고등어를 많이 샀다. 비려서 나는 못 먹지만 남편은 좋아했다. 아이들 좋아하는 짜장밥도 잘 해먹었다. 나에게는 그날이 그날인 경우가 많았다. 지루했고, 별스러운 일은 없었다. 시간이 느려지면서 몸도 늘어졌다. 온 세상이 흐려지면서 온몸이 나른해졌다 몸과 마음이 활력이 없으면서 지끈지끈 아파왔다. 힘이 없었고 늘어진 여름날의 호박잎처럼 기가 없었다. 비실비실 앓았다. 기운을 차리려 애썼지만 기운이 생기지 않았다.

어느 날 나는 어지러웠다. 세상이 빙글빙글 돌았다. 이래서는 안 된다 하면서 내과를 찾았다. 의사는 말했다. 저혈압이라고. 혈압이 49 정도라고. 잘못하면 쓰러져 죽는다고. 무조건 고단백질을 먹으라고. 많이 먹으라고. 나는 삶을 새롭게 찾아야 했다. 기맥이 없고 활력이 없는 것은 내 삶에 어떤 희망이 없어서 그런 것 같다면서, 남편은 공부를 하든 취미를 가져보든 하라고 권했다. 나는 생각했다. 내가 할 수 있는 일이 무엇인가? 아무것도 없었다. 공부밖에. 어떤 공부를 하느냐? 이 또한 고민했다. 그 것도 내가 했던 일을 하는 것이 마땅했다. 우선 토플 공부를 해야 했다. 책을 놓은 지가 십 년이 넘어서 쉬운 일은 아니었다.

*

일상적인 삶의 감옥에 갇힌 자신의 모습을 깨닫는 사람은 참으로 드물다.

내가 즐기는 책『쉼』의 구절이다. 그동안 나는 몸이 건강하니 건강한 삶 속에서 자신의 모습을 깨닫지 못했었다. 갑자기 허리통이 일어나 움직일 수 없으면서 깨달음이 느껴졌다. 내 몸은 이미 충분이 살았다고. 이제부터 죽음이 다가오는 것들을 미리미리 준비해야 한다는 것을. 몸 건강할 때 주변 사람들에게 해주고 싶은 것들을 아낌없이 해주자고. 친구들이 만나자면 기꺼이 만나주고 행복해하자고. 싫다는 사람들을 억지로 부자연스럽게 만들어서 불평하게 하지 말라고.

돈이 있다고 쓸 수나 있겠는가? 가고 싶다고 갈 수가 있겠는가? 손자들이 좋아하는 것들을 해줄 수 있겠는가? 아픔은 고통이지만 나를 깨어나게 했다. 미움이 없어졌다. 모두를 사랑으로 받아들여졌다. 모두를 용서했다. 부부간도 그랬다. 너무 평화롭고 가진 것이 많으면 서로를 공격하는 경우가 많았다. 서로가 고마움을 모르는 것이다. 그것이 삶의 감옥 속으로 갇혀져가는 모습일 것이다. 책을 통해서 나는 만족을 배웠다.

만족할 줄 알 때 무상락(無上樂)을 누린다.

정신의 청정함에서 만족이 생긴다. 만족이라 함은 자신이 어떠한 상황에 처해 있든 아무런 불평 없이 있는 그대로 받아들이는 것이다. 불평하지 않고 그냥 받아들일 뿐 아니라, 주어진 것에 감사하고 기뻐하는 것이다. 이 순간은 완벽한 것이다. 마음이 이 순간에서 벗어나지 않을 때, 다른 시간을 구하지 않을 때, 다른 장소를 구하지 않을 때, 다른 존재의 방식을 요구하지 않을 때, 어떠한 것도 구하지 않을 때, 구하는 마음을 놓을 때 나무에서 새들이 노래하는 것처럼, 꽃이 피어나는 것처럼, 별들이 춤추는 것처럼 지금 여기에서 기뻐한다. 바로 지금 이 순간이 모든 것이요, 전체요, 완벽함이다. 여기에 더 보탤 게 없다. 미래를 내려놓고 내일을 내려놓을 때 만족이 찾아온다. '지금'이 유일한 시간이요 영원이 될 때 만족이 찾아온다. 파탄잘리는 말한다. "만족할 줄 알 때 무상락을 누린다."

그렇다. 인간은 만족할 줄 알 때 무상락, 즉 더없는 기쁨을 누릴 수 있다. 만족이야말로 요기(요가 수행자)에게 더없이 소중한 수행이다. 무릇 요기라면 만족을 터득해야 한다. 아무것도 자신의 내면에 불만도 동요도 일으키지 못할 때, 아무것도 자신을 중심에서 밀어내지 못할 때 지고한 행복, 무상락이 찾아온다.

나는 자주 책을 읽었다. 시간이 나면 책 읽는 것 자체를 즐겼다. 마음이 혼란하면, 오쇼의 강의책을 폈다. 『비움』, 『쉼』, 『그대 가슴속의 꽃을 피워라』, 『내 사랑 인디아』, 『마음을 버려라』, 『42장경』, 『자비의 서』 등 많은 책들이 나를 위로했다. 그 책을 펼치면 내게 이 세상의 진리를 말해줬다. 이 세상의 조직체가 잘못 짜였음을 말해주었다. 무엇이 진리인가를 쉽게 설명했다. 그동안 너무나 잘못된 세상의 진리를 진리로 알고 그르게 살았음을 발견했다.

현대인은 삶의 일부처럼 자살을 했다. 날마다 신문에 연예인이나 정치인 기업인들이 자살했음을 알렸다. 우리나라의 대통령도 자살한 사실이 우리를 놀라게 한 사건인 것을. 이런 어지러운 세상을 읽으면, 나는 책을 폈다. '이제 요가를 수행할 때다.' 삶에 환멸을 느낄 때, 절망을 느낄 때 욕망의 부질없음을 뼛속 깊이 깨달을 때, 삶의 덧없음을 볼 때 자신이 지금까지 해온 모든 것이 무너져내리고 미래는 허무로 가득 차고, 절망의 나락 속으로 빠진다.

무엇을 어떻게 해야 할지 모르고, 어디로 가야 할지 모르고, 누구를 만나야 할지 모른다. 삶이 고통스럽고 괴로우며 미치고 싶고 자살하고 싶어지면, 갑자기 인생의 모든 것이 허무하게 느껴진다. '이런 순간이 찾아오면 요가를 수행할 때이다.' 수행이란 무엇인가? 수행이란 내면의 질서를 잡는 것이다. 지금의 인간은 혼돈 자체이다. 내면의 질서는 완전히 파괴되었다. 인간에게는 중심이 없다. 중심이 없이 하는 일은 무엇이나 해가 될 뿐이다. 소위 세상의 혁명가, 지도자들이 없었다면 세상은 훨씬 더 좋아졌을 것이다.

수행이란 존재의 능력이요, 앎의 능력이며, 배움의 능력이다. 파탄잘리는 이렇게 말한다. "몇 시간 동안 움직이지 않고 고요히 앉아 있을 수 있다면 존재의 능력이 깊어진다." 이것은 내면의 존재를 수련하는 것이다. '그냥 존재하라'는 것이다. 몸이 나를 따르면 내면의 존재가 성장하고 깊어진다. 몸이 움직이지 않으면 마음도 움직이지 않는다. 가장 거친 부분이 몸이고, 가장 미묘한 부분이 마음이다. 완전히 침묵 속에 잠기면 붓다처럼 앉고, 붓다처럼 걷는다. 붓다처럼 걸으면 내면에 침묵이 내려오는 것을 느낀다. 그러면 호흡이 부드러워지고 마음의 긴장이 풀린다. 사념이 줄어들고 구름이 줄어들며, 공간이 넓어지고 하늘이 넓어진다. 안과 밖으로 침묵이 흐른다.

몸이 움직이지 않고 마음이 고요해질 때 우리는 존재 중심으로 들어갈 수 있다. 요가 수행은 자기 자신의 주인이 되려는 노력에 다름 아니다. 요가는 마음을 초월한 무심의 경지이다. 지금 인간의 모습을 보면 수많은 욕망의 노예 생활을 하고 있다. 수많은 주인(욕망)이 이끄는 대로 끌려 다니는 하인 노릇을 하고 있다.

나도 『비움』의 책을 보며 주위 사람들을 관찰하며 안타까워하고 있었다. 내 친구 남편은 중학교 교장으로 퇴직했다. 그는 한적한 전원주택을 지었다. 큰 평수에 아름다운 대저택이었다. 그는 그곳에서 일 년을 살았다. 아들딸들, 손자들과 어울리며 행복하게 살았다. 어느 날 우리가 방문했다. 그는 고통스러워했다. 날마다 컴퓨터로 게임을 했고, 이것저것 집안일을 돕는 것은 죽음의 시간을 기다릴 뿐이라며 자신을 한탄했다. 육십 넘어 건강하게 퇴직함에 감사해야 하는 게 아닌가? 하고 묻고 싶었다. 그러나 그는 불행했고, 돈에 대한 욕망이 가득 차 있었다.

한참 후 그로부터 드디어 사업을 차렸다고 연락이 왔다. 나는 걱정이 생겼다. 공무원, 교직자, 회사원들이 사기꾼들의 밥이라는데, 그도 그곳의 무리들에게 사기를 당하는 것이 아닐까 생각했다.

나와 함께 근무했던 여교수 남편이 공기업 높은 자리에서 퇴직하자, 친척에서부터 주변 사람들이 벌떼처럼 달려들었다고 했었다. 함께 회사를 차리자고. 그는 남편에게 그래서는 안 된다고 말렸다. 남편은 그 사람들에게 이미 홀려 있었다고. 무엇인가 큰돈을 벌 것이라고. 그는 남편이 받은 퇴직금을 다 날려버릴 것이라며, 날마다 남편과 싸웠다. 그리고 서서히 실체를 알아가면서 몇 개월 만에 오천만 원을 날렸다고. 그리고 그들의 실체를 확인하고 모두를 접었다고. 그는 그것이 다행이라고. 오천만 원을 사회의 수업료로 생각했다고. 이런저런 이야기를 들은 바가 많았고, 그것들에 대한 생각들이 그를 부정적으로 볼 수밖에 없게 했다.

우리가 여고 골프 모임을 가면 차 속에서 오만 가지 우리들의 세상 이야기가 나온다. 한 친구가 말했다.

삼성의 어느 사장으로서 돈을 많이 번 퇴직자가 어느 날 화통으로 자살했다고 했다. 왜? 우리는 놀랐다. 그 사장이 어느 헬스 센터에서 우연히 젊은 사람을 만났다. 그와 같이 운동을 하며 인사를 텄고, 그와 서서히 친밀해졌다. 그 사장에게 그는 계속 접근하며 형님, 형님 하고 따르며 매사를 사장에게 충성했다. 사장이 필요한 것들은 즉각 구입해서 선물했고, 사장의 손발이 되어 동생의 임무를 다했다. 그들은 둘도 없는 형제가 되어 이 세상에서 가장 우애 좋은 친분을 쌓았다. 그런 세월이 십 년을 넘었다. 사장에게 그는 돈 잘 버는 사업을 동업하자고 제안했고, 부담 없이 사장은 투자했다. 그리고 동생은 그 사장 돈을 몽땅 털어먹었다. 그 사장은 전 재산을 털어간 자가 그 동생임을 알, 분통이 화통이 되어 쓰러졌다. 그는 깨어났다가 스스로 자신을 원망하며 자살했다.

세상은 험악했다. 이제 남의 재산을 강탈하는 것도 십 년의 공을 들여 합법적으로 강탈해가는 수법을 쓰는 것이다.

이런 시기에 퇴직한 교장 선생님은 볼링장을 차렸다. 이십억을 들어서 동업자와 함께 차렸다고 했다. 나는 사업을 몰랐다. 옛날엔 사업을 하면 돈을 많이 벌 수 있는 일로만 여겼다. 그러나 남편의 공기업 사업장을 보고 어려운 일을 겪어보며, 그곳은 지옥의 곳으로, 악의 곳으로 여겨졌다.

경쟁업체들은 옳은 것을 옳게 하지 않고 상대방을 무조건 쓰러뜨려서 자기 이익을 취했다. 그래서 상대방을 죽였다. 상대방을 죽이는 것이 그들의 이익이 됐다. 아니면 정치계와 연관을 맺어, 잘되는 회사를 그 권력으로 세무조사, 비리조사로 시간을 길게 끌어서 사업을 방해받게 했고, 스스로 망하게 했다.

사업의 세계는 인간쓰레기 집단들의 집합체로 보였다. 그들을 벌하는 법정 또한 쓰레기 처리 장소가 됐다. 시비를 올바르게 가리기 위한 것이 아니라, 권력의 힘을 빌려 자신의 업적 쌓기에 혈안이 된 쓰레기 집단이 됐음을 일반 시민, 소시민들은 알 수 없었다.

그런 것과 상관없이 그는 볼링장 사업을 원했고 돈을 필요로 했다. 우리는 삼십 년 지기 친구였다. 지금 퇴직한 지 삼 년째다. 그는 활동성이 강했다. 무엇인가를 해야 하고 돈을 벌어야 했다. 교직 생활을 하면서도 그는 문방구를 했고, 옷가게를 했다. 돈을 벌어 최초로 자가용을 샀고, 우리 식구들을 호강시켜줬다. 드라이브를 시켜주고 뷔페도 샀다. 삼십 년 전 우리는 최고의 화려한 뷔페식당을 맛봤다.

그는 분명 대단한 사람이고 무엇인가 다른 사람이었다. 그 후 우리는 사는 것이 바빠서 만나지 못했다. 그리고 십 년이 넘은 어느 날 그의 옷가게는 망했고, 그가 가진 모든 것을 잃었다. 그는 학교에서 주는 임대주택에서 살았다. 그는 힘들어했다. 그 후 그는 계속 경제적 궁핍을 벗어나고자 노력했다. 그래도 여전히 우리는 가장 작은 17평 아파트에 전세를 살았다.

어느 봄날 우리가 서울 변두리 작은 아파트를 분양받아 이사 갔는데, 그곳을 그가 찾아왔다. 그는 말했다. 러시아 하바롭스크 교육관으로 가게 됐다고. 그 스스로 근무지를 자청했다고. 그곳에서 교육관으로 5년 근무를 해서 월급을 절약하면 형편이 좋아질 것이라고. 그는 그곳에서 근무하는 동안 우리나라에 집을 장만했고, 애들 교육도 시켰다. 결혼도

시키고, 취직도 시켰다.

우리는 그가 성공했다고 했다. 그가 한국에 왔을 때 한국도 달라졌다. 그의 입맛대로 그의 삶의 성장만큼 그에게 한국의 삶은 녹록지 않았다. 그는 화려한 하바롭스크에서와 달리 서울에서는 그의 직위만큼 품격을 줄 넉넉한 월급을 받지 못했다. 그는 생활의 궁핍을 느꼈다. 주변 사람들이 사는 집과 차는 그가 살 수 있는 것이 아니었다.

그는 교장으로 승진했다. 그러나 그것으로 그를 만족시킬 만큼 경제가 주어질 수 없었다. 그는 돈에 대한 집착이 강했다. 돈으로 같은 동료와 친구를 누르고 싶었다. 돈을 펑펑 쓰고 싶은 욕망이 일어났다. 그러나 그의 처지에서는 그럴 수 없었다. 그래도 교장 직은 그런 대로 그의 입맛에 맞았다. 교직원들을 호령하고, 관리하며 자신의 입지를 굳히고, 자신의 면을 세울 수 있었다. 그는 꿋꿋이 교장 직을 완수했다. 돈의 양은 그를 만족시킬 수 없었지만, 그런 대로 임무를 마무리했다.

퇴직 후 그는 1년 내내 스스로 죽음의 길로 가고 있다고 안타까워했던 것이다. 그리고 러시아에서 알았던 파트너와 사업을 한 것이다. 그는 볼링 선수였다. 그곳에서 계속 일을 하다 보니 볼링장을 설치하는 기술자로 성장했다. 그는 선수 겸 설치자였다. 그들은 사업의 동반자로 딱 맞았다. 둘은 손잡고 사업을 시작했다. 우리의 우려와 상관없이 사업은 번창했다. 그는 우리 내외를 불러서 자기 사업장을 보여주며 자랑하고 자신을 보여주려고 초청했다.

우리는 아침부터 서둘러 사업장으로 갔다. 그의 사무실은 컸다. 회장의 방인 그의 사무실은 무척 컸다. 사업장에 일하는 사람도 많았다. 한 달에 일억 이천만 원의 수입이 있었다. 모든 것을 제하면 이익금이 사천만 원쯤. 둘이 나누면 이천만 원이 되었다. 그 돈은 큰 액수였다. 일반 봉급자의 십 개월 치 월급이었다. 그는 분명 성공한 사업자가 됐다. 그리고 그는 우리에게 거한 식사를 대접했다. 우리에게 삼십 년 전에 사주었던 그런 뷔페를. 그는 그만의 대만족을 누리며 행복해했다.

24시간 운영하는 건 쉽지 않은 일이었다. 그의 나이는 칠순에 가까웠다. 그의 얼굴은 피곤해 보였지만, 그는 스스로 행복함을 즐겼다. 그의 욕망인 돈이 그를 만족시켰다. 일반 사람은 상상할 수 없는 돈이 들어온 것이다. 지역조건을 보았을 때 그의 사업장 위치는 잘 선정되었다. 나는 돈이 벌릴 때 어서 빨리 차용한 빚을 갚으라고 조언했다. 경기가 좋지 않고, 일이 안 풀리면 시설비가 그대로 빚이 될 수 있었다.

그들은 그것을 시인하고 싶지 않았다. 빚은 빚일 뿐이지 그 외 아무것도 아니었다. 그들은 그들의 삶을 사랑할 뿐이었다. 그의 자식들도 돈의 개념이 달라졌다. 큰아들은 회사를 그만두었다. 아버지 밑에서 일하는 게 나았다. 둘째 아들도 마찬가지였다. 그들은 아버지와 합작해서 사업을 번창시키기를 원했다. 그들이 받는 회사 돈은 돈이 아니었다. 그가 만든 돈을 그들에게 적당히 분배하는 것이 더 옳았고 더 컸다.

그래서 그는 새 사업장을 또다시 개장하고 싶었다. 그에게 그까짓 돈 버는 것 별거 아니었다. 큰돈을 투자해서 더 많이 벌면 되었다. 이제 그에게 나이도 상관없었다. 어서 빨리 아이들에게 돈 크게 버는 법을 알려주면 됐다. 나는 그들의 모습이 불안했다. 허공에 집을 짓는 모습으로 보였다. 위태했다. 뭔가 다지고 힘들고 어려움을 견디고 하는 것이 없어서 위험스러웠다. 그곳은 분명 돈이 벌리는 곳이기는 했다. 언제까지 그렇게 잘될지는 모르지만 말이다.

돈의 흐름이 나는 무섭다. 잘되는 듯하다가 막혀버리고, 막히면 금세 죽어간다는 사실을 그들은 몰랐다. 아니면 그런 사실을 무시하는지도 몰랐다. 그들은 그렇게 살았었으니까. 10여 년을 임대주택에서 쫓기듯 살았고, 외국에 가서 도피생활 하듯 살지 않았든가? 그는 어쨌든 돈에 대한 집착이 강했다. 모든 사람이 그렇듯이 돈을 종이 찍듯이 벌고 종이 버리듯이 쓰고 사는 것을 최대의 행복으로 추구했다. 그는 남에게 자신의 모습을 보여주고, 자신이 돈으로 뭉쳐진 인간이기를 보여주고 싶었을 것이다.

우리 나이는 이제 정리하고, 조용히 삶도 정리해야 할 때라는 것을 그는 몰랐다. 그는 밤새 돈을 계속 찍어내야 하는 사람이 됐다. 그의 인생이 어떻게 변할지 모르지만, 그는 그것이 행복이라고 했고, 영원히 행복하길 빌 뿐이었다.

*

나는 왜 이 글을 쓰는 것일까?

어떤 이들에게 나를 알리려고? 그럴 생각은 아니다. 진정 어리석게 살았는데, 그것이 나이 들면서 나름 지혜로운 것들로 생겨난 것들을 나누고 싶은 것이다. 이것이 오히려 해가 되면 안 될 일인 것이다. 나는 책을 통해서 배웠고, 책을 통해서 반성했다. 책을 통해서 나를 알았고, 책을 통해서 나를 지켰다고 말하고 싶은 것이다. 그렇다. 책이 나를 살렸듯이, 내가 살아온 내 인생을 통해서 그 누군가 자신의 삶을 성장시키기를 빌고 싶었다.

갑자기 발자크 작품『고리오 영감』이 생각났다. 감사할 줄 모르는 두 딸에게 큰 재산을 물려준 부유한 상인의 이야기. 그 속에 펼쳐지는 허름한 하숙집과 그 주변의 몽마르트르 언덕 등을 생각나게 했다. 나는 가끔 이렇게 엉뚱한 이야기 속을 거닐었고, 지금의 이야기를 소설처럼 즐겼다. 그래서 내 이야기는 역사 속에서 생겨나는 이야기이기를 바라는 것이다.

지금 노모가 된 시어머니가 나이 든 며느리에게 전화했다.

그렇게 악을 쓰고 우리를 내쳐버린 그였다. 그는 지금 어떤 심정일까? 그의 큰아들은 그에 의하여 길들여졌다. 그는 평생을 부모에게 효도해라, 부모에게 전화해라, 부모는 하나밖에 없는 존재라고 강요했다. 그의 큰아들은 의무적으로 일요일 저녁 9시가 되면 문안 인사를 했다. 아들이 근황을 물으면 그 아들에게 짜증과 폭언을 자기 입맛에 맞게 평생 퍼부었다. 그런데 그 아들이 어느 날 사라진 것이다.

그의 말소리는 죽음의 소리였다. 억눌려서 목에 걸린 터프하고 탁한 숨소리를 거칠게 냈다. 모기소리로 말했다. "애비는 어디 갔냐?" 그의 소리는 내 몸을 오그라들게 했다. 머리끝에서 흐르는 날카로운 전압이 등줄기를 탔고 숨이 멈췄다. 몸은 얼음으로 변했다.

- 애비 회사가 어떠냐?

- 애비 회사 안 다녀요.

- 안 다녀?

- 어디 갔다냐?

- 제주도요.

- 아파서 갔어요.

- 어디가 아픈데?

그는 자기만 아파야 했다. 당신만 아파야 하는데 나이 어린 너네가 아프면 이상한 것이었고, 그것은 못된 것들의 일이었다. 나는 시댁만 가면 아팠고, 시댁에서 아픔을 참아야 했던 기억이 났다.

- 친한 친구 대여섯 명이 한꺼번에 죽었어요, 아마 정신적 충격으로 우울증이 생겼나 봐요, 병원에서 쉬는 게 좋겠다고 했어요. 애비가 제주도에서 머리를 좀 식히고 오겠대요.

- 괜찮대요.

- 그래도 그렇지, 지놈이 어미한테 그럴 수 있는 거야? 전화도 안 하고.

나는 그가 혐오스러웠다. 그는 인간이 아니었다. 자기 아들이 어떤 처지인가, 자기 아들이 지금 죽어가고 있는데, 왜라니? 그는 오로지 끝까지 어미를 주장하고, 자신을 찾지 않았음에 대한 원망을 주장했다. 나는 그가 혐오스러웠다. 나는 대꾸했다.

- 친한 친구들이 갑자기 대여섯 명 죽었으니까요. 충격이 컸나 봐요.

- 그래, 내가 얼른 죽어야 되는데.

처음엔 전화를 받지 않았다. 그는 집요했다. 그는 끝장을 보아야 했다. 전화벨은 계속 울렸다. 받아야 끝날 일이었다. 그는 어떤 마음일까 생각했었다. 그는 자기 자식들을 어깨에 둘러메고 큰아들네를 내쳐야 했던 것이다. 그것이 그에게는 자기를 살리고 자신의 권위와 이익을 추구하는 길이었던 것이다. 우리는 여전히 그를 위한 들러리이기를 바랐다. 생활비 주고, 자기 필요한 병원비, 행사비만 송금하면 됐다. 우리가 집안 행사에 참여하면 그가 생각하는 여러 가지 권위나 권리가 큰애네로 옮겨가는 듯한 느낌을 그는 참을 수 없었던 것이다.

나는 자연스러움이 좋았다. 동서네 애들을 보면 옷 사주고 용돈을 주었다. 학비가 부족하면 조금씩 충당해줬다. 애들은 나를 따랐고, 형제는 서로 우애가 생겼다. 당연히 식구들은 그보다 나를 더 좋아했다. 그러자 그는 나와 큰아들을 내쳐야 했던 것이다. 그는 셋째 아들과 결탁하듯 맞붙어서 큰형네를 욕했다. 그것이 그가 사는 길이고, 그의 자존심을 살리는 길이었다. 특별한 가족행사. 조카가 결혼할 때 그와 셋째 아들은 합동으로 나에게 눈총을 주었다. 나는 어리석었다. 왜 내가 시동생에게서 눈총을 받아야 하는가? 그는 나를 막 대했다. 내가 그 집으로 시집가서 가문을 악으로 만든 것처럼 그들은 그들의 짓거리를 나에게 떠넘겼다. 분했다. 웃겼다. 자기네 집을 오지 못하게 막아버린 행동은 그들의 탓이 아니고 내 탓이 된 것이다.

오랜 세월이 흘렀다. 이제는 그들이 우리를 내치고 작당했던 것들을 후

회스러워할까?

일단 나는 그를 보면서 새로운 인생을 배워야 했다. 부모 자식 간의 조화를 배울 필요가 있는 것이다. 내 몸속에서 난 내 딸이 그의 존재와 너무도 똑같음을 시인하면서, 어떻게 인생을 대처해가는 것이 현명한가를 생각했다. 그의 피가 곧 내 딸의 피가 됐다. 내 심정은 인생이 웃겼다고 풀이됐다. 나는 가끔 그에 대한 악을 딸에게 풀었다. 너는 너무 똑같다고. 그러나 딸은 그렇지 않다고. 아닌 것을 '이다'라고 할 수 없었다. '인' 것을 아니라고 할 수 없듯이, 나는 자연스럽게 이해하는 쪽으로 생각하기로 했다.

그래, 빨강색은 빨강색이고, 검은색은 검은색이야. 빨강색이 검은색 될 수 없고, 검은색이 빨강색 될 수 없는 것이야. 인생이 잘 풀리지 않는다고 부정하지 말고, 풀릴 때까지 기다리든지, 풀릴 수 있도록 스스로 노력하는 것이 순리라고 생각했다. 그리고 나는 스스로 주문을 외웠다.

- 딸아, 넌 틀림없이 네 인생을 스스로 개척할 것이며, 잘 풀리도록 노력할 것이다. 딸아, 넌 네 인생을 잘 풀어갈 것이다.

내가 만든 나의 주문은 내 몸속의 부정한 생각들을 날려버리고, 새로운 희망으로 채울 것이다.

나는 가끔 인생이 재미있다는 생각을 했다. 사람들이 모두가 자신이 뭘 했는지? 한 것이 없어서 허무하다고 말했다. 그리고 그들은 잘 먹고 편안했으며, 인생의 굴곡이 없었다면서 스스로를 행복해하며 자랑했다. 그런데 나는 하고 싶은 이야기를 말하려면, 오히려 복잡하고 편하지 못했던 삶들이 이야기로 만드는 데 재미난 것으로 보였다. 별스러운 삶들이 삶을 더 이해했고, 지나간 세월들이 더 추억이 됐던 것이다.

그가 후회를 하든 안 하든 이미 세월은 멀리멀리 와버렸다. 그는 지금 이런 급박한 상황에도 아들이 자기에게 전화를 하지 않았다고 원망했다. 같은 피를 받은 내 딸은 자기 할머니를 욕했다. 할머니는 아빠가 중한 것이 아니라, 자기에게 보내는 생활비 문제, 돈이 어떻게 될 것인가를 먼저 생각했을 것이고, 아마도 이 달 생활비가 자기 통장으로 들어왔는지를 찍어보고 확인했을 것이라고. 엄마는 틀림없이 부쳤을 테고, 할머니는 그것을 확인하고 안도의 숨을 쉬며 이 달의 마지막 날 확인 전화를 할 뿐이라고.

나는 이들의 모습이 왜 동물적으로 보이는 것일까? 인생의 삶이 풀리지 않을 때도 동물의 모습을 보면, 그것이 풀릴 때가 있었다. 나는 갑자기 그들의 행동을 관찰하는 것도 재미있는 일이 되었다.

*

내 인생의 깨어나기는 춥고 배고프며 비전이 없는 암흑의 시대에 시작되었다.

과천의 생활은 일상적인 생활의 연속이었다. 밥하고, 청소하고, 아이들 씻기고, 놀이터 가고, 병원 가고, 치료하고, 식구들 뒤처리하는 것이다. 그날이 그날이고, 그날이 다음날이 됐다. 그런 생활이 나의 임무고 책임이지만, 그런 삶은 나를 즐겁게 하지 못했다. 월급은 빠듯했다. 쉽게 허투루 써서는 안 됐다. 앞으로의 전망과 비전은 보이지 않았다. 나는 행시를 한 사람을 백마 탄 남자로 생각했다. 행시자면 삶의 모든 게 자동으로 갖춰지는 것으로 여겼다.

타이트한 학교 생활자였던 내가 그리웠다. 한때는 '느리게, 편하게'를 외쳤고, 그렇게 만족하며 살아왔다. 그런데 이제는 빠르게 숨 가쁘게 무슨 일을 하고 싶어진 것이다. 현실은 쉽게 변할 수 없었다. 나는 힘이 빠졌다. 느리게 눌눌한 삶이 나를 더 처지고 바닥으로 가라앉는 삶이 되게 했다. 봄날의 나른함과 같이 온몸 속으로 나른함이 퍼졌고, 삶의 꿈이 사라져갔다. 이래서는 안 되는데? 나는 무엇인가 활력 있는 생동감을 필요로 했다. 마음속에 새로운 씩씩한 어떤 희망의 싹을 바라는 그 무엇이 있기를 간절히 바랐다.

그날이 그날인, 밥하고, 청소하고, 아이들 키우는 일은 중요하지만, 그 것이 영원한 동반자일 수는 없는 것이다. 그 일이 가장 중요하고 힘든 일이기는 했다. 그렇다고 그 일이 나를 기쁘게 하는 것은 아니었다. 나는 서서히 몸이 아파왔다. 저혈압성 두통에 시달렸다. 온몸에 힘이 빠져서 헤어날 수 없는 일이 잦았다. 아무리 정신을 차려보려 애쓰지만 비몽사몽 내 몸은 더 철저히 땅속으로 꺼져버렸다. 뚜렷한 병명도 없었다. 기운은 바닥이었다. 삶의 기력도 없어졌다. 몸과 마음이 바닥이라 어찌할 도리가 없었다. 그때 남편은 공부를 해보라고 권했다. 나는 그날 결심했다. 나도 공부를 다시 해보겠다고. 그날 이후 나는 모든 것을 처음부터 시작해야 했다. 어렵지만 공부는 내 삶의 목표가 됐다.

삶의 목표는 나를 편안하게 했다. 그 목표를 향해 질주하는 마음은 나를 바닥에서 위로 상승시켰다. 일상적인 일은 목표를 위한 일이 되었다. 목표를 위해 일상적인 일은 나의 새로운 중요한 일이 되는 것이다.

*

2015년 11월 중순. 시골 가족모임에 참가했다.

가족모임은 거창했다. 관광호텔에서 모임을 가졌다. 각지에서 모였다. 대부분 주변 사람들이었다. 주관자는 넷째 이모네가 했다. 우리 엄마는 첫째였고, 나는 그중 첫째 외손자가 됐다. 넷째 이모는 조용하고 성품이 고왔다. 외갓집은 성질을 잘 내며 다혈질이고 단순한 사람과, 온순하고 조용하지만 깐깐한, 그러면서 욕심이 많은 사람으로 분류되었다. 우리 엄마를 위주로 윗사람들이 더 시끄럽고 쾌활하며 헌신적인 면이 강했다. 그래서 그들의 모임은 시끄럽고 왁자지껄했다.

내 동생들은 조용한 넷째 이모를 좋아했다. 그는 헌신적이었다. 우리 집에서 동생들을 보살펴주었다. 내가 아플 때 그는 나를 극진히 보살펴주었다. 내가 외가댁을 가면 그는 나의 보모가 됐다. 나는 자주 아팠고, 그는 나를 따라다니며 돌봤다. 그는 흰죽을 끓여 수저에 흰죽을 떴고, 그 위에 장아찌를 곁들여 먹였다. 장아찌는 여름에 마늘종을 절여 만든 것이다. 그는 그것을 먹어야 아픈 것이 낫는다면서, 동네 아이들을 따라 놀러 다니는 나를 죽 그릇을 들고 따라다녔다.

그는 자주 소도시에 사는 우리 집에 왔다. 울 엄마가 할머니 집 시사(윗대의 합동 제사)가 있을 때, 그는 우리 집 살림을 도맡아 했다. 그 당시 우리 집은 시골 모든 이의 정거장이었다. 학교를 다니기 위해서, 아니면 장사 차 잠자고 가기 위해서였다. 우리 집은 남녀노소 필요에 따라 그때 거쳐 가는 곳이었다. 그는 거쳐가는 사람들의 수발도 들어주었다.

그는 순했다. 할아버지가 하라 하면 했고, 가라 하면 갔다. 모든 이는 그를 좋아했다. 막내삼촌은 그를 누야라 불렀지만, 먹이고 입히고 키웠으니 그는 엄마가 됐다. 외할아버지는 남존여비 사상이 강했다. 그는 남자 만 가르쳤다. 남자들 교육을 시켜야 집안을 살린다 했다. 그는 자기 아들이 공부를 못 하면 웃돈을 주어서라도 학교를 보냈다. 결국 큰외삼촌은 사범학교에 보결생으로 입학했다. 그에 비해 여자들은 오로지 집에서 살림만 배우게 해서 조용히 시집보내는 것이 그의 방책이었다.

순한 그 이모는 차별대우로 교육을 받지 못했고, 그것이 당연한 흐름이다 생각하고 그렇게 살았다. 시골에서 삶이 팍팍하고 전쟁이 끝난 지 얼마 되지 않으니, 사회풍조에 맞춰서 그는 순응했다. 그는 일제 침략기에 태어나 6·25 사변을 겪은 세대로 밥만 먹어도 감사해야 할 것이다. 외할아버지는 아들을 그 집안의 기둥이다 여겼다. 딸들은 외지나 외부의 뭇 남성들 눈에 띄지 않도록 조심시키고, 결혼 적령기까지 곱게 숨겨두고 짝을 맺어 출가시키는 것이 최선이라 여겼다.

외할아버지는 부농이었다. 일꾼이 항상 많았다. 농사일이 많았고, 아들들은 도시에서 공부시켜서 일손이 없었다. 딸들이 집안일을 거들었다. 넷째 이모는 고분고분 집안일을 잘 거들어줬다. 그는 큰 일꾼이었다. 그는 모두에게나 환영 받는 사람이었다. 누구에게나 친절하고 헌신했다. 그가 결혼 후 낳은 자녀는 4명이었다. 큰딸은 세무 공무원, 둘째 딸은 중등학교 교사, 셋째인 큰아들은 약사, 넷째인 둘째 아들은 지하철 공사에 다녔다. 아들 둘, 딸 둘 다복한 집안 구조였다. 그는 조용하면서 강했다. 매사에 집중했고, 아이들도 철저히 챙겼다. 그는 남녀 차별 없이 아이들을 교육시키고, 사회의 일꾼으로 만들어냈다. 훌륭했다.

그들이 가족모임 행사를 주선한 것이다. 그들의 아버지가 세상을 뜬 지 십 년이 됐다. 나는 그들에게 엄지손가락을 쳐들며 "너네는 성공한 인생"이라고 강조했다. 그들은 좋은 호텔을 예약했다. 제법 방이 컸고, 방도 여러 개였다. 침대방과 온돌방, 모인 사람들의 취향에 맞게 선택할 수 있었다. 그날 저녁은 석갈비로 모든 가족이 즐겼다.

그날 모인 사람은 이십 명이 넘었다. 큰외삼촌은 이미 교통사고로 죽었다. 큰외숙모는 심장 수술로 참석하지 못했다. 둘째 외삼촌이 남자로서 윗사람이 됐다. 그가 축하인사와 감사인사로 건배를 외쳤다. 첫째인 울 엄마는 거동이 불편해서 걷기가 힘들었다. 울 엄마가 죽기 전에 이 모임을 가지는 것이 넷째 이모의 목표였다. 내가 이미 두 달 전 경주에서 울 엄마의 팔십칠 세 이별 잔치를 했던 것에 대한 보답이기도 했다. 저녁식사 후 이차로 호텔에서 즐기기로 했다.

온돌방으로 사람들은 모였다. 침대방에는 젊은이들이 모였다. 또 다른 방은 이모들이 모였다. 젊은이들은 사십 대에서 오십 대, 온돌방은 육십 대, 또 다른 방은 칠십 대에서 팔십 대였다. 각자가 옛날이야기를 하느라 바빴다. 내 막냇동생은 이모네 첫째와 같은 여학교를 다니던 추억들을 쏟아냈다. 우리 모두는 옛날이야기에 흠뻑 취하면서 큰 소리로 떠들었다.

우리는 다시 맥주를 컵에 따랐다. 한 사람이 구호를 외쳤다. "들면 술잔, 내리면 빈잔!" 그리고 술을 마셨다. 우리가 어릴 때 초가집에 살던 시절의 이야기가 나왔다. 죽은 형이 남동생을 때렸고, 그것을 피하려다 재봉틀 의자에 걸렸고, 그래서 잘못 맞아 어깨를 다쳤다고. 아직도 아프다고. 서울 이종사촌이 외갓집을 가면 자주 아팠다.

그가 오면 외할머니는 사랑방 똥간에 들러서 그를 그곳에 먼저 머무르게 했다. 나쁜 잡귀를 그곳에 버리라고. 그렇지 않으면 구정물에 담그라 했다. 나쁜 것들이 그 속으로 빠지라고. 막내삼촌과 내 큰동생은 내 둘째 남동생을 괴롭혔다. 그는 주장했다. 지금도 생각해보면 그들이 괴롭혀서 힘들었다고. 그들은 어렸을 때 함께 잤다. 시골 방구들은 새벽 3시가 되면 군불이 꺼지고 추웠다. 그들은 꼬마였던 그를 몰라라 했다. 그들만 이불을 당겨서 그들만 덮었다. 나이 어린 자기는 피해자였을 뿐이라고.

자기가 일찍 잠자면 막내 외삼촌과 형이 성냥을 태우고 남은 불씨를 눈에 놓아 뜨겁게 하는 장난을 쳤다고. 외삼촌은 나쁜 놈이었다고. 그는 생각 안 난다고. 원래 나쁜 놈은 생각 안 나는 것이라고. 자기는 대여섯 나이에 외할머니 집에 있으면 저녁때 울었다고. 오후 네다섯 시가 되면 엄마가 보고 싶어 울었다고. 그때 넷째 이모가 달래주었다고. 거의 저녁때가 되어 건너 마을에서 저녁 연기가 올라가면 눈물이 났다고.

이모가 큰 양푼에 비빔밥을 만들었다. 모두가 달려들어 먹었다. 너무 배불러서 못 먹으면 남겨서 버린다고. 할아버지는 막대기로 때렸다. 기차 타고 집에 가려면 기차 값 내라고. 밥값 하라고. 할아버지는 나무 해오라고. 아니면 청소하라고. 여름에는 깔을 베어오라고. 일꾼들이 일을 하고 밥 먹듯이 손자도 밥값을 해야 했다.

손자들은 짊어지는 망태기나 다래끼를 어깨에 메고 집을 나섰다. 모두가 논두렁과 밭두렁에서 풀을 베었다. 그곳에서 지치면 손자들은 둠벙(물을 모아두는 곳)에서 수영하고 놀았다. 그러다가 집으로 갈 때면 풀을 깎아 모은 작업량이 모자랐다. 손자들 중 제일 어린 것들은 모래를 넣고 양을 늘려보려고 애썼다. 외삼촌은 무거워서 안 된다며, 다치면 큰일이라고 막았다.

겨울방학 나무하기는 고즐배기(죽은 나무) 줍기였다. 그들은 나무뿌리에 불을 붙여 고구마를 구워 먹었다. 다 끝나면 그들은 나이 어린 것들에게 뒷모듬(일 마무리하는 사람)으로 모든 뒤처리를 다 시켰다. 할아버지가 뭐를 하라 하면 그들은 먼저 놀고 일했다. 그들은 놀 거리를 먼저 찾은 것이다. 어느 날 형은 참새를 잡았다. 참새는 어렵게 잡았다. 눈이 많이 오면 새들은 먹을 게 없어서 마을 집 마당으로 날아왔다. 형은 삼태기로 새를 쫓았다. 재빠르게 새를 향해 삼태기를 엎어서 잡았다. 몇날 며칠을 땀 흘려서 한 마리를 잡은 것이다. 어렵게 구운 참새를 화롯불에 구웠다. 구운 참새를 마당 구석에서 먹으려고 뒤적일 때 닭이 콕 찍어 가버렸다. 형은 닭을 쫓아 따라갔다. 그러나 닭이 더 빨랐다. 형은 닭을 따라갈 수 없었다.

외할머니 집 담벼락은 나무와 흙과 돌이 섞인 담장이었다. 해가 뉘엿뉘엿 지고 있었다. 누런 구렁이가 담장 위를 기어갔다. 그러면 외할머니는 구렁이를 보고 절하듯이 기도하고 빌었다. 입 속에서 뭐라고 중얼거렸다. 구렁이가 사라질 때까지 할머니는 그렇게 무엇인가 빌었다. 구렁이는 그 집의 터줏대감이며, 그 집을 성하게 하는 명물로 알았던 것이다.

쓰나미 날 때 짐승이 다 도망갔다. 짐승들이 도망가면 그 지역은 짐승이 살 수 없는 곳이 된다. 아마 그래서 구렁이가 도망가는 것을 집이 살수 없는 곳으로, 집안이 망하는 것으로 이해하지 않았을까? 그런 의미로 '구렁이가 도망간다'와 '집안이 망한다'가 같은 의미를 가져올 것이고, '기운이 쇠해서 망한다'는 의미로 어떤 자연의 이치를 아는 것으로 해석할 수 있을 것이다. 어쨌든 외할머니는 구렁이를 신같이 섬겼고, 집엔 구렁이가 자주 출몰했다. 아무도 구렁이를 잡지 못했다.

할아버지는 꼬마들을 데리고 도래밭 가래질을 했다. 일꾼이든 아니든 남자애들은 가래질을 하고 밥을 먹게 했다. 꼬마 동생은 피 뽑고 흙 밟고 따라다닌 덕으로 건강해졌다. 농촌 사정도 조금 알게 됐다. 한여름의 뜨거운 밭에서 할아버지의 심부름을 열심히 했다. 오후 두세 시가 되면 노란 참외 물에 담가놓은 시원한 참외를 얻어먹으려고 그는 열심히 일했다. 막내외삼촌과 죽은 형은 갑이고, 자기는 을이었다. 갑들은 모든 것을 잊었고, 을만 기억했다.

외할머니 집에서 가장 무서운 곳은 상갓집이었다. 오래된 큰 나무가 서 있고, 그 옆으로 상여가 놓여 있는 작은 서낭당이 있었다. 꼬마들은 그곳이 제일 무서웠다. 고목나무 가지에는 울긋불긋한 작은 조각천이 붙어 있었다. 나무와 이상한 도구들이 한데 엉켜 서낭당 구석에 쌓여 있었다. 우리는 그곳을 지나갈 즈음이 되면 모두가 뛰었다. 그냥 뛰었다. 저 멀리까지 뛰어서 그곳을 빠르게 지나갔고, 그곳을 훔쳐보며 몸을 떨었다. 밤이 어둑어둑해지면 그곳에서 귀신이 나왔다고 우리는 본 것처럼 말을 했다.

동네나 이웃 마을 사람이 죽으면 젊은 청년들이 서낭당 상여를 맸다. 온 동네 사람들(그곳은 모두가 한 집안 사람들로 먼 친척 간이었다)은 상여 멘 사람들 뒤를 따라가며, 앞서서 청승스럽게, 구슬픈 소리로 상여소리를 하면, 상여 멘 사람들은 그를 따라 후렴을 하고 따라갔다. 모든 마을 사람들은 그들과 함께 울면서 이 세상 존재의 허무함을 깨달았다.

사람은 살았다고 할 수가 없다면서. 언제 죽을지 모른다면서. 갑이 된 외삼촌과 죽은 형은 막내 동생을 떼어놓고 굴리면서 저희들끼리 뛰어갔다고. 그들은 나쁜 사람들이라고. 무서워서 울며 뛰어갔다고. 온몸에서 땀이 뻘뻘 흘렀다고. 그래도 그들은 아랑곳하지 않았다고. 그들은 홀랑 가버렸다고. 오히려 그를 떼어놓는 데 최선을 다했다고.

어느 해 여름 외갓집을 갔다. 내 친구들까지 갔다. 마을 입구의 강변이 물이 불어 건너기가 힘들었다. 비는 계속 쏟아졌다. 그들은 모두가 손을 꽉 잡고 강변을 건넜다. 물살이 세서 발목에 힘이 빠졌다. 모래에 의해서 넘어졌다. 엎어졌고 내가 붙잡으면서 물에 빠졌다. 모두가 떠내려가지 않으려고 발버둥을 쳤다. 모두가 물이 무서웠다.

그 강변은 물이 불면 사나운 폭력자가 됐다. 평소에 그곳은 놀이터였다. 수영하고 장난치며 즐길 수 있는 노천 물놀이 터가 됐다. 그 물놀이 터에서 가장 말발이 센 서울 이종사촌네는 모두를 이겼다. 그는 너무너무 말을 잘했다. 시골 말은 느렸다. 서울 말은 빨랐다. 둘이 싸움이 시작되면 빠른 서울 말이 이겼다.

서울 말은 위아래가 없었다. 한 살 위인 외삼촌이나 이종사촌 오빠, 언니가 무색했다. 그는 말로 빠르게 이기고 격퇴시켰다. 서울 말은 빠르면서 콕 찔렀다. 말에 지는 삼촌과 형은 그를 왕따시켰다. 광이나 뒤뜰에 숨어 그를 오랫동안 심심하게 만들었다. 그가 삼촌과 형을 찾아도 보이지 않았다. 그래서 그는 항복했다.

여름의 원두막은 즐거웠다. 방학이 되면 손자들이 모였다. 손자들은 작당했다. 누구네 집 수박과 참외가 잘 익었으니 그것을 서리해보자고 마음먹었다. 우선 대상을 정했다. 그 전날 수박 갈아먹은 것을 머리에 뒤집어쓰고 갔다. 하나는 망을 보고 원두막을 지켰다. 다른 사람은 과일을 땄다. 먼저 사람이 원두막 사닥다리를 몰래 옆으로 치워서 할아버지가 못 내려오게 했다. 이미 할아버지는 눈치 챘다.

누구냐? 어떤 놈이냐? 그는 겁나서 내려오지 못했다. 서리한 수박을 들고 뛰었다. 그것을 들고 냇가로 갔다. 물속에서 먹고 싸고, 먹고 쌌다. 물속에서 소화도 잘되고 많이 먹을 수 있었다. 그 길이 최고로 많이 먹을 수 있는 일이었다. 어린 마음에 잠들 때는 겁이 났다. 이튿날 온 동네에 어느 집 손자가 서리했다고 소문이 났다. 그래도 뭐라 하지 않았다. 그들

할아버지도 옛날에 그렇게 서리했음을 알아 용서했으리라 생각했다.

이제 옛날이야기에 푹 빠져 모두가 제 얘기에 열을 올렸다. 밤은 깊었다. 우리는 마지막 잔을 올려 건배하고 내일을 위해 잠자기로 했다. 진정한 가족모임이 되었다.

*

다시 어리석음은 시작됐다.

중앙에서 다시 각 부처에 배당을 받아 남편은 교육부 지방기관으로 발령받았다. 우리는 시골 시집 쪽으로 가야 했다. 시댁에서 빌린 돈을 갚으라는 시어머니의 성화에 우리는 어쩔 수 없이 꾼 돈을 갚아야 했고, 그 돈을 돌려주려면 시댁에 방한 칸을 얻어 세를 살아야 했다. 시집살이에서 벗어나서 산 지가 이 년이 채 안 됐다. 나는 망각이 빨랐다. 이 년 사이 나는 모든 것을 잊었고 그가 하자는 대로 따랐다. 지금 생각하면 또다시 내가 얼마나 어리석고 현명하지 못했는가를 알 수 있다. 나는 숙맥이었다. 그들이 하라면 할 뿐이었다.

시집에서의 삶은 또 다른 시집살이가 됐다. 3년 동안 살았던 시집살이를 멍청이같이 잊어버리고 있었다니, 정말 나는 나를 이해할 수 없었다. 그렇게 힘들여 벗어났으면 다시 시댁으로 들어와서는 안 되는 것을. 나는 바보짓거리를 했다. 시댁의 삶은 그 집의 집순이로서 일꾼이 되는 일인 것이다. 나는 많은 생각이 일어났다. 울 엄마가 열심히 공부시켜 집순이로서 시댁의 일꾼으로 시집보낸 것이 아니지 않은가? 그 시대 여자가 대학을 졸업하는 숫자는 3%라 했다. 나는 적어도 3%에 맞는 삶을 살고 싶었다. 그러나 사정은 그렇지 못했다.

아침에 아침밥을 해서 상차림을 했다. 설거지하고, 빨래하고, 청소했다.

곧 점심때가 됐다. 점심상을 차리고 설거지를 했다. 아이들 씻기고 어르고 뒤처리하면 오후가 됐다. 시장에서 찬거리 사다가 준비하고, 4시가 되면 저녁 준비를 했다. 6시가 되면 밥상과 술상이 함께 차려졌다. 술자리는 밤늦게 끝났다. 뒤처리하고 쪽방 살림집으로 갔다. 아침이 되면 어김없이 일어났고, 하루의 일과가 전날같이 계속됐다.

하루의 일과는 날마다 반복, 반복되었다. 특별한 날들은 많아졌다. 오늘은 이불 빨래를 하라고. 그다음 날은 장독대 청소하기. 그다음 날은 마당 세면대와 화장실 물때 닦기. 또 다른 날은 김치 담기. 그다음 날은 온 방 대청소하기. 나는 일꾼 중 상 일꾼이 되어야 했다. 과천에서 꿈꾸던 토플 공부는 나와 너무 먼 곳에 있었다. 공부는 사치일 뿐이었다. 나는 서서히 시어머니의 눈치를 보며 그의 취향에 맞게 길들여졌다. 나는 그들의 삶 속에서 그들의 시종이 됐다. 나는 그들에게 잘 길들여지는 며느리, 그들의 삶을 즐길 수 있게 하는 며느리인 것이다.

나는 깨어나야 했다. 그들을 벗어나야 내 삶을 살 수 있었고, 내 삶을 개척할 수 있었다. 나는 어떡하면 이곳을 벗어날까 생각하기 시작했다. 나는 어떻게 하면 가장 적은 돈으로 가장 적합한 집을 찾을 수 있을까 하고 찾기 시작했다. 그 도시의 가장 변두리 쪽 가장 작은 13평 연탄 아파트를 찾았다. 나는 분가하기로 결심했다. 허름해서 낡았다. 어둠이 깊은 굴속 같은 집이었다. 시내를 가려면 두어 시간 걸렸다. 그래도 나는 좋았다. 오로지 구속에서 벗어나고자 애썼다. 그곳은 나에게 천국이었다.

이삿날.

시어머니는 아침부터 온갖 자신의 화통을 쏟아내기 시작했다. "꼭 가야만 하느냐? 이렇게 살면 뭐가 나쁘더냐? 나만큼 잘해주는 시어미가 어디메 있다더냐? 자식 다 소용없다. 자식 다 소용없다." 그는 모든 푸념을 쏟아냈다. 아이며 새끼, 며느리에 대한 원망을 쏟아낸 것이다. 나는 묵묵부답으로 일관했다.

그는 속에서 일어나는 분을 삭이지 못해 온몸을 떨었다. 이사 갈 집을 정리하고 시집으로 돌아왔다. 그는 살 속에 넣어두었던 분풀이를 나에게 속사포로 쏘아댔다. 시간은 길었다. 아이들은 내 곁에서 벌벌 떨었다. 차가운 소낙비가 온몸 속으로 스며들 듯 그의 말은 내 살 속을 후벼 팠다. 그래도 좋았다. 나는 내일부터 자유가 있을 것이기에. 그의 말도 지나갈 것이기 때문에.

드디어 자유가 시작됐다. 아이들만 잘 보살피면 됐다. 시어머니는 요구했다. 효도하라고. 그는 일주일에 두 번 정도 시댁에 들르라고. 주중에 한 번, 주말에 한 번. 나는 눈 딱 감고 이틀만 파출부 해주면 될 것이라고. 그리고 자유 시간을 가지면 행복하다고. 차츰 동네 주변을 알기 시작했다. 놀이터로 아이들을 데리고 갔다. 어느 남자가 큰애를 보며 "얘, 넌 어쩌면 내 동창 김철수를 닮았냐?" 했다. "예? 우리 아빠가 김철수예요."

큰애는 아빠를 닮은 것이 분명했다. 주변에는 많은 친구가 살았다. 여고 동창, 대학 동창, 내가 가르친 제자들. 그들과 아무 곳에서나 만나게 됐다. 그곳의 아파트는 구별됐다. 동쪽은 큰 아파트에 맨션, 서쪽은 넓은 평수이나 맨션은 아닌 곳이었다. 그 가운데 지역은 작고 좁은 연탄 서민 아파트. 사람들은 내가 어느 곳에 집이 있나 궁금해했다. 나는 상관없이 작고 좁은 곳을 알려줬다.

우리는 그때 막 인생의 초년생들이었다. 시집을 잘 가 번듯한 집 한 채를 받은 친구가 많았다. 어느 날 친구들이 몰려왔다. 모두가 한마디씩 했다. "얘, 난 이런 곳에 못살겠다." "너네 신랑이 아무리 행시를 했고 고위직이라도, 난 이런 곳에 살기 힘들지." "난 지금 교직을 그만두어도 일천만 원은 받을 수 있대." 그들의 말은 강했고, 나에게 상처를 주었다. 그 상처는 내 몸속으로 박혔다.

이사 정리가 끝나자마자 시어머니는 전화했다. 오늘 맛있는 것 해 먹을 테니 집으로 오라고. 그는 서서히 나를 새로운 길들이기 감으로 생각하듯 주중에 부르고 주말에 불렀다. 나는 열심히 그의 집을 씻고 닦았으며 빨래를 했다. 그는 세탁기를 용서 못 했다. 더럽다고. 그는 빨래를 가만두지 못했다. 마당 줄에 널은 빨래는 동쪽에서 남쪽, 다시 서쪽으로 해를 따라 옮겨져야 했다.

그는 생활의 달인이었다. 모든 살림도구는 자로 재듯 반듯해야 했다. 은수저 두 벌(부모)은 안방 찬장에 옮겨져야 했다. 그는 그것으로 당신의 존귀함을 나타냈다. 아침, 점심, 저녁, 그 은수저를 닦아서 옮겼다가 다시 밥상에 차려놔야 했다. 나는 그것이 못마땅했다. 왜 그래야 하느냐고? 그런 비합리적 모습이 싫었다.

그는 아버님과 함께 찍은 사진을 각 아들에게 보냈다. 아들들이 안방이나 거실 한가운데 그 사진을 김일성처럼 모셔놓길 바랐다. 나는 몸에서 소름이 끼쳤다. 우리 둘째 동서는 거실 한가운데 그때 그 사진을 지금도 모시고 있다. 나는 분명 그때부터 반항아였음에 틀림없다.

＊

어느 겨울 초. 남편과 나는 산행을 했다.

산은 속살이 다 보였다. 다른 해는 이렇게 속살이 다 보이도록 나뭇잎이 떨어지지 않았다. 유난히 비도 없었고 가물었던 해였다. 조선시대 비가 안 와서 흉년이(5년) 계속된 적이 있다던데, 비가 없었던 옛날을 생각하면 요즘도 그렇게 되지 않을까 걱정했다. 다행히 겨울 초입에 비가 와줘서 해갈이 됐다. 넓은 호수 바닥이 보이니 마음이 심란했다. 비로 인해 호수 바닥이 채워졌다. 토요일이라 산행자는 적었다.

산속의 나무들은 고요했다. 하늘을 향해 무심히 서 있을 뿐이었다. 바람 없이 서 있는 나무들아, 너네는 무슨 생각을 하는 거냐? 내가 아는 나무들은 항상 바람과 어울려 속삭이는 모습이었다. 그런 모습만을 평생 보았다. 그런데 요즘은 나무가 속삭이지 않고 그대로 서 있는 모습만을 보는 때가 많았다. 나이 든 나의 문제인가? 바람 없는 대기의 이상 기온 때문일까? 하여간 이상한 일이었다. 나는 산을 좋아했다. 산속에서 산을 밟으면 나는 산이 됐고, 산 또한 내가 됐다.

내가 산을 탄 지는 삼십 년이 넘었다. 처음엔 돈이 없어 소일거리로 애들을 데리고 갔었다. 놀이동산 갈 만큼의 여유도 없었다. 설령 가도 입장료가 없었으니, 들어갈 수 없었다. 처음에는 동네 한 바퀴를 돌았다. 그다음 좀 더 멀리 있는 약수터까지. 그 다음에는 우리도 약수터에서 약수를 떠다 먹기로 했다. 그렇게 조금씩 산을 탔고, 조금씩 늘려갔다.

어느 때부터 우리에게 일요일은 약수를 떠오는 날이 됐다. 작은애가 5살 될 때부터 우리는 산사람이 되어갔다. 서울 근교 산을 훑었다. 좀 더 큰 산을 원할 때 우리는 태백산을 탔다. 높지만 어머니 같은 산이었다. 덩치가 크고 산길이 넓은데 가파르지 않았다. 산꼭대기에 있는 천제단에는 기도자가 많았다. 그들은 천제단에서 몇 날 며칠을 밤새우며 기도했다. 비바람과 폭풍이 불어도 기도자들은 열심히 기도했다.

그곳은 분명 산의 정기가 서린 특별한 곳이었다. 우리는 산을 통해서 산을 배웠고, 산사람이 되는 것을 즐겼다. 산이 우리를 불렀고, 우리는 산을 찾아야 했다. 산행을 하면 몸과 마음이 깨끗해졌다. 시끄러운 일은 조용해졌다. 머리 아픔이 사라지고 마음이 고요했다. 산속의 나무는 그가 가진 것을 보여주었고, 나무는 내가 가진 것을 봤다. 나는 그런 것이 편안했다. 산에서 내려오면 산은 산이 됐고, 나는 내가 됐던 것이다.

산행 중에 남편은 아이들과 함께 저녁식사를 해보자고 제안했다. 아이들은 아이들대로 일정이 있을 수 있으니 확인해보기로 했다. 그래 보자고, 나이도 많고 산행 후 상차림은 몸에 무리가 있다고. 음식점에서 만나는 게 좋겠다고. 큰애와 작은애에게 전화로 확인했다. 모두가 좋단다. 약속을 지키기 위해 하산을 서둘렀다. 올림픽대로는 토요일이라 밀렸다. 시간이 늦어졌다. 걱정을 하며 후회했다. 육십이 넘은 이 나이에는 한 가지 이상을 해서는 안 된다고, 빠르게 조바심을 내며 간신히 집에 도착했다.

이미 작은애가 와 있었다.

- 엄마야?

- 응.

그는 TV를 계속 보고 있었다. 나는 배낭을 정리했다 그리고 뜨거운 물에 몸을 풀었다. 거실에서 두 부녀가 TV를 보며 깔깔댔다. 그들은 호흡이 잘 맞았다. 그들의 큰 웃음이 나를 편안하게 했다. 식당 약속시간이 다되어갔다. 나는 빠르게 외출복을 입었다. 딸은 TV를 끄고 함께 나서려 했다. 나는 시간이 걸렸다. 그는 다른 때 같으면 나를 기다리고 내 곁에 서성댔을 텐데, 그는 그러지 못했다.

그는 젖 뗀 아이처럼 무엇인가 어색하게 얼쩡대다가 슬금슬금 현관 쪽으로 문을 열면서 나가려 했다. 그는 내가 그를 집에서 내친 것에 대한 미움이 그의 몸속에 살아 있었다. 나 또한 그에 대한 미움과 사랑이 복합적으로 섞여 있었다. 무엇인가 말을 해서 어색한 분위기를 편안하게 해야 했다. 나는

- 어깨 좀 펴라. 허리 아플라.

크게 그를 향해 소리 질렀다. 그는 "응" 하며 현관문을 나섰다. 문이 닫혔다. 내 가슴이 쓰렸다. 엄마의 가슴 저림이 이런 것이구나. 가슴이 아리아리하며 슬픔이 몰려왔다. 그가 그렇게 안쓰럽고 안타까울 수가 없었다. 어느 날 내 친구가 제 딸 유학 보내면서 3박 4일 평평 울었단다. 나는 미쳤다고 했다. 이제는 그를 이해했다. 시집 못 간 딸아이를 집에서 억지로 몰아내는 것은 할 짓이 아니었다. 나는 그가 미웠다. 시집보내기 위해서 나는 안달을 했다. 그는 결혼에 대해 자기와는 별개의 일로 반응하고 반항했다.

그는 내 욕심에 시집보내려 한다면서 욕했다. 나의 노력은 모두 허사가 됐다. 거기에 들인 돈과 시간은 나를 더욱 분노하게 만들었다. 나는 주위 사람들이 주장하는 대로 그를 독립시켜야 그가 살 수 있다는 말을 실천하기로 맘먹은 것이다. 그래서 나는 그를 억지로 내쫓았다. 월셋방을 얻어 조카와 함께 살아보라 했다. 셋방을 얻으라 했다. 우리는 매일 싸웠다. 무엇인지는 모르지만 투닥거렸다. 우리는 어쩔 수 없이 헤어져야 했다.

그가 나갔다. 그는 싫고 힘들어했지만, 어느 순간 운명적으로 받아들였다. 그는 적응하기 시작했다. 며칠은 외부적으로 집안 행사, 결혼식, 팔순잔치, 상갓집 등 너무 바빠서 그를 잊었다. 한가해진 어느 날 휑 빈 그의 방이 보였다. 그의 방에 있던 그의 존재가 내 몸속으로 들어오면서 눈물이 쏟아졌다. 자식에 대한 가슴앓이였다. 슬펐다. 멀쩡한 방을 두고 억지로 내보내야 하는 어미의 심정. 이게 뭐하는 짓인가를 한탄했다.

그의 빈 방을 비워두고 셋방을 얻어 몇 십만 원씩 세를 내고 살게 하는 꼴이 과연 합당한 것인가? 사는 것이 이래야 하는 것인가? 왜 자연스레 살면 안 되는 것인가? 생각에 생각이 꼬리를 물며 나는 식당으로 향했다. 식당에는 큰애 식구가 이미 와 있었다. 작은애의 분노, 원망은 분명 눈 속에 계속 서려 있었다. 우리는 맛있는 것을 시켜서 건배를 외쳤다. 끝나갈 즈음 그는 경직된 오만 가지 감정이 사그라지고 있었다. 나는 속으로 외쳤다. 그래, 힘들지만 힘들 때 너는 성장하고 있을 거야. 그렇게 믿었다.

*

어느 날 도둑이.

도둑은 우리 집 모두를 뒤집어놓았다. 서랍과 장롱. 그가 필요한 것을 찾기 위해 벌집 쑤시듯 쑤셔놓았다. 그가 필요한 것은 없었다. 나는 집이 무서웠다. 도둑의 존재가 집안에 있었다. 내가 가는 곳마다 그 도둑의 그림자가 붙었다. 몸이 떨려서 그 집이 싫었다. 그곳에 있으면 무섬증이 생겼고, 그것은 나를 떨게 했다. 검은 옷 그림자만 봐도 소름이 끼쳐졌다. 그리고 갑자기 숨이 거칠어졌다. 그렇게 검은 빛들은 나를 압박했다. 그날로부터 나는 그곳을 떠나고 싶었다. 눈을 크게 뜨고 주변을 둘러보았다.

마침 편지꽂이 담벼락에 전세금으로 집을 살 수 있다고 광고가 붙었다. 관심이 생겼다. 내용인즉 내가 가진 전세금 사백만 원. 그것에 세 달에 한 번 삼십만 원씩을 불입하면 됐다. 보너스 나올 때마다 불입하면 좋을 것이다. 우리 집이 되는 것은 좋은 일이었다. 명색이 우리 집 아니겠는가? 즉시 계약했다. 우리는 세 살던 아파트와 같은 아파트를 산 것이다. 작지만 테니스장이 보이는 따뜻한 남향 집이었다.

정부에서 쓰던 집을 싸게 분양한 것이다. 어둠이 없는 밝은 집이었다. 우리는 '우리 집'이라고 그곳을 하얀 페인트로 칠했다. 그곳에 새 희망과 꿈을 심었던 것이다. 심리적 안정도 생겼다. 나의 꿈도 실현할 수 있었다. 토플 책과 전공 서적도 공부했다. 희망도 잠시. 시어머니는 우리가 산 집에 대해 불평했다.

나이도 어린 것들이 무슨 집이냐고. 그는 그의 욕심을 채워주기를 바란 것이다. 나는 그를 이해할 수 없었다. 그는 서서히 용돈 타령을 했다. 우리가 받은 돈은 20만 원이 채 안 됐다. 아이들 우유 값도 모자랐다. 보너스로 모자라는 돈을 채워야 했지만, 그 보너스는 집값으로 몽땅 입금해야 하는 돈이 됐다.

우리가 산 조그만 아파트는 남향집이라 따뜻했다. 남쪽 창문 밖이 테니스장 담벼락과 서로 가깝게 접해 있었다. 새벽 6시가 되면 공 소리가 들렸다. 어느 날 플래카드가 코트 장 벽 위에 걸렸다.

- 공 치고 싶은 주부님들은 모두 모여주세요. 공짜로 레슨을 시켜주겠습니다. 코치 백.

아파트 주민들이 새벽 공 치는 소리 때문에 잠잘 수 없다고 항의하는 바람에, 코치는 주부들에게 무료 레슨을 자처한 것이다. 모이는 시간에 나도 그곳에 갔다. 30명쯤 모였다. 코치는 두 팀으로 만들었다. 15명씩. 오전 오후 팀으로 짜서 레슨을 했다.

나는 우리 애를 업고 갔다. 다른 사람들도 아이를 데리고 왔다. 아이들끼리 코트 가장자리에서 놀았다. 주부들은 그 사이 레슨을 받았다. 서너 달이 지났다. 30명은 15명으로 줄어들었다. 6개월 후 6~7명쯤 됐다.

그곳에서 친한 친구가 생겼다. 그의 남편은 도청의 말단직이었다. 그는 시골 사람처럼 인심이 후했다. 우리는 서로 정서가 맞았다. 아이들도 비슷했다. 그렇지만 그네가 우리보다 삶의 질이 훨씬 나았다. 직급으로 우리는 사무관이라 말단직과는 다른 높은 직급인 편이었다. 무엇이 다른지 몰랐다. 그들은 씀씀이가 크고 무엇인가 풍요로웠다. 친정아버지는 항상 말씀하셨다.

- 공무원은 힘들다. 10년 넘어야 좀 나아진다. 어려워도 참아라.

처음에 그 소리가 무슨 소린지 몰랐다. 삶은 팍팍했다. 몸도 팍팍했다. 유일한 즐거움은 코트에서 공 치는 20분간의 레슨이었다. 새봄 3월이 오면 대학원에 갈 수 있고, 어떤 희망의 끈이 올 수 있다고 굳게 믿었다. 이미 학비를 친정아버지에게 부탁했으니, 시댁에서 대학원 입학한다는 허락을 받아야 했다. 2월 마지막 주말이었다. 아침부터 시댁에 가서 청소하고 빨래했다. 살림의 달인인 시어머니는 내가 한 일을 점검하고 지시했다. 하루 종일 고달팠다. 저녁상을 물리고 설거지와 저녁 청소를 끝냈다. 이리저리 시간은 많이 지나갔다. 한밤중이 되어갔다.

나는 그의 '너네 가라'는 말을 기다리고 있었다. 그때 남편은 내가 대학원에 입학한다는 말을 꺼냈다. 그때 그들의 기분이 어땠는지 몰랐다. 다만 "빨리 가거라" 했다.

그 소리가 떨어지자마자 우리는 서둘러 버스를 타고 집으로 왔다. 거의 밤 12시가 다 되었다. 연탄불이 사그라진 채로 내 몸도 녹초가 되어 잠에 떨어졌다. 새벽 4시경 초인종이 울렸다. 어? 이 시간에 웬 사람이? 남편이 현관문을 열었다. 현관문으로 쑥 밀치고 씩씩대며 쳐들어오는 시어머니. 온몸에 노기가 서린 채

- 너네가 장남 아니가? 어떻게 어미나가 대학원을 간다드냐? 그래도 장남이 동생 학비를 주어야지?

그는 울며불며 노기에 찬 소리를 내질렀다.

- 난 한잠도 못 잤다.

그는 목쉰 소리로 우리를 협박하고 죽였다(천하의 불효자식으로 죽을죄를 지고 있다는 것이다). 그의 소리는 칼이었다. 바닥에 누워 있는 우리를 향해 칼로 내리치듯, 아파트가 떠나가게 고함치며 언성을 드높였다. 그는 주먹으로 바닥을 쳤다(그의 팔뚝은 두꺼운 쇠철이었다). 고함으로 우리를 죽였다. 나는 벌벌 떨었다. 아이들은 엄마, 엄마 소리치며 울었다.

내가 뭘 잘못한 것인가? 어쩌란 말인가? 당신의 아들 학비를 내 친정집에서 갖다줄 수는 없지 않은가? 서로가 비슷한 공무원 집안인데?

그는 계속 분노에 차 몸을 떨며 발악을 했다. 언어폭력은 날카로웠다. 그의 소리는 내 머릿속에서 하얗게 변했다. 남편은 조용했다. 그의 악을 침묵으로 받았다. 그가 내리치는 방바닥을 보았다. 그의 몸부림으로 달려드는 몸체를 받았다. 우리는 방구석 문에 앉아 있었다. 아이들을 안고 고개를 숙이고 그의 분노를 몸으로 받을 뿐이었다. 시간은 한참을 지났다. 그는 다시 한 번 거세게 욕을 한 바가지 더 퍼부었다. 그리고 떠났다.

집은 조용해졌다. 쑤셔서 걷어 올린 이부자리를 다시 펼쳤다. 아이들이 누웠다. 앉아서 구부렸던 허리를 펴고 모두가 누워서 천장을 봤다. 세상에 이런 일도 있는 거구나, 삶이라는 것은! 그 후 그는 내 안의 무서움, 두려움, 어찌할 수 없는 존재로 남겨졌다. 귓등으로 듣던, 시어머니 때문에 이혼했다는 사실을 인정할 수밖에 없었다.

그날로부터 남편은 말이 사라졌다. 자기 부모에 대한 적개심이 몸에 쌓였다. 그도 부모를 떠나고 싶은 듯이 보였다. 시어머니는 수시로 우리에게 강요했었다.

- 학비가 천만 원 들었다.

그것을 '너네들이 갚아달라'는 요구로 보였었다. 그날 이후 그는 부모가 뒷바라지했다는 학비를 모두 갚아버리고 부모와 모두를 떠나고 싶어 했다. 그는 말했다. "있는 거 모두 다 주고 우리는 맨몸만 가지고 이곳을 떠나고 싶다." 집을 팔고 결혼 패물을 팔고 모자란 것은 빌려서, 자기 학비 받은 것을 모두 돌려주고 떠나고 싶다고 말했다.

나는 말렸다. 나로 인해 이 집이 망가지는 것은 좋은 모습이 아니라 했다. 그 다음 주 초에 나는 시댁으로 일하러 가지 않았다. 그의 모욕에 대한 보복이었다. 나도 스스로 치유하고 나를 살려야 살아갈 것이다. 어쨌든 가지 않았고, 주말에도 가지 않았다. 낌새를 알아차린 시아버지가 주중에 왔다. 나는 예의를 갖추려 애썼다. 몸은 경직됐다. 사지는 떨려왔다. 큰아이가 할아버지에게 말했다.

- 우리 엄마 또 혼내려고 할아버지 우리 집에 왔어? 맨날 맨날 우리 엄마 혼내기만 해.

- 아니야, 너희들 보고 싶어 왔지.

그는 계속 말했다.

- 너희 어머니가 돈놀이(돈을 빌려주는 일)를 하다 보니 떼어먹는 놈이 많았다. 그들과 대항하다 보니 몸이 안 좋아서 그랬다. 네가 이해해라.

무슨 말인지 이해가 안 갔다. 그와 나와의 일은 상관없는 일이었다. 그는 계속 네가 용서를 빌러 시집으로 들어오라는 것이었다. 나는 내가 뭘 잘못했는지 몰랐다. 그 주에 나는 부모와 이별하겠다는 남편을 끌고 시댁으로 갔다. 아무 일 없던 것처럼 밥을 했고, 청소를 했다. 오후 늦게 그가 집에 가라고 해서 갔다. 남편은 소속 부처를 다른 곳으로 옮기려 애썼

다. 그가 보기에 교육부엔 자기의 꿈과 희망이 없었다. 부처를 옮기자니
정리할 문제가 많고, 출장 갈 일이 생겼다. 그는 출장 가는 날 나에게 아
이들 데리고 친정 가서 잠자고 오라고 일렀다. 모처럼 만의 휴가라 생각
하니 기뻤다. 부지런히 아이들을 챙겨서 친정 나들이를 갔다. 아이들은
동생에게 맡기고 친구들을 만났다.

오후 늦게 전화가 왔다. 시댁이었다. 동생이 받는 전화 쪽을 향해 거부
손짓을 하며 안 왔다는 표시를 알렸다. 동생은

- 언니 안 왔는데요?

라고 말했다. 갑자기 내 몸속에 있는 심줄이 꼿꼿이 박히면서 긴장됐
다. 숨소리가 거칠어지면서 빨라졌다. 어떡하지? 어떡해? 피가 거꾸로 올
라왔다. 얼굴이 화끈했다. 무서웠다. 저돌적으로 공격하는 그가 끔찍스러
웠다. 콩당콩당 가슴이 울렸다. 이미 나는 이곳에 없어야 했다. 그날 밤
늦게 또다시 시댁 쪽은 나를 집요하게 찾았다. 동생들은 계속

- 언니가 오지 않았는데요?

라고 말했다. 우리는 말없이 싸웠다. 그는 나를 찾아야 했고, 나는 그
곳에 없어야 했다. 몇 차례 더 그는 밤 12시가 넘도록 나를 찾았고, 나는
그곳에 없음을 알렸다. 밤새 우리는 서로를 미워하며 숨바꼭질로 서로를
찾고 숨었다. 잠은 오지 않았다. 왜 그는 나를 찾아야 했는가? 그는 나를
그에게 복종시키고자 했고, 나는 그에게 복종하지 않으려 애썼다. 그렇게
그날 밤 나는 지옥의 밤을 샜다.

내가 이런 사실을 말하는 것은 무엇 때문일까? 나를 알리려고? 그렇게
해서 무엇이 내게 유익한가? 아니다. 어느 날 나는 내 생활이 역사가 되었
음을 깨달았고, 그 역사를 기록하면, 누군가 자신의 삶을 성장시켜 확장
할 수 있지 않을까 생각됐다.

나는 조금 있으면 몸이 망가져서 쓰고 싶어도 쓸 수 없고, 눈이 흐려서
보이지 않을 것이다. 꼿꼿이 설 수가 없으니 하고 싶은 것들을 하지 못할

것이며, 뇌에 이상이 생겨 생각할 수도 없을 것이다. 그렇기에 내 삶을 기록하고 싶은 것이다. 내가 내 삶을 스스로 개척하려 애썼고 내 희망을 내 나름대로 성취했기에, 뒤를 잇는 후배들에게 그들이 처한 어려움을 잘 견뎌서 그들의 꿈과 희망을 실현하길 빌 뿐인 것이다. 그리고 잠시 나의 기록을 참조하여 도움이 되길 빌 뿐인 것이다.

나는 가끔 여러 가지를 되새겨봤다. 우리가 어린 시절 학교에서 배운 과학과 수학이 중요하다 말했다. 그것을 잘하는 학생들이 선두를 달렸다. 좋은 학교에 입학하고. 좋은 직장에 취업했다. 그들은 경제성이 높은 이로 대접받았다. 그들은 실력이 좋았고, 칭찬 받으며, 우등생으로 부러움을 샀다. 그러나 인생을 살다 보면 인생의 문제가 있으며, 그것은 수학과 과학으로 풀릴 문제가 아니었다. 인생의 문제는 그 문제를 해결할 수 있는 세상의 흐름에 대한 이해를 또 다시 배워야 했다.

*

나는 내가 읽은 책을 메모한 것을 읽어봤다.

욕망이 생기고 나면, 그대는 걱정과 근심으로 어지러워진다. 무엇을 선택해야 하나? 어디로 가야 하나? 어떻게 가야 하나? 무엇이 옳은 방향이고 무엇이 옳은 접근 방식일까? 거기에는 그것을 할 수 있을까? 하는 두려움이 있다. 끝없는 두려움, 그대는 어지러워진다. 욕망은 세일즈맨이다. 그런 다음 악마인 보스가 들어온다. 그때 그대는 지옥으로 내던져진다. 욕망이 그대를 어지럽게 한다. 그때는 아무도 확신할 수 없다.

첫 번째, 바르게 보기이다. 아무 의견 없이 사물을 보라. 그렇지 않으면 절대 실체를 보지 못할 것이다. 그냥 보라. 있는 사물을 그대로 보라. 사실적이 되어라. 허구를 만들어내지 말라. 선입견을 가지고 보면 허구를 발견하게 될 것이다. 그것이 문제다.

이 구절을 읽으며 우리 애가 결혼 못 하는 이유를 이해할 것 같았다. 선만 보면 상대방의 허점만을 잘도 읽어냈고 욕했다. 그의 어지러운 혼란은 바르게 보기를 하지 못하는 것이라고 이해했다.

먼저, 신념으로 가득 차 있다면 허구를 발견하게 될 것이다. 마음은 자기 최면을 거는 능력이 풍부해서 자신이 믿는 것이면 무엇이든 창조해낼 수 있기 때문이다. 붓다는 말한다. 아무 신념 없이 실체로 들어가라. 신념은 장벽이다. 그는 그것을 지켜봐야 한다고.

너의 에고는 네가 읽은 책과 교육받은 마음속의 강요, 새겨진 내용에 따라 나온 것이다. 그대 자신의 신념이 에고를 창조하고 있는 것이다. 그대의 마음은 어떠한 꿈도 필요치 않다. 모든 것은 그대의 창조물이다.

'바르게 보기'란 아무런 선입견이나 신념, 의견을 갖지 않는 것이다. '저 사람은 나쁘다'는 의견을 들고 와서는 자신에게 설득하고 설득하려 들 것이다. 그대의 신념은 항상 자신이 보고 싶어 하는 것들만 찾아낼 것이다. 신념은 아주 선택적이다.

바르게 듣는 것은 비어 있는 사람으로서, 듣는 것에 저항함 없이, 선입견 없이 그저 듣는 것이다. 마음속에 아무런 선입견 없이 사물을 보는 것이 바로 붓다가 말하는 바르게 보기이다. '바르게'의 진짜 의미는 견해 없는 마음이다. 어떤 견해를 가지고 있으면, 그것은 그릇되게 보는 것이다. 아무런 견해가 없을 때, 그대는 단순히 열려 있고 맑다.

바른 이해를 가진 사람은 진리를 부정하는 대신에 자신을 바꿀 것이다. 그대가 맞지 않는 것은 그대이지, 현실이 아니다. 기대가 없는 사람은 현실과의 사이에서 아무런 갈등을 발견하지 못한다. 그는 항상 현실과 어울리고, 현실도 항상 그와 어울린다. 이것이 바르게 보기이다. 의도를 버려라. 욕구를 버려라. 이런 구절을 읽으면서 나는 나를 반성했다. 내가 가진 모든 에고는 내가 만든 나의 물건이었다. 지금 현재 나를 버리고 나를 살려보는 것에 애써야 했다.

*

남편은 퇴직자였다.

남편과 같은 부류의 사람들 중에는 함께 일했던 부처에서 새롭게 장관급 보직에 임명받은 사람들이 있었다. 그들은 세종시에서 근무했다. 살던 집을 포기하고 이사했다. 그들은 나이 들었고 이미 자녀들이 출가해서 별 탈이 없었다. 자녀들이 서울에서 학교 다니는 사람들은 이사하지 못했다. 그들은 이중 살림을 했다. 곤궁한 공무원들은 살림이 더 곤궁해져야 했다. 뒤늦게 직책 받은 사람들은 서울로 출장 왔다. 그들은 서울 올 때마다 남편을 만났다. 그는 말할 자가 없었다. 그는 말할 사람이 필요했다.

까맣게 후배인 사람들과 함께 일한다는 것은 힘들었다. 후배들도 그를 받드는 것이 힘들었다. 그들은 정서가 맞지 않았다. 선배는 시간이 많았다. 그는 모든 일을 마무리하고 싶었다. 후배는 시간이 없었다. 빨리 끝내야 퇴근하고 그다음 날 출근할 수 있었다. 이 모든 것들은 장소의 이동거리(세종시)와 생활 패턴의 어려움 때문이기도 했다.

정치는 정치 논리대로, 정부는 정부대로 그들은 서로 맞추지 못했다. 정치인들은 그들의 권력에만 집착했다. 모든 것은 권력을 잡기 위한 수단일 뿐이었다. 결국 정치인들은 권력을 위해 정부를 찢어놓았다. 그곳에는 경제성도 없고 시간성도 없었다. 그들의 권력을 위해 그들의 싸움을 가졌다. 어떻게 이겨서 자기 권력에 패권을 잡을 수 있는가에 집착했다. 나라의 발전과는 상관없는 짓거리로 보였다. 현장에서 일하는 사람들을 괴롭히고, 그것이 최선임을 강조했다.

남편 친구는 정직했다. 열심히 최선을 다했다. 그가 임명 받은 그 자리
는 편치 않았다. 앞선 후배가 일을 엉망으로 그르쳐놓았기 때문이다. 그
후배는 일을 자기 입맛대로 처리했다. 그것은 뒷사람을 곤혹스럽게 했다.
한 지방 노동자가 부당한 해고를 받았고, 그 지역 기관에서는 그 노동자
가 부당하게 해고됐다고 판결했다.

그 사건이 다시 위로 올라왔다. 재심을 했을 때 후배는 역으로 회사 편
을 들어 부당하지 않았다고 회사 쪽 손을 들어줬다. 그의 밑에 있는 직원
들과 손잡고 그 노동자를 해고하는 게 마땅했다고. 그 노동자는 너무나
억울해서 자살했다.

그 사건은 지금도 계속되고 있었다. 남편 친구는 잘못된 그 사건으로
고통 받고 있었다. 그 문제를 해결하느라고 자신의 심적 고통이 심했다.
그는 앞선 후배 놈이 정말로 쓰레기 인간이었다고 강조했다. 그는 지금도
그놈을 생각하면 흥분했다. 그곳에 있던 다른 친구들도 모두가 그놈이 죽
일 놈이라고 말했다. 모든 것을 저버리고 새 옷을 입고, 유명한 법률회사
의 고문으로 그 죽일 놈은 일하고 있었다. 그들은 그가 지금도 형편없는
쓰레기 삶을 살고 있다고 생각했다.

나는 그가 이미 쓰레기 인간임을 알았었다. 그는 남편의 고등학교 직속
후배였다. 남편은 삼십 년간을 후배에게 자리 옮김을 챙겨주고 뒷자리를
물려줬다. 그는 외국에 수시로 드나들며 외국 근무를 즐겼다. 한국에 오
면 승진 자리를 잘도 받아 챙겼다. 그는 모든 이권에서 자기 몫을 잘 챙겼
고, 선배를 이용하는 데 선수였다. 그의 혀는 달아서 사람들에게 잘 먹혔
다. 그는 정치인과 교류하고 집권당들을 잘 챙겼다.

여당이 야당이 됐을 때 그는 여당만을 그의 편으로 했다. 그의 승진은
챙겨준 선배를 밟은 대가였다. 그는 정권과 손잡고 선배를 밀쳐내려 애썼
다. 정치권과 손잡고 밀고 밀어서 선배를 한직으로 몰아냈다. 그는 수시
로 나를 형수님이라 부르면서 친밀함을 나타냈다. 그러거나 말거나 선배

인 남편은 언제나 그가 영원한 후배고 동생이었다. 나는 그들이 똑같이 속 터졌다. 나는 그들을 머리에서 지웠다. 그것이 나를 위해 좋았다.

시간은 빠르게 흘러갔다. 몇 년 후 그는 그의 최고 자리를 가졌다. 그는 마른자리, 좋은 자리를 모두를 골라 가졌다. 시간은 그를 그 자리에 그대로 두지 않았다. 어쩔 수 없이 그도 시간에게 졌다. 그는 더 새로운 자로 변화해야 했다. 그는 자기가 가졌던 모든 직위, 체모, 염치를 쓰레기통 속으로 과감히 버렸다. 그는 버려진 자리, 직위 등을 섭렵해서 다시 챙겨 가졌다. 그가 할 수 있는 한 모든 것은 그의 달콤한 혀를 통해서 소유했다. 그의 뒤에서 선배와 후배는 그를 물리칠 수 없었다. 그의 혀 속에서 모든 것이 사라지고 죽었다.

부처에는 그와 같은 쓰레기 인간이 많았다. 그들을 죽일 수 있는 유일한 것은 그들이 가진 삶의 시간이었다. 결국 그들도 시간 속에서 그렇게 사라질 수밖에 없었다. 그러나 그들은 다시 유명한 법률회사에 고문으로 취업했다. 그곳에서 그들은 후배들을 괴롭히며 여전히 쓰레기 인간으로 존재하고 있다.

그들은 그래도 필요하면 달콤한 혀를 이용해서 자기들 일을 성취했다. 앞에서 그들은 선배들에게 주님같이 아부했고, 후배는 아들처럼 위했다. 자기들 일이 성공하면 그들은 모두를 버려서 죽였다. 그리고 다시 필요하면 그들을 또다시 그렇게 사용하면 됐다. 그들에게 당하는 자들은 모두 천사가 됐다. 그리고 쓰레기 같은 악동들한테 평생을 당하면서 그렇게 살았다.

그와 같은 사실을 아는 자들은 뒷자리 물려준 후배가 (이번 모임에서 너나 할 것 없이) 그 인간이 가장 쓰레기 인간임을 다시 확인했다. 남편은 이제 어떨지 모르나, 만나면 안 될 것 같은 기분은 드는 모양이었다. 나는 다혈질이다. 나는 성질이 났다. 그에 대해 속이 터졌다. 그러나 그것은 내 일이 아니었다. 나는 자제할 필요가 있었다.

나는 문제가 많았다. 그동안 바빠서 내 일에 충실하느라 다른 일에 관심이 없었다. 누군가 나를 욕하든 말든 시간이 가면 가는 대로 물 흐르듯 지나갔다. 그런데 언제부턴가 이상하게 나에게 맞지 않으면 공격하고, 나와 다르다고 공격하는 것이다. 빨강색을 좋아하는 이가 있으면 검정색을 좋아하는 이가 있을 터. 빨강색이 밝고 좋다고 검정색을 욕해서는 안 될 일(그러나 자기 것만을 옳다고 주장하고 상대방을 비방하며 나쁘다고 강요하는 처사가 됐다). 그럴 때 남편은 나를 한 방 혼냈다. 나는 자숙해야 했다. 그래도 나는 그들의 모임 진행을 물었다.

- 모여서 식사만 했어요? 만나면 무슨 이야기를 해요?

- 할 얘기는 별로 없지, 과거에 있었던 일을 계속 얘기할 뿐이야, 왕년에 ○○장이었다는 옛날이야기를 계속 되풀이해서 수십 번 더 들은 이야기야. 남자들이 선배는 70대 중반, 동료들은 60대 중반 이상인데, 할 얘기가 뭐 있겠나?

- 그럴 거야, 남자들은 계급 관계, 군대 얘기, 학교 선후배 관계 등 서열을 지어서 상하를 구별 짓고 싶은 것들 외에 할 얘기가 없을 것 같아.

- 여자들은 음식 얘기, 자식 얘기, 옷 이야기, 여행 등 다양한 이야기를 끊임없이 말하고, 말꼬리에 의해 또 새로운 이야기를 말하는데. 여자들은 아침에 만나면 밤까지, 아니, 밤새워도 말을 즐기고 시간을 보낸다고.

남편 친구들은 요즘 모임을 가지면, 식사가 끝나고도 계속 시간을 붙들고 늘어졌다. 남편은 시간 죽이는 일이 괴로웠다. 그들의 삶은 정적이었다. 무료했다. 힘없이 살아갔다. 왕년의 총장님, 장관님, 교수님, 외교관, 부처의 1급자들, 증권회사 사장 등. 그들 중 하나는 어느 날 머리가 아파서 신경마비가 왔고 거동이 불편해졌다. 어느 날 아침 남편에게 온 문자에는 모임 멤버 중 한 사람이 갑자기 심장마비로 죽었다고 적혀 있었다.

그에 비해 남편은 역동적 삶을 살았다. 아침에는 도서관. 오후에는 테니스. 일주일에 한두 번 골프. 주말에는 등산. 수시로 가족모임. 가족모임은 한 달에 한두 번 생겼다. 생일, 결혼기념, 휴가 등 행사 팀으로 우리는 참가했다. 지방은 일박이일이 됐다. 결국 각자 사는 곳으로 패키지 탐방이 되는 것이다. 그들을 통해 그들의 삶을 엿보았다. 그리고 우리도 그들처럼 살아봤다. 그것은 재미있는 일이기도 했다. 다행이었다. 죽은 멤버를 생각할 때, 우리도 서서히 이 지구를 떠날 준비를 해야 할 것이다.

*

남대문 시장에서 시외삼촌을 만났다.

시외삼촌은 남편의 학교 선배였다. 그는 72세였다. 그는 유리 물컵에 소주를 가득 부어 마시는 걸 좋아했다. 2015년 12월 초 그가 우리와 만나자고 연락이 왔다. 우리는 전철을 타고 오랜만에 남대문시장 입구로 갔다. 입구에서 그는 기다렸다. 오래전에 공작실로 짠 두툼한 스웨터에 굵은 밤색 골덴 핫바지. 나는 깜짝 놀랐다. 그가 입은 옷은 옛날 1960년대, 1970년대 옷이었다. 어떻게 그런 옷을 입고 나올 수가 있는가? 있을 수 없는 일이었다.

그는 여전히 풍채가 좋았다. 상냥하고 밝은 미소로 우리를 반겼다. 시외숙모는 시장을 둘러보고 있었다. 우리는 그를 찾았다. 시장은 한산했다. 아니 이럴 수가? 지금쯤 연말연시에 외국인으로 가득 차야 할 곳인데 사람이 없다니? 옷 가게든 만두 가게, 길거리 포장마차에 사람은 없었다. 경기가 이렇게 나쁘단 말인가? 그곳은 항상 사람이 붐비고 줄을 서서 만두를 사던 곳이었다. 분명 정치의 허실이 이곳에도 영향을 미쳤듯이 상인들의 곡소리가 들렸다. 제 아무리 똑똑한 대통령이라도 경제가 죽으면 무용지물이었다.

경제가 살아야 하고 서민들과 시장통이 번창해야 정치도 사는 것이다.

사람들은 박통을 욕했다. 그를 싫어했다. 야당은 더 그를 욕했다.

- 그가 돈 10원을 벌어봤냐고?

- 그가 아기를 낳아서 키워봤냐고?

돈을 벌어본 사람만이 경제를 알 것이라 말했다. 아기를 키워본 사람만이 모든 사물의 이치를 이해할 수 있다 했다. 길 한가운데 펼쳐진 포장마차를 그냥 지나치는 일은 쉽지 않았다. 그들이 바라보는 모습이 안타까웠다. 나는 그들에게 미안했다. 뭔가 좀 팔아줘야 하는데. 아무리 불경기라도 이 모습은 아니라고 생각했다. 지배층 사람들을 그들은 욕할 수밖에 없었다. 그들의 이익에 혈안이 된 지배층들이 나라를 이 꼴로 만들고 있었다. 이달 12월은 손님이 많아야 하고 많이 움직여야 하는 달이었는데…

우리는 좁고 가파른 2층 횟집으로 올라갔다. 그곳은 그래도 사람이 많았다. 횟집이 붐벼서 기다려야 했다. 단체 손님이 많았다. 창가 구석 끝자리를 간신히 밀치고 차지했다. 식탁이 배에 딱 붙어야 의자에 앉을 수 있었다. 덩치 큰 외삼촌은 비좁아서 몸을 오그렸다. 그곳에서 한 상을 받았다.

처음에 붉게 물든 뜨거운 감자조림이 나왔다. 입에 넣으니 포근하고 달콤했다. 이어서 사각으로 크게 썬 광어회가 한 접시 나왔다. 광어회 위에 덤으로 준 기름진 광어 뱃살도 한 줌 올려 나왔다. 푸짐했다. 이어서 고등어와 무가 섞인 붉은 찜, 맑은 미역국에 수제비가 섞인 국이 우리 입맛을 돋우었다. 고등어 속의 무 토막을 들었다. 물컹하고 달콤한 무 맛이 행복했다. 아! 이 좋은 맛! 우리는 서로 반갑다면서 술을 주문했다. 외삼촌은 큰 유리 물컵에 빨간 딱지 붙은 소주를 한가득 따랐다. 그리고 건배로 잔을 부딪치고 마셨다.

나는 그가 위협적으로 느껴졌다. 헐, 그는 말이 많았다. 술과 말이 뒤섞였다. 그의 말은 술이 됐고, 그는 술이 되어 자작시를 읊었다. 그의 시를 스스로 잘도 외웠다. 나는 그를 통해 시가 고통스럽게 속살로 박혔다. 시가 싫었다. 나는 시 속을 떠나가고 싶었다. 그의 시를 온몸에서 거부했다. 멀리 창밖을 봤고, 시가 끝나길 빌었다. 술잔을 한 번에 비웠다. 다른 시를 그는 또 읊었다. 숙모는 그를 제지시켰다. 그는 성질을 냈다. "누가 뭐라냐고?"

그는 자랑했다. 지금까지 평생 책 한 권을 읽지 않았다고. 그는 서울대 체육과를 우수하게 졸업했다고. 그는 계속 자작시를 읊었다. 그는 책 읽지 않는 일이 뭐가 그리 자랑스러운 일인지. 술 속에 그가 있으면 그는 그의 엄마를 찾았다. 자기는 엄마 묘소에 가서 "엄마, 엄마, 나 왔어요" 하는 게 그렇게 좋을 수가 없었단다. 그가 술 속에 있으면 그는 숙모를 욕했다. 쌍, ×, 그는 그것이 습관이 됐다. 그렇게 평생을 살았다. 그들은 최고의 대학을 나왔다. 교사 부부였다. 부부는 연금생활로 사람들의 부러움을 샀다. 그는 스스로 가진 게 돈밖에 없다고 자랑했다.

그는 음식을 잘했다. 스스로 요리하고, 숙모랑 즐겨 먹었다. 그 시대 남자는 여자가 요리해야 남자가 먹던 시절이었다. 숙모는 요리를 못 했다. 그는 사회생활에 충실했다. 힘센 남편은 집안일을 모두 하고 즐겼다. 여자에게 바라지 않았다. 그들은 잘 어울렸다. 그 시대 1970~1990년대, 아니, 지금도 대부분 유교적이고 전통적인 남존여비 사상으로 물든 남성들이 많다. 많은 여성들은 맞벌이하면서 고통 받고 있었다. 사회생활과 가정생활을 모두 책임져야 했고, 시집살이도 당연히 겪어내야 하는 시대였다. 여성은 슈퍼우먼으로 살지 않으면 시댁으로부터 눈총 받고 가족에게서 왕따를 당했다. 그리고 그들은 또 당연히 시댁에 대해 경제적 책임을 져야 하는 것이다.

2000년대 접어들어 이제 새로운 시기가 돌아왔다. 상대적으로 또 다른 시대가 지금은 형성되어가고 있다. 여성들이 맞벌이한다는 이유로 이제 남성들이 여성에게 고통 받고 있다. 여성이 가정과 가족을 지나치게 등한 시켜서 가족이 고통 받았다. 애들은 어미를 싫어하고 남편은 아내를 미워했다.

그것은 어미가 자기 승진, 자기 취미에 열중하고 집착하기 때문이었다. 여자들에게 지나친 슈퍼우먼을 요구하는 일도 문제고, 그러다가 허약한 여성이 일하다 죽는 일도 안타까운 일이었다. 똑같이 공부하고 똑같이 전문직으로 돈을 벌면 당연히 집안일도 똑같이 해야 한다고 주장하는 것도 자연스럽지 못했다. 집안일이든 육아든 서로 조화롭게 이해하면서 즐겁게 생활하는 모습이 아름다워 보인다.

모든 짐승은 대부분 어미가 새끼들을 젖먹이고 키운다. 그것이 신체적 조건, 심리적 조건상 어미에게 맞는 일이라는 생각이 들었다. 그것이 자연스러운 일이라 생각했다. 이제는 각자의 환경에 따라 자기 몫을 책임져서, 모든 이가 행복하게 이해하며 조화롭게 살 필요가 있다. 시외삼촌은 그 시대를 벗어나서 집안일을 요구하지 않았다. 그가 스스로 했다. 요리도 잘했다. 그는 힘이 셌다. 매사를 적극적으로 일하며 살았다. 그 점은 훌륭했다.

그런데 그는 유아적이었다. 문제는 그가 과거에 너무 병적으로 집착한다는 것이다. 그는 70살이 넘은 할아버진데, 엄마를 그리워했다. 술에 취하면 "엄마, 울 엄마, 보고 싶어" 하면서 집식구들을 괴롭혔다. 어떤 심리적 우울 현상도 일으켰다. 그럴 때 나는 과거에 집착하지 말라고, 그것은 잘못이라고 했다. 그러면 그는 아니라면서 버텼다. 그럴 때 시외숙모는 좋아했다.

식당은 더 많이 붐볐다. 식당 주인은 우리가 그 자리를 비워주기를 바랐다. 그가 시킨 소주는 나오지 않았다. 계속 사람들이 밀려왔다. 우리는 이곳을 비워줘야 했다. 그는 그럴 수 없다고 버텼다. '이곳은 내 맘대로'라고. 그의 막가파 식 행동은 우리를 괴롭혔다. 우리는 자리를 옮겨보자고 실랑이를 벌이면서 그를 끌고 나왔다.

우리는 시장 입구 쪽 커피 마을로 들어갔다. 홀 안에는 손님이 하나도 없었다. 그곳에서 그는 다시 맥주를 시켰다. 나는 그곳에서 그를 칭찬했다. 삼촌은 성공한 사람이라고. 내 친구들은 60대 중반인데 남편 30%가 갔다고. 70~80세까지 남자가 살아 있을 확률은 15%라고. 두 분이 건강하게 오래 사는 것이 성공이라고. 두 분이 고생했으니 연금을 쓰고 가야 한다고. 그들은 즐거워했다. 자기들도 그럴 것 같다며.

그는 우리가 먹었던 횟집을 다시 소개했다. 허름하지만 싸다고. 자기 동창들에게 수시로 턱 내는 곳이라고. 주인이 자기에게 오빠라 한다고. 다 먹은 음식들을 새로 잘 채워준다고. 너희들도 그곳을 이용하라고. 그리고 술잔을 들어 건배를 했다. 또다시 그는 그의 자작시 '엄마의 시'를 읊었다. 외숙모는 그에게 눈총을 쏘았다. 그는 벌떡 일어나면서 고상한 시를 이해하지 못함에 대한 분노를 드러냈다. 다시 쌍, ×, 하며 욕했다. 나는 반기를 들며 삼촌보다 숙모가 더 훌륭하다고 칭찬했다.

그는 자기 딸들이 자기를 아버지로서 존경한다고 말했다. 어렸을 때는 주정뱅이 아빠를 싫어했었다. 시집가서 이해하며 존경했다. 그는 그 사실을 강조했다. 그는 그가 타는 연금 중 백만 원이 용돈이었다. 나머지는 숙모가 관리했다. 그는 용돈 백만 원을 모아서 시집간 딸에게 천만 원을 주었다. 나는 말했다.

- 용돈 모아 딸 주는 아빠가 얼마나 훌륭하겠느냐? 칠십 넘은 아빠가 딸들에게 용돈 받을 나이인데, 거꾸로 목돈을 주고 있으니 말이에요.

그는 그렇게 돈을 아끼고 쓰지 못했다. 며칠 전 그는 술에 취해 아파트 입구에서 연락을 해왔다. 발이 꼬여 움직이지 못했다. 온몸이 피범벅이 됐다. 알고 보니 손바닥이 뭉개졌다. 그 뒤 다리에 마비가 왔었다. 나는 강조했다.

- 삼촌은 연금이 많아서 병원에서 살려둘 것이다. 코 뚫고, 목 뚫어서 살려놓는다. 이제 한 번 누우면 10년, 15년을 누워만 있을 겁니다. 술은

자제하셔요.

그도 그것을 아는지 조심하겠다고 했다. 요즘 세상이 그랬다. 제일로 돈 많은 삼성회장 이건희도 죽을 수 없다. 누운 것이 해를 넘겼다. 이젠 온전히 편안하게 저 세상으로 가는 일이 쉽지 않은 시대가 됐다. 의식 없이 누워 있는 시대가 불행의 시대임을 사람들은 모르는 것일까? 알지만 피치 못할 개인 사정으로, 결국 돈에 대한 이권의 문제가 커보였다. 이제 나이 들어서 조용히 편안하게 죽음을 맞을 줄 아는 사람이어야 할 것이다.

우리가 붓다나 예수, 마호메트 같은 깨달은 사람이 아니더라도, 우리의 죽음은 우리의 것이어야 한다고 말하고 싶다. 나는 우리 엄마에게 강조했다. "당신의 나이는 내일모레면 구십입니다. 요양원, 양로원에 가서 죽음을 맞이하느니, 제 집에서 내가 스스로 죽음을 맞이하는 것이 훌륭한 일이에요." 요양병원에서 코 뚫고 목 뚫어서 3년, 5년, 10년을 살면 무엇이 그리 행복하겠느냐고? 그도 이제 그런 것을 알고 스스로 그렇게 생각했다. 나는 남의 손을 빌려 밥을 먹기보다 나 스스로 내가 먹고 싶은 것을 해먹고 살다 가는 것이 최고의 길임을 강조했다.

부모들은 자식들에 의해 보살핌을 받고, 그들의 사랑 속에서 삶을 마감하는 것을 최대로 여길지 모른다. 하지만 자식들은 자기 삶을 살아가는 데도 벅차다. 자기 삶이 위태롭고 자기 자식 부양할 힘도 없는데, 그의 부모는 그들의 짐일 뿐인 것이다.

부모 시대는 농경 시대여서 모두가 농사를 지었다. 농사는 남녀노소가 협력하는 일이었다. 일손을 거드는 모든 이들은 모두가 존중받고 존경받는 시대였다. 그 후 산업시대를 거쳐 정보시대가 됐다. 정보를 통해서 시시각각 일어나는 순발력은 노인을 필요로 하지 않았다. 노인은 거추장스러운 존재가 됐다. 그들은 사회의 악이 되기도 했다. 그들은 공공장소, 복지회관, 도서관 등 그들이 있는 곳에서 자기들 마음에 안 든다고 버럭 소리 질렀다. 그들은 온갖 장소에서 남과 상관없이 전화하고 소리쳤다.

"그래?" "뭐야?" "왜 그러는디?" "어디서 만나자고?"

그곳은 시장바닥이 됐다. 도서관 직원이 조용히 해달라고 하면, "야들이 조용히 하란다. 야" 하면서 노인들은 노인답지 못했고, 공공용으로 비치된 가방을 자기 것처럼 들고 가버렸다. 그들은 무질서의 사람이 됐다. 나이 값을 못 한 그들에게 젊은이들은 눈살을 찡그렸다. 나이 든 우리는 함께 죄인이 됐다. 노인들이여, 제발 질서 좀 지켜주십시오. 나이 들면서 그들 때문에 숨을 못 쉬었다. 공공장소, 특히 도서관에서. 그들의 가래침이 목에서 끓어오를 때. 폭풍 기침이 계속 일어날 때. 그들은 그곳에 오지 않았으면 싶었다.

나는 이제 나이 들면서 서서히 조용한 도서관을 찾고 싶어도, 가서는 안 되는 때가 되어 있었다. 책을 읽고 싶어도 남에게 피해가 되면 안 되기에, 내 몸이 건강할 때만 갈 수 있는 것이다. 이야기를 하다 보니 엉뚱한 곳으로 가버렸다. 나이가 들면서 생각이 많아졌고, 더 나이 든 사람들의 생활상을 보면서 반성도 일어났다. 조금 있으면 그 외삼촌 나이가 될 것이고, 그를 관찰하고 주시하면서 나를 알고 나를 주시하면서 스스로 깨닫도록 노력할 일이었다.

*

어느 해의 12월 마지막 주에 한강을 따라 하구로 내려갔다.

강바람은 찼다. 강 빛은 파랬다. 그렇게 파란 물이 한강다리 밑을 유유히 흘러서 가면, 내 마음은 부자가 됐다. 이집트 나일 강처럼 풍요와 희망과 꿈을 가져다주었다. 차를 타고 올림픽대로를 가면서 한강 위의 물과 함께 하구로 가는 것이 그렇게 행복할 수가 없었다. 어느 해 영국의 템스 강을 보고 실망했다. 또 어느 해 파리의 센 강을 보고 센 강이 아니라 했었다. 문학이 있고 예술이 있던 화려한 센 강은 내 마음에 흡족하지 못했었다. 그렇게 많은 꿈을 가지고 문화와 예술로 찬란했던 꿈속의 강, 센 강은 너무도 비좁고 작은 샛강이라는 사실에 실망했었다.

그 후 내가 아는 한강은 새로운 멋진 한강으로 새롭게 탄생됐다. 수량이 많아서 풍요로웠다. 겨울 철새들이 강 하구에 까맣게 앉아서 물고기를 잡고 그들의 삶을 살아가는 모습은 장관이었다. 그들은 물결 따라 움직였다. 그들끼리 강물 위에서 터를 잡고 춤을 췄다. 멀리서 새까만 점이 떠서 물 위에 그림을 그렸다. 나는 환호를 질렀다. 멋지다고. 강남 쪽 건너편은 여의도 빌딩숲이었다. 세모와 네모 각각의 빌딩이 자신을 자랑했다. 뉴욕의 맨해튼 빌딩숲과 똑같았다. 우리나라 빌딩의 집대성처럼 아름다운 예술의 숲이었다. 그곳에는 우리의 중요한 건물이 있었다.

국회의사당, KBS홀이 눈에 띄었다. 그것이 우리의 중심이 되어 보였다. 그것을 둘러싼 샛강의 덤불이 그것을 보호하듯 둘러쳐져 있었다. 그곳을 지나면 빌딩숲은 사라지고 하늘공원이 보였다. 강물은 더 많아지고 가끔 통통배가 지나갔다. 통통배의 물 가르는 물결이 한강의 물줄기 위로 번졌다. 강은 깨끗했다. 김포를 지나면 쫙 뻗은 대로가 새롭게 단장됐고, 강변은 철조망으로 출입을 막았다. 북한과 경계가 가까워서 통제되는 곳이었다. 철새 떼는 하늘과 강에 가득했다. 강은 더 파랗고 물은 더 많았다. 계속 하구를 따라가다가 좌측선 길을 따라 김포 대명항 쪽으로 갔다. 차가 막히는 곳에서, 길에서 파는 약밤을 샀다. 따끈하고 달콤했다. 곧바로 초지대교를 건넜다. 아침엔 똑딱배 몇 척이 바다에 떠 있었다.

다리를 건너자마자 넓은 들녘이 펼쳐졌다. 추수가 끝난 논 위에 하얀 비닐 뭉치가 몇 덩이씩 함께 모여 있었다. 그 속에 쇠여물로 쓰일 탈곡된 짚줄기가 비닐에 싸여 있었다. 십여 년 전 동부 유럽의 풍물이었던 것이 이곳의 풍물이 되었다. 북쪽 야트막한 산자락 마을에 옹기종기 전원주택이 모여 있었다. 그곳은 햇빛이 잘 비쳤다. 남쪽엔 불끈 솟은 마니산이 자리했다. 그 밑으로 저수지와 들이 길 따라 연접했고, 중간중간 작은 산과 마을들이 동네를 이루었다.

한길 가운데 면사무소와 농협, 수협, 장터, 마켓, 주유소 등이 모여 각 마을의 중심 센터를 이뤘다. 그런 곳은 많았다. 주로 면사무소 근처가 그랬다. 나는 석모도가 마주 보이는 해변도로를 타고 차를 달렸다. 넓은 바다나 물이 빠지면 진흙 펄이 됐다. 밀물이 들어오면 물이 차서 호수가 됐다. 수면은 잔잔했다. 도무지 파도가 칠 것 같지 않았다. 새벽녘에는 흙탕물이 둑 쪽으로 높이 올라왔다가 오전에는 살그머니 빠졌다. 한낮이 되면 물은 다시 항구 쪽으로 들어왔다. 그때 고기잡이배가 바닷물과 함께 들어왔다. 나는 이곳을 보면 마음이 탁 트였다. 시원했다. 가두어진 삶이 트였다.

멀리 하얀 비닐을 뒤집어쓰고 찬바람을 맞으며 낚시하는 자가 있었다. 그는 산비탈 바위 위에 있었다. 빠졌던 물이 밀물이 되어 들어왔다. 반짝반짝 햇살이 밀려오는 파도 위로 반짝반짝 빛났다. 나는 그 반짝임이 즐거웠다. 해가 구름이 끼면 반짝임은 사라졌다. 저 멀리 석모도 입구 큰 배 속에서 조그마한 자동차가 장난감처럼 섬 속으로 기어 올라갔다. 자동차는 개미떼처럼 나왔고, 개미처럼 섬 언덕으로 기어올랐다. 다시 포구로 내려왔다. 외포리는 붐볐다. 차가 많았다. 가족 나들이가 많았다. 이번에는 포구 쪽 정박한 배 입구에서 작은 차가 시가지로 밀려 올라왔다. 끊임없이 차는 계속 올라왔다. 한참을 그곳에 서서 응시했다. 그 광경은 조용한 바다 속 풍경이 됐다. 그리고 나는 그 속의 주인공이 됐다.

우리 둘째 애와 말을 섞으려면 되도록 조심해야 했다.

그는 항상 나에 대해 공격하고, 그것이 그의 버릇이 됐다. 어쩌면 내가 그를 그렇게 키웠기 때문에 그렇게 변했을 것이다. 나는 집요했다. 뭐든 열심히 해야 했고, 그렇지 않은 사람들에 대해서는 참을 수 없어 했다. 그 중에 내 자식들도 내가 강하게 집착과 아집 속에서 그들을 닦달하여, 법과 규칙의 틀 속으로 몰아넣었을 것이다. 나는 그렇게 교육받았고 그렇게 교육시키는 것이 마땅하다고 여겼었다.

나는 규칙과 규범을 준수했고, 내 자식들도 그래야 했다. 그들이 그렇지 못하면 나는 그들을 용서하지 않았다. 벌을 주고 폭풍 같은 언어폭력으로 그들을 다그쳤다. 평생을 그렇게 살아온 나는 그들에게 부정적인 엄마가 됐다. 나는 나쁜 어미, 지독한 어미, 숨 쉴 수 없는 어미가 됐다. 그들은 나를 외면했다. 그래도 나는 상관없었다. 나는 그들에게 강하게 말했다. 나는 늙어서 저것들에게 구박받을 거라고.

- 제발 먹지 좀 말라고요. 하루에 다섯 번씩 변을 싸면 어떡하느냐고요?

나는 먹는 걸 좋아했고, 싸는 걸 좋아했다. 그래서 애들한테 그렇게 구박덩이가 될 거라는 생각이 들었다. 나는 따뜻한 어미와 먼, 그들을 괴롭히는 어미일 뿐이었기 때문이다.

나는 그것이 교육이라 여겼고, 그 길만이 바르다 생각했다. 그런데 그들에게 그것이 마음의 상처로 남았던 것이다. 둘째 애는 그것과 정신적 충돌을 일으켰다. 오늘 아침도 그랬다. 그는 이제까지 아르바이트해서 돈 번 일이 없었다. 35살이 되어 이제 돈을 벌어볼까 했다. 전에는

- 내가 왜 돈을 벌어야 되는데?

했다. 그 말은 나를 기가 막히게 했었다.

- 그럼 언제까지 부모 등을 파먹고 캥거루족으로 살아가야 하는데?

모든 것은 내가 잘못 키웠기 때문이다. 나는 잘못을 시인했다. 그러나

어떻게 시정해야 할지 몰랐다. 나는 그가 결혼할 것으로 생각했다. 여자는 시집가서 아이를 낳고 키워야 하니까. 그러나 그는 결혼하지 않았고, 계속 유아적인 삶으로 부모를 괴롭히는 존재가 된 것이다. 그는 쉽게 초등생이라도 가르쳐보려고 아파트에 전단지를 붙였다. 일주일 내내 전화 한 번 오지 않고 전단지 부착비만 날렸다. 나는 그의 태도가 못마땅했다. 왜 좀 더 나이 들기 전에 적극적이고 공격적으로 노력하지 않았을까? 공부를 하라 해도 자기는 죽어도 공부하기 싫다고.

그는 무엇인가 하려다가 말았다. 돈이 안 되는 일이라며 회피했다. 그는 돈이 되든 안 되든 노력하는 것 자체를 싫어했다. 나는 '대학이 뭐가 필요한가'를 생각했다. 공부 잘함이 뭐 그리 중요한가? 일류 대학? 모두가 필요 없었다. 자기가 좋아하는 일을 선택하고 행복하게 살 수 있으면 그게 바로 성공이었다.

그는 지금 자기 일을 찾아보려고 생각한다. 내가 어떤 말을 하면 그는 모두를 무시했다. 그는 그만의 것을 찾았다. 도와주고 싶어도 도울 수가 없었다. 이제 그는 새롭게 깨어나야 했다. 그가 깨어나도록 나는 기도했다. 나는 그에 대한 생각을 긍정적인 방향으로 먼저 바꿀 필요가 있었다. 그는 분명 다소 늦을 뿐이다. 그는 늦게 깨어나니까, 내가 기다려야 한다.

이제까지도 기다렸는데 더 못 기다리겠느냐? 나는 한숨을 쉬었다. 내 몸속에서 자꾸 어둠의 소리가 났다. 그럴 때 그는 나를 향해 소리 질렀다.

- 걱정 마. 안 되면 자살하면 되니까.

이젠 그 소리도 협박의 소리로 이해한다. 그는 제 맘에 안 들면 십 년 전부터 나에게 자살이라는 용어로 상처를 주었다. 왜 자살이라는 용어를 그는 밥 먹듯 내뱉는지 이해할 수 없었다. 그 말은 나를 반성하게 하고, 고통 속으로 빠지게 했다. 그 소리는 십 년 넘게 그의 말이 됐고, 나를 면역성 있는 사람으로 만들었다. 그 말은 일찍이 시어머니의 소리였다. 그도 삼십 년 전부터 그랬었다. 당신의 뜻에 맞지 않으면 목매달아 죽어버리겠다. 그래서 너희 어미나이들을 신문에 드러나게 하겠다. 그는 또 협박했다. 아버님이 돌아가셨을 때 3년 상을 하지 않으면 그러겠다. 이제 그 소리를 둘째 딸에게 듣고 사는 것이다.

그리고 나는 내 생각을 했다. 그래! 네 인생은 네 것이지 내 것이 아냐. 네 맘대로 죽고 싶으면 죽고, 살고 싶으면 사는 것이다. 그것도 자기 식의 에고를 충족시키려는 엄마에 대한 공격이었다. 그 소리에 가슴 졸이며 나만의 죄책감, 난 너무 자식을 잘못 키웠다면서, 얼마나 많은 세월을 울었던가? 이제는 나도 내성이 생겼다. 너의 삶을 존중하기로 했다. 자살이 너의 행복이라는 것을 내가 어쩌라고? 네 맘대로 살아라.

이제는 우리가 헤어질 때가 온 것이다. 올해 결단코 분리해야 할 것을 나는 마음속으로 굳게 다짐할 것이다.

*

결혼 후 어느 겨울날.

어느 아들이 무슨 잘못으로 시어머니에게 혼이 났다. 퇴근한 나는 어리둥절했다. 모든 아들이 벽 쪽에 무릎 꿇고 앉아서 용서를 빌었다.

- 어머니, 잘못했어요. 용서해주세요.

나는 무슨 잘못인가 몰랐다. 모든 아들은 그의 화가 풀릴 때까지 잘못을 빌 뿐이었다. 그 집에서의 가장 흔한 말은 '어머니, 잘못했어요'라는 말이었다. 그 말은 그의 위치에 걸맞은 말이었다. 또한 그가 이 집을 지배하는 통치자라는 사실을 증명하는 말인 것이다. 그는 지배자로서 이 시대의 유명하고 훌륭한 어머니임에 틀림없었다. 육십이 넘어 아들 5명을 무릎 꿇게 했고, 아들들은 그의 말에 복종했다. 그의 말은 곧 신의 말이 될 수 있었다. 그리고 그 말은 효도의 말이 됐다.

그러나 나는 그들의 모습이 자연스럽지 못하다고 여겼다. 그들의 삶에 대해 나는 거부감이 일어났다. 그가 요구하는 말은 나에게 반항의 물결을 일으켰다. 그들이 "미안해요. 잘못했어요, 어머니"를 외칠 때마다 반항의 에너지가 몸속에서 일어났다. 그를 진정으로 존경하는 마음보다, 이치에 맞지 않다는 생각이 강하게 일어났다.

*

후배 교수에게서 전화가 왔다.

- 잘살고 계시지요?

- 이제 방학이겠네?

- 네, 선생님.

- 이번 학기에 강의가 많았어요?

- 네, 그러나 다음 학기는 바람 앞에 등불입니다.

- 왜?

- 내년 1월 1일부터 시간강사 법규에 따라 변한 것입니다.

- 그 법이 어떤 것인데?

- 강사에게 강의를 많이 몰아줘서 강사료를 올려주는 것인데요, 그것이 문제예요.

- 어떤 문제?

- 교수들에게 강의 시간이 많이 주어지는 대학이 대학평가 점수를 많이 줍니다. 그 대신 시간강사는 강의 시간이 사실상 줄어들게 됩니다.

- 명목상 시간강사에게 강의를 많이 준다면서 대학평가 점수 때문에 일반 교수들에게 강의가 많아야 하고, 시간강사는 강의 시간이 줄어들게

되는 법규가 됐습니다. 그러다 보니 저는 바람 앞의 등불이 된 것입니다. 국가 차원에서 지원해 강사료를 올려주는 것이 마땅한데, 강사는 대학에서 찬밥 신세가 됐습니다. 우리는 슬픈 존재가 됐다고요. 각 대학에서 교수들이 논문을 쓰면 100만 원씩 지원하고 있습니다. 그러다 보니 교수들은 논문의 질을 높이지 않고 마구잡이로 논문을 썼고, 교수들끼리 작당을 해서 서로 돌아가며 논문의 평가를 각자 높여주고, 돌아가면서 논문비를 타먹고 있어요. 너무너무 부당해요. 질 좋은 강사 논문도 논문비 내면서도 수록할 수가 없어요. 같은 박사면서 '빽'이나 정치력이 없는 자는 교수가 될 수 없어요. 줄을 잘 선 박사는 교수가 되고, 줄 잘못 선 박사는 영원한 시간강사로 끝납니다. 우리 같은 사람들은 영원한 슬픈 존재일 수밖에 없어요. 이 같은 것을 생각하면 나라꼴이 엉망으로 보여요.

- 나도 그렇게 생각돼요.

- 작은 나라, 조그만 나라가 잘되려면, 잘난 놈을 제대로 알아주고 인정해야 하지 않아요?

- 오늘 아침 《조선일보》를 보더라도 대한민국 국민들은 자각해야 할 것으로 보이더라고요.

- 황우석 박사를 쫓아낸 놈들이 누구겠는가? 결국 서울대 의대 교수들이 아니겠는가? 자기들이 못 한 것을 수의과 의사가 해낸 그 업적을 높이 사지 못하고, 그를 쫓아내서 퇴출시킨 것이 아니겠는가?

- 결국 그는 국적을 바꾸든지 어떤 조치를 해야 자기 연구 업적을 인정받을 수 있을 것이라고 인터뷰한 것이 안타깝더라고요.

- 그가 성공한 연구 업적을 사기꾼으로 몰아간 자들이 누구일까?

- 그것은 언론과 서울대 측, 특히 의대 교수, 그리고 그들의 연구 업적으로 손실을 볼 수 있는 자들이 아니겠는가?

- 그래서 얻어낸 것이 무엇인가? 십 년 전 일인데. 결국 줄기세포의 모든 것을 미국이나 중국에 그들의 기술을 만들어주게 하는 시간을 제공했

고, 그의 업적이 무산되게 하는 꼴이 되고 만 것이지.

- 그래도 다행히 십 년 내내 꾸준히 연구했고, 그래서 미국의 인정을 받았고, 중국의 인정을 받아냈다. 그는 그들의 프로젝트를 땄고, 돈을 벌었다. 그는 자기 업적을 살려서 연구실적으로 자신의 연구소를 살려낸 것이지.

- 우리는 이제 깨어나서 긍정적인 마인드로 상대편의 업적을 인정하고 그들을 칭찬해야 하는 것인데.

- 우리나라는 왜 그럴까?

- 러시아에서 국적을 바꿔 쇼트트랙 금메달을 딴 안현수. 그 또한 같은 종류의 피해자가 아니겠는가?, 누가 자기 국적을 포기하고 남의 나라 국적으로 출전해서 금메달을 따고 싶겠는가?

- 일본의 추성훈. 그 또한 같은 피해자였다. 아무리 유도를 잘해도 그는 우리나라의 유도 국가대표가 될 수 없었다. 그는 결국 일본에서 격투기 선수가 됐다.

나는 황우석 박사의 기록을 보며 즐거웠다. 그는 편안한 모습이었다.

- 국내법에 제약되면 국적을 바꿔서라도 꼭 이루고 싶은 목표가 있었다.

- 중국 최대 규모 줄기세포 기업인 보야 라이프 그룹이 황우석 박사 연구진 등과 합작해서, 내년 상반기 중국 톈진 경제 기술개발구의 1만 4천 제곱미터 부지에 동물복제 공장을 짓겠다고 발표했다. 이는 동물 복제 시설로는 세계 최대라고 영국 《가디언》 등의 외신이 전했다.

- 줄기세포 조작 스캔들이 터진 지 십 년이 됐다. 작년에 인간 체세포의 핵 이식으로 만든 배아 줄기세포 주(株)가 미 특허청에 등록됐다고 한다. 재작년에는 러시아 측과 공동으로 매머드 복제연구를 하고 있다고 소식이 들렸다. 그는 국제 사기꾼으로 전락했었다. 그를 '수암 생명공학 연구원'에서 만났다. 중국 정부가 농촌 빈곤퇴치 사업의 일환으로 식용소 복

제공장을 계획한 거다. 중국 소고기의 질이 안 좋아 복제나 시험관 방식으로 한우를 생산하려는 것이다. 처음에는 수정란을 10만 개 생산하고, 나중에는 100만 개까지 늘릴 계획이다. 일 년의 절반은 중국에서 보내게될 것 같다. 그 외에 중국 프로젝트가 두 개 더 있다.

미국 특허청이 '복제된 배아줄기 세포'에 대해 특허 등록을 해준 것은 2006년 서울대 조사위원회의 결론을 뒤집은 것이다. 이에 대해 이미 데이터 조작으로 판명된 사안이었고, 그 사건으로 나 자신을 돌아볼 계기가되었다.

한때 세상 사람들은 황 박사를 '영웅'으로 생각하고 노벨상 수상까지 기대했다. 그러나 그는 국제적 사기꾼으로 전락했다. 그런데 그는 이렇게 재기했다. 그는 대단했다. 그는 인생을 정리해서 처음부터 외부와 차단하고 뚜벅이가 되기로 했다. 그를 도운 제자 연구원 20여 명이 그를 따라 나왔다. 현재 연구원은 70여 명쯤. 작년(2014년) 하반기부터 자체 수익금만으로 연구원을 운영할 수 있게 됐다. 개 복제 주문이 많았다. 지금까지 733마리를 복제했다. 올해 100마리 넘게 복제했다. 한 마리에 약 10만 달러쯤받는다. 우리가 국제적으로 '개장수'를 하고 있다. 개 과 복제가 가장 어렵다. 그것은 우리만 가진 독보적 기술이 됐다.

서울대에서 쫓겨날 때 그가 한 모든 연구 업적은 다 가짜가 됐다. 그때미국 아폴로 그룹의 존 스펄링 회장이 죽은 애완견 미시 복제를 위해 거금을 내놓았다. 우리는 냉동된 세포로 복제견 5마리를 만들었다. 2008년미국에 인도된 복제견들이 ABC 생방송에 출연했다. 그걸로 미국 시장에서 그의 존재를 인정받게 됐다.

얼마 전 저녁 식사를 함께한 ○○○도 "어떻게 복제가 될 수 있느냐. 정말 된다면 나를 다섯 명만 복제해달라"고 말했다. 그 지면을 읽을 때 나는 분개했다.

- 그놈 미친놈 아냐?

- 그게 말이 되냐?

그도 생명 과학에 대한, 엉뚱한 정치력을 가진 사람의 불이해 때문에 미칠 지경이었을 것이다.

2009년 9·11 테러 생존자를 구출하다 유독가스에 뒷다리가 마비된 구조견을 네 마리 복제했다. 미국 언론에서 "어머니인 자연도 자랑스러워할 것"이라고 보도했다. 2012년 오사마 빈라덴을 잡을 때 특수 방탄복에 적외선 카메라를 단 채 들어간 군견을 미 해군의 요청으로 두 마리 복제해 줬다. 두바이 공주는 숨진 애완견의 복제를 주문했다. 복제견이 뻗정다리여서 "이거 잘못됐다"고 걱정했다. 그런데 수령하러 온 세이카 공주가 복제견의 걷는 모습을 보고 박수치며 좋아했다. 원래 애완견이 뻗정다리였다는 것이다.

경기도의 지원을 받아 코요테 복제 사업을 했다. 개의 자궁과 난자를 빌려 코요테 암컷 세 마리와 수컷 다섯 마리를 복제했다. 최초 성공한 이종(異種) 복제였다.

나는 방송사들을 이해할 수 없었다. 그렇게 훌륭한 복제견을 미국 ABC 방송에서 생방송했는데, 왜 한국 방송사들은 그 소식을 전하지 않았을까? 견제 세력? 정치적 사안으로? 언론사의 잘못을 시인할 수 없어서? 모두가 내게는 쓰레기통으로 보였다. 잘못을 시인하고 그의 업적을 인정하는 것이 우리들의 힘이며 에너지임을 깨닫기를 바랐다. 늦게나마 신문을 통해서 진정한 실상을 밝힌 것이 다행이었다.

2016년 1월 초 주말.

남편과 나는 강화도로 차를 타고 갔다. 날씨는 차가웠다. 마니산 입구 주차장은 차가 가득했다. 차 댈 곳이 없었다. 우리는 우리가 산 작은 세컨드 집으로 가보자, 그리고 오후에 등산하자고 했다. 해변가는 한적했다. 물이 빠지고 진흙과 철새들이 어우러져 있었다. 감각이 살아나는 듯했다. 서울의 복잡함 속에서는 나를 잊고 사는 것이 일상이 됐다. 차 창문을 여니 시원한 바닷바람이 불어왔다.

비릿한 냄새, 그래, 이거야, 내 몸의 감각이 살아나는 기분이었다. 베토벤의 '전원 교향곡'이 몸속으로 흡입됐다. 이상했다. 서울의 한가운데 집에서와는 달랐다. 선명한 바이올린의 리듬이 아름다웠다. 역시 이곳은 여태까지 살아온 삶의 모든 감각을 다시 수정할 수 있는 곳이었다.

집에 왔다. 방은 얼음장처럼 찼다. 발이 시려서 어찌할 수가 없었다. 이것도 제대로의 삶의 모습을 찾게 했다. 남편은 신났다. 필요한 물품을 배치했다. 나도 새 기분으로 나를 찾았다. 창으로 들어오는 햇볕은 강렬하고 따뜻했다. 오랜만에 따뜻한 햇볕을 몸으로 받을 수 있었다.

이곳에서 나는 진정한 치유를 하고 싶었다. 마지막 남은 인생을 세속에 시달리지 않고, 나만의 진정한 삶이 무엇인가 공부하고 싶다. 책에서 본 것을 기억해봤다. 붓다는 이전에 존재한 적이 없는 가장 비옥한 존재라고. 말하자면 그가 삶의 모든 차원에서 성취되었다는 점에서 그러하다고. 그는 하나의 차원이 아니다. 진리에 접근하는 데에는 세 가지가 있다. 첫 번째는 힘을 통한 접근. 두 번째는 아름다움을 통해 접근하는 것. 세 번째는 숭고함을 통한 접근.

과학은 계속해서 더욱 강력한 힘을 추구하며 진리를 향해 접근하나, 이는 부분적인 접근이었다. 진리를 아름다움으로 보는 시인, 신비주의자들, 심미적 감각자들, 이들은 예술을 창조하며 새로운 미적 근원을 창조했다. 화가, 시인, 무용가, 음악가들, 그들 역시 진리에 접근하지만 힘과는 다른 차원이었다. 우주의 광대무변함을 보며 느끼는 경외감. 그 속에서 숭고함을 통해 진리의 길로 다가갈 것이다. 그들은 경이로움으로 가득했다.

이런 것들이 진리에 다가가는 세 가지 차원이라고 설명했다. 붓다는 그 세 차원을 모두 넘어섰다. 그리고 그가 매우 합리주의자라는 것이 내 맘에 들었다. 그는 믿음을 요구하지 않았다. 대부분의 종교는 승복하기를 요구했다. 그러나 그는 이해시키려 했다. 그러면 승복은 그림자처럼 따라올 것이다. 그런 이성적인 방법이 나는 맘에 들었다. 그는 인류역사상 가장 신적이면서 가장 무신론적인 사람으로 이해됐다.

붓다는 무신론자가 아니지만, 신에 관해서는 아무것도 말하지 않았다. 그런데 그는(『42장경』 p16) 누구보다도 더 많은 사람들을 신성으로 이끌었다. 그러나 그는 신에 대해서는 한 마디도 언급하지 않았다.

- 붓다들은 길을 가리킬 뿐이다. 그들은 그대에게 철학 체계를 가르쳐주지 않는다. 그대는 그곳에 있다. 그리로 들어가서 보라.

고 했다. 살아오면서 기독교인 친구들은 나에게 말했다.

- 모든 것은 주님의 뜻이다.

- 주님이 모든 것을 주시고 해결한다.

- 주님을 믿어야 한다.

나는 그런 소리가 싫었다. 자기의 모든 것을 주님이 관장한다는 것이 싫었다. 그들은 주중에 모든 잘못을 저질러놓고, 주말에 주님에게 빌면 모두가 깨끗해지는 것이라 여겼다. 그곳은 신성한 곳이 아니라, 기도하면 모든 죄를 사면해주는 장소로만 이용하는? 그리고 또 죄를 지어도 되는? 그냥 기계적인 습관적 기도로. 나는 그런 것들을 거부했고 이해할 수 없는 짓으로 보았다.

진정한 나 자신을 찾는 나만의 신성한 그 무엇에 대한 자각이 나는 필요했다. 붓다가 설한 내면의 세계(『42장경』 1. 오쇼 강의)에 관심이 갔다. 붓다는 목적지보다는 오로지 길에 대해서만 말했다.

- 욕망으로부터 자유로워지고 고요해지는 것, 이것이 가장 훌륭한 길이다.

- 평온하고 맑게 갠 마음의 상태에 이르는 길. 그러한 마음의 상태가 그대에게 진리를 주고 일별을 주며 문을 열어준다. 그러나 그것은 오직 그대 스스로의 노력에 의해서 이를 수 있다.

붓다의 말은 그동안 혼탁한 이 세상을 지배했던 모든 것들과 나를 혼란하게 만든 모든 것을 깨끗이 정리해줬다. 그의 말을 통해 나 스스로 나를 찾았다. 내가 무엇을 찾아야 하고, 찾아야 하는 그 무엇이 무엇인가를 알아가고 있다는 것을 깨닫게 되었다. 나는 그것으로 만족했다. 항상 신이라는 것과 하느님이라는 신, 아니면 그런 탈을 쓴 귀신, 그리고 어떤 절대자의 지배 등의 속삭임이 나를 혼탁하게 만들고 의심을 가지게 했다. 이제 그 모든 것을 떠나 진정한 훌륭한 길, 진리의 길이며, 깨달음의 길이 있음을 알게 된 것이다.

*

나의 삶은 이제 있을 수 없는 역사가 됐다.

20세기에 있을 수 없는 일인 것이다. 이제 내가 육십이 한참 넘은 할머니가 되고, 나를 지배하고자 했던 사람들은 팔십 후반 아니면 구십이 넘었다. 그들이 사라지면서 내 삶은 더 소중해졌다. 7080 음악이 있듯이, 내 역사가 우리 시대를 대표하기도 하는 것이다. 그래서 내 삶을 그대로 그려보고 싶었다. 나는 지금 행복하다. 우리나라도 5천 년 역사 중에 지금이 가장 행복하고 부유한 시대일 것이라 생각한다.

세계 어느 나라를 가도 우리나라만큼 풍요롭고 깨끗한 나라는 없었다. 우리가 먹는 생수를 우리나라만큼 공짜로 마음대로 먹을 수 있는 나라는 드물었다. 우리는 화장실도 깨끗했다. 잘 만들어지고 비데까지 설치됐으며, 어느 관공서를 가도 화장실에 화장지가 철철 넘쳤다. 오히려 그것을 사용하는 시민이 불량자였다. 화장지를 낭비하듯 사용해서 쓰레기통에 쑤셔놓은 그 불량자를 처단하고 싶었다.

유럽, 일본, 미국 등 선진국에 가서 물 사먹고 화장실 사용하는 데 드는 비용이 일주일에 십만 원이 넘었다. 그것도 15년 전 일이다. 나는 그때 "야, 우리나라같이 좋은 나라가 없구나"를 연발했었다. 이 시대 이렇게 행복함을 나타내고 있지만, 내가 살아온 내 젊음의 나날은 쉽지 않았다. 그것이 지금 행복의 원천임을 말하고 싶은 것이다.

우리가 살면서 어떻게 다름을 수용하고 같지 않음을 이해해서 조화롭게 살아가는가? 이것이 삶을 풍요롭게 하는 것이리라. 그것이 행복할 수 있는 길이다. 남녀노소, 지배층과 피지배층 등에서 갑질을 누가 했다고, 사회의 문제라고, 그 문제를 물고 늘어지면서, 나라의 문제들이 곧 사회의 연속이고 시대의 흐름이 됐다.

아무래도 좋다. 나라가 북핵의 핵에 몽땅 망하지 않기를. 삼성과 LG, 현대 같은 회사가 일본의 소니, 유럽의 노키아 같은 회사로 전락되지 않기를. 이들의 공통점은 우수한 실력을 가지고 발 빠르게 새로운 제품을 만들어 홍보한 다른 나라 회사들에 밀린 것이라고. 그리고 그들은 너무 자기를 믿고 자만심에 빠져 있었던 것이라고. 나는 우리도 지나친 자만심으로 모두를 잃어버리지 않기를 바랐다. 나도 조금 있으면 몸과 마음 모두를 잃을 것이고, 조용히 지구를 비워줘야 할 시기인데, 뭘 더 욕심을 내겠는가?

정신이 온전할 때 내가 살아온 삶을 온전히 기록해놓는 것도 좋을 듯 싶었다. 눈이 노쇠해지기 전에 말이다. 가끔 TV를 보면 눈동자가 하얘져서 안개 속을 거니는 느낌이 났다. 어느 때는 허리가 온전하지 못해 몸을 움직일 수도 없었다. 뒤척이지 못하니 산송장이 됐다. 지금 이 시간에 손을 놀릴 수 있음에 감사하는 것이다.

그리고 노모인 우리 엄마를 생각했다. 어제 시장통에서 산 두꺼운 내복을 시골로 소포로 붙였다. 저녁에 전화로 엄마가 필요하다는 내복을 부쳤다고 말했다.

- 고맙다. 막내보고 하라고 했는데.

갑자기 걱정됐다. 사이즈가 105호? 100호? 고민하다가 100호로. 남편은 아니라고. 105호여야 한다고. 머릿속이 복잡했다. 어쩌지? 다시 물려? 어떻게 물리지? 몰라. 그는 그동안 사준 옷도 몸에 끼도록 딱 맞아야 입었다. 나는 어르신답게 풍성하고 색깔 고운 점퍼를 해마다 사서 부쳤다. 그는 우리 집에 올 때마다. 낡고 색 바랜 황토색 점퍼만 입었다. 그 옷이 그랬다. 그는 옷 속에 몸을 억지로 쑤셔 넣은 모양이었다. 그 모습에 나는 어쩔 수 없이 작은 사이즈에 손이 갔다. 결과는 모를 일이다.

그러나 그것이 어떤 큰일을, 문제를 일으키는 것은 아니다. 그는 여전히 치매 걸리지 않았으므로, 그리고 몸과 손을 써서 빨래를 했고(도우미가 세탁기에 돌리는 것이 못마땅하다고), 자기가 원하는 음식을 해먹고 있으니까 당신은 성공한 인생이다. 나는 항상 칭찬을 했다. "당신은 성공한 사람입니다. 그만하면 훌륭하십니다. 이제 조용히 편안한 죽음을 맞이하면 됩니다"고 말했다.

그해 3월이 됐다. 나는 죄인의 탈을 쓰고 대학원에 입학했다. 집안은 보이지 않는 전쟁터가 됐다. 시어머니가 볼 때 나는 눈엣가시였다. 학교에 감으로써 주중 시댁 일은 가지 않았다. 학교에 갈 때 아이들은 친정에 맡겼다. 나는 신났다. 나에겐 새로운 자유가 생겼다. 무거웠던 어깨가 날개를 단 듯 훨훨 날았다. 오랜만의 학교생활이 시작됐다. 학교생활은 쉽지 않았다. 초등생이 고등 과목을 듣는 것처럼. 글과 나는 멀리 있었다. 교수님의 강의는 그의 소리였지, 내 소리가 되지 못했다. 나는 내 소리를 들어야 했지만, 쉽게 접근하지 못했다.

학문과의 거리는 멀고 힘들었다. 책을 펴면 까만색과 흰색만 나타났다. 내 몸만 책을 봤다. 책은 나를 밀었고, 표면만 스쳐갈 뿐이었다. 눈으로 읽는 것은 글자였다. 내용은 없었다. 내가 언제 책을 읽었었나? 책이 나를 비웃었다. 글이 나를 보고 웃었다. 글과 친해져 보려고 애쓰는 것과 달리, 글은 더 먼저 멀리 달아났다(글이 갑자기 써지지 않는다. 이럴 때 어쩔 수 없이 내용을 바꿀 수밖에 없다).

올해의 마지막 달. 12월. 올해 내로 숙제를 마치려고 무진 애를 썼는데… 주변 사람들의 친구, 친척들 중 과년한 딸들은 모두가 시집을 갔다. 나는 애를 태우고 태웠지만 숙제는 하지 못했다. 어느 날 아침 식사 중에 전화가 왔다.

– 야! 나다. 넌 어째 그리 둘도 못 치우냐? 다른 사람들은 서넛도 잘 치우고 우리 시대는 여덟도 치웠구먼.

– 그러게 말이에요.

친정엄마의 전화였다. 이제 나이가 들어 한밤중에도 깨고 새벽 두세 시가 되도 잠이 안 왔다. 큰딸애의 아이들이 학교 갈 나이가 됐는데, 작은딸은 TV만 켜놓고 시끄럽게 음악에 취해 율동을 하면 나는 숨통이 막혔다. 그는 모두를 무시했다. 그는 지금이 제일로 행복하다 말했다. 정말 웃겼다. 그는 나의 피를 빨아먹는 캥(거루)족이면서 당당했고 우리 집의 대장이었다.

그의 소리를 들을 때마다 나는 내 가슴을 쳤다. 그는 내 새끼며 내 몸속에서 나온 내 아이이기 때문에, 내가 뭘 잘못 키운 것인가? 어디서 문제가 생긴 것인가? 그는 시어머니와 DNA가 똑같았다. 불같이 화를 냈고, 모두를 죽일 듯이 덤벼들었다. 별일이 아닌 일에도 그는 분통을 터뜨렸다. 그에겐 양보가 없었다. 오로지 자기 자신의 이익만 추구했다.

지난주 그는 중국 관광 인솔자로 인솔을 갔다 왔다. 언니가 여행사 사장이고, 그는 그 회사 직원이었다. 중국 상해에서 개최되는 중장비 ○○○ 대회에 참가했다. 인원이 이십 명이 넘으니 인솔자인 그는 힘들었다. 개최지는 옛날 부실한 중국이 아니었다. 개최지의 면적이 어마어마했다. 사람은 많았다. 어느 도시 한 떼가 통째로 옮겨온 듯이 온 천지가 사람이었다. 입장 검열은 치밀했다. 미리 인적사항을 뽑아놓지 않았더라면 그날 그렇게 입장하지 못했을 것이다. 새벽 3시 반부터 인원 체크, 서류 체크, 식사, 일정 확인, 가이드와의 시간 조율, 매사가 정확해야 했다. 그는 그 주 내내 초긴장을 하고 특별한 변수가 없도록 노력했다. 여행 동안 여행자가 핸드폰을 잃었다가 찾았고, 길 동행자를 잃었다가 다시 찾았다. 다행히 순조롭게 여행 일정을 마치고 집에 오는 길. 비가 억수같이 왔다. 공항버스를 탔다.

- 언니, 나 왔어.

- 그래, 수고했어.

- 비가 오니까 언니 우산 좀 갖다줘.

- 미안하다. 둘째가 아파. 그리고 큰애를 데리고 유아원 가야 하는데? 엄마한테 부탁해.

그는 엄마에게 전화했다. 받지 않았다. 버스에서 내려 비를 맞았다. 짐은 무거웠다. 그는 폭우로 쏟아지는 비를 몸으로 받았다. 나는 TV를 봤고, 진동인 전화벨 소리를 들을 수 없었다. 그때 복도 끝에서 가방 끄는 소리가 났다. 얼른 현관 쪽으로 갔다. 문을 열었다. 그는 폭풍 같은 몸짓으로

- 왜 전화를 안 받아!

- 웅? 못 들었는데?

그는 가방을 내던졌다. 씩씩댔다.

- 우산을 갖다줬어야 하잖아!

그는 숨이 거칠었고 무거운 몸을 위협적으로 움직였다. 금방 산 곰이 덤벼들 것처럼 나에게 향했다. 나는 그가 무서웠다. 그는 시어머니와 똑같은 폭발 분노를 보였다. 그의 분노나 그의 결혼 문제는 내 안의 보이지 않는 죄업인가 생각했다. 그것은 내가 짐 져야 하는 자연의 법칙인가도 생각했다. 그것은 내 잘못이었다. 내가 그를 잘못 키운 탓으로.

내가 새롭게 집중하며 글을 쓴다는 것은 쉽지 않았다. 이런 작업이 과연 필요한 것이거나 할까? 나의 노욕이 아닌가? 진정한 삶의 방법, 사람들이 자기 삶을 풍요롭게 행복하게 창조할 수 있는 방법을 제시했으면 좋겠다는 것이 나의 진정한 의도이다.

대학원 석사과정은 내 몸을 온전히 글에, 문장에 익숙해지게 하려는 노력이 핵심이었다. 그것이 익숙해져야 전공에 적응할 수 있었다. 학교생활은 단조로우면서 복잡했다. 나를 지배하려는 교수들은 많았다. 나를 가르친 스승과 스승 밑에서 교수가 된 후배들, 함께 수업을 듣는 후배 동료 사이에는 보이지 않는 갈등이 많았다. 서로를 헐뜯는 일이 많았다. 자신의 업적을 쌓고 자신의 업무를 보는 데 제자를 이용했다. 스스로 공부해서 논문을 쓰는 것이 합당한 일이나, 그보다 제자 것을 이용하는 일이 있었다. 제자와 교수들 사이에도 패가 갈라지고, 전공에 따라 제자가 분배되었다.

대학 내의 분열은 작은 사회의 그것과 같았다. 학문적으로 존경받는 교수들을 제외하고 그야말로 치열한 이익 분담의 장소였다. 한 프로젝트가 생기면 그것을 받은 교수가 자기에게 충성하는 제자를 선정해서 서로 나누어 먹기에 급급했다. 학문보다 학적이나 행정 분야에 뛰어난 사람들이 그렇게 이익 배당을 잘 받았다. 학문적 교수는 행정에 어두웠다. 학문은 뒷전으로 하고 행정에 밝은 교수는 제자들을 교수 자리에 잘 배치시켰다.

약삭빠른 제자들은 금방 정치적이 됐고, 제 밥을 잘 찾아 먹었다. 그런 것을 이용하여 어느 여교수는 충성스러운 제자를 자기 집 집사로 이용했다. 그 집 애들의 가정교사로, 아니면 부엌살림의 부족한 것을 제자의 도움으로 하는 것을 당연시 했다. 충성스러운 제자의 하소연을 들어줬고, 그는 어느 날 그곳을 떠나갔다. 그런 일은 계속됐다. 충직한 심복이 되어 담당교수의 모든 일을 처리해주기를 바랐다.

심복 제자는 그 교수의 부하가 됐다. 교수 연구실에 책상도 배치해줬다. 그 교수가 가는 곳에 가방을 들고 따라갔다. 학회, 출장, 집안 행사, 논문 작업 등 그가 부족한 모든 것을 그는 만들고 해결해줬다. 그렇게 오랫동안 그 교수를 보필하고 교수직을 얻으면 그것은 성공한 삶이었다. 그 중 90%가 교수직을 물려받지 못했다. 다행히 몸 바쳐 헌신한 후 교수직을 물려받은 교수들은 한순간에 돌변했다.

그들은 갑자기 도도해졌다. 목은 뻣뻣했다. 같은 동료를 철저히 외면했다. 나는 그들을 보면 속이 부글부글 끓었다. 그곳은 내가 바라던 길이 아니었다. 그런 대학가의 흐름을 읽어가는 시간은 계속되었다. 나는 되도록 편중되지 않으려 애썼다. 그들과의 거리를 좁히지 않으려 애썼다. 나이 어린 후배들과 싸우는 것도 모양이 좋지 않았고, 후배 교수에게 복종하며 아부 떠는 것도 내 체질에 맞지 않았다.

*

남편은 부처를 옮기기를 바랐다.

교육부는 남편과 맞지 않았다. 어느 날 그는 노동청으로 발령이 났다. 아직 노동부로 승격되지 않았다. 부처가 커지지 않았었다. 당시는 노동자보다 농민이 우위를 차지했고, 농사가 중요했었다. 아직 우리나라가 산업화되지 않은 시대였다. 우리는 생활을 빨리 정리해야 했다. 우리는 몸과 마음이 바빠졌다. 우선 빨리 집을 구해야 했다. 가격이 저렴한 서울 변두리를 알아봤다. 오류동, 역곡, 송내 쪽을 훑었다. 오류동은 허름하고 낡았다. 송내 쪽은 비쌌다. 감히 전세도 들어갈 수 없었다. 중간 어디쯤 주변은 들녘에 새롭게 조성된 곳으로 부천역에서 30분 거리 변두리였다. 논바닥 한가운데 주공아파트 단지를 만들어놓았다. 5층에 연탄 난방이었다. 비싸지 않았다. 갈 만했다. 그중에서도 제일 작은 13평 아파트 1층 사이드가 저렴했다. 그쪽으로 정했지만 갈 수는 없었다. 살고 있던 집을 쉽게 처분할 수 없었다. 나는 친정 쪽에서 빚을 내서라도 빨리 떠나고 싶었다. 그것이 나의 삶에 대한 자유가 보장되는 길이라고 생각했다. 그날로 짐을 꾸렸다. 모두를 그곳에 버리고 미련 없이 떠나고 싶었다.

*

시어머니는 항상 주장했다. 내 아들들은 그렇게 효자일 수가 없다고.

나는 그들에게 묻고 싶었다. 효자라서 그렇게 사회에서도 인정받고 뛰어난 훌륭한 역할들을 제대로 하고 살았는가를. 그들은 너무 당신의 억압 속에서 갇혀 살았기 때문에 한 번도 자기가 원하는 자유의 삶을 이 세상에서 펼쳐 살아가지 못한 것이 아닐까? 나는 그들의 삶을 지켜보았다. 억압된 자식들은 자기의 삶을 자유롭게 창조하지 못했다.

나는 그들 형제가 안타까웠다. 그들은 모두가 형처럼 고시를 하면 이 세상의 권력을 잡을 것처럼, 각자가 고시 병을 앓았다. 그들의 어머니는 그들보다 더했다. 금방 판검사가 나올 것처럼 그들에게 후한 대접으로 그들을 위했다. 누군가 고시를 하겠다 하면(셋째, 넷째, 다섯째 등), 그들의 어머니는 금방 판사와 검사가 된 것처럼 ○ 검사, ○ 판사라 불렀다.

나는 그들의 행동을 관찰할 때, 결코 고시 합격자는 될 수 없다고 생각했다. 그들은 고시자가 되면 절에 들어갔고, 지루하면 고시촌으로 갔다. 어쩌다 명절에 만나면 그들은 TV 채널 프로그램에 박사였다. 그들은 드라마 내용도 너무 잘 알았다. 바쁜 나는 알 수 없었다. 무엇인가 잘못하고 있다는 증거였다. 나는 그들이 고시 합격생이 될 수 없음을 알았다. 시어머니는 꼭 합격할 것이라 믿었다. 그의 믿음과 나의 믿음은 달랐다. 그의 믿음은 강했다. 나의 믿음은 헛짓일 것이다. 우리는 충돌했다. 그는 나를 지배했고, 자신을 확신하며 나를 욕했다. 그들에게 비용을 주고 싶지 않은 처사라고 나를 욕했다.

그는 경제적 책임을 나에게 전가시키고자 애썼다. 나는 그것을 피하고자 했다. 우리는 늘 방향이 달랐고, 서로 충돌했다. 그리고 그는 나를 꼭 이겨야 했고, 이겨서 나를 지배했다. 패배자인 나는 늘 그를 멀리했고, 그가 만든 잘못은 내가 책임져야 했으며, 그것을 완수해야 했다.

부천 변두리는 낯설었다. 아파트 단지는 넓은 평야인 논바닥 한복판에 건설되었다. 사방이 논이고 밭이었다. 저녁을 먹으면 논과 밭 사이를 걸었다. 넓은 벌판은 캄캄했다. 평야를 통해 불어오는 바람은 세찼다. 단지 외벽 밖은 산을 깎아 둔턱의 흙벽이 쏟아져 있었다. 아직 정비가 덜 됐다. 길옆으로 새로운 아파트 단지가 조성되고 있었다. 큰길 건너에 경인선 전철과 철로가 한데 엉겨 인천 쪽으로 뻗어 있었다. 쇠 깎는 기계 공장들이 천막 천으로 둘러쳐져서 철길 따라 즐비하게 나열되어 있었다. 내가 살던 곳과는 다른 풍경이었다.

남편은 연수원 쪽에 부임 받았다. 집에서 사무실까지는 꽤 멀었다. 차도 없었다. 교통수단도 신통치 않았다. 그는 도보로 걸을 수밖에 없었다. 낯선 곳이기는 하나 나는 자유로웠다. 날개를 단 여자가 됐다. 온몸이 가벼웠다. 일상에서 새털처럼 훨훨 날았다. 그 무엇이 필요하겠는가? 이렇게 자유가 있으니 나는 필요한 것이 없었다.

다니던 대학원은 일주일에 두 번 갔다. 새벽 4시에 일어났다. 대충 남편을 위해 아침식사를 준비했다. 아이들을 깨웠다. 작은애는 업었다. 큰애는 걸렸다. 큰애가 만 네 돌이 채 안 됐다. 부천역까지 삼십 분을 걸어야 했다. 첫 전철을 타야 했다. 첫 전철은 사람이 가득했다. 일터에 가는 노동자가 대부분이었다. 그들은 피곤했다. 모두가 눈감고 자리에서 잤다.

아이들은 자리에 앉겠다고 떼를 썼다. 전철 구석 기둥에서 책가방 보따리를 벽에 기대놓고 아이들을 무릎 끝에 앉혔다. 그들은 짜증을 냈다. 나는 눈을 부라리며 조용하라고 윽박질렀다. 사람은 계속 밀려왔다. 우리는 계속 구석으로 몰려들어 갔다. 차 안에서는 모두들 잠잤다. 서울쯤에서야 사람이 내렸다. 우리도 영등포역에서 무궁화로 갈아타기 위해 서둘렀다. 첫차는 6시였다. 그 차를 타야 등교할 수 있었다. 나는 한 좌석만 예약했다. 그것이 경제적이라 어쩔 수 없었다.

옆자리가 비면 우리는 행복했다. 한 무릎에 큰아이, 다른 무릎에 작은 아이를 앉혔다. 무거운 책가방과 아이들 소모품은 많았다. 그것들을 짐칸 선반에 올려놓았다. 새벽부터 첫차를 못 탈까 봐 조바심을 낸 탓인지 긴장이 풀렸다. 나도 모르게 졸음이 쏟아졌다. 아이들이 무릎에서 빠져나가서 울었다. 다시 부둥켜안고 잠들었다 깼다를 반복했다. 도착지에 닿으면 친정아버지가 애들을 마중 나왔다. 아이들을 데리고 친정으로 갔다. 나는 책가방을 챙겨 학교로 갔다. 첫 시간에 수업이 없을 때는 함께 친정으로 갔고, 그곳에서 휴식하다가 학교로 갔다. 시댁의 눈을 피하기 위해 조바심을 냈다. 들키면 야단벼락이 날 일이었다.

학교 강의실에 도착했다. 교수들의 강의는 내 의식을 깨우지 못했다. 그들은 그들의 언어를 말했고, 나는 내 언어만 들었다. 서로의 조합은 일어나지 않았다. 시간이 길어질수록 나의 의식은 사라졌다. 어느새 꿈속으로 나를 잠재웠다. 잠깐 깨어날 즈음 강의는 끝났다. 나는 나를 질책했다.

- 아이고, 멍청아, 잠자면 어떡하냐? 알아듣지 못하면 듣기라도 잘해야지. 아이고, 멍청아.

글은 읽어도 내 것이 아니었다. 글이 나를 멀리하는 것인지 내가 글을 멀리하는 것인지, 우리는 좁혀지질 못했다.

- 아이고, 석두야.

만을 찾았다. 그래도 멀어지는 글을 잡으려 애썼다.

나이 차이가 많은 후배들은 이기심과 시기심이 많았다. 그들과 견주기는 힘들었다. 그들은 공부에 대한 열의도 많았다. 그들과 견준다는 것은 바위에 계란 치기였다. 나는 그들의 뒤를 쫓아서 낙오자가 되지 않도록 애썼다. 그들의 뒤를 느리지만 지속적으로 쫓아갈 뿐이었다. 그들의 길을 따르면서 내 안의 나는 슬펐다. 그들은 빠르게 갔고, 빠른 길을 잘도 찾았다. 나는 느렸고, 느린 길만 찾았다. 그들이 한두 시간 만에 갈 수 있는 것을 나는 온종일, 그것도 모자라 날밤을 새워야 했다. 몸과 마음은 지치고 힘에 겹지만, 나 스스로는 행복했다. 그것은 내가 원해서 원하는 일이기 때문이었다.

그동안 시집에서 온종일 빨래하고 청소하면서 모든 시간을 노동으로 보내는 것은 나에게 지옥이었다. 평생을 공부했고, 아이들을 가르쳤다. 그리고 어느 날 나는 살림의 노동자가 됐다. 견딜 수 없는 일이었다. 내가 필요에 의해서 하는 것이 아니라, 시댁의 시종으로 해야 하는 것이 괴로웠다. 나는 이런 시댁의 틀에서 벗어나고 싶었다. 자유롭게 생산성 있는 경제인이 되고 싶었다. 그것만이 나의 삶과 나를 자유롭게 만드는 일일 것이다. 그 일환으로 나는 공부를 열심히 해야 했고, 꼭 박사가 되어야 했다.

1학기가 지나고 2학기를 다니는 것은 아이들에게 고통이었다. 북서풍이 몰고 오는 눈보라가 허허벌판을 따라 큰길로 몰아쳤다. 삼십 분 걸려 걸어가서 전철역에 도착할 것이 오류십 분 걸렸다. 작은애는 등 뒤에서 춥다고 꿈틀댔다. 기운에 부쳐 손에 잡은 아이와 짐이 눈길에 엎어졌다. 큰애는 울었다.

- 나 업어줘.

- 나도 업어줘.

나는 소리쳤다.

- 아, 안 돼.

- 업을 수 없어!

전철 첫 차를 놓치면 기차도 놓쳤다. 나는 안간힘을 모아서 서둘렀다. 기차를 탈 때까지 나는 전투적으로 모든 짐을 짊어지고 뛰고 달렸다. 기차를 타면 모든 짐이 내려졌다. 아침에 지나는 기차 칸 간이 잡상인이 아이들을 유혹했다.

- 김밥 왔어요, 달걀이요, 과자가 있어요, 빵이 있습니다.

나는 눈을 감고 모른 체했다. 아이들은 내 눈을 맞추며 눈치를 봤다. 나는 독기 서린 눈으로 안 된다고 했다. 지금 생각하면 나는 인간이 아니었다. 어찌 그렇게 살았을까? 나는 어미가 아니었다. 그래서 아이들에게 나는 따뜻한 어미가 못 되었을 것이다. 슬퍼도 할 수 없을 일이었다.

기차에서의 공간은 행복했다. 옆 좌석이 빈 공간이면 그날은 대박의 날이었다. 모두가 편안히 차를 타고 졸면서 잠자고 갈 수 있었다. 아이를 친정에 맡기고 학교 가는 시내버스를 타면 나는 새로운 긴장이 일어났다. 타 학교에 다니는 시동생과 마주치면 그들은 새로운 문제를 일으킬 수 있었다. 형수가 친정은 오면서 시댁에 들르지 않는다고. 그들의 험담은 치열했다. 내 험을 뜯는 일을 즐겼다. 그것이 어쩌면 인간의 생리적 작용인데. 험 잡히지 않으려고 모든 에너지를 그곳에 썼고, 비경제적·비효율적으로 나 자신을 죽이며 살았다.

오후 6시까지 학교 수업은 많았다. 집중해서 짜놓은 수업이었다. 수업이 끝나면 곧바로 역으로 향했다. 친정집에서 퇴근한 아버지가 아이들을 데리고 차표를 사서 역에서 기다렸다. 나는 아버지를 만났다. 표를 받아 아이들을 챙겼고, 곧 차를 탔다. 기차는 편했다. 전철로 환승했다. 전철은 사람이 가득 차서 우리 숨통을 조였다. 작은애는 의자에 앉겠다고 울었다.

- 안 돼!

그를 윽박질렀다. 전철역에서 하차했다. 아침에는 새벽이라 버스가 없지만, 저녁은 버스가 있었다. 퇴근시간이라 버스는 짐짝 버스가 됐다.

지금 이 기억들은 거의 40년 전의 일들이다. 내 기억들이 서서히 사그라져가는 것을 나는 하나씩 잡아내고 있다. 어느 부분은 세밀하게 기억이 나면서 나도 모르게 그때의 슬픈 마음이 나를 울린다. 이미 아버지는 돌아가신 지 30년이 됐다. 갑자기 눈물이 솟구쳤다. 세월이란 이런 것이구나. 눈에서 눈물이 멈추지 못했다. 콧물이 눈물과 범벅되고 있었다. 누가 보지 않을까 조바심 내며 눈 밑에 수건을 댔다.

어느 해 12월.

내 안의 내가 공격적으로 가고 있었다. 작은애는 청소년을 지나 늙은 처자가 되어갔다. 그는 늦게 일어났다. 늦은 아침식사를 함께 했다. 그를 보면 나는 속에서 천불이 났다. 그가 이렇게 이곳에 있으면 안 된다고. 나는 숨통이 조여 왔다. 큰손자가 내일 모레면 학교에 갈 텐데. 그는 결혼하지 않고 어쩌자는 것인지. 나는 그를 보면 공격을 개시했다.

- 이달이 지나면 서른다섯이 되는구나! 이제 결혼을 하든 안 하든 상관 없다. 이 시대는 결혼이 선택의 문제인 것 같구나. 우리가 서로 계속 붙어 있으면 서로 공격적으로 적이 될 수밖에 없구나. 너는 나에게. 나는 너에게. 내년 12월에 일단 독립을 해보자. 주위 사람들이 사십에 딸을 독립시켜 각자 사는 것을 봤는데, 네가 사십에 독립하면 너무 슬플 것 같지 않니? 그래도 조금이라도 젊었을 때 독립하는 것이 낫지 않겠냐? 내년 12월에 일단 나가라. 그러려면 네가 혼자 사는 방법을 연구해라. 우선은 우리집 근처 작은 오피스텔을 마련해라. 풀 옵션을 구비해주겠다. 그곳에서 자립해라. 아마 너는 친할머니 DNA 닮아서 잘살 것이다.

- 그러지, 뭐.

그는 작은 목소리로 대답했다. 그렇지만 그 속이 속이 아닐 것이다. 그는 완벽주의자이고 편안함에 익숙한 캥거루족인 것이다. 그는 성격이 까다로워 함부로 남자를 소개시킬 수도 없었다. 십년 동안 얼마나 많은 남자들과 선을 보았겠는가? 남자가 괜찮다 하면 둘째 애가 싫다 하고, 둘째 애가 좋다 하면 남자들이 싫다 했다. 둘이 뭔가 정서가 맞는 일은 일어나지 않았다. 어쩌다 만남이 좋다 하면 나이 차이가 열 살, 아홉 살이니 내가 안 된다고 하고, 나이가 너무 어린 남자는 그네 부모를 생각해서 안 된다고 했다. 또 나이가 넘치는 남자는 우리가 안 된다고 했다.

학창시절에는 공부도 꽤 열심히 했고, 스스로 선두 그룹에서 원하는 것들을 이루기도 했다. 그 시절은 공부 잘하는 놈이 대접받는 시절이었다. 공부에 관심 없는 언니보다 그가 더 인정받는 자식. 그는 부모 속을 덜 썩였다. 그를 보면 희망이 보였다. 무엇인가 사회에서 제 역할을 해줄 수 있을 거라 기대를 가졌다. 맘만 먹으면 사시고 행시 모두 합격할 수 있는 아이. 그는 다른 어떤 친구들 자식보다 뛰어난 사람으로 성장할 것이라고 기대했었다.

그는 대학 졸업 후 몇 년을 취직하려 애썼다. 시험도 보고, 면접도 봤다. 그러나 그는 모두 떨어졌다. 어쩌다 회사에 비정규직으로 입사했다. 몇 개월 후 그는 때려치웠다. 허접한 일을 하는 아르바이트도 했다. 그가 바라던 그런 일은 없었다. 그 후 그는 돈 버는 일을 거부했다. 그가 원해서 할 수도 없고, 설령 들어갔다 하더라도 회사의 규칙이나 원칙을 지키며 적응하는 것을 힘들어했다. 회사 내의 부정적인 일들에 대해서는 그가 회사를 공격하는 방식으로 대처했다. 그는 사회의 부적응적자로, 자신은 올바른데 남이 부당하다는 자기중심의 이론가로 변해갔다.

그는 머릿속 이론자가 됐다. 그가 읽는 책들은 모두가 그랬다. 종교와 철학이 섞인 그들만의 이론을 수용하며 자기 자신의 논리를 구축했다. 그는 실생활을 몰랐다. 그의 이상 속에서 이상만을 고집했다. 나는 그를 보면 속이 터졌다. 그의 말은 이상에서 이상을 심을 뿐이라고. 현실에서 현실을 심어야 한다고. 우리는 만나면 싸웠다. 그의 언어는 그의 말이고, 내 언어는 내 말인 것이다.

소통되지 않은 말들을 진열하는 것이다. 10년의 세월은 빨랐다. 대학 졸업한 지 거의 십이 년은 되었을 것이다. 그는 결국 화려한 백수가 되었다. 친구들은 어미가 못됐다면서 화려한 공주로 불러주라고 한다. 나는 시시때때로 그를 보면 폭발 분노가 솟구쳤다. 이것은 아니라고. 무엇인가 제 할 일을 해야 한다고. 이렇게 놀고먹기만 하면 어쩌자는 것인가? 무엇인가 그 자신에게 기여하기를 바랐다. 그를 보면 한심했다.

그는 아침 10시경 일어났다. 냉장고에서 콜라나 매실차를 큰 컵에 한가득 따라서 들고 거실 TV 앞에 앉았다. 아이돌 나오는 채널을 맞추고 그들을 따라 노래하며 어깨로 장단을 맞춘다. 음료수를 먹으며 11시 반경까지 TV와 즐기고, '아점'을 먹으러 부엌으로 간다. 가스대에 프라이팬을 올려 저 좋아하는 면류를 볶든 삶든 얼큰하게 끓여먹고, 다시 TV와 소파 사이에서 하루 종일 노닥거린다. 그는 친구도 없다. 친구가 싫단다. 그에게 친구는 불편한 존재다. 다 저녁이 되면 언니네로 간다. 어린이집에서 돌아오는 조카와 놀며 밥 얻어먹는다.

그의 일상은 그랬다. 그렇게 십 년이 지났다. 우리는 우리 일에 바빴고, 대학 졸업하면 모두가 으레 자기 자신의 일을 찾아가는 것으로 여겼는데. 졸업 후 집에 있으면 미안해야 하는 게 아닌가? 그는 너무나 뻔뻔했다. 이제 그는 막가파로 변했다. 어느 날.

- 너 돈 벌어야 하지 않냐?
- 아니, 내가 왜 그래야 되는데?

나는 할 말을 못 했다. 내가 뭘 잘못 키웠는지를 몰랐다. 분명 잘못은 잘못인데.

큰아이가 결혼 전에 아르바이트를 했었다. 아르바이트는 여행사였는데, 세일즈를 많이 해야 하는 직업이었다. 그는 친구와 친족, 성당 등 그의 주변의 많은 아는 사람들에게 세일즈를 잘했다. 그의 회사 사장은 그를 잘 이용했다. 회사 사장은 그를 이용하면서 잘못된 일은 그에게 책임을 전가시켰고, 이익이 되는 것은 자기가 챙겼다. 그런 일이 계속되면서 그는 스트레스를 받았다. 어느 날 그는 그 회사를 떠났다. 그리고 자기 회사를 차렸다.

언니 회사에 동생 H를 넣었다. 회사는 쉽지 않았다. 철마다 일어나는 사스, 조류독감, 메르스, IS 사건 등 갈수록 여행의 입지가 좁아졌다. 몇 년이 안 되어 회사를 접어야 했다. 나는 그들의 회사 운영을 위해 약간의 보조금을 지원하기 시작했다. 동생 H의 용돈도 자연 지원하게 된 것이다. 나는 강조했다. 회사가 오래 지속되다 보면 언젠가는 스펙이 쌓여 대박날 것이라고. 그래도 작은애를 보면 알 수 없는 분노가 일어났고, 결혼이라는 숙제를 풀지 못해 안달을 했다.

*

해가 갈수록 시어머니는 나를 밀쳐냈다.

그가 밀치는지 어쩐지 나는 몰랐다. 그는 항상 나를 거부했다. 나는 그의 거부를 그의 일로만 여겼다. 모든 '시' 자가 든 시집은 같은 부류라 생각했다. 나는 내 책임을 중요시했다. 나는 책임과 의무에 충실했다. 내가 시집온 이상 내 의무는 내 것이라고.

해마다 명절은 내 의무와 책임을 완수하는 날이 됐다. 한가위나 설날은 우리 민족의 대이동의 날이 됐다. 차로 2시간 거리를 나는 11시간 걸려서 시댁에 갔다. 오후 6시 퇴근 후 길을 나서면 새벽 네다섯 시에 도착했다. 우리는 밤새워 갔다. 그날 차중에서 눈을 살짝 감듯이 한두 시간 눈을 붙였다. 아침부터 바빴다. 아침상을 차렸다. 밥을 먹는 둥 마는 둥 했다. 우리는 그가 원하는 시장을 함께 갔고, 그곳에서 장을 봤다. 밀 배낭을 끌고 다녔다.

그는 먼저 고깃간을 갔다. 그곳에서 필요한 육고기를 한 아름 샀다. 생선 가게에 들렀다. 동태 전부터 떠달라고. 야채간에 가서 온갖 나물류를 사고, 길거리에서 잘 다듬은 양파, 마늘, 파를 샀다. 과일 가게에서 가장 큰 배, 사과 등 그가 필요로 하는 과일을 주섬주섬 담았다. 슈퍼에 가서 산자, 과자류, 깨강정, 오꼬시 등을 샀다. 떡집에다 떡을 주문했다. 그는 이미 명절 쇠라고 보내진 과일들은 제사 음식으로 쓰지 않았다. 그는 가게에 새로 들어온 제일 좋은 과일을 사야 했다. 그것이 그의 오래된 습관이었다. 물론 그가 쓰는 비용은 우리가 지불해야 할 몫이었다.

그는 신났다. 손에 한 움큼 쥐고 있는 돈이 술술 빠져나갔다. 그는 돈 쓰는 맛으로 살맛이 났다. 차례 음식을 하루 종일 사들였다. 그가 필요로 하는 제사 음식을 푸짐히 했다. 그는 그가 어릴 때 맛나게 이북에서 먹던 음식을 했다. 허파와 간전을 부쳐 채반에 가득 놓았다. 두부며 산적, 동그랑땡 등 그가 원하는 것은 뭐든 했다. 나와 동서는 열심히 부치고, 뒤집고, 그가 원하는 대로 일했다. 해마다 명절은 가족이 모이고 헤어졌다. 그러나 명절은 싸움이 되기도 했다.

명절이 되면 시부모님은 가족회의를 개최했다. 며느리들은 참석 없이 아들과 부모의 모임이 됐다. 부모는 항상 아들에게 자신들이 쓰는 비용을 올리라는 것이 대부분의 주안점이었다. 제사비가 이만 원에서 이십만 원까지 오른 경위가 됐다. 이제는 경제적 이익을 위한 제사가 됐다. 제사는 백만 원짜리 프로젝트가 된 것이다. 시어머니는 돈에 대한 집착이 강했다. 모든 계산은 돈으로 계산했다. 그가 쓰는 돈은 아들들이 모두 지불하기를 원했다.

나는 그의 불합리한 태도를 말할 수 없었다. 명절에 사용하는 모든 것을 새로 장만했다. 쌀, 고춧가루, 들기름, 참기름, 미원, 후추, 커피, 크림, 설탕, 식용유, 달걀 등 생활의 모든 식품들을 새로 구입했다. 그중에서도 커피와 크림은 꼭 양키시장에서 미제를 샀다. 그 모든 일체를 제사비용에 포함시켰고, 그것을 자식들이 지불해야만 했다. 우리네 친정 부모와는 영 딴판이었다. 그만이 갖는 그의 행동이 비용-절감 차원에서 나는 못마땅했다. 그는 항상 최고의 품질을 사고 먹었다.

우리가 힘들어 정부미만 사먹던 시절, 그는 최고의 쌀만 고집했다. 우리가 그에게 생활비를 보조하고 있을 때였다. 나는 그가 부당한지도 몰랐다. 지금 생각하면 당신은 너무 이기적인 인물이었다. 자식에게 손 벌리면서 그래야 하는 것인지? 그 시절 당신은 항상 옳고 자식 며느리는 항상 옳지 못한 자였으니까. 그가 주장하는 것은 해야 했고, 그것이 바르다고 강조했다. 나는 아닌 것을 아니라고 할 수 없었음이 안타까운 것이다. 그래도 그렇게 살아온 세월이 삼십 년을 넘었다. 나는 조화롭게 살고자 했다. 나는 내 책임을 다하려 했다. 최선을 하는 것이 나를 편하게 했다.

내 나이가 육십이 넘어서면서 나는 나를 찾고자 했다. 육십이 넘든 칠십이 되든, 그는 나를 그의 수하에서 나를 지배하고자 했다. 지배당하는 나는 부당한 일에 이제는 수용당하지 않는 쪽에 나를 두고자 했다. 우리는 보이지 않는 갈등이 팽배했다. 동서들도 내 쪽에 편승하려 하는 마음이 강했다. 그는 나를 밀쳐내야 모든 이를 자기 쪽으로 몰 수 있었다. 그는 나를 밀쳐내기 시작했다. 그것이 자기를 살리는 길이 되는 것이었다.

*

2학기가 끝나고 겨울방학은 바빴다.

턱걸이로 석사과정에 들어갔기 때문에 영어가 턱없이 부족했다. 나는 어학에 소질이 없었다. 특히 영어나 제2 외국어 능력이 한참 떨어졌다. 차라리 수학적인 편이었다. 숫자를 즐겼다. 무엇인가 재고 무게 달고 하는, 치수, 거리, 시간 등 수리적인 면이 재미있었다. 그러나 그것은 내 전공과는 상관없는 일이었다. 나는 대학원 졸업시험 통과를 위해 토플 공부를 다시 해야 해서 영어 학원에 다녔다.

남편의 봉급은 굶지 않을 정도였다. 아이들의 우유 값도 줄여야 살 수 있었다. 쌀도 정부미로 대체했다. 정부미는 일반미의 오분의 일 가격이었다. 정부미는 몇 년 묵은 쌀이라 압력솥에 밥을 해서 먹었다. 가장 싼 압력솥을 샀다. 월급을 타면 우선 돼지고기 한 근, 수입 쇠고기 한 근을 샀다. 수입 쇠고기 한 근은 3,300원이었다. 나는 그것을 각각 네 덩어리, 모두 여덟 덩어리로 만들어 일주일에 쇠고기 한 덩이와 돼지고기 한 덩이를 사용했다.

그것을 야채와 섞어서 볶고 튀겼다. 잡채, 찌개, 잡탕, 지짐 등 다양한 요리를 야채와 섞어서 음식 양을 늘렸다. 식구들은 고기를 많이 먹는 것으로 착각했다. 나는 원래 채식주의자에 가깝기 때문에 상관없는데, 남편네는 육식을 즐겼다. 내가 시댁에 있을 때도 시댁의 불고기 식대 한 달 치가 내 월급의 여섯 배 값이었다. 무섭게 먹었고, 그렇게 고기를 즐겼다. 그 당시 우리 주변의 부자라도 그렇게 먹는 집은 드물었다. 살다 보니 작은 돈을 아끼고 또 아껴서 버텨내는 길을 찾으려 애썼다.

새해가 왔다. 몸과 마음이 바빴다. 금방 음력 설이 다가왔다. 음력 설 다음은 줄줄이 제사가 기다렸다. 관청이나 관공서도 바빴다. 설 쇠기 위해서 나는 작은애만 들쳐 업고 설 준비를 위해 미리 시댁으로 갔다. 제사비로 당겨쓰는 가계수표를 긁어 봉투에 넣어 시댁에 주었다. 그 돈은 우리 한 달 치 봉급이었다. 시어머니는 그 돈을 받자마자 시아버지와 시동생들을 데리고 시장통 보신탕집으로 갔다. 그들은 그곳에서 그들이 좋아하는 수육과 탕으로 그 돈 모두를 먹어버렸다. 집에서 방바닥을 닦는 나를 보고 그는 말했다.

- 야, 오랜만에 고기를 먹으니 눈이 번쩍 뜨이더구나? 눈이 침침했었는데… 고기가 좋기는 좋아! 어쩌나 잘 먹었는지. 야, 어미야 고맙다.

나는 그들을 이해할 수 없었다. 한 달 치 월급을 그렇게 해치워야 하는 걸까? 그들의 즐거움으로 설날은 조용히 순조롭게 지나가는 듯했다. 명절 끝날 다시 가족모임을 빌미로 아들과 부모들은 식사 후 모였다. 며느리들은 부엌에서 설거지를 했다. 간간히 언성이 높아졌다 내려갔다 했다. 주제는 그들의 용돈을 달라는 것이었다. 설 쇠면서 주고 가는 돈이 아니라 좀 더 큰돈을 용돈으로 달라고.

- 네 아버지가 살면 얼마나 산다더냐? 용돈을 넉넉히 주는 게 장남의 도리가 아니겠느냐?

그의 욕구는 강했다. 그의 목표가 설정되면 그는 집요했다. 그는 장남을 강조하면서 또다시 그를 괴롭혔다. 우리 살림은 빠듯했다. 시댁은 달랐다. 그는 맛있는 햅쌀, 그것도 최고품을 주문했다. 쇠고기는 육고간에서 최상품 쇠고기를 큰 양푼에 열 근 이상을 재웠다. 모든 식구들에게 실컷 먹였다. 그의 손은 항상 돈을 뭉텅이로 꼭 쥐고 종이같이 썼다. 그는 갈 때 올 때 택시만 탔다. 목욕탕은 수시로 갔다. 그곳에 가면 때밀이가 그를 닦았다. 그는 그가 원하는 것을 모두 했다. 먹을 것, 입을 것, 탈 것, 살 것 등 그는 그만의 최고 자유인이었다.

설 쇠고 집으로 오면서 우리는 고민하기 시작했다. 어떻게 용돈을 만들 것인가? 그의 집요한 요구를 우리는 실천해야 했다. 우리는 융자를 내기로 했다. 100만 원 융자를 내서 월급에서 떼게 하는 것이다. 이자와 원금으로 매달 삼만육천 원씩 3년간 떼면 될 것이다. 그 돈은 육 개월 치 봉급일 것이고, 3년간 다달이 원금과 이자를 삭제하고 받아야 할 것이며, 오분의 일이 이미 월급에서 소거될 것이다. 그럼 우유를 줄일 수는 없을 일. 차를 타지 않고 걸어야 하고, 구공탄도 두 장에서 한 장으로, 목욕탕은 물을 데워서. 거실에 뜨거운 물을 양푼에 붓고 아이를 씻길 일이고, 어른은 좁은 화장실에서 대충 닦아야만 하는. 어쨌든 방법은 찾은 것이다.

*

어느 겨울 아침.

그날은 불타는 금요일 아침, 여섯 시에 일어났다. 약초 물을 한 컵, 인삼 즙을 먹었다. 그리고 미지근한 물 한잔을 곁들였다. 나의 건강법이다. 엊그제 운동 멤버가 종합 진단을 받은 후 머리에 이상한 점이 발견됐다. 종합검진을 한 의사가 큰 병원에 가보라고 해서, 그는 대학 병원에서 CT 촬영을 했다. 두상 사진을 2천 장 찍었다. 종합검진 때는 이상이 있어서 4백 장을 찍었다.

며칠 전 복거일 소설가가 간암 말기로 판정됐다. 의사는 6개월만 살 수 있다고. 그런데 그는 마지막 소설을 쓰고 죽기로 했다. 그날로부터 일체 병원을 가지 않았다. 그의 소설가 친구가 항암치료 하다가 글 쓰는 것을 포기하고 그대로 죽었다. 복거일은 그러고 싶지 않았다. 그냥 글 쓰다가 죽겠다고. 그가 6개월도 못 산다 했는데, 그는 지금 2년을 넘게 살았다. 그리고 그가 쓰던 소설도 끝마쳤다.

우리는 어찌해야 하는 것인가? 병원의 진단을 어떻게 받아야 하는가를 물어야 했다. 35년 전 내 남동생은 위암 수술을 받았다. 항암 치료를 2~3개월 받다가 죽었다. 30년 전 내 아버지는 폐암으로 진단받았다. 동생이 죽는 것을 보고 수술하지 않았다. 결국 1년 만에 돌아가셨다. 동생은 누워서 죽고, 아버지는 걷다가 갔다. 차이는 그랬다. 죽되 어떻게 죽느냐로. 어느 날 내 여고 동창이 물었다. 어머니가 후두암이라고. 나는 그에게 말했다. 수술하면 누워서 돌아가신다고. 수술 안 하면 걷다가 가신다고. 그 어머니는 수술하기를 원했다. 수술하고 3개월째 그는 누워서 가셨다. 그 후 10년쯤 지났을 때, 그 친구는 유방암에 걸렸다. 그는 수술하지 않았다. 5년 동안 걸어 다니다가 죽었다.

나는 어느 것이 진리인지 몰랐다. 나도 내 주위 사람들이 지금 암으로 투병하고 있지만, 어느 것이 진실된 진리인지 모르는 것이다. 의학이 발달될수록 의학은 돈을 불렀고, 사람의 존엄성보다 돈의 가치를 따져 묻는 경우가 많았다. 인간의 존엄성보다 병원은 돈의 가치를 불러일으키려는 경향이 짙었다. 병원에서 의사들의 업적을 요구하고, 그 업적은 돈의 가치를 말하는 것이다. 나는 병원이 무섭다. 그들의 진실, 진리를 보여주지 않았다.

어느 작가의 말.

> 지나친 검진이 오히려 해가 되는 일이었다.
> - 허현희, 『병원에 가지 말아야 할 81가지 이유』

그런 일은 많았다. 십여 년 전 내 고모가 팔순이 넘었다. 그는 시골 친구들과 계모임을 했고 한 달에 두어 번씩 모였다. 이 집 저 집 모였다. 어느 날 옆집 살았던 U가 빨리 가야 한다고 했다. 교수 아들이 엄마 종합진단 시켜준다고 했다는 것이었다. U는 종합 진단을 받았고 무엇이 안 좋다고 했다. 그다음 날 수술을 했다. 그 여파로 한 달이 안 되어 U는 죽었다고 고모는 말했다. 이 팔순 나이에 종합진단 받을 일이 아니라고. 종합진단 받지 않았으면 U는 그렇게 빨리 가지 않았다고.

육십이 넘어 고모는 다리 관절이 아팠다. 병원에서 그 다리를 수술했다. 그는 몸이 무척 비대했고, 그래서 다리가 더 아팠다. 그 후 십 년이 되었다. 양쪽 다리가 아팠다. 수술하기가 두려워 대충 살겠다 했다. 팔십오 세가 되었을 때 고모는 수술한 다리보다 수술하지 않은 다리를 의지하며 걸었다. 나는 그때 병원을 믿을 수 없었다. 무엇이 더 원칙인가? 수술과 비수술, 어느 것이 더 바람직한가? 나는 수술 안 하는 것을 고수해야 했다.

어느 날 신문에 양의사와 한의사가 싸우는 광고가 났다. 나는 그들의 밥그릇 싸움이라 치부했다. 진정한 진리를 추구하는 진실된 의료 행위가 이루어지기를 바랐다. 나는 어느 날부터 지나친 검진이 오히려 해가 된다는 것을 사실로 받아들였다. 나는 내 몸에 맞는 보약을 내가 챙기기로 했다. 열심히 몸에 좋은 것을 식품으로 먹었다. 그 다음 열심히 운동했다. 날마다 치는 테니스 게임은 나의 몸속 청소의 일환으로. 등산은 병원에서의 물리치료 대신으로. 그 다음 열심히 잠자면 보약이 따로 없을 것이라 생각했다. 그리고 병이 생기면 내 수명이 이제 여기까지인 것으로. 너무 잘살았던 것에 감사하며 죽음을 맞이하고자 했다.

5천 년 우리 역사 중에서 이렇게 잘산 적은 없었다. 우리는 평생 행운이었기에 전쟁을 겪지 않았다. 아! 진정으로 감사했다. 남은 짧은 인생을 편안하게 행복하게 즐기면서 마지막 나의 선이 무엇인가를 생각해봤다. 날이 어둑했다. 두꺼운 옷을 입었다. 현관문을 나섰다. 나는 내 비법인 대나무 막대로 머리 위 두드리기를 했다. 두통에는 그만이었다. 그리고 온몸을 두드리면서 내 몸이 깨어나길 빌었다.

*

내 생애 나의 49잔치를.

30년 전 어느 책을 보았다. 그 책은 기억이 나지 않는다. 나는 원래 기억을 잘 못하는 편이다. 그 책의 주인공 아빠가 자기 아들을 데리고 49살

잔치를 했다. 그 잔치는 미국에서 유명한 바위로 된 산을 아들과 함께 오르는 일이었다. 그것을 그들은 죽을힘을 다해 끝마쳤다. 하산을 끝내면서 아버지와 아들은 세상을 얻은 듯 기뻐했다. 나는 그때 아직 그들이 해낸 것이 무엇을 의미하는지 몰랐다. 모든 게 낯선 풍경이었다. 나 자신도 아직 덜 익은 떫은 감과였을 테고. 그 책을 읽고 왜 49잔치가 필요할까? 그런 막연한 생각을 했다. 그러나 49잔치가 생애에서 중요한 일이기는 한가보다고. 그러면서 나도 꼭 49잔치를 해야겠다고 결심했다.

남편은 그때 이사관쯤 되었을 것이다. 공직생활 이십 년이 넘었으니. 같은 동료 동창, 각 부처 동기들은 모두가 외국으로 유학 갔고, 외국 근무지로 떠났다. 그 당시 해외 나가는 특별 공무원에게는 특혜가 주어졌다. 국비로 유학비가 나오고 생활비도 나왔다. 외국 근무는 월급이 곱이었다. 모든 고시 출신 공무원은 그것이 필수였고, 그것이 꽃이었다. 아이들도 특혜를 받아 외국생활을 한 학생으로 좋은 학교를 그들끼리 자격시험을 봐서 입학할 수 있는 길이 열려 있었다. 그것은 명문학교를 들어가기 훨씬 쉽게 했다. 보이지 않는 경쟁 속에서 그 부류의 공무원은 너나 할 것 없이 외국을 갔다.

나도 그것이 평생 꿈이었다. 언제 비행기를 한 번 타고 외국에 가볼 수 있을까? 동료 친구들은 제각각 부처가 달랐다. 교육부, 보건사회부, 국방부, 상공부, 내무부, 법제처 등 다양했다. 그들은 가끔 만나 식사를 했다. 대부분이 미국이나 유럽 쪽으로 가서 삼사 년 있다가 왔다. 부인들은 서방에서 살던 이야기를 하며 즐겼다. 나는 슬펐다. 같은 부류의 사람들인데 왜 내 남편은 편승하지 못하는 것일까? 알 수 없는 일이었다. 나는 약이 올랐다. 백마 탄 남자와 결혼하면 모든 것이 이루어진다는 나의 허상에 진작부터 문제가 있었다. 나는 나의 것을 찾아야 할 것이다.

- 우리도 외국에 갔다 오면 애들이 좋은 학교를 갈 수 있다는데?

- 무슨 쓸데없는 소리를.

그는 무뚝뚝하고 매몰차게 말했다. 나는 내 속에서 화가 났다.

- 흥! 남들은 외국도 잘도 가더니만. 그래, 더러워서 내가 알아서 가련다.

그때부터 나는 마음을 새롭게 했다. 동료 부인들끼리 뉴욕이 어쩌고저쩌고 하는 말로 모두가 즐겁게 자기들만의 언어로 자기들 언어를 사용했다. 그들의 아이들은 모두가 영어에 능통했고, 좋은 학교에 입학했다. 세월은 서서히 흘러갔다. 나는 49잔치를 계획했다. 고등학교 세계사 사진 속에 있는 그리스의 파르테논 신전을 보자. 그것이 나의 꿈이고 희망이지 않았던가? 그 당시 나도 힘이 생겼다. 마지막 박사학위를 받고 강의를 해서 나름 나만의 용돈을 활용할 수 있었다.

아이들이 대학에 입학해서 여름방학이 돌아왔다. 나도 시험 채점이 끝나고 성적 처리가 끝났다. 나는 국민은행에서 나를 담보로 이천만 원을 빌렸다. 내 생애의 꿈을 실천하기 위해서 나는 유럽 자유 배낭여행을 선택했다. 그동안 쌓였던 남편에 대한 원망도 사라졌다. 내가 스스로 가면 됐다. 여행 책을 읽고, 뒤지고, 필요한 것들을 구비했다. 우리 애들 둘과 나 셋이 떠나기로. 우선 배낭 큰 것 3개를 동대문 시장에서 구입했다. 도둑이 많다니 몸속에 차는 가죽지갑도 샀다.

우리는 꿈에 부풀었다. 난생 처음 가는 유럽 여행. 우리가 수선을 피울 때 남편은 협박했다.

- 잘못해서 청와대로 끌려오지 마라.

그는 공무원이 함부로 여행을 하면 끌려온다는 식의 이해할 수 없는 소리를 했다.

- 치! 그러거나 말거나.

그해 유월 말, 나는 남편에게 필요한 모든 것들을 준비해놓았다. 밥솥, 국솥, 반찬 등을 채웠고, 압력솥 사용법과 가스사용법도 써서 벽에 붙여 놓았다. 떠나기 전날 나는 잠을 잘 수 없었다. 아침 6시까지 공항에 도착해야 하는데, 우리 집은 강북의 끝이었다. 공항버스가 새벽에 딱 한 대 있었는데, 그것을 놓치면 비행기를 탈 수 없었기 때문이다. 비행기 티켓이 날아가는 일이었다. 나에겐 비용이 엄청난, 남편의 3달 치 봉급이었다.

새벽 2시에 일어나 준비를 했다. 여름장마와 태풍이 겹쳐왔다. 모두가 뒤죽박죽됐다. 애들을 데리고 택시를 탔다. 공항버스가 좀 더 오래 서 있는 경기도 쪽 공항버스 정류장으로 갔다. 그곳에서 폭풍우와 장대 장맛비를 온몸으로 다 받으며 한 시간 반을 조바심 내며 애들과 기다렸다. 차가 늦어서 애가 탔다. 혹 차가 비 때문에 빼먹는 게 아닐까? 늦었지만 차가 왔고 차를 탈 수 있었다. 무사히 비행기를 탔다.

2001년 6월 30일 터키, 이스탄불, 오후 6시쯤.

공항 규모가 작다. 1960년대 한국 모습. 택시는 한국의 1950~1960년대 코로나, 티코보다 조금 크다. 공항 길은 시골길처럼 먼지가 일었다. 시내로 들어왔다. 하늘은 맑고 파랬다. 한국의 가을 날씨로 고추 말리기 좋은 햇빛이었다. 공기는 상큼하고, 바람은 살랑살랑. 넓은 바다는 새파랑. 갈매기는 끼룩끼룩. 나지막한 아파트, 어선이 즐비한 항구 한국의 작은 항구도시 같았다.

이층버스, 지상 전철버스, 건널목이 없이 신호등만 교체되었다. 모양이 새로웠다. 택시와 슈퍼는 여행자에게 무조건 바가지요금을 요구했다. 지형의 모습을 보고, 바다를 낀 해변의 옛 터키 제국을 생각해봤다. 한 쪽은 동양, 다른 쪽은 서양의 모습. 이곳은 우리 민족의 정서와 맞는 기분이었다. 우리들이 어릴 때 놀던 놀이를 그 지역에서도 놀았다. 두 사람이 줄넘기를 돌리고 한 사람이 뛰는 광경은 우리들이 놀던 모습과 너무나 똑같았다.

2001년 7월 2일

새벽 4시 기상. 『금강명경』을 읽었다. 7시 호텔 식사. 햄, 빵, 치즈, 주스,

토마토, 요구르트, 우유, 커피 등 훌륭한 아침이었다. 든든하게 먹었다. 곧 호텔을 나섰다. 지도를 보고 전철을 기점으로 고성을 지나 이스탄불 대학을 지나고, 계속 언덕을 오르내렸다. 돌로 만든 네모진 바둑알 모양의 도로포장. 그것도 물결무늬로 수를 놓은 듯한 무늬. 옛 왕궁의 찬란함을 확인시켜주었다.

술탄 왕조의 궁과 모스크의 실내장식은 아름답고 웅장했다. 벽은 푸른색 꽃모양의 도안과 이어지는 물결모양의 고리 형태가 아주 정교하게 잘 짜여졌다. 모두가 도자기의 벽면 같았다. 지금의 타일형인데, 조각 도자기를 구워 그림을 그린 형태였다. 그것은 실로 짠 양탄자가 벽에 걸려 있는 느낌이었다.

모스크의 천장은 높았다. 하늘의 기운이 높은 천장의 둥근 원형 창을 통해 들어왔다. 한가운데 넓은 공간에서 사람들은 엎드려 기도했다. 바닥은 대리석과 나무로 되어 있고, 그 위에 양탄자를 깔았다. 홀 중앙 큰 기둥 주변에 수도시설이 있어 기도 전에 손발을 닦고 사람들은 기도했다. 15세기 중반부터 완벽한 건축술이라 설명했다. 찬란한 시대가 가고 이제 몰락의 시대가 보였다.

아름답고 성스러운 옛 궁들이 이제는 훼손되어 아이들의 놀이터로 전락한 곳이 많았다. 꼬마들은 그곳을 놀이터로 사용하고, 그곳에서 간이용 생업으로 생활했다. 꼬마들은 관광객 뒤를 따르며 물과 빵을 팔았다. 가게의 생필품은 비쌌다. 바가지요금이 대부분이었다. 그곳의 하늘은 한국의 맑은 가을 날씨였다. 상큼했다.

그날은 일요일이라 가족 나들이를 나온 사람들이 많았다. 해변 가에 카펫을 깔고 가족들이 고기를 구워 먹었다. 아이들은 흙과 공으로 놀았다. 도시를 잇는 다리 위에서 사람들은 낚시를 즐겼다. 주변에는 낚시 고기를 즉석에서 구워먹는 이, 주스를 파는 이, 물과 빵을 파는 이, 모두들 어울리며 즐겼다. 공원 삼아 허름하게 다 뭉그러진 바닷가 언덕 고성에 갔다. 지붕은 모두가 파괴되었다. 대리석 바닥은 휴식처로 모든 이가 앉아 놀고, 잠잤다. 그곳은 나들이 나온 가족의 휴식처였다. 집집이 아이들은 3명이었다. 꼬마들은 인형처럼 예뻤다. 우리는 그들과 함께 어울리며 시간을 보냈다.

조금 있다가 우리는 배가 고팠다. 나는 그들의 음식을 먹고 싶었다. 시장통으로 갔다. 그들의 눈빛은 무서웠다. 여행자들에게는 무조건 바가지 요금을 요구했다. 나는 그들의 요금이 무서웠다. 우리는 할 수 없이, 맥도널드 햄버거를 먹기로 마음먹었다. 그것은 세계의 공통 요금이기 때문이었다. 햄버거 가게는 사람으로 붐볐다. 그곳에 온 사람은 아주 상류층이었다. 값은 햄버거 하나가 한국 돈으로 육천 원 정도였다. 한국에서도 비싼 편이었다.

다음날.

터키에서 런던공항으로 갔다. 공항은 아담하고 복잡했다. 다양한 인종이 입국 수속을 했다. 흑인, 황인종인, 인도인, 차이나, 일본, 한국 등…. 그중에서 대가족을 이끌고 입국 심사받는 인도인이 많았다. 가끔 아랍인도 있었다. 국제도시가 실감났다. 공항 내부는 좁고, 굴 속 같았다. 수속 절차는 까다롭게, 철저히 심사했다. 공항을 빠져나와 전철을 탔다. 전철 비는 비쌌다. 통상 한국 돈으로 일만 원에서 일만오천 원쯤이었다. 전철 실내는 비좁고 냉방시설이 좋지 않았다. 몸체가 큰 사람이 서너 명 타면 전철은 꽉 찼다. 혼잡한 전철은 우리의 1960년대 만원 버스였다. 환승역에서 지하차도 역시 미로의 굴속이었다. 흑인과 백인의 비율은 같았다.

내 상식으로는 흑인과 백인의 대립이 심하다고 들었다. 그래서 모든 조직을 구분한다고. 그러나 그렇지 않았다. 아니 그럴 수가 없었던 것이다. 피자 집, 햄버거 집, 화장실, 전철 안은 대등했다. 흑인 학생도 평등했다. 세일 가게는 사람이 붐볐다. 흑인이 많았다. 우리와 함께 모두가 대등하게 차례를 지켜 계산을 했다. 오히려 흑인이 더 큰 고객으로 대접받았다. 그곳은 정장한 흑인도 많았다. 그들은 능력 있는 특별한 직업인들처럼 보였다. 시간이 지나면 영국을 지배하는 지배층이 될 듯싶었다.

흑인은 자기 아이를 많이 낳았다. 아이의 보조금으로 식구들이 살았다. 지역적으로 흑인이 모여 사는 곳은 빈민가였다. 집은 낡고 아이들은 빈민가의 양아치처럼 보였다. 백인의 거주 지역은 달랐다. 고풍스럽고 아름다웠다. 조각품들이 나열되었다. 그러나 실내는 비좁고 낡은 곳이 많았다. 삶이 풍요로워 보이지 않았다. 그들은 활기가 없었다. 런던 거리는 비좁았다. 버스와 사람의 혼잡이 무질서했고, 혼탁했다. 날씨는 뜨거웠다. 에어컨 장치는 없었다. 책 속에서 그들은 점잖아서 부딪히면 안 된다고 설명되었다. 그러나 그곳은 부딪히고 살 수밖에 없었다.

대영박물관.

그곳은 대단했다. 이집트 등 유라시아 유물을 진열시켜놓았다. 벽에 거대한 벽화를 옮겨놓았다. 웅장한 조각상, 두상에 몸통, 미라 유품 등 정말 살아 있는 존재였다. 그것들을 즐겼지만 힘들었다. 물과 주스로 몸을 충전시키고. 우리는 공원 쪽으로 갔다. 그곳은 많은 가족 나들이가 있었다. 가족들은 그곳에서 휴식했다. 영국은 밤 10시가 돼도 훤했다. 신기했다. 캄캄한 한국의 밤이 아니었다. 우리는 숙소로 갔다. 새벽 4시 해가 떴다. 한새벽에 이런 별스러운 해라니? 그곳은 분명 별스러운 나라였다. 내몸은 지쳤다. 오후 6~7시에 내 몸속으로 어둠을 맞고, 새벽 6~7시경 태양을 몸속으로 받아야 내 몸이 편안할 것인데, 그곳에선 그럴 수 없었다.

물가는 비쌌다. 물이 한 병에 3파운드, 한국 돈으로 사오천 원, 싼 곳을 찾아야 삼천 원. 화장실은 1파운드로 우리 셋이 가면 그것도 사오천 원. 피자 손바닥만 한 것 10파운드, 한국 돈 일만오천 원이었다. 박물관 입장료는 이만 원쯤, 일인 비용은 전철비 일만오천 원 정도, 햄버거 육칠천 원, 물 값 화장실 값 오천 원, 유스호스텔 비 삼만 원 식대 아침저녁 일만 원씩. 일일 한 사람의 최소비용을 10만 원으로 잡았다. 세 명이면 삼십만 원. 한 달 보름이니까 45일 기준으로 하루 300,000원씩이면 13,500,000원이 된다. 여기에 유레일패스 일인 기준 백오십만 원씩 3인분이면 4,500,000원이고, 싼 터키 항공료가 1인 1,000,000원, 3명이니까 3,000,000원, 그래서 총 21,000,000원쯤 비용이 들었을 것이다.

나는 지금 십오 년 전의 유럽을 다시 방문하는 느낌이었다. 지금 금방 하려고 했던 일을 잃어버리고 아니면 잊어버려서 아무것도 하지 못하는데, 내가 그것을 기억해내고 있음이 신기하다. 그것도 숫자까지 기억하고 있으니. 나는 지금 행복하다. 내가 가진 추억을 기억하는 것 자체를 감사하는 것이다.

7월 초 오후 7시경 파리에 도착.

런던에서 배를 타고 파리 가는 것이 비용이 저렴했다. 런던에서 기차를 타고 가서 기선을 탔다. 기선은 편안하고 화려했다. 배의 선실은 호텔 같았다. 카페에서 즐기듯이 배를 타고 갔다. 그곳에는 면세점이 있어서 공산품이 쌌다. 거기에서 초콜릿을 많이 샀다. 비상용 식품으로. 유럽의 초콜릿은 비싸고 내용물이 찼다. 초콜릿 속에는 견과류와 우유가 뒤섞여 한 끼 식사로 충분했다. 도심지 가게는 오후 6시경에 닫혔다. 요기할 곳은 없었다. 자판기의 초콜릿이 유일한 식품이었다.

프랑스는 멀지 않았다. 프랑스에서 다시 기차를 탔다. 그 속에서 잠에 취했다. 차창 너머에 넓은 구릉지와 들이 펼쳐졌다. 우리는 그 사이를 가로질러 갔다. 파리에 도착했다. 유스호스텔을 찾아 숙소를 정했다. 함께 간 일행들과 야경을 구경 갔다. 우리는 모두 전철을 탔다. 나는 애들에게 지시했다. 도둑이 많으니 나를 감싸라고. 조금 있다가 큰소리가 났다. 한 일행이 1,000프랑을 도둑맞았다. 또 다시 큰소리가 났다. 카메라를 잃었다. 한순간에 일어난 사건이었다. 전철에 타자마자 한 정류장을 못 가서 일어난 사건이었다. 귀신이 곡할 일이었다. 우리 일행은 모두 긴장했다.

이 도시가 무서웠다.

그래도 우리는 배를 타고 센 강 야경을 구경했다. 야경은 화려하고 아름다웠다. 호텔로 돌아왔을 때 밤 12시가 되었다. 몸은 피곤했다. 이튿날 루브르 박물관에 갔다. 표를 사는데 장사진을 이루었다. 표를 샀다. 150 프랑이었다. 한국 돈으로 이만 원이 넘었다. 우리는 피라미드 관을 통과해서 입장했다. 옆 라인 중학생이 비닐봉지에 하나 가득 썰어온 파프리카를 아삭아삭 씹으며 입장을 기다렸다. 과일이 아닌데 저렇게도 먹는구나를 배웠다.

박물관은 웅장했다. 거대한 그리스 로마 문화가 수집된 곳이었다. 조각, 미술품이 함께 어우러져 존재 자체가 예술이었다. 그림들은 장엄하고 아름다웠다. 그림 속의 인물은 살아 있고 생동감을 가지고 율동했다. 유화의 색상은 강렬했다. 그림 속 인물들은 그 시대의 황제 가족이 많았다. 사진처럼 자신의 모습을 나타냈다. 그것은 초상화가 됐고, 그 시대의 역사를 말했다. 그림이 걸린 벽 밑에는 황제들의 석상이 장식됐다.

그들은 대리석으로 표현했다. 황제의 연인과 공주, 왕비는 아름다운 옷을 입었다. 찬란하고 신비스러운 옷은 그야말로 환상의 조각이었다. 실크 물결 조각상은 손을 대면 부서질 것처럼 보였다. 나는 손으로 그곳을 눌렀다. 딱딱했다. 밀가루 반죽이 아니었다. 다시 몇 번을 꼭꼭 눌렀다. 그것은 그대로 모습이었다. 신비했다. 드넓은 박물관에 아름다운 조각상이 가득 채워졌다. 그중에서 모나리자, 침대에 누워 있는 조각상 등에서는 사람들이 가득 모여 감상하고 사진을 찍었다.

베르사유 궁전.

궁전은 휘황찬란했다. 궁전 전체를 황금으로 장식했다. 황금으로 장식한 화려한 조각품이 많았다. 궁전의 벽면은 모두가 유명한 미술품이었다. 유화로 된 화려한 색채가 장관이었다. 궁전 내부를 순회했다. 사람은 많았다. 줄을 따라 순회하면서 그림과 소품, 조각 등을 감상했다. 환기가 잘 되지 않았다. 층층마다 쾌쾌한 냄새가 속을 매스껍게 했다. 왕이 쓰던 곳에 그들의 물품이 그대로 아름답게 진열됐다. 침실, 응접실, 도서실 등. 이층 중간쯤에서 창 너머 쭉 뻗은 정원과 분수가 보였다. 창 속으로 그 경관이 들어왔다. 아름다웠다.

궁전의 창틀과 기둥은 나무 조각과 대리석으로 된 예술품이었다. 벽면에 붙인 유화의 그림 위에 다시 황금을 입혀 장식했다. 널따란 궁은 모두 대리석 조각과 황금 옷을 입힌 예술 자체였다. 이곳은 옛날 동화 속의 궁궐이었다. 나도 그곳이 황금 밥에, 황금 반찬, 황금 마차를 탄 곳이 되었다. 그런 곳에 웃지 못할 속설이 있었다. 궁궐은 화장실이 없었다. 초대 손님들은 축제 때 정원 어두운 곳에서 실례를 했다. 축제 때 귀족 부인은 정원을 지날 때 똥 세례를 받았다. 그들의 발을 똥으로. 그 귀족들은 그 후 높은 굽 높은 뾰족구두를 신었다. 그것은 여성의 뾰족구두 기원이 됐다. 우리는 그곳에서 화장실 문제로 고생을 많이 했다.

파리 중심가를 걷다.

평생 책과 사진 TV 속 주인공은 파리였다. 그곳은 나의 동경의 대상이었다. 나는 아무것도 모르고 몇 개의 어휘만 알았다. 파리, 센 강, 몽마르트르 언덕. 그곳은 예술, 문화, 그림 등만 있을 것으로 생각했다. 내 머리 속 상상은 그랬다. 그곳은 화려하고 아름다움만 존재한다고. 그런데 내가 이렇게 파리 중심가를 거닐 수 있다니. 나는 그 자체로 행복했다. 꿈속에서 살다가 꿈속에서 사라지지 않았다는 데 감사했다. 그래도 처음 본 센 강에 실망했다. 센 강 야경이 아름답지만, 우리 한강의 규모보다 훨씬 작아서. 강물이 탁해서. 한강은 깨끗했다고. 물론 영국에서 템스 강을 보고도 똑같은 생각을 했었다.

나는 파리 중심가 개선문에서부터 걸었다. 걸으면서 눈에 보이는 대로 그곳에 있는 사람들과 같이 행동했다. 그들이 벼룩시장을 갔다. 우리도 따라서 갔다. 그들이 뭔가를 샀다. 우리도 샀다. 토마토, 양배추, 사과. 그들이 슈퍼로 갔다. 우리도 그들처럼 갔다. 그곳에서 치즈, 통조림, 과자. 빵을 샀다. 나는 그들의 식사를 내가 하는 것이 즐거웠다. 나는 프랑스인이 됐다. 중심가, 주택가, 골목거리, 세일 가게를 둘러보고. 에펠탑 쪽으로. 주변에서 쉬며, 놀며, 궁궐이 보이면 사진 찍고, 박물관이 나타나면 들어가고. 센 강을 다시 거닐어보고, 강변에서 화가들의 그림을 훔쳐보고, 주변의 성당인 노트르담 성당을 기웃거리고, 역사적 건물이라고 가치를 둘 뿐 그들의 내막은 몰라라 했다. 보는 것 자체, 그 옆에 서 있음에 뿌듯했다. 하루 내내 거닐고 구경하며 프랑스인처럼 살아보고. 해가 질 무렵 숙소로 왔다.

문제는 화장실이었다. 영국에서는 화장실이 귀하지만 공중화장실 퍼블릭(public)이 있었다. 그러나 프랑스에서는 무조건 퍼블릭이라 하더라도 2.7유로를 내야 한다. 우리 셋은 2,000원이었다. 고약한 도시였다. 예술의 도시는 비쌌다. 일일비용을 삼십만 원으로 제한하기가 힘들었다.

몽마르트르 언덕.

몽마르트르는 꿈의 언덕이었다. 『고리오 영감』 작품 속에서 그곳은 파리의 성 밖이었다. 그곳은 가난이 지배하는 곳으로, 억제되고 너덜너덜해진 궁핍함, 얼룩이 여기저기 나 있는 곳으로, 그곳에서는 문명의 패잔병들이 의탁하듯 그곳에서 놓이게 되는 그런 가구들을 만날 수 있다고, 그 작품에서 서술했었다. 그 작품은 1835년 출간됐다. 약 150년 전의 일이다. 지금은 그곳이 딴 세상이 됐다. 몽마르트르 언덕은 예술의 언덕, 파리를 상징하는 언덕이 됐다. 주변은 호텔로 가득 찼다. 거리 상가는 챔피언(champion) 슈퍼, 벼룩시장 슈퍼, 장난감, 여행자 선물 숍, 섹스 숍(sex shop) 등 다양한 거리가 모여 있었다. 주변 공원에는 거지들이 많았다. 그들이 있어서 우리는 쉬는 것이 불편했다. 거지는 다양했다. 흑인들, 황인들, 백인들.

　모든 슈퍼는 비슷했다. 그런데 작은 슈퍼에서 싸다고 산 것이 두세 배를 더 지불한 것으로 밝혀졌다. 그들은 여행자에게 바가지요금을 씌웠던 것이다. 프랑스는 빵이 유명했다. 바게트 빵. 그 빵은 누룽지 같았다. 고소하고 감칠맛이 났다. 아침 일찍 빵집에 들렀다. 여행자들은 빵을 한 아름 사서 등에 메고 다녔다. 나도 한 아름 샀다. 빵을 들고 씹으면 씹을수록 맛이 났다. 비오는 날 빵은 축 늘어지고 습기를 먹어 질겨졌다. 나는 날마다 몽마르트르 언덕을 올랐다. 아침저녁 산책 삼아 갔다.

　화가들은 자신의 그림을 진열했다. 그림 속에 자신의 그림을 색칠하고 새롭게 자기를 창조했다. 인종들은 다양했다. 흰색, 검정색, 황색. 그들은 잘 어울렸다. 언덕길에 조그만 주택이 층층이 겹쳐서 지어져 있었다. 길 따라 오르는 골목에서 화가와 잡상인이 섞여서 물건을 팔고 그림을 그렸다. 사방으로 이어진 골목길에서 여행자들은 오가며 부딪혔다. 저녁은 더 붐볐다. 주점이어서 번쩍이는 불빛으로 사람들을 유혹했다. 여행자와 화가들, 잡상인들까지 모두가 뒤섞여 소란했다.

　저녁에는 호텔 주변을 돌았다. 중국의 홍등가처럼 그곳은 화려했다. 눈을 의심했다. 분명 간판불이 보였다. 섹스 숍, 챔피언 슈퍼, 벼룩시장 슈퍼 등 다양한 거리였다. 조그만 정원이 보였다. 그곳으로 산책했다. 그곳에는 거지가 많았다. 검은 피부의 사람이 어둠 속에서 불빛 밑에 어슬렁대는 모습은 위협적이었다. 우리는 서둘러 그곳을 벗어나고자 했다. 며칠을 그곳에서 묵고 우리는 프랑스 기차를 탔다. 대륙을 횡단했다. 넓은 들, 황량한 토지가 계속됐다. 농촌 집은 뾰족집으로 아름다웠다. 곳곳에 창고와 방앗간이 마을 사이에 있었다. 시골은 한가롭고 들은 푸르렀다.

내 나이가 육십의 한가운데.

지금은 겨울의 한가운데쯤. 모두가 조용해서 좋다. 지금 가장 깊은 숲속의 한가운데 있는 느낌이다. 추위가 매섭다. 영하 20C°쯤. 일월의 한가운데. 그곳은 정적이 있는 적막. 조용하게 무언가 웅크려 쥐고 있는 시간속 같다. 만사가 열매로 꽁꽁 뭉쳐 봄을 기다렸듯이. 그곳은 숲속 한가운데서 시간이 정지한 듯했다. 이런 날 이런 시간이 나를 기쁘게 했다.

이곳은 태풍 한가운데의 눈이 됐다. 주변은 폭풍우로 모두가 쓰러졌고, 힘들었다. 그러나 내 마음속의 나는 폭풍 속 태풍 한가운데의 눈. 이곳은 시간이 멈췄다. 고요했다. 이런 기분을 한 번도 느껴보지 못했었다. 지금까지 나는 뛰었고, 뛰어야 삶이 됐었다. 젊음의 혈기는 무엇을 하지 않으면, 아니, 하지 못하면 죽을 것 같은. 나는 이제 조용해졌다. 빠른 것이 싫었다. 느리게, 느리게. 천천히, 천천히. 에고의 마음이 조용히 사라졌다. 물론 다시 에고가 생기겠지만. 적어도 지금은 없어졌다. 나는 조용한 정지의 순간을 즐길 수 있다.

지나간 젊음을 찬양했지만 나이 든 평온함, 안락함과 정적의 순간도 즐겁다. 아무 생각 없이 아무것도 하지 않으며, 시간이 조용히 가고 있는 것을 지켜보는 것도 즐겁다. 도로 위에는 자동차가 빠르게 달려갔고, 커다란 빌딩 건물은 하늘을 향해 서 있구나. 가로수 소나무들도 하늘을 향해서 서 있고, 그 사이 길을 따라 사람들은 오갔다. 나는 지금 주인이 되어 그들을 본다. 나는 관찰자다. 어떤 마음의 흐름이 일어나지 않는다. 이것이 바로 붓다가 말하는 지켜봄일까? 아니면 관찰자가 되는 것일까? 붓다는 항상 관찰자로 내 맘속의 흐름을 지켜보라 했는데…

기차 속에서 나는 편안했다.

파리 시내 한가운데를 무조건 배회했다. 수시로 몽마르트르 언덕을 올랐고. 전철을 타고 왔다 갔다 했다. 책 속에서의 파리, TV 속에서의 파리를 그리워했음을 생각해서. 그러나 복잡한 파리, 여행자가 가득한 곳, 남의 가방을 엿보고 훔치는 자가 가득, 거지가 가득, 화가 연습생이 가득한 그곳은 나에게 편안하지 않았다. 자유스러움과 위협적인 것이 혼재했다. 나는 안락하고 평화로운 시골이 좋았다. 몸이 피곤해져서인가 나는 노인 근성이 나타났다. 나는 곧 내가 싫어하는 나의 엄마 근성이 나왔다. 그것을 싫어했는데, 애들은 나를 지적하며 할머니 닮았다 말했다.

모든 인간의 본능은 자기 이기심에 초점을 맞추리라. 진정으로 그것을 버려야 했다. 버리는 것이 모두가 사는 길인데. 진정한 자유를 원한다면 주변부터 자유를 구속하지 말고 모두를 버려야 한다고. 그래야 주변으로부터 따돌림 없이 자연스레 순리대로 움직일 것이다.

브리브에서 온종일 기차를 탔다. 바르셀로나로 가는 것이다. 넓은 들, 산, 계곡이 끊임없이 이어졌다. 기차는 계속 갈아타야 했다. 아카시아가 많았다. 산비탈에는 흰 들꽃이 만발했다. 들에는 양떼와 소떼들이 한가롭게 노닐고 있었다. 땅은 논이 보이지 않았다. 모두가 구릉지였다. 밀을 심은 곳은 베어 있었다. 멀리 펼쳐진 산들은 모두 바위산이었다. 들에 사람은 없었다. 농촌 집은 아담하고 깔끔했다. 폐허가 많았다. 영화 속의 그림 같은 대저택은 아니었다. 멋지게 잘사는 모습은 없었다. 일반 시골 풍경에 한가함 그 자체였다. 기차 여행은 길었다. 그 나라의 넓이를 말해주었다. 밭의 크기는 넓었다. 밭 둘레의 표시는 나무 울타리로 만들었다. 밀농사가 많았다. 그 나라 주식도 빵이었다.

바르셀로나.

바르셀로나는 후덥지근하고 정말 뜨거운 곳이었다. 밤에는 더워서 잘 수 없었다. 물가는 런던이나 파리보다 쌌다. 멜론은 싸고 맛있었다. 아무리 싸도 음식점에 갈 수 없었다. 우리는 맥도날드, 버거킹에서 햄버거로 식사를 해결했다. 고딕 지구는 성당과 고대 건물로 이루어졌다. 벽과 출입구 등은 조각품으로 장식되었다. 성당은 화려했다. 찬란한 유리며, 성모마리아 상은 웅장하고 아름다웠다. 여러 가지 기도하는 상들이 성당을 장식했다. 그들을 보면 나도 성스러워졌다. 나는 촛불을 켰다. 그곳에서 기도했다. 조용히 성스러운 마음을 가졌다.

성당의 화려함은 옛날에 이곳이 얼마나 권력을 가졌던가를 짐작하게 했다. 그 당시 종교 권력은 대단했으리라. 건물과 건물들 사이는 수리하는 곳이 많았다. 건물들은 모두가 고대 건축으로 유물처럼 보였다. 유럽적 문화가 묻어났다. 서로 부딪히는 골목 사이 길에서 길거리 음악이 울렸다. 몇몇 사람들이 바이올린으로 연주했다. 골목길은 그 음질을 소리 높였다. 건물끼리 부딪혀서 화음을 이루었다. 그곳은 여행자의 기쁨이 됐다. 번화가 광장길이 화려했다. 곳곳에서 사람들은 이벤트를 했다. 금 옷을 입은 조각품으로 서 있는 남자. 그는 절대로 움직이지 않았다. 우리는 그 사람 조각을 만지고 싶었다. 사진 찍을 때 함께 찍어주었다. 그리고 그 앞에 있는 모자에 성의를 표했다.

곳곳에는 여행자를 위한 휴식처와 그들이 살 수 있는 물건들을 팔았다. 그 길과 연결된 시장통은 화려했다. 먹을 것들이 많았다. 생과일 주스, 야채, 채소 등. 그 시장은 오후 3~4시가 되면 문을 닫았다. 뜨거운 열기를 식히고 휴식하며 잠잤다. 우리는 다른 골목길을 따라갔다. 가다 보니 피카소 미술관이 있었다. 피카소의 그림이 차례로 진열되었다. 순서대로 따라가며 그의 그림을 감상했다. 그가 그림을 생략하며 추상화를 만든 모습을 이해할 수 있었다.

몸이 피곤했다. 우리는 야외 공원을 찾았다. 공원의 나무는 확실히 이색적이었다. 대부분이 야자수였다.

날씨가 뜨겁고 열기가 솟았다. 그늘에서 힘을 얻어 몬주익 언덕으로 갔다. 그곳은 환상적이었다. 숲은 소나무 숲이었다. 언덕을 오르는 길목은 자연식물 박물관이었다. 몇십 년 묵은 용설란, 사막에나 있을 커다란 나무 같은 선인장들, 곳곳에 노랑꽃, 붉은꽃 등이 언덕 꼭대기까지 즐비하게 피었다. 언덕 끝에서는 온 시가지가 한눈에 보였다. 바다와 배가 어울리는 풍경이었다. 꼭대기에서 시원한 바람으로 마음을 달랬다.

우리는 시내 중심가 유스호스텔에 자리를 잡았다. 숙소는 깨끗했다. 방 하나에 3층 침대가 3줄이었다. 내가 배당된 침대는 2층. 오르는 층계가 없었다. 나는 간신히 2층 침대에 올랐다. 처음 배당 받았을 때 나는 기절했다. 일층 침대에 남학생이 발가벗고 누워 있었다. 삼각 팬티를 입고 있었는지는 모른다. 나는 눈감고 올랐고 내려올 때도 눈감고 내려왔기 때문이다. 내가 세탁실에 갔다가 침실로 왔을 때 모든 남자들이 발가벗고 있었다. 나는 갑자기 숨통이 막혔다. 위층에 있던 여자들은 아무렇지도 않아 했다. 아! 이런 것이 문화 차이구나! 나는 나를 이해하려 애썼다. 빨리 적응하도록.

다행히 3층엔 러시아 여학생이 왔다. 그는 다리가 길었다. 다리를 번쩍 들어 3층을 한 번에 올랐다. 야! 다리가 대단히 길구나. 오랫동안 햄버거로 끼니를 먹었기 때문에 야채가 먹고 싶었다. 시장에서 양배추, 양상추를 사와서 씻었다. 우리는 식탁에서 그것을 고추장에 찍어 먹었다. 한 통이 통째로 사라졌다. 굶주린 배가 채워졌다.

대개 유럽은 밤 문화가 없었다. 오후 4시만 되면 상점이 닫혔다. 식사 해결도 어려웠다. 그러나 바르셀로나는 밤 문화가 발달했다. 어둑해지니 야시장처럼 번화가 광장 길이 더욱 화려해졌다. 그곳은 여행객으로 붐볐다. 곳곳에 예술가들이 자기 자신을 모델로 삼아 몸에 색칠을 했다. 어떤 이는 금색으로, 다른 이는 은색 등 다양한 색상으로 온통 색칠하고, 자신을 조각품으로 만들어냈다. 넥타이 매고 걷는 모습, 로댕의 '생각하는 사람', '피리 부는 사나이' 등. 여행자는 그들 앞에서 그들을 감상했고, 그 값으로 잔돈을 그들의 모자에 던져넣었다. 댄스로 아르바이트를 하는 사람, 인형을 그림자에 비추는 사람, 피아노를 치는 사람 등, 그 거리는 여러 종류의 모습으로 호객을 했고, 구경꾼과 여행자를 즐겁게 했다.

*

설날이 지나면 햇볕 양이 달라졌다.

나는 오늘 사업을 하기로 했다. 제일 큰조카 앞으로 집을 사주기로. 그는 중국에서 10년 동안 학교 다니고 공부했다. 그는 북경대 방송학과를 나왔다. 졸업하고 한국 기업 CJ에서 2년간 인턴으로 일했다. 그 회사는 조카를 인턴이 끝나고 채용하지 않았다. 다른 곳 엔터테인먼트 회사에 입사했다. 아이돌을 데리고 중국으로 출장 가고, 그들을 위해 세팅하고 무대장치를 하여 공연하는 일이 그의 일이었다. 그는 그 일을 즐겼다. 그러나 그는 힘겨웠다. 그는 체구가 빈약했다. 밤샘 작업이 많고, 그들의 뒤치다꺼리는 계속되었다.

그의 월급은 130만 원 정도. 힘든 일에 비해 유학파인 조카에게 주어지는 급여는 많지 않았다. 그중 첫 달은 부대비용, 차비, 이것저것 잡비 등 그에게 일원도 남지 않았다. 그는 나에게 월급을 주고 관리해달라고 했다. 일단 통장과 카드를 받았다. 자기에게 용돈 30만 원만 달라 했다. 이번 달 그의 월급이 통장으로 들어온 돈에서 30만 원 용돈, 33만 원 방 월세, 전달 비용 낼 돈 30만 원. 그의 급여에서 남는 돈은 30만 원가량이었다.

요즘 젊은이의 실정을 나는 말하고 싶었다. 그는 이제 이십대 끝에 와 있었다. 그가 자력으로 집을 가지는 일은 힘들었다. 나는 그를 도와주기로 했다. 서울 주변 교통 좋은 곳에 집을 사주기로 했다. 경기도 주요 도시 24평형 아파트를 전세 끼고 사오천에 모자라면 융자 끼고 사기로 했다. 일단 이천만 원 계약금을 가지고 하루 종일 집을 찾았다. 그리고 계약했다.

그에게 계약서를 사진 찍어 보냈다. 그는 놀랬다. 이억 넘는 집을 샀다는 것에 대해서. 나는 그가 이제부터 돈을 아껴 써서, 융자금 등 빌린 돈을 갚아야 함을 설명했다. 그리고 폰 문자를 보냈다. 그는 제 어미를 닮아서 씀씀이가 헤펐다. 머리는 노랑머리를 했고, 신은 몇 박스씩 사놓았다. 그가 우리 집으로 중국에서 들어온 박스를 보면 나는 한숨이 나왔다. 그의 물건에는 허투루 쓴 돈이 보였다. 그는 자기가 엄청 아낀다고 생각했다. 대부분 사람들이 그랬다. 각자가 자기처럼 아끼는 사람이 없을 것이라고.

나는 그에게 강조했다. 이제부터 처음 1년간 아끼는 연습을 해보자고. 그다음 2년, 3년이 지나면 스스로 절약하는 습관에 길들여질 것이라고. 너는 너희 할머니를 본받으라고. 너희 할머니에게 나는 시골로 생활비 30만 원씩 보낸다고. 그는 그 돈을 아껴 현찰 일억을 모았다고. 그가 얼마나 아끼고 쓰지 않았겠냐고. 그런데 그가 평생 벌고 모은 그가 만든 집을 며느리인 네 어미가 모두 팔아 없앴다고. 만일 네가 결혼해서 낳은 아들의 며느리가 네가 산 집, 그것도 100평 넘는 큰 주택을 두 채 몽땅 팔아 없앴다면 넌 어떻겠냐고? 평생 너희 할머니는 너희 어미 때문에 멍들어 살았다고. 나는 그에게 문자를 보냈다. 그는 자기도 안다고 했다.

요즘 젊은이들이 20세기에 외국의 좋은 대학에 유학을 했고, 열심히 살아서 한국 기업에 취직했다. 그러나 그들은 부적응으로 한국 사회에서 떠나는 경우가 많다. 그는 10년 이상을 중국에서 공부했다. 그의 청년기는 중국인인 것이다. 그곳에서 한국 기업에 취업했고 다시 한국으로 들어왔다. 한국에서 지금 적응 중인데, 그는 한국이 힘들었다. 중국은 퇴근 시간이 칼이었다. 물론 휴일도 온전히 휴일이 됐다. 한국은 퇴근 후의 뒤풀이도 회사의 연장이었다. 젊은이들은 그것이 싫었다. 수시로 출근하며 근무하고 밤샘하듯 해야 한다는 것이 싫었다.

그렇다고 돈을 넉넉히 주는 것도 아니었다. 나는 그에게 강조했다. 넌 한국 사람이니 한국 사회에 적응해야 한다고. 그렇지 않으면 낙오자가 될 것이라고. 주변 친구 애들이 외국에서 공부하고 한국에 오면 적응 못 해서 외국으로 갔음. 그러나 그들이 그곳에서 또 온전한 생활을 할 수 없었음을 알아야 했다.

큰조카 동생인 둘째 조카가 상하이에서 왔다. 명절 끝이기도 하고 일 년 비자가 끝나서 올 수밖에 없었다. 그는 상하이 커피 전문점 점장으로 가 있었다. 그도 중국에서 좋은 대학을 나왔다. 처음에 한국 회사에 입사했고, 그 회사에서 북경으로 진출하며 그를 그곳에 투입시켰다. 그 회사는 사업적으로 실패했다. 그는 다른 회사로 옮겼다. 지금 그 회사도 처음으로 중국에 회사를 개업했다. 그는 그곳에서 회사 설립 작업을 맡아 해주고 있었다. 한국과 중국은 차이가 많았다. 한국의 투자회사들은 그것을 몰랐다. 저번 회사도 무한정 들어가는 돈을 감당할 수 없어서 회사를 접었다. 지금 회사도 자금난으로 위험했다. 그는 지금 또다시 이직을 해야 했다.

그는 여러 곳에 입사 지원서를 제출했다. 그는 고민했다. 북경에 있다가 지금은 상하이에 있으면서 자기가 무엇을 해야 할까 고민 중이었다. 그는 회사 근무시간 후에 여러 아르바이트를 병행했다. 하나는 인터넷 방송에서 상담이나 게임에 참가하는 일이었다. 말하자면 일인 방송국 역할로 아는 언니가 너는 한국인이고 얼굴도 받쳐주니 도와달라고 했단다. 또 하나는 한국의 성형을 원하는 중국인을 한국 병원에 서로 연계해주는 일로 통역해주는 것이라 했다. 나는 그에게 불법은 안 된다. 인생 망치는 일이라는 것을 강조했다. 그는 절대로 아니라 했다.

중국에서 한국과 무역을 하는 회사라 했다. 그 일은 무역 사업의 일부분으로, 성형수술을 필요로 하는 사람들을 위해 그들의 모든 편의를 돌봐주는 업무를 담당하는 일이라 했다. 그중에서 몇 퍼센트 수수료를 받는 것이다. 전문적 용어를 통역해야 했다. 그 일은 따로 더 시간을 내서 공부해야 하기 때문에 그는 무척 힘들었다. 그는 원래 아침형 인간이었다. 새벽에 일어나 운동하고 일을 해야 힘이 나는데, 점장 일은 밤늦게 새벽까지도 일해야 했다. 아침에 일어날 수 없었다.

중국 영업장은 힘들었다. 그중에서 인간관계가 더 힘들었다. 일하는 중국인들은 저희들끼리 작당을 해서 더 많은 돈을 요구하는 일이 다반사였다. 그는 그들의 우두머리를 설득해 조용히 내보내려 하면, 그 위에 있는 한국 부장은 그를 잡고 다시 점장으로 승진시킨다면서 다시 판을 짜버렸다. 그는 한국인과 중국인 사이에서 애간장을 태우며 스트레스를 받았다. 회사가 지금 자금 사정이 안 좋아지니 부장은 벌써 타 회사로 옮겨버렸다.

지금 젊은이들은 생활고의 현장에서 전쟁을 하고 있는 것이다. 그래도 그들이 열심히 노력하고 자기 일을 찾으려 하는 것이 대견했다. 나는 그에게 참고하라면서 이야기를 해주었다.

고모 후배 교수가 지금 시골에 살고 있다. 그의 남편도 박사다. 두 박사는 평생 돈을 못 벌었다. 그는 시간강사로 평생을 살았다. 남편은 실험실에서 돈과 상관없이 일했다. 저녁에는 논술 과외로 생활비를 충당했다. 매 학기 시간 강사에서 제외될까 걱정했다. 남보다 논문 편수가 많아도 그는 주임교수들에게 아부하지 못해서 전임교수로 추천되지 못했다. 그래도 세월은 빨라서 그의 아들이 대학에 갔다. 그의 아들은 공부보다 아르바이트에 치중했다. 그 아들은 별별 일을 마다않고 돈을 벌어 용돈으로 썼다. 그 아들이 어느 날 군대 갔다. 그는 방위로 떨어졌다고 기뻐했다. 부모는 아들이 씩씩한 현역 군인이 되기를 바랐다.

그 아들은 새벽에 다시 아르바이트 일을 찾았다. 농수산 시장에서 야채 배달 일을 했다. 배달일이 끝나고 방위 일을 했다. 다시 수입이 좀 더 나은 수산물 배달로 바꾸었다. 처음에는 물이 출렁거려 모든 수산물을 다 쏟았다. 주인 할머니가 벼락 같은 소리로 혼냈다. 그러나 할아버지는 달랬다. 처음 하는 일이라 그렇다고 편들어줬다. 일은 차츰 익숙해졌다. 수산물을 주문하는 사람들이 늘어났다. 할머니 할아버지가 더 바빠졌다. 그들은 그 아들에게 회를 뜨게 시켰다. 힘이 좋아 그들보다 더 빠르게 일했다.

해산물을 사가는 일식집에서 그 아들을 데려갔다. 그 아들은 일식집에서 더 나은 급료를 받았다. 그의 일은 새벽과 방위 끝나는 오후 시간이었다. 갈수록 사람이 붐볐다. 밀려오는 손님을 위해 주방장은 그 아들을 시켜 일을 감당하게 했다. 주방장은 그들의 비밀스러운 레시피도 알려줘야 했다. 그 아들은 자연스레 그들의 비법을 전수받았다. 그 아들은 이제 방위도 끝났다. 일식집 사장은 다른 곳에 식당을 개업했고, 그곳에 그 아들을 점장으로 내보냈다.

그 아들은 삶을 즐겼다. 수십 가지 아르바이트가 그를 살렸다. 그는 그의 삶을 개척했다. 그는 복학해서 공부했고, 새롭게 자기 생활을 찾을 것이라고 말했다.

이 시대는 어느 교과서가 맞고 틀리다고 말할 수 없다. 서울대 졸업생이 꼭 성공한다고 말할 수 없는 것이다. 우리 인생을 스스로 창조하고 개척하며 즐기는 것이 성공의 지름길이라 믿는다.

*

시어머니의 용돈 타령에 빚을 내기로.

어느 해 추석 때 나는 백만 원 융자를 냈다. 남편 봉급으로 다섯 달 치

돈이었다. 명절 전에 뭉칫돈을 부모님 앞에 내놓았다. 그들은 그렇게 기뻐할 수가 없었다. 그들은 그 명절 때 더욱 기뻐하고 행복했다. 나는 그들의 협박에서 벗어나고 내 속도 시원했다.

생활은 갈수록 팍팍했다. 지방의 작은 연탄 아파트는 팔렸다. 서울로 이사 오려고 전세금을 빌렸고, 그렇게 빌려서 내야 할 이자 돈도 함께 줄 수 있었다. 전세금은 어떻게 대충 맞아떨어졌다. 그러나 융자금에 부딪혀 생활비가 계속 조금씩 모자랐다. 살면 살수록 빚이 늘어났다. 일 년을 살면 봉급의 삼 개월 치 빚이 남겨졌다. 앞으로 어떻게 살아가야 할지 몰랐다. 거기에 석사과정은 무리였다. 석사과정은 돈이 될 수 있는 길이 아니었다.

그래도 남편은 말했다. 일단 자격을 갖춰놓고 기다려보자. 아무 자격도 없이 희망이 생기는 것은 아니라고. 나날이 일어나는 마음은 복잡하고 힘들었다. 돈이 될 수 있는 길을 찾으려 애썼다. 한길 가의 신발 가게가 눈에 띄었다. 신발 가게는 잘될까? 상가에 있는 미용실이 보였다. 미용실은 기술자이니 돈이 될 것 같구나. 나는 뭘 할 수 있는 것일까? 나에게 할 수 있는 일은 아무것도 없었다. 대학? 석사? 그것은 돈이 될 수 있는 것이 아니었다.

마음은 복잡하지만 석사과정을 마치는 것은 중요했다. 그것을 위해 공부를 열심히 했다. 종합시험을 위해 또 다시 도전을 해야 했다. 시댁과 복잡한 관계를 엮지 않기 위해 전화를 연결하지 않았다. 융자 내준 용돈이 효험이 있어 용돈 타령도 잠시 사그라졌다. 큰아이는 노는 것을 즐겼다. 눈만 뜨면 놀이터에서 놀았다. 작은애는 내 옆에다 놓고 동화책 읽어주는 테이프를 그림책과 함께 들려주었다. 그는 그것을 재미있게 들었다. 나는 외워지지 않는 영어 단어와 문법, 본문 해석을 공부했다.

어느 날 남편은 책 한 권을 갖다주었다. 책의 제목은 『당신도 부자가 될 수 있다』였다. 그날 나는 밤새워 그 책을 읽었다. 그때 나는 오랫동안 돈을 생각했고, 돈을 벌 수 있는 길을 찾았다. 모두가 부질없는 일로 끝났지만. 그래도 돈을 벌지 않으면 희망이 없다는 막연한 두려움이 나를 지배했었다. 그런 때 그 책은 나에게 구세주가 됐다. 그 책을 통해서 나는 희망을 가졌다.

저자의 이론은 다음과 같았다. 계속 돈을 축적하고 빚을 내서 집 10채를 사라. 그리고 10년 후 5채를 팔아라. 그러면 빚을 갚고 5채는 온전히 남을 것이다. 나는 그 책을 밤새워 읽었다. 그것은 비전이 있어 보였다. 나에게 희망은 없었다. 다달이 살아가는 삶은 빚을 내는 삶이었고, 1년이 되면 빚은 계속 늘어났다. 평생을 살아도 빚을 넘는 삶이 되지 못할 것이다. 나는 아껴도 밥은 먹어야 하는데, 밥을 못 먹는 일이 생긴 것이다. 아이들 우유를 줄여야 했고, 연탄을 두 장에서 한 장으로, 일반미는 정부미로.

그래도 융자금과 생활비, 시집에서 요구하는 잡비는 턱없이 모자랐다. 목욕탕 대신 물을 끓여 화장실과 거실에서 아이들에게 간이 샤워를 시켰다. 최대한 줄이는 생활 속에서 그 책은 구세주가 됐다. 그날로 나는 그 이론대로 실천하고자 행동을 개시했다. 나는 집을 사려고 집 살 수 있는 곳을 찾았다. 경기도 변두리를 찾았다. 나는 그때 서울과 경기도 지리에 낯설었다. 시골에서 이사 온 지도 얼마 되지 않았다. 어디가 어딘지도 모르고 무작정 버스를 타고, 대충 집이 많은 곳에서 내렸다.

경기도 변두리 가장 허름한 주공 아파트 입구에서 내렸다. 부동산을 찾았다. 아파트는 아주 낡았다. 가격은 1,450만 원, 전세가 600만 원. 차액은 850만 원. 남편의 봉급 43년 치. 그것은 이룰 수 없는 꿈이었다. 나는 다른 지역을 찾았다. 그곳도 경기도 끝자락 변두리였다. 시가는 1850만 원. 융자가 600만 원. 전세는 1,000만 원. 현금 250만 원이 필요했다. 이 돈은 가능해 보였다. 나는 그 지역 부동산 명함을 들고 집으로 왔다.

나는 저녁을 먹고 남편에게 찾아낸 부동산을 보여주었다. 현금 250만

원은 친정에서 빌리면 될 것이고, 융자금은 다달이 7만 원을 불입하면 희망이 있을 것 같다고. 그러나 그는 부정적이었다. 빠듯한 살림에 7만 원은 월급의 삼분의 일이었다. 나는 그를 설득시켰다. 우리에게 희망은 없다. 비전이 없으면 삶에 대한 욕망이 없는 것이라고. 그는 곰곰이 생각했다. 그 집을 사서 혹 잘못되면 다시 팔아서 원위치로 살면 되지 않을까라고. 그리고 그는 해보자고 했다.

그날로 나는 친정에다 공중전화로 250만 원을 빌려달라고 간청했다. 그들은 나를 믿었다. 내가 허투루 문제를 일으키지 않음을 알았다. 즉시 그들은 돈을 빌려주었다. 돈이 도착하자마자 나는 그 지역 부동산으로 찾아갔다. 부동산 거래는 쉽게 이루어졌다. 집을 파는 주인은 부금을 내기 싫어서 전세로 살고자 했다. 그 당시 나는 차액 250만 원에 부대비용 50만 원이 들었다. 나는 명의만 가졌고 부금만 책임지는 것이 됐다. 그리고 그 집은 내가 최초로 산 맨션이었다. 뜨거운 물이 나온다는 것은 대단했다. 뜨겁게 목욕할 수 있는 것도 대단한 일이며, 연탄을 갈지 않는 것도 행복인 것이다.

그날부터 나는 책의 저자 말대로 10채 사는 것이 목표가 됐다. 시댁에는 우리가 집을 샀다는 말을 하지 않았다. 그들은 그 일을 싫어했다. 제이속만 차린다고. 우리가 처음 작은 연탄 아파트를 샀을 때 그들로부터 지탄을 받았다. 나이도 어린 것이 무슨 집을 사는가? 저것들이 시동생은 가르치려 하지 않고 저 살 궁리만 한다고. 그들은 나에 대해 따가운 눈총을 보냈고, 우리를 이방인처럼 대했다.

희망과 꿈은 우리들에게 인내해야 하는 새로운 도전을 제시했다. 시댁의 융자, 내가 산 집의 융자, 우리가 먹고 살아야 하는 생활을 극복해야만 했다. 모든 것을 줄이고 아꼈다. 연탄은 한 아궁이만 땠다. 고기 한 근은 8토막을 냈다. 제일로 싼 생선도 8조각을 만들었다. 일주일에 두 번 작은 고기조각을 넣고 야채를 듬뿍 넣어 잡채로 혹은 찌개로 끓였다. 생선도 일주일에 두 번 야채에 두부를 얹어 찌개를 끓이면, 우리 식구는 한 달 내내 국물에 고기나 생선이 곁들인 음식을 섭취하는 것이 됐다.

*

프랑스 '님'에서 묵었다.

호텔은 110유로씩 냈다. 님에 도착하기 전 우리는 기차를 갈아타느라 서너 시간을 바닷가에서 쉬었다. 그곳은 기차역에서 철로를 따라 긴 터널을 빠져나오면 바다였다. 해변가는 자갈밭이었다. 아름다운 자갈들이 펼쳐져 있었다. 우리나라의 몽돌 해수욕장과 같은. 해변가 건너편은 화강암으로 둘러싸인 조그만 섬 같은 것이 해변과 이어졌다. 화강암 밑으로 오솔길을 만들어놓아 누구나 산책하기에 좋았다.

우리는 바다 내음을 맡으며 산책했다. 맑은 바닷바람이 길과 바다 사이로 출렁댔다. 사람들은 수영을 즐겼다. 나는 오솔길을 걸으며 시원한 바다를 즐겼다. 한참을 가니 바닷물이 화강암을 넘어 웅덩이에 고여 있었다. 그 웅덩이는 썩은 물이 됐다. 바닷물이라도 고이면 썩는다. 인간의 마음도 그럴 것이다. 자기만 알고 남을 이해하지 못하며, 갇힌 마음, 굳어진 마음을 계속 지속하면 썩어버릴 것이다.

흐르는 물처럼 부딪히고, 맞이하고, 흘려보내면, 물은 깨끗이 보존되고 편안하리라. 그처럼 나 또한 자연의 이치를 이해하며 자연에서 배웠다. 우리는 시간을 서둘러 역으로 왔고 기차를 탔다. 님에서 내렸다. 님의 밤 도시는 반짝였다. 대도시는 아니지만 넓은 광장에서는 분수가 솟았다. 분수 주위에서 음악회가 열렸다. 야외 음악회 주변에는 야시장이 섰다. 리어카에 과일, 젤리, 잼 등 먹을 것을 놓고 팔았다. 근처에는 로마 신전과 경기장이 있었다.

그것들은 불에 탔다. 모두가 고적으로 남았다. 규모가 크고 대단했다. 경기장은 투우장이었던지, 투우사의 동상이 서 있었다. 그곳을 관광하고 우리는 다시 니스로 갔다.

*

프랑스의 니스.

새파란 바다. 맑고 투명했다. 물이 깊어 더 파랬다. 해변은 굵은 자갈로 가득했다. 해변과 큰길이 근접해 있었다. 큰길 중 하나는 산책길로 런던 거리라고 불렸고, 그 옆에 자동차 길, 그 길 옆에 상점들이 바다를 향해 즐비하게 서 있었다. 해변은 길었다. 바다를 향한 언덕배기는 아름다운 별장과 집들이 차지했다. 우리는 하루 종일 그곳에서 산책하며 즐겼다. 가로수는 야자수 같은 나무였다. 그들은 길가 전봇대처럼 한 줄로 이어졌다. 멋진 영화 장면 같은 풍경이었다. 분명 이국적 풍경이었다. 한국의 참나무나 미루나무는 아니었다.

사람 사는 것은 똑같았다. 사람들은 바다에서 수영했다. 해변 가에서 누워 있었다. 그들은 살갗을 태우고 햇빛을 즐겼다. 우리가 양산을 쓰고, 그늘을 찾으며, 햇빛을 피하려는 것과는 대조적이었다. YH 호텔에서 잠잤다. 방은 넓었다. 화장실도 컸다. TV 탁자에는 토머스 쿡과 Letoo chage가 있었다. 이튿날 우리는 시가지를 구경했다. 백화점이 있었다.

나는 재래시장을 찾고 싶었다. 사람들의 동향을 살폈다. 그들의 시장 비닐주머니를 따라갔다. 그곳은 재래시장은 아니었다. 그곳에도 아파트가 있는지 물었다. 그곳에 아파트가 있었다. 가격은 보통 평형 약 35평형 빌라가 1억 7천이라 했다. 나는 다시 해변 가로 갔다. 근처에 야외 분수대가 있었다. 그곳에서 야외 음악회가 열렸다. 분수와 함께. 선진국의 상징이었다.

　나는 지금 오래전의 이야기를 쓰고 있다. 누가 내 이야기를 알아주기를 바라는 것이 아니다. 내 삶을 통해서 그 누군가가 지혜를 얻어 좀 더 풍요로운 삶을 개척했으면 좋겠다는 마음인 것이다. 내가 진실하게 살고 겪은 것들을 전달하고 싶은 것이다. 각자가 자기의 DNA를 가지고 그 세포 조직에 맞게 살아갈 것이지만, 스스로 나쁜 것을 수정하며 즐거운 것으로 초점을 몰아가보자는 것이다.

　나는 기억력이 다른 사람보다 없다. 그래서 외국 배우들의 이름을 부르며 멋있다. 매력적이라고 말하면, 나는 그 친구가 위대해 보였다. 나는 한 번도 영화배우 이름을 불러본 적이 없었다. 첫 자를 부르기도 전에 잊어버려서 온전히 말하지 못했다. 다행히 나는 숫자는 잘 기억했다. 그리고 가끔 어디서 만났던 사람도 잘 기억했다. 다른 사람들은 기억 못 하는 것을. 신은 똑같이 베푸나 보다. 비슷한 고통과 기쁨을 비슷한 무게를 주는 것으로 생각됐다.

　나는 가끔 요통으로 꿈쩍을 못 한다. 누워서 눈만 반짝일 때 소일거리로 내 글을 쓰는 것이 취미가 됐다. 정신적 이상이 오기 전에 내가 가졌던 모든 것들을 기록하고 싶었다. 그것은 곧 우리 시대의 살아온 역사가 될 것이다. 다행히 내가 여행할 때 기록했던 것들이 나의 기억을 되살려 주었다.

　오늘 아침 나는 움직이지 못하는 그 병을 앓고 있다. 그런데 지금 약을 먹고 5시간 만에 움직일 수 있어서 다행이다. 화장실로 가 볼일을 볼 수 있어서 성공이다. 거기에 내가 먹을 물을 물 컵에 담아 먹을 수 있는 것도 성공인 것이다. 이럴 때 나는 신에게 감사하고 싶다. 무엇이 더 필요할 것인가? 오로지 감사할 뿐이다.

어느 날 친정아버지가 우리 집을 방문했다.

나는 밥상을 차렸다. 튀기고, 굽고, 지져서 한정식을 차렸다. 식사를 하
시고 그는 갔다. 가신 후 어머니에게,

- 큰애가 그렇게 알뜰히 살 줄은 몰랐구나! 김구이가 아니라 청태 구이
로 김구이처럼 잘 구웠더라.

하셨단다. 그들은 그 후 나를 걱정하지 않았다. 아무리 어려워도 잘살
아갈 것이라고.

*

지금 우리 식구는 모두 테니스 선수가 됐다.

아침에 큰딸에게서 문자가 왔다.

- 엄마 오늘 아빠 늦게 오셔요? 친목 도모 테니스 게임 우리 가족끼리
3시쯤 하는 거 어떠신지요?

- 오케이, 아빠한테 연락할게.

- 3시까지 테니스장으로 오시오.

- 아빠도 오신다고.

- 네! 동생도 갈 거예요.

우리 아파트 단지 테니스 코트는 수요일에 레슨이 없었다. 그곳에서 아
이들이 맛있는 것 내기 게임을 하자는 것이다. 그동안 우리는 한 번도 함
께 게임한 적이 없었다. 어렸을 때는 더러 그들을 가르쳐주려고 했었다.
작은애가 어렸을 때 그는 허약했다. 온몸에 알레르기가 생겼다. 알레르
기는 가려웠다. 그는 그것을 박박 긁었고, 손톱 세균이 들어가 진물이 났
다. 나는 급히 병원으로 갔다. 병원 처방은 애를 재우는 것이었다. 스트레
스성이라면서 수면제로 재웠다. 그는 거의 바보가 되어 갔다. 나는 그것

이 싫었다. 한방이나 양방에서 그를 치료하지 못했다. 못 먹게 하는 식품만 늘어났다.

나는 자연치유를 생각했다. 우선 회벽이 아닌 땅을 밟게 하자. 햇빛이 몸에 스며들게. 신선한 공기를 마시게. 그리고 자체의 힘을 기르게. 그것은 운동법으로. 그때부터 나는 그에게 테니스 레슨을 시켰다. 그가 열심히 레슨을 받을 때 큰애가 왜 자기는 테니스 레슨을 시켜주지 않느냐고 불평했다. 그래, 건강이 최고다. 함께 해보자. 내 인생관에서 1번은 건강이었다. 그때가 작은애가 초등학교 4학년쯤일 무렵이었다.

이제 이십 년의 세월이 지났다. 오후 3시 우리는 운동장에서 만났다. 대결은 부모와 자식으로 했다. 큰애와 나는 자기 진영의 오른쪽 편에 섰다. 작은애와 아빠는 자기 진영의 왼편쪽. 우리는 몇 번 워밍업을 했다. 나는 상대편 큰애에게 공을 보냈고, 남편은 상대편 작은애와 공을 주고받았다. 큰애 공은 날카롭고 빨랐다. 긴장하고 정신 바짝 차려야 공을 받을 수 있었다. 작은애의 발리 볼은 위협적이라 숨이 막혔다. 스코어는 팽팽했다. 그들의 볼은 젊어서 힘이 있고 날쌔서 긴장을 불러왔다. 첫 게임은 치킨 내기였다. 우리는 지지 않으려 애썼다. 그들의 구질을 몰라 우리는 당황했다.

내가 큰애한테 적절히 보내면 작은애가 여지없이 낚아채서, 발리로 공중에서 내리치며 공격했다. 우리는 그 공을 받아낼 수 없었다. 남편은 할 수 없이 야비한 공으로 그들을 제압했다. 사이드로 옆구리 공격을 해서 득점을 얻어냈다. 큰애도 길게 스트로크로 내 옆 사이드를 공격했다. 우리는 치열했다. 5:5까지 왔고 듀스 게임을 했다. 결국 우리가 졌다. 아이들은 펄쩍펄쩍 뛰며 즐거워했다. 구력 30년 넘은 고수들을 이겼다고.

우리는 그들을 칭찬했다. 너무 잘 친다고. 그 나이에 그렇게 잘 치는 사람들은 없을 거라고. 더구나 여자들이. 두 번째 게임으로 맥주 내기를 했다. 이미 우리는 그들의 구질을 알아냈다. 우리의 구력과 리듬으로 그들을 완패시켰다. 우리는 서로 악수하고 서로를 위로하면서 행복하게 집으로 왔다. 손자들을 어린이집에서 데려왔다. 모처럼 만에 치킨, 피자, 맥주로 파티를 했다.

결혼 못 한 작은애가 나름 심리적 안정을 가졌음을 느끼게 했다. 그는 삶에 대해 공격적이었다. 매사를 부정했고, 자기 식이 아니면 상대편을 지탄했다. 한바탕 운동을 하니 나쁜 에너지가 발산돼서일까? 그는 마음이 많이 누그러졌다. 그래! 인생이란 자기의 행복 속에서 자기를 치유할 것이다. 그는 테니스를 사랑하고, 그 속에서 자신의 불안과 불행을 날려버릴 수 있을 것이다. 인간 본질은 행복이 아니겠는가? 행복하다 보면 자신의 내적 요소, 부정적 요소가 치유될 것이다.

남편은 맥주에 맛있다면서 양주를 넣어 폭탄주를 만들었다. 그것을 우리에게 한잔씩 돌려 축배를 들었다. 우리는 행복했다. 행복은 멀리 있는 것이 아니다. 함께 운동하고 밥 먹고 즐기는 것이 행복인 것이다. 그때 작은애가 말했다.

- 언니 나도 뭔가를 해야 하니까 인터넷에서 아르바이트 일을 찾아줘.

- 그래, 찾아보자.

- 야, 시집가는 것이 제일이다.

- 시집가도 뭔가는 해야 하지 않을까?

- 그래, 그것은 맞다.

- 야, 그런데 넌, 회사의 조직적인 일은 못 참지 않니? 넌 자유로운 것을 원하지 않니? 그리고 넌 책을 좋아 하잖냐? 또 아이들도 좋아하고.

- 그려.

- 그럼, 너 동화작가는 어떠니?

- 엄마, 동화작가, 그런데 그것이 돈이 될까? 나는 돈이 돼야 되거든?

- 영국의 셰익스피어도 처음에 돈을 만들어보려고 대필해주는 필사를 한 것 아니냐? 필사를 하다 보니 자기가 쓰는 것이 낫겠다 싶어 쓰다 보

니 작가가 된 것이지. 문제는 네가 오랫동안 견딜 수 있는가 하는 것이다. 예를 들어 도스토예프스키가 20년 동안 글을 썼는데 뜨지 않았다. 그는 20년 후반에 가서 그의 작품 『죄와 벌』이 떴다더라. 보통 사람 견디겠냐? 너는 20대 초반부터 뭘 해먹고 살까? 그랬잖냐? 지금 10년 후 또 다시 너는 뭘 해먹고 살까? 고민하고 있구나. 웃기는 것이 20년 후 네가 55세 때 다시 뭘 하고 먹고 살지? 그때도 그렇게 고민하고 있을지도 모른다.

 - 그래 볼까?

그는 그렇게 말했고 우리는 여러 이야기를 했다. 나는 즉시 노트 한 권, 펜 하나를 그에게 주었다. 견출지를 붙이게 했다. 오늘부터 동화책을 읽고 무조건 쓰라고.

그에 대한 희망과 꿈이 가슴속에서 부풀어 올랐다. 보이지 않는 것이 보였다. 꽉 막힌 숨통이 트였다. 그러나 그의 행동은 그렇지 못했다. 나의 희망은 꿈에 불과했다. 그의 행동은 나에게 어둡고 춥게 느껴졌다. 꿈의 실체는 먼 나라의 것이고 헛것으로 보였다. 그 헛것은 나에게 헛것의 실체를 입혔을 뿐이었다.

*

프랑스 생끄떼르.

절벽 같은 성에 휴양지로 발달한 지역이었다. 중앙역 중심으로 바다로 둘러싸여 있었다. 집은 모두가 절벽 위에 매달리듯 있었다. 그 집들은 힘들게 절벽을 타고 만들어졌다. 숙소를 가려면 언덕배기를 거쳐 대리석 돌계단을 하나씩 하나씩 거쳐 지나가야 했다. 우리가 마련한 숙소는 그냥 살림집이었다. 그곳 주민이 살던 살림집을 돈 벌기 위해서 여행자들에게 빌려주고 있었다. 그들이 사용하던 냉장고, 그들이 쓰던 조미료 통이 집

안에 그대로 있었다. 그곳은 대리석이 흔했다. 싱크대도 대리석, 마룻바
닥, 부엌, 부뚜막, 오르는 층계 등도 모두가 대리석이었다.

동네는 산 위에, 바다를 향해 만들어져 있었다. 바다로 휴양 오는 자가
많은 휴양처인 것이다. 그곳에서 우리는 한국인 여행자들을 만났다. 우리
는 서로 여행 정보를 교환했고, 음식도 같이 만들어 먹었다. 동네 어귀에
서 올라와 중간쯤인 곳에 슈퍼가 있었다. 모든 물건을 팔았다. 우리는 그
곳에서 수영복을 샀다. 시장 패션이지만 어쨌든 이태리제 수영복인 것이
다. 한국에서 이태리제는 최상품 물건이고, 돈 많은 상류층 사람들만 소
유할 수 있었다.

나는 내가 웃겼다. 살다 보니 무슨 이태리제를, 그것도 수영복을 사다
니? 그리고 우리는 이태리에서 이태리 음식을 해먹기로 했다. 그러나 쉽
지 않았다. 차라리 퓨전으로 해먹기로. 슈퍼에는 한국식 국수도 아니고,
그렇다고, 이태리식 스파게티도 아닌 것이 있었다. 요상한 모양의 짤막하
고 뒤틀린 수제비 같은 스파게티를 샀다. 여러 잡탕으로 소스를 만들었
다. 특히 매콤한 고추장을 듬뿍 넣어 퓨전 스파게티를 해먹었다. 기억에
질기고 매운 음식이 됐다. 저녁 후 여행자들이 모였다. 함께 바닷가를 갔
다. 바닷가에서 젊은이들과 여러 인생 이야기를 하며 늦게까지 어두운 바
다의 파도소리를 들었다.

기차를 타고 로마에 도착.

내 머리 속의 로마는 하나의 왕국으로 세계를 지배하던 나라였다. 그래
서 로마는 거대해서 그곳을 모두 탐방하기가 어려울 것이라고. 그러나 로
마는 한국의 서울 거리보다 길지 않았다. 도보로 한 시간 반이면 끝과 끝
을 갈 수 있었다. 이천년 전의 유적으로는 위대했다. 그러나 파리나 런던
보다 작았다. 유적지는 파괴된 곳이 많았다. 그러나 유적지의 참모습에
감동했다. 베네치아 광장은 화려했다. 〈벤허〉에 나오는 용감한 장군들,

수레 주변에 세워진 신들의 조각 작품, 그 밑에 뿜어지는 분수, 야간에 비치는 조명등은 고대를 상징했고 환상적이었다.

위대한 업적 바티칸 궁전은 성당과 박물관이 함께한 인류의 예술품이었다. 신전의 돌기둥 위에 세워진 140여 개의 석고상은 환상의 예술품이었다. 크기가 5.7미터, 인간의 2~3배 크기였다. 조각품이 높이 있어 작아 보였다. 그곳에서 사람은 개미와 같았다. 천정에 그려진 〈천지창조〉, 〈피에타의 조각상〉, 〈아폴로 벨베데레의 미남 조각상〉 등은 아름다운 예술품이었다.

우리는 다시 고대 건축물인 판테온을 찾았다. 모든 신들에게 바쳐진 신전이라는 뜻이다. 기본 구조는 우주를 상징하며, 거대한 돔의 구멍은 태양을 상징했다. 포로 로마노는 고대 로마시대 로마의 정치와 경제의 중심지였다. 기둥만 남았다. 고대 로마 경기장인 콜로세움을 찾았다. 거대했다. 관람석과 투사들이 있던 곳을 구경했다. 이곳은 분명 이천 년 전의 모습임에 다시 한 번 놀라웠다.

수상도시 베니스.

밤기차를 탔다. 아침 새벽에 베니스에 도착했다. 온통 도시가 파란 바다였다. 바닷물과 건물이 서로 넘실댔다. 바다가 넘쳐서 건물을 씌울 것 같은데? 그러지 않았다. 출입구와 물의 높이는 같았다. 서울 같으면 장마철에 금방 물난리를 겪었을 텐데. 이곳은 그런 일이 없나 보다. 모든 길 주위는 찰랑찰랑 넘치는 물높이와 도보로 다닐 수 있는 길의 둑과 거의 같았다. 항상 그 물높이를 유지한다는 사실이 신기했다. 물 위는 수상 교통이 발달하여 수상 택시, 수상 버스, 관광버스가 있었다. 그곳에서 번화가가 있는 곳까지 가려면 수상 택시를 타야 했다.

우리는 우리 주변을 관광했다. 대학을 구경했다. 조그마한 시골 학교처럼 보였다. 건물과 건물 사이에는 샘물이 흘렀다. 그 샘물 사이가 동네를 구분했다. 지역이 달라 보였다. 그래도 우리가 서 있는 곳은 바다 중심지였다. 아침 재래시장을 찾아갔다. 시장은 크고 번창했다. 포도 2킬로그램에 4,000리라, 복숭아, 치즈, 콜라, 피자 등 우리 돈으로 삼만 원에 해결됐다. 포도는 달고 씨도 없었다. 푸짐했다. 우리는 시장통에서 씻어서 먹었다. 푸짐하게 먹었다. 마지막을 아이스크림으로 마무리했다. 그것은 7,000리라였다.

오후에는 조그만 동산이 있는 나무가 있는 정원에서 바다를 향해 산책했다. 졸음이 왔다. 벤치에 앉아 쉬었다. 다시 작은 도시를 거닐었다. 영화 속 주인공들이 가면을 쓰고 무도회를 했던 가면이 아름답게 가게를 장식했다. 여행자들은 줄로 선 소품 가게에 가득 차 있었다. 사람들은 그곳에서 화려한 가면을 하나씩 샀다.

*

관악산 모임.

어느 봄날 우리 식구는 부천에서 버스를 탔다. 우리 집이 서쪽 끝이면 과천까지 가는 데 산을 중심으로 도로가 빙빙 돌았다. 10시 모임을 위해 우리는 새벽부터 타야 했다. 우리는 제일 늦게 도착했다. 남편의 대학원 동기 모임이었다. 그동안 공부하랴, 군복무 마치랴, 모두가 바쁘고 힘든 기간들이었을 것이다. 이제 대부분 결혼했고, 행정 부처에 처음 배정받은 동기들이다. 그들은 사무관으로 임명된 훌륭한 젊은이들이었다. 부처가 다르지만 패기 있었다. 장차 나라를 짊어질 역군이었다. 그들은 얼굴에서 번쩍번쩍 빛이 나고 생기가 있었다.

우리는 시골에서 막 상경한 초라한 사람이었다. 결혼한 동기들은 제각기 사연이 많았다. 여자든 남자든 한쪽 부모들이 부유한 사람들이 많았다. 여자 쪽 부모가 부자라서 결혼한 동기가 훨씬 많았다. 어느 동기는 자기 집이 부자였다. 자가용을 타고 왔다. 나와 상관없지만 그 동기는 별나라 사람 같았다. 그때는 모든 이의 인생이 시발점에 있었다. 모든 이들은 점심을 먹고 서둘러 헤어졌다. 사는 곳이 모두 달랐고, 그다음 날 출근해야 했다. 그날 되돌아왔을 때 하루해가 저물었다. 나는 머릿속이 복잡했다. 그날은 나에게 왠지 슬픈 날이었다.

그 당시 남편은 제때에 퇴근했다. 시간 맞춰 저녁을 먹고 아이들과 산책했다. 작은 아파트 단지는 논두렁에 지어졌다. 아파트 단지 끝은 모두가 논과 밭이었다. 밤이 되면 캄캄한 어둠만 있었다. 어둠은 짙고 시원한 들바람이 불어왔다. 아이들은 무섭다고 집으로 가자고 졸랐다. 생활은 궁핍했다.

그러나 나는 아무 생각 없이 살았다. 그날이 그날이고, 오늘이 내일이 됐다. 초년생인 남편은 직장에서 사무관으로서 직급은 높았다. 그는 직장 체육대회에서 자기 부서 테니스 선수로 출전해야 했다. 나는 그래도 테니스를 시골에서 조금 배웠고, 그는 라켓을 처음 손에 들었다. 그는 나에게 말했다. 아침밥을 먹지 않고 테니스공을 쳐달라고 부탁했다. 시일이 임박했던 것이다.

나는 새벽에 도시락을 쌌다. 노란 양은 사각 도시락을 사서 흰밥을 넣고 그 위에 달걀 프라이를 얹었다. 반찬통에 김치, 오뎅, 그밖에 밑반찬으로 채웠다. 새벽 안개 어둠이 짙다. 도시락과 라켓을 들고 남편 뒤를 따라간다. 아이들은 아직 곤히 자고 있었다. 사무실은 멀었다. 사무실에 가면 날이 훤히 샜다. 사무실 코트로 갔다. 그곳에서 사람들이 출근할 때까지 둘이 난타를 쳐서 공에 익숙하도록 노력했다. 사람들이 하나둘씩 출근할 때 나는 집으로 돌아왔고, 남편은 사무실로 가서 도시락으로 아침을 먹었다.

그 후 체육대회가 끝났어도 우리는 습관적으로 날마다 공을 쳤다. 일

요일은 아이들을 데리고 공 치러 갔다. 아이들은 소꿉놀이를 하고, 우리
는 공을 쳤다. 점심때가 되면 코펠에 라면을 끓여 찬밥과 김치를 곁들여
맛있게 먹었다. 그것을 아이들도 좋아했다. 집에 돌아오면 나는 항상 고
민했다. 어떻게 하면 돈을 벌을 수 있을까? 그때 나는 알았다. 남편의 관
직은 우리 살림을 풍요롭게 할 수 없음을.

*

남편의 59세 잔치.

사람들은 아홉수를 두려워했다. 아홉수는 마가 낀다느니, 죽음이 있다
느니 하면서 아홉수를 싫어했다. 남동생도 스물아홉에 죽고, 아버지도
쉰아홉에 갔다. 죽음은 많은 것을 남겼다. 그중에서 아쉬움이 컸다. 나는
가더라도 좀 더 즐겁고 아름다운 추억이 남겨지기를 바랐다. 그런데 벌써
남편이 59세라니! 아무 탈 없이 건강하게 살아 있음에 감사했다. 나는 시
댁 고향에 내려가 시댁 식구를 초청했다.

온 가족이 모였다. 이십여 명이었다. 우선 호텔에서 모였다. 모두 짐을
풀고 온천욕을 했다. 그다음 식당으로 자리를 옮겼다. 음식을 시켰다. 모
두가 돼지구이를 시켜서 먹었다. 시어머니는 쇠고기를 먹겠다 했다. 그는
쇠고기를 시켰다. 그는 왠지 뭔가 못마땅해하면서 얼굴을 찡그렸다. 모두
가 쇠고기면 쇠고기지 자기만 쇠고기냐고 했다. 그는 셋째 아들을 사랑
했다. 쇠고기 구이를 그의 밥 위에 얹어주었다. 그곳에서 우리는 축배를
들며 행복하게 즐겼다

식사 후 호텔방으로 들어왔다. 시어머니의 안색은 벌레 씹은 얼굴이었
다. 그는 심기가 불편해 보였다. 그는 그가 모든 행사를 주도해야 했고,
그 행사의 주인공이어야 했다. 그곳은 자기가 주인공이 아니었다. 당신의

큰아들이 주인공인 것을 인정할 수 없었다. 호텔 사우나에서부터 그는 심기가 불편했다. 그는 울화통이 계속 올라왔고, 그것을 참느라 애썼다. 그는 평생 지배자였고, 아들들은 피지배자였다. 그것이 그에게 마땅한 역할인 것이다. 그는 저녁식사도 입맛 없이, 짜증 섞인 몸짓으로 우리를 못마땅히 여겼다. 그의 내적 분통이 입맛을 껄끄럽게 했고, 몸속 짜증을 억지로 참아내자니 입맛이 사라진 것이다.

그가 주인공이 아니기 때문에 그는 나설 수 없었다. 그 모든 것은 그를 더 화나게 했다. 식사 후 호텔에 왔다. 호텔방에는 상차림이 되어 있었다. 우리가 준비해온 다과상과 2차로 진열된 여러 가지 술이 함께 차려졌다. 그 모습도 그에게 마뜩찮은 일이었다. 그는 모든 행사비가 자기 손으로 들어오기를 바랐다. 이런 상차림보다 그 비용을 자기에게 효도해야 할 것으로. 쓸데없는 낭비라고. 그는 돈을 사랑했다. 그는 아들보다 돈이 중했다. 그는 자주 아들에게 돈을 요구했다. 돈을 더 많이 주는 아들을 큰 효자라 말했다. 그가 찌푸리며, 골을 내거나 말거나 형제끼리 손자끼리 모두가 즐거운 마음으로 주거니 받거니 하면서 술을 먹고 즐겼다. 시어머니는 이때나 저때나 무슨 언짢은 일이 생기기만을 기다렸다. 그의 몸속에 일어나는 짜증과 화통이 계속 머리로 밀고 올라오고 있었다. 그러던 차에 일은 터졌다.

그의 둘째네 아들인 큰손자가 취직을 해서 얼마 전 설날에 고기를 많이 사왔다. 그래서 모두가 잘 먹었다. 우리는 그를 모두 칭찬했다. 그런데 남편이 다음부터는 안 사와도 된다고, 얼른 돈 모아서 집을 사면 좋겠다고 말했다. 그리고 남편은 자기가 옛날에 얼마나 가난하고 힘들었는지 아느냐며, 그 옛날에 밥 못 먹던 시절이 있었다고 말했다. 그때 시어머니는 폭발했다.

- 예이, ××한 놈들 같으니….

그는 장남인 내 남편에게 대고 욕했다. 그는 자기 식의 자기 주도권 쟁

탈전을 벌였다. 그리고 자기 몸인 자기 아들에게 알 수 없는 악을 썼고, 호텔을 떠났다. 그는 어미가 아니었다. 모두가 폭탄을 맞은 기분으로 어안이 벙벙했다. 그는 가족 파괴자가 됐다. 자식이 모여 화기애애한 꼴을 못 봤다. 그는 항상 자기가 대장이어야 했다. 그의 딸린 식구는 그의 명령에 복종하며 시종이기를 바랐다. 모든 자식은 그의 손에 길들여졌다. 그의 지배는 자식에 대한 사랑이었지만, 그가 말하는 사랑은 곧 그에 대한 효도로, 자신만을 위한 이기심이 되었다. 나는 그를 이해할 수 없었다. 무엇이 사랑이고 무엇이 효도인지 몰랐다. 그의 사랑법은 자기중심적인 것으로 상대방은 없었다.

욕하고 달려 나간 시어머니. 그 뒤를 막내아들 내외가 뒤쫓아갔다. 막내네는 그의 집 옆집에 살았다. 막내아들은 그가 원하는 효자였다. 그가 바라는 대로 그의 말을 따랐다. 모두들 흥이 깨지고 분위기는 혼탁했다. 손자며느리와 손자사위들이 놀랐다. 분위기는 어수선했다. 넷째 삼촌네가 교회 일이 있다고 자리를 떴다. 나는 갑자기 배신감을 느꼈다. 둘째 삼촌도 가버렸다. 그러면서 가족이 흩어졌다. 썰렁한 호텔방 두 개가 통째로 비어졌다. 나는 어이가 없었다. 그들은 가족의 조화를 이루지 못했다.

나는 뭐 이런 집이 있을까, 생각했다. 길들여진 아들들과 그의 가족들은 시어머니 그늘 아래 시어머니의 지시를 받으며, 시어머니의 생각에 따르는 것이 그들만의 삶이고 집단인 것이다. 나는 자유가 필요했다. 그가 원하는 것을 모두 해주되, 나 자신을 그가 조종하는 삶이 아니기를 바랐다. 나는 나이기를 원했다. 그의 며느리지만 나는 나여야 했다. 남편은 평생 그의 입맛에 맞게 살았다. 그는 그를 효자라 했다. 그러나 오늘은 달랐다. 그들은 화해할 수 없었다. 화해하려면 남편은 호텔에서 나가는 그를 붙들고 호소했어야 했다.

- 아이고, 어머니 왜 그러십니까? 제가 잘못했어요. 제발 용서해주세요. 용서해주세요.

그렇게 무릎 꿇고 머리 숙이고 용서를 빌면서 하소연했어야 했다. 그런데 남편은 그러지 않았던 것이다. 시어머니는 그때부터 우리를 철저히 자기네 집단에서 없애야 했다. 그것이 자기를 지키는 일이고, 그것만이 자신의 힘이고 권세였다.

그는 우리를 밀쳐내기에 심혈을 기울였다. 그는 장남이 없어야 자기 주도권이 지켜진다고 생각했다. 형제들이 형, 형수를 찾는 것이 싫었다. 큰형이 사회적 직위가 높아지고, 주위 사람들이 형을 찾는 것도 싫었다.

*

추운 겨울 오늘은 월요일 아침.

오늘 아무것도 하기 싫었다. 이런 날은 글도 써지지 않는다. 말이 섞이지 않고 뒤틀린다. 열정이 부족해서일까?

아침 TV에 그림 한 장이 보였다. 작은 벼이삭이 율동을 하며 그려져 보였다.

- 어, 저 그림 속 알갱이가 마구 움직이며 율동을 하네?
- 나는 아닌데?

그림 해설자는 말했다. 율동으로 보이는 사람은 스트레스가 많아서라고.

- 나는 스트레스가 많아서야.
- 그렇지 네가 서른넷까지 시집을 못 갔으니 얼마나 스트레스가 쌓이겠니? 네가 시집 못 가는 낙오자가 될까 봐. 그래, 내년 서른다섯 살까지 시집 못 가면, 우리는 서로 이별해야지. 독립해서 각자 사는 연습을 하면 되겠지.

나는 미리미리 독립을 하도록 했던 것이다.

나는 다시 여행했던 스위스를 생각했다.

베니스에서 밀라노를 거쳐 스위스로 갔다. 스위스 국경은 철저했다. 우리들의 신분을 꼼꼼히 체크했다. 그 나라의 안전성을 확인했고, 우리 스스로 안전함에 마음의 위안이 생겼다. 그곳에서 비자 비용으로 500리라를 냈다. 그리고 70,000리라를 환전했다. 기차를 갈아타고 인터라켄 쪽으로 갔다. 우리는 발터 하우스라는 캠핑장에 숙소를 정했다. 스위스는 맑고 깨끗했다. 그림 같은 집에 그림 같은 산과 들이었다. 옛날부터 스위스는 환상의 세계로 꿈꾸었는데, 스위스는 정말 그랬다.

내가 가장 여행하고 싶은 곳 1위였다. 맑은 호수, 산속의 아름다운 집, 집집에 만들어진 화단, 정원수 등은 아름다움 그 자체가 됐고 그림이 됐다. 나는 꿈만 같았다. 내가 이렇게 꿈을 이루다니. 우리는 주변을 산책했다. 이곳은 한적했다. 알프스 산 아래 조용한 마을이었다. 캠핑장 숙소는 크고, 여행자들이 많았다. 세계의 모든 여행자, 젊은이들이 모이는 곳이었다.

그동안 쌓인 피로가 가셨다. 마음도 편안했다. 우리는 푹 쉬기로 했다. 작은 마을이나 슈퍼가 있었다. 물가는 비쌌다. 그러나 지내기는 편안했다. 샤워장은 물이 찼다. 알프스 산 얼음물이 그대로 쏟아졌다. 몸에 닿으면 온몸이 오그라들었다. 큰 숨을 쉬고 이를 악물고서 물을 몸에 뿌렸다. 추워서 벌벌 떨었다. 밤이 되니 알프스 산 찬 공기가 스며들어 추웠다. 여행 내내 더워서 힘든 것과는 대조적이었다. 밤에 몸이 차니 기침이 났다. 뜨거운 불이 그리웠다.

다음 날부터 비가 왔다. 하루 종일 왔다. 밤새워 왔다. 텐트 속은 추웠다. 한기가 비로 인해 더 몰려왔다. 이곳은 문화 탐방보다 자연을 즐기는 곳이었다. 아침에 공짜로 모닝커피와 빵을 주었다. 밤새 몸을 떨었던지라 뜨거운 커피는 맛있었다. 나는 설탕을 듬뿍 넣어 달달한 커피를 즐겼다.

그다음 날 텐트 속으로 빛이 들어왔다. 기뻤다. 태양의 빛은 밝고 찬란했다. 우선 여행자들과 식사를 하고 자전거 하이킹을 하기로 했다. 빌리는 데 35프랑이었다. 비쌌다. 아마 한국 돈 6만 원쯤으로 기억했다. 자전거 높이는 높았다. 길이는 비슷했지만 그곳 사람들이 키가 컸다. 그래서 안장이 높았다. 나에게 높은 안장은 위협적이었다. 오르고 내리는 것이 힘들었다. 보조 언덕이 있어야 올랐다.

그곳은 시골이라 한길 가에 벽돌 둑이 없었다. 나는 간신히 자전거를 밀면서 올라탔다. 잘 굴러서 갔지만 건널목에서 자동차를 피하려고 스톱한다는 것이 발이 닿지 않아 그대로 엎어졌다. 맨땅의 흙이 얼굴에 부딪혔다. 얼굴이 그대로 흙과 마찰을 일으켜 시뻘겋게 상처가 났다. 다행히 그곳에는 아무도 없었다. 젊은 여행자들은 이미 저 멀리 갔고, 나는 느리게 그 뒤를 따라갔다. 젊은이들과 함께해야 하는 힘든 여행이었다.

그동안 계속 비 때문에 움직일 수 없는 것보다는 나았다. 온종일 자전거를 탔다. 빌린 돈이 아깝기도 했기 때문이다. 알프스 산 밑에 있는 길을 따라. 호수를 봤고, 들을 봤다. 그날 저녁은 양상추, 피망, 돼지고기 스테이크에 매운 고추 소스로 일품요리를 만들어 먹었다. 그날 밤 기도했다. 우리가 무사히 여행을 마치고 한국에 돌아가게 해달라고.

그다음 날 날씨는 맑았다. 여행자들과 함께 융프라우를 가자고. 우리는 9시경 숙소를 떠났다. 오스트 인터라켄(Ost Interaken)에서 아침 9시 40분 차를 탔다. 표는 115프랑. 한국 돈으로 약 10만 원이었다. 그 아름다운 통나무집, 풀을 뜯고 있는 소떼, 양떼가 있었다. 산은 온통 꽃밭처럼 꽃이 가득했다. 노랑, 보라, 하양, 분홍 꽃들이 만발했다. 밑바탕은 초록 잔디가 어우러져 그림 속 동화 같았다. 통나무집 발코니는 분홍 꽃으로 장식되었다.

기차 속은 온갖 유색인종 여행자들이 함께 어우러져 있었다. 기차는 느렸다. 그것은 느리게 경사진 비탈을 천천히, 힘들게 톱니 레일을 타고 계속 산으로 올라갔다. 경사도는 45°, 50°, 60°, 70°로 높아졌다. 느리게 천천히 서너 시간을 기차는 올랐다. 정상에 있는 마지막 굴을 올라갔다. 꼭대기에는 탁 트인 만년설이 하얗게 펼쳐졌다. 지금까지 산 아래서 뜨거운 여름을 지냈는데? 이곳은 이렇게 만년설로 추운 겨울이 존재하다니? 놀라웠다. 자연의 신비가 있었다.

그곳은 추웠다. 눈 속에 서 있을 수 없었다. 모두가 겨울 파카에 스키 장갑을 끼었다. 우리는 여름 옷차림이었다. 우리는 더욱 추웠다. 우리는 굴속으로 내려왔다. 굴속은 얼음 조각상으로 장식되었다. 천장, 바닥, 벽 등 모두가 두꺼운 얼음 층으로 되었다. 그곳은 불빛에 반사되어 아름다웠다. 외국 여행자들은 많았다. 그곳 가게에서 먹을 것들을 사먹었다. 그곳에서 유일하게 한국인에게 컵라면 육개장을 서비스로 주었다. 20일 만에 공짜로 컵라면이라니? 육개장은 환상의 맛이었다. 점심 식사 후 우리는 만년설을 보며 즐겼다. 다시는 또 보기 어려울 것이라며 눈 속에 아름다운 설경을 담았다. 그리고 하산했다.

*

2016년 2월 28일.

울 엄마한테 전화가 왔다. 그는 지금 눈이 잘 안 보인다고. 눈이 흐릿하고 안개가 낀 것 같다고.

- 그럼 엄마, 눈약을 사서 부칠까?
- 양약이 아니고 환으로 만든 약초로 된 것을 부쳐봐.
- 하여튼 약을 사서 부칠게요.

나는 네이버 사이트를 찾았다. 그곳에 따르면 눈 주위에 혈액 순환이 잘 안 돼서 생긴 혈관 내 찌꺼기가 원인일 수 있었다. 나는 다시 전화했다.

- 엄마 걷고 청소하고 힘들면 온몸에 땀나지 않아? 그럴 때 땀나고 나면 눈이 밝지 않아?

- 그래, 그렇기는 하지.

- 그거야 그거. 엄마는 다리 아프고 힘들어도 운동해야 돼, 혈액순환이 잘되도록.

- 그러잖아도 시골에서 병원차가 왔는데 모두 진찰받으라 했다. 근데 난 안 갔어. 건너 마을 할머니가 차로 왔는데, 큰 장정 서넛이 그 할머니를 진료차 속으로 땀을 뻘뻘 흘리며 진찰하려고 진료대로 데려가는데, 남 일이 아니더라. 남을 힘들게 하는 것이 나는 싫더라.

- 엄마, 지금 그렇게 사는 것이 훌륭한 삶이야. 엄마가 먹고 싶은 것 맘대로 해먹고 잠자고 싶을 때 자고, 일어나고 싶을 때 일어나는 것이 최고인 거야.

- 나도 그렇게 생각해. 눈이 안 보인다 하면 동네 할머니들이 돈 됐다 뭐 하냐면서 병원 가고, 안경 맞추라 하는 거야. 눈 검사하면 틀림없이 여기 나쁘다, 저기 나쁘다고 쑤셔놓다 말 거 아니냐?

- 나도 그래. 지금 허리 아파서 화장실도 못 가고, 일어서지도 못하는데 병원 가서 사진 찍으면, 그곳을 긁어내라느니 수술하라느니 할까 봐 안 가는 거야.

- 막내네 시어머니도 멀쩡했는데 다리 사진 찍고 수술했잖아? 다리 수술하고 조금 있다가 고관절 수술, 또 다시 수술, 또 어디 수술 등 대여섯 번 수술하고 1년도 못 살고 죽었잖아. 마지막은 목까지 뚫으려고.

- 그래, 이번에도 옆집 할머니가 둘이 갔어. 요양원에서 죽었다고 하더라.

- 엄마는 죽더라도 이번 5월에 88세 미수 잔치 지나고 가셔야지. 아, 참, 끝님 이모 잔치도 먹고 가야지. 그리고 우선 잘 드셔야 돼요, 내가 우유 사서 부칠게요.

- 근데 딸기우유나 초코우유가 낫더라. 그게 아니고 우유함량이 흰 우유보다 떨어진대요.

- 차라리 설탕을 타서 먹어요.

- 아니다. 소금 타서 먹으면 좋더라.

- 그래요. 잘 챙겨서 드셔요.

우리는 그렇게 전화를 끊었다. 내가 움직이지 못하니 엄마에게 전화도 했다. 젊어서는 사느라 바쁘고, 돈 버느라 바빴다. 약간의 시간이 있으면 노느라 바빴다. 늙은 부모를 생각하고 전화하는 일은 나에게 없었다. 나는 분명 이기적이었다. 그래도 나는 전통적 유교적 관습에 길들여진 세대였다. 어른을 공경해야 한다는 사회적 배경 속에서 산 사람이었다. 그런데도 이기적이다. 내가 육십의 중간 세대인데, 하물며 30인 내 자식에게 부모에 대한 책임의식은 있을 수 없는 일일 것이다. 우리 세대는 빨리 자식과의 의존 관계를 버려야 할 것이다. 그것이 서로의 관계를 평화롭게 유지하는 길인 것이다.

우리 세대는 그래도 부모를 책임져야 했고, 정신적이나 물질적으로 책임졌다. 지금도 경제적으로 책임지고 있다. 어쩌면 우리 세대는 긴 세대로 불쌍한 세대였다. 그러나 우리 세대만큼 사회적으로 행복한 세대는 없었던 것이다. 부모 세대까지 전쟁으로 얼룩진 힘든 시기였고, 국가도 힘들게 유지한 것이었는데, 지금 우리는 적어도 전쟁으로 인한 고통과 혼란은 없었던 것에 감사할 따름이다.

요즘 카톡에 나오는 재미있는 이야기는 우리 세대를 반영한다. 어느 며느리가 시부모에게 보낸 편지 내용과 그에 답하는 시어머니 편지 내용이다.

〈아버님 어머님 보세요〉

우리는 당신들의 기쁨조가 아닙니다. 나이 들면 외로워야 맞죠. 그리고 그 외로움을 견딜 줄 아는 사람이 성숙한 사람이고요. 자식, 손자, 며느리에게서 인생의 위안이나 안전을 구하지 마시고, 외로움은 친구들이랑 달래시거나 취미생활로 달래세요. 죽을 땐 누구나 혼자입니다. 그 나이엔 외로움을 품을 줄 아는 사람이 사람다운 사람이고, 나이 들어서 젊은이같이 살려하는 게 어리석은 겁니다. 마음만은 청춘이고 어쩌고 이런 어리석은 말씀좀 하지 마세요, 나이 들어서 마음이 청춘이면 주책바가지인 겁니다.

늙으면 말도 조심하고 정신이 쇠퇴해 판단력도 줄어듭니다. 그래서 남의 일에 훈수 두는 것도 삼가야 합니다. 세상이 바뀌니 내가 가진 지식이 남보다, 특히 젊은 사람보다 많이 알고 있다고 대접받아야 한다는 편견도 버려야 합니다. 나이 든다는 건 나이라는 권력이 생긴다는 게 아니라, 자기 삶이 소멸해간다는 걸 깨닫고 혼자 조용히 물러나는 법을 배우는 과정임을 알아야 합니다. 그리고 전화를 몇 개월에 한 번을 하든, 1년에 한 번을 하든, 아니면 영영 하지 않아도 그것이 뭐가 그리 중요하세요? 그것 가지고 애들 아빠 그만 좀 괴롭히세요!

마지막으로 이번 설날에 애들 데리고 몰디브로 여행 가니까 내려가지 못해요. 그렇게 아시고 10만 원 어머니 통장으로 입금해놓았으니 찾아 쓰세요.

〈시어머니의 답장 편지 내용〉

고맙다 며늘애야.

형편도 어려울 텐데 이렇게 큰돈 10만 원씩이나 보내주고…. 이번 설에 내려오면 선산 판 거 90억하고 요 앞에 도로 난다고 토지 보상받은 60억 합해서 3남매에게 나누어 주려고 했더니…. 바쁘면 할 수 없지 뭐 어쩌겠냐? 둘째하고 막내딸에게 반반씩 갈라주고 말란다. 내가 살면 얼마나 더 살겠니? 여행이나 잘 다녀와라. 제사는 이 어미가 모시마.

〈며느리의 추가 답장〉

헉, 어머니 친정 부모님한테 보낸 메시지가 잘못 갔네요. ㅜㅜ

친정에는 몰디브 간다고 하고서 연휴 내내 시댁에 있으려고 했거든요, 헤헤.^^ 어머니 좋아하시는 육포 잔뜩 사서 내려갈게요. 항상 딸처럼 아껴주셔서 감사해요. ♥♥♥

P. S. 오늘은 어머님께 엄마라고 부르고 싶네요, 엄마, 사랑해요. ♡♡♡

〈시어머니가 보낸 답장〉

사랑하는 며늘애야!

엄마라고 불러줘서 고마운데 이걸 어떡하면 좋니. 내가 눈이 나빠서 만 원을 쓴다는 게 억 원으로 적었네. 선산 판 거 60만 원, 보상받은 거 30만 원 해서 제사 모시려고 장 봐놨다. 얼른 와서 제수 음식 만들어다오. 사랑하는 내 딸아, 난 너뿐이다.

*

청명한 어느 가을.

서울에서 남편의 동기생인 친구 부부가 우리 집으로 놀러 왔다. 우리는 아이들을 데리고 산책했다. 그들은 아이가 없었다. 친구 부인은 대학에서 강의했다. 그를 따라 나도 공부했고, 경제를 살려보려 애쓰는 중이었다. 그를 보면 나는 한심했다. 그는 지배자 위치였고, 난 피지배자 위치였다. 그를 보며 나도 욕심이 생기고 자극이 생겼다. 내 삶을 좀 더 높여야 했다. 몇 개월 후 그들 부부는 서울 강남에 아파트를 분양 받았다. 그는 동기생들을 초청했다. 우리도 그 집을 방문했다.

그 집은 별천지였다. 넓은 한강이 내려다보였다. 불빛이 찬란했다. 강변로는 차로 가득 찼다. 하늘 높이 솟은 넓은 집에서 내려다보는 경관은 아름다웠다. 현관의 엘리베이터, 아득한 거실, 화려한 침대, 책이 나열된 서재 방, 누구든 아무나 와서 잠잘 수 있는 여유 있는 방들, 아무 때나 목욕할 수 있는 따뜻한 목욕탕.

그곳은 환상의 집이었다. 우리가 상상할 수 없는 곳이었다. 어떻게 이런 집을 이렇게 빨리 마련할 수 있었을까? 그들과 우리는 거리가 멀어 보였다. 그들의 삶과 우리 삶은 처음부터 다른 계층이었을지도 몰랐다. 그날 그 집을 방문하고 집으로 왔다. 집에 도착했을 때는 한밤중이었다. 시간이 지난 연탄불은 이미 사그라졌다. 나는 번개탄을 피워 불을 살렸다. 매콤한 연기가 솟았고, 그 연기가 눈물, 콧물로 범벅이 됐다. 날씨는 쌀쌀했다. 방구들은 냉기가 솟았다. 우리는 모두가 오들오들 떨며 부둥켜안고 자야 했다.

어느 5월.

나는 영어 사전을 옆에 끼고 토플 공부에 여념이 없었다. 내 옆에서 작은놈은 가위로 종이 오리기 놀이를 했다. 그는 신문이나 잡지, 문방구에서 산 인형 그림 등을 오렸다. 큰놈은 놀이터에서 아이들과 어울려 놀았다. 그때 앞집에서 우리 집 현관문을 똑똑 두드리며 빨리 나오라고 소리쳤다. 부랴부랴 문 열고 나갔다. 앞집 아줌마가 아파트 출입구 쪽을 손가락으로 가리켰다. 우리 큰애는 현관 입구 난간에 위에 서서, 창 쪽에 있는 아이들에게 뛰어내리라고 손짓하고 있었다. 그곳은 위험한 곳이었다. 테두리가 없는 난간이었다. 장난치면 금방 땅으로 거꾸러질 판이었다. 어이가 없었다. 2층 창에서 뛰어내리기도 쉽지 않았다.

- L아, 너, 어서 내려오지 못해? 너 혼날 줄 알아라.

그는 홀쩍홀쩍 뛰더니 창문 틀을 쥐고 펄쩍 올라갔다. 다른 애들은 그곳을 오르지 못했고, 홀쩍거렸다. 그때 L이 다시 펄쩍 내려갔고, 애들을 엉덩이 받쳐 올려주고, 다시 그는 올라 왔다. 이게 웬일일까? 여자가 아니라 노는 게 남자였다.

며칠 후 또다시 앞집 아줌마가 나를 불렀다. 놀이터 꼬마들이 소동이 일어났어요. L이 놀이터 꼬마들에게 협박했대요. 꼬마들에게 100원짜리 가져오지 않으면 이곳에 놀러 오지 말라고. 꼬마들이 놀이터에 가고 싶지만 우리 L 때문에 무서워서 놀러갈 수 없다고. 나는 깜짝 놀랐다. 이제 대여섯 살이 막 된 아이. 그것도 내 딸아이가 협박하는 아이라니. 나는 그를 놀이터에서 불렀다. 그는 내 눈치를 보며 따라왔다.

- 너, 이리 오너라. 종아리 걷어라. 네가 아이들한테 100원을 가져오라 했다며? 그런 일은 나쁜 일이야. 어째 그럴 수가 있더냐?

나는 종아리를 때렸다.

- 엄마 잘못했어요, 다시는 안 그럴게요.

나는 협박당한 아이 집에 케이크를 사가지고 갔다. 우리 애를 데리고 다니며 죄송하다고 사과했다.

그해 따뜻한 봄날. 남동생이 여학생을 데리고 우리 집으로 왔다. 여학생은 검은색 바탕에 잔잔한 꽃무늬가 있는 원피스를 입었다. 얼굴은 훤하고 적당히 통통했다. 인상은 좋고 목소리는 상냥했다. 남동생은 쌍꺼풀에 이목구비가 뚜렷해서 남들이 탤런트를 했으면 좋겠다는 말을 자주 했다. 키도 커서 180센티미터 이상이었다. 아마도 그 여학생이 그런 호남형에 빠졌으리라.

*

스위스 루체른을 거쳐 오스트리아 빈으로 가기로 했다.
루체른은 아름다운 도시였다. 이태리의 베네치아와 다르게 호수가 맑고 깨끗했다. 인터라켄에서 추웠던 기운은 사라졌다. 이곳은 여름의 더위가 있었다. 슬픈 사자 상을 보고 강 주위를 빙빙 돌았다. 도심지 한복판처럼 사람들이 붐볐다. 휴양 차 온 사람들, 돈 많은 부자 노인들, 젊은 여행자들, 이웃 지방에서 온 나들이 행락객들 등, 동서양 여러 인종 모두가 뒤섞여 강가를 거닐었다. 한곳에서 음악회가 열렸다. 그곳에서 지친 여행자들이 쉬었다. 음악을 들으며 그들의 리듬에 맞춰 마음을 편안하게 하고 그들과 어울렸다. 주변 잔디밭에 여행자는 많았다. 뭘 먹는 이, 잠자는 이 등. 우리는 그곳에 누워 하늘을 봤다. 하늘은 파랬다. 여행자들은 또다시 움직였다. 우리도 그들을 뒤따라갔다.

그날 밤 컴퍼넌트를 타고 잠들었다. 오스트리아 빈 쪽으로 향했다. 열 시간 넘게 걸렸다. 아침 새벽에 차장이 깨웠다. 아침식사로 빵이 나왔다. 커피가 나왔다. 잠결에 먹었다. 비엔나에 다 와가고 있었다. 새벽 기운에 풍경이 어슴푸레 보였다. 농촌은 한가로웠다. 그날 날씨는 찌뿌둥했다. 그동안 스위스는 치안이 완벽해서 즐거웠다. 여행자에게 치안이 불안한 것은 위협적이며 정신적으로 긴장을 해야 해서 피곤했다.

다음의 다른 여행지부터는 공산주의 국가가 많기 때문에 긴장해야 했다. 제발 어미로서 우리 식구가 무사히 여행을 마칠 수 있기를 바랐다. 우리 아이들에게 그들의 계획에 맞게 환상적인 여행이 되기를 바랐다. 남은 여정에 기쁨이, 희망이 찬란한 태양처럼 아름답게 빛나기를 바랄 뿐이었다.

비엔나.

이틀 동안 비는 계속 왔다. 우리가 도착했을 때 비엔나는 작은 소도시처럼 보였다. 음악이 있고 역사적으로 유명한 모습은 보이지 않았다. 시내는 우중충하고, 고대 건축물은 훌륭하지만 낡아 있었다. 우리는 시내 중심가에 게스트하우스를 얻었다. 주인은 한국인이었다. 게스트하우스는 2층 집이었다. 전화로 그 집을 찾아갔다. 시내 한가운데 그 집이 있었다. 대문은 여러 집이 함께 쓰는 문이었다. 초인종을 누르니 2층에서 주인이 문을 열어주고 이층으로 올라오라 했다.

현관문은 웅장했다. 문 열고 들어가면 2층 계단이 우측으로 빙글빙글 돌아서 가는 건축물이었다. 계단은 화려했다. 영화의 장면처럼 대리석으로 만든 훌륭한 계단이었다. 그 계단을 따라 그 집 문을 열었다. 주인은 우리를 맞이했다. 집은 훌륭했다. 창문은 이중창으로 위 아래로 열렸고, 고대 건물을 대충 수리해서 현대인이 살았다. 벽과 바닥은 옛날부터 쓰던 나무 목재였다. 발을 옮길 때마다 삐그덕거렸다. 창문도 잘 열리지 않았다. 거실은 대형으로 컸다. 손님이 오면 주인은 깔개와 덮을 것을 하나씩 주었다. 거실 벽을 따라 각자 자기 위치를 차지하면 됐다. 우리는 3명의 숙박비를 날마다 내면 됐다. 벽 쪽으로 나란히 깔개를 깔아 우리 자리를 표시했고, 그 옆에 짐을 풀었다.

점심때쯤 주인은 흰 쌀밥 한 통과 고추장 한 통을 우리 앞에 갖다줬다. 우리는 허겁지겁 먹었다. 하얀 쌀밥에 고추장을 듬뿍 수저로 떠서 넣고 새빨갛게 비벼 먹었다. 우리는 거지 거지 상거지였다. 어떻게 그 많은 것을 먹어치웠는지 몰랐다. 주인에게 감사했다. 배가 부르니 도시가 보였다. 우리는 그 집을 나왔다. 우리가 있는 곳은 서울의 명동 한가운데처럼 보였다. 관광하기가 좋았다. 우리는 중심이 되는 시내를 길 따라 걸었다. 공산주의가 막 깨어나고 있었다. 침체된 도시가 깨어나면서 개발하기 위해 시가지가 몸부림 치고 있었다. 볼거리 먹을거리는 없었다. 우리는 동서남북 비엔나의 시가지를 훑었다.

한길 주변에 서 있는 빌딩은 붉은 벽돌로 만든 역사가 있는 건물로 도시를 이루었다. 그러나 도시는 가난해 보였다. 찻길 중심 위로 낡은 형광등이 줄지어 섰다. 나는 웃음이 나왔다. 길 위 공중으로 건너편 빌딩과 빌딩을 거미줄처럼 전깃줄로 잇고 그 가운데 낡아 빠진 형광등을 매달아 놓은 것이다. 그것은 그 도시의 경제를 알려주었다. 그때 한국의 명동거리 가로등은 화려했었다.

다시 골목길로 들어섰다. 시청이 보였다. 시청 길목은 한창 새로운 현대식 형광등으로 길목마다 화려하게 교체하고 있었다. 지금 분명 도시가 깨어나고 있음을 발견했다. 그래도 음악의 도시로 항상 밤마다 시청 광장에서 오케스트라가 연주됐다. 우리는 환상의 음악을 날마다 공짜로 자유롭게 들을 수 있었다. 역시 음악의 도시였다.

가로등이 망사 줄로 형광등을 묶어 천장에 매달아놓은 곳은 많았다. 그래도 그 위로 유명 상표가 보였고, 도시를 현대 형으로 개조하려고 구멍을 파고 새 모습을 넣는 곳도 많았다. 시내 중심가에 고궁이 있었다. 고궁에는 여행자가 가득했다. 관광객이 많은 곳은 현대 형으로 개조했다. 곳곳에 아름다운 조각상이 있었다. 그 조각상 위에서 분수가 솟아올랐다.

옛 건축물들은 그리스 신전 같았다. 고궁, 성당, 뾰족한 지붕 등 다른 유럽 나라와 비슷한 분위기였다. 그곳에선 우리가 사방으로 걸어 다닐 수 있었다. 버스나 전철을 타지 않아도 좋았다. 우리는 시가지가 보이는 서쪽 언덕길로 갔다. 언덕길 주변으로 일반 주택이 있고, 골목골목의 사이길은 우리나라 동네 같았다.

게스트하우스 주변 자체가 관광지였다. 문만 열면 쇼윈도가 있었다. 2층집 아래에는 상가가 있었다. 우리는 눈만 뜨면 고궁과 시가지를 찾아 걷고 산책했다. 며칠 동안 그곳에서 살았더니 그쪽 주민이 됐다. 저녁 9시는 항상 구 시청 광장에서 관광객을 위한 콘서트가 있었다. 그 콘서트는 환상이었다.

*

아이들이 커가면서

해가 바뀌고, 해가 바뀌면 전세비가 올랐다. 우리는 부모님들의 용돈 융자로 힘들었다. 다시 전세금을 융자 받아야 했다. 생활은 더욱 곤궁해져갔다. 봄이 되면서 남편은 다른 지역으로 발령받았다. 본청 청사로 가야 했다. 우리도 그를 따라 이사 갈 준비를 했다. 우리는 변두리 가장 허름하고 낡은 것을 찾아야 했다. 사람들이 꺼리는 것을 찾았다. 셋집으로 1층 사이드 좁고 낡은 연탄 아파트를 세 얻었다.

목욕탕은 비좁고 벽에 곰팡이가 서렸다. 냉기가 서려 벽면이 온전하지 못했다. 20년 넘은 허름한 아파트, 외벽도 낡고 검은 이끼가 가득 찼다. 화장실은 세면대와 변기 사이의 공간이 가까워서 무릎이 닿았다. 아이들은 검은 이끼 낀 화장실을 무서워했다. 그해 봄은 따뜻했고, 우리는 서서히 적응하며 살았다. 허름한 우리 아파트는 시장통에 맞붙어서 살기가 편했다. 한길 건너 산 밑으로 새 아파트가 들어서고 있었다. 눈 깜박할 사이에 대형 아파트 단지가 그곳을 차지했다.

그 단지로 내 친고모네가 입주했다. 어느 날 고모는 우리 식구를 초대했다. 나는 깜짝 놀랐다. 대형 호텔 같았다. 모두가 반짝반짝 빛났다. 넓은 거실은 운동장 같았다. 대형 방 네 개가 다 우리 집 아파트 크기만 했다. 그곳에서 고모와 아들 내외, 손자손녀가 살았다 그 집 손자 손녀는 우리 애들과 비슷했다. 아이들은 서로 친밀하지 못했다. 그 집 아이들이 가진 것이 많아 우리 애들은 부러워했다. 그들은 주인 행세를 하며 우리 애들이 갖고 놀고 싶어 하는 것을 절대 만지지 못하게 했다. 그들이 허락하는 것만 만질 수 있었다.

그곳에 가면 우리 애들은 그들이 먹는 야쿠르트를 먹고 싶어 했다. 그들은 야쿠르트를 4개씩 배달시켰다. 아들 내외 식구가 일일 먹는 음료였다. 고모 아들은 그것을 즐겨 먹었다. 어쩌다 그 모습을 우리 애들이 보고 있어도 그는 그것을 으레 마셨고, 우리 애들은 그 먹는 모습을 보고 침을 꼴깍 삼켰다. 그는 철없는 고모 아들이었다. 남을 배려할 줄 몰랐다. 그가 나쁜 것이 아니라 고모가 그렇게 귀히 길렀다. 가장 좋은 중학교, 가장 좋은 고등학교, 가장 좋은 대학교. 그래서 그는 KS 마크를 가진 자였다. 직장도 가장 잘나가는 대학교수가 됐다. 그는 고모의 꿈이며 희망이었다. 그는 고모의 자랑이었다. 친척 사이에 그는 자랑스러운 남 교수로 통했다.

나는 어렸을 때부터 그를 그런 사람으로 인식했다. 그의 어떤 행동도 그가 옳고 다른 사람은 잘못된 것이었다. 그는 공부 잘하는 훌륭한 사람이었다. 공부 부족한 사람은 바보 멍청이였다. 매사에 그는 앞선 사람이 됐다. 그의 오류는 모두가 그의 오류가 아닌 것으로 통용됐다. 그는 거만했다. 상대방의 잘못을 가차 없이 지적했다. 나는 같은 동갑이지만 그가 싫었다. 따뜻한 구석이 하나도 없었다. 그래도 시골에서 올라올 때 남편이 새로 발령받아 집을 옮겨야 했는데, 그(고모 아들)가 우리에게 일천만 원을 빌려주어 이사할 수 있었던 점은 고마운 일이었다.

그해 우리 애가 초등학교에 입학했다. 고모가 자기네가 쓰던 책상을 우리 애 L에게 주라고 했다. 나는 남편이 퇴근을 좀 일찍 하는 날, 위층 할아버지에게 리어카를 빌려 책상을 옮겨왔다. 윗방에 L이 책상을 배치하고 입학 기념으로 만들어주었다. 고모네 둘째 언니가 마산에서 올라왔다. 고모네 집에서 함께 살았다. 둘째 언니는 캐나다로 이민 가려고 수속 중이었다. 옛날에 이웃에 함께 살던 정으로 우리는 친했다. 그 집 형부와 우리 남편은 술을 좋아해서 둘이 서로 술을 즐겼다. 작은언니의 큰언니네가 캐나다에 이민 가서 살았다. 큰언니가 아마 그쪽으로 오도록 주선했을 것이다.

이민 신청이 길어졌다. 그들은 계속 그 집에서 함께 거주했다. 그때 우리 아버지는 아팠다. 처음에는 독감이었다. 다음은 늑막염으로, 그 다음은 폐렴으로 아버지는 계속 병원을 들락날락하셨다. 이사 온 고모는 우리 아버지 병 때문에 애달파했다. 고모가 할머니 돌아가시고 7살 된 남동생을 키웠다. 할아버지가 새어머니를 들여 구박받은 사연도 많았다. 그들은 둘이 돈독했다. 아버지는 누님을 어머니같이, 누님은 아들같이 챙겼다.

아버지의 매형은 일제강점기 시대 공업전문학교 건축과에, 우리 아버지는 같은 학교 기계과에 다녔다. 조선인은 드물었다. 학교가 파하면 매형하고 누나 만나러 시골로 왔다. 아버지는 일제강점기 시대 왜놈 친구가 많았다. 초등학교 졸업 후 그들이 세운 학교에서 배우고, 그들과 오랫동안 함께 친구가 됐다. 그는 학교 밴드 동아리에서도 활동했다. 그곳에서 큰 나팔을 불었다. 해방이 된 한참 후에 내가 성장했을 때 아버지는 말했다. 왜놈들이 정치하는 놈들 빼고 일반인들은 정직하다고. 한국 놈이 더 못됐다고.

고모부는 아버지보다 나이가 많고, 아버지는 어렸다. 졸업 후 고모부는 도청 건축과 공무원으로, 아버지는 철도국 기관사로 취직했다. 어렸을 때부터 고모네는 항상 부자였고, 우리 집은 가난했다. 고모네 집을 가면 집안에 별별 것이 다 있었다. 우리 집은 초가집인데, 그네 집은 양옥집이었다. 꽃밭에는 꽃이, 앞마당에서 뻗은 유자나무가 남향 현관 쪽으로 넝쿨져서 유자가 주렁주렁. 그 밑에 탁구대가 있었다. 언니들과 식구들이 탁구를 신나게 쳤다. 거실에는 커다란 소파와 아름다운 장식장. 그 속에 멋진 찻잔이 진열되었다.

안방에는 넓은 공간 속에 모든 것이 다 진열되었다. TV, 전축, 장롱 등이 있었다. 동네 아줌마들이 그곳에 몰려 잡담을 했고 어쩌다 언니들이 있으면 전축을 틀어놓고 춤을 추었다 긴 끈을 허리 위쯤으로 한 줄로 매달아놓고 그들은 춤추며 끈 밑으로 오고 갔다. 나는 그 모습이 신기했다.

저녁이 되면 집 식구들은 화투를 쳤다. 나는 항상 깍두기로 껴주었다. 대여섯이 모여 그들을 따라 짝을 맞췄다. 나는 항상 꼴찌가 됐다. 일등부터 손바닥을 방바닥에 대고, 그 다음 순위가 일등 손등위로 차례로 손을 올려놓으면, 맨 위가 내 자리였다. 우리는 일등 한 선이 손바닥으로 내 손등을 쳐 내렸다. 그때 나는 얼른 손을 치워서 맞지 않아야 했다. 내 동갑 사촌 남자는 잔인했다. 여지없이 내 손등을 맞췄고 손이 시뻘건 것을 즐거워했다. 오랫동안 판은 돌아갔고 손등이 부어 새빨갰다. 고모는 안쓰러워 살살 때리라 야단쳤다. 언니들은 살살 봐줘도 동갑 남자 사촌은 잔인하게 때렸다.

고모네는 먹을 게 많았다. 아침이 되면 일하는 언니에게 누룽지를 긁으라 말했다. 두터운 하얀 누룽지에 설탕을 솔솔 뿌려 긁어서 큰 쟁반에 하나 가득 놓았다. 군것질거리로 그만이었다. 곳곳에 강냉이 튀밥, 쌀 튀밥이 있었다. 더러는 식빵을 잘라서 잼을 발라 먹기도 했다.

나는 고모 집이 좋았다. 못 보던 것들이 많았다. 작은 방 복도 현관에는 쌀이 가득했다. 아마 고모 시댁에서 보낸 것이었을 것이다. 우리 집은 누룽지를 밥으로 먹고 구수한 숭늉으로 먹었지, 맛있는 군것질거리로 사용하지 않았다. 현관에는 각종 새들을 키웠다. 앵무새가 사람 말을 따라 했다. 신기했다. 사촌 꼬마동생이 멋진 버버리코트에 바이올린을 메고 다니는 모습도 신기했다. 내 주위에서 그런 모습을 본 적이 없었다.

아침 새벽이 되면 고모부는 모든 창문을 열고 먼지떨이로 온 방을 털었다. 꼬마들은 이불 속을 파고들었다. 그는 모두를 일어나게 만들었다. 그는 얼굴이 굳어 있고 항상 차가웠다. 나는 그에게 인사를 했다. 그는 힐끗 쳐다보면 그만이었다. 나는 그와 마주치는 것이 싫었다. 그를 보면 눈은 바닥을 보고 얼굴은 벌게서 부끄러워서 어쩔 줄을 몰랐다. 빨리 그 자리를 피하고 싶을 뿐이었다.

그때 고모는 부드럽게 "애, 아무개야, 멀리서 온 손님이니 쟤한테 맛있는 것 좀 갖다주라"고 했다. 나는 고모가 있으니 올 수 있는 일이라 생각했다. 고모네 식구는 대부분 내성적이고 성격이 차가웠다. 나는 수줍음을 많이 탔다. 그래서 그들과 적응하는 것이 두려웠다. 그들은 매사가 씩씩하고 대범해 보였다. 내가 가진 것은 무엇이나 하찮고 별 쓸모없는 것으로 여겨졌다. 그들이 쓰던 것은 나에게 대물림됐다. 처음에 언니가 쓰던 스케이트가 나에게 대물림됐을 때 얼마나 기쁘던지.

그해 겨울방학 나와 남동생은 시내 목척교 다리 밑에서 온종일 스케이트를 탔다. 춥고 배고팠지만 그것과 상관없이 스케이트를 번갈아가며 탔다. 어쩌다가 아버지가 우리를 찾아오면 아버지는 우리에게 오뎅과 호떡을 사주었다. 그런 날은 자주 있었고 해마다 겨울은 우리를 즐겁게 해주었다.

어느 날 이민 갈 둘째 언니가 나에게 말했다.

- 너희 아버지는 우리 아버지보다 10년 더 사셨다. 너 너무 슬퍼하지 마라.

그때 이미 아버지는 폐암이라고 진단이 나왔다.

- 너, 고모부가 49세에 돌아가셨잖니? 외삼촌은 지금 59세이니까.

그렇기는 하다. 그러나 나는 그 말이 슬펐다.

큰애가 초등학교에 입학한 후 학교에 가면 그는 집에 들어오지 않았다. 그는 반 친구 아이들 집에서 노는 데 바빴다. 저녁이 돼야 그는 어슬렁어슬렁 집으로 기어들어 왔다. 아니면 나는 그를 찾아 그의 친구 집들을 뒤져서 그를 끌고 와야 했다. 그는 길 건너 반 친구 집에서 잘도 놀았다. 그곳은 집이 넓고 시원했다. 친구 엄마는 그에게 맛있는 것들을 잘 해주었다.

우리 집 겨울은 몹시 추웠다. 아궁이에 연탄불이 구들로 들어가지 않았다. 모두가 옷을 입고 솜이불로 뒤집어쓰고 잤다. 남편은 스펀지 파카를 껴입고 잤다. 바닥 냉기가 좀처럼 가시지 않았다. 모두 웅크리고 붙어서 체온을 모으고 잤다. 아침이 되면 하얀 입김이 입에서 나왔다. 창밖 사람들은 바쁘게 출근했다. 길목이라 창으로 들어오는 발자국은 시끄러웠다. 뛰는 사람, 걷는 사람들은 대부분 서울로 출근했고, 버스를 타러 큰길가로 갔다.

*

내 신혼 시절.

시댁 집안 벽면에는 사진이 진열되어 있었다. 시어머니가 하얀 면사포를 쓰고 선글라스 낀 시아버지와 결혼한 장면이 찍혔다. 시아버지가 육군장교 시절 신식 결혼을 한 사진이었다. 소령으로 임명받은 서열은 계급 상 높은 지위였다. 그 속에 시어머니의 자존심도 날개를 달았을 것이다. 그의 희망과 꿈은 사진 속의 추억과 함께 가득했으리라. 시댁에서 나는 중등학교 교사를 그대로 유지했다. 남편은 전방에서 소위로 근무했다.

내가 학교에서 퇴근하면 시어머니는 식구들이 먹을 찬을 만들고 식사를 준비했다. 그때 시어머니 나이는 49세였다. 그는 돼지고기를 몇 근 사서 냄비에 달달 볶았다. 그곳에 된장을 넣고 파와 두부를 넣어 끓였다. 돼지고기와 두부를 건져 상추에 싸먹었다. 식구들은 반주로 소주 한잔을 곁들여 먹었다.

늦가을 김장철이 되었다. 그는 시장통에 가서 남들이 팔고 남은 무 잎을 주어다가 씻었다. 마당 한가운데 항상 화덕이 있었는데, 그 위에 커다란 솥을 걸어 물을 24시간 끓였다. 그것을 세수와 허드렛물로 사용하기 위해서 끓였다. 그곳은 연탄 3장을 피워 물을 데우는 곳으로 사용했다. 그곳에 큰 솥을 올렸다. 제일 밑바닥에 돼지 뼈다귀를 깔았다. 그 위에 가을에 나오는 지고추를 씻어 넣었다. 마지막으로 무잎 청을 썰어 넣고 물을 가득 부어 몇날 며칠을 푹푹 고아 삶았다. 물이 줄어들 때쯤 집에서 담근 집 간장을 반쯤 붓고 졸였다. 그러면 그것이 무곰이 됐다.

그는 그것을 항아리에 한가득 담아놓고 겨울 내내 먹었다. 뜨거운 밥솥에 그것을 넣어 데워먹었다. 무 줄거리와 뼈다귀에 붙은 돼지고기 살, 매운 고추를 흰 쌀밥 위에 얹어 먹으면 담백하고 매콤하며 짭짤한 맛이 났다. 깔끔한 맛이 일품이었다. 그는 생활의 달인이었다. 몸체만큼이나 일을 빨리 손쉽게 했다. 나는 일이 느렸고, 힘들게 최선을 해도 그의 양에 차지 않았다. 그는 내가 못마땅했다. 그는 내가 그를 왕비처럼 상냥하게, 품위 있게 받들어주기를 원했다. 나는 새벽 통근버스로 출퇴근했고, 하루 수업이 8시간씩이니 집에 오면 파김치가 되어 있었다. 그를 받들 힘도, 나 자신을 지탱할 힘도 없었다.

그는 생각했다. 해가 거듭되면 좀 나아지리라고. 그는 나에게 실망이 컸다. 나의 태도가 무뚝뚝하고 무덤덤하며 상냥하지 못한 것을 푸념했다. 그 푸념은 그를 더 집착하게 했다. 그는 한곳에 집중하면 그 방향으로 몰아갔다. 그는 서서히 자신을 힘들게 만들었다. 그는 징징 짜며 집식구들을 몰아쳐 댔다. 아들과 남편은 그를 달래려 애썼다. 달래면 달랠수록 그는 더 앙탈을 부리며 식구를 괴롭혔다. 나는 그를 이해할 수 없었다. 식구들은 그의 눈치를 봤다. 그가 기분이 좋으면 우리도 좋고, 그가 기분이 나쁘면 식구들도 기분이 나빴다.

나는 괴로웠다. 이것은 가정이 아니었다. 나는 이렇게 살고 싶지 않았다. 그래도 세월은 흘러갔다. 시어머니의 이상한 자기 식의 고집은 갈수록 거세졌고, 자신을 위한 오만으로 발달해갔다. 그는 자신의 가족을 이스라엘 민족처럼 선민족으로 생각했다. 그의 선민족은 대한민국에서 최고의 선민족인 것처럼 자신에게 주입시켰으며 나에게 강요했다. 나는 속으로 그 모습이 우스웠다. 어찌 이런 생각을?

그와 나는 서로 달랐다. 그의 생각은 항상 표면으로 나왔고, 나는 속에서 삭았다. 표면은 소리가 없으니 아마 그가 생각할 때 순응한 것으로 여겼을 것이다. 그러나 나는 속에서 반란이 일어났다. 이건 아니라고. 그는 날마다, 달마다, 해마다 결산을 봤다. 그는 그것을 즐겼다. 달마다 일어난 수익성을 그해 연말에 결산했다. 그는 그가 하는 이자놀이를 좋아했다. 동네 사람들이나 술집 주인, 아가씨들이 돈을 빌리러 오면 돈을 빌려주고 비싼 이자를 받았다. 그는 꽤 장사가 잘됐다. 내가 버는 다달의 봉급은 그에게 껌 값이었다. 그래도 그는 내 월급을 관리했다.

  - 돈은 한곳으로 들어와서 한곳에서 나가야 한다.

  그렇게 말했고 내 봉급은 그의 수중으로 들어갔다. 그는 나에게 차비만 주었다. 해가 갈수록 나는 돈 버는 기계가 됐다. 돈은 벌지만 나는 궁핍했다. 나는 나를 이해할 수 없었다. 이런 삶은 아니라 생각했다. 어느 해 마지막 결산 보고서에서 그는 나에게 말했다.

  - 너는 올해 150만 원을 썼다.

  아니, 내가? 어떻게? 그렇게 돈을 많이 썼다고? 나는 월급만 타다 주고 차비만 탔는데? 이상했다. 그는 말했다.

  - 너희 남편이 휴가 와서 불고기 해먹은 것 ○○원, 너 사준 '구루무'(크림) 값 ○○원, 온 집안 식구들끼리 보신탕 먹은 값이 ○○원, 너 사준 내복 값이 ○○원, 합쳐서 네가 150만 원을 썼다.

  나는 어이가 없었다. 나는 개고기도 못 먹었다. 불고기는 모두가 먹지 않았는가? 갑자기 내 몸의 깊은 곳에서 뜨거운 불덩이가 일어났다. 그에 대한 불덩이가 온몸을 흔들었다. 그러나 나는 피지배자였고, 그의 말을 수긍하며 인정해야 했다. 내게 들어오는 모든 것은 그의 통장으로 입금됐다. 그는 항상 그의 방식대로 계산했다.

  그의 계산은 특별했다. 내 모든 것을 자기 통장으로 입금하면서 그의 생일부터 집식구의 생일까지 당연히 챙기라는 압력을 가했다. 나는 난감했다. 무엇을 어떻게 해결해야 할지 나는 몰랐다. 그의 뜻을 받드는 것은 곧 나에게도 딴 주머니를 차야 한다는 뜻이 됐다. 그렇지 않으면 나쁜 짓을 해야만 했다. 그렇다고 내 집(친정)에 가서 구걸하는 것은 나를 못 견디게 하는 일이었다. 나는 입시반 담임이었다. 입시생을 위한 과외 수업이 있었다. 과외 수업은 힘들지만, 과외 수당은 짭짤했다. 과외 수당 받은 것을 비밀리에 학교 일 심부름하는 이 양에게 맡겼다. 나에게 나오는 특별 수당은 이 양이 통장으로 관리했다. 나는 숨통이 트였다. 그의 강압적 압박에 견딜 수 있었다.

그의 셋째 아들은 내가 제일로 싫어했다. 그는 그의 엄마와 짝짜꿍이 잘 맞았다. 그는 거드름으로 자신을 과시하기를 즐겼고, 나는 그것을 미워했다. 그는 권모술수에도 능했다. 그는 필요한 것을 잘 취했다. 그가 학교 근처로 나를 찾아왔다. 수업 중에 이 양이 누가 방문했다고 연락해왔다. 셋째 아들이었다. 수업하다 말고 셋째 시동생을 만났다. 찻값, 점심값, 용돈을 챙겨줬다. 내 안의 나는 셋째 시동생이 그의 엄마와 똑같다고 생각했다. 날마다 집에서 저녁을 함께 먹었는데, 굳이 학교로 나를 찾아와 용돈을 은근히 요구하는 태도가 미웠다.

*

나는 지금 그들에게 고마워해야 한다.

그들이 있음으로 해서, 내가 이렇게 행복해질 수 있었음을 인정해야 하는 것이다. 어려서 고생은 사서도 해야 한다는 것을 지금 실감하고 있는 것이다. 그렇게 힘들고 부당한 것에 순응하면서 살았기 때문에 지금 내가 있다. 그때의 상황을 그 시점에서 떨어져서, 오랜 세월 후 지금 되돌려 생각했다. 그들을 이해할 수 있었다. 그들이 이제는 친근하며 측은하게 생각된다. 이제부터는 나머지 인생을 좀 더 풍요롭게, 조화로운 삶으로 살아가고 싶었다. 그러면서 '공수래공수거'(빈손으로 왔다가 빈손으로 가는) 인생인 것을 기억했다. 나도 이제 지구를 빌려 썼으니, 비워줄 때가 왔음을 깨달았다.

나는 지금 100퍼센트 통증에서 80퍼센트까지 회복되었다. 일어설 수 없었고, 기침을 할 수 없었다. 기침을 하면 허리 통증으로 온몸이 오그라들었다. 허리 통증이 발병된 지 12일째였다. 오늘은 통증이 사라져 기분이 하늘을 날았다. 무슨 도를 깨달아, 깨우쳐서 우주를 떠나 항상 행복을 가진 자처럼 나도 편안했다.

*

우리는 다음 여행지인 헝가리 부다페스트로 향했다.

우리는 게스트하우스 주인을 만나 함께 전철을 탔다. 모두가 낯설었다. 말이 통하지 않았다. 대충 손짓과 몸짓으로 통했다. 주인은 젊은 여자였다. 전철에서 하차하려 할 때 차장은 우리에게 한국 돈 100만 원을 요구했다. 우리는 영문을 몰랐다. 주인은 차장과 싸웠다. 짐작컨대 우리가 여행자임을 알고 트집 잡아 돈을 뜯어내려는 것으로 보였다.

둘이 다투고 있는데 어떤 승객이 거들어주었다. 그리고 해결됐다. 아직 공산권의 사회적 문화에서 벗어나지 못했음을 알 수 있었다. 빈은 공산권 문화에서 60퍼센트 벗어났다는 느낌이 있다면, 이곳은 40퍼센트쯤 벗어난 것이다. 거리는 우중충했다. 빈은 우중충하지만 햇빛이 비쳐들었고, 부다페스트는 햇빛이 들려면 시간이 걸릴 것이다.

그래도 나는 부다페스트가 더 매력적이었다. 한국의 1960년대 같으면서 정이 갔다. 먼 나라의 화려하고 찬란했던 시대를 고스란히 느꼈다. 주인은 게스트하우스를 독채로 우리에게 빌려주었다. 그곳에서 며칠 묵기로 했다. 가격은 30~40만 원쯤이었다. 나는 돈 값을 하려 애썼다. 내가 다시 오지 못할 것이라며 애들을 독촉했고, 여행 잡지를 대조하며 많이 보려고 애썼다. 처음 그 집을 안내 받았을 때 한국 아파트형으로 1층이었다. 사각형 울타리 현관을 들어가면 가운데 마당형 꽃밭이 있다. 꽃밭 주위로 아파트형 집이 빙 둘러 모여 있었다.

우리 옆집 나이 든 할머니는 벽 쪽에 넝쿨 식물을 키웠고, 무슨 수를 놓고 있는 것이 창 너머로 보였다. 젊은 주인여자는 자기 집을 안내하고 떠났다. 방과 부엌이 쓸 만했다. 집의 위치는 시내 중심가였다. 시가지를 구경하고 장보는 일이 수월해서 좋았다. 중앙 기차역과 가까웠다. 주변 주택은 지하나 1층을 상가로 전용해서 썼다. 집들은 웅장하고 컸다. 모두가 오래된 건축물이었다. 벽 두께가 1미터 이상 되었다. 벽돌은 크고 거대했다. 그렇게 크니 집 수명이 200~300년이겠구나. 한국의 집 수명이 20~30년밖에 안 된다고 비난하는 소리가 생각났다.

그러나 그곳은 단점도 많았다. 햇빛이 들어오지 못했다. 벽과 천장이 두꺼워 햇빛 통과가 어려웠다. 들어온다 해도 옆 벽의 그림자가 빛을 차단했다. 집 안은 어둡고 침침했다. 창이 깊고 후미져서 공기 소통이 쉽지 않았다. 나는 한국형 건물이 상큼하고 시원해서 좋았다. 우리 집은 벽이 얇고 유리창이 넓고 컸다. 햇빛은 집을 훤하게 하고 마음도 깨끗하게 한다는 생각이 났다.

우리는 여행으로 서서히 지쳐갔다. 서로가 짜증이 일어났고 애들 사이에 엄마와 다시는 여행하지 않겠다는 말들이 오갔다. 우선 이곳에서 쉬기로 했다. 여행을 이렇게 오래 해본 일이 없었다. 지쳤을 때 쉬는 것을 몰랐다. 아이들의 권유로 온천장을 찾아 쉬기로 했다. 여행 안내지에 나온 온천장을 찾아갔다. 그곳은 도나우 강 서쪽 왕궁 언덕 한참 밑 어디쯤이었다. 온천장은 웅장했다. 고대 건축으로 아치형으로 구멍구멍이 아름다웠다. 출입구도 특별했다. 처음 들어가는 입구는 계단식으로 햇빛 따라 들어갔다. 곧 넓은 공간이 나왔다. 굴속으로 햇빛이 잘 비쳤고, 그곳에서 휴식하거나 때밀이가 마사지를 했다. 다시 더 밑으로 계단을 내려가면 탕이 나왔다. 뜨거운 원형 탕이 나왔다. 벽 쪽으로 타원 아치형 샤워장이

둥글게 차지했다. 물은 미끄럽고 좋았다.

그곳은 고대의 영화 장면 속 영상처럼 보였다. 오래된 탕이었다. 수도꼭지는 녹슬고 낡았지만 옛 모습 그대로 귀족들의 탕으로 보였다. 뜨거운 수중막, 온탕, 냉탕, 한증막 등이 있었다. 우리는 그곳에서 여독을 풀며 마음을 달랬다. 현대식이 아니기에 더 특별했다. 그곳은 계속 미로 같은 건물이었다. 아래층으로 계속 계단을 밟고 내려가면 사방으로 트인 공간이 있었고, 계속 내려가지만 하늘과는 일직선으로 트여서 빛이 잘 들어올 수 있었다. 모양은 동굴 같았다. 밝은 빛이 잘 스며들었다.

곳곳에서 사람들은 침대에서 쉬었다. 또 구멍구멍 개인 샤워장에서 자신들을 즐겼다. 바닥은 모두 대리석이었다. 맨 마지막 홀에 대형 32도 시원한 원형 탕을 중심으로 양 옆으로 뜨거운 탕, 수중 탕, 조금 더 따뜻한 탕이 고대 원형대로 사용되고 있었다. 그곳에는 전등이 하나도 없고 햇빛만 사용했다. 나는 꿈속의 사람이 됐다. 나 스스로 역사의 주인공처럼 축배의 물을 마셨다.

이튿날 아침 감자를 삶고 달걀을 삶아 허기진 배고픔을 채웠다. 이것저것을 더 먹었다. 정신이 들었다. 쉬는 김에 오늘도 쉴 곳을 찾았다. 겔레르트(Gellert) 호텔 내에 있는 수영장에 갔다. 집에서 시가지를 지나 전철 길을 따라 걸었다. 전철 철로를 건너 강 쪽에 있는 최남단 다리를 건넜다. 그곳은 부다 지구였다. 그곳에 온천수가 많았다. 호텔 입장권을 샀다. 한국 돈으로 1만 원이라니? 생각보다 쌌다. 사람은 거의 없었다. 호텔 수영장은 최상급이었다. 수영장은 우리가 독점했다. 물은 맑고 깨끗했다. 환기도 좋고 햇빛도 천장을 통해 그대로 잘 들어왔다. 지붕 위의 펑 뚫린 하늘이 제 모습을 수영장에 비췄다. 환상적이었다. 천장으로 비치는 햇살에 살갗을 태우며 의자에 누워 책 읽는 노인이 있었다. 젊은이들은 살갗을 태우며 햇빛을 즐겼다.

수영장 기둥은 대리석 조각품이었다. 그 기둥의 가운데 동물 석상 입에서 온천수가 쏟아져 나왔다. 물은 쉼 없이 흘렀다. 품어낸 물줄기에 사람들이 마사지를 했다. 지키는 사람이 무질서한 수영을 금지시켰다. 물은 깊었다. 한 번 물에 빠져 물을 먹었다. 그 뒤 자유수영이 두려워졌다. 몸이 놀라서 오금이 펴지지 않았다. 수영장 물은 찼다. 수영을 못 하니 금세 몸이 차가워졌다. 다시 따뜻한 통으로 이동했고, 그곳에서 우리는 여유롭게 즐겼다. 한국 호텔에서 할 수 없는 호텔 수영을 이곳에서 즐기다니. 그곳에서 난생처음으로 호텔 수영을 하는 호사를 누렸다.

*

『어떻게 죽을 것인가?』를 읽었다.

나는 죽음에 대해 관심이 많았다. 오래전 28살이던 내 남동생이 죽었다. 그 후 할머니가 죽고, 곧 돌 넘은 조카가 죽었다. 그 뒤 5년이 채 되지 않아 아버지가 죽었다. 연거푸 해마다 한 명씩 죽었다. 나는 그때부터 죽음을 생각했다. 삼십대 초 바로 밑에 있던 동생이 위암 수술 후 3개월 만에 죽었을 때, 나는 처음으로 가족의 죽음이 얼마나 식구들을 슬픔 속으로 몰아넣는지를 알았다. 계속되는 죽음이 나는 너무 무섭고 슬펐다. 이제 육십의 중간쯤 된 나는 그동안 그들보다 너무 오래 잘살았다. 죽어도 슬프지 않다. 이제 사는 삶은 덤으로 사는 삶으로 인식된다.

책 속에 인간다운 마무리를 위한 준비가 있었다. 우선 선다형 설문지를 작성하는 절차가 있었다. 삶의 현재 시점에서 어떤 선택을 하고 싶은지 묻는 질문들이다.

1. 심장이 멈추면 심폐 소생술을 받기를 원하십니까?
2. 삽관이나 기계적 인공호흡기 같은 공격적 치료를 받기를 원하십니까?

3. 항생제 투약을 원하십니까?

4. 스스로 음식을 먹지 못할 경우 관이나 정맥 주사로 영양 공급을 받기를 원하십니까?

위의 사항들은 중환자실 오기 전에 가족이 환자와 미리 대화로 이야기를 나눈 상태를 표시해두는 것이다. 그 책을 통해서 보면 우리가 나쁜 병에 걸려 수술해야 할 때, 우리에게 맞는 의사를 선택할 필요가 있다. 의학적 권위자인 의사가 가부장적인 관계를 가진 사람인가, 아니면 정보를 주는 관계를 가지는 의사인가를 나 스스로 선택해야 할 것이다. 그중 환자가 무엇을 원하는지 스스로 이해하도록 돕는 의사를 선택하면 최선일 것이다.

그 책을 통해서 내가 최후의 환자가 됐을 때, 무엇이 가장 두려울 것인가를 생각해둘 필요가 있다는 생각이 들었다. 나 스스로 나를 돌볼 수 없음이 두려울 것이다. 그리고 내 상태가 가장 나빠졌을 때 목표가 무엇일까를 물었다. 나는 생각해보았다. 그것은 통증 없이 누워서 TV 보고 과일 먹으며, 컴퓨터 자판을 치는 것이라고 생각했다. 그곳에서 막바지 치료 상태에서 어느 정도 수명이 남아 있는가를 물었다. 의사들은 불치의 병일 경우 화학 요법을 받든 받지 않든, 마지막 단계에 이르는 경우 짧게는 3개월, 길게는 3년이라고 의사들은 말했다.

치료법의 선택은 중요했다. 마지막 단계는 공격적 치료법을 선택하게 되는데, 노력을 너무 적게 하는 것만큼이나 너무 많이 하는 것도 삶을 파괴할 수 있었다. 우리는 모두 죽는다. 다만 죽음을 맞이할 때 어떻게 맞이할 것인가가 문제였다. 나이 들어 병드는 과정에서는 적어도 두 가지 용기가 필요했다. 하나는 삶에 끝이 있다는 현실을 받아들일 수 있는 용기였다. 이는 무얼 두려워하고 무얼 희망할 수 있는지에 대한 진실을 찾으려는 용기이기도 했다. 그리고 자신의 두려움과 희망 중 어느 것이 더 중요한지를 판단해야 했다. 결국 우리의 궁극적인 목표는 좋은 죽음이 아니라, 마지막 순간까지 좋은 삶을 사는 것이다.

나는 이 책을 통해서 나의 죽음을 생각했다. 그리고 마지막 순간까지 좋은 삶을 살기를 바랐다.

> 붓다께서 말씀하셨다
>
> 모든 존재는 열 가지 일로써 선을 이루기도 하고 악을 이루기도 한다.
>
> 그것들 중 셋은 몸에 의존하고,
>
> 넷은 입에 의존하며,
>
> 그리고 셋은 생각에 의존한다.
>
> 몸에 의존하는 악의 세 가지는
>
> 죽이는 것, 훔치는 것, 간음하는 것이다.
>
> 입에 의존하는 네 가지는
>
> 남을 비방하는 것, 악담하는 것, 거짓말하고 아첨하는 것이다.
>
> 생각에 의존하는 세 가지는
>
> 질투, 분노, 어리석음이다.
>
> 이 모든 것은 성자의 길에 어긋나는 것이므로 그것들을 악한 일이라고 한다.
>
> 이와 같은 악한 일을 하지 않으면 곧 열 가지 선한 일이 될 것이다.

파괴는 행복을 가져올 수 없다. 창조의 법칙은 창조적이 되는 것이다. 그래서 붓다는 파괴적인 사람은 고통받을 것이라고 말한다. 불교 용어에는 죄라는 것이 없다. 오직 잘못이나 실수가 있을 뿐이다. 거기에는 단죄가 없다. 잘못이나 실수는 고칠 수 있다.

그대 스스로 불행해지기를 원하지 않는다면 이들 열 가지를 피하라. 열 가지를 하지 않으면 전체와 조화를 이루고, 법칙과 조화를 이루며, 일어나는 모든 것이 선한 일이 되리라고 말한다. 선은 그대가 행위자가 아닐 때, 그대가 전체와 함께 내맡김 속에 있을 때, 법칙과 함께 흘러갈 때, 강과 함께 흘러갈 때 일어난다. 선은 어떤 행위가 아니다.

나는 평생 남 비방하는 일을 즐기며 주변 사람들과 시시덕거렸다. 비방하는 자체를 무슨 큰일인 것처럼 화두로 삼았다. 정말 못된 나인 것이다. 더구나 누가 남을 비방하면 그것이 내 일인 양 그와 함께 비방을 더 크게 부풀려 말했다. 어쩌면 나를 불행 속으로 끌고 갔을 일이었다. 또 남이 잘되는 꼴을 못 보는 나였다. 비등한 친구가 무엇이든 나보다 나아지면 질투가 생겼다. 그 친구들이 나를 욕하면 참을 수 없었다. 그동안 많은 흑역사를 나는 만들었다. 이제 얼마 안 남은 인생에 악한 일을 남겨서는 안 될 것이다. 내가 가진 잘못과 실수를 고쳐야 함을 스스로 알아야 하는 것이다. 나 스스로 불행해지지 않으려면, 그것들을 피해야 하는 것이다. 내가 스스로 법칙과 함께 흘러가기를 바라며, 스스로 흘러가도록 하게 하는 것이 나의 일인 것이다. 그러면 자연적 선이 되는 것이다.

나는 가끔 침묵이 싫다. 작은 공간, 즉 방이나 차 속, 또 누가 함께 있으면 그 공간 속에서 말을 해야 하고, 말을 하면 부자연스러운 말이 된다. 그럴 때 주도적인 친구는 나에 대한 말을 한 방에 공격해서 자신을 드러낸다. 얼굴이 뜨거워지며, 치욕적인 분노가 일어나며, 속에서 불덩이가 솟구친다. 그리고 그에 대한 감정이 악으로 남겨진다.

반대로 나는 상대방이 주도적으로 말하면서 자신의 강한 주장을 주입식으로 나에게 강요하고 그것이 합당하다고 말하는 것을 참을 수 없어했다. 그 말은 아무것도 아닌 헛것일 뿐이다. 속에서 일어나는 일그러진 에너지를 분출하는 것에 불과한 것인데, 그 에너지에 맞대응하며 싸움을 만들어내는 것이다. 나는 나에게 말해야 한다. 모든 것은 헛것이라고. 모임에서 일어나는 것은 모두가 헛것이고 한낱 바람일 뿐이라고. 바람을 잡고 성질내고, 분노하며, 어리석음을 표출하지 말라고.

나는 요즘 부는 봄바람을 즐긴다. 자연스레 지나가는 바람처럼 내 삶도 자연스레 지나가기를 바란다. 그것이 선이라고 생각하는 것이다.

*

어느 봄날 친정아버지와 남동생이 우리 집을 방문했다.

아버지와 남동생은 한숨을 쉬었다. 그때 그들은 새 아파트에 새로 입주했는데, 평수도 넓었다. 막 아파트 붐이 일어나던 시대였고, 중소도시에서도 아파트 선호도가 높아져가고 있었다. 그들은 평생 일반 주택에서 살았는데, 아버지는 아파트에서 살고 싶어 그곳을 분양받았다. 그곳은 맨션이라 따뜻하고 목욕하기 쉬워서 편리했다. 그에 비해 내가 사는 아파트는 형편없었다. 그들은 우리 집을 사람이 살기 힘든 곳이라고 생각했다. 아버지는 퇴직금을 떼어주며, 우리가 사둔 집으로 이사 가라 했다. 퇴직금으로 삼천만 원을 받았다. 퇴직금 중 육백을 떼어주고 우리가 산 작은 맨션아파트로 이사 가서 살라고 했다.

아버지의 퇴직금을 함부로 할 수 없었다. 시간을 두고 느리게 이사할 생각을 가졌다. 내가 산 집의 전세금은 1천만 원, 아버지 퇴직금은 3천만 원. 그중 600만 원을 주었다. 내가 사는 집 전세금은 600만 원이었다. 내가 산 집으로 가려면 400만 원을 보태서 전세금을 빼주어야 했다. 잘 계산하면 200만 원 정도가 남았다. 그렇다면 200만 원에 융자를 내면 아파트 하나를 더 살 수 있을 것이다.

그해 봄 나는 이사 갔다. 주인네는 앞 동으로 이사 갔다. 이사 가서 아파트 주변을 물색했다. 싼 아파트가 있는지 확인했다. 부동산에서 200만 원에 살 수 있는 집을 소개했다. 내가 산 지 이미 2년이 넘었다. 아파트 가격은 그대로이지만 전세금은 올랐다. 사이드 집이라 조금 저렴했다. 가격은 1,500만 원, 전세는 1,300만 원쯤이었다. 평수는 19평으로, 내가 이사한 집과 같았다. 나는 기회가 이때다 싶어 머리를 썼다. 내가 읽은 책대로라면 무조건 아파트 10채를 사야 했고, 10년 후 반을 팔아야 한다.

생각 같아서는 허름한 집에 계속 살아야 했지만, 아버지 성의를 생각해서 나머지 돈으로 사보자 생각했다. 처음 산 집은 250만 원을 들여 샀지만 부금이 매월 65,000원이니, 이미 월급의 삼분의 일이 삭감됐고, 부모님 용돈 융자금까지 내면 월급은 반만 나왔다. 월급은 궁핍했다. 그래도 나는 그 이론을 실천하려 애썼다. 즉시 세금과 그 밖의 부대비용 등을 빌려서 옆집을 샀다. 빚은 마음을 무겁게 했다. 그러나 나의 꿈은 희망적이었다. 어쨌든 나는 집 2채의 주인이 되었다.

맨션으로 이사 오던 날. 그날은 내 인생 최고의 날이었다. 연탄으로부터 해방되고, 뜨거운 온탕에서 언제나 샤워나 목욕을 할 수 있었다. 나는 그렇게 행복할 수가 없었다. 큰 안방이 하나였고, 작은 방은 거실 겸 방으로 썼다. 조그만 부엌에 4인용 식탁을 놓고, 식탁 옆 장식장을 간이용 오디오와 어항으로 장식했다. 찌는 더위도 피할 수 있었다. 내 집은 10층이었다. 계단이 아니라 엘리베이터를 탈 수 있었다.

꿈과 현실은 달랐다. 꿈은 희망이 가득했고 집이 2채라는 생각에 기분은 항상 높이 올라가 있지만, 현실은 어두웠다. 아이들을 유치원에 보낼 수 없었고, 친구들과 어울릴 수 없었다. 큰딸은 친구들이 필요해서 그들의 뒤를 따라다녔다. 큰딸은 2월생이라 학교에 일찍 입학했다. 또래보다 매사에 어둑했다. 그는 그들 사이에서 중심이 되지 못했다. 그는 중심이 되기를 바랐다.

중심이 되지 못하는 그는 엉뚱한 행동으로 사람의 관심을 모았다. 친구들은 그를 멀리했다. 큰딸은 엉뚱한 행동으로 나를 당황하게 했다. 그는 욕심이 많았다. 그러나 그의 욕심을 채울 수 없었다. 친구들이 사먹는 과자를 그는 빼앗어서라도 먹었다. 남이 가진 필통 속의 필기도구를 탐냈다. 그는 그의 짝을 괴롭혔다.

　- 너 그것 어디서 샀니?

　- 그거 얼마야?

　- 그거 비싸니?

　- 그거 누가 사줬어?

큰딸은 제 주위 친구들에게 계속 물었다. 주변 친구 엄마가 어느 날 학부모 회의에서 큰딸 엄마를 찾았다. "나입니다." 큰딸과 같은 짝인 남자 엄마였다. 자기 아들을 내 딸이 날마다 귀찮게 했다며 괴롭히지 않게 해달라고 말했다. 나는 미안했다. 작은딸 S는 유치원을 보낼 수 없었다. 고모네 또래 손자는 별별 것을 다 배웠다. 우연히 초등학교 병설 유치원을 지원했는데 합격했다. 다행이었다. 큰딸은 피아노를 치겠다 했다. 전에 살던 위층 집 아줌마가 싸게 가르쳐준다 했다. 작은딸과 함께 그곳에서 아주 저렴한 비용으로 피아노를 배웠다. 월급 타고 15일이 채 넘지 않았는데 딸이 사달라는 학용품 값 살 돈이 없었다.

옆집에서 돈을 빌려 학용품을 사주었다. 같은 아파트 사는 사람들은 풍요로웠다. 그 당시 빵 값은 비쌌고, 밥값은 그래도 빵보다 훨씬 쌌다. 옆집 대한항공 다니는 아저씨네는 우리보다 급여가 많았다. 그들은 아침에 빵을 먹었다. 큰딸은 그 집에서 먹는 버터 빵을 좋아했다. 나도 더러 얻어먹으면 그렇게 맛있었다. 나는 빵을 살 수 없었다. 그 빵 값은 며칠을 먹을 밥값이기 때문이었다.

*

급한 일로 계좌이체를 해야 했다.

나는 모든 것을 뒤로 미루고 은행으로 갔다. 길 건너 은행 쪽으로 가려고 건널목에서 푸른 신호등이 바뀌기를 기다렸다. 건널목을 건너려는데, 차 안에서 한 젊은이가 눈물을 흘리고 닦았다. 그는 눈이 컸다. 그 큰 눈에서 눈물이 쏟아졌다. 그 눈물을 손바닥으로 닦고 또 닦았다. 그의 모습을 보고 나도 눈물이 쏟아졌다. 어쩌면 내 사위와 똑같을까? 내 사위가 울고 있다는 생각이 들었다. 왜 울까? 이곳이 큰 종합병원 앞이니 부모가 죽은 것일까? 아니면 자기 자신에게서 몹쓸 병이 발견된 것일까?

그를 따라 나도 눈물이 솟구쳤다. 어느 때던가? 내 남동생이 이혼해서 어린 것들 세 명을 이끌고 중국으로 떠날 때 그의 큰 눈, 황소 같은 눈에 눈물이 비치면서 한국을 떠나야 하던 때가 생각났다. 그때 나는 많이 울었다. 그래서 남자의 큰 눈을 보면 슬펐고, 눈물이 맺히면 내가 눈물을 쏟았다.

*

셋째 시동생은 대학원을 다녔다.

그는 스스로 위대한 사람이었다. 공부로 살고 공부로 죽는 사람처럼 보였다. 그 아들과 그의 어머니는 찰떡궁합이었다. 어머니가 "아!" 하면 그 아들도 "아!" 했고, "어!" 하면 금방 "어!" 했다. 그는 어머니에게 상냥하고 싹싹했다. 그의 말 속에는 부드럽고 아름다우며 어머니의 모든 것을 녹이는 그 무엇이 있었다. 그에 비해 나는 곰이었다. 말이 없고 보이는 대로, 그들이 원하는 대로 순종하고 따를 뿐이었다. 그 아들은 배 속같이 시원하고 달콤했다. 나는 목석같이 투박하고 답답했다.

그 아들은 석사에서 박사 과정을 밟으면서 그의 어머니를 닮아갔다. 그 스스로 새로운 권위와 권세를 몸속에 심었다. 시어머니의 자존심은 곧 그 아들의 자존심이 됐다. 시어머니는 주변 사람을 하찮게 생각했다.

그는 스스로 선민족, 이스라엘 민족처럼 앞선 사람임을, 자기들은 빼어나고 훌륭함을 자처한 사람이었다. 나는 그것을 이해할 수 없었다. 자기만이 유일한 사람임을 보여주었다. 분명 그는 생활의 달인이고 매사를 능숙하게 한다. 그것은 인정하지만, 그것으로 인해 내가 그의 하수인이 될 수는 없지 않은가?

내 안의 나는 그를 거부하며 부인했다. 타인을 누르고 타인을 부정하는 그의 독단적 태도가 나에게 맞지 않았다. 그의 독단적인 자기식 태도는 모든 식구에게 옳고 마땅한 일로 받아들여져야 했다. 그의 첫째 아들, 둘째 아들, 셋째 아들, 넷째 아들, 막내아들 등은 그를 무조건 따랐고, 그의 말은 신의 말처럼 여겨졌다. 나는 그 집단이 이상했다. 틀에 갇힌 집단으로 보였다. 맏아들인 내 남편도 그 당시 제일의 추종자였다. 내 안의 나는 그들의 태도를 거부했고, 그들의 태도는 더욱더 내 안에서 거부됐다. 나는 단지 그들에게 순응하고 적응하려 애쓰면서, 나 자신과 싸워야 했다.

조용한 시간이 흐르면 흐를수록 내 안의 나는 나를 죽였다. 그 징표로 몸무게는 한없이 계속 줄어들었다. 그들의 맞지 않는 행동, 강압적 행동이 보일 때마다 나는 심신의 고통을 내 몸속으로 밀어넣었다. 학교생활은 계속됐다. 시간이 지나도 나아지는 기미는 보이지 않았다. 그날이 그날이되면서 시간은 세월을 채워갔다. 월급은 꼬박꼬박 시어머니 통장으로 들어갔다. 어느 날 시어머니는 옆집 사대 나온 후배 선생과 월급을 비교했다. 후배인데 그가 왜 월급이 더 많은가를 따져 물었다. 나는 우물쭈물했다. 사실 몰랐다. 그러면서 보충 수업비를 몰래 감춘 것이 밝혀질까 봐 걱정했다. 다행히 나는 둘러댈 생각이 났다.

- 그애는 사범대 출신이라 일반대보다 호봉이 높아서 그럴 거예요.

- 그래? 그래서리 너보다 많구나.

꿍친 돈 때문에 찔린 가슴이 오금을 저리게 했다. 그러면서 화가 났다. 내 돈을 왜 심사하고 비교하면서 나를 괴롭히는 거야? 결국 자기가 다 가질 거면서. 그런 생활 속에서 내 몸에 아기가 생겼다. 몸이 서서히 불어나고 무거워지면서 어기적거렸다. 집안일도 해가 넘어가면서 익숙해져갔다. 집안일이 익숙해질 때 몸이 무거워 어기적거리는 것을 그는 싫어했다. 제사가 돌아오면 그는 스트레스를 받았다. 며느리가 해야 할 일을 왜 자기가 해야 하는지 모른다며 심통을 부렸다.

제사가 오면 나는 조퇴를 해야 했다. 학교에서는 급했다. 중3 입시생 반이었기에 학생과 학부모는 애가 달았다. 시어머니는 그것과 상관없었다. 그는 며느리 역할만 요구했다. 나는 양쪽 책임을 져야 했고, 모두를 수행하는 만능인이어야 했다. 집으로 와서 그를 거들고, 그가 원하는 대로 뒤처리를 했다. 12시 넘어 제사를 지내면, 그는 아침에 설거지를 하라 했다. 나는 아침상 차리고 제사 설거지를 끝내고 학교에 갔다. 그러면 이미 한참 지각한 선생이 됐다.

나는 이런 불량한 선생이 되는 것은 불합리하다고 생각했다. 이것은 아니라고. 시어머니는 그러면서 월급은 잘도 챙겼다. 배가 불러 앉으면 배가 땅에 닿았다. 식구들 빨래는 수돗가 주변에 가득 쌓여 있었다.

*

    헝가리 부다페스트에서 다른 지역으로 이동하기로 마음먹었다.

헝가리에서 날마다 시가지를 걷고, 중심 시가지 지하에서 음식도 사먹고 볼거리를 보며 시간을 보냈다. 아침이 되면 다뉴브 강을 건너 숲속 정원을 거닐며 시간을 보냈다. 왕궁이 있는 언덕에서 시가지 국회의사당을 바라보며 시원한 바람을 즐기기도 했다. 온천욕도 했고, 강 위의 다리도 여러 개를 넘나들었다. 우리가 다닐 때는 여행객이 없었다. 시장통을 가고 시가지를 맴돌아도, 아직 거리와 건물 박물관 등은 깨어나지 않았다. 사람은 드물고 주변 환경은 회색 분위기로 활기가 없었다. 그 후 2009년 그곳에 다시 들렀을 때, 그곳은 여행자로 가득 찬 별천지가 되어 있었다.

그날 아침은 맑았다. 계속 비가 오는 우중충한 날씨였다. 큰딸과 작은딸, 그리고 나는 서둘렀다. 항공회사 예약을 확인했다. 중앙역에서 표를 예매하려고 기다렸다. 계속 기다렸다. 한낮까지 줄은 줄어들지 않았다. 답답했다. 차례가 왔다. 체코 프라하 예약을 하는데 4천 코루나를 요구했다. 한국 돈으로 20만 원, 셋이면 60만 원. 터무니없는 돈이었다. 할 수 없이 포기했다. 다시 계획을 바꾸었다. 뮌헨 쪽으로 유레일패스를 이용하여 저렴하게 예약했다. 시간이 많이 남았다. 우리는 부다 지구로 옮겼다. 남산을 오르듯 올라갔다. 겔레르트 동상과 겔레르트 언덕. 다시 내려오면서 호텔 아래로 굽이굽이 길을 내려왔다. 서울의 평창동 같은 곳이었다. 큰 집, 웅장한 집들이 모여 있었다. 아무도 살지 않는 폐허가 된 집도 있었다. 집은 모두 두꺼운 대리석으로 지어졌고, 벽이 두꺼워서 햇빛이 어둠으로 비쳤다. 숲이 우거져서 더 어둠이 짙었다.

전날 걸었던 곳을 지났다. 박물관은 수리 중이었고, 중앙시장을 거쳐 벼룩시장에서 열쇠고리를 샀던 곳은 문이 닫혔다. 다시 한 번 시가지를 둘러보고 오후 늦게 뮌헨 행을 탔다. 기차 속에서 잠을 자며 가야 했다. 우리는 칸막이 칸으로 갔다. 네 개씩 마주 보는 의자가 8좌석이었다. 좌석은 비어 있었다. 다리를 뻗을 수 있었다. 건너편 좌석에 다리를 올리고 잠잘 수 있었다. 훌륭한 침대차가 됐다. 칸막이 문을 닫았다. 도둑이 많다고 들어서 창틀에 테이프를 붙였다. 잠이 들었을 때 창에 있는 테이프를 누군가 떼려고 했다. 우리는 그것을 저지하며 소리쳤다. 다시 테이프를 덧붙이고 잤다.

같은 여행자들 중에 가방을 잃어버려 돌아간 사람도 있었다. 우리는 항상 붙어 다니고 감시하며 다녔다. 새벽 6시에 뮌헨에 도착했다. 먼저 숙소를 찾았다. 큰딸은 짜증을 냈다. 역 부근에서 숙소가 비싸지만 쉽게 쉴 수 있는 곳을 원했다. 나는 그럴 수 없었다. 멀지만 싼 곳, 그러면서 깨끗한 곳을 찾아야 했다. 시가지를 지나 강줄기 길을 따라 다리를 건넜다. 멀었다. 그곳에 '4 you'라는 유스호스텔을 찾았다. 하얀 시트가 침대 위에 깨끗이 놓여 있었다. 완벽한 침구 세트였다. 그곳은 천국 같았다.

뮌헨이 마음에 들었다. 기차역도 새벽부터 활기에 찼다. 유럽의 새벽 도시는 어디고 조용했다. 곳곳의 공원은 크고 아름다웠다. 시내 중심가를 흐르는 강은 스위스같이 맑고 투명했다. 가로수는 우람했다. 주변 환경이 영화 속 장면 같았다. 숲과 물과 꽃이 한데 어우러져 있었다. 사람들은 깨끗하고 신사처럼 보였다. 생활수준은 높았다. 일요일의 시내 거리는 관광객으로 붐볐다. 상가는 모두 쉬었다. 조용한 시가지였다. 유럽의 다른 도시는 지린내가 많이 났는데, 이곳은 그렇지 않았다.

시가지 전체를 리모델링했다. 상가와 집들은 수리되어 깨끗했고 편안해 보였다. 곳곳에 맥도널드와 버거킹이 있었다. 파리와 런던엔 그것이 없었다. 세계의 도시들은 맥도날드와 버거킹에 물들어 있었다. 파리와 런던은 그렇지 않았다. 그들의 자존심이 보였다. 뮌헨 시가지는 수정과 보완, 그리고 보존하려는 모습이 보였다. 길은 개선됐고, 터키 식 바둑 돌판은 원형으로 보존했다. 영국 가든에서 뮌헨 사람들은 모두 자유스러웠다. 모두가 옷을 다 벗었다. 정말 옷을 다 벗었을까? 큰딸과 작은딸에게 물었다. 나는 도저히 눈을 뜨고 볼 수가 없었다.

- 야, 저 사람들 정말 옷 다 벗었냐?

- 그런 것 같아.

- 정말일까?

계곡에서 수영하는 사람, 키스하는 사람, 희미하게 보인 사람들은 벌거벗었다. 나는 가까이 갈 수 없었다. 옷 입은 우리가 이상했다. 그들은 정말 모두가 시원한 자유인이었다. 문화가 달랐지만 그들의 자유는 분명 우리에게도 필요해 보였다. 우리가 가는 곳곳은 붐비지 않았다. 적당히 사람들이 오갔다. 파리나 런던, 로마 등 다른 나라 도시는 쉽게 화장실에 접근할 수 없고 요금도 비쌌다. 이곳은 화장실도 편안하고 가격도 받지 않았다. 사회적으로 흑인들이 없어 심리적으로 안정되고 정신적으로 편안함을 안겨주었다.

농가 풍경도 스위스처럼 잘 정리정돈되고, 주변 환경도 깨끗했다. 무엇보다 주민들은 굉장히 성실해 보였다. 열심히 살고 있었다. 그들에게는 흐트러진 모습이 없었다. 분위기가 안정적이었다. 그에 비해 부다페스트는 뜯어고치고, 헐고, 파헤쳐진 모습이 복잡하고 심란한 모습으로 기억된다. 어쩌면 진정으로 열심히 사는 모습은 잘 정리하고, 깨끗하게 살며, 성실히 즐겁게 사는 모습일 것이다. 독일은 역시 철저했다. 공사판 도구도 일률적으로, 예술적 미를 느낄 수 있듯이 일렬로 정리하여 묶어놓고 일했다. 그것은 마치 장난감 레고 기차를 만들어놓은 모습 같았다. 식당 의자도 마찬가지였다.

도시 시가지는 시원스러웠다. 오래된 건물을 넓은 쇼윈도로 투명하게 개조했다. 관광객에게 아름다운 소품을 살 수 있게 했다. 파리와 런던의 답답하고 고집스러운 모습이 아니었다. 시골 농촌 풍경도 질서정연했다. 농토를 갈고 닦았다. 방치된 농토가 없었다. 모두가 일목정연하게 잘 가꾸었다. 그곳은 풍성한 밀과 채소로 가득 찼다. 그곳은 분명 잘사는 선진국임을 확인시켜주었다.

*

나는 작은 맨션으로 이사했다.

나는 아버지의 도움으로 연탄 아파트를 마감하고, 가장 작은 맨션으로 이사했다. 나에겐 그 집이 지구상에서 최고의 집이었다. 집을 샀으니 시댁 어른을 초대해야 했다. 시어머니는 뭔가 심정이 꼬여 있었다.

- 집이 너무 높아 어지럽다.
- 사람 살 곳이 아니다.
- 나는 이런 곳이 싫다.
- 무슨 놈의 화장실이 집안에 있냐? 더럽게시리.
- 나는 살라 해도 못 산다.

그는 온갖 투정을 부렸다. 친정이 집 사는 데 보태준 것도 자존심 상할 일이었다. 언젠가 시댁으로부터 독립할 당시 친정에서 전화를 놓아준다 했더니, 자존심 상했는지 당신이 우리에게 전화를 놓아주겠다 했다. 결국 당신이 돈 십일만 원을 주고 전화를 설치해주었다. 그 다음해 다른 곳으로 이사 갈 때 그는 전화 설치비를 나에게 물어내라 했다. 나는 그것을 돌려줬다. 나는 그가 치사했다. 그 후 나는 전화를 설치하지 않았다. 전화 없는 것이 그렇게 편하고 좋을 수가 없었다.

이사한 곳은 전에 살던 곳보다 생활수준이 높았다. 집집이 식사 때 빵을 선호했다. 물가도 이쪽이 더 비쌌다. 나는 가계비를 줄여야 했다. 부금이 많고 집 관리 세금과 유지비가 더 들었다. 나는 버텨야 했다. 계속 정부미로 밥을 해먹었다. 싼 야채에 고기 몇 점을 얹고 볶고 찌고 삶고 지져서 먹었다. 옆집은 우리와 정서가 잘 맞았다. 그 집 아저씨는 대한항공 직원이었다. 그 아줌마는 나보다 나이가 어렸다. 그 집 애들도 우리 애들보다 어렸다. 그 아줌마는 눈이 큰 황소의 눈을 닮았다.

그의 눈 속엔 선한 착한 표가 있었다. 그를 보면 마음이 편하고 즐거웠다. 어리지만 마음이 넓고, 마음 씀씀이가 고왔다. 항상 예의 바르며 성실하고 친절했다. 그는 일류대학 경영학과를 나왔고, 예쁜 얼굴이 매력적이었다. 우리는 아침이 되면 만났다. 서로 차를 마셨다. 그 집 아저씨는 일찍 공항으로 출근했다. 그곳에서 이년 반을 살았는데 그 집 아저씨를 만난 적이 거의 없었다. 회사가 바쁘고 출장이 많았다.

어느 날 우연히 그 집 아저씨를 앨범에서 보았다. 나는 깜짝 놀랐다. 사진 속 남자는 못생기고 빈티가 나서 도저히 그 아줌마 신랑으로 적합하지 않았다. 그런데 신랑이라 했다. 이해할 수 없었다. 나는 그에게 물었다

- A 엄마, 연애 결혼이에요, 중매 결혼이에요?

- 아 예, 연애 결혼이에요.

- 어떻게 만났어요?

- 교회에서요.

- 그렇군요.

- 학창 시절부터 교제를 했어요.

- 응.

그의 시댁은 부족한 모습이 많았다. 어느 날 그는 시댁 시누이 학교에 가서 학부형 노릇을 했다. 또 어느 날은 가출한 시누이를 데려다가 학교에 재입학시켰다. 그가 어머니 역할을 했다. 그는 천사표였다. 그 집 아저씨는 시댁의 가장이고, 그 집안의 대들보였다.

아줌마는 집안이 좋았다. 큰아버지가 보사부 장관이었고, 종합병원 원장이었다. 그 주변 친척들은 서로 우애가 좋았다. 오가는 사람들이 많았다. 그의 아버지와 어머니는 부부 교사였는데, 딸 넷을 훌륭하게 키웠다.

우리는 아침마다 차를 마셨다. 온갖 시댁 얘기, 친정 얘기로 우리들의 속풀이를 해댔다. 나는 어려운 석사과정은 마쳤는데, 그것으로는 돈을 벌거나 어떤 경제적 활동은 할 수 없었다. 다시 박사과정을 밟아야 했다. 그러나 쉽게 접근하지 못했다. 나는 공부의 끈을 쥐고 노력해보려고 애쓰고 있었다. 박사과정 시험 준비는 쉽지 않았다. 토플 공부와 제2 외국어를 통과해야 했다. 나는 제2 외국어를 해본 적이 없었다. 그래도 무엇인가 선택해야 했다. 같은 부류의 학생들은 독일어를 선택했다. 시험문제가 쉽게 출제된다는 설이었다. 나도 그쪽을 선택은 했지만 어떻게 공부해야

할지 몰랐다.

우리 집은 항상 쪼들렸다. 모자라는 돈을 수시로 그 옆집 B네에게서 꾸었다. 꾸었다가 월급을 타면 갚고, 조금 있다가 다시 빌리며 살았다. 내 삶은 온전하지 못했다. 빌려 쓰는 것에 길들여져 살아갔다. 우리보다 월급이 많지만 그 집 형편도 나아지지 않았다. 옆집 A네 할머니 집안은 무식했고, 그야말로 허드렛일을 하며 힘들게 살던 집안이었다. 아들과 며느리가 훌륭했는데, 똑똑한 아들 하나 잘 두어 모든 식구가 그 아들만 쳐다보고 살았다. 그의 아버지는 배우지 못하고 무능했다. 그의 어머니는 성실했으나 평생 파출부로 일했다. 그는 아르바이트로 학교를 마치고 대한항공 직원이 됐다. 정말 그는 훌륭했다.

*

나는 어느 날 남편을 딸 S에게 특사로 보내서 면담을 하게 했다.

딸 S는 독립한 지 한 달 반이 됐다. 그는 이제 서른여섯 살이 됐다. 그의 친구들 어머니가 자기 딸이 애 둘을 낳고 찍은 사진을 나에게 보내면 나는 잠을 못 잤다. 그날은 밤을 꼬박 새웠다. 그가 인생의 낙오자가 되는 기분이었다. 나는 그를 어미로서 구출하는 것이 나의 역할이라 생각했다.

- 어찌할꼬?
- 어찌할꼬?

나는 속을 태웠고 가슴을 앓았다. 나는 거금을 주고 결혼 정보회사에 부탁했다. 그곳에서 만남을 주선하면 만났다. 깨지고 깨졌다. 깨져서 엉망이 된 날, 나는 그 결혼 정보회사들을 찾았다. 들리는 소문에 여성은 퀄리티(quality)가 높고 좋은데, 남자는 그렇지 못한 것으로. 또 여성에게는 입회비를 비싸게 남성들은 싸게 받는다는 등, 여러 소문이 떠돌았다. 나는 그 회사에 가서 딸 S와 맞선 본 남성의 회원 명부를 보여달라면서 안 좋은 뜬소문을 말했다. 그 회사는 보여줄 수 없다고 거부했다. 그리고 그 회사 실장이 말했다. 딸 S가 말한 것을.

- 나 선보기 싫어요. 엄마가 가래서 어쩔 수 없이 왔어요.

그 선 보는 남자는 시간 내서 나왔는데 기분이 나빴다. 그러는 사이 차 한잔 마시자마자

- 이제 나가지요.

했다고 한다. 그렇게 헤어졌다고 말했다. 나는 그 소리를 들으니 속에서 열불이 났다. 회사에 따지러 갔다가 미안하다 하고 돌아왔다. 그 후 나는 딸 S를 쫓아냈다. 우리 집에서 억지로 몰아낸 내 심정은 편안했겠는가? 나도 가슴이 아리고 쓰렸다. 통상 글귀에서의 가슴 아림을 나 스스로 체험했던 것이다. 아침에 눈 떠서 보면 그의 방은 텅 비어 있었다. 방 안에 남겨진 허공은 내 가슴을 후벼 팠다. 꼭 이렇게 살아야 하는 것인가? 인간이 살면 얼마나 더 산다고 꼭 이렇게 살아야 하는가? 스스로 물어야 했다. 나는 눈물이 났다. 그냥 대충 살아도 되는 것이 아닌가? 그러면서 그전의 상황을 되돌아봤다.

우리는 함께 있으면 피터지게 싸웠다. 우리는 인간인지 동물인지 몰랐다. 나는 그를 닦달했다.

- 왜? 시집을 가지 않냐?

- 왜? 나만 보면 그러냐?

그와 나는 서로가 미웠고, 미움이 극에 달하면 몸싸움이 붙었다. 그와 나는 어미와 자식이 아니었다. 몸싸움은 내가 그를 밀쳐내면서 시작됐지만, 그는 나를 쑤셔 박았다. 결코 나는 그를 이길 수 없었다. 그와 나는 동물이 됐다. 이 세상의 인간적 존재 따위는 없었다. 아, 신문에 나는 극

한 상황이 이런 것이구나! 부부가 죽이고 죽고, 자식들이 그렇고, 가족이 그렇고. 나는 이성을 찾아야 했다. 더 이상 이런 극한 상태는 방지하는 것이 옳을 일이었다.

우리는 일단 헤어져야 했다. 어떻게든 잠시 떨어져 살 필요가 있었다. 어느 날 나는 그를 강제로 추방한 셈이 됐다. 그에게 월셋방을 얻어줄 테니 나가라고 했다. 서울 시내 월세를 얻으라고. 이종사촌과 서울 시내를 돌아다녔다고 한다. 500만 원에 월세 30만 원, 아니면 500만 원에 35만 원. 그들이 간 신림동과 대학가인 상도동 등은 방이 무섭고 우중충한 느낌이어서 방을 구할 수 없었다. 그들은 교대 쪽 새 원룸 건물에 비싼 방을 얻었다. 1,000만 원에 부대비용까지 매달 66만 원을 내야 했다. 둘이 돈을 벌어 월세를 내기로 했고, 보증금만 내주기로 했다. 그렇게 우리는 거리를 두고 살게 됐다.

그는 오랫동안 나를 보면 나에 대해 적의가 서려 있었다. 나는 저를 쫓아낸 사람으로. 우리는 서로 냉기로 만나고 부딪혔다. 가족모임 차 만날 때도 그는 그의 눈에서 눈총을 쏘았다. 나는 속으로 가슴이 아렸다. 그러면서 그의 냉기는 내 몸을 얼어붙게 했다. 우리는 서로 거리를 두고 멀리 있어야 했다. 우리는 부모 자식 사이가 될 수 없었다. 그는 아빠에게는 호의적으로 대했다. 세포 DNA도 잘 맞았다. 그래서 둘은 합체가 잘됐다. 술도 서로 잘 마셨다. 음식도 서로서로 즐겼다.

어느 날 가족모임 때문에 그와 이종사촌이 우리 집에 왔다. 그는 계속 나에게 불평하며 나를 혼냈다. 나는 죄 지은 사람으로 여겨졌다. 그때 그의 이종사촌이 고모인 나를 거들었다.

- 언니, 그래도 고모가 방 보증금은 내주었잖아?
- 언니가 번 돈은 아니잖아?

이때다 싶어 나는 말했다.

- 그래, 난 원래 나쁜 엄마야! 미안하다 나쁜 엄마라. 나 그런 줄 몰랐

니? 어쩔 수 없다. 미안하다. 나쁜 엄마라서. 네가 이해해라.

- 아니, 뭐 그냥 그렇다고.

그러면서 그는 자신의 공격을 슬그머니 내려놓았다. 그 후로 우리는 서로 헤어져서 살았다. 그는 아르바이트를 해서라도 월세를 내야 했다. 인터넷을 통해 구했다. 처음은 PC방. 그곳은 밤새 사람들의 잡일을 거드는 일이어서 그는 죽고 싶었다. 하루 만에 그만두었다. 그 다음엔 학원 강사. 그도 며칠 있다가 잘렸다. 그는 죽고 싶은 마음뿐이었다. 그 다음 다른 학원 수학 선생. 다행히 그 학원은 잘 맞았다.

그는 자존심이 강했다. 그가 얻은 자기 방으로 내몰리고서, 그는 한 번도 집에 와서 잠자지 않았다. 그는 그의 생활을 충실히 하면서 자기 삶을 살아갔다. 다행이었다. 우리 집에 와서 밥 먹는 일도 거의 없었다. 아빠에 대한 호의적 감정으로 둘은 가끔 만나서 음식을 즐길 뿐이었다. 그래도 둘은 좋은 유대관계를 가졌고, 그가 궁금하면 특사 형태로 그가 어떻게 살고 무슨 생각으로 있는지, 결혼 생각은 있는지 하는 것들을 알기 위해서 만나보라 했다. 그는 원래 뚱뚱이였다. 이제 거의 5개월 넘게 자기 삶을 살고 있는 그는 15킬로그램 감량을 했다. 나는 그에게 성공적 삶이라고, 훌륭하게 살고 있다고 말했다.

*

나는 내가 싫었다.

배 속에서 애는 서서히 자라고 있었다. 몸은 무거워 어기적거렸다. 식구들의 빨래는 늘어갔다. 세탁기가 있지만 시어머니는 그것을 싫어했다. 손으로 깨끗이 씻어 빠는 것을 고집했다. 친정어머니도 그랬다. 어른들의 고집과 당신들만의 세계를 침범하는 일에 대한 어깃장으로 보였다. 나는 학교 일에 충실해야 했지만, 시어머니는 집안일에 충실하길 바랐다. 나는 양쪽 다 최선을 다하려고 애썼다. 집안일은 해가 넘어가면서 익숙해졌다. 집안일에 익숙하면 할수록 해야 하는 일이 보였고, 쉴 수 있는 시간이 없어졌다.

나는 나의 허드렛일에 불만이 일어났다. 내가 열심히 공부해서 이렇게 허드렛일을 위해, 허드렛일만 하다가 생을 마감하려 한 것은 아니었다. 그 당시엔 못 살고 못 배운 사람이 많았다. 그 가난한 사람들 중 남의 집살이로 밥 얻어먹고 아기 돌봐주며 살아간 아이들도 많았었다. 그런데 나는 그들과 똑같았다. 열심히 집안일 해주고 열심히 돈 벌어서 시어머니의 통장으로 입금해줘야 하는 사람일 뿐이었다. 내 안의 나는 이런 것이 아니라고 부인했다. 나는 나를 죽이는 인생을 살고 싶지 않았다.

그런 생활이 계속되면서 세월은 지나갔다. 다시 새해가 돌아왔고 나는 그대로의 생활 속에서 새 생활이 만들어지기를 바랐다. 음력 정월이 다가왔다. 양력은 이미 벌써 새해가 지난 지 한참 됐다. 구정 설이 막 돌아올 때쯤 큰딸이 태어났다. 병원에서 태어났다. 남편은 어느 날 자기 아기를 보고자 휴가를 왔다. 그러나 시어머니는 아기를 못 만나게 했다. 그의 생각으로 부정 타서 안 된다 했다. 나는 그를 이해할 수 없었다. 아기를 낳고 나는 친정으로 옮겼다. 생활이 편안했고 마음과 몸도 편안했다. 나는 편안한 마음으로 아기를 친정에 맡기고 학교를 다녔다.

시어머니는 아기를 예뻐했다. 당신 큰아들과 똑같은 붕어빵이라 더 예뻐했다. 그러나 그는 아기 봐주는 일은 거절했다. 그는 사돈이 봐야 한다고 주장했다. 그는 딸이 없었는데 손녀가 생겼다고 즐거워했다. 내가 친정에 살아도 내 월급은 그의 통장으로 가야 했다. 부당한 생활 패턴이 그에게는 정당했고 그의 생활방식이 그에게 옳았다. 그런 사고방식은 내 머릿속을 새하얗게 만들었다. 잘못된 그의 방식을 옳은 것으로 받아들이는 것에 대해 나는 나를 죽였고, 스스로 죽어갔다.

나는 서서히 말라갔다. 10킬로그램 이상이 줄어들었다. 친정엄마는 내가 안타까웠다. 큰동생이 이미 죽었고, 말라가는 큰딸이 죽을 것만 같았다. 중매를 선 남편 친구도 동료 교사로서 나를 걱정했다. 그 후 어느 날 남편은 남쪽 바닷가 부대로 전근 가면서 나와 내 딸, L을 데리고 그곳으로 이사 가버렸다. 그곳은 따뜻했다. 몸과 마음이 편안했다. 쌀이 없어도 좋았다. 나를 죽이는 부당함과 직접적으로 싸우지 않아 좋았다. 햇빛은 찬란했다. 공기는 신선하고, 세상 모두가 분홍빛으로 빛났다. 진정한 삶의 빛은 자유였다. 자유는 내 안의 모든 찌꺼기를 사라지게 했다.

해가 중천에 뜰 때까지 집에서 아이와 놀았다. 현관문을 열고 나갔다. 짙은 비릿한 바닷가 바람이 불어왔다. 바람은 흐느적거리며 내 몸을 품었고, 나를 감싸서 날아갔다. 스며든 봄바람은 내가 살던 바람과 분명 달랐다. 모두가 새로웠다. 우리가 세 얻어 사는 집은 새로 건축한 새 집이었다.

그 동네에 비슷한 집이 3채가 있었다. 아마 건축업자가 지어서 팔았던 것 같다. 주변의 다른 집들은 낡고 후미진 집이 많았다. 집집마다 정원은 크고 넓었다. 이곳은 옛날에 일본 사람들이 많이 살았었다. 그들의 지배를 받을 때 그들이 소유했던 집이었다. 겉은 나무로 된 일본식 집이고, 정원은 꽃과 나무가 어우러졌다. 나는 아이를 업고 동네 한 바퀴를 돌았다.

현관을 거쳐 대문을 나가면 골목이 나왔다. 골목길을 따라 내가 사는 집 비슷한 이층집 2채가 나란히 서 있고, 한 채가 골목집 끝을 막았다. 우리 부엌의 창을 통해서 뒷집 마당과 집 안채 현관, 2층 베란다가 보였다. 골목 안채 새 집은 마당에 있는 잔디가 보였다. 골목길을 따라 한길에 나서면 한길 옆에 작은 가게가 있었다. 가게 앞에는 들마루가 놓여 있는데, 동네 사람들이 그곳에 들러 노닥거렸다.

나는 그곳에서 찬거리를 샀다. 가게 주인은 친절과는 거리가 멀었다. 자존심이 강하고 자신의 에고를 강하게 드러내며 나를 짓누르는 어떤 심리적 덩어리를 얹었다. 푸근하고 달달한 구멍가게의 따뜻함이 없었다. 식료품 가격도 꽤 비쌌다. 그는 연배가 50대 초반, 그의 딸이 숙대를 다녔다. 그는 딸이 다니는 숙대가 자기가 다니는 곳인 것처럼 말했다. 그에게 훌륭하다고 말했다. 그 후로 그곳을 들르는 일은 드물었다. 그곳에 가끔 들러 들마루에 앉아 있는 사람들끼리 말이 오갔다.

어느 중년 아줌마가 자기가 왕년에 술집 작부였다고 말했다. 그는 한때 즐거운 시절이 있었다. 배가 들어오는 날 뱃사람이 술집에 가득했고, 돈이 많았다. 술을 팔았지만 돈과 뱃사람이 가득해서 성황을 이뤘다. 그 시절이 그리웠다. 지금 그는 가정주부였다. 나는 그 동네를 이해할 수 없었다. 숨겨야 할 술집 작부라는 과거를 그대로 말하는 것도 우습고, 그런 여자를 아내로 삼은 남자도 이해할 수 없었다. 내가 전에 살던 곳에서는 그런 일이 있을 수 없었다.

*

뮌헨에서 프랑크푸르트로 가는 기차를 탔다.
태양이 찬란했다. 기분은 편안하고 평화로웠다. 헝가리에서 내내 불안하던 감정이 이곳에서 맑게 씻어졌다. 그리고 헝가리가 생각났다. 그곳에서 일어난 일들로. 외국인에게 무조건 돈을 뜯어내려는 승무원의 무례한 행동, 어둠이 묻어 있는 검은 회벽의 작은 아파트, 무거운 철재 현관문의 삐걱거림, 금방 쳐들어올 것 같은 사회적 회색 분위기 등이 나를 항상 공포로 몰아넣던 것들. 어쩌면 공산주의 국가에서 탈바꿈한 자유주의 국가 형성이 10년이 채 안 됐기 때문일 거라고. 그래서 아직도 공산당들의 지배적 경향이 그 사회를 계속 유지해온 것으로. 시가지 전체가 활기차지 못했지만, 어둠을 걷어내는 작업을 계속적으로 곳곳에서 실행하고 있던 것 등. 그런 것을 벗어나게 한 것은 아마 시내 중심가를 흐르는 도나우 강이 그 나라 국민과 그 시가지에게 어떤 도움을 주었기 때문이 아닐까?

도나우 강이 서울의 한강과 같던 점. 마음이 후련하고 우리에게 심리적 안정과 평화를 주던 일. 시가지에서 그 강다리를 건너면 '부다 왕궁'과 '켈레르트 언덕'으로 오르던 장면. 그곳에서 보이는 도나우 강. 그 강에서 시원한 강바람이 솔솔 불어오던 기억. 시가지가 한눈에 들어왔다. 우리가 가는 곳 어느 곳에나 사람들이 없어서, 아무 거리낌 없이 왕궁 담벼락에 기대어 서서 우리 동네 놀러온 사람마냥 놀며 장난 치던 기억들이 생각난다.

기차 창밖은 태양이 찬란했다. 넓은 들은 황금 밀밭이 가득했다. 파란 채소밭도 함께 붙어 있었다. 듬성듬성 가로수가 밭 사이 경계를 말해주었다. 농가들이 한가로이 옹기종기 모여 있었다. 우리가 탄 이 차가 마지막 열차였다. 지친 여행이 이제 내일로 끝이었다. 아쉬움이 많이 남았다. DB라 적혀 있는 독일의 마지막 기차가 독일인의 완벽함을 말해주었다. 다른 지역 철도는 자리를 예약하지 않고 좌석을 차지하면 우리 좌석이 됐는데, 독일은 그러지 못했다. 독일은 모두가 예약해야 했다. 예약을 하지 않으면 미리 예약한 사람에게 교차 지역에서 자리를 내주어야 했다. 우리 아이들은 좌석이 비어 있어도 감히 앉을 수가 없었다. 어느 좌석이 예약되지 않았는지 알 수 없었다.

프랑크푸르트에 도착했다. 그 도시는 작고 예뻤다. 그렇다고 아주 작은 도시는 아니었다. 중심 시가지에는 화려한 백화점이 있었다. 주변에는 여러 가지 상품들이 진열된 상점들로 가득 찼다. 시가지를 따라 걷다가 다리를 건너 작센하우젠 지역으로 갔다. 그곳은 조용하고 쉬기 편했다. 라인 강줄기가 흐르고 강가에 위치한 숙소 하우스 데어 유겐트 유스호스텔 (Haus der Jugend YH)은 깨끗해서 우리 맘에 들었다. 밖에는 숲과 강이 어우러져 있었다. 젊은이들의 즐거운 소리가 곳곳에 가득 차 있었다. 강 따라 줄지어 선 가로수가 환상이었다.

가로수는 한국의 플라타너스와 똑같았다. 나무가 우람하고 거대했다. 강물은 탁했다. 그 강물 주위에서 사람들은 일광욕을 했다. 우리가 마지막으로 들른 박물관과 미술관은 휴관으로 보지 못했다. 몇몇 미술품만 감상했다. 우리는 주변을 둘러보며 서서히 여행의 마무리를 해야 할 것 같았다. 지겹고 힘든 과정도 많았지만, 세계사를 공부한 학창시절의 꿈을 실현했다는 49잔치를 나 스스로 뿌듯해하고 기뻐했다. 해가 서서히 기울었다. 무엇인가 나만의 숙제를 했다는 사실이 기뻤다. 이제 편안한 마음으로 잠자리로 들어갈 것이다.

이튿날 마지막 비행기를 타기 위해서 프랑크푸르트에서 아침 식사를 마쳤다. 곧바로 짐을 멨다. 전철역으로 갔다. S, U 두 종류가 있었다. 시각이 달리 표기될 때마다 제각기 다른 전철이 도착했다. S의 8, 9라인이 우리가 타야 할 전철이었다. 시간표에 맞추어 전철을 타고 공항에 도착했다. 한국 공항에서 함께 타고 왔던 학생들을 만났다. 그곳에서 함께 탔다. 다시 이스탄불에서 서울행 비행기로 갈아탔다. 한국인으로 빽빽이 붐볐다. 그리고 아쉬움을 남기고 한국으로 돌아왔다. 어쨌든 우리는 6월에 떠나서 8월에 왔으니, 한 달 보름을 외국에서 보낸 뿌듯한 내 인생의 기록이 됐다.

*

나는 요즘 글쓰기를 즐긴다.

그동안 내가 대충 써놓았던 것을 기록하고, 그 기록을 즐기며 살아온 추억을 생각하며 기뻐했다. 내가 이렇게 살았었지, 그렇게 살면 안 되는 것이었는데…, 등을 생각하고 반성하는 것이다. 오늘 우연히 TV를 봤다.

어느 작가가 말하는 중에 어른들은 모이면 싸운다고. 왜 싸우는가를 생각했는데 분배의 문제 때문이라고. 그것을 듣고 생각했다. 그런 것 같았다. 나의 테니스 모임 회원들도 많이 싸웠다.

그의 원인도 그렇게 보였다. 회원 1, 회원 2, 3, 4, 5, 6, 7, 8 등은 서로 만나면 욕했다. 부조금을 조금 냈다느니. 장부에 기록할 수 없는 너무 적은 부조금을 부끄러워서 어떻게 낼 수 있느냐는 둥, 누구는 한 번도 밥을 안 사고 얻어만 먹는다는 둥. 또 누구는 자기가 좋아하는 술만 고집한다고. 또 누구는 제가 하면 낭만으로, 남이 하면 불륜으로 본다고. 회원들은 그렇게 만나면 싸웠고, 또 만나면 뭉쳤다. 남자들은 그 동네가 이상한 나라라 했다. 남성들은 그렇게 한 번 싸우면 영원이 헤어져서 상대편을 보지 않을 것이라 했다.

*

옆집 A 엄마가 처음으로 시댁에 인사 갔을 때,

며느릿감을 위해 대접하려고 나온 커피는 커다란 국그릇 가득 담겨 있었다. 그는 시어머니가 미안해할까 봐, 아무 내색 없이 그 커피 국을 다 마셨다. 그 후 그들은 결혼했다. 그는 불량한 부양가족을 부양해야 했다. 우선 가출해서 흩어진 시누이들을 잡아다가 학교에 입학시켰다. 그는 학부형 역할을 자처했다. 그들은 글자를 몰랐다. 그는 글자를 가르쳤고, 중고등 학교에 입학시키고, 졸업시켰다. 부모는 무능해서 그들의 일상을 돌봐야 했다. 시아버지는 평생 무능력자였다. 그는 노쇠 현상으로 뇌기능이 축소되어 일상의 생활이 불가능했다. 그는 장애자였다. 옆집 아줌마는 생활비, 병원비를 담당했다. 아무런 불평 없이 자기의 인생에 적응해 온 그는 분명 천사표였다.

어느 날 옆 동에 사는 품위 있는 사모님과 길 가다 만났다. 그 사모님이 A 엄마를 보고 깍듯이 인사했다. 나는 그에게 물었다.

- 웬 높으신 사모님이 인사를 합니까?

- 아, 예. 복잡합니다. 그 사모님 집에서 우리 시어머니가 오랫동안 파출부 일을 해줬어요.

- 그런데?

- 그 사모님은 우리 친정 쪽과 가까운 사이입니다. 친정의 큰아버지가 그 지역 가장 큰 종합병원의 원장입니다. 그 큰아버지와 사모님네가 가까운 사이입니다. 그 사모님네는 우리가족과도 잘 알고 만나는 사이였습니다. 그런데 자기가 결혼하고 보니 그 집은 시댁을 거꾸로 부리던 처지였고, 우리 친정은 오히려 그쪽에서 높이 우러르며 도움을 받은 처지였습니다. 그래서 나를 높여줘야 하는 입장이 아니겠습니까? 그러다 보니 지금은 그 사모님이 어중간하게 입장을 보일 수밖에 없습니다. 그리고 시어머니가 파출부로 일할 때, 학비가 모자라면 월급을 차용해서 주기도 하고 보태주기도 해서 남편이 공부했다더군요. 요즘도 가끔 집안 행사로 만나게 되는데, 그 사모님은 나를 볼 때는 존대, 남편네 쪽을 보면 하대하다가 수정합니다.

- 오묘한 관계가 되었군요.

A 외할머니, 외할아버지는 두 분이 선생님이셨다. 외할아버지는 돌아가셨다. 외할머니는 교회의 권사로서 열심히 일하셨다. 딸 셋 모두를 일류대학에 보냈다. 큰딸은 미국에. 둘째가 A네 엄마다. 셋째는 수학 선생. 셋이 자라면서 많이 싸웠다. 그중 학비 싸움이 컸다. A네 엄마는 아르바이트를 해서 학비를 벌었다. 언니는 언니대로 장학금으로 학비를 마련했다. 막내는 융자 내서 학비를 충당했고, 그 융자를 자기가 갚지 않고 식구들의 도움을 받아 갚았다.

A네 엄마는 아르바이트를 열심히 했다. 그리고 그는 옷을 샀다. 그 새

옷은 동생이 몰래 먼저 개시했다. 그는 뚱뚱해서 자기 옷을 망가뜨렸다. 그런 일은 많았고, 그 일은 수시로 벌어졌다. A네 엄마는 그래서 동생과 많이 싸웠다.

*

나는 내가 글 쓰고 싶을 때 쓰면서 즐기고, 기뻐했다.

그러나 언제 다시 읽으면 너무 재미없고 지루했다. 나는 왜 쓰는가? 남이 이것을 읽기나 하겠는가 하는 생각을 하면 과연 써야 할지? 의문이 갔다.

딸인 S는 말했다. 캐릭터를 정해서 새롭게 쓰라고. 그러나 나는 그런 것이 싫었다. 어차피 캐릭터에 개입되는 것은 나만의 나를 그 속에, 창조물 속에 겉옷을 입히는 것이 아니겠는가?『인생을 바꾸는 기적의 글쓰기』(김병완)에서 말했다. 무작정 그치지 말고 쓰라고…. 남의 흉내 내지 말고 나만의 것을 쓰라 했다. 그런데…:

*

전화는 일요일에 길거리 전화박스에서 맏아들이 해야 하는 첫째 임무였다.

- 어머니 저예요.
- 응, 너가 장남인데 넷째 학비를 대야지, 네가 사람이가? 다른 집들은 모두가 장남이 학비 댄다 하드만, 넌 장남이 돼서리. 어째 아무 말이 없느냐?

시어머니는 탁하고 위협적인 말투로 장남인 남편을 몰아붙였다. 목소리가 탁해서 전화박스 사이로 소리가 밀려나왔다. 나는 그 어머니가 무서

353

웠다. 그의 낮고 고압적인 말투로 아들을 휘어잡는 소리가 뼛속을 후벼 팠다. 나는 그 소리를 듣지 않으려고 멀리 뒤로 돌아 전화박스에서 떨어졌다. 멀리 남편이 전화박스에서 나왔다. 얼굴이 바위처럼 굳고 몸이 무거워 보였다. 나는 아기를 업고 한길 가를 걸었다. 봄기운이 가득 찼다. 꽃망울이 터져갔다. 바닷바람은 아직 차가웠다.

우리는 말없이 걸었다. 속으로 검은 덩어리가 무겁게 짓눌렀다. 나는 봄기운을 호흡하며 내 안의 어둠을 밖으로 내보내려 애썼다. 무작정 한길을 걸었다. 봄기운을 찾아 행락인들이 공원 쪽으로 몰려갔다 그 뒤를 쫓아 우리도 따라갔다. 서서히 갇힌 기분들이 사라졌다. 봄의 향기와 바다에서 불어오는 비릿한 향기, 멀리 보이는 바다가 내 마음을 편하게 해주었다. 그날 저녁 남편은 한숨을 못 잤다. 넷째 아들의 사립대 학비는 남편의 1년 치 봉급보다 훨씬 많았다. 그의 머리로 그 학비를 마련할 수 없었다. 그가 고민하는 것을 보니 딱했다. 나는 그에게 말했다.

- 우선 친정에서 빌려와요. 나중에 돈 모아서 갚아요.

시어머니는 맏아들에게 강압적으로 밀어붙이고, 그것이 효도의 길이라고 강조했다. 어떻게 하든 그는 시어머니 말을 따르고 복종하는 아들이었다. 나의 말에 자존심이 상했지만 그에게 해결할 방법은 없었다. 그는 말없이 몇 날 며칠을 고민하고 또 고민했다. 그는 말을 못 했다. 속에서 끙끙 앓았다. 시어머니는 막가파였다. 시어머니가 죽어라 하면 죽는 시늉이라도 해야 했다. 다섯 모두 시어머니가 잘 길들인 아들들이었다. 그런 면에서 시어머니는 뛰어난 사람이었다. 그 당시엔 아들들에게 쩔쩔매며 아들들의 말을 들어야 살 수 있는 어머니들이 너무나 많았다.

남편은 곧게 자란 나무였다. 그는 자기 가지가 옆으로 뻗어서면 자기 스스로 자기 몸을 잘라냈다. 그는 강하게 곧은 것만 자기 몸이 되게 했다. 그의 몸체를 만든 어머니에 대해 그는 오로지 어머니의 몸이 되게 했다. 어머니가 회초리를 가하면 그는 그것을 오로지 받을 뿐이었다. 옳든 그르든 모든 것의 책임은 그의 것이 됐다. 어머니는 어머니라는 이름으로 자신의 심리 상태에 따라 가해자가 됐다. 심리 상태는 항상 요동을 쳤다. 나는 그의 심리 상태가 불편했고, 그의 눈치를 보고 살았다. 나는 그를 보면 얼음이 됐다. 그는 나를 또 다른 경쟁자로 보았고, 나를 그의 아들처럼 만들려 애썼다.

결국 나는 친정에 궂은 소리를 해서 학비를 빌려 시댁으로 보내주었다. 일단 시댁 일은 마무리가 됐다. 한숨을 놓고 편안한 마음으로 돌아왔다. 그런데 그 사단은 이랬다.

어느 날 갑자기 시어머니가 우리 집을 방문했다. 결혼할 때 사간 장롱과 전자제품, 그 밖의 모든 물건들은 새 것이다. 시댁이 비좁아 꽁꽁 묶였던 것들이 펼쳐지니, 신상품이 진열된 잘사는 집이 된 것이다. 20년 이상 묵은 그의 살림과는 비교가 될 것이다. 경쟁자가 된 그는 배알이 꼬였다.

그는 참을 수 없었다. 그의 눈에 우리는 너무나 재미있게 잘살았다. 경제적 빈곤으로 당신에게 구걸하기를 바랐었는데? 우리가 화려하게 너무 잘살고 있는 것이다. 그는 심통이 났다. 그는 나를 고통 속에 넣어야 했다. 집으로 돌아가자마자 그는 맏아들인 남편에게 통보했다. 넷째 동생 학비를 장남인 네가 책임져야 한다고 경고했던 것이다.

이미 몇 년간 번 내 월급은 시어머니의 통장으로 입금됐다. 우리가 살림났을 때 그 돈으로 셋집을 얻었을 것이다. 그런데 그렇게 막무가내로 시동생 학비를 요구하는 것을 나는 이해할 수 없었다. 그 후에도 우리는 보이지 않는 그의 요구를 들어줘야 했다. 보충수업과 과외수업으로 모아둔 돈은 솔솔 빠져나갔다. 서서히 경제적 압박으로 나는 새롭게 태어나기 시작했다. 그동안 돈의 중요성을 몰랐다. 주어진 대로 살면 되는 것으로 여겨왔다. 시어머니는 요구하는 게 많았다. 그는 남편에게 일주일에 한 번씩 부모 안부를 물어야 한다고 강요했다. 남편은 일요일마다 공중전화박스에 가서 문안 인사를 했다. 비가 오나 눈이 오나 그는 전화했다.

그는 지금도 어김없이 일요일에 시어머니에게 전화한다. 이제 40년이 되어간다. 나는 어느 때 남편이 불쌍하고 안됐다. 어머니로부터 자유가 없다는 생각이 들었다. 그 일은 어머니나 당신이 죽어야 끝날 일인 것이다.

그 당시 어머니는 50대 초반이었다. 공중전화 박스에서 남편은 전화를 했다.

- 그래, 너냐?

전화 신호가 가면 그의 목소리는 죽어갔다. 쉰 목소리로 탁한 소리를 냈다. 금방 죽었다 깨어난 소리였다. 어쩔 수 없이 너를 위해 전화를 받는 것이라고, 그의 끈적인 피곤한 소리로, 다 너 때문에 그렇다는 말투였다.

- 어머니! 어디 편찮으십니까?

그는 더욱 죽어가는 소리를 내며

- 응- 끙- ㄲ-으-응. 위장이 아파서.

그는 10분 이상 아들을 붙잡고 호소했다. 순진한 아들은 어머니가 금방 죽을 것처럼 안쓰러워서 어쩔 줄을 몰랐다. 그가 무서운 것은 무서운 것이지만, 아파하는 그가 나도 애처로웠다.

*

세월은 빨랐다.

내가 이제 시어머니 자리에 와 있으니 말이다. 오늘 아침 친구가 전화했다. 자기는 우울하다고. 그의 시어머니는 95세. 결혼하고 평생을 모셨다. 그는 항상 바빴다. 이젠 더 바쁘다. 엊그제 사위가 외국으로 발령받아 가버렸다. 사위가 간 자리를 친구가 메꾸어야 했다. 그의 딸도 같은 회사에 다녔다. 아기 보는 아줌마가 폐렴에 걸렸다. 그래서 입원했다. 그는 손자를 봐야 했다. 손자는 수시로 딸과 친정으로 왔고 자기 집으로 갔다. 그는 그들을 돌봐야 했다. 그는 자책했다.

- 내가 딸을 잘못 키운 것 같다. 딸애는 손끝도 움직이지 않는다. 나는 너무 힘들다. 그래서 딸애에게 초밥을 사오라 해서, 사온 초밥을 먹었다.

- 잘했다. 이제 네 몸을 보호해야 한다. 네가 아프면 그들이 널 도와줄 수 없다.

- 나는 슬프고 우울했다.

친구가 말했다.

- 너 너무 늦게 우울증상이 왔다. 그 현상은 10년 전 50대 초반에 왔어야 한다.

- 너무 늦은데 정상이다. 너무 힘들어서 그렇다. 구십 노인도 돌보랴, 아들 며느리도 돌보랴, 그러니 딸네까지 돌보는 건 무리다.

- 먹는 것은 대충 사먹어야 한다. 그것이 네 몸을 보살피는 것이다.

그의 하소연은 길어졌다. 우리의 삶을 자식들한테 저당 잡히는 형국을 우리는 막아야 했다.

*

어제 저녁 식구끼리 식사 모임을

우리 집에서 하자고 제안했고, 그러기로 약속했다. 나는 저녁식사 준비를 했다. 허리 통증으로 모임을 그동안 가질 수 없었다. 훈제 연어와 쇠고기 볶음. 각종 야채에 싸먹으면 됐다. 오이 달래 무침, 콩조림, 두부조림으로 밑반찬을 했다. 밑반찬은 딸들에게 따로 싸서 챙겨줬다. 술도 각자 달랐다. 맥주, 소주, 와인, 막걸리. 취향과 몸 상태에 맞는 것을 각자 알아서 선택했다. 밥 먹으면서 큰애와 작은애는 서로 날카롭게 공격했다. 나는 불편했다. 큰애가 가는 테니스 모임이 좋지 않다고 작은애가 콕 찔렀다.

- 여의도 모임은 20대에 만난 곳이라 순수한 편이다. 그들은 내가 결혼한지 몰랐다 했다. 7살짜리 아들을 데려갔더니 놀랐다. 그곳은 결혼한 자들은 여벌로 쳤다.

- 언니가 결혼한 것 다 알고 있는데 뭘.

- 새로 들어온 사람들은 몰랐다.

- 그곳은 좋지만 적절하지 않은 곳이다.

- 나는 그곳 사람들이 내 회사를 이용해 여행도 많이 가주고 해서 좋다.

- 이쪽 모임은 좋은데 사업상은 도움이 되지 않는다.

둘의 말은 날카로웠다. 서로를 찌르고 상처를 주며 감정이 격해졌다. 나는 그들에게 말했다. 큰애를 지적하며 너도 맞고, 작은애에게 너도 맞는다고 했다. 서로 상대방을 참견하지 말고 각자가 알아서 해라. 일시적으로 잠잠해졌다. 같은 형제이면서 둘은 경쟁자가 됐다. 그동안 둘은 별 탈 없이 잘 어울려 살았다. 함께 여행사를 하며 오순도순 살았다. 언니가 아기를 둘 낳았고, 동생은 이모로서 그들을 사랑했다. 그들에게 이모는 최고의 놀이 친구였다.

동생은 언니의 그림자처럼 살았다. 둘은 운동하며 모였다가 헤어졌다 하며, 테니스 동아리에서 자매로서 활동했다. 함께 대회에 나가서 준우승을 했다. 상금도 탔다. 그렇게 그들은 사이좋은 멤버가 됐다. 이제 그들은 뭔가 틀어져가는 조짐이 보였다. 근원은 서로의 경쟁자에 대한 어떤 욕심으로 보였다. 동생이 아직도 결혼 못 한 것에 대한 불쌍함보다, 자기가 이미 사랑스러운 아들과 딸을 가졌다는 자기만의 만족감으로 일어나는 교만함이 오히려 자만으로 빠지게 하는 것으로 보였다.

그에 비해 동생이 지금 연애 중인 청춘사업을 그가 관장할 수 없다는 것도 문제가 될 수 있었다. 그는 욕심이 많았다. 그의 밑에서 오랫동안 함께했기 때문에 그를 관장하고 싶은 것이 많았을 것이다. 그런데 전혀 상관없이 동생이 청춘사업을 하는 것이다. 그것이 어떤 배신감을 불러오는 것으로 보였다. 그가 알고, 아는 사람 중에 청춘사업이 일어날 것이어야 맞는데, 전혀 엉뚱한 사람과의 연애에 참을 수 없어하는 짜증으로도 보였다.

나는 그들의 감정싸움을 봤다. 그들의 싸움은 이미 형제들이 겪었고, 앞으로 겪을 일인 것이다. 이미 큰애에게 경고 메시지를 휴대폰 문자로 오래 전에 보냈었다.

- 애야, 너 동생이랑 별반 친하지 않은 것 같더구나. 엄마 친구 영희 아줌마 형제가 여섯 명이었다. 딸 넷에 아들 둘이었다. 그들은 모두가 각자였다. 영희 엄마는 형제들이 우애가 없어서 걱정이 컸었다. 그래서 영희 엄마가 죽으면서 우애가 좋아지라고 화목회를 만들어주고 죽었다. 영희 아줌마 형제들은 결국 화목하지 못했다. 그 후 영희 아줌마는 유방암에 걸렸고, 오 년 후 어느 날 아줌마는 죽었다.

영희 아줌마의 아들과 딸은 이모와 삼촌들이 누군지 모르고 엄마와 함께 사라졌다. 그들을 보면 딱하고 불쌍했다. 난 너희들이 그러지 않기를 바란다. 엄마 형제같이 사이좋게 오순도순 살아가면 좋겠구나. 너희 친가 삼촌네처럼 형을 남 보듯이 그렇게 살지 않았으면 좋겠다. 동생은 언니를 위하고 언니는 동생을 보듬는 그런 삶으로 행복하게 살았으면 좋겠다.

*

스프링 노트를 3권 샀다.
독서실에서 잠시 나를 치유하는 일을 하고 싶었다. 그 당시 나는 파리 목숨과 같았다. 나의 직업은 대학 시간강사였다. 학기가 바뀔 때마다 가슴은 뛰었고, 내가 살아남을 것인가를 고민했다. 학교에서는 교수평가로 사람을 힘들게 했다. 주임교수에게 아부 아닌 아부로 나를 선처해달라고 목을 맸다. 나이 어린 주임교수들은 목에 힘을 주었고, 나이 많은 선배 강사의 눈치를 보며 그들이 조용히 물러서기를 바랐다. 그들이 담당하기 불편하고 시간이 좋지 않은 것들은 내 차례가 됐다. 나는 그것이 고마워 밥을 사고, 선물을 샀다.

매 학기마다 나는 이번 학기는 잘될까 고민했다. 그해 내 나이도 막바지에 이르렀다. 육십이 넘었으니 그것도 당연하다 여겼다. 조교가 전화해서 어느 요일, 어느 시간이 비어 있는가를 물어왔을 텐데 그렇지 않았다. 갑자기 심기가 불편했다. 소식은 오지 않았다. 아무래도 소식은 올 것 같지 않았다. 아마 잘리려나 보다고 생각했다. 그래 후배 강사를 위해서 잘려줘야 할 것이라고 나 스스로 위로를 했다. 진정으로 소식이 없으니 마음이 허하고 슬펐다. 그래, 강사비 없어도 먹고 살 수 있다. 마음은 계속 언짢았다. 이제부터 새로운 무엇인가를 만들어야겠다고 다짐했다.

4시간 수업을 위해 나는 많은 시간을 희생했다. 아침 새벽부터 저녁 10시까지 했다. 오전 수업 2시간, 야간 수업 2시간이 그랬다. 엄밀히 얘기하면 그것은 비생산적이었다. 그렇지만 이 나이 든 나를 써준다는 사실에 무척 고마워했다. 무언가 할 수 있는 일이 있음에 감사했었다. 이번에 잘리니 서러움이 생겼다. 안타깝고 불안증이 일어났다. 서서히 죽음이 가까이 오고 있다는 생각과 얼마 남지 않은 인생이 보였다. 내년이면 또 다른 대학도 잘릴 것이고, 또 언젠가는 디지털 대학도 끝날 것이다.

이제 서서히 슬퍼질 날이 많아지고 허한 마음을 잡기가 힘들 것이다. 남은 인생을 어떻게 보낼 것인가를 생각했다. 그림? 농사? 음악? 예술? 나와 관련된 일은 없었다. 내가 즐기고 행복하면서 살 수 있는 일은 없었다. 그동안 살아온 경력으로 보아 그중 책 읽는 일이 쉬울 것이다. 그렇다면 글쓰기는 좀 나을 것으로 보였다. 어떤 식이든 그냥 써내려가는 것이다. 우선 나만의 공간을 만들어서 나만의 생각을 정리해보는 것이다. 그동안 너무 바쁘게 앞만 보고 나갔다. 나는 학교의 학과 과정 속에 내 삶을 얹어 살았던 것이다.

*

시어머니의 전화는 우리의 몸속으로 그의 고통을 몰아넣었다.

그는 항상 그의 고통을 만들어냈다. 그는 그의 고통을 호소했다. 아들 1, 2, 3, 4, 5는 어머니의 고통을 짊어지려 애썼다. 단지 그에게 그 고통은 아들들을 그의 손아귀에 휘어잡는 방법이 됐다. 그는 하루에도 열두 번 낯빛이 바뀌었다. 그가 즐거우면 우리 모두가 즐거웠다. 그에게 심통으로 일어난 고통은 우리 모두에게 고통이 됐다. 그의 기분에 따라 식구들은 갰다가 흐렸다가 했다. 그의 기분에 따라 움직여주는 것이 그에 대한 가족의 효도였다.

나는 시댁의 가족에게 적응하려 애썼다. 그러나 내가 애쓰는 것과 달리 그들의 생활방식은 나에게 맞지 않았다. 한쪽으로 편향된 시어머니 방식이 못마땅했다. 그 당시 생활 구조가 그랬다. 대부분 일반 가정은 시어머니 아니면 어머니, 아버지가 생활의 중심이 됐다. 나는 무작정 시어머니 편으로 모두가 무조건 복종하는 것이 싫었다. 아들 1에서 아들 5까지 모두가 한결같이 어머니에 대해 헌신적이었다. 나는 그들이 미웠다. 옳고 그름이 없는 것이 싫었다.

시어머니는 파티를 좋아했다. 그들은 특히 불고기를 좋아했고, 안주삼아 소주를 한잔씩 곁들였다. 그리고 오랫동안 그들의 언어로 그들만의 말잔치를 즐겼다. 저녁상이 물리는 시각은 항상 밤 12시가 됐다. 나는 그들의 술잔치가 어서 끝나기를 바랐다. 끝나서 뒷설거지를 해야 나는 쉴 수 있고 새벽에 학교에 갈 수 있었다. 다달이 파티는 많았다. 생일, 입학, 졸업, 제사, 군 입대, 군 제대, 군 휴가 등, 식구가 많으니 잔치도 많고 음식 차릴 일이 많았다.

집안 살림에 달인이 된 시어머니는 일 자체를 즐겼다. 식구들이 행복하게 먹는 것 자체가 그의 행복이었다. 힘이 센 시어머니는 만사를 쉽게 만들고 쉽게 치웠다. 나는 비리비리했다. 학교 수업 8시간 하고 퇴근하면 파김치가 됐다. 만사가 지치고 힘들었다. 그가 벌린 일들은 내가 모두 닦아야 할 일들이었다. 지친 몸으로 밤 12시까지 상 물리기를 기다리는 것은 나의 고통이었다.

뜨거운 여름이 지나면 아들들은 만두 해먹자고 어머니를 졸랐다. 어머니는 신이 났다. 맛있게 만두 파티를 벌였다.

- 아들 1, 밀가루 반죽해놓은 거 치대라.
- 아들 2, 도래상 펴라.
- 아들 3, 채반 갖다놓아라.
- 아들 4, 만두 속이랑, 밀가루, 밀대, 도마를 갖다놓아라.
- 아들 5, 만두 만들면 채반에 차례대로 붙지 않게 옮겨놓아라.

시어머니는 도마 위에서 치댄 밀가루를 칼로 썰어서 한 입 크기로 만들고, 밀가루를 뿌려가며 홍두깨로 밀었다. 밀대로 민 만두피를 도래상에 올려놓았다. 아들들은 만두피에 속을 넣고 치마 주름 잡듯이 돌려가며 만두피 끝을 오므렸다. 만두 속은 부추와 돼지고기를 잘게 갈아 만든 것을 1:1로 넣었다. 그것에 갖은 양념, 파. 마늘, 생강, 양파, 소금, 후추, 참기름 등을 넣어 버무렸다. 비릿한 맛이 없게 참기름을 넉넉히 넣었다. 그는 삶을 때 주의할 점을 말했다. 우선 큰 양은솥에 물을 삼 분의 이가량 넣어 끓였다. 물이 끓으면 만두를 적당히 넣어 삶았다. 물이 끓어오르면 찬물을 끼었었다. 다시 끓어오르면 채반에 앉힌 만두가 결 따라 골이 져서 익었다. 골이 진 곳을 파란 부추가 만두피를 파랗게 물들였다.

잘 익은 만두는 옛날 스테인리스 냉면그릇에 담겨서 옮겨졌다. 한가득씩 담긴 만두를 아들들은 두세 번씩 먹었다. 나도 그 고소하고 쫀득한 만두가 그렇게 맛있을 수 없었다. 20대 아들들은 왕성한 식욕에 복이 차도록 먹었다. 그들은 움직이지 못할 때까지 먹었다. 조금이라도 움직이면 목으로 만두가 쏟아질 지경이었다.

시어머니는 만두가 힘이었다. 그만이 만족을 줄 수 있는 에너지가 됐다. 그의 부정적 말과 가시 돋친 말들은 아들들의 가슴속에서 만두와 함께 사라졌다. 그는 말하고 싶은 대로 말했다. 그는 자기 말이 상처가 되도 상관없었다. 그가 쏟아내는 말들은 악이든 선이든 모두가 옳은 것이 됐다. 그의 모성애로 만든 음식은 그의 자존심이었다. 상처 주는 말과 상관없이 그는 파티를 열었고, 아들들은 술을 마셨다. 파티가 끝나면 아들들은 모두가 효자가 됐다. 그가 누우면 모두가 눕고, 그가 걸으면 모두가 걸었다. 그의 몸에서 아들들이 이탈하면 그는 참을 수 없어 했다.

나는 그의 며느리였다. 그는 내가 그의 아들처럼 되기를 바랐다. 그의 아들들이 잘 숙련된 원숭이가 되듯이, 내가 그의 시종이 되는 상냥한 원숭이가 되기를 원했다. 휴일이 되면 그는 새벽에 일어났다. 새벽부터 먼지떨이를 들고 집안을 털었다. 아직 밖은 어둠이 짙었다. 나는 그의 모습 속에서 내가 그렇게 해야 한다는 걸 깨달았다. 그날부터 나는 휴일이 되면 새벽부터 대청소를 그와 같이 해야 했다. 휴일 해가 중천에 뜨면 그는 장독대를 닦고 모든 집안을 대청소했다. 그날 이후 나는 휴일 대청소로 몸이 저렸다. 그의 억지스러운 몸짓에 나는 그를 거부하게 됐다.

그의 헛된 자존심으로, 나를 눌러 부서버리려는 그의 행동은 나 스스로를 죽이는 길이 됐다. 나는 그의 허욕에 나를 팔고 싶지 않았다. 그가 하는 행동은 차츰 그를 나에게서 더 먼 곳으로 밀어냈다. 나는 그를 마음속에서 밀어내기 시작했다. 그가 시키는 일은 몸을 써서 열심히 했다. 그러나 마음은 그를 용서할 수 없었다. 그가 나를 부리는 일은 그의 꼼수로 보였다. 나는 그가 진실 되기를 바랐다. 그러나 그는 계속 나를 길들이기에 바빴다. 나는 그가 순수하기를 바랐다. 그의 꼼수가 보일 때 나는 그가 무서웠다.

*

봄은 일찍 찾아왔다.

이 작은 남쪽 바닷가 도시에 봄꽃이 만발했다. 봄맞이를 위해 동네 통장님은 동네사람들에게 부역하라고 통지했다.

- 웬 부역? 지금이 조선시대도 아닌데?

그곳은 그것이 의무라고 동네 아줌마가 귀띔했다. 동네 한가운데로 부역하러 동네 사람들이 다 모였다. 서로 인사하고 청소를 하며 낯을 익혔다. 나는 그때부터 서서히 동네 사람들을 알아갔다. 주인집을 제외하고 셋집을 사는 사람들은 아기를 가진 신혼집이 많았고, 비슷한 또래라서 금방 친해졌다. 양옥 2층에 사는 a네, 우리 집 동쪽 담을 서로 끼고 사는 아형과 b네, 서쪽 담을 끼고 사는 F네와 함께 사는 수건 쓴 아줌마네, 길 건너 독채 집의 긴 통자로 된 방을 가진 D네가 함께 모여 살았다.

내가 세 사는 집과 우리 집 뒤 양옥 2층 사는 a네 집, a네가 사는 집 담을 끼고 사는 양옥집이 그 동네에 새로 건축되어, 쌍둥이 집처럼 눈에 띄었다. 우리 집은 주인이 뱃사람이었다. 그의 부인이 2층에서 아들 둘을 데리고 살았고 1층 주인 세대를 우리에게 세를 주었다. a네 집 주인은 군무원이었고, 대가족이었다. 노 할머니에, 나이 든 주인아줌마, 아저씨, 다른 자식들이 살았다.

그 옆 양옥집은 우리 집 부엌 창을 통해 잔디가 잘 깔린 마당과 꽃밭이 보였다. a네 엄마는 그 집이 하사관 집이라고 말했다. 직급은 낮고 나이는 많은데 부유해 보였다. 수시로 수송차가 왔다 갔다 했다. 보급창 식품부 관리 쪽이라 들었다. 우리 집 현관문을 열면 앞집 방문과 화장실 쪽 문 속이 화단 너머로 그림자처럼 비쳤다.

아침이 되면 남편은 부대로 들어갔다. 주변 아저씨들도 모두 출근했다. 담벼락 위에서 동갑이기는 하나 우리애보다 7~8개월 빠른 b가 침을 질질 흘리며 우리애에게 손짓했다. 나는 애를 안고 담벼락 위로 가서 서로 손잡고 인사시켰다. 집안일을 대충 치우고 b네 집으로 모이라고 연락 왔다. 나는 부지런히 움직였다. 빨래하고, 청소하고, 정리정돈하고 옆집 b네로 달려갔다. 그곳에서 아줌마 부대는 '이바구'를 하고 애들을 봤다. 그곳에서 동네의 소문이 오갔다. 모르는 소문들은 잘도 퍼졌다.

F네 아저씨도 군무원, 그 옆집도 군무원이었다. 둘은 친했다. 집 한 채가 둘로 나뉘었다. 통자 방 2개에 부엌이 딸린 집으로 똑같은 모양이 두 개였다. 그것을 각각 하나씩 사서 쓰는 것이다. 그 옆집 아줌마는 우리보다 연배가 많아 보였다. 그는 항상 흰 수건으로 머리를 감싸고 얼굴의 눈만 보였다. 그를 나는 수건 쓴 아줌마로 불렀다. 그는 사람들과 내왕하지 않았다. 그는 F네만 오고 갔다. 그는 얼굴에 화상을 입었다. 그는 아이 낳고 빈혈이 심했다. 부엌을 통해 안방으로 들어서는 방문에서 그는 아기 낳고 엎어졌다. 그때 뜨거운 물이 끓고 있었는데, 그는 얼굴에 화상을 입었다.

가끔 그의 얼굴은 수건 속에서 벗겨졌다. 나는 깜짝 놀랐다. 얼굴에 온전한 피부는 없었다. 눈코입을 구별할 수 없었다. 얼굴 표면에 일어나는 가죽과 심줄이 거미줄처럼 엇갈려서 해일을 일으키는 파도처럼 서로 엉켜서 잡아당겼다. 그는 꿈속에 나타나는 환영으로 보였다. 어떻게 그를 위로하며 이야기를 해줄 수가 없었다. 그는 자신을 잘 알았다. 누구와 마주쳐도 그는 외면했다. 그의 눈은 항상 땅 속을 팠다. 아무도 그를 알아볼 수 없었다. 알아본다 한들 그는 모른 채 지나갔다. F네 엄마는 착했다. 그의 입은 무겁고 질서가 있었다.

대문을 나가서 F네 엄마를 마주치면 자기 집에서 차를 먹자고 했다. 집은 소박했다. 방벽 주위에 매실주를 담아 벽 쪽으로 진열했다. 저녁때쯤에 F를 엎고 시장을 봤다. 그 집 아저씨는 군 소속이었는데, 군부대 여러 잡일이 그의 일이었다. 길 건너 D네 아빠는 해군 사관학교 나온 해군장교였다. 소위를 거쳐 중위로 다시 대위가 됐다. 그는 가족 중에서 유일하게 출세한 장남이었다.

해군장교 어머니는 갯가에서 조개와 미더덕을 잡아 팔았다. 그 어머니는 가족의 생계를 책임졌다. D네 엄마는 자기네 식구들에 대해 말하지 않았다. 그는 시댁 식구들과 갈등이 많았다. 그는 수시로 이사를 잘 갔다. 어느 때는 동쪽으로 이사했고, 또 어느 때는 서쪽으로 갔다. 몇 개월이 지나면 또 다른 곳에서 그들은 살았다. D네 아빠는 항상 바빴다. 항상 바다에서 근무 중이고, 멀리 오랜 동안의 출장도 많았다.

뒷집 2층에 사는 a네 엄마는 키가 작고 예뻤다. 그를 보면 똑똑 소리가 났다. 그는 아는 것도 많았다. 그는 매사 일이 빠르고 명쾌했다. 어리바리한 나는 그를 따를 수가 없었다. 그가 오라 하면 갔고, 어디로 가자 하면 그를 따라갔다. 어느 날 그는 나를 그의 집으로 초대했다. 그의 집에는 없는 것이 없었다. 작은 수입품 가게처럼 보였다.

방 찬장에는 중국 청나라 도자기 그릇인지 일본 도자기 그릇인지 알 수 없지만, 푸른색 도자기가 가득 찼다. 그곳은 박물관의 진열대였다. 그는 일일이 설명했다. 이것은 중국산, 저것은 일본산이라고. 그는 맛있는 잡채 요리를 도자기에 맛있게 담아 나에게 앉아서 먹으라 권했다. 갖가지 음식이 올라왔다. 나는 그가 만든 특별 음식에 놀랐다. 그는 못 하는 게 없었다.

그 집 아들과 우리 애는 개월 수가 비슷했다. 둘 다 아장아장 걸음마를 했다. a는 걸음마를 할 때 뒤꿈치를 들고 걸었다. 발에 문제가 있는지 발뒤꿈치를 바닥에 대지 못하고 걸었다. 그의 엄마는 아들을 다그쳤다. 발을 회초리로 두드렸다. 발뒤꿈치를 붙이라고 소리쳤다. 그러나 a는 뒤꿈치를 세워 올리고 걸었다. 그것이 속상해서 a네 엄마는 안달을 했다.

아침이 되면 남편들은 출근했고, 우리 집을 중심으로 담장 위로 소리가 났다. 특히 b는 끼득끼득 소리치며 우리 애를 불렀다. 우리 애는 벽을 짚고 걸으면서 b를 보고 손짓하며 반갑다고 좋아했다. b의 누나는 초등생이었다. 늦둥이 b가 태어난 것이다. b네 엄마는 헌신적인 한국형 어머니였다. 시댁에 무조건 헌신했다. 남편을 위해 모든 걸 바쳤다. 그의 남편은 도라지 무침을 좋아했다.

*

60살이 되는 어느 날 나는 시어머니로부터의 자유를 갈망했다.

집에는 아무도 없었다. 조용해서 책읽기에 좋았다. 좁은 공간, 불편한 자세는 나를 더 책 속으로 몰아넣을 수 있게 했다. 갑자기 작가 이외수가 생각났다. 그는 원시림 같은 폼으로 원시림 속을 만들고 글을 썼다고. 그는 5년 동안 방문을 X표로 철창을 세워 막았다. 그곳에서 쓰고, 먹고, 잠 잤다.

그의 방법을 통해 인간의 본성을 막아 자유를 억압하면, 내면의 세계를 탐구하는 특별한 능력이 생기는 것인가? 무한한 자유는 분명 새롭고 특별한 나만의 기쁨을 느끼게 할 것이다.

때마침 시어머니의 전화가 왔다. 그 당시 79세. 잠에서 덜 깬 텁텁한 목소리였다. 그는 너무 힘들어서 전화할 수 없는 사람인데, 간신히 나를 위해 전화한 사람이었다. 나는 전화해야 하는 며느리인데, 오히려 당신이 전화해주는 훌륭한 시어머니였다. 시어머니는 가냘프게 죽어가는 모기소리로,

- 나 아파 죽겠다.

그는 아픔을 호소했다.

- 어머니세요? 몸이 많이 편찮으신가 봐요. 많이 힘드셔서 어떡해요?

전화는 30년 넘어서까지 비슷한 내용으로, 비슷한 목소리 톤을 가지고 말해졌다. 그는 나에게 강압적으로 말했다. 내가 이 나이에, 밥 해 먹는 것은 아니라고. 넌 나를 잘 모셔야 하는 것이라고. 네 손에 밥 얻어먹는 게 소원이라고. 내가 오늘은 당장 죽을 것 같다고. 그에게 나는 항상 죄인이었다. 나는 잘못하는 큰며느리. 죄 많은 죄인으로.

그 후 새해가 되면서 그는 또 다른 막다른 억압으로 나를 죄인으로 몰아갔고, 가족들의 모임에서 내게 죄를 씌워 몰아쳤다. 나는 참을 수 없었다. 내 안의 내가 폭발해버렸다. 나는 내 정신이 아니었다. 삼십 년 이상 묵은 불덩이가 내 안에서 솟아올랐다. 나는 모두를 부셔버렸다.

- 너, 어미나 때문에 나 한숨도 못 잤다. 너 그럴 수 있느냐?

그는 속사포로 나를 혼냈다. 억양이 극에 달했고 나를 헌신짝처럼 패대기를 쳐댔다. 나는 참을 수 없었다. 내가 뭘 잘못했는지 나는 몰랐다. 나는 조용히 말했다.

- 나 그 집 며느리 그만하고 싶습니다. 이제 조용히 그 집 호적에서 빼주십시오. 조용히 혼자 살고 싶습니다.

그리고 전화기를 껐다. 이것으로 나는 시어머니와 나의 관습적 관계에 끝을 냈다. 그때부터 나는 그 집안의 모든 일에 무관심으로 일관했다. 그렇지만 시어머니는 당신이 필요한 자금 일체를 요구했고, 그 부분에 대해서 모두를 나는 책임졌다. 우리의 평화 협정이 자동으로 이루어진 것이다.

당신이 아프고, 당장 죽을 것만 같은 일도 그것은 당신의 일이 됐다. 나는 그에 대해 무관했다. 탁하고 쉰 목소리로 나의 죄를 묻고 나를 옥죄던 것들은 나를 해방시켰다. 나에게 스스로 자유가 주어졌다. 삼십 년 넘는 세월을 가슴 조이고 공격받던 시간들이 사라졌다. 나도 이제 육십이 넘었다.

　- 당신이 나를 혼내주던 때의 나이가 49세였는데, 이제 당신의 나이가 팔십이 넘었으니 나를 용서해도 되는 나이가 아니십니까? 우리가 서로 모두를 용서하고 오순도순 살 시간은 얼마 남지 않았습니다. 그런데도 그렇게 하지 못하고 사는 것이 안타깝습니다. 엊그제 내 바로 밑에 동서를 당신이 못 살게 굴어서 그는 나에게 전화하고 오랫동안 밤새워 울었습니다. 당신이 당신을 내려놓고 자비를 베풀기를 기원합니다.

*

석사 학위 받는 날.

　그날은 몹시 추웠다. 친정 식구들이 축하하러 왔다. 둘째 어린 딸도 참가했다. 막바지 논문심사를 통과해야 할 때 딸아이는 아팠다. 그는 내 가슴을 아리게 했다. 한밤중에 그는 구토를 하고, 인사불성이 되어 종합병원에 입원했다. 큰동생이 죽어서 가슴앓이가 얼마 지나지 않은 때였다. 나는 병원이 무서웠다. 죽음이 너무 자주 가깝게 왔다가 가는 것을 알았기 때문에 그랬다. 의사들은 딸아이가 왜 아픈지를 몰랐다. 나는 의사를 만능으로 알았고, 그들을 믿으면 됐다. 그런데 동생의 죽음은 그들을 미덥지 못하게 했다.

　딸의 진찰은 길었다. 온몸을 쑤시며 검사했다. 허리에서 척추 액을 채취해 검사했다. 애는 금방 자지러지게 죽었다가 살아났다. 그 후 그는 의사 옷만 봐도 소리쳐 울었다. 그들은 계속 검사와 잠재우는 처방만 계속했다. 그렇게 병원 침대에서 시간을 보냈다. 오랫동안 병원 신세를 졌고, 아이는 퇴원했다. 나는 그 속에서 석사 논문을 쓰고, 그것을 논문 심사에서 간신히 통과시켰던 것이다.

힘든 과정으로 통과했기에 나에겐 의미가 있었다. 그날 아버지는 가든 식당에서 축하객과 함께 축하를 해주었다. 아버지는 말씀은 없으셨지만, 나를 대견해하고 기뻐하셨다. 내가 생활이 쪼들리고 힘들다는 것을 알아, 그는 나에게 용돈과 학비를 챙겨주셨다. 내가 석사과정일 때 막냇동생도 그 대학 입학생이었다. 아버지는 막내에게 필요한 옷들을 골고루 사주고 장롱을 가득 채워 주셨다. 나는 아이를 맡기고 그의 장롱을 뒤져 그의 옷을 입고 학교에 갔다. 그는 그것이 싫어 나를 구박했다. 내가 입은 허름한 옷을 벗고, 그의 옷으로 갈아입고 학교를 가면 누군가 불렀다.

- 얘, 영란아!
- 얘, 영란아!

나는 누군가 동생 이름을 불러서 쳐다봤다.

- 어? 아니네?

그들은 미안해하며 멋쩍게 걸어갔다.

동생과 나는 생활이 달랐다. 동생은 어디를 가나 택시를 탔다. 나는 시간이 걸리고 더뎌도 버스를 고집했다. 택시를 타면 동생이 돈을 내는 것도 아니었다. 그는 부모에게 타서 썼지만, 그것은 제 돈이었다. 나는 철저히 아껴야 했다. 어쩌다 집을 함께 가면 그는 택시를 잡으려 했고, 나는 안 된다 했다.

- 난 언니같이 안 살아!

그는 내 속을 후벼 파며, 나에게 오금 박는 소리를 했다. 그래, 걔는 철없는 동생. 나는 한 세대 윗사람. 나이 차이가 십일 년이지 않은가. 나는 나를 달렜다. 저도 그 나이를 가봐야지. 그런 정신적, 물리적 충돌 속에 나는 석사학위를 받았다는 사실이 즐거웠다. 그러나 그 학위가 나에게 경제적인 도움을 주는 것은 아니었다. 나의 노력과 힘에 비해 아무 쓸모없는 학위증에 불과했다. 석사학위를 받은 후 나는 영원한 침잠 속으로 빠져야 했다.

*

어느 해 봄날.

친정엄마가 우리 집을 방문했다. 갱년기 나이 때 나는 위통이 심했다. 자주 위경련이 일어나고 소화불량으로 음식을 먹을 수가 없었다. 물만 삼켜도 속이 쓰렸다. 병원에서 처방해준 위 염증 약은 더 위통을 유발했다. 위통이 일어나면 참을 수 없는 쓰라림으로 몸부림을 쳤다. 쌀밥이든 잡곡밥이든 나는 그것을 소화시키지 못했다. 부드러운 빵과 시큼한 산기가 없는 주스는 먹는 데 편했다. 좋아하는 사과를 먹지 못하니 슬펐다. 나는 바나나 배, 감 등을 좋아하지 않았다. 과일은 새콤하고 달달하며 시큼한 레몬맛 나는 것이 좋았다. 그러나 위통이 있은 후 그런 과일은 먹을 수 없었다. 그 후 남편은 아침 식단을 양식으로 바꿔주었다.

나는 가족력 때문에 겁도 났다. 동생이 이미 위암으로 갔으니 병원은 그것을 가족력이라고 기록했다. 나는 위통 완화 방법을 찾아 식품으로 치유하려 애썼다. 양배추와 생감자, 뿌리채소 등을 토마토 주스와 함께 갈아 먹었다. 그것에 달걀과 우유, 빵을 곁들였다. 그날 엄마에게도 그렇게 우리와 함께 식사하게 했다. 그러면서 나는 엄마가 먹는 것보다 이것이 훨씬 영양가가 많다고 설명했다. 그러나 그는 못마땅한 얼굴로 얼굴을 찡그리며 무언가 할 말을 안 했다.

그 후 10년이 넘어 내 나이가 육십 중반이 되면서 내내 먹던 양식 스타일 식단이 나를 거부했다. 생야채즙은 나를 위통에서 벗어나게 해주었지만, 차갑고 냉기가 서렸다. 내 몸에는 곧 냉중이 찾아왔다. 온몸이 차갑게 굳었다. 전기 팩과 뜨거운 온돌 팩으로 나를 감싸고 냉기를 없애려 했지만, 몸은 쉬이 풀리지 않았다. 나는 식단을 바꾸었다. 부드럽고 따뜻한 음식으로 몸을 데웠다. 그러면서 시간과 세월을 보냈다. 차츰 몸이 돌아왔다.

지난날 내 고정관념으로 엄마에게 식사를 권하던 것이 잘못된 일임을 알았다. 그 당시 엄마가 원하는 식단을 새로 마련했어야 했음을. 당신이 원하는 것으로 소화 잘되고 편안한 음식을 새로 마련해서 차렸어야 함을. 깨달음은 늦었다. 지금부터라도 그가 원하는 것들을, 원하는 일들을 나는 해주고 싶다. 이제 내가 우리 애들에게 그런 일을 그렇게 겪어야 할 것이다. 그들도 내 나이인 육십 중반이 돼서야 깨달을 일인 것이다. 나이가 많아지면서 나는 더 행복하게 살기로 했다.

엄마에 대한 생각도 달라졌다. 당신이 오래 살아야 행복한 사람이 되는 것이다. 주변사람들이 돈이 많아도 엄마를 만들 수는 없다. 그를 통해 새로운 인생을 배울 수 있었다. 당신이 팔십 되는 해, 나는 당신이 보고 싶은 얼굴을 모두 모이게 해보자고 제안했다. 1박 2일 콘도를 예약했다. 어머니가 원하는 사람들을 초청했다. 그는 자기 형제들을 초청했다. 그는 팔남매였다. 참석자는 이랬다. 신당동 큰이모, 큰외삼촌 죽고, 큰외숙모, 둘째 외삼촌 내외. 둘째 시골 이모 빠지고, 셋째이모, 막내이모, 사촌 M네 아줌마, 막내외삼촌네 빠지고.

참석자는 고속버스 타고 올라와 터미널에서 만났다. 나는 차 3대를 마련했다. 우리 차 2대, 동생네 1대. 나와 남편, 여동생이 운전했다. 인원은 12명. 이동 중에 휴게소에서 점심식사를 했다. 그들 평생의 첫 모임이었다. 그들은 외할아버지의 피를 받은 형제자매였다. 그러나 그들끼리 만나지 못했다. 그들 구성원은 묘했다. 서로 보이지 않는 경쟁심과 시기, 질투가 팽배했다. 막내이모는 셋째 이모를 죽어라 욕했고, 셋째 이모는 막내를 죽어라 욕했다. 각자의 사정은 다 달랐는데, 다르지만 같아야 하는 일도 많았다.

외할아버지는 아들 중심, 아들 선호 의식이 강했다. 그는 철저히 계산적이고 이권 중심적이었다. 그는 아들만 교육시키고 아들만 특혜를 주었다. 딸은 철저히 숨겨서 고이 시집보내는 것을 최고로 쳤다. 외할아버지 동네는 깊은 산골이었다. 앞산과 뒷산이 크고 웅장했다. 산과 산 사이에 논과 밭이 있고, 이웃 동네를 잇는 큰길과 농사짓기 좋은 큰 내와 저수지가 있는 산골이었다. 앞산 밑에 초등학교가 하나 있었다. 중학교는 면사무소까지 십리, 고등학교는 더 큰 읍사무소까지 버스를 한참 타고 가야 했다. 그곳은 1970년대까지 전기불이 들어오지 않는 곳이었다.

외할아버지는 일제강점기와 6·25사변 등과 같은 변란, 화폐개혁을 겪으면서 터득한 그만의 철학이 있었다. 그는 이모들을 집 안에 숨기고 철저히 감시했다. 절대로 학교에 갈 수 없었다. 엄마는 학교 갔다가 종아리를 맞았다. 할아버지는 학교가 중하지 않았다. 딸들을 곱게 장롱 속에 감췄다가 시집보내는 것을 최고로 생각했다. 아들은 가르쳐야 그 집안을 살리는 것이다. 큰외삼촌은 어둑하고 공부에 뒤졌다. 그는 큰아들을 어쨌든 가르쳐야 했다. 그는 그를 사범학교에 보결로 보냈고, 그를 초등학교 교사로 만들었다. 그리고 자기 사는 시골에서 평생을 초등교사로 마감시켰다.

그는 큰아들의 불성실로 속을 썩였다. 아들은 겨울방학 내내 직원끼리 마작을 했다. 너무 멀리 떨어진 촌구석 학교로 전근 가면, 할아버지는 교육청에 로비를 해서 외할아버지 동네 학교로 옮겨왔다. 아들은 키가 훤칠하고 잘생긴 멋진 신사였다. 그는 아무것도 몰랐다. 자기만 아는 사람이었다. 술과 담배도 하지 않았다. 그는 고운 선비이기는 했다. 지나친 에고이스트였기 때문에 사람들은 그를 좋아하지 않았다. 그가 과연 아이들은 잘 가르쳤을까? 나는 그것이 의문이다.

외모가 좋고 집안이 부자였기에, 부잣집의 머리 좋다는 여 씨 집 규수를 얻어 결혼했다. 외할아버지네는 농사가 많았다. 먹을 게 많지만 일도 많고 밥 먹는 입도 많아서 큰외숙모는 고생이 많았다. 지랄 맞은 막내이모 때문에 속앓이도 많이 했다. 거기에 첫 아들이 이상한 장애아로 태어났다. 온몸이 흐느적거려 일어나 걷지를 못했다. 누워서만 살았다.

나는 그애를 많이 업어주었다. 팔다리가 길었다. 미음만 먹었다. 외숙모는 그애 병을 고치려고 온 도시 병원을 다녔다. 결국 그는 8살 때 죽었다. 셋째이모가 그를 잘 보살피다가 저세상으로 보냈다고 들었다. 외삼촌은 퇴직하고 시골에서 집짓고 살았다. 외숙모는 도시에서 애들과 살며 시골로 오고갔다. 그들은 삶이 인색했다. 할아버지가 준 땅덩이를 가장 많이 받고 가장 많은 혜택을 가졌다.

할아버지가 추수해서 쌀가마를 트럭에 실어 도시에 사는 자식들 집으로 돌아다녔다. 큰며느리네 10가마, 둘째, 셋째 등 차례로 쌀가마를 트럭에서 내려 집집에 배달했다. 큰아들네 집을 가면 큰외숙모는 욕심을 부렸다. 자기 아들들과 시집간 딸까지 수십 가마를 달라고 앙탈을 부렸다. 할아버지는 그런 큰며느리가 싫었다. 일 년 농사한 것을 주는 대로 받기를 원했다.

그러나 그는 무조건 '많이'를 외쳤다. 갈수록 큰아들 내외가 욕심을 부려 가족의 왕따가 됐다. 그들은 무조건 가지려 하고 채우려 했다. 그러면서 외삼촌은 교직을 퇴직하고, 시골에 자기가 살 집을 할머니네 집에 새로 건축했다. 그곳에서 자기의 남은 삶을 보내려 했다. 외삼촌은 자기 몸을 귀히 여겼다. 아침이 되면 몸에 좋다는 것들을 갈아먹고 쪄먹으며 자기 몸을 보살폈다. 그런데 그는 어느 날 교통사고로 혹, 저세상으로 가버렸다.

처음 이렇게 모임을 가져서 그들은 기쁘고 흥분했다. 나는 그 당시 셋째이모가 싫었다. 그와 묘한 관계가 있었다. 그 이모는 착하고 애정이 많았다. 큰외숙모 아들 장애인도 그가 키우고, 죽을 때까지 수발했었다. 막내이모가 악녀라면, 그 이모는 천사표였다. 어느 날 그 이모와 내가 악연을 가지게 됐다.

우리가 하도 못 사니까 남편이 근무하는 청와대 팀 중에서 우리를 안쓰럽게 생각하여, 우리를 서울 쪽에 큰 넓은 아파트를 분양받게 해준다고 연락이 왔다. 당시 우리는 17평 아파트에서 살았다. 그것도 친정고모가 집을 샀고, 나는 전세로 살되 남편 이름으로 집을 사는 조건이었다. 강남으로 이사 와서 살아야 아이가 중학교를 배정받을 수 있던 시절이었다. 안양 19평 아파트를 팔아서 강남에 전세로 왔다. 슬펐지만 아이들을 위한 학구열로 전세로 오게 된 것이다.

청와대 팀들은 대부분 잘살았다. 시댁이 잘살든지 친정이 잘살아, 같은 고시 동기자라 해도 넓은 평수에 그런 대로 삶의 수준이 높았다. 다달이 시댁에 보내는 생활비와 융자금, 아파트 관리비 등은 나를 숨 막히게 했다. 분양받는 조건은 서울에 거주한 기간이 3년 이상이고 집을 소유한 적이 없어야 한다는 것이다. 그러려면 대리 이름을 넣어야 했다. 사람을 찾았다.

그때 그 이모가 나에게 전화했다. 자기 시누이에게 돈을 주고 이름을 사라고. 이름 값을 주기 위해 잠원동 전세 끼고 사두었던 17평 아파트를 팔아야 했다. 그 당시 전세 빼고 나머지 돈을 시누이에게 명의 빌린 값으로 주고 서류를 받았다. 그리고 서류를 제출했다. 1년 후 그 심사에서 떨어졌다. 조사결과 삼년 무주택 기간 중에 몇 개월 동안 서울 시내를 벗어나서 산 적 있다는 것을 시누이가 속였던 것이다.

나는 결국 집만 팔아서 없어지게 됐다. 다시 돈을 돌려달라고 전화했다. 그는 자기 잘못이 아니고 서류를 받아간 내 잘못이라고 했다. 나는 미쳐 죽을 일이었다. 이모부 동생이 나를 속인 것을 이해할 수 없었다. 이모부는 그런 사람이 아니었다. 착하고 진실한 사람이었다. 시누이는 삶이 어려웠고 힘들게 살았다. 그러다 보니 그의 삶의 방향도 바르지 못했다. 그 돈을 받아서 그는 곧바로 개인택시를 사고 자기 이익을 취했다. 그는 나에 대해 막가파로 일관했다. 내가 전화를 하면 그는 나를 혼냈다. 쓸데없이 전화하지 말라고. 이미 끝난 일이라고.

그 당시 이모부네는 잘살았다. 이모부는 안경 기술자였다. 백화점에 사람을 두고 안경점을 했다. 웬만큼 돈도 벌었다. 나는 적어도 자기 동생의 잘못을 인정하고 반만이라도 갚아줄 줄 알았다. 내 작은 집이 날아갔으니 말이다. 그러나 그들은 냉담했다. 나는 그들이 미웠다. 오랫동안 내 어렸을 때 이웃에 살면서 이모네랑 정들고 사랑했던 추억이 모두 그 일로 사라져버렸다. 그 후 이모부는 암으로 나와의 감정을 남겨둔 채 이 세상을 떠났다. 그때도 나는 죽음의 자리를 피하고 싶었다. 그런데도 그들은 집요하게 나를 불렀다.

나는 그 이모네의 집안일에 참석하고 싶지 않았다. 나는 그런 것들이 싫었다. 그러나 그 이모는 집요하게 나를 불렀고, 교감을 갖기 원했다. 나는 내 전 재산이 사라진 것에 대해 참을 수가 없었다.

이제 오랜만에 그 이모를 만났지만 쉽게 그 이모를 용서할 수 없었다. 우리는 서로 서먹서먹했다. 나는 나를 삭혀야 했다. 모인 사람들은 교묘했다. 젊어서 둘째 외숙모와 막내외숙모는 외갓집 식구들과 어울리지 못했다. 그들은 대학 졸업자이고, 이모들은 일자무식 아니면 한글만 깨우친 자였다. 그때 배운 자와 배우지 못한 자들의 갈등은 컸다. 배운 외삼촌은 모두가 배운 자를 부인으로 얻었으니, 가족 구성이 둘로 나뉠 수밖에 없었다. 특히 막내이모는 같은 또래인 외숙모들을 차별했다. 자신의 콤플렉스를 신경질로 드러냈다. 그들은 서로 스치면 외면했고, 막내이모는 눈총으로 쏘아댔다.

막내외숙모는 시댁 집안을 하찮게 여겼다. 그의 집안은 형제 모두가 도시에서 높은 교육을 받았다. 모든 형제가 좋은 직업으로 좋은 집안을 형성했다. 시골 농촌의 땅 부자인 시집은 그가 함부로 대해도 되는 집안으로 여겼다. 그가 시골에 집안 행사로 시댁에 오면, 그는 시집 주위를 슬슬 배회하다가, 시간 되면 차타고 그의 집으로 돌아가면 됐다. 그의 직업은 중학교 교사였다. 시골에서 그의 직업은 존경의 대상이었다. 시누이들은 그가 왔다 가면 욕했다.

- 갸는 생전 인사가 없어. 무슨 놈의 애가 인사가 없는지 몰라.

- 갸는 시어머니한테도 어머니라고 부르질 않더라? 배운 것들은 다 그런겨?

- 갸는 내 생전에 부엌에 가는 걸 못 봤어.

이번에 다행히 막내네 부부는 참석하지 않았다. 그들은 이곳에 모이는 것이 껄끄러워 참석하지 못한 것이다. 그들은 나와의 관계가 묘연하다. 시댁 모두를 무시하고 스스로 하찮게 여겨도, 나에게는 그럴 수 없었다. 나는 그들을 소개한 중매자였던 것이다. 막내외삼촌은 산업기지 개발공사에 다녔다. 대학 졸업 후 취직을 아주 잘했다. 외숙모는 나와 함께 교직생활을 했다. 나는 국어 선생, 그는 영어 선생. 그는 나의 여고 후배였다. 그는 똑똑했다. 매사 학교생활이 완벽하고 우수한 선생님이었다. 담임직도 이웃 반으로, 서로 잘 소통했고, 서로 잘하려는 경쟁으로 싸움도 했다.

우연히 나는 그에게 우리 외삼촌을 소개했다. 그들은 불이 붙었다. 그해 6월 시골은 한창 농사일이 바빴다. 눈코 뜰 사이가 없었다. 외삼촌은 시골로 와서 외할아버지에게 떼를 썼다.

- 아버지 농사가 뭐가 중하냐고요! 나 장가가는 게 더 중한 것을 모르냐고요!

그는 할아버지를 붙들고 하소연했다. 동갑내기인 나는 이미 결혼했었다. 결국 6월 마지막 날쯤 그들은 그렇게 결혼했다. 나는 중매비로 옷 한 벌을 선사 받았다. 그 후 시누이가 된 우리 엄마는 그가 잘못해도 아무

말 못 했다. 내 후배를 나무라지 못했다. 큰시누이가 그러니 작은 것들은 더 할 말을 못했다. 그러는 사이 많은 세월이 흐르고, 많은 역사가 생긴 것이다.

젊어서 외갓집 식구들은 두 파로 나뉘어서 서로가 서로를 외면했다. 그들은 만나면 만날수록 거리가 멀어졌다. 배운 자와 배우지 못한 자 사이의 갈등은 컸다. 나는 양쪽을 넘나들었다. 배우지 못한 쪽은 내 몸을 보살핀 엄마가 됐고, 배운 자들은 나와 소통하는 친구가 됐다. 우리 엄마는 그들을 보듬는 엄마가 됐다. 모든 형제들이 우리 집을 거쳐 간 사람들이었다. 시골에서 우리 집으로 남자는 유학을 와서 공부를 한 것이다. 이모들은 우리 집을 기점으로 도시물을 맛봤고, 도시를 거닐었다.

막내이모는 초등학교를 졸업했다. 중학교를 보내고 싶어도 공부에 별 취미가 없었다. 우리 집에서 미용학원을 다녔다. 기술은 있을지 모르나, 미용 시험지는 20~30점짜리가 많았다. 나는 이모가 그렇게 공부 못 하는 줄 몰랐다. 이모는 까칠하고 제멋대로였다. 식구들은 그를 피하고 싫어했다. 엄마의 모든 남동생은 우리 집에서 학교에 다녔다. 하나씩 다니다가 졸업하고 떠났다. 할아버지는 우리 집으로 모든 것을 농사지어 보냈다. 가을이 되면 온갖 농산물이 모였고, 그해 수확한 것들이 반찬으로 올라왔다.

도라지 수확이 많으면 도라지 음식이 삼시세끼 반찬이 됐다. 감자가 오면 지지고 볶고 데치고 삶고 쪄서 상을 채웠다. 주류 반찬이 됐다. 쌀과 찬거리로 때를 이으면, 엄마는 아버지가 받은 작은 봉급을 저축했다. 처음에 우리 집은 산비알의 초가집이었다. 그곳에서 시내 쪽으로 넓은 집을 사서 이사 왔다. 그동안 동생들 밥해준 덕으로 봉급을 아껴 산 것이다.

그때쯤 셋째 이모를 시집보내고자 엄마는 애를 많이 썼다. 도시 남자가 이모를 선택하기는 쉽지 않았다. 누군가 안경원 점원이던 이모부를 소개했다. 중앙시장 안경원에서 점원 노릇을 하고 있었다. 그의 집안은 좋왔다. 큰형을 서울의 좋은 대학을 보내느라 가진 땅을 다 팔아서 가르쳤다. 그러나 그 형은 평생 백수로 보냈다. 밑의 동생들은 장남의 뒤치다꺼리로 재산이 다 날아갔고, 그 후 후유증으로 대충 중학교만 다닐 수 있었다. 그들은 머리가 좋고 공부도 잘했다. 그러나 학비가 없었다. 결국 이모부는 기술을 배워 안경원에 취업한 상태였다.

이모는 결혼 전에 이모부를 만나러 우리 집에 왔다. 그러나 이모부는 우리 집으로 오지 않았다. 이모는 애가 탔다. 신랑감이 만나러 오지를 않으니 여자가 나설 수도 없었다. 엄마는 나를 심부름 보냈다. 중앙시장 가게로 갔다. 그곳에 가서 이모부를 불러 이모가 왔다고 말하고 돌아왔다. 나는 어려서 무슨 사연인지 몰랐다. 말하고 왔지만 이모부는 만나러 오지 않았다. 그다음 날 엄마가 쏜살같이 가서 만나러 와달라고 소리쳤다. 마지못해 이모부는 만나러 왔다.

그렇게 그들은 만났고, 늦었지만 결혼했다. 처음에는 우리 집 근처에 세를 얻어 살았다. 이모부는 성실하고, 이모는 알뜰했다. 그들은 곧 작은 집을 샀다. 아이들도 하나둘 늘어났다. 이모의 못 배운 한을 애들에게 쏟았다. 아이들은 공부를 썩 잘했다. 큰딸은 서울로 유학해서 좋은 학교에 보냈다. 그리고 세무 공무원이 됐고, 같은 직장 직원과 결혼해서 잘살았다. 둘째 딸 역시 사대 수석 입학자가 됐고, 훌륭한 교직자가 되어 결혼해서 행복하게 살았다. 큰아들은 약사이고 그의 부인도 약사, 막내도 공무원으로 결혼해서 아들딸 낳고 잘살았다. 많은 세월이 흘렀다. 이미 이모부도 세상을 떠난 지가 10년이 넘었다. 갑자기 옛날 일들을 기억해봤다. 지금 생각하면 이모부가 이모를 사랑하지는 않았던 것이 아닐까? 시골 촌사람인 데다 배움이 없어서 그럴 것으로 생각됐다. 이모는 가끔 말했다. 한글도 모르는 당신을 데리고 사느라 애썼다고. 평생 아버지가 가르치지 않아서 기 못 펴고 숨죽이고 산 것이 슬프다고. 나는 말했다. 아들딸 훌륭히 키우고 모두가 결혼해서 행복하게 살고 있으면 성공한 것이라고. 이모도 지금까지 건강하고 경제적 능력으로 편안히 살 수 있다는 것이 성공이라고.

내가 그 셋째이모를 나 스스로 용서할 수 있기에는 더 많은 시간이 필요했다. 내 집이 날아가서 오랫동안 나는 고통 속에서 살았기 때문에 그를 용서할 수 없었다. 그에 비해 그는 너무나 천연덕스럽게 아무렇지도 않았다. 자기 가족행사에 나를 억지로 끌어가서 그 속에 끼이게 하려는 것이 나를 화나게 만들었다. 나는 그의 아들딸이 결혼해도 가고 싶지 않았다. 그의 태도가 못마땅했다. 그는 말했다.

- 내가 언제 그 서류를 주라 했느냐? 시누이와 저희들끼리 한 것이지, 내가 하라고 하지 않았다.

나는 그의 말이 더 미웠다. 당신이 주선해서 했는데 오류가 있다는 것을 나에게 속이고 했다는 것을 그는 부인했다. 적어도 미안하다, 어떻게 수습하면 되겠는가 물었어야 했다. 오빠고 올케언니이니까. 그리고 돈을 돌려주도록 시누이에게 권고했어야 했다. 그런데 그들은 모르쇠로 일관했다. 나는 그들의 태도가 미운 것이다. 이제 모든 것을 세월 속에 흘러버리게 했다. 내 속에 남겨진 그들에 대한 미움도 사라졌다.

이제 그 이모를 나 스스로 용서하게 되니 내 마음도 편해졌다. 예수가 원수를 사랑하고 용서하란 말을 이해할 수 있었다. 나는 우선 불고기를 큰 통으로 3~4통 재워 갔다. 참석자들은 모두가 기뻐했다. 모처럼 만의 만남이었을 것이다. 과일, 떡, 빵 등도 준비했다. 그들은 거의 팔십 세를 중심으로 이쪽저쪽의 나이였다. 노인이기 때문에 부드러운 것들을 준비했다. 그래도 그들은 고기를 잘 먹었다. 떡은 좋아하지 않았다. 그들은 밤새며 이야기했다. 한 얘기를 또 하고 또 했다. 그래도 재미있어서 계속했다. 무슨 이야기가 그렇게 많은지, 그들은 어렸을 때부터 지금까지를 계속 이야기했다.

막내이모 목소리가 제일로 컸다. 그는 계속 하하, 호호 웃었다. 그 막둥이 이모는 성질이 못됐다고 소문이 나 있었다. 나도 그가 제일로 싫다. 그는 집안에서 땡깡쟁이였다. 그는 왈짜에 강짜, 집안의 깡패였다. 어느 설 명절날, 식구들은 바빴다. 차례음식 차리고 작은집에서 차례 지내려 큰집으로 몰려왔다. 이모 설빔을 할머니가 주면서 갈아입으라 했다. 그런데 그 설빔이 마음에 안 든다고, 내가 바라는 설빔이 아니라고 그곳에서 그는 땡깡과 앙탈을 부리며 설빔 옷을 내동댕이쳤다.

모두들 그 모습을 쳐다보며 말없이 그의 행동을 쳐다볼 뿐이었다. 그는 모든 이의 기피 대상에 속했다. 외할머니, 외할아버지도 그를 못 이겼다. 그가 지금 웃고 있다. 칠십 넘은 그의 기세는 여전히 높았다. 그는 유일하게 둘째 오빠와 올케 언니에게 깍듯이 했다. 신기했다. 내 인생 처음으로 그의 그런 태도를 봤다. 아주 특별하게 그는 오빠 내외를 대우했다. 웬일로? 사연인즉 오빠가 막내남편은 현대건설에, 그의 아들은 공무원 말단으로 취직시켰던 것이다. 그는 그것이 고마워 오빠에게 깜박 죽었다. 그는 매사에 돈을 아꼈다. 아껴서 쓰는 달인으로 나는 그를 손꼽았다.

그는 결혼하기가 힘들었다. 딸의 혼기가 차서 치워야 하는 할아버지는 여러 모로 애를 많이 썼다. 배운 것도 없지, 성질은 그야말로 더럽지, 어떻게 누구의 중매로 선을 봤다. 할아버지는 무조건 그놈을 잡아 시집보내고 싶었다. 할아버지는 막내이모를 꼬드겼다. 너 시집가면 해달라는 것 다 해줄 테니 가라고. 어찌어찌해서 그 이모부랑 결혼시켰다.

둘은 자주 싸웠다. 사네 못 사네 하면서 집안을 자주 뒤집어놓았다. 알고 보니 그 이모부는 이미 한 번 결혼한 적이 있었고 전실 딸도 있었다. 그 딸은 누나 호적에 넣어 누나 딸로 살게 했다. 늦게 이모에게 새장가를 간 것이다. 그것이 발각 나서 집안이 시끄러웠던 것이다.

이모는 전실 딸을 용서하지 않았다. 그는 시누이 딸로 인정하고 자기와는 상관없이 생활했다. 그 딸에 대한 아버지의 애정을 이모는 용서할 수 없었다. 어느 날 모두를 떨쳐버리고 이모는 부산으로 이사 갔다. 그곳에서 잡은 이모부의 직장은 시원찮았다. 세월이 지나 오랜 시간이 흘렀을 때, 빚에서 헤어날 수 없다고 하소연했다. 우리 엄마는 외할아버지에게 돈을 얻어 부산으로 내려갔다. 모든 빚을 청산하고 이모를 데려다가 우리 집에서 세 살게 했다. 그때 둘째 외삼촌이 이모부를 현대건설 쪽에 취직시켰던 것이다.

이모는 지독하게 돈을 모았다. 수돗물을 아껴 썼다. 밤새워 빨강 플라스틱 들통에 수돗물을 한 방울씩 받았다. 한 방울씩 떨어지는 물방울은 아침이 되면 다라에 가득 찼다. 그 물로 밥하고, 빨래하고 청소했다. 수도 계량기 검침자가 와서 이 집은 수돗물을 쓰지 않고 사느냐고 물었다. 누수처럼 떨어지는 물은 계량기를 움직이지 않았고, 멈춤의 상태가 되게 했다. 형제들은 그를 지독쟁이로 불렀다. 그는 차츰 돈을 모아 집을 사서 이사 갔다. 이층집으로 마당에 감나무를 심고 셋집을 두고, 세를 받아 통장에 두둑하게 저축을 하고 살았다.

그러나 그는 절대로 형제들에게 밥을 사지 않는 지독쟁이였다. 그는 어디건 입만 갖고 올 뿐이었다. 이번 모임에 왔을 때 그는 자랑할 것이 많았다. 이모부가 퇴직할 때 그동안 받았던 현대 주식을 20년 동안 들고 있어서, 그것만 팔아도 한밑천 돈이 됐다. 나는 그를 칭찬해주었다.

- 야! 대단하다. 이모 성공했다. 그렇게 많은 주식을 지금까지 들고 있으니 대단하다.

그는 좋아하고 행복해했다. 자기가 못살았던 것을 만회하듯 그는 웃었다. 그의 지독쟁이 사연은 그날 밤 밤새워 얘깃거리가 됐다. 아들 장가가는 날. 이모부가 어두운 방구석에서 옷을 갈아입었다. 우리 엄마는 말했다.

- 아이고, 이 사람아, 이렇게 어두운 곳에서 어떻게 옷을 갈아입나? 불이나 켜고 옷을 입어야지.

- 형님, 혼나요. 애 엄마한테, 쓸데없이 불 켠다고.

어둠이 시작될 때쯤엔 불을 켜서는 안 됐다. 어둠이 짙어야 불을 켤 수 있었다. 이모는 짠돌이 중에 짠돌이로 소문이 났다. 그런 이모가 아들 장가가는 데 아파트를 사서 주었다. 어미의 역할을 충실하게 했음에 나는 놀랐다. 우리 시대는 불편한 시대였다. 농업국에서 산업화되면서 일어나는 사회적 갈등이 우리를 위협했다. 우리 세대는 완전히 낀 세대였다. 부모 봉양을 죽을 때까지 해야 했고, 우리 자식들을 오랫동안 캥거루 가족으로 감싸며 살아야 했다.

다만 우리 시대에 전쟁이 없고, 우리나라 5천 년 역사 중에서 가장 잘사는 시대를 우리가 살았음에 감사할 것이다. 그리고 정치인들의 자각으로, 앞으로 일어날지도 모르는 북한과의 핵전쟁은 절대로 일어나서는 안 된다는 것을 그들이 깨우치기를 빌 뿐인 것이다. 제발 정치인들의 이권다툼으로 나라를 망치지 않기를 바라는 것이다. 우리 소시민들은 열심히 일하며 행복하게 살아가면 되는 것이다.

신당동 큰이모네는 삶이 복잡했다. 이모부는 집에 겉칠을 하는 기술자였다. 그는 주로 박물관이나 청와대 건축물 중 나무로 사용된 기둥이나 벽 등에 색칠하는 기술자였다. 일본에 유학해서 기술을 배웠다. 처음에 이모는 시골 촌구석으로 시집갔다. 그곳에서 애들을 키우며 시부모를 모시고 농사 지었다. 이모부는 떠돌아다녔고, 제대로 돈을 보내지 않았다. 이모는 농사지으며, 땔감이 없을 때는 자기가 스스로 산에 가서 나무를 해서 땔감으로 썼다. 그 후 이모부랑 합쳐서 서울 신당동 공동주택에 자리를 잡았다.

아이들은 많았다. 이모부는 술을 좋아했다. 매일 술에 의지하며 중독자처럼 살았다. 그의 일은 있다가 없다가 했다. 돈을 벌 때는 벌어도, 일거리가 없을 때는 돈이 없었다. 시장통 공동주택은 허름했다. 집이 좁았다. 수돗물은 공동수도에서 받아서 썼다. 화장실도 줄을 서서 기다렸다. 내가 방문했을 때 그곳은 러시아의 스탈린 정권 때 공동주택에 주민을 몰아넣고 감시하던 그런 모양의 공동주택이었다. 가난한 사람과 지방에서 올라온 피난민들이 함께 모여 사는 곳이었다.

큰딸은 나보다 한 살 아래였다. 둘째가 C, 그 밑에 T, R. 딸이 4명이다. 아들은 둘이 있었다. 큰딸과 둘째 딸은 영악했다. 성질이 칼칼하고, 앙칼졌다. 셋째와 넷째는 느리고 온순했다. R은 시끄럽고 말이 많았다. 애들이 많으니, 둘째 C를 시골 할머니 집에 놓고 서울로 이사했던 것이다.

C는 학교에 갈 때마다. 학용품과 크레파스, 화첩이 없어서 자주 울었다. 선생님에게 혼나는 것이 싫어서, 어느 때는 학교 가지 않고 대문에서 할머니를 향해 하루 낮 동안 울었다. 시골 장날은 특별했다. 할머니가 농사 지은 것을 가져가서 팔면 돈이 됐다. 어렸지만 학용품을 살 수 있었다. C는 시골 장날이 되기를 기다렸다. 그리고 농사 지은 딸기 등을 가지고 가서 팔았다. 어린 것이 판다고, 불쌍하다고, 어느 아줌마는 그가 가져간 것을 몽땅 다 사주었다.

C는 그때부터 돈 맛을 알았다. 고등학교를 채 마치기도 전에 그는 서울로 왔다. 그리고 언니가 동대문에서 옷 장사를 했는데, 그곳에서 일을 거들며 배웠다. 그는 모두를 빠르게 익혔다. 몇 년 후 그는 독립했다. 그는 돈을 잘 벌었다. 새벽 장사를 했다. 낮에는 백화점을 돌아다녔다. 그 속에서 아이디어를 얻었다. 아이디어를 얻고 새로운 콘셉트를 창조해서 옷을 디자인한 후, 옷감을 고르고 재단을 공장에 맡겼다. 맡겨진 옷을 수시로 체크해서 그 옷이 잘 나오도록 만들었다. 그 옷이 공장에서 나오면 남대문 시장 자기 가게로 옮겨왔다. 새벽에 전국에서 오는 상인들은 그 옷을 사기 위해서 밤새워 대기했다. 그 옷은 날개 돋친 듯이 팔려 나갔다.

그는 분명 돈 복이 터졌다. 그는 옆 상인들과 싸움을 자주했다. 그가 만든 옷을 그들은 그대로 복사하고 수시로 커닝하여, 더 싸게 더 많이 팔았다. 그는 매사를 숨겼다. 옆 상인들에게 내 물건을 보지 말라고 욕했다. 그는 말했다.

- 나는 가게 골목으로 들어올 때 너희 물건 안 보려고 땅만 쳐다본다. 너희도 내 물건 보지 마라. 왜 내 물건 몰래 복사하냐?

그들은 피 터지게 욕하며 싸웠다. 보려는 자와 보지 말라고 소리치는 자들이 시장통에서 싸웠다. 분명 그는 재주가 있었다. 그가 주문 제작한 물건들은 불티나게 팔렸다. 그는 새벽 2시에 시장으로 갔고, 대여섯 시면 장사가 끝났다. 그는 주문 제작을 위해 다시 백화점을 훑고, 새 물건을 주문했다. 그는 그렇게 이십여 년을 장사했다. 스무 살이 채 안 된 때부터 돈이 돈을 불렸다. 함께 장사하는 아이들도 그랬다. 돈 뭉치가 종이 뭉치가 되어 허리춤에 묶여졌다. 그는 어려서 놀고 싶어도 놀 시간이 없었다.

어느 해 시장 휴일에 그는 시장 친구들과 시골 이모네로 놀러 왔다. 우리 집이 그에게 제일 큰이모네였다. 그는 머슴아이들과 함께 왔다. 오토바이 타고. 여럿이 관광지에서 모였다. 그곳 나이트 클럽에서 신나게 춤추었다. 밤샘을 하며 놀았다. 제각각 짝짝이로 호텔로 갔다. 그는 그럴 수 없었다. 같이 놀던 놈이 C를 끌고 가려 했다. 그는 거부했다. 그는 무서웠다. 도망쳤다. 오토바이가 빨랐다. 그는 웅덩이나 논두렁 쪽으로 달렸다. 오토바이가 어두워서 잘 따라오지 못했다. 논밭 짚더미 속에 숨었다. 그놈이 못 찾고 돌아갈 때까지 기다렸다. 그놈이 가고 나서 택시 타고 이모네 집으로 왔다.

그때 우리 집에 온 큰 고모는 C를 날라리 같다며 싫어했다. 우리와 정서가 다르지만 우리는 금방 친해졌다. 아버지도 그에게 잘해주었다. 차비하라고 그에게 돈을 주었다. 그는 그것을 항상 고마워했다. 돈이 없어서가 아니라고. 그는 특별하고 독특했다. 돈에도 엄청 짰다. 허투루 쓰지 않았다. 이제 그도 나이가 육십에 가까워졌다.

그의 남편은 C의 돈에만 관심이 있었다. 스스로 돈 벌 마음이 없었다. 잘생긴 아들 하나를 키웠다. 그 아들이 교통사고로 죽어갔다. 그런데 그 애비는 노름과 마작에 빠져 아이를 몰라라 했다. C는 당장 이혼했다. 그리고 그에게 사준 차를 몰래 회수해버렸다. C는 서서히 막가파형으로 변했다. 그를 지배할 자는 없었다. 그래도 그애는 이상한 구조가 된 그의 집을 모두 건사했다.

C의 아버지가 살아 있을 때 C는 돈을 잘 벌었다. 그때 마당 있는 한옥 집을 사서 아버지 명의로 해주었다. 아버지는 자기 말대로 칠쟁이이므로 집을 아름답게 칠했다. 집은 고관대작 집이 됐다. 아름답고 풍미가 있었다. 나이가 들어 아버지가 돌아가셨다. 그는 집을 경제적으로 바꾸기로 했다. 그는 그것을 4층으로 개축했다. 그리고 그는 그것을 자기 이름 명의로 하려 했다. 형제들은 반대했다. 아버지 집이라고. 그는 내가 사준 집이라고. 명의 이전은 복잡했다. 아버지 떨거지들은 모두가 도장을 찍어야 했다.

그중 큰언니네 아들이 문제였다. 언니는 이미 죽었다. 언니는 성격이 곧고 팔팔했다. 남편과 젊어서 잘 싸웠다. 그때 애가 아들, 딸 둘이 있었다. 어느 날 부부싸움 후 그는 그 자리에서 건물 밖으로 몸을 던져 자살했다. 그 후 그 가족은 미국으로 이민 갔던 것이다. C는 바로 밑의 동생에게 차비를 줄 테니 미국에 가서 도장을 받아오라 했다. 그는 차비로 1,500만 원을 요구했다. 그는 그것을 주었고 미국에 갔다 왔다. 그런데 도장도 못 받아오고, 1500만 원은 사라졌다.

- 비행기 값을 그년은 너무 받았다. 남았으면 돌려줘야 하지 않냐?

- 언니는 돈도 많은데 뭘 그러느냐?

- 비행기 값만 드느냐고?

둘은 돈 때문에 서로 욕하며 싸웠다. 둘은 얼굴을 보지 않았다. 다시 변호사를 사서 C의 명의로 하되, 오빠와 동생 몫을 챙겨주었다. 그의 집은 한 칸에 25평 정도 됐다. 지하는 세를 놓았다. 오십 만 원쯤 받았다. 1층은 그가 살았다. 2층은 그의 엄마가 살고, 3, 4층은 오빠와 남동생이 살았다. 오빠는 이혼남으로 홀로 살았다. 원자력 병원 기술자였다.

그는 하숙비를 내고 엄마에게 밥을 얻어먹었다. 우리는 가끔 욕했다. 팔십 노모에게 밥을 얻어먹고 싶으냐고? 막내남동생은 잘생겼다. 경희대 무용과 발레리나였다. C가 애지중지 동생의 학비를 댔다. 그러나 군대에 가서 사고가 났다. 그 후 그는 정신병 후유증으로 병자가 됐다. C의 아들도 살아는 있지만, 트럭에 갈려 온몸이 으스러졌다가 깨어나서 온전치 못했다. 모두가 불완전한 인간들이었다. 그 건물에서 그는 건물주이면서 집 식구를 챙기는 일꾼이기도 했다. 나는 그에게 물었다.

 - 너 그때 번 돈 다 어디 갔냐?

 - 말도 마, 사연이 많지. 내가 일을 그만두고 사채 놀이를 했어. 함께 노름을 하고 잘 알던 놈이야. 그놈한테 물렸지. 그놈이 내 돈 떼어 먹으려고 작정을 한 거야. 그놈에게 30억을 고스란히 떼어 먹혔어. 변호사를 사고 별짓 다했는데. 그대로 돈 떼먹고 감옥에서 산다는데 별 수가 없었어.

 - 돈 있을 때 애나 하나 더 만들지, 왜 애도 하나 안 낳았냐?

 - 그러게 말이야. 어렸을 때 시골 가서 그 오토바이 놈한테 한 번 줘도 아무렇지도 않은데, 왜 그리 그때는 순정이 중요한 것인지.

 - 야, 그랬으니까 네 몸이 온전하지. 함부로 몸 놀렸으면 넌 죽었어, 몸 아파서.

 - 그렇긴 그래, 그때 같이 장사하던 애들 다 죽어가. 술 먹지, 담배 피우지, 남자들 좋아하지. 난 그런 것들을 하나도 못 했으니까.

 - 그것이 옳은 삶이지. 너 지금 너 쓸 만큼 돈은 남아 있는 거잖아.

 - 그렇긴 그래. 장사하던 애들 몸 버려 돈 버려, 이제 모든 것을 잃어서 살 길이 없다 하더라고.

 - 그래, 너 그만 하면 잘살고 있는 거여.

 내가 경기도 연탄 아파트에 살 때 그가 왔다. 나는 석사과정 공부하는 중이었다. 나는 가난하고 다달이 생활을 하면 우유 값과 쌀값이 부족하여 적자가 날 때였다. 그는 돈을 아주 잘 벌었다. 그러나 돈을 아끼고 쓸 줄을 몰랐다. 돈을 어떻게 처리할 줄 몰랐다. 그가 놀러 와서 나는 식은 밥에 신 김치를 넣고 달걀을 풀어 김치죽을 끓여주었다.

그 후 C는 나를 욕했다. 자기가 처음으로 갔는데 김치죽이 뭐냐고? 나는 그가 동생으로 예의를 차릴 필요도 없으니 우리가 평소대로 점심이니 간략하게 먹으면 된다 생각했다. 그는 그가 아는 외갓집 친척 모두에게 나를 욕했다. 자기를 푸대접했다고. 그 후 내가 육십이 넘어 그네 집을 찾았다. 나는 그에게 말했다.

- 내가 오늘 너한테 죽 끓여준 대가로 평생 욕먹은 것 갚으러 왔다. 너희 식구 다 모여 밥 살게.

그가 찾은 비싼 식당에 가서 나는 생등심 숯불구이를 모두에게 쏘았다. 참가하지 못한 사람은 포장해서 보냈다. 우리는 화해를 한 셈이 됐다. C네 형제도 우리 이모네처럼 돈을 아꼈다. 그들은 돈 때문에 불편한 관계였다. 동생들은 돈 많은 언니가 돈을 팍팍 쓰기를 바랐고, 언니는 모든 것을 동등하게 형제 숫자대로 나누어서 엄마 수술비, 집 관리비 등을 내기를 바랐다. 그들은 단돈 십 원도 따지고 계산했다. 그들은 장삿속처럼 살았다. 우리 엄마는 그들의 삶을 욕했다. 피곤해서 살 수가 없다고.

C네 엄마는 나의 둘째 이모였다. 나는 그 이모가 항상 착하고 어리숙하며 모두에게 편안한 사람이라고 여겼다. 나이가 들어 모임이 잦다 보니 각자의 성품이 드러났다. 모임을 가지면 각자의 자식도 동반되고, 자식끼리도 함께 어울렸다. 그럴 때 자기 엄마들의 험담과 좋은 습관, 나쁜 습관들이 자식 입을 통해서 흘러나왔다. C는 자기 엄마 욕을 했다.

- 엄마 고집이 황소고집이다. 나를 꼭 이긴다. 자기가 하고 싶은 것을 꼭 한다.

오랜만에 내가 신당동 이모네를 갔을 때, 그 이모는 자기 아들딸 모두에게 큰소리쳤다. 너는 이렇고, 너는 저렇고. 그래서는 안 된다 했다. 그들을 꼭 잡고 시비를 가렸고, 명쾌히 자기 중심에 있는 말을 전달했다. 나는 깜짝 놀랐다. 요즘 나이 든 엄마가 자식들한테 꼼짝 못 하고 자식이 부모를 버리는 세상이라 신문에 자주 등장하는 톱 뉴스 거리가 많은데, 우리 시어머니 같은 사람으로 또다시 내 이모가 있다는 사실이 놀라웠다. 그는 대단했다. 몸은 말라 뼈다귀만 남았다. 허리는 반으로 굽혀졌다. 눈은 몇 번을 수술해서 거의 감고 걸어다녔다. 그런 사람이 육십 넘은 아들을 혼내고, 딸을 혼냈다.

그는 아침에 일어나서 시장 동네를 한 바퀴 돌아온다. 밥솥에 밥을 안치고 두부를 프라이팬에 굽는다. 달걀 프라이를 한다. 환갑 지난 아들을 깨워 된장국과 자기가 만든 반찬에 김치를 놓아 먹여서 직장 보낸다. 조금 있다가 아픈 아들을 깨워 밥을 먹이고, 자기도 한 술 뜬다.

먹을 게 시원찮으면 아래층 딸네 집에 가서 반찬을 얻어온다. 낮 점심때가 되면 밥 주는 교회로 간다. 그곳에서 동네 늙은이들과 만나서 수다 떨며 점심 얻어먹는다. 딸들이 얻어먹지 말라고 엄마에게 말해도 소용없다. 그는 공짜로 밥 먹는 걸 그렇게 행복해할 수가 없다. 그는 동네 슈퍼 새로 개장한 곳에서 사은품을 받으러 새벽같이 줄선다. 그것 받는 것도 그렇게 행복해할 수가 없다.

어느 날 슈퍼 개장한 곳에서 두루마리 휴지를 준다 해서 두어 시간 줄섰다. 휴지를 공짜로 받아서 집으로 돌아오는 길에 거지 할머니가 꼬부리고 앉아서 구걸을 했다. 그가 너무 불쌍해서 돈 만 원을 그 할머니에게 주면서 얼른 점심 사먹으라 했다. 그는 그랬다. 돌아다니는 거지 할머니에게 돈을 잘 줬다. 자기는 공짜로 밥 먹는 것을 좋아하면서. 어쨌든 그 이모의 고집과 아집은 그의 아들딸들을 이겼다. 그는 자식들을 엄청 훌륭하게 키우지 못했다. 딸들은 간신히 초중등학교 교육을, 아들은 전문대학을 마치고 취직했다. 그들은 그의 엄마에게 꼼짝 못 하고 엄마 그늘에서 살았다.

콘도에서의 밤은 그들을 잠자지 못하게 했다.

- 잠은 집에서 자자고. 이 밤이 아깝지 않아?

막내이모가 크게 소리 쳤다. 잠자는 사람 중에 엄마의 사촌 올케가 있었다. 우리는 그를 M네 엄마로 불렀다. 그 아줌마는 나에게도 특별했다. 그는 성이 남 씨였다. 그는 우리 엄마가 중매를 서서 결혼했다. 그는 내 어렸을 때 부자 고모네 집에서 살았다. 그는 고모네 시집의 작은집 딸이었다. 시댁 작은집이 너무 가난해서 도시 사는 고모네로 왔다. 시골에서 입을 줄이고, 좀 형편이 나은 집에서 부엌일을 돕는 것으로 왔을 것이다.

내가 고모네 집에 가면 밥 차려주고 도시락 챙겨주는 언니였다. 그는 어느 날 시집갔다. 그의 남편은 우리 엄마 사촌동생이었다. 나는 그들을 통상 외삼촌의 사촌으로, 삼촌으로 불렀다. 그는 N 삼촌이었다. 외할아버지의 둘째 동생 아들이었다. 그 할아버지는 내가 태어나기 전에 돌아가셨다. 그들은 가난했다. 내가 그 집에 가면 온전히 밥을 먹은 적이 한 번도 없었다. 나를 그 집에서는 꼬마손님으로 대접했다. 넓은 대접에 쌀이 몇 알 섞인 배추죽을 끓여주었다. 어려서 그런 게 별 의미는 없었다. 그 집 음식은 배추죽이라고 생각했다.

내가 시골에 가면 나는 집집을 돌아가면서 밥을 먹었다. 그의 집은 웃말에 있었고, 막내할아버지는 중간쯤인 중말에, 우리 할아버지는 길에서 가까운 초입에 있었다. 그 집에 사는 이모와 외할아버지 집 이모는 사촌이면서 동갑내기였다. 그 이모 이름은 순분이인데, 마음이 착하고 고왔다. 그에 비해 끝님 이모는 성격이 차갑고 까칠해서, 누구든 시비를 걸며 싸웠다. 순분 이모를 보면 끝님이 이모는 사람 취급을 안 했다. 나는 어린 마음에 순분 이모가 불쌍했다. 무엇이든 도와주고 싶은 마음이 간절했다. 그는 나를 항상 업고 다녔다.

그의 오빠인 N 삼촌에게 M네 엄마를 우리 엄마가 중매 서서 결혼시켰다. 가난한 N 삼촌은 우리 아버지가 철도국 허드렛일하는 곳에 취직시켰다. 농사일이 없어서 남의 집 농사일을 거들며 입에 풀칠을 했다. 다행히 몇 년 후 N 삼촌은 정직원이 되어 공무원이 됐다. 그는 아들 딸 네 명을 낳았다. 그의 큰아들이 M이었다. 그는 아들을 열심히 키웠다. 대학을 보내고, 교사로서 임무를 다했다. M네 엄마는 M이 자신의 꿈이고 자신의 희망이었다. 남의 집 밥순이에서 벗어난 당신의 품격이었으리라. 다른 동생들도 모두 잘살았다. 그는 자랑을 했다. 애들이 모두 골프를 친다고. 그만큼 생활수준이 높다는 것을 말했다.

그러나 M네 엄마와 N 삼촌은 흠이 많았다. 우리 외갓집 식구는 술과 담배를 전혀 하지 못했다. N 삼촌은 술을 잘하는 주태백이었다. 그는 술만 먹으면 식구를 괴롭혔다. 형제나 사촌들의 집안 모임 때 그는 꼭 술로 인해 사달을 냈다. 사촌들끼리 그는 멀리하는 존재였다. 거기에 마누라인 M네 엄마는 살살 바람을 피워 사람들에게 들켰다. M네 엄마에게 오는 전화는 낯선 남자들이 많았다. 이런 소문은 동네를 떠들썩하게 만들었다. 친척의 잔치 상에서 그는 흥보는 이바구의 주인공이 됐다. 소문은 무성했다. 먼발치에서 나는 이모들의 말잔치를 들어서 M네 엄마의 소문은 알고 있었다.

어느 날 나는 마지막 강의를 마치고 서울행 고속버스를 탔다. 처음에 깜짝 놀랐다. 웬 남자와 M네 엄마가 내 앞쪽 먼 곳에 둘이 나란히 앉아서 서울 차를 탄 것이다. 나는 가슴이 뛰었다. 어찌 남편을 두고 그럴 수가 있는 것인가? 그날 나는 그가 바람둥이임을 확인한 것이 됐다. 그 사실을 나는 차마 엄마한테 말할 수 없었다. 그 후 칠십 넘어 N 삼촌이 어느 날 갑자기 죽었다. 모두가 문상 갔다. 그때 우리 엄마는 중매하고 올케가 바람나서 가정이 파탄 날까 걱정했다면서, 심장마비로 죽은 동생이 안타깝지만 마음은 편하다고 했다. 이제 올케가 바람을 피워 가정이 거꾸러지든 말든 손자 손녀가 수두룩하니 걱정 없다고 말했다.

그렇게 세월은 흘러갔다. 우리 집 끝님 이모는 그를 벌레 보듯 했다. 그는 그를 올케가 아니라 화냥년으로 치부했다. 그는 결백증이 강했다. 그는 그가 옳으면 옳은 거고, 그가 틀린 것은 틀린 것으로 치부했다. 자아가 강해서 상대방을 물리쳐서 죽였다. 이제 이들 모두가 한자리에 모여 함께 자는 것이다. 막내이모는 계속 언니들에게 크게 소리쳤다. 잠은 집에 가서 자라고. 이 밤이 아깝다고.

그때도 막내이모와 셋째이모는 앙숙이었다. 막내이모는 셋째이모가 쫀 순이라고 욕했다. 셋째언니네 집에 가면 밥은 없고, 맨날맨날 국수만 해 줬다고 욕했다. 셋째이모네 애들이 결혼할 때 그 집에 가면 음식을 싸갈까 봐 비닐봉지가 없다면서 "으이구, 짠순이!"라며 욕했다. 그렇다고 막내이모가 후덕하냐? 그렇지 않다고 형제들은 싸우며 욕했다. 그들은 모두 짠돌이와 짠순이가 됐었다. 그들은 모일 수도 없고 만날 수도 없었다. 서로 먹는 것을 아껴 돈을 모았다. 그들은 농사 끝의 벼이삭을 주워 모으듯 돈을 모았다. 내 남편은 그들을 욕하지 않았다. 남에게 피해를 주지 않고 아껴서 노랑이로 저축하는 것을 욕할 수는 없다고 했다.

끝님 이모는 오빠 집을 방문할 때 옷과 부엌 살림도구가 많아도 욕했다. 올케들이 울 오빠 등골 뺐다고. 그 옷과 그릇이 돈을 얼마나 잡아먹었겠냐고. 어쩌면 지독히 아끼는 법을 외할아버지한테 배워 익힌 것이리라. 외할아버지는 무엇이든 아끼는 사람이었다. 호롱불을 켜되 공부하는 자, 수틀에 수놓는 자, 짚으로 새끼 꼬는 자들 외에는 불을 켤 수 없었다. 해가 지면 자야 하고, 해가 뜨면 일어났다. 모든 것은 해에 맞춰 농사일을 일꾼에게 시켰다. 한여름은 밭일로 새벽부터 바빴다. 한겨울은 새벽부터 쇠죽 끓이고 짐승 돌보느라 바빴다. 일꾼들은 많았다. 그들이 노는 꼴을 못 봤다.

농촌에서 첫 닭 울음은 중요했다. 첫 닭 울음과 동시에 할아버지는 모든 식구를 깨웠다. 일할 사람들을 깨워 일을 시켰다. 그는 아침저녁 한바탕 땅을 살폈다. 밤새 땅이 온전히 잘 있는지를 확인했다. 동네 궂은일은 그가 해결했다. 그는 일이 많았다. 농사일도 많지만 면사무소, 군청 직원들이 그를 만나러 자주 왔다. 동네 행사도 많았다. 결혼하는 일, 죽은 이 장사 지내는 일, 학비 빌려주는 일, 노름해서 싸우는 일, 일꾼끼리 술 먹고 난리치는 일, 세경 떼먹고 도망간 일 등, 그가 처리할 일들은 항상 산더미였다.

그는 술과 담배, 놀음을 좋아하지 않았다. 그는 오로지 생산적인 일을 즐기며 살았다. 그는 재미없는, 일처리 잘하는 할아버지였다. 아침을 먹으면서 할아버지는 그날의 일들을 가족과 일꾼에게 일렀다. 위 논에 물대라. 아래 밭에 풀 뽑아라. 두엄을 푹 삭혀라. 소밥 먹이고, 논밭 갈아라. 막내는 새참 만들어서 일 논에 가져와라.

아들들은 객지에서 공부했다. 딸들은 집안일 도우며 농사일 거들었다. 그 시대 그 지역은 남녀가 구별됐다. 아들 위주로 모든 일을 처리했다. 누야들은 집안일 거들기도 바빴다. 일꾼이 많으니 잔일도 많았다. 여름방학이 되면 대학 공부하는 막내삼촌은 집으로 돌아왔다.

- 누야, 내가 돈 벌면 누야 좋은 옷, 벨벳 옷 사줄게. 누야, 맛난 것도 사줄게.

그는 입버릇처럼 말했다. 저는 공부하고 누야들은 일하는 것이 미안해서. 그런데 콘도에서 그 막냇동생 성토대회가 일어났던 것이다. 그는 그곳에 참가하지 않았다. 막내는 나와 동갑내기라 우리 집에서 학교에 다니고 함께 공부했으니 잘 아는 처지였다. 그는 내가 주선한 콘도 가족 모임을 회피했다. 그는 돈 쓰는 것을 싫어했다. 누구를 만나는 것을 피했다. 그는 돈을 소중히 여겼다. 내가 주선하는 모임에 참가하는 것은 그에게 못마땅한 일일 것이다.

외할아버지 피가 어디 갔을까? 모든 것을 자녀인 아들딸에게 물려주지 않았겠는가? 그들은 그래서 형제들끼리 만나고 모일 수 없었다. 그래도 둘째 외삼촌네와 우리 엄마인 맏딸은 그중에서 죽이 맞았다. 형제를 배려하고 그들을 위하는 마음이 있고, 씀씀이도 넉넉했다. 그들을 중심으로 모임이 이루어졌다. 나는 그래도 내 철학이 그들과 맞았다.

나는 있으면 있는 대로 나누어 먹자는 주의였다. 식구끼리 함께 모여서 밥 먹고 이바구하는 것이 인생의 최고 행복이라 생각했다. 어디서 행복이 떨어지는 것이 아니라 부모, 형제, 자매들이 모여 맛있는 것 사먹고, 즐거운 밤을 보내며, 뜨거운 온천물에 몸 담그면서 옛날 추억을 말하며 사는 것이 행복이라 여겼다. 콘도의 밤은 그렇게 첫 만남의 날이 됐다.

막내외삼촌 성토대회는 그동안의 여성 차별에 대한 할아버지를 향한 원성이기도 했다. 그 성토는 이모들의 마지막 발언이리라. 그들은 거의 칠십대 후반부터 팔십대 중반 나이이니까. 셋째이모는 말했다.

- 그놈 그렇게 돈 잘 벌고 좋은 직장을 가졌는데. 그놈이 밥 한 번 사준 일이 없다.

동갑내기인 나, 이모들에게 맛난 밥 사주기로 약속했던 그를 나도 함께 욕했다. 콘도에서 함께하자던 나의 말을 그는 무시했다고. 퇴직도 했는데 뭐 그리 바쁘다고. 그는 못된 나쁜 놈이라고. 그는 외할아버지처럼 짜고 인색했다. 젊어서 우리는 호의적인, 적의를 품을 수 없는 동지적 인물이었다. 나와 함께 한솥밥을 먹고, 한 지붕 아래서 잠을 잤다. 한 시가지 내 학교를 함께 다녔다. 그는 삼촌, 나는 조카. 그가 용돈이 떨어지면 할아버지에게 내가 대신 용돈을 요구했다.

- 할아버지 삼촌에게 용돈 좀 많이 주셔요. 책 사고, 뭣도 사고, 살 것이 많아요.

넉넉한 돈을 받아야 동생과 맛있는 거를 얻어먹을 수 있었다. 그는 내가 남동생과 싸우면 말리지 않았다. 싸우는 것은 좋은 것이라고. 자기는 누야나 형이 많지만, 모두가 엄마와 아버지 같은 나이라서 싸울 수 없다고. 그는 어릴 때부터 기본적 본능이 아낌이였다. 내 어렸을 때, 아마 대여섯 살이었을 것이다. 아직 돈의 개념을 몰랐다. 외갓집에 갔는데, 방 벽에 웬 깡통이 구멍 뚫려 부착돼 있었다. 그는 1원짜리 동전을 그 속에 넣었다. 몇 년의 세월이 흘렀다. 그 깡통이 가득 찼다. 들 수가 없었다. 나는 일원이 생기면 구멍가게로 가서 눈깔사탕 사먹기에 바빴다.

어렸지만 나는 그가 놀라웠다. 그것은 그 당시 많은 액수가 되었을 것이다. 나는 그 뭉치 자체가 놀라웠고, 하고 싶은 것을 억제하고 모으는 인내심에 감탄했다. 이제 젊음을 지나 어른, 다시 어른을 지나 노년기로 접어들었다. 그에게 돈은 형제보다 더 귀한 것으로 보였다. 누야들은 그를 욕할 일이 많았다. 집안 행사 때마다. 그는 형제를 피했다. 멀리서 기차 타고 만나는 행사장에서 그는 부모 같은 형제가 부담이 됐다. 하나 둘도 아니고 일곱, 여덟 형제를 차비라도 챙겨주는 것이 그는 싫은 것이다. 형제들은 그를 욕했다.

- 저놈은 사람을 보면 피한다고.

그는 취직을 잘했다. 그는 대학졸업 후 산업기지 개발공사에 입사했다. 그곳은 연봉이 높았다. 수당도 많았다. 그의 부인도 괜찮았다. 중학교 영어 선생으로, 둘의 연봉은 꽤 높았으리라. 내 삶과는 달랐다. 내 남편은 공무원이라 월급은 아주 적었다. 직급은 높은데, 이십 년이 넘어도 연봉 삼천이 안 된다고. 어느 세무사가 놀랐었다.

그들은 일 년 먹을 쌀과 그 밖의 식품거리를 모두 외할아버지에게 받아서 살았다. 나는 빚을 내서 용돈과 생활비를 시댁에 송금해야 했다. 그들은 시댁과 무관했다. 집안 행사에 얼굴만 보이면 됐다. 그것도 막내삼촌만. 나는 시댁 행사에 돈을 전적으로 내야 했고, 시어머니 맘에 안 들면 죽도록 혼났다. 못된 것들이라고.

이제는 말할 수 있다. 그렇게 고달픈 생활이 지금 나를 이렇게 행복하게 만들었다고. 마음의 상처는 마음의 양식이 됐다고. 고난을 극복하면 성공이 된다고. 젊어서 고생은 사서도 한다고.

이모가 막내를 욕하면 나도 욕 거리를 찾았다. 주인공이 없으면 욕 거리는 날개를 달고 신나게 날아다녔다. 내가 그 지역 대학 강의를 가는 날,

그는 나를 불렀다. 함께 식사하자고. 강의를 마치고 그를 만나면 그곳은 짜장면 집이었다. 그는 수시로 강의 갈 때 나를 불렀다. 가는 곳은 거의 다 여지없이 짜장면 집이었다. 그는 짜장면을 무척 좋아한다고.

그가 어느 날 큰 아파트를 새로 사서 입주했다. 그는 모든 형제를 불렀다. 그는 집 구경을 시켜주고 자랑을 했다. 아무도 그런 좋은 아파트에 입주한 사람은 없었다. 늙은 형제들은 그놈이 무슨 대접을 해줄까? 기대를 했다. 그는 변함없이 짜장면을 시켰다. 딱딱한 탕수육은 늙은 누나들이 먹기에는 부적절했다. 나는 그들의 잔치에 우리 엄마를 초대하지 않아서 삼촌을 욕했다. 우리 엄마는 시골에서 늙은 친정엄마(외할머니)를 구십까지 모시고 죽을 때까지 모셨는데, 그 잔치에 초대를 하지 않다니!

그는 이기적이었다. 시골 가서 우리 엄마를 모셔오기도 싫고, 모셔왔다가 그의 집에 재울 수도 없으며, 다시 시골로 모셔가는 일은 그에게 번거로운 일이었으리라. 그러나 그가 울 엄마에게 밥 얻어먹은 게 얼마인데? 그날 나도 그놈은 나쁜 놈이라 욕했다. 시골에서 잔칫상만 기다리는 울 엄마였는데. 그것을 생각하면 가슴이 아렸다. 그 후 나는 수시로 어머니 형제를 부르고 잔치하는 것을 즐겨보자고 다짐했었다.

그가 제일 좋아하는 누나는 셋째 누나였다. 학창시절 방학이라 집에 오면 그 누나가 동생을 극진히 챙겼다. 먹을 것들, 일꾼들 줄 맛있는 것들을 동생에게 따로 챙겨 먹였다. 이모는 때마다 뜨겁게 불을 때서 밥을 했고, 맛있는 나물무침과 반찬을 새로 해서 먹였다. 그것이 고마워 취직하면 벨벳 옷을 사주겠다던 그. 취직하고 장가가니 그날로 끝이었던 그. 지금 같은 지역에 살고 있는 그. 명절이 되면 식용유 한 병으로 선물 주고 가는 그. 셋째 누나는 그에게서 유일한 혜택을 받은 누나가 됐다.

형제들은 각자가 달랐다. 비슷하면서 정서가 독특했다. 셋째이모와 막내삼촌이 정서가 비슷했다. 조용하면서 자신을 드러내고 싶은, 자랑하고 싶은 마음이 강했다. 욕심도 많았다. 성격은 조용했다. 둘은 적어도 표면적 심상이 같았다. 셋째이모는 형제들에게 미움을 샀다. 나이가 들면서 애들도 훌륭히 키웠다. 제각각 제 몫을 잘들 했다. 그의 남편도 백화점에서 점원을 두고 안경점을 잘 운영했다. 돈도 제법 벌었다. 주변 친척들은 모두가 그곳에서 안경을 맞춰 썼다. 형제, 자매, 사돈, 사돈네 팔촌까지.

그들은 외상이 없었다. 덤도 없었다. 모두가 친척이니 쌀 것이라고 안경을 샀다. 그 이모부도 사람 좋고 성실했다. 그러나 그도 돈을 아꼈다. 오랜만에 만나는 처형님들에게 차 한잔이 없었다. 우리 아버지가 오랜만에 제부를 찾았다. 얼굴은 미소로, 입은 공손하게. 아버지는 친동생처럼 여겼지만, 그는 찬 음료 한잔 내놓는 법이 없었다. 그의 태생이 그랬다. 아버지는 오히려 허접하고 덜 여물어서 천덕꾸러기인 막내제부를 맘에 들어했다. 그는 만나면,

- 형님, 술 한잔 하시죠?
- 시간 날 때 듭시다.
- 형님, 아무 데고 갑시다.

그의 말은 따뜻하고 친절했다. 셋째이모네는 양쪽이 인색했다. 형제들 만남을 좋아하지 않았다. 그들의 돈주머니는 깊고 깊었다. 형제들의 모임도 돈들 것을 염려해 피했다. 웬만큼 나이 들고 살 만큼 사는 처지가 됐다. 외할아버지 생신을 돌아가면서 차리기로 했다. 어느 해 생신 상. 셋째와 막내이모 차례가 됐다. 셋째 언니가 막내에게서 돈을 받아 상을 차렸다. 막내이모는 화가 났다. 알고 보니 셋째 이모는 자기 돈은 실비를 들였고, 막내가 준 돈으로 상차림을 했던 것이다. 그 뒤부터 그 언니는 막내의 눈총거리가 됐다. 막내는 만나면 그 언니를 미워하고 원수지간처럼 굴었다.

외할아버지의 절약하는 DNA는 끝내주게 자식들에게 옮겨졌다. 그의 자손들은 대대손손 절약했다. 그러나 그로 인해 형제간의 우애는 끊어졌다. 화합과 조화로운 삶의 지혜를 가르치지 못했다. 모든 형제가 아낄 줄

만 알지, 베풀 줄을 몰랐다. 그들은 사치를 몰랐다. 오로지 성실 검약만을 배웠다. 그리고 가진 것을 숨겼다. 그러나 인간이 가진 본능 때문에 가진 것을 때때로 은근히 자랑했다. 그것은 형제간에 싸움을 일으켰다. 돈 있음을 자랑하면서 베풀어야 하는데, 자랑과 달리 베풀지를 않으니 욕이 됐다.

콘도의 밤은 즐거웠다. 밤새워 말이 오고갔다. 그들의 모임은 몇 십 년 만에 처음이었다. 우리 엄마는 행복했다. 어둠이 사라지고 날이 점점 밝아졌다. 남자들은 자고, 여자들은 서로 낄낄 웃으며 얘기했다. 나는 아침 준비를 했다. 멸치 다시다에 신 김치를 넣고 펄펄 끓였다. 그 위에 콩나물을 넣고 두부를 채쳐서 넣으면 칼칼하고 시원했다. 거실 바닥에 신문지를 깔았다. 밑반찬으로, 도라지무침, 멸치조림, 우엉조림, 고추조림, 명태포조림, 콩조림을 늘어놓았다. 어제 먹던 불고기를 프라이팬에 구워 놓았다. 끓인 국과 밥솥에 새로 한 밥을 떠서 사람 수대로 옮겨주었다.

반찬 맛보다 사람들과 어울리는 입맛이 정말 맛있는 반찬이 됐다. 노인이 된 그들은 한결같이 불고기에 손이 갔다. 그들은 불고기를 무척 좋아했다. 연거푸 계속 먹어도 그쪽을 선호했다. 식사는 길었다. 후식도 길었다. 과일과 빵, 떡, 차를 마시며 놀았다. 떠나기 전 나는 차비를 봉투에 넣어 한 사람씩 주었다. 그들은 무척 행복해했다. 나에게 고맙다 했다. 나는 우리 엄마가 이렇게 오래 살아줘서 고맙다 했다. 그리고 이모나 삼촌도 건강하게 함께 있을 수 있어서 즐겁다 했다. 그날 셋째이모는 나에게서 봉투 안 받겠다고 손사래를 쳤다. 당신도 미안한 감은 있었으리라.

사실 그 이모는 어렸을 때부터 아이인 나를 잘 보살펴주었다. 외가에 가면 나는 자주 아팠다. 머리가 뜨겁고 어지럼증이 심했다. 걷지를 못했다. 셋째이모는 흰죽을 쑤어 머리맡에 앉아서 죽을 수저로 떠먹여 주었다. 입맛이 써서 먹지 못했다.

- 한 숟갈만. 한 숟갈만 먹어.

간곡한 소리로 반복하며 죽을 먹었다. 며칠 후 나는 앓던 병을 이기고, 마당을 뛰어 다니며 놀았다. 겨울이 되면 그 이모는 꼬마들을 집합시켰다. 소밥으로 여물을 가마솥에 끓였다. 삶은 여물을 소밥 통에 건져서 다른 보리 가루와 섞어서 소에게 먹였다. 짚을 삶았던 가마솥 속에 꼬마들의 발과 손을 담갔다. 적당히 따뜻해서 장난치기 좋았다. 아궁이에는 고구마를 넣어 구웠다. 꼬마들은 부뚜막에 걸터앉아 재잘거렸다.

그런 사이 발 뒤꿈치 때가 불어 벗기기 좋아지면, 이모는 지푸라기를 구겨 수세미로 만들어 하나씩 때를 벗겨주었다. 그 다음 손등이 터진 붉은 손등에 낀 때를 벗겨주었다. 흙장난으로 상한 손등에 금이 갔고, 터져서 피가 났다. 이모는 손등을 살살 어르면서 닦았다. 새 양동이에 샛물을 받아 데워서 손발을 헹구어주고, 그가 귀중히 여기는 '구루무'(크림)를 듬뿍 찍어 골고루 발라주었다.

그리고 구운 고구마로 꼬마들에게 기쁨을 주었다. 그는 분명 꼬마들의 어미가 되어주었다. 그는 착하고 순종하는 이모였다. 그는 모든 이를 사랑해주고 헌신하며 밥을 잘 챙겨주는 친절한 이모였다. 그는 우리 집에서 내 동생들의 엄마가 되었다. 우리 엄마는 시댁의 맏며느리로 시사며 제사, 결혼, 회갑 등 일이 많았다. 그럴 때 그 이모는 우리 집에서 우리 식구들을 챙겼다. 어린 동생들은 그를 자기 엄마로 착각했다. 친엄마는 엄마가 아니었다. 그 이모가 엄마였다. 친엄마는 낯설어서 울었다. 육십에 가까운 동생들에는 아직도 셋째이모의 따뜻함이 남아서 엄마 냄새가 난다고 말했다.

*

오늘은 내 기억들이 술술 풀려 나온다.

언젠가 내가 쓰고자 하는 것들이 없어져서 스스로 고통스러울 때가 많았다. 뭘 쓸까? 쓸 것이 무엇인가? 그 생각은 곧 내 머릿속을 하얗게, 아니면 까맣게 만들 뿐이었다. 플롯을 구성하고, 인물을 설정하며, 적당히 분위기에 맞게 배치하는 일들은 나에게 힘든 일일 것이다. 우연히 글쓰기 책을 통해서 내가 쓰고 싶은 것을 쓰리라 했을 때 나는 기뻤다. 그 책은 그냥 계속 써라, 그러면 내공이 쌓인다고 했다.

내가 처음으로 테니스를 배울 때를 생각하면서 글쓰기와 비교해보았다. 레슨을 받을 때 코치는 테니스 라켓을 잡는 법과 잡고 몸을 움직이는 폼을 가르쳤다. 2~3일 후 코치는 공을 던져줬다. 나는 그 공을 맞추며 네트 위로 날아가게 만들었다. 그 연습을 적어도 3년 이상 해야 공이 제대로 네트를 넘겨 상대편 쪽으로 갈 수 있고, 서로 공을 맞출 수 있었다. 그렇게 공이 넘어가면 네 명이 조를 짜서 게임을 할 수 있었다. 그런데 게임의 달인이 되는 것은 쉽지 않았다. 테니스 치는 사람들은 잘 치고 싶어 했다. 그러나 쉽게 잘 쳐지지 않았다.

우리 동호회 멤버들은 30년 이상 친 사람들이었다. 제 아무리 젊고 잘치는 남성이라도, 선수 출신이 아닌 일반인일 경우, 절대로 어머니 부대인 우리 회원을 쉽게 이길 수 없었다. 우리는 날마다 거의 30년 이상을 한 장소에서 게임한 사람들이었다. 우리 애들도 10년 이상 어렸을 때부터 테니스를 치고 레슨을 받았지만, 게임은 졌다.

나는 나름대로 철학을 가졌다. 게임을 잘하려면 무조건 100게임 이상을 하라고. 우리 애들에게 강조했다. 게임에 이기려 하지 말고 게임을 즐기라고. 100게임은 어느 한계점을 넘어 상승하는 단계라고. 우선 100게임을 자신의 숙제로 만들라고. 시간상으로는 무조건 3년 이상을 지속적으로 공을 쳐야 한다고. 그러면 그때부터 테니스 게임을 즐길 수 있다고.

글쓰기도 그런 과정을 거칠 것이다. 나는 무조건 100권의 노트를 채우기로 했다. 3년 이상을 계속적으로 생각나는 대로 쓰고 읽는 것을 해보는 것이다. 『기적의 글쓰기』에서 김병완 작가는 이렇게 말한다.

결국 글이란 당신에게서 흘러나오는 또 다른 당신인 것이다. 당신 자신에 대해 당신은 강한 신념을 가지고 있어야 하며, 강한 의식이 당신의 내면에 존재하고 있어야 한다.

전문가들의 평가와 권위자들이 쏟아내고 있는 말들이 얼마나 신뢰할 수 없는 것인지를 당신은 알아야 한다. 세상과 전문가들의 평가에 휘둘리지 말라.

〈사례: 로저 배니스터〉

1954년. 인간은 1마일을 4분 안에 돌파하게 되면, 폐와 심장이 파열되고, 뼈가 부러지고 관절이 파열되며, 근육과 인대, 힘줄 등이 찢어지게 될 것이다(권위 있는 의학자, 스포츠 전문가들의 주장). 수백 년 동안 돌파하지 못했다. 그러나 로저 배니스터가 돌파했다. 신체 기관은 멀쩡했다. 그 후 1마일을 4분 안에 돌파한 사람이 300명 이상 늘었다.

〈오쇼 나즈니쉬의 말〉

성직자, 불교 전수자, 정치인들. 그들은 이 세상의 모든 것들을 노예화했다.

우리가 믿었던 것들은 모두가 허상인 것이다.

나는 이제 이 세상의 흐름을 알아가고 있었다. 나는 60년 이상을 알지 못하는 세상 속 세계서 살아왔던 것이다. 아직도 대부분의 사람들은 노예화된 세상을 진리로 알고 그들의 말에 휘둘려 살아가는 것이 안타까웠다. 나는 나와 일반 대중이 깨닫기를 원했다.

깨닫는 길을 찾기 위해서 나는 오쇼의 강의 『42장경』 '1. 그대 자신을 등불로 삼아라'를 읽었다. 그리고 책 속의 의미를 되새겼다.

붓다께서 말씀하셨다.

욕망으로부터 자유로워지고 고요해지는 것, 이것이 가장 훌륭한 길이다. 붓다의 가르침은 전적으로 성숙을 위한 것이다. 심리학자는 붓다에 동의할 것이다. 심리학자들은 신은 단지 아버지상에 대한 필요성 때문에 만들어진 것이라고 말한다. 그는 이 모든 상을 버리라고 말한다. 그들은 존재하지 않는다.

그 길은 고요해지고 평온해지는 것이다. 그 길은 홀로 되는 것, 다른 누구의 은총이 필요 없이 홀로 있음을 받아들이는 것이다. 그때 고요해질 것이다. 그때 은총이 일어날 것이다. 그것은 그대 안의 중심으로부터 표면으로 퍼지고 있는 은총이다. 그러나 그것은 신으로부터 온 은총이 아니다.

*

매년 4월 5일이 되면 벚꽃은 어김없이 만발했다.

올해도 똑같았다. 하얀 벚꽃은 내가 사는 몽마르트르 공원에도 터널을 만들고 우리를 반겼다. 2011년 태풍 곰파스가 집채만 한 나무들을 모두 쓸어갔다. 엉크러진 산속 살을 모두 소나무와 벚나무로 채웠다. 그것이 자라 이제 제법 꽃 잔치를 열어주었다. 어둑한 새벽은 휜한 벚꽃이 하얀 불 잔등으로 가득 찼다. 아, 멋지다. 산길을 따라 걸으면 진달래꽃, 개나리, 산수유, 목련 등이 서로 어우러졌다. 온갖 새들은 꽈리 부는 소리를 내며 시끄럽게 조잘댔다.

이맘때가 되면 애들 어린 시절이 생각났다. 이웃에 살던 b네는 어떻게 살아가는 것일까? 10년 전 어느 해 b네 아버지가 죽었다는 소리를 들었는데….

남편이 해군장교로 있을 때 그들은 우리 옆집에서 살았다. b네 아버지는 도라지 무침을 좋아해서 나도 따라 배웠다. 채 썬 도라지를 시장에서 샀다. 그것에 왕소금을 넣고 박박 비벼서 주물렀다. 그것을 물에 헹궜다. 거즈에 그것을 꼭 짰다. 아린 맛이 없어졌다. 오이를 종이같이 얇게 저미며서 썰었다. 도라지에 함께 섞었다. 그것에 고춧가루, 실파, 마늘을 넣고 버무리고, 다시 식초 설탕을 넣고 마무리했다. 맛이 새콤달콤해서 봄 입맛을 돋우었다. b네 집은 회사 관사로 주택이 넓었다. 마당이 넓어 아이들이 놀기 좋았다.

아이들은 흙 놀이, 물놀이로 온몸이 범벅되어 놀았다. 남편은 퇴근 시간이 시계였다. 그가 오면 벽시계는 오후 5시 15분이었다. 그가 대문으로 들어오면 방 안에 저녁 상차림이 되어 있어야 했다. 그는 배고픔을 참지 못했다. 그곳은 바닷가라 재래시장에 가면 별스러운 식품이 많았다. 바다갯장어가 많고 해산물이 풍부했다. 나는 비린 것을 못 먹었다. 시장에서 장어 회를 썰어준 대로 상차림했다. 깻잎, 상추를 곁들여서 초장과 함께 내면 편했다. 장복산 아래 해변가에 들어선 이 작은 도시에는 일본집이 많았다.

옛날 일본인들이 집을 짓고 잘살다가 가버린 집들은 일본의 냄새가 났다. 넓은 정원에는 잘 키워진 나무와 꽃이 가득했다. 집은 검은 목재로 지어졌다. 나무로 된 집들은 일렬로 정렬되어 나란히 있었다. 그곳은 해군과 군무관, 배 타고 멀리 가는 원양어선 선원 가족들이 많았다. 선원은 한 달에 한 번쯤 휴가를 왔고 돈을 벌어왔다. 선원들이 오면 온 시가지가 떠들썩하고 시끄러웠다. 가계마다 사람은 가득 찼다. 그중 음식점들이 성황을 이루었다. 선원들은 돈을 많이 벌었다.

그들은 새 집을 지어 세를 놓고 살았다. 내가 사는 집주인도 뱃사람이었다. 부인은 알뜰했다. 그는 아들 둘을 낳았다. 큰애는 바다, 작은애는 산이었다. 그 집 주인은 2층에, 나는 1층에 살았다. 시장이 떠들썩하고 시가지가 북적거리면 선원들이 배에서 하선한 것이다. 음식점마다 해군과 선원, 그들의 가족들이 가득했다. 돈이 시장에 풀렸다. 사람들은 흥청댔다. 시 전체가 술렁댔다. 사람들은 바빴다. 다방 아가씨와 술집 아가씨들도 바빴다. 그들은 그들의 연인을 찾았다. 선원들은 그들을 차별하지 않았다. 한 번 만났다가 떠났어도, 그들은 그 선원의 부인이 됐다. 선원들은 그 연인들에게 자격을 요구하지 않았다. 서로 만나서 연인이었으면 연인이 됐다. 그들은 '쿨'(cool)했다. 선원들은 마음이 바다였다. 넓고 풍요로웠다. 휘몰아치는 바다를 잘 견디듯이, 그의 연인들도 그들을 닮기를 바랐다. 그들은 연인이 순수하고 깨끗하기를 요구하지 않았다. 처음 만난 연인을 그의 연인으로 받아들였다. 그들은 그 연인을 공주처럼 대접했다. 그들과 결혼하면 선원들의 부인이 됐고, 그의 왕비가 됐다.

이웃에 사는 선원들의 공주와 왕비는 자기의 화려했던 과거를 과시했다. 그들은 부끄럽지 않았다. 나는 충격이었다. 그들은 과거를 즐기는 생활인이었다. 그 지방 특색이 다른 것인지, 선원들의 태도가 그런 것인지 잘 몰랐다. 바다가 주는 이색적 풍경일 수 있었다. 인간이 바다에서 얻는 것이 많지만, 바다를 통한 인간의 한계를 구별 짓지 못하게 하는 어떤 것이 있는 것이다. 그곳에는 죽음과 이별이 있었다. 죽음과 이별에는 이승과 저승을 이어주는 어떤 것이 있어 보였다.

인간이 인간을 구별하는 것들을 바다는 무시했다. 인간은 인간의 구별을 좋아했다. 피부의 색상을 가르고, 유와 무를 찾으며, 서열을 따졌다. 그들이 가진 것에 대한 모든 것들을 그들은 쪼개고 분열시켰다. 그러나 바다는 오로지 모든 것을 품었다. 바다는 인간이 할 수 없는 것들을 품고, 필요하게 만들었다. 바다에서 인간이 가진 질서는 질서가 아니었다. 바다는 우주의 질서에 맞게 새롭게 짜고 우주의 존재계로 만들 듯이, 그

도시는 그런 도시가 됐다.

그 도시는 사람들이 각지에서 모였다. 그들은 제각기 달랐다. 누가 어디에서 왔든 우리 모두는 상관없었다. b네, a네, D네, Z네, F네. 우리는 모였다 헤쳤다를 반복하면서 살았다. 어느 집 생일잔치, 누구네 돌잔치 뒤에 남겨진 음식을 우리는 모여서 먹었다. 돌아가면서 모였다. 아이들은 만나서 놀았다. 시간은 잘 갔다. 저마다 사정이 있고 아빠 직업 따라 온 경우가 많았지만, 우리는 보이는 대로 보여주는 이웃으로, 그들의 속마음을 요구하지 않는 즐거운 이웃으로 살았다.

어느 날 동네가 벌떡거리며 시끄러웠다. 아줌마들이 쑥덕쑥덕 난리가 났다. 나는 부엌 싱크대 간이 창 너머로 뒷집을 관찰했다. 중년 부인네들과 어린아이, 아줌마들이 대문에 서성대며 소근거렸다. 전날 한밤중에 전쟁이 일어났듯이 군인 트럭과 지프차가 오고갔었다. 나도 그들 틈에 끼어 귀동냥을 했다. 우리 집 뒷집과 나란히 붙은 옆집의 사건이었다.

그 집은 특별한 집이었다. 내가 그 집으로 반상회를 간 적 있는데, 어마어마하고 으리으리했다. 대문을 통해 들어가는 집은 잔디로 수놓아졌고, 아름다운 정원수로 꾸며진 영화 속 장면 같았다. 현관을 통해 들어간 거실은 인도의 코끼리 대형 조각상들이 쌍쌍으로 짝을 지어서 벽 쪽에서 반겼다. 머리부터 몸통까지 금장 섞인 붉은 띠로 코끼리 상을 장식했다.

그것의 장식 속에 주인의 사치와 부귀영화를 선보였다. 야, 대단하구나! 이 집은 모두가 외제였다. 거실은 어느 외국 호텔 로비 같았다. 대단한 부의 증표들이었다. 반상회에 갔던 아줌마들은 모두가 눈이 휘둥그레 놀란 표정을 지었다. 웅장한 그 집의 면모가 숨통을 막았다. 그런데 그 어느 날 밤과 새벽 사이에 사이렌이 울렸고, 무슨 혁명이 일어난 듯 군인들의 트럭이 들이닥쳤고, 난리 나듯 소란했다. 나는 잠결에 생각했다. 전쟁 난 게 아닐까? 무서웠다. 그곳은 최전방 바다에서 군인들의 세계인 곳이다. 숨죽이고 날 새기를 기다렸다. 한참 만에 소란은 가셨다. 삐걱거렸던 대문과, 트럭, 지프차가 모두 떠났다. 폭풍 후에 고요함이 있듯이 고요했다. 그리고 해가 떴다.

아침시간은 바빴다. 출근하는 자들은 출근했으며, 집집이 학교 갈 사람들은 학교 갔다. 그리고 동네 아줌마들이 그 집 대문 쪽에서 웅성댔다. 그들을 통해 그 집의 내막을 알게 되었다. 들은 바에 의하면, 그 집주인은 군무관으로 하급직 말단이었다. 그는 수단이 좋았다. 그는 군납 식품을 관장했다. 그는 납품하는 식품을 옆으로 빼서 몰래 장사했다. 그는 빼돌린 물품을 장사해서 엄청난 돈을 벌었다. 그는 갑부가 됐다. 그는 돈이 많으니 여자와 바람을 자주 피웠다. 그날도 그 집주인이 난봉을 피우다가 그만 복상사를 했다는 것이다. 복상사로 죽은 그 사람들을 병원으로 옮겼는데, 그 집 주인인 남자만 죽었다는 것이다.

그 후유증으로 고발이 들어갔고, 그 집의 재산을 몰수하느라 군인들이 야밤에 침입했다는 것이다. 그 소문은 쉽게 꺼지지 않았다. 심심하면 그 소문은 동네 사람들의 입에 올랐다. 그 집을 부엌 쪽문을 통해 아침마다 넘겨봤다. 죽은 집 같았다. 복상사가 나는 뭔지 몰랐다. 그 사건으로 그 집은 모두가 죽은 듯이 사라졌다.

이웃 새댁들은 아기들을 하나씩 등에 업고 나들이를 다녔다. 그들이 시장 가자 하면 나도 그들을 따라 시장 갔다. 목욕탕 가자 하면 목욕탕을 갔다. 월급을 타면 먼저 연탄을 사서 창고에 넣었다. 그리고 우유와 쌀을 샀다. 한 달 치 식량을 미리 준비했다. 보름이 지나면 모든 것이 모자랐다. 근근이 한 달을 버텨갔다. 다달이 쓰는 연탄은 한 달이면 끝이 났다. 연탄을 갈 때마다 창고의 우리 집 연탄이 줄어드는 느낌이 났다.

- 어? 이상하다?

어느 때는 쌓였던 연탄 줄이 사라졌다. 분명 좀도둑이 있는데 말할 수 없었다. 아무래도 위층 사는 주인아줌마 같은데 어찌할 수 없었다. 그렇다고 본 것도 아니었다. 연탄만 조금씩 사라졌다. 심적인 고통이 생겼다.

불편했다. 싫었다. 연탄은 계속 사라졌다. 연탄이 사라질 때마다 내 마음에도 조금씩 스트레스가 쌓였다. 그 사이 둘째가 생겼다. 나는 몸이 힘들어졌다. 첫째는 장난이 심해지고 사고가 많아졌다.

어느 날 새댁들이 a네 집에 모였다. 밥 먹고 놀면서 애들을 돌봤다. 우리 애가 a의 자전거를 탔다. 고꾸라졌다. 일으켰다. 머리가 깨져 피가 철철 흘렀다. 애를 안고 외과로 뛰었다. 다급했다. 택시가 잡히지 않았다. 뛰었다. 외과 병원에서 터진 머리를 치료했다. 나의 심적 스트레스가 심해지자 남편은 집을 옮겼다. 산꼭대기 쪽 작은 아파트였다. 멀리 바다가 보였다. 시가지는 멀었다. 주변은 논과 밭, 산이 함께 있었다. 봄바람이 솔솔 불면 논두렁과 밭두렁을 건너며 놀았다. 배가 차츰 불러왔다. 아이가 밤새 열기로 고생했다. 병원을 들렀다. 열이 너무 심해서 애가 정신을 잃었다. 의사가 남편을 소환했다. 급히 남편이 부대에서 나왔다. 애가 깨어나지 못했다. 의사는 애를 포기하라고. 나는 밖에서 대기했다. 남편이 나에게 말했다. 아기를 포기할 수도 있다고.

나는 울었다. 그 의사는 아기를 얼음 위에서 굴렸다. 한참 후에 애가 깨어났다. 나는 걱정이 커졌다. 너무 오랫동안 정신을 잃어서 의사는 큰 종합병원으로 가라고 했다. 나는 아기를 업고 산을 너머 대도시 종합병원으로 갔다. 뇌 사진을 찍었다. 진찰했다. 의사는 날마다 오라고 했다. 나는 배가 남산만 해졌다. 아침을 먹고 남편이 출근하면, 애를 업고 시내버스를 타고 산을 넘었다.

몇 번을 갈아타고 종합병원에 들러 치료했다. 애가 혼미 상태로 두뇌에 이상이 올 수 있다고. 그렇게 한 달을 다녔다. 나는 너무 힘들었다. 둘째 애로 배가 불렀다. 큰애는 등에 업고 시내버스를 탔다. 구부렁한 고갯길을 서서 한 시간 이상 차를 탔다. 그것이 힘들었는데, 조산기가 있다며 산부인과에서 입원하라 했다.

나는 친정으로 가야 했다. 친정에서 몸을 추스르고 둘째를 낳았다. 산

부인과에 시어머니가 오셨다. 큰애를 업고 둘째도 딸을 낳았다고 그는 울어댔다. 온 병원을 다니면서 딸이라고 애달파하며 엉엉 소리치며 울었다. 내가 깨어날 때 병원은 그 울어대는 할머니로 소문이 자자했다.

대충 수습을 하고 나는 일주일이 못 되어 전방부대로 내려왔다. 집에 오니 쓸 만한 것은 모두 없어졌다. 카메라, 녹음기, 전자제품 류가 사라졌다. 주변 사람들은 그 집 주인 아들이라고 알려주었다. 어느 날 우리 집에서 그가 나왔다 했다. 그 아들 소행이 좋지 못했다고, 우리 아파트 문을 잘 땄다고 알려주었다.

연년생 둘을 키우는 일은 바빴다. 아침에 아이들 목욕물을 데워 목욕시켰다. 작은아이 잠잘 때 큰아이를 업고 버스를 타고 시장을 봤다. 집에 와서 점심 먹고 아기 젖 주고 빨래하고 청소하면 곧 저녁 준비로 바빴다. 어떻게 시간이 가는 줄 몰랐다. 환절기가 되면 연년생은 감기를 달고 살았다. 소아과가 없어서 새벽부터 줄을 서서 순번을 기다렸다. 날마다 순번을 기다려야 점심때쯤 진찰을 받을 수 있었다. 둘째가 큰애보다 더 잘 아팠다. 하나는 업고 하나는 걸게 해서 버스 타고 다녔다.

어느 날 셋째 시동생이 고시공부 가방을 챙겨 우리 집으로 내려왔다. 시어머니가 큰형네로 가서 고시공부하라 했다고. 나는 애들 수발도 힘든데, 시동생을 맞추기는 더 힘들었다. 모든 수발을 들어줬다. 일주일이 멀다 하고 그의 애인도 우리 집에서 기거했다. 그도 또 다른 손님이었다. 그 손님 또한 신문만 보고 상차림이 다 될 때까지 기다렸다. 그런 일이 계속될 때 내 안의 나로부터 불덩어리가 솟아 올라왔다.

그의 고시공부 태도는 영 아니었다. 그러나 그는 이미 고시 합격자로, 스스로 인정한 사람처럼 행동했다. 발걸음은 느릿느릿. 몸짓은 왕관을 쓴 왕처럼. 그의 애인 또한 사랑스러운 애인으로. 감칠맛 나는 응, 앵, 콧소리로 아부했다. 둘은 죽이 잘 맞았다. 이 세상 못 할 것이 없었다. 시어머니에게 자신의 권력을 이양시킨 듯이 가장 사랑하는 아들이 됐다. 셋째 아들은 곧 어머니의 사랑이며 믿음이었다. 시어머니는 셋째 아들에게 영원한 후원자였다. 셋째 아들이 돈, 하면 어머니는 돈을 주었고, 그가 술, 하면 술을 먹였다. 그는 요구하는 게 많았다. 몸이 안 좋다 하면 보약을 먹였다.

어느 날 그는 변덕이 생겼는지, 아니면 공부에 권태가 생겨 싫증이 났는지, 짐 싸서 떠났다. 해가 갈수록 그의 꿈은 멀어져갔다. 그가 바라면 바랄수록 그의 꿈은 사라졌다. 기다리는 애인을 위해 그는 결혼을 먼저 했다. 둘은 살림을 차렸다. 그는 어머니에게 또다시 환경을 탓하며 요구했다. 덥다 하면 어머니가 쓰던 에어컨을 보냈다. 춥다 하면 온풍기를. 그는 그의 꿈을 위해서, 그의 처와 어머니를 부렸다. 시종으로 부리면 부릴수록 그의 꿈은 쉽게 이루어지지 않았다.

맏아들인 형이 그를 설득했다. 가정생활을 위해 직장을 가지라고. 그는 결국 연구직을 선택했다. 그의 고시 병은 넷째 아들도 물들였다. 넷째 아들이 다시 고시 병에 걸렸고, 고시를 꿈꾸기 시작했다. 넷째 아들은 고시 꿈으로 병들기 시작하면서, 그 꿈에 부풀어 형의 몸짓을 따라 했다. 방문을 차단했다. 먹을 것과 마실 것을 공부방으로 갖다 달라 했다. 몸이 찌뿌둥하며 안 좋을 때는 박카스를. 머리가 아플 때, 몸 근육이 안 풀릴 때 등, 시시때때로 그의 요구는 많았다. 이 집 식구들은 고시의 꿈을 매혹적으로 여겼다. 성역을 정하고, 모든 식구들은 그들의 시종으로 행동했다.

*

나는 가끔 둘째 동서와 전화하며 수다 떠는 것을 즐겼다.

어느 날 그는 말했다. 자기 친정부모가 맏아들도 아닌데 당신들의 부모 제사를 지내기로 했다고.

- 아니, 왜?

- 작은아버지, 저는 제사를 지내지 않겠어요.

어느 날 장조카가 작은 아버지에게 와서 그렇게 선언했다. 그의 부모는 어이가 없었다. 장조카는 기독교 신자였다. 그동안 제사 지내고 집안일을 관장하던 큰어머니가 쓰러지셨다. 그 후 장조카가 그 임무를 맡아서 했다. 그는 일처리가 어설펐다. 일이 있을 때마다. 고모와 당고모가 조카네 부부를 불러놓고 혼냈다. 고모들은 1년에 몇 번씩 불러대고, 야단치셨다. 물론 어머니 시대, 우리 시대도 그랬다. 그런 것은 당연했고 순종하며 살아야 하는 것이었다. 그런데 어머님이 쓰러지신 후 장조카 며느리가 그 일을 겪어야 했다. 조카는 반항했다.

- 집안일 때문에 어머니 쓰러지신 것으로 족합니다. 내 마누라까지 어머님처럼 만들고 싶지 않습니다. 제사를 간편히 1년 중 하루를 정해서 묘소에서 지내겠습니다.

이렇게 선언했다. 동서 어머니는 뭐라 할 얘기가 없었다. 그의 어머니는 내 부모는 내가 알아서 제사 지내겠다, 나머지 선조들은 네가 알아서 하라고 한 것이다. 우리는 지금 시대변천을 겪고 있다. 80~90대 어른들의 주장을 따라 그들의 요구를 받아들이면, 60~70대 사람들은 결국 스트레스로 인한 병을 얻었다.

내 이웃 아저씨는 부모님을 열심히 모셨다. 동네 사람들은 그를 효자라 했다. 아들은 부모들의 시종이었다. 부모님들은 90대 중반에 세상을 떠났다. 그 후 곧 그 아저씨에게 치매가 왔고 사람을 구분하지 못했다. 그 아저씨 부인은 울었다. 내 인생은 뭐냐고? 평생 시부모를 모시고 정성을 다하며 살았는데 남편이 이 지경이 됐으니 너무 슬프다고. 동네 사람들은 그가 효자였다고. 그러나 그도 스트레스를 받아 치매가 온 것이라 생각했다.

나는 이제 노인이 되어가고 있다. 내 앞선 어머니들의 고집과 이기심을 지금 나도 가지고 있을 것이다. 내 고집으로 내 자식을 괴롭히고 죽일 수도 있을 것이다. 나는 내 안의 나를 찾아봤다. 살아 있는 부모로 인해 나 스스로를 죽이지 말 것이며, 내 자식들이 나로 인해 죽게 하지도 말 것이다. 우리는 지금 끼인 세대다. 내 부모들은 자기들에게 효도를 강요하고, 그들의 눈에 못마땅하면 우리는 그들에게 죄인이 되어야 했다. 요즘 젊은 이들, 우리 자식들에게 그런 일은 있을 수 없는 것이다.

　세대 간의 차이는 컸다. 1920~1930년대의 생각과 1950~1960년대, 1980~1990년대의 생각들은 서로 달랐다. 우리 어머니 세대가 봉건적인 농업화 사회를 배경으로 했다면, 우리 세대는 6·25 전란이 끝난 뒤, 농업화와 산업화가 혼재된 사회에 살았고, 우리 자식 세대는 정보화 시대의 전성기에 살아가고 있다. 우리는 가정적으로 어떻게 조화를 이루면서 행복하게 살고, 행복하게 죽을 것인가에 대해 생각했다. 이제 수명이 길어졌다. 그렇다고 부실한 몸으로 목숨만 살아 있는 그런 것을 바라지는 않을 것이다. 우리는 부모들이 행복하게 생을 마무리하기 바라며, 나 또한 행복한 죽음을 맞이하기를 기원한다.

*

세상 속에서 살아야 하는 사람들.

　어느 해 삼 월 말일. 오늘 만난 사람은 남편의 후배였다. 그는 행정고시 후배였다. 사람들은 모임을 가질 때 지방 색깔대로, 혹은 학교 소속에 따라, 행정부처 소속에 따라 모였고, 각각의 특징을 가지고 모였다. 그런데 이번 모임은 학연이나 지연에 따라 모인 것이 아니었다. 서로 진술하고 마음이 통하는 의리가 있는 그런 선후배 간 모임이었다. 같은 부류의 사람으로 20년 전부터 윗사람을 존경하고 순종하면서 배반을 하지 않는 사람들의 모임이었다.

그 모임에 안타까운 김 씨 후배가 있었다. 그는 성실했다. 열심히 살았다. 승진도 잘했다. 그런데 그는 아래 직원의 잘못으로 고통받았다. 고용센터 건물을 사는 과정에서 하급직원은 건물주들의 사기와 유혹에 걸려들었다. 부하직원은 건물주에게서 3,000만 원을 받아 챙겼다. 그리고 장부에 그중 300만 원을 윗사람에게 바쳤다고 내역을 기록해놓았다.

그는 기가 막혔다. 받은 적도 없고 그런 짓을 계획한 적도 없는데. 그는 사기꾼들과 부하직원의 소명에 발목을 잡힐 수밖에 없었다. 검찰의 눈에 그는 자신들의 업적 쌓기에 좋은 인물이었다. 그는 괴로웠다. 사기꾼과 죗값을 치를 부하는 상관의 목을 붙들고 늘어져야 자신의 죄를 감할 수 있는 처지였다.

1심 판결에서 무죄가 선고됐다. 그들은 자기의 죄를 감해야 할 것이다. 다시 항소를 했고, 2심에서는 죄가 있다고 판결했다. 일단 유죄 판결은 그 후배를 구출할 수 없는 형편에 놓았다. 검찰 측은 유죄 판결을 만들어야 했다. 무죄인 사람을 잡아들였다는 것은 자신의 앞날에 오점을 남기는 일인 것이다. 그들은 무슨 수를 써서라도 죄를 만들어야 했다. 여기서 죄 없음이 죄 있음으로 바뀌는 것이다. 그들에게 걸려들었다는 것은 무조건 유죄가 씌워져야 한다는 말이다.

법치주의의 나라에서 검찰이 내부적 업적을 이루기 위해서 얼마나 오염되었는가를 우리는 알아야 한다. 자신의 앞날을 위해서 허투루 유죄를 만들어내는 집단이 검찰과 판사, 변호사들의 집단이다. 그 후배가 변호사를 사서 무죄를 받으려 하니, 유명한 법무법인에서는 1억 원을 요구했다. 별일 아닌 것을 가지고 1억을? 공무원에게 1억은 쉽게 만들기 어려운 돈이다. 내 남편 삼십 년 퇴직금이 2억이었으니 말이다. 그 돈은 우리 식구 딸 둘까지 합쳐서 각자 오천만 원씩 나누어서 가지고 평생 죽을 때까지 살아야 하는 돈인 것이다.

그는 아는 검사 출신 변호사를 선임해서 일처리를 부탁했다. 그는 허당이었다. 비용만 4,000만 원 날렸다. 그 다음 공판, 또 그 다음 공판 변호사 비용으로 1억 5천만 원의 비용만 날리고 그는 계속 유죄로 남아버렸다. 그는 분통이 터져 죽을 일이었다. 시간은 지나갔다. 유죄는 계속 남아 있었다. 2차 공판에서 서로의 이권을 위해 그를 유죄로, 검찰 측은 자신의 업적을 위해 그를 희생시킬 수밖에 없었다. 그래도 그들은 계속 진실한 판결을 내리지 못하고 보류 중이었다. 결국 그는 공무원직에서 퇴출되었다. 그리고 유죄의 오명을 가져야 했다.

사기꾼과 부정한 부하직원. 그들로 인한 법원의 오판, 그 속에서 자신들의 업적을 치적으로 만들어내는 검찰, 판사, 변호사들. 그 속은 인간사회가 아니었다. 먹고 먹히는 정글 속의 집단 세계였다. 우리가 아무리 열심히 살아도 사기꾼에 걸리면 자신이 망가질 수밖에 없는 것이다. 이런 일이 없었음에 감사했다.

사람들은 가끔 법원 앞에서 피켓을 들고 투쟁했다.

'○○○ 검사, ○○○ 판사 나쁜 ×××'라고 쓰고 마이크를 들고 항의했다. 법원 측이 듣거나 말거나 그들은 일 년 내내 시위했다. 그 앞을 지나면서 나는 그들을 욕했다. 목쉰 목소리로 쌍스러운 욕을 해댈 때 나는 그들이 싫었다. 나는 차츰 주변에 일어나는 그 집단의 실체를 보면서 험담이 나왔다. 허가 내고 돈 먹는 사기꾼들이 많다고, 그들 변호사를 욕했다. 너희들은 정말 사람으로 볼 수 없다고.

친구 남편이 건설업계 실무진에 있을 때 그도 구치소에 갔다고 설명해주었다. 그 당시 정권은 김영삼 정권에서 김대중 정권으로 교체됐다. 국가 기관인 도로공사 사장은 김영삼 정권 사람이 유임했다. 당시 권력자들은 김대중 정권 사람으로 교체하고 싶었다. 그런데 그 사장은 퇴직하지 않고 계속 그 자리를 지켰다. 정치계에서는 그를 어찌할 수 없었다. 권력자들은 작전을 개시했다.

'우선 건설업체 사장을 잡아들여라.'

'정권 초기에 그들을 잡아들이면 경제가 손상되어 안 된다.'

'그러면 실무자인 부장급들을 잡아들여라.'

그들은 건설업체들의 업무를 조사했다. 그 당시 건설업 담합은 불법이면서 합법이었다. 건설업 부장 15명이 구속되었다. 그들은 담합을 불법으로 치부했고, 그들 모두를 구치소에 수감시켰다. 검찰 측은 그들에게 요구했다.

－ 도로공사 사장에게 돈을 얼마 주었느냐?

신문할 때 그들은 아무도, 아무 소리가 없었다. 계속 신문했고 수사에 진전은 나타나지 않았다. 검찰 측은 정권 권력자들의 요구를 들어주어야 했다. 사건은 시간만 흘렀다. 검찰 측은 그들에게 요구했다.

－ 각자 300만 원씩 주었다 해라.

15개 업체에서 300만 원씩 받은 걸로, 그는 4,500만 원을 받았다고. 그렇게 정리하여 도로공사 사장을 실형 0년으로 종결하여 사건을 끝낼 수 있었던 것이다. 그리고 김대중 정권의 사람을 도로공사 사장으로 임명했다.

나는 지금 역사 속에서 살고 있음을 깨달았다. 작년은 이미 올해보다 역사가 되었다. 작년의 역사를 잊기 전에 다시 한 번 기억하고 싶었다. 친구가 말했다. 밤사이에 남편 부인이 소리 없이 죽어서 상갓집에 갔다 왔다고. 우리도 언젠가 그럴 것이라고. 그래서 역사를 되새겨볼 것이다.

작년 이맘때쯤 벚꽃과 산철쭉이 한창이었다. 나는 산행을 하고 싶었다. 내일은 면회를 가야 했다. 가기 전에 산의 기운을 받아 나를 먼저 추스를 필요가 있었다. 아침식사 후 저절로 몸은 산행을 원했던지, 가방을 싸고 물을 준비하고 산 쪽으로 나를 몰아갔다.

밤새워 온 비가 산의 나무들에게 기쁨을 주었다. 개나리와 진달래가 활짝 피었다. 잔가지 사이로 온 산에 쌓인 낙엽이 물에 젖었다. 계곡의 물이 시원스레 물소리를 냈다. 겨울 내내 얼었던 땅속 물이 어젯밤 비에 녹아 폭포수를 만들었다. 맑은 공기, 투명한 햇살, 시원한 바람은 나를 즐겁게 했다. 상쾌했다. 지옥 같은 세상의 때가 벗겨졌다. 세상의 속은 혼탁했다고. 더러웠다고. 밤새 내 몸속에서 이야기했다.

꿈속에서 일어나는 악몽과 현실에 존재하는 악몽이 교체하며 나는 잠을 설쳤다. 밤마다 일어나는 악몽을 떨쳐버리려고 나는 몸을 무겁고 힘들게 해보려고 애썼다. 항해하는 바닷속을 거닐 듯이 빗속에서 비를 맞으며 비바람을 몸으로 받았다. 아무도 어제 저녁, 산책하는 이가 없었다. 나는 나에게 주문을 외웠다.

- 나는 씩씩하다.

- 나는 씩씩할 수 있다.

- 나는 씩씩할 것이다.

세찬 비바람이 우산을 뒤집었다. 나는 더 몸이 굳어졌다. 내 맘속 깊은 곳에 뜨거운 돌 바위가 나를 단단하게 만들어주었다. 아무도 걷지 않는 아파트 산책길에 어둠과 비바람이 뒤섞였다. 저 멀리 두 사람의 형상이 어둠 속에 그림자처럼 나타났다. 나는 그 두 형상을 피하고 싶었다. 그들을 피해보자고 바닥에 깔린 물속에 발을 넣고 지나갔다. 세찬 바람은 수시로 우산을 뒤집었다. 나는 우산대를 꼭 잡았다. 우산대 옆으로 지나가는 두 그림자는 분명 내가 아는 이웃사람의 몸짓이었다. 나는 쏜살같이 젖은 길을 저벅저벅 걸었다. 그들을 피해 멀리멀리 빠르게 지나가고 싶었다.

그들은 내 남편의 구속 사건을 알고 있을지도 모를 일이었다. 나는 그들이 그 사건을 알지 못하기를 바랐다. 나는 망설였다. 그들에게 사실을 고할 것인가, 말아야 할 것인가? 내 남편은 그들에게 사실을 고백하고 싶은 것인가, 숨기고 싶은 것인가? 나는 남편이 정직했고, 모두가 곧고 정직하며 바른 사람이라고 생각할 것임을 알고 있었다. 그들에게 솔직하게 그 사실들을 알리고 싶었다. 모든 것이 투명해야 내 마음도 투명해지고 깨끗해서 편한 마음을 기질 수 있을 것이다. 그런데 몸은 그렇지 못했다. 모두를 숨겼다. 아직 때가 아닌 듯이 숨고만 싶었다.

이웃에 사는 남편 친구는 틀림없이 남편을 불렀고, 연락이 두절되어 이상한 점을 발견했을 것이다. 그는 마음으로 어두운 이상한 기운들을 감지했을 것이다. 남편에 대한 의구심이 일어났으리라. 내가 무조건 모든 것을 숨기고만 있다면, 그 친한 친구들은 나에 대한 배신감으로 반감을 일으킬 수 있을 것이다. 나는 여러 가지 복잡한 심경으로 나를 수습할 수 없었다. 남편의 구속 사건은 쉬이 해결될 수 없을 것이다. 친한 친구들의 마음속에 우리의 거짓 모습을 비춰서 그들에게 상처를 주는 것은 좋은 일이 아니었다.

자연스레 남에게 구속 사건을 듣지 않고, 나 스스로 그 친한 친구들에게 어떻게 구속 사건을 알게 할 것인가가 문제였다. 친구들은 남편에게 수시로 전화를 했을 것이고, 전화가 갑자기 두절되었으니 무엇인가 잘못되었음을 알았을 것이다. 어쨌든 나는 고백을 해야 한다. 우선 마음속에서 연습하기로 했다. 친구 부인을 만나서.

며칠 전에 남편에게 일이 생겼어요. 외국 출장 갔다 오면서 남편 회사에 문제가 생겨서 구속하기로 결정했다고 검찰에서 연락이 왔어요, 라고.

(나는 글을 쓰다가 지겨웠다. 내가 지금 쓰는 이 글이, 글의 문장이 되기는 하는 것인가? 복잡한 마음을 치유할 수 있을 것이라는 희망하에 나는 글을 쓰게 되었다. 산행 중에 새로운 마음을 열면 새로운 것이 보이지 않을까 하고.)

계속 머릿속은 복잡했다. 몸은 청계산 정상을 향해 올랐다. 내 앞에 나이 든 어르신이 산행을 했다. 나는 그의 뒤를 천천히 따라갔다. 그의 몸은 한쪽으로 기울어졌다. 왼손이 온전하지 못했고, 오른손도 지팡이를 간신히 잡았다. 몸이 기우뚱하며 위험했고, 지팡이에 의존해서 산을 올랐다. 그는 숨이 가팔랐다. 그의 의지가 대단했다.

나의 몸은 그보다 나을지 모르나, 내 몸속의 무거운 쇳덩어리는 온몸을 짓눌러 그처럼 온전하지 못했다. 평평하던 길이 계단으로 바뀌었다. 앞서가던 어르신은 힘들게 만들어진 끈을 잡고 올랐다. 그의 뒤태에서 나는 죽음의 그림자를 느꼈다. 나 역시 죽음의 그림자가 따라올 것이다.

왜 갑자기 그런 생각이 일어났을까? 아마 적어도 30년 후에 지금 존재했던 이곳의 사람들은 땅속에 모두가 잠자고 있을 것이다. 이제 서서히 나는 지구를 비워줄 생각을 해야 하는 것이다. 어둠을 벗어나기로 산행을 한 것인데, 더 어둠을 가지다니. 다시 밝음을 찾아보기로 했다.

산속의 나무 밑동은 아직 겨울이었다. 나무 끝에 달린 뾰족한 새싹은 나무 밑동과 상관없이 삶의 시발점을 발견하게 하는 것이다. 나의 삶의 시발점은 언제였을까? 아무래도 시집가서 시댁에 머무를 때부터가 아니었을까? 나는 결혼이라는 관습과 법의 굴레를 지켜야 한다는 생각을 가졌을 것이다. 낯선 시댁에 적응하려는 나. 자기에게 맞는 사람으로 적응시키려는 시어머니. 그는 나를 자기 쪽으로 몰아갔다. 파는 이렇게 썰어라. 음식에 따라 어떤 것은 5센티미터, 어떤 것은 어슷어슷. 빨래는 깨끗이, 깨깨 말려라. 청소는 요렇게, 조렇게.

그는 날마다 내가 그를 따라 하도록 시켰다. 그가 걸레로 밀면 나도 밀었다. 그가 물을 뿌리면 나도 물을 뿌렸다. 그가 파를 썰면 나도 파를 썰었다. 그가 빨래를 하면 나도 빨래를 했다. 내가 그의 종이 되는 것이 시댁에 적응하는 것이었다. 그곳은 그곳에 맞게 나를 던지고 희생하며 나 자신을 잃어버리는 곳이었다. 그것이 곧 삶의 시작이 되지 않았을까?

그때의 내 마음은 적어도 순수하고 깨끗했다. 나는 수용자의 마음으로 그를 존경하고 따랐다. 시어머니를 존경하고, 우러러 보는 것은 나를 순화시켰고, 그만을 따르면 됐다. 그런 마음이 천사의 마음이었으리라. 그것은 무한한 세계의 모든 것을 받아들일 줄 아는 그런 세계였을 것이고,

진정한 진리의 세계가 아니었을까? 모두가 순수했으니까.

자기가 없는 삶, 자기를 희생하며 수용만 하는 삶, 그런 삶이 부처의 삶이지 않을까? 그 당시 나는 그런 삶에 적응하며 살았음을 깨달았다. 다시 산행을 계속했다. 생각들이 스멀스멀 밀려왔다. 요즘 이 세상의 흐름은 너무나 많은 진실이 왜곡되었다는 것을 발견했다.

어느 해 겨울 나는 중국 상주에서 한 달 동안 머물렀다. 그곳에서 중국 TV를 자주 봤다. 어느 외국 채널에서 고혈압 약에 대한 사실을 알아냈다. 각 나라는 고혈압 약을 혈압 160까지 처방하지 않도록 강력한 메시지를 보냈다. 나는 깜짝 놀랐다. 우리나라는 그렇지 않았다. 한국은 140까지만을 고집했다. 140이 넘어가면 금방 죽을 것처럼 혈압 약을 복용해야 하는 것으로 병원 의사는 처방했다. 혈압 140부터 160까지는 모두 중증 고혈압 환자로 병원에서 처방했다. 이것은 분명 제약회사와 의사, 병원 측의 농간으로 볼 수밖에 없었다. 온 세계가 그렇게 혈압 약의 복용 방법을 고시했는데, 우리나라만 그렇지 않다는 것인가?

그렇게 되면 어느 곳이 가장 경제적 수익성을 가지겠는가? 결국 제약회사일 것이다. 국민 모두를 고혈압 환자로 만든 행위였다. 한 번 고혈압 약을 먹으면 죽을 때까지 그 약을 복용하지 않으면 안 되는 것이다. 나이 40에 의사가 고혈압 판정을 하고, 약을 처방하면 죽을 때까지.

팔십이든 백 살이든 그들이 죽을 때까지 제약회사는 약을 팔아먹는 것이 될 것이다. 고혈압뿐이 아닐 것이다. 당뇨 환자도 그럴 것이다. 이런 일은 보건복지부, 제약회사, 의사들, 병원까지 그들만의 결탁으로 그들의 이익을 위해 국민들을 우롱하고 있는 것이다. 국민의 건강을 담보로 돈을 벌고 있는 족속들이 얼마나 많겠는가? 한때 어느 보건복지부 장관이 그와 같은 불합리한 것을 바르게 수정하려다가, 제약회사의 로비로 곧 면직되었다.

미국 국민이 총에 죽어도 무기상들은 미국 국민이 총을 소유해야 함을 주장한다. 그것은 그들의 경제적 이권을 위해서다. 미국 시민을 위해 총을 소유하게 하는 것이 아니다. 미국은 무서운 나라다. 『경제 저격수의 고백』(존 퍼킨스)을 보면 그들이 얼마나 무서운지를 안다. 미국은 돈, 권력, 천연자원을 얻기 위해 전쟁을 한다. 그리고 전 세계를 지배하는 세계 제국을 만들려는 목적으로, 몇몇 욕심 많은 사람들이 꿈을 이루기 위해 전쟁하는 것으로. 나는 그 책을 읽으면서 기절할 일들을 발견하는 것이다.

어느 날 저자는 인도네시아 친구와 인도네시아 인형극을 보러 갔다. 음악이 시작됐다. 음악은 직접 연주했다. 인형을 움직이고, 인형 목소리도 직접 내면서 인형극을 했다. 그 인형극은 오래전부터 전해 내려오는 전설과 최근의 사건들을 한데 묶어 구성한 뛰어난 작품이었다.

처음에 고대 인형극을 보여준 후 코가 길고 턱이 축 늘어진 리처드 닉슨 인형을 출연시켰다. 그 뒤에 한 손에 달러 기호가 표시된 통을, 다른 손은 성조기 부채를 든 노예 인형이 닉슨 머리 위로 흔들고 있었다. 그 인형 뒤로 중동과 극동 아시아의 지도가 나타났다. 닉슨 인형은 지도에 가서 베트남을 빼서 입에 물었다. "이런, 쓸잖아, 완전히 쓰레기야. 이런 건 이제 필요 없어!"라고 소리쳤다.

그다음 닉슨 인형은 팔레스타인, 쿠웨이트, 사우디아라비아, 이라크, 시리아, 이란 등 중동지역 국가를 골랐다. 그리고 파키스탄, 아프가니스탄 쪽으로 가더니 욕설을 퍼붓고 두 나라를 통 속으로 쳐 넣었다. 닉슨 인형은 '이슬람의 개들', '무하마드의 괴물', '이슬람의 악마들'이라는 말을 지껄였다.

계속 이어지는 닉슨 인형은 "이 나라를 세계은행에 주시오. 우리가 인도네시아에서 얼마나 돈을 뜯어낼 수 있는지 잘 지켜보시오." 그리고 닉슨 인형은 인도네시아를 지도에서 들어내 통 속으로 던지려 했다. 그때 그 지역 인도네시아 정치가 인형이 나타났다. "멈춰! 인도네시아는 주권국가야!" 그때 닉슨 주변 인형은 인도네시아 인형을 공격했다. 인도네시아 정치인은 장렬히 죽었다. 그리고 인형들은 무대를 떠났다.

며칠 후 닉슨 인형에게 대항하다가 잘린 인도네시아의 유명한 정치인, 인형이 실제로 뺑소니차에 치여 사망했다. 그 당시 저자는 인도네시아와 관련된 일을 하고 있었다. 그때 그는 처음으로 인도네시아의 젊은이와 토론하면서, 외교 정책을 이기적으로 활용하면 아무에게도 도움이 되지 않으며, 다음 세대에도 도움이 되지 않는다는 사실을 깨달았다.

미국은 간접적으로 개도국이나 후진국을 착취하여 벌어들인 돈으로 풍요롭게 살고 있는 것이다. 그들의 풍요로움은 미국의 모든 업계를 먹여 살리는 자원과 저렴한 노동력이 있는 인도네시아 같은 국가에서 나왔던 것이다. 결국 미국은 세계은행과 결탁해서 개도국이나 후진국을 원조했다. 그 원조는 외채로 빌려준 돈이었다. 미국 회사는 그 외채로 발전소, 공항, 산업공단 등을 짓고, 시설비로 자금을 회수해가는 것이다. 그들 개도국이나 후진국에게 돌아가는 몫은 극히 일부에 불과했다. 이 나라의 어린이들과 몇십 년 후에 태어날 후손들은 외채의 볼모가 되어버리는 것이다. 이들은 부채를 상환하기 위해 미국 기업들이 자국의 천연자원을 파헤치도록 허락하고 교육, 건강, 기타 공공 서비스를 모두 포기해야 한다.

그는 다시 인도네시아의 젊은이와 토론했던 것을 생각했다. 젊은이는 주장했다. 세계의 목표는 1950년대 토인비가 말한 것처럼, 전쟁이 공산주의와 자본주의가 아니라, 기독교와 이슬람교의 전쟁이라는 것이다. 그 이유는 서구문명, 특히 지도자 격인 미국이 전 세계를 지배하여 역사상 가장 큰 제국이 되려고 하기 때문이다.

미국은 탐욕을 버려야 한다. 사람들이 굶어 죽어가는데도 미국은 차에 넣을 석유만 생각하고 있다. 역사를 보면 영혼과 더 고귀한 존재를 향한 믿음이 얼마나 중요한가를 알 수 있다. 이슬람교도인은 그 믿음을 갖고 있다. 기독교인들보다 더 강한 믿음을 갖고 있다. 그래서 이슬람교도들은 더 강해질 것이다. 그래서 기다린다. 기다리면서 뱀처럼 뒤통수를 칠 것이라는 것을.

*

어느 해 여름 스페인을 여행했다.

스페인은 올리브가 유명했다. 선물용으로 올리브유를 사면서, 이것으로는 튀김이나 지짐을 할 수 없으니 많이 사면 안 되겠다고 말했다. 그곳에 사는 교민은 무슨 소리냐고 반문했다. 한국에서는 올리브유를 샐러드용 드레싱으로만 사용한다. 튀김용 기름으로는 적합하지 않다고 모두가 알고 있다고. 그게 무슨 소리냐면서 한국의 잘못을 지적했다. 나도 TV나 방송에서 올리브유는 튀김용이 아니라고 들었다.

그러나 그것은 사실이 아니었다. 들기름이나 참기름보다 비등점이 높은 것이다. 방송사나 그들과 관련된 업체들은 분명 자기들의 이익을 위해서 올리브유에 관한 정보를 왜곡시켰다. 한국에 돌아와서 내가 아는 사람들에게 물어보았다. 다들 튀김용이 아니고 생야채에 뿌려먹는 것이라고 말했다.

나는 프라이팬에 올리브유를 넣어 야채를 튀겼다. 그다음 참기름과 들기름도 튀김용으로 사용했다. 참기름과 들기름은 금방 연기가 나고 탄내가 나서 튀기기에 부적합했다. 그것은 분명 잘못을 만들어낸 사실이었다. 스페인 여행이 없었다면 영원히 잘못된 것들을 옳다고 여겼을 것이다.

나는 요즘 잘못된 병원 진단들이 무섭다. 얼마나 많은 사람들이 피해를 입고 살아가는지 우리는 알 필요가 있다. 어느 날 후배 교수와 함께 세미나에 참석했다. 갑자기 그 교수가 당황하며 어쩔 줄 몰라 했다.

- 왜? 무슨 문제가 생겼습니까?
- 갑자기 산부인과 병원에서 빨리 오래요.

우리는 세미나를 접고 산부인과로 달려갔다. 부인 검사 검진표에 그가 암으로 진단됐으니 빨리 수술하라고. 나는 어이가 없었다. 의사들은 당장 수술하지 않으면 그가 죽을 것처럼 설명했다.

- 다시 다른 병원에서 재검진하자.

그는 다른 유명한 병원에 가서 검진했다. 좋지는 않지만 수술할 단계는 아니라고. 우리는 지켜보면서 병원치료를 받았다. 그리고 1년 후 그는 완치됐다. 병원은 무조건 사람을 수술해서 병원의 수익성을 높이는 데 초점을 맞추고 있다는 생각이 들었다.

한 다른 친구가 젊어서 유방에 혹이 생겨 수술했다. 그 혹은 병원에서 암으로 진단했다. 그리고 그 혹을 그 즉시 제거하느라 수술했다. 나이가 들어 그 친구는 분명 오진일 것이라는 생각이 들었다. 그의 식구들 중 어느 누구도 암에 걸린 사람이 없었고, 그 스스로 스트레스 받을 일도 없었던 것이다. 병원에서 갑자기 서둘렀고, 무서움에 떨어 그들의 말에 끌려 복종할 수밖에 없었던 것이다. 그 수술로 그는 오랫동안 고생했다. 유방 절제 수술은 그를 한쪽으로 기울어진 불균형 몸체로 만들었다. 그가 나이 들어 깨어났을 때, 그는 분명 병원의 오진임을 깨달았다.

병원은 환자 치료보다 돈을 버는 것이 더 큰 목적이 됐다. 인간의 존엄성은 뒷전이 됐다. 진정 인간적인 의사를 찾아 치료하며, 인간답게 사는 것이 어려워졌다. 우리 몸은 우리가 지키며 보호할 필요가 생긴 것이다. 나는 병원을 신처럼 여기며 병원에만 의탁하는 것이 못마땅하다는 생각이 들었다. 그들은 신이 아니다. 그들의 전공 분야를 잘 살려서 우리들의 몸을 보살펴주기를 빌 뿐이다. 그런데 그들이 필요 이상으로 몸을 해부하며 그들의 실험 대상으로 사용하고 있음을 느낄 때 그들을 혐오하게 되는 것이다. 제발 그들이 양심 있기를 빌 뿐이다.

어느 날 갑자기 검찰이 우리 집으로 쳐 들어왔다. 그들은 모든 것을 조사했다. 그리고 통장을 샅샅이 살폈다. 내 통장들은 모두가 텅 비었다. 거의가 마이너스 통장일 뿐이었다. 친정 어머니, 동생 이름으로 된 통장들을 챙기고, 남편을 데리고 집을 떠났다. 황당했다. 이게 어쩐 일인가?

나는 걱정하지 않았다. 남편은 평생을 동료, 선배, 후배들에게 한마디 로 욕심내지 못하고, 그들로부터 당하고만 산 인생이었다. 열심히 선배를 도우며 최선을 다했지만, 나중에 승진할 때나 특별상을 수여할 때 그는 빠지는 인생이었다. 후배를 위해서 자기가 맡은 직책을 고스란히 남겨줬 다. 30년 동안 그 후배는 외국 근무를 잘도 챙기며 즐겼다. 그 후 한국에 돌아왔고, 곧 승진 자리를 잘도 받았다. 후배니까, 그러면서 남편의 후임 자리를 잘도 받았다. 그러면서 선배를 앞질러 승진하고자 남편을 보기 좋 게 내친 사람이었다.

공무원의 승진 세계는 악의 세계였다. 의리와 도리가 없었다. 정치계와 손을 잡고 자신의 위치를 다지려 하는 자들로 가득했다. 그들은 정치계 에 아부했고, 정치계는 그들의 동향 사람 혹은, 지연, 학연을 찾아가며 자 리를 안배했다. 나는 내 남편이 바르기 때문에 속이 뒤집혔다. 나 같으면 골백번 그 못된 후배를 내쳤을 것이다. 그러나 남편은 그를 잘도 이해했 다. 남편은 성질이 불같고, 바르지 못하면 참을 수 없어 하는데 어쩌면 그 렇게 잘도 참아내던지.

그는 해군에 있을 때도 상관의 요구를 들어주느라 바빴다. 제대하고 다 른 부처로 발령받아서도 그 해군 상관은 죽을 때까지 남편을 이용하고, 써먹었다. 부처에서 그는 열심히 최선을 다했다. 같은 동료들과 선배, 후 배들은 해외 유학을 갔고, 해외 근무를 잘했다. 나는 평생에 외국 가보는 게 소원이었다. 사십이 넘어 오십이 다 되어가도 남편 따라 해외 구경하기 는 틀렸다는 생각이 들었다. 주변의 고시 출신 선후배들과는 달랐다.

나는 속이 터졌다. 미국, 독일, 스위스, 일본, 중국 등 못 가는 사람은 내 남편 혼자였다. 나는 속상했다. 결국 나는 아이들을 데리고 빚을 내서 유럽 배낭여행을 떠났다. 떠나면서 나는 쪽지를 써놓고 갔다.

- 당신은 우리나라를 잘 지키시오. 당신이 있어야 부처나 정부를 잘 지킬 수 있을 테니까요.

나는 속이 시원했다. 답답하고 꽉 막힌 사람에게 원수를 갚는 느낌이 났다. 그는 한 술 더 떠서 우리에게 청와대로 잡혀오지나 말라고. 우리가 외국 한 번 가는 것이 무슨 큰 잘못을 저질러서 죄가 되는 것인지를 나는 묻고 싶었다. 그리고 우리는 룰루랄라, 한 달 보름을 여행했다.

그런데 후배들의 농간으로 결국 그는 명퇴를 해야 했다. 나는 장관이나 차관 자리를 동료와 선배. 후배들이 돌아가면서 하기를 바랐다. 선배가 한 후에 후배가 물려받는 게 좋았다. 부처에서 오랫동안 익혀온 노하우를 잘 활용하면 좋은 결과가 이루어질 것이라 믿었다. 그러나 사람들의 욕심은 그렇지 않았다. 우선 각자 자기가 선배를 쫓아내고 최고의 자리를 차지하는 데 집중했다. 온갖 정치적 배경을 동원했다. 지연, 학연 등을 내세워서 자신의 입지를 굳혀 차지했다.

나는 그들의 어리석음을 말할 수 없었다. 최고의 자리는 길지 못했다. 연수를 채우지 못했다. 재임 중에 또 다른 후배가 그 자리를 탐냈고, 결국 그 자리를 물려줘야 했다. 물려줄 때 그들은 나이가 훨씬 어렸다. 50대 초반이나 중반이 못됐다. 아직 가정적으로 안정되지 못했고, 애들은 막 대학을 입학했을 것이다.

왜 그들은 그렇게 최고의 자리를 탐내고 상대방을 몰아내야 하는지 몰랐다. 결국 자기 살을 깎아먹는 일들인데. 퇴직 나이인 육십쯤까지 서로 오랫동안 근무한 노하우를 적절히 유용하게 국가를 위해 봉사하면서, 합리적으로 운영하고 국민을 위해 헌신하면 얼마나 좋을 것인가?

어쩌다 정치계에서 그들의 목적에 맞는 사람을 뽑아 각각의 부처에 배정했다. 배정된 부처에 대해 그들은 직무 능력이 없었다. 그들은 우두머리인 장관직에만 관심을 집중했다. 그때부터 그 부처는 엉망이 됐다. 아래위 체계도 맞지 않았다. 그들은 무조건 자기도 모르는 방향만을 제시했다.

그것이 정치적 목적과 같아서 그들은 그렇게 그쪽 방향을 고집했다. 그들은 자기 방향을 몰랐다. 그들도 모르는 것을 아랫사람에게 노를 저어서 나아가라고 재촉했다. 그들 또한 어느 쪽으로 가라는 것인지, 실무진들은 우왕좌왕했다. 결국 국정의 조직체는 흔들리는 것이다. 나는 정치, 경제, 언론, 국정의 조직체 등이 얼마나 불합리하며 이기적인 집단인가를 내 몸으로 느끼며 평생을 살았다.

명퇴한 남편은 조용히 살고자 했다. 줄줄이 명퇴된 사람들은 각자 걸맞은 공기업 자리로 옮겼다. 이름 있는 자리에서 그들은 자기 몫을 다했고, 능력 있는 자들은 오랫동안 버티고 버텼다. 남편은 퇴직한 사람들이 외면하는 허름한 자리로 간신히 들어갔다. 그는 그곳에서 열심히 회사를 키웠다. 최선을 다하며 키웠다. 조그만 회사가 매출액이 커졌다. 일이 년이 넘어서 700억 이상이 됐다. 그때부터 공기업인 그 회사를 정치계에서 집어먹고 싶어 안달이 났다. 어느 모 국회의원은 계속 남편을 쪼아대면서 괴롭혔다. 그는 그 회사를 먹어치우려고 애썼다. 남편은 빼앗기지 않으려 안간힘을 썼다. 그들은 싸우고 싸웠다. 몇 년을 걸려 싸웠고, 남편은 퇴직했다. 그 후 신문에 그 모 국회의원은 감옥에 들어갔다는 기사가 나왔다.

그 후 우리는 모든 것을 내려놓고 쉬기로 마음먹었다. 우리는 남동생이 회사의 법인 장으로 가 있는 중국 상주로 갔다. 그곳에서 한 달 내내 살았다. 살면서 인생을 되돌아봤다. 그때쯤 다시 아주 작은 회사 회장이 자기 자리를 물려받아달라고 부탁했다. 그는 같은 부처의 선배였다. 그는 나이가 많았다. 팔십이 넘은 나이였다. 그는 차관에게 말했다. 차관이 그 회사를 키워주기를 바라면서 그 자리에 가주기를 부탁했다. 나도 아직 나이가 있으니 가는 것이 좋겠다고 했다.

우리는 한국으로 돌아왔다. 그리고 그 회사에 들어갔다. 그는 열심히 일했다. 직원들은 10년 전 봉급을 그대로 받고 있었다. 그는 사업을 확장하며 회사를 키웠다. 임대 사무실을 버리고 새 사무실을 마련했으며, 직원들의 봉급과 복지를 크게 늘려줬다. 세월은 빨랐다. 업계에서는 경제성 있는 회사라며 다시 눈독을 들이면서 새롭게 그 회사를 집어먹으려는 자들이 나타났다.

경쟁업체들은 그 회사를 소멸시키려고 애쓰면서 법정으로 끌어냈다. 그 회사가 누리는 생산성을 자기 회사로 돌리려고 온갖 정치적 배경을 동원하여 그 회사를 괴롭혔다. 법은 문서의 기록을 몰랐다. 그들이 만든 거짓의 문서를 믿으며 회사와 남편을 괴롭혔다. 남편은 잘 버텼다.

적은 회사 내부에서 생겼다. 협력 업체를 선정한 연구소장이 그 업체와 서로 밀착하고 서로 공조해서, 일들이 모두 어그러졌다. 남편은 잘못을 시정해 나갔으나, 협력 업체는 남편 회사를 소멸시켜서 자기네가 이권을 독차지하고자 했다. 그들은 정치적 배경을 동원했다. 그리고 회사 연구소장과 결탁해서 남편을 죽이기로 작정한 것이다.

그들은 지방 검찰청 특별수사부에 남편을 고발했다. 고발될 당시 정치적으로 현 정부는 깨끗한 정부로 국민에게 거듭남을 보여주려는 시기였다. 정부는 검찰에게 더럽고 추한 것들을 일망타진하라는 지시를 내린바 있었다.

검찰에 고발된 사건 모두가 그들의 밥이 되었다. 그것은 그들의 업적이 되고, 승진의 발판이 될 것이다. 그래서 고발된 자들은 그들의 밥이 되어야 했던 것이다. 남편은 1급 고위직 출신이었다. 그는 그들의 입에 맞는 떡이었다. 그들에게 남편은 죽어줘야 하는 인물인 것이다.

지방 검찰청 특수부는 어느 날 몇십 명을 대거 투입해서 회사를 온통 압수 수색했다. 그들은 남편이 비자금을 만들어 그가 있던 부처의 장 차관들에게 돈을 주었을 것이라는 가정하에 수사를 했다.

그들은 계속 뒤졌다. 장롱 속의 묵은 통장도 뒤졌다. 통장은 제대로 있는 잔고가 없었다. 거의 다가 마이너스 통장이었다. 잔고가 있어야 힘이 있는데, 묵은 통장이나 새 통장이나 잔고가 온전히 있는 것은 하나도 없었다. 이것저것 뒤졌지만 그들의 눈에 돈 될 만한 것은 보이지 않았다. 그들이 찾은 것은 짝퉁 만 원짜리 몇 개인데, 그들에게 그것이 명품가방으로 보였다.

- 이 가방들 명품인가요?
- 가지고 싶으면 모두 가져가세요. 지하 터미널에 그런 거 많습니다. 1만 원이면 삽니다.

남편은 말이 없었다. 풀이 죽어 주눅이 들어 있었다. 나는 계속 떠들었다. 잘못이 없음을 과시했다. 남편은 그럴 사람이 아니라고.

곧 처음으로 남편 동창 변호사로부터 문자가 왔다. 그는 고등학교 동창으로 유능한 검찰청 검사였었다.

- 사모님, 뵌 적은 없지만 조×× 변호사입니다. 최선을 다해 보겠습니다. 편안한 마음으로 기다리십시오.

그렇게 검찰들은 남편을 구속 기소했고 시간은 급박하게 변화해갔다. 그때부터 나는 그들과 나, 또 다른 내면의 나와 싸움을 시작했다. 나는 위통을 겪어야 했다. 남편은 남편이고, 나는 나였다면서, 나를 달래서 나를 살게 해야 했다. 위통은 나를 꼼짝도 못 하게 만들었다. 온몸이 경직되면서 위가 딱딱하게 굳었다. 아프다는 말은 통하지 않았다. 숨죽이며 몸을 똘똘 말고 울음을 참아야 했다. 뜨거운 찜질팩을 배에 올렸다. 눈을 감고 숨을 몰아쉬고 나를 잠재우도록 노력했다. 몇 시간이고 나는 그렇게 했다. 한참 후에 나는 뜨거운 물을 마시고 나를 달랬다.

- 모든 것은 잘될 거다.

일시적인 환란이 있는 거라고. 갑자기 심장마비로 죽는 일도 있는데 뭘 그러냐고. 시간이 가면 다 해결될 거라고. 나는 나를 달랬다.

시간은 한참 지났다. 급한 상황을 알고 회사 임원들이 전화했다. 그동안 여러 가지 정황이나 일들을 소상히 설명하면서, 나는 아무렇지도 않음을 강조했다. 사실이 그랬다. 스스로 아무렇지도 않았다. 난 강했다. 오히려 남편이 겉모습과 달리 마음이 여렸다. 그가 힘들어하는 모습이 안타까웠다. 언젠가 수사 받으러 가다가 한강에 빠져 자살한 사람이 기억났다. 그도 공무원이었다. 내가 알기로 내 남편도 그러고 싶을 것이다. 고지식하고 직선적이며 한 치도 어김이 없는 사람에게 올가미를 씌우면, 그들은 이름을 걸고 죽을 수밖에 없는 것이다.

나는 그가 집을 떠날 때 말했다.

- 걱정 마시오. 내가 이 집을 잘 지키고 있을 테니. 그곳에서 한 일 년 조용히 명상 공부한다 생각하시오. 그곳은 인생의 진짜 공부인 깨달음의 지름길이 될지도 모를 것이오.

이 나이(육십 중반)에 다시 새롭게 할 일도 없고, 더 높은 승진의 일도 없는 것이다. 마무리 정리 인생에 다소 흠이 있는 훈장이 있어도 상관없는 것이다. 지금의 오점은 마지막 인생을 정리하는 과정의 훈장으로 여기자고. 역시 당신은 공무원 체질이지 사업가 체질은 아니라고.

처음으로 면회가 시작되었다고 변호사 측에서 연락이 왔다. 그쪽은 확신했다. 사건이 될 수 없는 일이라고. 남편이 돈을 쓴 것도 아니고 돈을 어떻게 한 것이 아니니 걱정 말라고. 그러나 법원은 법대로 법을 해석할 수 있고, 아닌 것을 법 속으로 넣을 수 있었다. 법은 무서웠다. 해석에 따라 법원 사람들 쪽 편으로 죄인을 만들었다. 죄인은 그것이 무서웠다. 역사적으로 볼 때 이순신 장군도 그랬다. 그는 임금의 칼에 죽기는 싫어했다. 그것은 무의미한 죽음이었기 때문이다. 병신년에 의병장 김덕령이 장살되었을 때, 그 또한 수긍할 수 없는 죽음이었다.

그해 봄에 충청도 부여에서 이몽학이 반란을 일으켰다. 그의 무리는 일만이 넘었다. 그는 의병 행세를 했다. 그때 김덕령은 진주에서 도원수 권율의 막하에 있었다. 김덕령은 도원수의 명령에 따라 토벌군을 이끌고 진주에서 남원 운봉까지 나아갔다. 그가 부여로 입성하기 직전에 이몽학은 부하의 칼에 맞아 죽고 반란군은 흩어졌다. 김덕령은 하릴없이 군사를 거두어 진주로 돌아갔다. 서울로 압송되어 간 반란 연루자들은 김덕령을 공모자로 끌어들였다. 김덕령의 부여 진입이 늦어진 까닭이 그가 이몽학과 내통하고 운봉에서 일부러 지체했다는 혐의가 성립되어갔다.

도원수 권율은 진주로 돌아온 김덕령을 체포해서 하옥했다. 권율은 김덕령의 혐의 내용을 수사하지 않았다. 그는 김덕령을 묶어서 서울로 보냈다. 그는 의금부에서 심문받았다. 그는 조용했다. 임금은 그가 형장을 가벼이 여겨서 태연하고 조용하다면서 임금은 그를 쳐 죽였다. 김덕령은 풍모가 단아한 선비였다. 그는 진주에서 이겼고, 담양에서 이겼다. 그는 영남의 고을을 온전히 지켜냈다. 그는 삼군에서 가장 용맹한 장수였다. 그는 용맹했기 때문에 죽었다. 『칼의 노래』(김훈)를 읽었을 때 나는 울고 싶었다. 지금의 상황은 어쩌면 그렇게 역사 속을 걷는 것처럼 시간이 지속되는 것인지도 몰랐다.

검찰 측 최xx 검사는 자기 몸에 꽃을 피우기 위해서 남편을 죽여야 했다. 혐의 없음을 혐의 있게 해야 했다. 그는 남편에게 집착했다. 남편은 고위 공무원으로, 그에게 적합한 사람이었다. 그가 지방 검찰청 특수부 검사로서 비리 사건의 주범을 잡아내는 것은 그를 한 단계 높이는 기회가 되는 것이었다. 그에게 진리와 진실은 남아 있을 수 없었다. 대거 수십 명을 투입해서 큰 거물을 낚은 것처럼 수사를 확대했다. 그러나 생각만큼 사건이 큰 것도 아니었다. 그는 내심 부글부글 끓는 심정으로 사건을 부풀려야 했다. 그리고 그의 업적을 높일 수 있도록 주력했다.

주위 측근 선후배들은 사건을 덮어야 할 것이라고 말했다. 그러나 그는 그럴 수 없었다. 사건을 덮기에는 자기가 너무 크게 벌여놓은 사건인 것이다. 그는 억울했다. 억울하기 때문에 죄목을 부풀렸다. 나는 속이 부글부글 끓었다. 어찌할 수 없음에 대해 분통이 터졌다. 나는 그의 상대가 될 수 없었다. 그는 힘있는 강자였다. 남편과 나는 약자일 뿐이었다. 나는 시간을 기다렸다. 자연계가 그를 쳐주기를 바랄 뿐이었다. 나는 그를 악담으로 치는 것이다. 죄 없는 자를 죄 있게 하는 그를 나는 죽이고 싶었다. 나는 우리 모든 존재가 똑같이 죽어감에 위안을 받았다.

그도 죽을 것이고 우리도 죽을 것인데, 불편함을 겪는 것으로 죽음이 더 어떠해지는 것이 아닌 것이다. 그러나 시간이 가면 그도 남편과 같이 죽어갈지도 모르는 것이다. 역사는 그랬다. 항상 역할이 바뀌면서 주고받았다. 세상은 계속 시간 속에서 흘러갈 것이다. 금방 죽이는 자와 죽임을 받는 자들은 죽음의 계곡에서 만날 것이다. 죽음 속에서 앞서거니 뒤서거니 하는 것을 우리가 알 것이고, 그런 사실들이 아무것도 아닌 헛된 짓임을 우리는 깨달을 것이다. 내가 살아가는 나머지 나날들을 진정한 마음으로 깨끗하고, 정직하게, 하늘에 부끄럼 없는 나날이기를 빌 뿐이다. 그리고 나는 빌었다. 제발 이제 더 이상 억울한 일들을 다시는 겪지 않기를….

*

날씨가 몹시 흐렸다.

보슬비와 물안개가 바다와 호수를 덮었다. 많은 시련의 나날이 계속되고 있었다. 시련 속에서 여동생, 남동생, 제부 등과 만났다. 우리는 시화호를 거닐었다. 한쪽은 바다, 한쪽은 호수, 그 사이에 공원을 만들고 조력박물관을 설치했다. 사람은 많았다. 입장 장소에는 7080 음악이 있었고, 불우 이웃 모금함도 보였다. 아담하게 바다 주변에 산책길을 나무로 만들었다. 계단 사이에 바위 화단과 소나무가 어우러져 멋지게 보였다. 사람들은 사진을 찍었고 개똥에 밟힐 뻔한 일을 잘도 피했다.

야, 우리나라 살기가 참 좋구나! 화장실도 예쁘게 잘해놓았고. 나는 감탄을 연발했다.

- 조력 발전소가 뭐냐?

- 조수 간만의 차가 9미터니까, 물이 들어오고 나가고 할 때 전기를 만들어 저장하는 겁니다.

- 그런데 과연 경제성이 있는지는 생각해볼 문제입니다. 이 조력 발전소가 화력 발전소보다 설치 유지비 대비로 얼마나 더 경제력을 가질지는 모르는 일입니다.

- 그래, 틀림없이 사업자가 시행을 위해 행정 집행부에 경제성을 들며 꼬드겼겠지.

- 물론 집행부에서 그쪽과 관계를 맺으며 돈을 얻어냈을 것이고.

- 후에 그들 중 몇 명은 경쟁업체의 고발로 또 연행돼서 법원으로 구속되고, 판사, 검사, 변호사가 서로 결탁해서 돈 먹기, 자기 업적 쌓기를 할 테고.

그렇게 우리는 돌아가는 형편을 이해하게 되었다. 이곳에 설치된 조력 발전소는 결국 국민의 세금으로 만든 것이다. 그래서 우리는 열심히 세금을 내야 하고, 그 세금은 옳다, 그르다 하면서 시비가 벌어질 것이다. 그래서 결국 나누어주고 나누어먹는 것이 되는 것이다. 그렇게 경제는 돌아가고 그 경제 속에서 우리는 살면서 죽는 것이 되지 않겠는가?

남동생은 말했다. 우리 모두들은 이제 도의 길 쪽으로 입문하고 있다고. 남편이 구치소에 수감되고 있다 보니 우리는 새로운 공부를 하게 됐다. 새롭게 일어나는 사건을 이해할 수 있는 것이다. 나는 그쪽에는 무조건 특별한 사람만 가는 것으로 알았다. 험악한 살인자, 대형 집단 깡패나 폭력배들. 아니면 회사를 통해서 서민들 등골 빼먹는 사기꾼들만 가는 곳으로.

그러나 그렇지 않았다. 평생을 공무원으로, 자기가 없으면 국가가 쓰러질 것처럼 살았던 사람. 동료 선후배들은 해외 유학, 해외 근무를 수시로 했지만, 자신은 가면 안 되는 사람으로. 그렇게 공직을 마치고, 선임된 회사에 최선을 했던 사람이 수감되는 곳이라니! 나는 이해할 수 없었다. 나는 국가에 대한 배신을 느꼈다. 한 치도 평생을 하늘에 대해 부끄럼 없이 살았다고 자부했다. 그런데 그렇게 구속 사건이 일어나다니. 나는 일을 어떻게 잘 해결할 것인가에 집중했다. 그가 검찰청으로 가면서 동창 친구 전화번호를 주고 갔다. 남편은 자기 친구를 철석같이 믿었으며, 나는 선임료를 주어야 했다.

나는 급히 빚을 냈다. 나는 온몸이 떨렸다. 육십 세가 넘으면 자연스럽게 편안하게, 고요하게 살기만 하면 될 것으로 여겼었다. 갑자기 이런 일이 생기리라고는 상상할 수 없었다. 친구는 유명한 검사장 출신이었고 남편의 사건은 별일 아닌 것으로, 모든 것이 잘될 것으로 판단했다.

사건 진행은 쉽지 않았다. 악덕 경쟁업체 회사가 온갖 정치·경제계 배경을 대동해서 남편 회사 죽이기에 집착했다. 그것이 자기 회사를 살리는 것이었다. 때마침 정치계는 자신의 치적 쌓기에 집착했다. 정치 지배자들은 우선 사회의 악을 물리치고 깨끗이 청소하겠다는 심산이었다.

그들은 법조계를 조였다. 법을 어긴 자를 강하게 처벌하라고. 그것은 법조계를 높이고 그들 자신을 높이는 일이라고. 법은 무서웠다. 죄 없음은 죄를 만들어야 했다. 그들의 힘은 강했다. 정치 지배자와 법치자들은 아귀가 딱 맞았다. 그들의 세계가 온 세상을 뒤흔들었다.

정치인들의 치적 쌓기와 검사장들의 실적 쌓기가 한데 묶였다. 그것이 특수부의 특감으로 만들어진 것이다. 남편은 관피아 처단 명목하에 특수부 특감 먹이로 딱 어울리는 먹잇감이었다. 그들은 큰 먹잇감으로 생각했다. 그들은 신이 났다. 조사를 위해 수사 인력을 대거 투입했다. 그러나 그렇게 큰 먹잇감이 되지 못했다. 수사관을 대거 투입하고 대대적으로 수사를 했지만, 결과는 미미했다. 그들은 생각만큼 결과물이 나오지 않아 분통이 터졌다. 입을 크게 벌려 한입에 먹으려 했는데 그렇지 못했다. 그들은 그냥 포기할 수 없었다. 그들은 사건을 포장하기 시작했다.

먹잇감을 포장해서 치적과 실적 쌓기로 만들었다. 그곳에 죄목을 넣어 아름답게 포장했다. 남편은 꽃 포장하기가 좋았다. 부처의 1급 퇴직자. 관피아 관련 상품으로 상표가 제격이었다. 그들이 주장하는 몇억 원을 남편이 스스로 자신을 위해 남용했어야 하는데, 그 돈은 그대로 연구개발 목적에 사용되었던 것이다.

그들은 계속 몇억 원을 유용했다고 강조했다. 연구비가 연구소 건축비로, 연구소 건축비는 다른 용도로. 그들은 다른 것으로 유용했음에 집착했다. 우리들의 가난한 살림에서 식비는 학비가 되고, 학비는 부모님 병원비가 될 수 있는 일인 것을. 그들은 법 속에서 법의 규칙을 말했다. 남편은 법 속에서 죄목이 합당했다. 남편은 그들의 법 규칙 속에서 구속되는 것이다.

결국 남편은 기소됐다. 그는 검찰의 뜻대로 죄목이 정해졌다. 검찰은 사실 남편이 공금을 횡령해서 부처의 장차관에게 몇 억 원씩을 상납했을 것이라는 가정하에 그 사건 수사를 벌였다. 그것이 검찰 특수부의 업적이며, 치적이 되는 것이다. 그런데 아쉽게도 그러지 못한 것에 대한 분풀이가 생겨난 것이다. 정말 웃기는 짜장면이라 말할 수 있었다. 나는 그때 생각했다. 우리나라는 아직 민주주의가 멀잖아? 아니다. 역시 역사는 계속 되풀이되는구나. 『칼의 노래』, 이순신 장군을 읽으면서 김덕령 사건, 곽재우 사건을 생각했다. 남편이 평생 국가를 위해 헌신했지만, 김덕령의 죽음과 혐의에서 풀려나서 산속으로 들어가 평생을 은거하고 산 곽재우의 삶을 생각했던 것이다. 나는 어서 빨리 모든 것을 버리고 곽재우의 삶이 되기를 바랐다.

기소 후 나는 구치소로 갔다. 처음에 구치소가 뭔지, 기소가 무슨 말인지 몰랐다. 나는 컴퓨터로 찾았다. 구치소는 형사소송 절차의 수행을 위해 피고인을 관리하는 시설이었다. 기소는 검사가 법원에 대해 형사 사건의 심판을 청구하는 일이었다. 처음엔 그 용어 자체가 낯설었다. 나와 상관없는 일로 육십 년 넘게 살았는데, 이게 웬 날벼락일까를 생각했다. 그래도 시간이 가면서 그쪽 일에 적응했다. 어떡하면 남편을 구치소에서 빨리 구출할 것인가를 고민했다.

처음으로 기소 후 남편을 접견 갔다. 남편은 몸이 부었다. 회색 옷을 입었고 수용자 번호가 붙었다. 얼굴은 부어서 물에 불린 모습이었다. 남편은 내 눈을 맞추지 못했다. 자신을 어찌해야 할지 몰라 했다. 나는 그를 편하게 해주려 애썼다. 그리고 계속 떠들어댔다. 접견 시간은 짧았다. 십여 분쯤 됐다. 그 시간 안에 필요한 말을 다 해야 했다. 나는 미리 말하고자 하는 것을 메모해서 전달했다. 그리고 간곡히 말했다.

- 마음을 편안하게 하고 건강만 지켜요. 이곳은 내가 알아서 아이들 잘 보고, 부모님들 보살피고 있을게요. 이런 기회에 열심히 명상도 하고, 심신을 단련하세요.

면담 후 나는 서울로 올라왔다. 우리나라는 좋은 나라였다. 아침에 남쪽 끝을 갔다가 오후에 서울로 올라올 수 있는 것이다. 서울 집으로 오니 남동생이 중국 출장 갔다가 위로 차 와 있었다. 우리는 이것저것을 얘기했다. 그는 말했다. 변호사보다 중요한 것은 사무장이라고. 사무장이 일머리를 잘 알고 뒤처리를 더 잘 알려준다고. 나는 다시 생각해봤다. 이미 2차 착수금 계획을 계약한 상태였다. 나는 지방과 서울의 변호사 선임료를 찾아서 확인하기 시작했다. 선임료는 500만~2,000만 원이었다. 착수금 따로, 성공사례 등도 선임료의 반이면 됐다.

나는 다시 남편이 소속된 법원의 형사, 민사에 관련된 변호사를 추적했다. 그 지역에서 가장 우수한 사람이 누구인가, 승소율이 높은 사람이 누구인지를 따져보기 시작했다. 내가 인터넷 사이트에서 찾아본 사실로 볼 때, 재판이 계속 진행하면서 길어지는 기간은 총 18개월이면, 사실 재판이 끝날 수 있는 것이다. 집 한 채 값을 날리지 않고 고스란히 법을 수용하고 조용히 감옥에 18개월을 있어주면 될 수도 있다는 것을 그 사이트에서 보았다. 그것이 사실인지는 알 수 없었다. 그것이 맞는다면, 그러나 이것저것을 따질 때 6개월 동안 재판을 진행해서 죄를 인정하고 집행유예로 나오게 하는 것이 승산 있는 것으로 변호인 측은 말했다.

죄 없는 것으로 밀고 가면 재판이 길어지고 빠져나오기가 쉽지 않다고 설명했다. 웃기는 일이었다. 죄가 아닌 것을 죄라고 인정해야 그곳을 벗어날 수 있다니, 이것이 법인 것인가? 우리는 최선을 해서 그곳을 나오는 것이 목표였다. 분명 남편의 죄목은 죄일 수 없는 것에 죄를 덮어써야 하는 것이다.

서울 쪽 변호사 친구나 지방 쪽 우수한 변호사도 그렇다고 말했다. 우리는 고민했다. 서울 변호사를 선택할 것인가, 지방 쪽 변호사를 선택할 것인가? 이미 서울 변호사 친구가 선임료를 받았고, 그가 구속 없이 벌금이나 집행유예로 사회생활이 가능하게 할 것으로 우리는 믿었다. 그런데 그만 불구속 입건은 잘 처리되지 못했던 것이다. 시간은 계속 지연됐다.

검찰 측은 죄를 물었고, 죄를 말하라 강요했다. 남편은 부하직원이 만든 모든 죄를 스스로 자처해서 자신의 죄로 만들었다. 죄는 무거웠다. 남편은 사사로운 죄를 자기 것으로 해야 한다 생각했다. 직원은 거짓으로 거짓을 말했다. 그 직원은 죄를 남편에게 씌웠다. 그래야 자신의 죄가 가벼워질 거라 믿었다. 그는 어리석었다. 그 또한 젊고 두려웠다. 자기의 죄를 윗사람에게 미루어야 죄가 가벼워질 것이다.

남편의 측근 양심 있는 부하직원은 그 부하직원을 죽이고 싶었다. 법정에서 만나면 부글부글 끓었다. 남편이 그 회사의 회장이었으니, 남편은 회장직으로서 모두를 수용했다. 부하직원을 벌주고 싶지 않았다. 온갖 거짓이 부풀려져 회장은 죽어야 마땅했다. 나는 남편을 구출하는 데 집중했다. 그러나 어떻게 구출하는가를 몰랐다.

법의 말은 법일 뿐이었다. 법의 말을 나는 다시 나의 말로 이해해야 했다. 인터넷상의 법 언어는 법을 이해하게 하는 서비스가 있었다. 그러나 변호사 측의 법 언어는 내가 이해할 수 없었다. 그들은 그들이 필요한 것만 요구했고, 내가 필요한 것을 그들은 법으로 무시했다. 나는 속이 답답했다. 의사소통이 되지 않았다. 나는 모르는 것들을 인터넷으로 찾으며 이해했다.

법으로 법을 말하는 변호사 측에 나는 분노가 일었다. 그러나 나는 법을 몰라 말할 수 없었다. 시간은 계속 지나갔다. 머릿속은 복잡했다. 법과 죄와 남편, 변호사, 구출이라는 언어로 날마다 머리에서 싸웠다. 나는 결국 재판을 위해 새로운 변호사를 선임해야 했다.

나는 고민했다. 친구 측 변호사를 남편은 선호했는데, 다시 지방의 유능한 변호사로 교체하는 것이 옳다고 남동생은 말해주었다. 처음에 일어나는 재판은 검사였던 변호사가 유리하지만, 이제 다음 재판을 위한 변호사는 판사였던 변호사를 구해야 유리할 것이라 했다. 그것이 남편을 구출하는 데 더 나을 것이라 말했다.

나는 2차 계약을 파기하기로 마음먹었다. 나는 친구 변호사에게 전화했다.

- 저는 이번 변호 맡긴 친구 부인입니다. 그런데 사실 이번에 불구속 형태가 될 줄 알았는데 그렇지 못했더군요. 이번에 면회 갔을 때 그곳에 아는 변호사가 있어서 그곳에서 의뢰를 하고 싶습니다. 미안합니다.

- 괜찮습니다. 가족 마음대로이지 않겠습니까?

- 고맙습니다.

나는 마음속으로 야호, 야호를 불렀다. 그동안은 큰 바위를 내 머리 위에 올려놓은 기분이었다. 나는 내 마음대로 변호 측이 달라는 선임료를 주고, 내가 원하는 방식대로 법의 서비스를 받고 싶었다. 그는 그러지 못했다. 그는 그가 필요한 요구사항만 전달했다. 나는 답답하고 무엇을 어떻게 해야 할지 몰랐다. 그가 오라 하면 왔고 가라 하면 갔다.

처음 남편을 면회 가려고 인터넷 신청을 했다. 그러나 그에 대한 절차를 몰랐다. 모든 것을 변호사 측에서 알려줄 것으로 알았다. 그러나 그들은 그것에 대해 나 몰라라 했다. 서둘러서 가까운 구치소에 가서 가족이 수용자 번호를 확인해야 했다. 택시를 탔다. 가장 가까운 구치소를 찾았다. 오후 4시까지 확인해야 하는데, 그때가 오후 3시 30분이었다. 차가 밀려 조바심이 났다.

그것을 알아야 내일 새벽 지방으로 면회를 갈 수 있다. 그때 나는 변호사에 대해 배신감을 느꼈다. 내가 준 선임료가 무색했다. 변호사의 서비스가 무엇인가를 생각하게 되면서 속에서 불덩이가 솟아 올라왔다. 선임료가 아까웠다. 선임료는 무엇을 위한 것인지 몰랐다.

나는 모범택시를 탔다. 달려달라고 부탁했다. 5분 전에 도착했다. 다행히 수용자 번호를 알았다. 변호사 사무실로 되돌아왔다. 그 사무실 직원은 오히려 수용자 번호를 알려달라고 했다. 이럴 수가 있는 것인가? 나는 반문하고 싶었다.

나는 그들을 욕했다. 서비스 정신이 없다고. 나는 변호사들에 대해 다시 생각할 필요가 있었다. 사건을 진행하면서 변호사들의 문제들이 새롭게 이해하기 시작했다. 판사였던 사람과 검사였던 사람들의 체계가 다르다는 것을 알았다. 검사였던 변호사는 검찰청 쪽에 강했고, 판사였던 변호사는 기소 후 판결할 때 더 강했다. 피고인의 위치가 어느 쪽 선에 있는가를 따져서, 더 유리한 쪽에 유능한 사람을 선임해야 하는 것이다.

사건은 계속 늘어졌다. 시간이 길어지면서 정신적 긴장은 계속 극대화되어갔고, 나 자신이 나를 잃어버렸다. 나는 자신을 수습하려 애썼다. 흩어져 사그라지려는 정신을 붙들고 내 몸에게 나는 말했다. 나는 씩씩하

다. 나는 씩씩하다. 주문을 외워 내 몸에 심을 박았다. 눈만 뜨면 나에게
주문을 외우면서 나를 세웠다. 그 주문은 다행히 나에게 힘을 주었다. 주
문과 함께 남편과 했던 것처럼, 그대로 우리가 갔던 산을 찾아 혼자 산행
했다. 산과 나, 남편의 존재를 느끼며 산속을 갔다. 어느 순간 나는 산이
됐고, 산 또한 내가 됐다. 그 속에 남편이 있었다.

이미 눈은 녹아 없었다. 아이젠을 차고 간 산행이 아니었다. 꽃이 피었
다. 분홍 진달래와 개나리가 한창이었다. 산에서 가슴속의 불덩어리를 삭
혔다. 뜨겁게 올라오면서 숨 막혀 참을 수 없음이 산속으로 사라졌다. 일
시적이나마 나는 꽃이 되고, 나무가 되었다. 나는 편안했다. 바람이 불고
하늘이 맑았다. 구름은 하늘에 떠 있었다. 그들의 존재나 나의 존재 감옥
에 있는 남편의 존재는 모두가 지구의 한 공간에서 존재하는 것이다. 무
엇인가 이해할 수 없음이 있지만, 이해할 수 있음이 보였다.

정상에 올랐다. 새 희망과 꿈의 기운을 몸속으로 받았다. 멀리 펼쳐지
는 구름 속 산 그림자가 겹겹이 내게로 왔고, 또다시 내게서 멀어지면서
안개 속으로 사라졌다. 그리고 잠시 후 그 꿈과 희망은 다시 나에게로 왔
다. 산행을 하고 돌아오면 기운이 상승했다. 몸속으로 기운이 들면 주변
일도 잘 풀렸다. 막혔던 것들이 슬슬 풀리면서 어려운 것들도 시간이 가
면서 풀릴 것이다.

*

새로운 반란.

남편의 구속으로 회사는 시끄러웠다. 그래도 회사 회계 담당직원과 연
구 담당직원이 일 마무리를 잘하면 별문제 없을 것으로 생각됐다. 그러나
그 회사 내부에 새로운 배반이 생겼다. 회장직으로 남편이 구속됐지만,

검찰 측이 혐의가 있을 것이라는 가정하에 한창 수색하고 무엇인가를 발견하려고 애쓰고 있었다. 아직 언론 보도나 근거를 들춰내지 못한 때였다. 좀 더 확실한 물증을 찾고 있었다. 그런데 그 회사 연구 팀장은 아직 발표되지 않은 사건 내용을 업계에 알리고자 했다.

그가 이상했다. 그리되면 회사의 손실이 더 클 수 있었다. 아직 신문에서도 밝힌바가 없는데, 오히려 연구팀장이 잘못 처리한 사안으로 문제가 있는데, 그가 오히려 회사 차원에서 공표하고 싶어 한다. 그것은 분명 자기의 이익이 있는 그 무엇에 대한 것으로 추측되었다. 직위가 높은 임직원들이 이미 구속되었으니 회사 위치의 자리다툼? 아니면 확고한 자기 위치의 업적다툼? 알 수 없는 일이었다. 그 팀장이 꼭꼭 숨어서 차근히 일을 성실히 마무리해주는 것이 그의 임무가 아닌가? 이게 웬 말인가? 새로운 배반은 남편을 더 어려운 쪽으로 밀어 넣는 일이 됐다. 나에게는 미칠 일이었다.

참고 있으면 해결될 일을 왜 드러내서 더 복잡하게 하는 것일까? 그는 그런 일로 새롭게 일을 벌여서 책무에 힘쓰지 않고 선동을 일으키는 것일까? 인간쓰레기같이 보였다. 쓰레기들은 쓰레기에 강해서, 쓰레기 일을 주도하는 것이다. 전문적으로 자신에게 입힌 쓰레기를 더 쓰레기 옷으로 갈아입고 설치는 것이다. 그들은 그름을 옳음으로 알았다. 그들은 옳음을 주장하고, 옳음을 강조했다. 나는 머릿속이 하얗게 변했다. 며칠 밤을 고민하다 분통이 터졌다.

어느 날 나는 옳음을 주장하는 팀장들을 만나기로 했다. 퇴근 후 어둑해질 때 연구팀장과 총무팀장이 커피 집으로 들어왔다. 그들의 행색은 신바람 나 보였다. 온몸에 생기가 있었고, 잘 차려입은 옷차림은 회사와 상관없었다. 얼굴은 웃음으로 가득했다. 무엇이 좋은지 총무팀장은 기쁜 기색이 보였다. 그들은 나를 조롱하는 듯한 얼굴빛으로 나를 마주했다. 나는 슬펐다. 그들은 남편이 그렇게 헌신하며 애쓴 회사의 직원으로 보이지 않았다.

*

갑자기 플라톤의 시대가 처해 있던 길
없음의 아포리아가 생각났다.

아테네인들은 동굴의 암흑에 갇혀 있는 죄수들의 집단이다. 그것도 쇠사
슬에 묶인 채 눈앞에서 펼쳐지는 환상의 세계를 진실이라고 착각하는 불쌍
한 죄수들이다. 그들은 앞만 바라볼 뿐 절대로 몸의 방향을 돌려 뒤를 돌아
보지 못한다. 그들은 정면의 벽에 펼쳐진 환영을 참된 세상, 진짜 본질이라
고 믿고 있다. 본질이 아닌 것을 본질이라고 믿는 사람들, 반짝이는 것은 모
두 금이라고 믿는 사람들의 무지와 착각이 아테네의 아포리아를 불러온 것
이다.

그래서 플라톤은 아테네의 시민들에게 스스로 쇠사슬을 끊고 뒤를 돌아
보라고 요구한다. 횃불 앞에서 일렁이고 있는 환영의 진짜 실체를 보라는
것이다. 지금까지 당신들이 믿고 있던 실체는 그림자에 불과하고 사물의 본
질이 아님을 깨달으라는 호소이다. 그러나 아테네인들은 자신들을 꼼짝 못
하도록 옥죄이고 있는 쇠사슬을 끊어버릴 용기도, 환영을 불러일으키는 횃
불을 바라볼 용기도 없었다.

소크라테스는 그래서 죽었다. 소크라테스는 아테네인들에게 이런 불편
한 진실을 깨우쳤다는 이유로 죽임을 당한 것이다. 소크라테스는 쇠사슬을
끊고 몸을 돌려 동굴 밖으로 나간 최초의 자유로운 영혼이었다. 이데아, 즉
본질을 본 사람이다. 그러나 동굴의 어둠 속에 갇혀 있던 아테네인들은 그
런 자유로운 영혼이 위험한 존재라고 보았고, 결국 그에게 죽음을 안겼다.

이런 무지와 착각이 아테네의 아포리아를 초래했다.

- 김상근, 『군주의 거울』

당시의 현상을 비유적으로 설명한 아포리아가 나의 마음속 깊게 파고 들었다. 어떻게 빼도 박도 못 하는 나의 아포리아를 극복할 것인가? 서양이나 동양, 과거나 현재, 아니 미래에도 아포리아는 생겨날 것이다. 자연계의 생리로, 존재하는 일로 생각하는 것이다.

그렇다면 문제를 풀어내야 하는 것이다. 그리고 감옥에서 어떻게 남편이 빠져나올 수 있을 것인가에 나는 집중했다. 나는 남편의 일을 자연계의 일로 분류했다. 당신이 겪어내야 할 일이라고. 그것이 없으면 또 다른 고통으로 당신에게 다가설 것이라고. 어쩌면 죽음을 대신하고 있을지도 모른다고. 죽음보다는 나은 것이라고.

어느 날 산책을 했다. 몇 년 만의 폭풍과 바람이 동반했던 전날의 피해가 산책길을 어지럽혀 놓았다. 길에는 나무 가지가 부러져서 쓰러져 있었다. 철쭉꽃과 참나무 꽃이 떨어져 쓰레기가 되었다. 이제 막 핀 어린 꽃들이 안타까웠다. 도시의 오염물질이 바람에 날려 맑고 투명했다. 숨 쉬기가 편해졌다. 바람이 온통 세상을 뒤집어놓았다. 그런데 나는 바람이 고마웠다. 숨 쉬기 힘든 나날들이 괴로웠는데 모두를 날려버린 것이다. 산책길 옆에서 온갖 새들이 꽈리를 불듯 오그라진 소리를 냈고, 구슬 굴러가는 소리로 지저귀고 있었다. 멀리서 꿩 소리가 났다. 어제의 갑작스러운 지인의 죽음이 떠올랐다.

- 최×× 세무사님, 오늘 2시경 면담할 수 있을까요?

- 세무사님 돌아가셨어요.

- 네? 이게 무슨 소리입니까? 어떻게 돌아가셨습니까?

- 아, 네. 심장마비로요.

- 언제 돌아가셨습니까?

- 작년 시월 육일에요.

나는 깜짝 놀랐다. 인간이 살았다 할 수가 없구나. 그는 부드러운 사람이었다. 그는 내 동갑내기였다. 그는 나에게 여고 골프에 자기 좀 끼워달라고 했었다. 꽃밭에서 놀고 싶다고. 그는 따뜻한 사람이었다. 어느 할아버지가 임대 수익 조금 받는 것을 아껴서 노인잔치를 해마다 열어주고, 자기에게 그곳에 참여해 달라 해서 함께했으며, 그 할아버지가 훌륭하다고 칭찬했었다.

조용히 산책을 하면 오만 가지들이 머릿속으로 밀려 들어왔다. 눈은 푸른 나무 푸른 숲속을 보지만, 머릿속은 딴 생각을 했다.

며칠 전 딸애들 만난 생각이 났다.

- S야, 너 뭐하니? 비 오는데 오늘 공 치니? 실내에서?

- 아니요. 지금 언니네에서 일해요.

- 그래? 그럼 비 오는데 점심을 우리 집에서 하자구나.

- 언니 바꿔줄게요.

- 응, 엄마, 막걸리 먹고 싶대요, S가.

- 그래, 너희 테니스 시합 어떻게 됐냐?

- 팔강에 들어갔어요.

- 응, 그래? 잘했네.

- 일단 점심 먹으러 와.

- 네.

우리는 모였다. 작은애가 고기를 좋아해서 무조건 고기요리를 했다. 오븐에 구웠다. 소시지도 구웠다. 그들은 막걸리에 안주를 삼아 먹었다. 술이 들어가니 말이 많아졌다.

- 언니가 선서를 했어요. 주최 측에서 우리를 꿈나무로 여겨요. 시합 날 어떤 언니가 물었어요. "L 언니는 어디 있니?"라고.

- 네, 지금 선서하러 앞쪽으로 갔어요. 언니가 선서하니 으쓱하더라고

요. 언니가 짱이야. 착하고, 매너도 좋고, 사람들이 좋아해요. 시합할 때, 처음에 얼어서 못 쳤는데, 치다 보니 익숙해지더라고요.

- 잘했다. 그런데 잘해서 우승컵 타면 뭘 할 건데?

- 지금 개나리부에 십 년 혹은 이십 년 동안 대회에서 상 타고 싶은 사람들 다 타고, 너희들은 그다음에 타도 된다. 너희는 나이가 어리니까. 일찍 탄다고 즐거운 게 아니야. 아빠가 부처에 있을 때 장차관 임기가 한 이 년쯤 되는 거 같은데, 삼십 년 넘게 한 고시 선배들이 돌아가면서 부처를 살리고 관청도 살리면 좋겠던데, 후배들이 선배를 몰아내고 정치계와 손잡고 장차관을 하더라. 그들은 나이도 어린데 그렇게 빨리 승진하고, 오십 중반에 퇴직하고 나와서 뭘 할 건데? 별 수 없이 놀든지 일반회사 '따까리' 하러 들어가더구먼. 모든 걸 천천히 선배들 다하게 하고 너희들은 그때 해도 늦지 않는다.

- 우리도 그러려고요.

- 야, 난 너희들이 게임 초반에 떨어져서 너희들이 말이 없는 줄 알았어, 떨어진 것을 물어볼 수도 없고.

- 아빠, 이제 우리 그런 수준은 올라갔어요. 작년에 16강에, 올해는 8강에, 내년에는 4강에 가면 돼요.

시간은 흘러갔다. 아이들(손자)을 어린이집에서 데려올 시간이 됐다. 그들은 가겠다 했고 나는 먹을 것들을 챙겨 보냈다. 이것이 행복이지, 더 뭘 바라겠는가? 식구끼리 오순도순 밥 먹으며 이야기하는 것이 최고의 행복인 것이다. 아이들이 가깝게 사는 것도 행복이고, 수시로 자유롭게 만나서 즐거운 이야기를 자주하는 것도 행복인 것이다.

아이들이 간 후 우리는 몽마르트르 공원으로 갔다. 그곳을 한 바퀴 돌고 산책을 했다. 산책을 하면 항상 내 머릿속은 많은 생각으로 가득 찼다. 바다에 갔다가 산에 가고 미국에 갔다가 유럽에 갔다. 그날의 상황에 따라 이런저런 별스러운 생각을 하며, 구출된 남편과 함께 인도 여행에서 배운 기체조로 마무리를 하고 집으로 돌아왔다. 행복하게 사는 것은 어쩌면 일상적인 일들을 무리 없이 하며 사는 것일지도 몰랐다.

내 말을 하는 것이 즐거워서 글 쓰는 일을 하지만, 혹 누구에게 상처 주면서 내 글을 들어달라 하고 싶지는 않았다. 그리고 기왕 내 글을 읽을 때 그 글이 재미있으면 좋겠다. 나만 즐거워서 떠드는 것이 아니라, 읽는 사람들도 인간적으로 들리고, 즐겁고 행복했으면 하는 바람이 있는 것이다. 읽다 보면 '어, 재미있네?' 하는 정도로. '아이고, 지루해, 읽기 싫다' 하는 마음이 없기를 바랄 뿐이다.

나는 어쩌면 천성적으로 말하기를 좋아했던 것 같다. 그러나 내가 하는 말을 사람들이 그렇게 재미있어 하지는 않는 거 같았다. 그러나 더러 나와 비슷한 정서를 가진 이를 만나면 우리는 밤새워 이야기를 했던 것 같았다. 그럴 때 나는 말 속에 빠져서 특별한 느낌을 가졌다. 나 스스로 구름 속의 허공을 거니는 듯이 했고, 온몸은 뜨거운 감정으로 하늘로 치솟아 나를 잃어버렸다.

그렇게 오랫동안 나는 내가 아니게 되었다. 그러나 그런 것은 드문 일이었고, 육십이 훨씬 넘어서 그런 일은 없었다. 뜨거운 감정이 메말라서 그럴 것이다. 이제 치매도 예방하고 몸을 견고히 하고자 하고 싶은 이야기를 글로 적어보는 것이다. 다만 기록으로 남아서 사람들에게 상처 줄까 두려움이 있을 뿐이다.

*

바람이 몹시 불었다.

그동안 봄비는 물안개가 가라앉듯이 조용조용, 살금살금 소리 없이 내렸었다. 그런데 이번 비는 다를 모양이었다. 높이 붙은 광고판이 팔랑개

비처럼 회전했다. 바람은 지나가는 행인들을 휘몰아치며 불었다. 아파트 골바람이 늘어진 나뭇가지를 부러뜨렸다. 무서웠다. 은행 처리를 하고, 점심때가 지나가고 있었다. 모처럼 만에 터미널 지하식당에서 밥을 사먹기로 했다.

먹거리가 마땅찮았다. 나는 전날부터 속이 더부룩하고 좋지 않았다. 소화가 잘되는 음식을 골라보려 애썼다. 청국장 찌개백반을 골라 시켰다. 작은 보시기에 수저 몇 번 먹으면 끝날 만한 아주 적은 양이 차려졌다. 값은 6,000원이었다. 그 값은 싼 것도 비싼 것도 아니라는 느낌이 났다. 맛없는 김치 한 젓가락과 콩나물 소금무침 조금이 밑반찬이었다.

주변에는 중국 여행자가 많았다. 나는 식사를 하며 화가 났다. 조금 더 풍요롭게 해서 팔면 좋겠는데, 얼마나 이익을 보자고 이렇게 맛도 없고 양도 지나치게 적게 파는지. 다시는 그곳에 들르고 싶지 않은 마음으로 그곳을 떠났다.

여전히 바람이 세찼다. 집으로 돌아왔다. 카톡을 봤다. 테니스 멤버들이 공을 치자는 메시지가 보였다. 우리는 오케이 사인을 보냈다. 운동장으로 갔다. 운동장은 모래들의 쏠림으로 엉망이 됐다. 라인을 그렸다. 게임을 했다. 바람과 공과 싸우면서 공을 쳤다. 간신히 두 게임을 했다.

집으로 왔다. 어제부터 몸속의 냉증이 나를 지배했다. 나는 그 냉증과 더불어 힘들게 나를 견디며 지냈다. 다행히 테니스를 쳐서 몸속의 냉증이 가시는 듯했다. 열심히 몸을 뛰었다. 땀을 흘리니 딱딱하게 굳었던 위가 풀리는 듯했다. 남편은 맥주를 먹겠다 했다. 나는 그래도 음식 먹기는 꺼렸다. 소화불량이 일어나서 먹는 것이 무서웠다.

이런 날은 막걸리로 배를 채우고 과일로 안주를 삼는 게 좋다. 막걸리는 소화가 잘됐다. 옛날 선비 정인지가 식사 대용으로 막걸리를 좋아했다는 것이 이해됐다. 한잔 반을 마셨다. 그리고 뜨거운 탕에서 몸을 뜨겁게 했다. 딱딱한 위를 풀리게 하는 방법으로. 온몸이 어지러우며 요동을 쳤다. 내가 뭔가를 할 때 나를 위한 치료 차원으로 한다는 것이 잘못된 것으로 느껴졌다. 일어서는 것이 어려웠다. 몸을 닦고 옷 입고 곧 침대로 갔다. 쓰러지듯 잠잤다.

새벽에 눈이 떠졌다. 몸은 견딜 만했다. 시계는 5시 30분이었다. 그날이 바로 부부모임으로 강화도에 가는 날이었다. 벌떡 일어났다. 수육을 2킬로그램 삶았다. 쇠고기 고추 조림을 만들었다. 지난번에 동학사에서 사온 당귀 뿌리를 깨끗이 씻었다. 그중 반을 썰어서 초무침을 했다. 이렇게 강한 당귀를 누가 먹을 것인가? 그래도 상차림에는 그만일 것이다. 교동 쌀 준비, 된장과 고추장 준비, 과일 야채, 먹을 물, 그곳에 가서 쑥을 뜯을 칼 준비 등을 했다. 아침은 대충 우유 한 컵에 커피 한잔으로 때웠다.

오전 10시에 집 앞에서 친구 부부를 태우고 강화도로 향했다. 차는 적당히 많았다. 우리가 서쪽 방향이기 때문에 동쪽 방향보다 덜했다. 몸은 전날보다 나아졌다. 길이 덜 닦인 곳에서 정체 현상이 심했다. 한 시간 걸릴 것이 두 시간 걸렸다. 해안 길을 따라 외포리 항으로 갔다. 다른 친구 부부 두 팀을 만나 칼국수 집으로 갔다. 어버이날이라 할머니 할아버지가 많았다. 옆자리 할아버지 부대는 어눌했다. 그 노인들은 식당 아줌마가 어렵게 서빙을 해서 식탁에서 음식을 먹을 수 있었다.

우리는 밴댕이회 무침을 주문했다. 양은그릇에 소금과 참기름이 섞여 나와서, 밥과 비벼 먹고 싶은 대로 덜어 먹었다. 다시 조개 칼국수가 모둠으로 나왔다. 우리는 배가 터지도록 먹었다. 차를 마시고 망양돈대 쪽으로 바닷길을 따라갔다. 갈매기들이 함께 왔다. 우리에게 무엇인가를 바랐다. 머리 위를 배회했다. 바닷물이 들어왔다. 층층이 겹친 바위는 꽃무늬를 만들었다. 회색과 검정색이 겹쳐진 줄무늬 바위가 예뻤다. 그곳에서 각자 인증 사진을 찍었다. 바위를 지나 소나무 숲 벤치에 앉아 바다를 보았다. 맑고 깨끗한 바다가 아니었다. 어렸을 때 서해가 실망스러웠던 기억과 같이 검정 흙탕물이 넘실댔다. 지금은 그것이 에너지가 많은 곳으로 이해가 되었다. 진흙 속에 게와 조개, 갈매기들의 먹이가 많았다.

출항했던 배들이 잡아온 조기 새끼를 기다란 편상 위에서 건조시켰다. 그것을 얻어먹으려고 어물망 속을 갈매기가 기웃거렸다. 검은 진흙 바다, 새하얀 갈매기, 끼룩끼룩 울어대는 갈매기 소리, 부두에서 섬으로 출항하는 여객선들. 모두가 서울보다 이국적으로 보였다. 숲속에서 성곽처럼 돌담으로 둘러쳐진 돈대로 들어갔다.

옛날 몽골족을 물리치기 위한 요새였다. 총포를 쏠 수 있는 돌구멍이 있었다. 바다를 향해 쏠 수 있는 곳이었다. 바닥은 쑥밭이었다. 나는 칼과 비닐 봉투를 과천댁, 사당댁, 반포댁에게 주었다. 그들은 쑥을 뜯었다. 비닐 주머니에 채웠다. 돌담을 돌아 산비탈을 내려와서 젓갈시장으로 갔다. 그곳에서 나는 조기 말린 것과 순무김치를 사서 선물로 주었다. 그리고 우리가 먹을 밴댕이회를 사서 차에 넣었다.

그다음 시골 코크 백화점을 들렀다. 갖가지 물건들이 많았다. 농사철에 쓸 농기구, 장화, 넓은 채양 모자, 꽃모종, 마구 입는 막바지, 꽃 그릇, 베개, 이불 등 모든 것들이 많았다. 그중에서 사당댁이 넓은 챙모자를 집고는 반포 사장에게 사달라고 했다. 사장님은 그러라고. 우리는 모두 좋아라 하고 그것을 사서 썼다. 다시 싱싱 마트에 갔다. 먹거리를 샀다. 과일, 야채, 두부, 맥주, 술, 물 등. 차에 실어 우리가 사놓았던 작은 빌라로 가는 것이다.

해변에서 2~3킬로미터 거리쯤 되었다. 작은 산 고개를 넘어야 했다. 고개를 넘으려 하면 멀리 고려 저수지가 보였다. 푸른 호수에 물이 꽉 찼다. 그곳쯤 오면 나는 스위스를 생각했다. 알프스 산속에 호수들이 있는 모습을 생각하며 나 스스로 행복했다. 바닷가는 사이판이나 괌, 발리로 생각하며, 바다를 바라보는 것이 내 취미였다. 나는 작은 빌라를 세계 속의 꿈의 집으로 상상하며 즐겼다. 오늘 그곳에 친구 부부들이 방문하는 것이다.

주차를 시키고 집으로 들어갔다. 비좁은 방에 사람이 가득 찼다. 모두가 노인과라 방바닥에 앉는 것은 불편한 일이었다. 우리는 간이용 식탁을 방 가운데로 옮겼다. 간이용 의자를 식탁 주위에 갖다놓고 앉았다. 등받이 의자에는 여성들이 앉았다. 딸기 등 과일을 씻어 식탁에 놓고 차를 마셨다. 이러저런 이야기가 많았다. 한 시간가량 이바구를 한 다음 해수탕으로 옮겨갔다.

다시 산 고개를 넘어갔다. 해수탕에서 몸을 두 시간 풀기로. 6시경 다시 만나기로. 6시경 모두 만나서 빌라로 돌아왔다. 저녁상을 차렸다. 밥솥에 섬 쌀로 밥을 했다. 집에서 삶아온 쇠고기 수육, 동학사에서 사온 당귀뿌리 초무침, 참외 장아찌, 마늘종, 쇠고기 고추조림, 강원도 봄나물, 전라도 맛있는 겉절이 등에 밴댕이회로 쌈을 곁들였다. 술도 각자 달랐다. 막걸리, 소주, 맥주, 와인 등. 향이 강한 당귀 초무침을 사당댁은 즐겼다. 모두가 머리를 흔들었다. 향이 강하다고. 그러나 그는 향이 좋다고.

집에는 TV가 없다. 라디오 방송이 들리지 않는다. 남편은 우리 시대 음악을 틀었다. 밖엔 비가 왔다. 빗소리가 났다. 베란다 밖은 어두웠다. 시골이라 불이 없다. 천둥이 쳤다. 한참을 음악에 취하며 음식을 즐겼다. 시간은 길어졌다. 부인들은 작은 방으로 옮겼다. 황토 매트를 깔고 따뜻하게 배를 지졌다. 유리창이 번개로 번쩍번쩍 빛났다. 빗소리는 억셌다. 안방 남자들 소리는 오래오래 났다. 나이가 들면 남자들도 말이 많아진다고 흉봤다. 그들은 어린 학생들 마냥 웃고 이야기가 길었다. 자정이 훨씬 넘었다. 계속 그들의 이야기가 들렸다.

부인들은 잠자다 깨다 또다시 잠자다가 말했다. 돌아가면서 말이 이어졌다. 과천댁은 말했다.

― 어느 날 신문에 커다란 선전 문구가 났다. 수술하면 깨끗하게 나을 수 있다는 문구가. 눈 주위의 핏줄이 잘 붓고 핏발이 잘 서는데, 가렵고 귀찮았다. 그 신문 선전을 보고 맹장이나 소소한 것들도 제거하고 깔끔

히 사는데, 자기도 빗발을 제거하고 깔끔히 살면 되겠다고 생각했다. 그래서 그 광고대로 작은 개인 병원을 찾았다. 거기서 수술을 했다. 그러나 수술은 잘못됐다. 레이저로 핏줄만 제거해야 될 것을 너무 깊게 눈 속을 팠던 것이다. 그래서 수술 후 눈에 비치는 상이 이중으로 겹쳐 보이고 초점이 맞지 않았다. 그때부터 눈의 고통이 시작됐다. 다시 수술을 해서 눈이 잘 보이게 해야 했다. 그러나 그 분야 전문의는 없었다. 그중 나은 전문 분야의 전문가를 간신히 찾은 것이 중앙대 병원 안과였다. 몇 번의 수술을 해야 했다. 원인은 눈 주위의 핏줄 제거 수술을 너무 깊게 레이저로 도려낸 것이 화근이라고 설명했다.

그는 화가 났다. 참을 수 없었다. 실명의 위기를 벗어날 수 없었다. 그는 법정으로 수술 잘못한 그 의사를 고발했다. 그때부터 법정 싸움이 일어났다. 판사는 자신의 불편한 문제는 문제로 보지 않았다. 눈이 볼 수 있느냐 볼 수 없느냐에 문제를 걸 뿐, 상이 이중으로 보여서 생활할 수 없는 것에는 관심 없었다. 판사는 결국 의사 편을 들어주었다. 의사의 죄는 인정했다. 의료사고를 인정하여 1,300만 원을 받았다. 그리고 매번 눈 검진을 받고 몇 번의 수술을 했다.

그런데 어느 날 눈 주위가 이상했다. 그것을 의사에게 보여주었다. 의사는 이달 말 다시 수술하자고 날짜를 정했다. 이번 의사가 검진 때 그 부분을 놓쳤던 것이다. 그분만이 이런 수술을 할 수밖에 없어서 아무런 소리 없이 수술 시간만 기다려야 했다. 무슨 수술이며 어떤 과정이라는 말이 없으니 걱정이었다. 남편은 소심한 성격이라 더 가슴이 탔다. 어쩌면 실명될까 걱정하는 것이다. 그냥 불편한 상태로 살았다면 이런 지경은 없는 것인데.

나는 안타까웠다. 그는 약을 몰랐는데, 평생의 약을 다 먹었다 했다. 얼마나 더 먹어야 될지 모른다고 그는 자신을 한탄했다.

사당댁은 몇 년 전 자궁내막 수술을 받았다. 무엇이 잘못됐는지 그는 한쪽 다리가 항상 퉁퉁 부었다. 언젠가는 기계를 가지고 다니며 발 마사지를 해주었다. 그는 병원을 찾았다. 그가 가는 병원 의사들은 말했다.

- 이 병은 고칠 수 없습니다. 살살 구슬리며 쓰세요.

그가 듣기로 의사들이 자궁내막 수술을 할 때 지나치게 림프를 절제했다. 그래서 몸의 하수구가 막히듯 잘못된 곳이 생겨서 발이 붓는 것이라 했다. 나는 요즘 병원이 무서웠다. 그들을 보면 아픔과 고통을 가지고 사는 삶이 편한 것처럼 느껴졌다. 반포댁은 색색 잠들어 잤다. 그런데 그도 나날이 먹는 약이 많았다. 당뇨에, 고지혈 등 그만이 가진 가족력 병을 치료하기 위해서, 아니면 예방 차원으로 한 줌의 약을 먹었다. 그는 수시로 병원에 가서 체크하고 수치를 확인했다.

나는 그 수치를 믿을 수 없었다. 각 개인마다 사람마다 다른 것을 그들의 기준에 맞추어 처방하는 것이 못마땅했다. 나는 자연스럽게 살다가 자연스럽게 죽음을 맞으려 애쓸 것이다. 지나치게 병원을 들러 수치에 맞추며 약 먹다 죽는 것이 싫다.

억수같은 비는 멈췄다. 안방 사람들 이야기 소리도 잦아들었다. 조금 있다가 누군가 작은 방 문을 두드렸다. 왜 그런가 일어났다. 수돗물이 나오지 않는다고 남자들은 난감하다고 말했다. 그들이 먹은 그릇을 씻을 수 없었다. 화장실은 더 큰 문제였다. 그렇지 않아도 8명에 화장실이 하나라고 반포 사장이 걱정했었다. 남편은 소리쳤다. 집 밖은 모두가 들이고 산이니, 필요하면 방뇨해도 들과 산이 이해할 것이라 말했다. 오늘같이 비도 많이 왔는데 거름 주고 가면 된다고. 그날 그렇게 밤을 지새웠다. 비좁은 방에서 옹기종기 친구끼리 친구를 밀쳐내며 코고는 소리를 들었다. 옛날의 추억을 더듬으며 좋은 음악을 들었다. 육십 중반 늙은 사람들의 추억이 새롭게 만들어졌다.

이번 여행을 통해 서울대 최인철 교수의 인문학 강의를 되새겨봤다. 그는 여행이 행복하게 해주는 것을 설명했다. 인간은 돈을 많이 벌면 왜 행복한 것인가를 달리 설명했다. 돈을 많이 벌면 우선 소유할 수 있는 욕망을 채워줘서 행복해진다고 보는 것에 비해, 그는 다른 의미로(소유냐, 존재냐?'의 의미에서), 소유물을 사는 것처럼 뭔가를 경험하는 것, 체험하는 것을 사는 것으로 설명하고 있다. 즉, 여행을 체험하고 경험하는 것을 돈 주고 사는 것으로 이해하는 것이다.

소유하는 것을 사는 것은 오래가지 않는다. 여행하는 것을 소비하는 것은 행복하며, 오래간다. 그 이유는 경험을 만들어 이야기 거리를 만들어내기 때문이다. 한 번의 여행은 몇 년씩 말할 수 있고, 두고두고 말해도 지루하지 않은 것이다. 여행은 인생을 바꾸어준다. 자동차를 사는 소비는 인생을 바꿀 수 없다. 그래서 그는 돈을 만들어서 경험을 만드는 데 돈을 쓰라고 강조했다. 그것이 그의 가르침이었다.

행복 추구는 돈으로 경험을 사는 것이다. 우리가 이력서를 관리한다고 한다면, 경험의 이력서가 풍부해야 한다. 어떤 사람의 이력이 빈약한 것은 체험과 경험이 부족하기 때문이다. 우리는 돈을 이야기 거리를 만드는 데 쓸 필요가 있다고 강조했다. 소유물에 쓰지 말고 경험을 늘리는 데 쓰라 했다. 그것을 자녀에게 가르쳐라. 환경이 우리를 지배할 수 있다. 환경 중에 강력한 영향력을 가지는 것은 사람들이다. 누가 있으므로 영향을 준다. 주변 환경으로 시간을 보내는 것이 중요하다고 그는 말했다.

『커넥티드라는 행복도 전염된다』는 책이 있다. 그 책을 보면 사회적 관계가 놀라울 정도로 영향을 준다. 서로 맺고 있는 관계가 중요하다. 우리가 생각하는 것보다 영향력이 훨씬 놀랍다. 내 감정은 다른 사람에게 영향을 줄 수 있다. 분석해보면 3단계 영향을 준다. 누구랑 친한지를 조사하면, 행복감을 가진 사람은 행복한 사람끼리 모이고, 행복하지 않은 사람은 행복하지 않은 사람끼리 모인다. 불행한 사람들은 네트워크 끝에 있어 관계할 이가 없는 것이다.

행복한 사람은 네 단계까지 가는 것이다. 행복한 사람 옆에 있으면 자연히 행복해진다. 우울한 사람 옆에 있으면 우울해진다. 주변에 선한 사람들과 함께, 행복을 주는 사람이 되는 것이 좋다. 내가 행복한 사람이 되면 그 주변 사람들은 행복해진다. 좋은 에너지를 주는 사람과 시간 보내는 시간을 늘리자. 누구랑 있으면 행복한가 분석해보면, 연인과 있을 때 행복하다. 자녀들과 있을 때 의미가 있다. 그리고 자녀와 연인과 같은 이가 배우자, 부모, 형제, 친구이다. 그들과 좋은 관계를 가질 때 행복하다. 즉, 온 가족, 친구 등이 행복한 삶을 주는 것이다. 그래서 주변 관계가 중요하다. 행복해지기 위해서는 명상을 하고, 주변 사람과 관계를 좋게 해야 한다. 그런 관계가 없이 행복한 삶을 추구하는 것은 부질없는 노력이다.

그리고 무시할 수 없는 것이 공간이다. 집에서도 공부가 되지만, 독서실에서 더 잘된다. 기도는 집에서도 되지만, 교회, 성당, 사찰에서 더 잘된다. 인간은 삶의 공간이 중요하다. 일과 가정, 제3의 공간이 중요하다. 제3 공간에서는 행복하다. 그곳은 특징이나 격식이 없다. 소박하다. 수다를 떤다. 그리고 음식이 있다. 그곳은 모이는 공간으로서 일상적으로 행복한 공간인 것이다. 인간은 제3공간으로 커피숍이나 아지트를 만들어라. 그곳은 일상의 행복 추구가 되는 것이다. 행복은 특별한 것이 아니다. 일상에 의한, 일상을 위한, 일상의 행복임을 말하는 것이다. 그래서 시간, 공간과 더불어 누구를 만날 것인가가 중요하다. 그곳에 행복이 있음을 최 교수는 강조했다.

*

다시 이야기로 돌아가서.

남편의 구출 작전에 심혈을 기울일 때, 그 회사 간부들의 태도는 불량했다. 남아 있는 중심 인물들과 커피숍에서 만났다. 나는 사건 경위를 설명해야 했다. 남편은 약자였기 때문이다. 먼저 사건의 경위는 퇴임한 전 연구소장과 합작하기로 한 T회사는 서로 공조하기로 했다. 두 회사가 개발품을 성공적으로 공조해서 이익을 극대화하는 것을 목표로 했다. 그 연구소장 Y는 협력 조건으로 T회사에게 협조금과 서비스 법인 카드를 받아서 썼던 것이다. 그 카드로 그는 간부들과 먹고 쓰고, 해외여행도 갔다.

그런데 연구개발에 실패했다. T는 너무 작은 회사였고 실패한 것을 만회할 수 없었다. T회사는 연구 개발비를 모두 소모했고 자금난에 허덕였다. 남편 회사는 다시 더 큰 회사에 의뢰해서 새로운 연구로 성공 중이었다. 이것에 대한 시기 질투로 T는 남편 회사를 고발했다. 그 전에 전임 소장과도 박 터지게 싸웠다. 공조가 되지 않음을 탓했다. T회사가 개발할 수 없음을 인정하지 못하고 타 회사가 개발하는 것을 참을 수 없어 했다. 타 회사를 막으며, 방해 공작으로 법원을 앞세워 자신의 회사를 세우고자 하는 것이다.

T는 남편을 죽이기로 작정했다. 그가 죽어야 자기 회사가 살아나는 일인 것이다. T회사는 정치계, 경제계, 법조계, 언론계를 동원했다. 시대적으로 정치계에서는 관피아 척결이라는 구호 아래 깨끗한 청소로 국민의 신임을 얻어보고자 했다. 남편은 먹잇감으로 좋았다. 검찰에게 남편은 맛있는 먹잇감이 됐다. T회사는 남편의 행적에 최고 좋은 것들을 나열했다. 그들은 우선 회사 T로부터 받아쓴 협조금과 카드로 전 소장과 임직원을 구속시켰다. 그다음 남편 죽이는 일에 박차를 가했다. 먹잇감으로 남편은 꽃이었다.

부처의 1급이었던 사람, 관피아의 표적이 될 수 있는 사람, 그들의 입맛에 딱 맞았다. 죄목으로 그들은 남편이 비자금을 조성해서 그가 속한 부처의 고위 간부들에게 주었다는 사실을 밝히면 됐다. 그러면 그를 조사한 검찰의 특수부 검사는 큰 실적을 올리게 되는 것이다.

물론 그에게 판결을 주는 판사도 대서특필로 한 건 하는 업적을 만들 수 있어 좋은 일인 것일 게다. 여기에 정치 지배자는 관피아 척결에 따라 행정부의 잘못된 것들을 모두 쓰레기 청소하고 있음을 신문에 알릴 것이다. 그리고 당신들의 치적이 훌륭했음을 나타낼 것이다.

모든 역사가 그랬듯이 남편은 죽어주어야 했다. 나는 우주의 자연계 질서로 생각을 돌렸다. 일머리의 관계가 수학적으로 비합리적이고 이치에 맞지 않았다. 그러나 남편의 사주나 일생의 전환으로 그는 그렇게 생의 표지판에 있어야 하는 일로 생각했다. 그러면 내 마음은 편했다. 인생의 긴 행로에 궂은일도 있고 좋은 일도 있는데, 그것을 어쩌겠는가? 궂은일을 잘 지혜롭게 이겨내는 일이 중요한 것이라 생각했다. 그리고 나는 남편 구출 작전에 집중했다.

미리 구속된 임원진은 회사 T로부터 받아쓴 것으로, 그들은 뇌물죄 사건의 피의자가 되었다. 그들은 모든 혐의를 벗어나고자 애썼다. 그 혐의를 벗어나는 길은 그 회사 책임자에게 자신들의 혐의를 덮어씌우는 일인 것이다. 그들은 일괄적으로 혐의를 씌우기 시작했다. 그들이 가졌던 인간적 윤리나 양심은 이미 사라졌다. 그들은 악을 가진 동물일 뿐이었다. 회장이었던 남편은 그들의 죄를 그들과 함께 가져야 했다. 그들은 회장이 시켜서 그렇게 한 것이라고 주장했다.

남편은 민주적이고 자주적인 것을 사랑했다. 무슨 사무적인 일도 각자의 일로 스스로 창조하고 결정하도록 지시했었다. 그들의 전문적인 일을 일일이 시시콜콜 잔소리하며 지적하는 것이 일을 더 망친다는 생각을 가졌다. 각자가 자주적으로, 전문적인 자기 일을 해결하기를 바랐다. 결국 그들은 사심을 가졌고, 개인의 이익을 회사의 일보다 앞세운 것이 탈이 된 것이다. 그래도 남편은 그들의 일을 관장하지 못한 허물을 뒤집어쓸 수밖에 없었다. 그는 시인했다. 모두가 자신이 시켜서 그렇게 잘못됐다고. 자기가 모든 것을 뒤집어쓰고 자신만 감옥에 가길 바랐다. 자기 부하 직원들은 모두가 불구속되기를 바랐다.

나는 회사 간부들에게 말했다. 내 남편이 그 회사에 가서 무얼 그렇게 잘못했느냐? 남편이 회사에 처음 입사했을 때, 그 회사는 사무실이 없었고, 임대해서 살던 회사가 아니었더냐? 그런 회사를 키워서 사무실 건물도 샀고, 연구소 건물도 만들었지 않았느냐? 그들은 말했다. 10년간 월급 인상이 없었는데, 회장님이 오시고 월급도 크게 인상됐고, 자기네 복지도 많이 좋아졌다고. 그런데 그렇게 당신네들이 배반을 때릴 수 있느냐? 나는 그들에게 강조했다.

회계 처리한 여직원은 수사를 일주일간 받을 때 울면서 호소했다. 회장님은 횡령할 사람이 아니라고. 그는 절대로 그럴 사람이 못 된다면서 일주일 내내 시달리면서 울었다. 그러나 배반자들은 회장이 나쁜 놈이라고, 시켜서 그랬다고. 그럴 수 있느냐? 나는 여러분에게 말하고 싶다. 제발 구속된 사람들이 그렇게 배반했는데, 지금 회사에 남아 있는 사람끼리는 회장님에 대한 배반을 하지 않았으면 좋겠다. 이제 서로 협력하고 도우면서 이 어려운 것을 지혜롭게 벗어나야 하지 않겠는가? 그들(회사 직원)은 절대로 그런 일이 없을 것이라고 말했다.

나는 그들에게 설명했다. 우리 남편은 이제 인생의 마무리를 잘해야 될 때다. 공무원 일급을 평생 명예롭게 마친 사람인 것이다. 이곳에 와서 끝마무리를 잘해주어야 되지 않겠느냐? 막말로 구속돼서 감옥까지 간다고 해도, 우리는 그냥 살 수 있다. 그러나 여러분의 회사는 금방 해체되면 이제 끝장이 되는 것이다.

대기업이던 대우기업도 해체되는 데 시간 걸리지 않았다. 우리가 해외에 가보면 얼마나 안타까운지 모른다. 10년 전 유럽에서 대우가 얼마나 많은 업적으로 큰일을 해놓았는지 모른다. 그곳에서 대우의 명성은 곳곳에 자자했었다. 그러나 정치인들은 자기들의 권익을 위해 대우를 망하게 만들었다. 그것이 망하면 어디가 좋을까? 미국이나 유럽에서 그들은 쌍수를 들고 환영했다. 대우와 이익다툼을 가진 회사들도 대우가 망하길 기대하지 않겠는가?

대우가 망하면서 외국계 타 회사들은 그들이 가졌던 기존의 이익을 극대화할 수 있다. 그런 곳은 서로 먹고 죽이는 살벌한 동물의 세계인 것이다. 애써서 확보해놓은 대우의 자리는 대우가 죽으면서 사라졌다. 죽은 자리에 대우의 마크만 존재할 때 우리는 안타까울 뿐이었다. 대우가 사라지면서 대우의 가족들은 얼마나 피눈물을 흘렸을까? 나도 당신들의 회사가 망가져서 그의 가족들이 피눈물 흘리지 않기를 바란다.

그러니 내부에서 적어도 회장님에게 배반이 일어나지 않기를 바라는 것이다. 회장님이 마지막 인생의 정리를 잘해서 이 회사가 건전하게 존속하게끔 여러분이 도와주었으면 감사하겠다. 나는 그 간부들에게 간곡한 부탁을 했다. 그 후 나는 집으로 돌아왔다.

다음날 새벽 다시 변호할 변호사를 찾아가야 했다. 저녁 늦게 임직원 부인이 전화했다. 당신의 남편을 변호할 사람은 그의 친구가 될 것이라 말했다. 그가 공짜로 변호해줄 것이라 했다. 나는 순간 심장이 멈췄다. 남편과 임직원은 같은 죄목인 피고인 상태로 함께 구속된 사람이었다. 모든 것을 함께 풀어야 할 일인데, 따로 따로 구출 작전을 하면 돈도 많이 들고 일의 성사도 쉽지 않을 듯했다.

함께 협력해도 시원찮은데, 그는 또 다른 속차림을 만든 격이 되었다. 나는 그에게 말했다. "그래요, 그럼 알아서 잘하세요." 나는 곧 심장이 벌렁거리며 온몸이 떨렸다. 인간들의 속성이 나타났다. 자기 살기를 바라면서 자기 쪽을 위해 자기 사람을 버리려 했다. 함께해서 구출되어 구원 받으려 하기보다는, 자신을 먼저 빨리 벗어나게 하려는 의식이 더 강했다. 그날 내내 붉게 끓어오르는 피가 좀처럼 삭여지지 않았다. 밤늦게 남동생이 중국에서 왔다. 우리는 일단 매형을 면회하고 새로운 변호사를 찾기로 마음먹었다.

*

몇년간 비 오는 일이 드물었다.

그래도 우리는 잘 참아냈다. 산자락 호수 바닥이 내비치면 마음은 불편
했다. 언제 비가 와줄 것인지 하늘을 쳐다보곤 했었다. 올해는 봄비가 제
법 살금살금 와주었다. 그러다 폭풍 같은 바람과 함께 억수같은 비도 함
께 쏟아졌다. 다행히 산 밑 호수는 물이 가득 찼다. 부자가 된 듯이 마음
이 풍요롭고, 쌀이 창고에 쌓여 있듯이 물이 많아 행복해졌다. 오늘은 비
가 그쳤다. 맑고 투명한 햇살이 창 넘어 눈 속으로 비쳤다. 눈이 부셨다.
테니스 회원들이 강화도 작은 집을 방문하기로 한 날인 것이다.

갈 수 있는 회원은 테니스장으로 10시까지 모이기로 했다. 차는 두 대
로 갔다. 전날은 8명이었는데 사정상 7명이 됐다. 제각기 집들이 선물용
물건을 하나씩 들고 왔다. 미안했다. 올림픽대로를 따라 서쪽으로 달렸
다. 잘 가다가 도로가 아직 개통되지 않은 곳에서 정체됐다. 아마 완공까
지 6개월은 더 소요될 듯했다. 외포리 항에 12시경 집합해서 점심을 먹으
면 됐다.

초지대교를 지나 길상면을 거쳐 마니산 입구를 찍고 차는 돌았다. 곧
해안도로가 나왔다. 아침 내내 바빠서 바다구경을 여유롭게 할 마음이
일어나지 않았다. 해안 길을 달려 외포리 항에 닿았다. 회원들이 모처럼
야외에서 함께 모였다. 한 친구가 새우깡을 들고 갈매기를 불렀다. 갈매
기 떼가 모여들었다. 온 천지가 갈매기 떼로 가득 찼다. 장관이었다.

곧 12시가 됐다. 음식점으로 향했다. 금강산도 식후경이라 했던가? 식
당은 한가했다. 휴일이 아니라 사람이 없어서 좋았다. 서쪽 지역은 서울

사람들이 선호하는 지역이 아니라서 더 좋았다. 속초나 양양 쪽은 서울 사람들의 돈 냄새로 그 지역 사람들을 버려놓은 느낌이 났다. 이곳은 그래도 순수하고 순박한 맛이 있는 곳이었다. 서해의 갯벌 진흙 냄새가 풀풀 나서 좋았다. 비릿한 조기 냄새와 구수한 인간 냄새를 풍겨서 좋았다. 물가가 아주 싸지는 않지만, 그렇다고 바가지요금으로 폭삭 박을 쓰게 하지는 않았다. 식당에서 밴댕이회 무침과 함께 밥을 비벼먹었다. 막걸리도 한잔 걸쳤다. 끝으로 조개칼국수의 따끈하고 시원한 국물 맛으로 점심 식사를 즐겼다.

다시 젓갈 시장을 들러 선물용으로 말린 조기를 한 보따리씩 사주었다. 그리고 돌아가 테니스 친 후에 먹을 밴댕이회와 순무 김치를 사서 아이스박스에 넣었다. 다시 차를 타고 조그만 농가 주택으로 향했다. 그곳은 외포리에서 산 고개를 넘어야 했다. 바다를 뒤로 하고 산 고개를 넘으면 넓은 호수가 보였다. 그러면 곧 작은 빌라 주택에 이를 수 있었다. 작은 이층 빌라였다. 그곳에서 과일과 차를 마셨다. 서둘러 곧 다시 서울로 향했다. 서울 길은 오후에 막혀 차가 꼼짝 못 할 수 있었다. 또 빨리 가야만 공을 칠 수 있는 것이다.

다행히 테니스장에는 4시 15분에 도착했다. 멤버를 정해서 게임을 시작했다. 함께 나들이를 못 간 회원들이 합류했다. 두세 게임을 하고 다시 회잔치를 벌였다. 막걸리에 밴댕이회, 순무 김치, 상추, 깻잎, 과일로 안주 삼았다. 즐겁게 러브샷을 외치며 마셨다. 운동 후의 회식 맛은 특별했다.

그러나 술은 화를 부를 수 있었다. 사람들이 취하면 서로를 공격했다. 분위기상 그렇게 변해갔다. 나는 그 자리를 피해야 했다. 여자고 남자고 술에 취하면 비슷한 폭력성을 유발하는 것이다. 나는 그곳을 떠났다. 남편은 한잔을 더 하고 싶어 했지만, 그를 달래어 그곳을 떠났다. 나는 술이 무서웠다. 술은 인생을 망쳤다. 술은 부모형제도 싸우게 했다. 술은 즐겁고 행복하게 했지만, 부모형제를 이별하게도 했다.

우리 집 주변 가족은 그래서 평생을 이별하고 살았다. 그래서 슬프게 살 수밖에 없었다. 내 외갓집은 술을 못 했다. 평생 재미없고 심심하게 살아가지만 이모, 외삼촌은 이별하고 살지는 않았다. 그냥 조금 무미건조함을 가지고 사는 것이다. 어쩌면 그런 인생이 인생의 진리일지도 몰랐다.

*

나는 몸이 차가웠다.

젊어서는 내 몸이 어떤지 몰랐다. 내가 어릴 때는 콜라를 자주 먹는 시대가 아니었다. 할머니 집에서 대개 가마솥에 눌은 누룽지를 이모나 고모가 나무주걱으로 쓱쓱 문질러서 만든 물을 자주 먹었다. 내 몸에 탈은 없었다. 나이 들어 몸이 냉하고 배탈이 자주 났다. 시댁에서 불고기를 먹고 시원한 콜라로 입가심을 하면 여지없이 탈이 생겼다. 그 후부터 나는 사람들이 즐기는 콜라와 사이다를 먹지 못했다. 어언 40년 전부터 테니스로 몸 훈련을 하게 됐고, 게임을 즐기게 됐다. 공을 치면 온몸에 열기가 올라 몸이 뜨거워졌다. 그 후 찬물이나 콜라를 먹으면 탈이 없었다. 나는 테니스 게임을 즐긴 후 차가운 음료를 즐길 수 있었다.

그런데 육십이 넘어 어느 날 면역력이 떨어졌는지 몸의 냉기가 나를 지배했다. 냉기는 무서웠다. 온몸을 딱딱하게 굳혔다. 위통이 왔다. 피가 굳듯이 통증을 유발했다. 뜨거운 팩으로 몸을 둘러쳤다. 아니면 뜨거운 탕에서 땀을 뻘뻘 흘리게 해서 몸의 유연성을 가지게 만들었다.

내 몸이 정상으로 돌아오는 데 시간이 걸렸다. 딱히 병원 갈 일도 아니었다. 이 주가 넘어가면서 회복력을 찾아 정상 생활을 할 수 있었다. 냉기를 물리치기 위해 별별 일을 다 해보았다. 그중 뜨거운 물체로 내 몸을 데우는 것보다 나 스스로 몸의 열기를 만들어내는 것이 효과가 좋았다.

냉기로 몸이 굳어지면 몸의 발열을 위해 열나게 달렸다. 10분 이상을 달리면 몸에서 열이 나고 이마에 땀이 솟았다. 그렇잖으면 테니스 게임을 신나게 했다. 그렇게 내 몸 스스로 열을 유발하게 하면 몸속 냉기가 사라졌다. 한 번 그 병에 걸리면 시간이 가야 나았다. 여름에 그 병은 무서웠다. 32~33도 높은 열기에도 난 벌벌 떨면서 통증을 호소해야 했다. 특히 자동차 속의 에어컨은 나를 죽였다. 별 이상한 병으로 나는 고통을 받는구나, 생각했다. 그래서 테니스 게임은 이제 나에게 자연적 병 치료제가 되는 것이다.

어느 날 딸애가 감기에 걸렸다. 그리고 사위가 무슨 병으로 병원에 입원했다. 애들 둘까지 모두 병원 신세가 됐고 나는 그들을 돌봐야 했다. 나는 그때 생각했다. 가장 중요한 것은 건강이라고. 그 뒤부터 나는 내가 가진 것을 나누어 쓰자고. 그 후 딸과 사위를 테니스 레슨시켰다. 그들은 테니스 동호회에 들어 선수 급이 됐다. 주말마다 손자 애들은 딸네 시댁과 우리 집에서 봐줬다. 딸아이들은 어렸을 때부터 조금씩 가르쳐준 것이 선수가 된 것이다.

그래서 대회에 가면 우승도 했고, 단계를 높여 더 잘하는 팀에서 시합도 했다. 그는 욕심이 많았다. 욕심은 욕심을 불렀고 화를 불렀다. 나는 어미로서 걱정이 많았다. 어디가 잘못인가를 찾아야 했다. 나는 그를 향해 폰 문자를 보내며 그를 달래고, 욕했다.

- 카톡에 올린 네 사진 멋지구나. 네 회사(여행사) 홍보 사진 필요 없다. 네가 예쁜 모델이라 하네? 진짜 멋있다, 야. 짱짱짱! 그래도 주말만은 가정이야. 네 남편과 애들 잘 챙기고. 모든 병들은 가족력이 많더라, 너희 시집 가계가 고혈압이라니, 식품으로 몸을 잘 보호해서 몸이 항상 건강하도록 신경 쓰고.

- 그다음 테니스 잘 치는 김 아줌마네 애들 전문학교도 못 보냈다. 재수, 삼수해도. 머리 좋은 애들 테니스에 빠져서 인생 망치게 하지 마라.

테니스는 중독증 있는 거 알지?

 - 난 가끔 걱정한다. 내 애들에게 레슨비 주는 것이 손자들 망치는 길로 가는 게 아닐까 하고. 제발 하루에 한두 쪽만이라도 아기들 동화책 좀 읽어주고, 그들이 읽는 동화책을 들어줘라?

 - 내 정열로 너 초등학교 입학할 때 넌 피아노도 잘 쳤잖니?

 - 네 남편도 다른 거 필요 없다. 일주일에 두어 번씩 애들 책 읽는 거를 지켜봐주고 칭찬해주라고.

 - 애들, 날 건달 만들어서, 나중에 너희 힘들지 말라고.

 - 엄마! 나, 테니스는 치되 오후 늦게나 밤에는 절대 안 치고, 애들 오기 전에 밥하고, 청소하고, 저녁에 온 가족이 다 같이 밥 먹고 하는 게 원칙이에요. 너무 걱정 마세요. 그리고 나는 다른 걸로 영업도 못 하잖아요. 서초구 대표 팀 나가는 것도 명함 다 돌리는 거란 말이죠.

 - 내가 볼 때 나중에는 서초구 대표 여행사로 거듭났으면 하는 바람이에요. 가을에 상해 오픈? 요런 거 물어보시는 분들도 있어요.

 - 오케이, 잘하고 있어 인정, 인정!

 - 참, 생각이 났다. 네가 '난 뭘 하고 살까?'라고 했던 말. 우선 네 일기를 써봐. 그럼 너 자신 성찰이 되면서 네가 원하는 새 길이 보일 것이야.

 - 알겠어요. 요새 뭔가 계속 더 하고 싶어요···.

 - 이번에 사준 어버이날 선물, 옷이 너무너무 맘에 들었어. 저번에 사준 머플러도 좋았고. 딸아, 고맙다. 후덕한 마음으로 동생을 챙겨줘서 고맙다. 너희 씨 좋인 백 씨를 이해해라. 검정색이 빨강색으로 변하지 않듯이 동생도 그럴 것이다. 그래도 네 동생이 카드 쓰고 이상한 짓거리로 경찰 아저씨 부르지는 않으니 용서해라. 엄마 친구들 중, 자기네 형제끼리 너희만큼 잘지내는 사람들은 없는 거 같더라. 우리 L 정말 착하다. 복 많이 받을 게다.

 - 네, 엄마 아빠 마음에도 드셨으면 좋겠어요. 이번 건 비싸도 너무 이

쁘더라고요. 지나고 생각해보니 아빠 힘드실 때도 있었는데, 지금 생각해보니 가족 다 함께 같이 밥 먹는 것도 참 감사하더라고요.

- 또 동생을 생각해보면, 제 나름대로 어린이날에, 어버이날에 다 가족 모임인데, 혼자 독립해 있으니 심정이 삐뚤어지지 않을까 걱정이 되더라고요. 그래도 함께 식사하면서 술 몇 잔 마시니 그동안 쌓였던 오해들이 풀어지더라고요. 제가 아기도 둘이나 낳고 나름 언니고 어른이니 이해해야지요. 그래도 자기 조카는 예뻐라 하잖아요.

- 그래, 고맙구나.

- 강의가 좋아서 인문학 강의 최인철 교수 것 보낸다.

- 그 강의 Y(사위)에게 보냈어요. 어휴, 사는 낙이 없대요.

- 하고 싶은 것도 없고, 하기 싫은 일은 해야 되고.

- 네가 좀 더 행복하게 해줘봐. 혹 네 욕심에 Y를 불편하게 한 것은 아닌지? 일단 너 테니스에 너무 집착하지 말고, 일요일에 애들 데리고 도시락 싸서 산이나 공원으로 가보는 게 어떨지? 주중에 공 치고 레슨 받고, 휴일은 행복하게, 운동 삼아 산이나 공원에 가보는 거야. 이번 주말에 등산 갔더니 외국인이 애들 데리고 관악산 꼭대기에 왔더라. 분명 Y는 그런 것을 좋아할 것 같다. 테니스 운동은 즐겨야 하는데, 공 치면서 불행하다면 곤란하지.

넌 틀림없이 욕심이 많을 테고, 너 때문에 Y는 불행할지도 모르지. 너는 공 욕심에 게임이 안 되면 성질을 부릴 테고. Y는 너만큼 실력이 안 되니, 좋아하는 게임에 들어가서 함께 칠 자격이 없어서 함께 칠 수 없을 테고, 그 스스로 못 친다고 빠질 테고. 그러다 보면 Y가 스스로 슬프고 삐지는 마음이 생겨날 것이고. 돈이 생기는 것도 아니고.

안 봐도 뻔하다. 넌 어렸을 때부터 욕심이 많았거든. 욕심 버리고 즐겨야 행복한 거야. 남자들 심하면 우울증 생긴다. 모든 걸 내려놓고 Y가 행복한 걸 찾아주면 좋겠다. Y는 착한 애야, 욕심 부려서 병 생기게 하지 말고, 너희 식구끼리 행복하게 살았으면 좋겠다.

테니스 그만 하면 잘 친다. 더 잘 칠 필요도 없다. 일단 쉬었으면 좋겠다. 애들도 행복하게 해주고. 주말마다 애들을 불행하게 하는 것 같더라. 엄마가 공만 치니까. 조금 있으면 너희가 애들을 놀아주려 해도 애들이 너희를 거부할 거다. 다시 한 번 네 생활을 돌아봐라. 시집 못 간 S랑 똑같이 하면 안 된다. 행복은 너 스스로 만드는 것이다. 난 너희 모두가 행복했으면 싶다.

지금 엄마가 술을 조금 먹었다. 그런데 갑자기 생각났다. 공을 치면서 사람들은 서로 헐뜯고 또 감사하면서 공 치며 논다. 그것이 인생일지도 모른다.

공 치는 아줌마들은 박 아줌마가 왕싸가지라 욕했다. 그 자신도 스스로 싸가지라 인정하며 공쳤다. 그 왕싸가지 잘난 아들 때문에 속터진다. 다른 아들들은 월급 타서 통장으로 꼬박꼬박 용돈을 준다 했다. 달라 한 적이 한 번도 없었다는데. 다른 아줌마들 어버이날 꽃보다 현찰이 좋다 해서 아들들이 현찰을 봉투 속에 넣어주었다. 그런데 그렇게 잘난 박 아줌마, 아들은 한 번도 준적이 없었다. 용돈 좀 달라고 해보려 했지만 말할 수 없었다. 그는 속이 상했다. 온몸이 떨리면서 어찌할 수가 없었다.

그런데 사람들은 말했다. "아이고, 그 아들 저 닮아서 그렇지. 왜 그걸 몰라. 고슴도치가 고슴도치 어미 닮는 거지."

사람들은 그의 한탄을 들으며 뭔가 그에 대한 미운 감정을 즐거워했다. 박 아줌마 엄청 지독한 짠돌이 아줌마거든. 세상일은 욕심내면 낼수록 잘 풀리지 않는다는 것. 모든 걸 즐기며 용서하는 것이 인생의 철학 같더라. 우리는 그렇게 살아보자.

L아, 책을 좀 읽었으면 좋겠다. 책 속에 인생이 있는 거 같더라. 엄마는 책 속에서 길을 찾았느니라. 너희 애들은 똑똑하다. 단지 부모에 의해 어떻게 길러질 것인가가 문제인 것이다. 술 먹은 김에 할 얘기 다 했다. 미안

하다. 상처받지 마라. 난 지금 취중이니라.

어느 날 L(큰딸)은 애들 데리고 송도로 놀이동산 갔다가, 가족사진과 아기들 물놀이 모습을 사진 찍어 보냈다. 그리고 나는 문자를 보냈다.

'모두가 행복하구나. 그래, 훌륭하다. 그것이 가치 있는 것이야. 네가 좋아하는 테니스는 욕심내지 말고 져주는 게임으로 즐기는 게임이어야 해. 테니스는 너의 삶의 동반자로 행복한 놀이여야지, 네 삶을 모두 희생하며 가정을 파괴하는 느낌을 주는 것은 잘못된 삶이 되는 것이지.

나는 네가 가끔 동생 S를 테니스 동반자가 아니라, 경쟁자로 생각하는 점이 못마땅하다. 너는 아니겠지만, 내 눈에는 그렇게 보인단다. S는 단점이 많다. 이해할 수 없는 점도 많다. 그러나 S는 언니를 최고의 선수로 인정해주고, 저보다 훨씬 뛰어난 선수로 인정해주지 않니? 함부로 언니를 이겨먹는 경쟁자로는 생각하지 않는 점이 장점이라 생각한다.

테니스 잘 치는 못된 동생들 그렇지 않아. 언니보다 조금 잘하면 언니 깔아뭉개고, 대면도 안 하고 저 잘난 맛에 사는 동생들 많이 봤다. 네가 너무 욕심을 부리고 경쟁심으로 태클을 걸면, 내가 테니스를 잘못 시켰나? 생각도 한다. 엄마는 너희 둘이 테니스 동반자로 서로를 이해하는 사람이 되었으면 좋겠다. 그리고 테니스 게임 속을 보면 그 속에서 마음의 공부가 엿보일 수 있단다.

사람들은 같은 파트너를 잘못 친다고 욕하며 헐뜯는 경우가 많은데, 그래서는 게임에 이길 수 없는 것이다. 잘 안 될수록 서로 격려하면서 상대방 공격을 잘 받아내는 것이 이기는 것일 수 있지 않느냐? 나 스스로 잘하려하고, 파트너는 항상 최선을 다하고 있다고 믿으면 되는 것이다. 잘 안 되는 것이 파트너 탓이라 함은 이미 지는 게임이 되는 것이다. 내 탓으로 돌리면서 최선을 다함이 이기는 게임이 되는 것임을 알았으면 싶다.

어쨌든 테니스 게임 속에 마음의 공부가 있음을 깨달아라. 저번에 함께 밥 먹을 때 네가 S(둘째 딸)가 성질 더럽다고 면전에서 욕하는 거, 언니 자세가 아니더라. S가 없을 때 엄마랑 S를 욕하는 건 있을 수 있지만 말이다. 그때 그 자리에서 결국 욕하는 네가 더 나쁜 쪽으로 가는 거 같아서 싫더라. 왜 면전에서? 넌 옛날에 안 그랬거든?

나는 요새 나 자신을 무수리로 생각하며 산다. 무수리는 고려나 조선 시대 궁중에서 청소, 일을 맡은 궁녀로, 신분이 제일 낮은 사람이다. 요즘으로 말하면 제일 낮은 하층민 따까리. 무수리는 경쟁자도 없고, 모두를 섬기면 된다. 그러면 내 마음에 갈등이 생기지 않으며, 모두를 편안하게 할 수 있는 것이다. 더구나 내가 대접받을 일은 나와 거리가 먼 일이니까. 무수리는 나 자신의 심신을 단련하는 일이 되기도 하는 것이다. 그래서 무수리가 나는 좋다.

*

아빠의 구출 작전으로 S는 인터넷에서 유력한 형사 변호사 채 씨를 찾았다.

나는 그 변호사를 찾아 번호를 돌렸다. 사무장은 친절했다. 사건의 여러 정황을 알려줬고, 주심 판사들의 동향도 설명해주었다. 그는 서비스가 좋았다. 나는 그쪽으로 마음이 쏠렸다. 이튿날 배낭을 챙겼다. 물, 빵, 우유, 커피 등을 넣고 새벽 4시경 길을 떠났다. 서울역에서 울산행 KTX를 탔다. 첫차가 5시 30분발, 자리를 잡았다. 눈을 감았다. 6시경 대전에 도착했다. 남동생과 마른 빵을 먹었다. 목은 막혔다. 우유로 목을 축였다. 삶이 무겁구나 생각했다. 어기적어기적 마른 빵은 몸속으로 들어갔고, 몸은 서둘러야 한다는 의식으로 긴장했다.

울산 도착은 7시 50분. 해가 떠서 밝았다. 날씨는 찌뿌둥했다. 허허 벌판에 역만 덩그러니 세워졌다. 시민은 아랑곳없이 정치판의 모습만 보였다. 시내 한가운데 역이 있어서 대중교통을 타야 한다는 걸 그들이 모르겠는가? 이기적 집단의 모습은 서민을 울렸다는 생각이 일어났다. 그곳에서는 무조건 택시를 타야 했다. 택시 값은 비쌌다. 외지에 있는 곳이니 당연했다. 구치소로 갔다. 몇 번 방문한 터라 이제 익숙했다. 울산에 오면 이렇게 빠르게 서울에서 올 수 있음에 놀랐다. 그리고 대한민국이 이렇게 선진국이 되었는가에 놀라는 것이다.

사람들은 비행기 여행자처럼 여행 가방을 들고 멋진 옷차림에 스타벅스 커피를 들고 타고 내렸다. 배낭 멘 나는 이방인인 것이다. 예전에 우리 부모들은 보따리를 이고, 지고, 손에 들고서, 먹을 것을 자식네 집에 배달하며 살았는데….

세상은 분명 요상한 세상이 되었다. 오고가고, 심적인 고통으로 고통을 당하면서 아무것도 보이지 않던 것이 보이기 시작했다. 서울은 아직 추웠다. 이곳은 벚꽃이 활짝 폈다가 지려 하고 있었다. 구치소 안은 따뜻했다. 동생과 함께 접견을 신청했다. 9시쯤 접견이 시작되었다.

이른 아침이라 접견 시간을 5분 더 주어서 15분이었다. 첫 면회 때 남편은 눈두덩이 퉁퉁 부어 있었다. 그는 내 눈을 맞추지 않았다. 참을 수 없는 분노와 자기만의 고통이 있었으리라. 그는 서서히 적응 중이었다. 이번에는 좀 익숙해져서 동생에게 쉽게 인사했다. 그는 "바쁜데 왜 왔는가?"로 인사를 했다. 서로 건강을 물으며 매형이 건강해야 한다고 강조했다.

동생은 내가 자기 친구인 조 변호사에게 변호사가 교체됐음을 통보했다고 설명했다. 그 이유는 그가 지역적으로 멀어서 가깝게 변호할 사람으로 교체할 수밖에 없었다고. 그런데 전 변호사는 자기 아는 친구 이○○를 소개했고, 남편은 그에게 하라고 전했다. 남편은 그 친구 말을 신임했다. 남편은 갑자기 얼굴색이 변했고, 알 수 없는 불안이 얼굴 속에 새겨졌다. 그때 동생이 다시 설득했다.

- 매형, 내가 회사일로 많은 법적 일을 다루었는데요, 이제까지는 검사 출신의 검찰 측 변호사가 유리했는데요, 다음부터는 판사 출신 변호사가 변호하는 것이 유리해요. 그래서 판사 출신 변호사를 선임하는 것이 마땅해요.

- 그럼 누구냐?

- 우선 채 씨라 했는데, 가봐야 해요.

- 그럼 알아서 해. 난 할 수 없으니까.

동생은 다시 여러 정황을 설명해주고 설득했다. 우리는 걱정 말고 마음을 편안하게 갖도록 그를 위로하고 끝냈다.

나는 처음에 남편 친구를 신임하며 모든 것을 맡기려 했고 그렇게 했다. 그런데 구속 여부 결정에서 일이 잘못됐고 내 믿음은 깨졌다. 나는 그를 믿을 수 없었다. 수임료도 다른 사람보다 꽤 비쌌다. 나는 속상했지만 남편의 믿음을 존중해서 참았다.

그 후 나는 나만의 남편 구출 작전을 펼치려 애썼다. 그래서 이번에 동생과 함께 남편을 설득하려 한 것이다. 동생은 남편을 이해시켰다. 검사였던 변호사는 이미 구속 결정이 난 이상 이제 끝이라 했다. 다음 판결까지는 판사였던 변호사가 변호에 유리하다고 설명했다. 남편은 그럼 네가 알아서 하라고 한 것이다.

구치소는 외지에 있었다. 조급한 마음에 모든 것을 빠르게 하려 애썼다. 택시로 이동했다. 모든 것은 돈이었고, 돈이 모든 것을 해결하는 듯했다. 면회를 마치고 나오자마자 때마침 정류장에 버스가 왔다. 택시는 없었다. 우선 버스를 타고 시내로 왔다. 법원 앞에 내렸다. 법원 길을 걸으며 변호사를 찾았다. 어느 사람이 진정한 변호사일까 하는 것에 집중했다. 친구 변호사에게 나는 실망이 컸다. 이미 변호사에 대한 믿음은 없어졌다. 처음 어디로 갈 것인가가 문제였다.

동생은 먼저 친구가 소개한 정 씨 사무실을 찾았다.

지금 이 사건에 대해 갑자기 집중이 안 되었다. 왜 그럴까? 나는 조금만 이 사건에 대해 집중하면 쉽게 피로하고, 나를 불편하게 만들었다. 정신적 소모가 많아서일까? 지금 나는 다른 일에 집중하고 싶은 것이다. 어떻게 하면 내 주변에 있는 사람들이 상처받지 않고 나랑 적절히 즐겁게 남은 인생을 살 수 있을까 하는 것으로 집중하게 했다. 나는 지금 인생의 황금기를 살고 있는 것이다. 나에 대해 제재를 해서 나를 괴롭히는 사람이 없으니 말이다. 태어나서 오롯이 나만을 위해 살 수 있으니 얼마나 행복한가?

나는 내 삶을 위해 맛있는 것을 해서 먹고, 몸의 건강을 위해 내가 좋아하는 운동을 하면 된다. 효도 차원에서 시어머니 생활비 주고, 어차피 평생 주는 생활비였으니 돌아가실 때까지 그대로 하면 될 일인 것이다. 친정어머니 또한 용돈 주고 가끔 원하는 일을 해주면 만사가 끝이다. 어머님들이 아파서 어쩔 수 없는 것은 나도 어쩔 수 없는 일이다. 그 일은 남편 말대로 우리 대부분 우리가 아는 사람들이 이미 지하에 있을 사람들이기 때문일 것이라 생각했다. 옛날 같으면, 아니, 친정아버지가 59세에 갔으니 나도 이미 지하에 있어야 할 사람인데, 이렇게 행복하게 살고 있으니 감사할 뿐인 것이다.

내가 없어도 자식들은 제 나름대로 살아갈 것이고, 결혼 못 한 막내딸이 다소 마음에 걸리기는 하지만 마음대로 할 수 없는 것이니, 어찌 한탄할 것이겠는가? 나는 지금 평생에서 가장 행복한 시대를 살아가고 있는 것이다.

*

다시 돌아가서.

변호사 사무실은 컸다. 입구 쪽은 여직원들이 있었다. 건너편에 사무장이, 오른쪽 넓은 방은 변호사 사무실. 사무장은 우리를 변호사 사무실로 안내했다. 여직원이 마실 차를 내왔다. 사무장이 어떻게 왔는가를 물었다. 그곳에서 사건 번호를 알려주었다. 동생이 사건이 어떻게 흘러갈 것인가를 물었다. 변호사는 재판을 갔기 때문에 젊은 사무장은 열심히 그가 아는 한 설명해주었다. 그의 말은 형사 사건은 변호사가 직접 하며, 사건 내용을 확인한 다음 사건 처리 방향을 설명할 수 있다고 말했다. 우리는 연락처를 남겨놓고 사무실을 나왔다.

우리는 다시 법원 대로를 거닐었다. 이렇게 많은 변호사 중 누구를 선택할 것인가? 누가 진실을 말해줄 수 있을까? 우리는 고민했다. 인터넷상에서 찾은 채 씨를 찾았다. 쉽게 찾아지지 않았다. 한길 대로의 언덕은 길었다. 올라갔다가 내려갔다. 몇 번을 뒷걸음질 치며 찾았다. 사무장이 우리를 안내했다. 그는 자기네 사무실이 얼마나 큰 형사 사건을 처리하고 대단한지를 설명했다. 이 업계에서 1위라는 사실을 강조했다. 동생은 사건 동향을 물었다. 그는 우선 선임료 계약을 요구했다. 나와 동생이 의아한 상태로 숨 쉬기를 하며 한 템포 쉬었다.

안 되겠던지 사무장은 이것저것을 묻더니 사건 경향을 말했다. 남편의 형사 사건은 5년 이상의 형이 갈 것이라 말했다. 자기네는 안 되는 일을 쉽게 된다고 설명하지 않는 편이라 했다. 그는 계속 여러 불리한 조건을 늘어놓으면서 설명했다. 나는 가슴이 철렁했다. 갈수록 미궁으로 빠져 들어갔다. 무엇인가 굉장히 힘들 것이라는 직감을 느꼈다. 오랫동안 그는 설명하고, 나는 들었다. 마음은 명쾌하지 못했다. 그리고 우리는 그곳을 떠나왔다.

앞에 갔던 정 씨 변호사네가 더 진실해 보였다. 채 씨 변호사 측은 수입료 쪽에 더 강한 집착을 가졌다. 동생은 말했다.

- 이럴 때일수록 쉬며, 놀며, 이곳을 돌아다니며 탐색해야 하는 것이야

요.

- 그래, 우선 밥을 먹자. 먹는 것이 남는다고 하잖냐?

우리는 주변에 있는 밥집을 찾았다. 길을 따라 걸으면서 사람이 많은 식당을 찾아 들어갔다. 빈 식탁에 앉았다. 나는 주문 전에 옆 식탁을 곁 눈질했다. 국밥을 시켜먹는 이가 많았다. 나는 그들이 먹는 것을 주문했다. 그들이 먹는 국밥을 우리도 시켜서 거하게 먹었다. 그리고 천천히 움직이면서 거리를 활보했다. 몸이 피곤했다. 다시 카페로 가서 가장 편안한 자리를 골라 앉았다. 우리는 커피를 마시며, 가장 쉽게 할 수 있는 것이 무얼까 생각했다. 인터넷을 찾았다.

동생은 오늘 못 찾으면 이곳에서 하룻밤 자고, 내일 다시 찾으면 된다 했다. 그러자고 했다. 남편의 재판을 하는 재판장이 1965년생이었다. 그곳에서 학성고 출신 변호사를 찾았다. 그곳에서 학성고가 제일 좋은 인맥일 것으로 보였다. 1965년생 변호사들의 사법연수원 기수를 따졌다. 연수원 20기쯤으로 앞뒤 기수를 첨가해볼 수 있었다.

같은 사법 연수원 기수끼리 그들만의 모임을 가질 것이고, 어떤 인맥을 갖추어 서로 소통할 것이라 생각했다. 그곳 변호사는 160명가량 됐다. 어떤 인물이 우리 남편에게 가장 적합한 인물이 될 것인가? 우리는 고민하고 고민했다. 인터넷에 1965년생 변호사가 떴다. 박 씨였다. 그는 울산 학성고 출신이었다. 그는 1965년생이었다. 작년에 퇴직한 사람이었다. 그렇다면 전관예우라는 타이틀도 유리해 보였다. 찾아 가보자. 먼저 전화를 했다.

- 변호사님, 상담할 수 있을까요?

- 네, 할 수 있습니다.

그의 대답이 왔을 때 나는 의문이 생겼다. '혹 능력이 없어서 이 시간에 사무실에 계시는 것일까? 모든 변호사가 지금쯤 법원에서 변론을 해야 하는데 이상하다?'라고 의문을 가지고 사무실을 찾았다. 그곳은 새 건물에 새롭게 단장한 사무실이었다. 위치는 법원에서 가장 가까웠다. 시멘트 냄새가 푹 올라왔다. 빈 공간이 많았다. 아직 어설픈 사무실이었다. 사무실 입구에는 여직원 한 명이 있었다. 세 명의 변호사가 한 사무실을 조각내서 사용했다. 첫 번 사무실이 박 변호사 사무실이었다. 어떤 사람이 이미 상담을 하고 있었다. 우리는 기다렸다가 사무실로 들어갔다.

책상 주변에 많은 명함이 유리 밑에 박혀 있었다. 벽 쪽에는 서류봉투가 일렬로 산더미처럼 쌓여 있었다. 벽에 붙은 간이 칠판에 재판 날짜가 빼곡히 기입되어 있었다. 벽에 붙은 큰 달력에도 붉은 펜과 검은 펜으로 무엇인가 적혀 있었다. 그의 인상은 맑고, 깨끗했다. 그는 공부 열심히 하고, 열심히 법관 자리를 직무에 충실했다는 것을 몸으로 보여주었다.

그는 소박했다. 그는 꾸밈이 없었다. 그는 편안했다. 그에게는 진심이 보였다. 그는 곧 내 남편을 닮았다. 그가 풍기는 맛은 젊은 날의 내 남편 모습이었다. 그 모습은 슬픈 내 남편의 젊은 모습이기도 했다. 그는 이제 막 개업한 가난한 변호사였다. 칠팔 년 전 내 남편이 명퇴 당하고 후임으로 간, 걸맞지 않은 회사의 모습이 그 사무실에서도 보였다. 그때 그 당시 내 남편이 불쌍하듯, 그의 모습도 그래 보였다.

나는 모든 것을 결정했다. 나는 그냥 무조건 박 변호사에게 선임료를 주고 맡기고 싶었다. 그에게 도움을 주는 것이 내 남편 일에 도움을 받을 것 같은 생각이 들었다. 그는 매사가 어설펐다. 사무장도 없었다. 혼자 글을 쓰고, 혼자 메모했다. 모든 것은 그가 했고, 그가 처리했다. 그는 말했다.

- 사건을 보니 별거 아니더군요. 별거 아니지만, 검찰 측에서 구속했기 때문에 검사의 마음을 읽어서, 판사 측은 무조건 석방할 수 없습니다. 시간을 두고 있다가 처리할 것으로 보입니다.

우리는 그를 믿었고, 즉시 선임료를 주고 부탁했다. 우리는 그다음 날 떠나기로 했는데, 변호사님은 자기가 다 할 테니 돌아가라고 말했다. 더욱 그에 대한 믿음이 생겼다. 우리는 최선의 길을 선택한 것이다.

판결이 잘될 거라는 믿음하에 우리는 그 지역을 떠났다. 그리고 동생과 자축을 했다. 곧바로 KTX를 타고 서울로 올라왔다. 정말로 서울 부산은 일일 생활권이 된 것이다. 동생이 말했다.

- 중국의 기차는 시속 500~600킬로미터야. 중국은 새로 철로를 개설했어.

- 우리나라는 국토가 작아서 그런 시속이 필요 없어. 지금 서울에서 부산까지 3시간이면 족하지 않니?

진정으로 우리나라는 살기 좋은 나라다. 차에 탄 사람들은 십오 년 전 내가 갔던 이탈리아 사람의 모습이었다. 머리는 갓 샴푸한 머리 모습으로 윤기가 흘렀다. 깨끗한 와이셔츠에 멋진 카디건, 아니면 신사 복장, 줄 세워진 반듯한 바지를 입었다. 그리고 한 손에는 작은 사무용 가방을 들고, 다른 한 손은 스타벅스 커피를 가지고 차를 탔고 내렸다.

여성들은 멋지고 깔끔한 옷차림에 여행용 가방을 끌고, 손에 야외용 블랙커피를 들고 기차를 타고 내렸다. 아니면 간편한 명품가방 속에 그들의 삶을 운반했다. 그들은 내 나라의 사람이나, 나는 그들이 먼 나라의 이민족처럼 느꼈다.

나는 내 삶의 방식을 고집했다. 어디를 가든 배낭을 가져갔다. 그 속에 내 삶을 담아갔다. 나는 그것이 편하고 좋았다. 우선 시간 맞출 수 없다는 생각에 간편한 간식거리를 준비했다. 간단한 빵이나 내가 만든 개떡을 준비했다. 개떡은 그야말로 개떡인 것이다. 냉동실에 오래 자리하고 있는 모든 것을 청소 차원에서 모은다. 팥, 콩, 완두콩, 서리태, 녹두 등. 봄에 뜯어 삶아서 얼려놓은 쑥, 취나물, 미나리, 알 수 없는 초록 나물. 이것들을 녹여서 함박에 담는다.

그곳에 쌀가루, 찹쌀가루, 밀가루, 튀김가루, 녹말가루 등 남고 찌꺼기 있는 것들을 함께 넣는다. 다시 그 위에 다시마 가루, 뽕잎 가루, 콩 가루,

버섯 가루, 마 가루 등 잡동사니 가루를 대충 뿌려서 섞는다. 그 위에 남은 막걸리를 솔솔 뿌리고 베이킹파우더를 뿌려서, 남은 찌꺼기 와인도 넣는다. 그곳에 적당히 물 대신 우유를 넣어 부드럽게 만들어준다. 다시 그 반죽한 것에 매실청과 소금을 적당히 뿌려준다. 그리고 그것이 너무 되직하지 않게 물과 달걀을 첨가해서 반죽한다.

그 반죽한 것을 압력솥에 철망 받침대를 넣고, 그 위에 삼베 보자기를 깔아, 앞에 반죽한 것을 넓게 펴서 올려놓는다. 그리고 솥에 물을 넣고 가열한다. 시간은 거의 30~40분을 쪄야 익는다. 다 익은 개떡을 널빤지로 옮겨서 칼로 먹기 좋게 금을 그어 썰어서 놓는다. 그것이 적당히 식으면 먹을 만큼씩 떼어서 비닐 팩에 넣고, 냉동실에 넣어 얼린다. 아침 대용으로 그만이다.

나는 수시로 그 개떡을 배낭에 넣고 다닌다. 봉지 커피도 배낭에 챙긴다. 작은 보온 물통에 녹차 잎 몇 가닥을 넣어, 녹차물이 된 보온 물통 2통을 준비해서 배낭에 넣는다. 초콜릿, 땅콩, 방울토마토, 멸균 우유 등도 배낭에 필수로 넣는다. 그리고 장시간 움직여도 상관없도록 읽을 책을 넣는다. 그 배낭 하나를 가지고 떠나면 먹을 것, 읽을 것 등 모두를 해결할 수 있고, 자동차 이동을 하는 것이다.

그 배낭을 가지고 나는 기차를 탔다. 나는 기차 통로를 지나면서 내 좌석을 찾았다. 이곳은 갑자기 내 나라 같지가 않았다. 배낭을 멘 나는 여전히 이방인 같았다. 15년 전 내가 처음 유럽을 방문했을 때 유레일패스를 가지고 유럽 전역을 다녔던 선진국의 모습이 그대로 이곳에 있었다. 가는 곳마다 깔끔하고, 공항 로비와 똑같았다. 우리나라가 이렇게 잘살다니. 아마도 5천 년 역사상 지금이 가장 잘사는 전성기 시대가 아닐까 생각했다. 티켓 검사도 없었다. 모두가 그대로 통과였다. 질서도 정연했다. 옛날의 할머니처럼 머리에 무언가 이고 등에 등짐을 메는 사람은 없었다. 모두들 간편한 차림이고, 매사 잘 미끄럽게 이동하는 영화 속의 배우 같았다.

복잡하고 시끄러운 사건과 내 속에 일어나는 불구덩이는 말끔히 정리되었다. 우리는 서울역 쪽 연탄구이 집을 찾았다. 추억의 집이었다. 허름하지만 사람은 많았다. 동생과 소주를 한잔하기로 했다. 평생 처음 있는 추억이 될 것이다. 동생은 말했다.

- 자기가 좋은 대학을 계속 떨어져서 부모한테 얼마나 미안했는지 모른다. 없는 돈에 담임을 초빙해서 과외를 했는데, 계속 떨어져서 부모에게 미안했다.

- 야, 너 그래도 성공했다. 그 나이에 아직도 직장을 지키고 있으니 그것도 성공이다. 더욱이 네 애들이 북경대, 칭화대 졸업했으니 완전 성공이다. 막내도 북경대 졸업할 테고.

- 우리가 이 정도, KTX를 마음대로 타고 갔다 올 수 있는 여유, 이것이 행복이 아니겠어?

- 형제들이 탈 없이 건강하고, 밥 잘 먹고 살면 성공한 인생이야.

우리는 그곳에서 헤어졌다. 그는 서쪽으로. 나는 동쪽으로. 그는 내일 출근할 수 있었다.

*

시댁을 중심으로 주변 사람들은 내 남편의 부재를 의심했다. 계속 전화를 요구했다. 나는 그들을 피하고자 애썼다. 무엇을 설명할 것인가? 그들이 그를 위해서 뭘 그리 애달파할 것이며 관심을 가질 수 있겠는가? 나는 그들의 전화가 싫었다. 그들의 집착은 계속되었다. 그들의 전화는 나를 짜증 속으로 빠지게 했다. 조용히, 가만히 시간을 보내고 지켜만 주기를 나는 바랐다.

나는 남의 이야기를 들어주고 그들을 주시해서, 그들을 관찰하는 쪽에 시선을 두기를 바랐다. 그런데 조금 있으면 나는 내가 말하는 쪽에 서 있는 것이다. 나는 무척 말하기를 좋아해서, 남의 말을 제치고 내가 말해버리곤 한다. 그리고 후회하기 바쁘다. 내적으로는 나를 자제해야지, 상대방 이야기를 들어줘야지 한다. 그리고는 어느덧 또다시 남의 말을 빼앗아 내가 해버리곤 하는 것이다. 이런 것은 아니지… 강하게 나를 나무라지만, 그 습관은 쉽게 버리지 못한다. 나는 나에게 말했다. 말 좀 하지 말고 들으라고.

이튿날 눈을 떴다. 날은 아직 어둑했다. 잠이 오지 않았다. 침대 속에서 눈만 감고 있었다. 늘어진 몸은 오징어처럼 축 늘어졌다. 근육이 오물오물하면서 온몸이 쑤셨다. 훤하게 날이 밝아왔다. 몸을 움직이는 것이 나을 듯했다. 나는 일어났다. 몽마르트르 공원으로 산책 갔다. 아파트 뒷계단을 따라 산자락을 올랐다. 산자락에 하얀 꽃이 만개해 있었다. 아름다웠다. 산속은 모두가 벚꽃으로 덮여 있었다. 하늘을 가리고 꽃 터널이 됐다. 꽃의 발광 빛이 불이 됐다. 분명 꽃이 내는 발열체의 에너지가 내 몸을 쏘았다. 이것이 자연의 에너지이리라.

산책로를 따라 걸었다. 조금 먼 쪽의 산자락엔 아직 물기에 젖은 갈색 낙엽이 쌓여 있었다. 그곳에서도 빛이 있는 발열체가 빛났다. 이때쯤이면 항상 남편과 나를 반기던 벚꽃이었는데… 이번 해에 남편은 어떤 마음일까? 그는 많은 새로운 인생의 깨달음을 얻을 것이리라. 산등성이 쪽으로 올라갔다. 꼭대기 정자에는 늘 할아버지들이 새벽 5시만 되면 모였었다. 한 열댓 명쯤 됐다. 어둑한 정자 벤치에서 지팡이를 들고 앉아서 그들은 그들만의 소리로 세상을 말했었다. 먼발치에서.

- 사일구 시절에 내가 독일에 있었는데…

- 군인 전방에서…

- 내가 외국 사우디에서…

- 김종필이가 어떻고, 박정희가 어떻고….

- 누구가 미국에서 어찌했다….

그들은 그들의 말잔치로 신이 났다.

- 나는 어제 휴전선 근처에서 맛있는 매운탕을 먹었다고….

- 뭐시기냐 그 왜 요 아래 그 집 갈비탕도 괜찮더라고….

나는 그들의 이야기를 오랫동안 들었었다. 그러다가 하나둘씩 사라졌다. 이젠 그 정자에 아무도 없었다. 낙엽 지듯 모두가 떠나버렸다. 텅 빈 공간만 있었다. 우리도 이제 가야 할 때가 서서히 다가오고 있는 것이다. 이 나머지 인생을 어떻게 잘 보람 있게 행복하게 살 것인가 과제가 되었다. 지금은 가장 어려운 시기를 어떻게 잘 버티고 위기를 벗어날 것인가에 집중해야 한다.

남편이 편안한 마음을 유지하고 자기 속에 분통과 억울함을 쌓지 않기를 바랄 뿐이다. 그는 이제까지 최선을 다해 정직하게 살았는데, 자신에게 왜 그런 험한 일이 생긴 것인가에 집중한다면, 그는 자살할 수밖에 없는 것이다. 나는 정치인들의 비리로 많은 공직자들이 자살하는 것을 봐왔다. 자신은 결백한데 이럴 수가 있는가 하며 세상을 원망해서일 것이고, 아니면 자신이 한 일에 대한 책임과 자책으로 스스로 목숨을 버릴 수밖에 없는 경우일 것이다. 전자처럼 남편이 스스로 결백하다는 것을 대가로 목숨을 담보로 하지 않기를 빌 뿐이었다. 그가 '왜? 나는 그런 일을 당해야 하는가?'라고 자학과 자책을 하며, 자신을 학대해서 고통 속으로 자신을 빠뜨리지 않기를 바라는 것이다.

그래, 인생을 길게 보고 다시 해석해보자. 인생은 거기서 거기인 것이다. 잘난 것도 없고 못날 것도 없으며, 자기 스스로 자기를 존중하며 자기 식대로 살아가는 것, 그것이 행복인 것이다. 누구의 간섭도 받지 않으며 가장 나쁜 허점을 지적해도 내가 괜찮으면 좋은 것이다.

그런데 나는 이상하게도 마음과 몸이 따로 놀았다. 처음에 남편이 구속

되어 마음 졸이며 힘들 때였다. 저 멀리 남편 친구가 걸어왔다. 나는 몸이 움츠러들면서 그를 피했다. 그를 만나 이러쿵저러쿵 하고 싶지 않았다. 나는 몸을 피해 딴 길로 갔다.

왜 피하는 걸까? 뭘 잘못해서? 이것은 아니지 않은가? 나는 마음속을 파면서 물었다. 그러나 그것은 그것일 뿐 몸은 숨고 피했다. 지금도 그런 현상은 계속 나타났다. 무엇인가 낌새를 아는 경비원을 피하고 싶어지는 것이다. 아는 경비가 지킬 때 나는 그곳을 피하고 싶어졌다.

어제 저녁의 꿈자리는 뒤숭숭했다. 무엇인가 많은 꿈이 오고갔다. 머리가 시끄러웠다. 그러나 아침에 머릿속은 텅텅 비었다. 밤새 무엇을 했는지 무거웠고, 생각은 나지 않았다. 그날 변호사 박 씨는 남편을 접견했다. 그는 남편이 일급까지 하셨는데 억울한 누명에 힘들어하지 않고 편안한 마음으로 잘 견디고 있다고 전했다. 나는 다행이라고, 감사하다고 했다. 그는 모든 일처리를 혼자 했다.

그곳 사무실에는 사무장이 없었다. 혼자 전화 받고, 설명했다. 사람들이 오면 접견해서 여러 사건 정황을 살폈다. 검찰청에서 넘어온 자료를 그 스스로 복사했다. 복사본을 보고 확인해서 내용을 파악했다. 나는 그가 딱했다. 새로운 사건을 파악하는 일은 쉽지 않았다. 자료는 한 사건마다 두꺼운 백과사전 두 권 정도의 분량이었다. 우리가 두 팔로 안아야 하는 분량이었다. 그는 그 내용을 파악하고 재판 전략을 세웠고, 피고인에게 유리한 것을 이끌어냈다.

개인적으로 그를 보면 불쌍했다. 그나 우리 남편이나 평생을 공직에 바친 사람들이었다. 그 공직이 뭐기에, 그들은 그것에 자신의 몸을 바친 것이다. 남편은 이제 그것으로 인한 죄를 입어야 했고, 박 변호사는 최선을 다해 남편을 구해야 하는 것이다. 나는 내 남편을 자랑스럽게 생각했다. 그는 추호도 죄를 질 사람이 못 되었다. 그는 거짓이나 헛된 욕심을 부릴 만큼 어리석지 않았다. 깨끗함을 지키려 애썼다.

다만 선후배들이 남편을 이용해서 승진하고 남편을 내쳤다. 공직 세계 속은 깨끗하지 못했다. 그 속에는 온갖 협잡꾼이 많았다. 각자의 승진을 위해서 정치인을 대동했다. 그들의 힘을 빌어 선배를 내치는 경우는 허다했다. 그들이 힘으로써 남편을 곤혹스럽게 하는 것이 한두 번 아니었다. 나는 순리대로 일이 진행되기를 바랐다. 선배가 승진해서 장차관이 되어 정부의 걸맞은 정책을 수립하고 수행하면 좋을 것 같았다. 그는 한곳에 오래 있었으니 그곳 사정에 밝을 것이리라. 틀림없이 그곳의 달인이지 않겠는가?

그러나 일은 그렇지 않았다. 어느 날 느닷없이 정치 인사가 상관없는 부처 장관으로 발탁됐다. 그 장관은 이치에 맞지 않는 후배를 차관이나 실장으로 임명했고 그의 일들을 맡겼다. 그럴 때마다 정책이 엉망이 되어 갔고, 질서가 파괴되어 그 속에서 일하는 사람들은 우왕좌왕, 그리고 새로 그가 내리는 정책 방향에 적응하려 애썼다. 그 속에는 정치적 지배자들이 난립했다. 그들의 힘을 등에 업고 선배를 밀어내서 그곳을 차지했다. 그렇게 힘 있는 자들과 결탁해서 선배를 밀어내는 일은 밥 먹듯 일어났다. 그들은 좋은 자리에 능했고, 불편한 자리와 좋지 않은 자리는 피했다. 그들은 경제성 있는 자리를 탐했다. 그들은 끼리끼리 잘 간파했다. 깨끗한 이들은 항상 한 직에 머물렀다. 그들은 밀리면서 버텼다.

승진 자리를 두고 그들은 자리다툼을 일삼았다. 선배를 악으로 밀어붙여서 탐하는 자리를 그들끼리 그들만의 자리로 독식했다. 나는 남편을 보면 속이 썩었다. 후배 놈의 농간에 놀아나는 것이 안타까웠다. 그놈은 나만 보면 형수님, 형수님, 하면서 평생을 아부했고, 남편의 뒷자리를 탐했다. 남편은 평생을 선배에 당했고, 후배에 당했다. 수십 년을 그들은 남편을 주물럭거렸다. 남편은 그들의 노리개가 되어갔지만, 그는 그런 생각을 못 했다. 그의 장점은 그에게 정치계에서 손을 뻗어 와도 절대로 손잡지 않았다는 점이다. 그는 정치계를 협잡꾼 집단으로 치부했다.

그는 뻐팅기는 일에는 재간이 있었다. 후배가 아무리 밀어붙이고 선배를 욕하며 악으로 악다구니 쳐도, 그런 것에 흔들리지 않고 버텼다. 그는 강하게 자기 자리를 고수했으며 자기 몫의 자리를 지켰다. 어느 해 정치계에서 남편을 내치려고 애썼다. 그래서 검찰 측과 언론, 정치 측근들을 대동해서 남편 사무실을 뒤집었다. 모든 것을 거꾸로 조사했다.

그러나 입건하고 내쫓을 하자가 나오지 않아서 결국 그들은 포기했다. 이런 저런 시련들은 말하고 싶어도 내가 다 잊어버렸다. 그가 지금까지 버틴 것은 결국 자신을 세운 일인 것이다. 그것이 힘이 되어 그는 공직의 일을 공직자답게 그 자신을 지키고, 원만히 자신을 마무리한 훌륭한 사람이 됐다.

나는 남편에게 항상 말했다. 당신은 그만하면 훌륭하다고. 30년 공직을 탈 없이 일급까지 올랐으면 된다고. 더 무슨 욕심을 내면 안 된다고. 그가 퇴직하고 우리는 중국 남경 근처 상주로 여행 갔다. 그곳에서 남동생이 현지 주재 법인장으로 살았다. 우리는 그곳에서 인생의 마지막을 어떻게 보낼 것인가를 생각했다. 그때 내가 기록해둔 메모지를 봤다. 그곳에 이렇게 기록되어 있었다. 중국에서 있던 사건을 잊지 않기 위해 나는 빨리 적어뒀다.

2011. 1. 13. 일요일. 맑음. 춥다. 모자를 써야 한다.

남동생은 이혼했다. 그가 중국 출장이 잦고 집안에 소홀한 점이 많았다. 결국 동생 아내는 바람이 났고, 집안 살림이 거덜 났다. 그들은 이혼했다. 그는 딸이 셋이었다. 큰애와 둘째는 북경에서 대학에 다녔다. 그들은 동생의 한을 풀어줬다. 일류 대학을 못 간 동생의 한을 그들이 북경대와 청화대에 들어가 풀어준 것이다. 막내는 상주에서 일류 중학교를 다녔다.

그곳도 대단한 학교였다. 한국인은 막내 하나였다. 일류 중학교는 치열했다. 아침 새벽 5시 반에 등교하고, 저녁 7시경 집에 왔다. 오자마자 밥 먹고 곧 단독 과외수업을 받았다. 과목을 돌아가면서 과외수업을 받았다. 밤 10시까지 공부했다. 숙제 끝나면 밤 12~1시가 됐고, 그때부터 잠잤다.

큰애들도 그렇게 공부했을 것이다. 그들은 외지에서 부모 없이 공부했다. 나는 그들을 생각하면 눈물이 났다. 막내는 그래도 아버지와 함께 사니 다행이었다. 막내는 애처로워서 마음이 더 갔다. 그는 6살 때부터 어미가 없는 편이었다. 그를 보면 나는 눈물이 찔끔찔끔 났다. 우리 집 식구들은 애들 엄마를 보고 욕했다. '미친년, 짐승만도 못한 년.' 애들과 함께 TV에 나오는 '동물의 세계'를 보며, 또 다시 욕했다. '미친년, 짐승만도 못한 년.'

남경공항에 동생이 마중 나왔다. 현지 법인장이라 차가 컸다. 동생의 힘이 보였다. 좋아 보여서 즐거웠다. 상주 아파트도 컸다. 살 만 했다. 단지 그곳은 모든 도시가 난방을 할 수 없었다. 각자 알아서 난방을 해야 했다. 중국 정책상 양자강 남쪽 지역은 난방하지 않는 집으로 짓게 했다. 상주는 습도가 높았다. 눈이 오지 않았다. 습도는 차가운 냉기를 머금고 사람 몸으로 스며들었다. 찬 기운이 발가락 손가락을 시리게 했다. 기온이 영하는 아니었다. 얼음이 얼지 않았다. 아파트 안에 든 습기 때문에 햇빛이 나오면 밖이 훨씬 따뜻했다.

햇빛이 날 때는 한여름처럼 창문을 열어놓았다. 그러면 따뜻함이 실내쪽으로 스며들었다. 요상한 날씨였다. 남편은 추운 것을 좋아했다. 날씨추워야 사람들이 깨어 있는 날이 많은 것 같다 했다. 저녁 해가 지고 어둑했다. 어둠과 냉기는 함께 동반했고 마음과 몸을 움츠르들게 했다. 난방 온열기를 틀고, 작은 온열기로 몸 쪽을 쪼였다. 실내는 따뜻해졌다. 바닥은 카펫을 깔았지만, 양말을 벗을 수는 없었다. 대리석 바닥의 차가운 돌 냉기가 온몸으로 번져 올라왔다. 침대 위 요에 전기장판을 깔았다. 식구들은 두꺼운 내복을 입었다. 다시 두꺼운 잠옷이나 겉옷을 껴입었다.

숨을 쉬면 하얀 입김이 서렸다.

이튿날 새벽부터 동생은 회사에 갔고, 막내 다는 눈을 뜨자마자 친구 차 타고 학교에 갔다. 동생은 신발장 위 깡통에 1원짜리 동전이 있다면서, 밖에 나갈 때 가지고 나가서 사용하면 된다 했다. 우리는 7시경 일어났다. 산책을 하러 밖으로 나갔다. 이제 막 새로 개발된 신도시 같았다.

아파트를 지나 큰 도로로 갔다. 자동차, 이륜차, 모인 사람들이 뒤섞여 혼란스러웠다. 막 출근하려는 사람들이었다. 길거리 음식점에 사람들이 모였다. 한길을 따라 사람들이 움직이는 방향으로 우리도 따라갔다. 그곳은 공원이었다. 호수가 있고, 호수 주변에 트랙과 산책로가 있었다. 좀 넓은 곳에는 사람들이 제각각 운동을 했다. 녹음기 음악에 맞춰 춤추며 운동하는 사람들이 많았다. 우리는 그들 사이를 돌며 뛰었다. 한 바퀴 호수 주위를 돌고 체조를 했다.

체조 후 우리는 길을 건너 시장 쪽으로 걸어왔다. 시장통에서 먹을 것을 샀다. 화덕에 구운 빵을 샀다. 1원에 3~4장을 주었다. 녹차에 삶은 달걀, 콩국물 등도 사서 집으로 돌아왔다. 집에서 상차림을 해서 먹었다. 빵은 내 취향이었다. 고소하고 담백한, 화덕의 따끈함이 내 입에 딱 맞았다. 우리는 소파나 거실에서 뒹굴뒹굴 누워 놀았다. 남편이나 나나 30년 이상 근무했고 열심히 살았다. 이제 쉴 나이인 것이다. 유대인의 모토가 육십까지 열심히 일하고 육십이 되면 쉰다는 말을 하며 즐기자 했다.

오후에 저녁상을 차렸다. 동생은 회사에서 먹을 테고 막내 다랑 먹으면 됐다. 우리는 식탁에 앉았다. 앉아 있으면 이혼한 엄마 이야기가 등장하기 마련이었다. 다를 보면 고모인 나는 분개의 소리를 냈다.

- 너희 엄마가 아빠 담보로 빚을 하도 많이 내서 아빠가 한국으로 들어올 수 없었다. 만약 아빠가 한국으로 입국하면 즉각 경찰에 잡혀간다. 채권자들이 아빠를 고발해서 공항 입구에서 잡혀가도록 했기 때문이야. 그래서 너희 아빠는 입국할 수 없는 거야. 빚을 갚지 않으면 공항 입국, 출

국을 할 수 없어. 만약에 너의 언니가 빚을 많이 져서 네 앞으로 빚이 넘어오고 힘들게 한다면 너는 괜찮겠니? 누나인 이 고모가 뭔 죄가 있어서 그 꼴을 보고 사는지 모르겠구나.

나는 이상했다. 어린 조카를 보면 그네 엄마 욕이 나왔다.

- 아이고 미친년.

- 아이고 미친년.

어느 해 남동생은 그 미친년이 미친 짓을 했든 말든 중국에 온 그년에게 애들을 다시 보살펴달라고 애원했었단다. 그러나 단칼에 나는 이곳에서 못 산다고 거절했단다. 그 소리에 나는 발칵 성질이 나서 욕했다.

- 아이고, 쓸개 빠진 놈.

- 아이고, 쓸개 빠진 놈.

어느 날 저녁.

다도 화가 났던 일이 생각났는지 이야기를 시작했다. 다 네 엄마가 북경에 조폭 애들을 데리고 나타났다(다 네 엄마가 함께 살고 있는 남자를 그들은 조폭이라 했다). 다네 엄마는 큰언니인 후에게 조폭 아들들 둘을 네가 좀 가르쳐 주라면서 북경 후네 집에 떨쳐놓고 한국으로 가버렸다. 이것이 있을 수 있는 일인가? 나는 기가 막혔다. 아니 어찌 이런 일이? 상식적으로 생각할 수 없는 일이 벌어졌다.

엄마가 다른 외간남자와 바람나서 집을 나갔다. 집안 꼴은 엉망이 되고 빚더미에 올라 있었다. 부모가 사준 집 두 채가 사라졌다. 그 미친년은 죄 많은 여자였다. 그 죄 많은 여자를 어디까지 용서해야 하나? 그것도 모자라 외간남자 아들들을 데려다가 집안에 내팽개쳐놓고 돌보라 하니. 어찌 이런 일이 있을 수 있는가? 나는 어안이 벙벙했다. 내 정신이 온전하지 못했다. 한참 동안 시간은 흘러갔다.

남편은 말했다.

- 중국은 달라. 땅이 넓어서 이해심도 넓은 거야. 같은 동포끼리 이해해

야지.

　시간이 흘러 내 감정은 사그라졌다. 그리고 이야기는 계속 진행됐다. 다는 말했다.

　- 고모, 그래도 아빠한테는 말하지 마. 아빠 속상하잖아.

　기가 막혔다.

　- 고모, 우리들이 아빠를 닮아서 마음이 약해. 그래서 맺고 끊고를 못 해서… 그런데 그놈들이 생활비도 안 내면서, 계속 담배를 피우고 살았어. 언니가 밥도 다 해줬는데. 언니가 엄마한테 소리 질러 데려가라고 싸웠대. 안 데려가서, 할 수 없이 언니가 싸구려 방을 얻어줘서 내보냈대.

　모두가 기가 막힌 일들이었다. 운명적으로 우습게 엮인 일들이 많았다. 동생이 처음에 다니던 연구소는 다네 외삼촌이 회사를 설립하면서 동생을 꼬드겨서 데려갔다. 지금 회사 회장은 다네 외삼촌 할아버지가 됐다. 그 회장은 훌륭했다. 성실하고 근면했다. 회사도 잘 운영했다. 동생 월급은 크게 많지 않지만 그런 대로 생활은 됐다. 다만 다네 어미의 욕심이 채워지지 않았고, 자기 스스로 알뜰하지 못한 탓에 시댁에서 물려준 아파트와 일반주택이 다 날아가 버렸다. 아이들은 엉망이 됐다. 동생이 중국에서 회사일로 오래 머무는 사이 바람이 나서 집은 더욱 거덜이 났다. 그 사이 아이들은 외가인 그의 친정에 맡겨졌다.

　다네 외할아버지는 반듯한 사람이었다. 그는 딸의 잘못을 참을 수 없었다. 그는 잔소리를 했다. 그럴 때마다 다네 어미는 숨고 감췄다. 상황은 순조롭지 못했다. 거덜 난 살림으로 빚에 쫓겨서 친정으로 도피한 것이다. 동생은 그 상황을 알고 있었다. 자신도 어떻게 손쓸 수 없었다. 아이들은 어쩔 수 없는 상황에 학교에 못 갔고 방치되는 상태가 됐다. 시댁인 우리 집은 난리가 났다.

　결국 내 여동생인 다네 막내 고모가 아이들 세 명을 시골에서 데려왔다. 자기 집 아이들 남자 두 명과 함께 키웠다. 방치된 아이들을 재입학시켰다. 1~2년 동안 우리 집안은 속 시끄럽게 혼란스러웠다. 친정엄마는 엄마대로 평생 모아 자식에게 준 재산이 모두 사라졌음을 확인했다. 며느리는 몰래 제 남편 앞으로 자동차를 샀고, 그 자동차 할부 값과 융자금이 이자를 더해 자동차 값의 세 배가 되어 동생 앞으로 고지서가 날아왔다. 나는 욕이 나왔다.

– 그년이 미쳐도 단단히 미쳤구나. 그년이 우리 식구를 빚으로 말려 죽일 년이구나.

나는 십 년 전부터 올케의 태도가 못마땅했다. 그래서 동생에게 말했다.

– 아무래도 올케가 빚이 많은 것 같은데, 애들 가르칠 수 있겠냐? 너, 엄마(시댁)가 집 다 사주었고 또 다른 집도 네 부인이 다 팔아 썼는데, 이혼해야 네 삶을 지킬 수 있겠네.

그는 아무 말이 없었다. 그 후 십 년이 됐고 모두가 엉망이 된 것이다. 친정어머니는 어머니대로 날마다 울었다. 집안이 망해서 손자새끼들을 막내딸에게 맡기는 것 자체가 참을 수 없었다. 빚 독촉은 날마다 왔다. 그것을 해결할 이는 나밖에 없었다. 나 또한 쉽지 않았다. 시댁에 생활비를 주었고 친정어머니 뒷일을 돌봐야 했다.

애들은 이제 막 대학생이어서 학비가 많았다. 다행히 남동생 월급은 다달이 잘 나와서 막내 동생에게 입금됐다. 세 명의 애들이 쓰는 비용이 충당됐다. 아이들은 잘 견뎌주었고 공부도 열심히 했다. 그리고 얼마 있다가 중국 그들의 아버지 있는 곳으로 보내졌다.

그곳에서 그들은 공부했다. 모자라는 것은 과외를 했다. 저희들끼리 밥 사먹고, 청소하며, 빨래하고 살았다. 그들 아빠가 일주일에 한 번씩 애들에게 가서 잘살고 있는지를 확인했다. 고생 고생했지만 열심히 공부해서 큰애가 북경대, 작은애가 칭화대를 갔다. 그리고 다인 막내가 북경중학교 다니다가, 아빠의 외로움을 달래기 위해서 상주 제일 중학교에 다니는 것이다. 그는 제법 똑똑하고 영악했다. 나는 말했다.

- 다야, 너희 엄마 그리워도 만나면 안 된다. 만나고 싶으면 대학 졸업하고 돈 많이 벌어서 갖다줄 수 있을 때 만나라. 지금은 안 된다.

나는 많은 시행착오를 겪었다. 내 막내여동생과 열한 살 차이가 났다. 그 동생이 다 네를 키우면서 나와 의견 충돌이 일어났다. 그의 이론은 이랬다. 아이들은 애정을 먹고 산다. 아무리 어미가 잘못했어도 엄마를 만나게 해야 한다는 것이다. 내 입장은 달랐다. 어미가 돼서 나쁜 생각, 잘못된 행동만을 보이는 어미를 만나게 해서는 안 된다고 했다. 동생은 애들을 수시로 저네 어미를 만나게 했다. 다는 아직 초등학교도 안 갔다. 어미가 보고 싶을 테고, 어미만 만나면 심적 고통이 일어났으리라.

어미는 애들을 꼬드겼다. 결국 큰애 이름으로 핸드폰을 구입하고 마구 써댔다. 비용 청구는 우리 집으로 왔다. 백만 원이 넘었다. 나는 미칠 지경이었다. 남동생이 중국에 있었고 거주지가 없어서, 결국 우리 집으로 주소지를 옮겨놓아 그들의 빚은 우리 집으로 청구됐다. 명의는 다의 큰언니 이름이었다. 다 네는 이미 중국으로 떠나고 서류만 남았다. 자동차 담보대출도 동생 앞으로 우리 집에 배달됐다. 자동차 값이 삼천도 안 되는 데 곱으로 빼먹었으니, 미친년은 돈 빼먹는 귀신이었다. 일반 주택 100평 집도 잘 팔리지 않았는데 미친년은 잘도 팔아다 먹었다.

미친년은 여우였다. 온갖 웃음으로 사람을 꼬드겼다. 애들은 제 어미가 여운 줄을 몰랐다. 미친년은 항상 멋있고 맛있고 편하고 즐기는 것에 열중했다. 시어머니는 아끼고 안 쓰고, 안 사며, 모으고 가르치려 애쓰는 사람이었다. 그는 시골에서 먹을 것을 만들고 뜯고, 캐서 보냈다. 시골에서 아들네를 갔다. 베란다에서 청북장이 썩었다. 당신이 해서 보낸 청북장이었다. 신발장에 신은 가득 찼다. 세 놈의 손녀들 신과 며느리신이 가득 찼다. 주섬주섬 못 신는 신을 정리하니 세 포대였다. 눈에 불이 났다. 이것이 모두 돈이라는 것을 왜 모르는지 속이 터졌다.

장롱 속 옷도 엄청났다. 짧은 것, 긴 것. 바지와 치마가 가지각색. 티셔츠도 짧고, 길고, 얇은 것, 두꺼운 것 등. 온갖 색상으로, 노랑, 빨강, 분홍, 검정 등 별별 것들이 수북이 많았다. 속옷 팬티는 짝으로 있었다. 빨지 않고 구겨놓았다. 새것들만 입혔고 저도 입었다. 냉장고는 꽉 찼다. 햄, 소시지, 오뎅, 팩 만두, 팩으로 된 온갖 것이 다 채워졌다. 제대로 먹을 것은 없었다. 친척이 오면 그는 음식을 주문해서 먹였다. 그는 편하고 눈 가려 아웅 하는 순발력에 집중했다. 그는 그쪽 머리가 발달했다. 쉽고 편하며 저 즐거운 것을 선호했다.

애들은 스스로 크기를 바랐다. 심심하면 비디오에 심취했다. 그는 새벽 두세 시까지 즐겼다. 애들은 저희들끼리 놀다 잤다. 아침 학교 가는 시간에 어미는 일어나지 못했다. 애들은 엄마가 일어나기를 바랐다. 할 수 없이 애들은 우유 먹고 학교에 갔다. 저녁에는 사다놓은 김밥으로 때웠다. 어미는 동네 아줌마랑 놀러 다녔다. 그는 노래를 좋아했다. 동네 아줌마들과 노래방에서 그는 잘하는 노래로 자신을 뽐냈다. 애들은 제 각각 마실을 다녔다. 그들은 대충 친구 집에서 밥을 얻어먹었다. 남편 없는 이런 날은 길어졌다. 그리고 갑자기 들이닥친 시어머니에게 그는 호의적으로 모든 것을 착한 며느리로 둔갑시켰다. 그러나 시어머니 눈은 속이지 못했다. 집안이 망할 징조가 보였다. 한바탕 호통을 치고 살림 잘하라고 혼냈다.

그리고 잘살도록 며느리를 다독이고, 시어머니는 그동안 모아놓았던 돈 뭉치를 주고 시골로 내려갔다. 그렇게 세월은 흘러갔다. 해는 계속 바뀌었다. 그리고 어느 날 집안은 쑥대밭이 되었고, 지금 현재 우리 집으로 동생이 빚을 갚지 않으면 공항 출입을 할 수 없다는 법원의 명령서가 배달된 것이다. 또한 큰조카인 후는 핸드폰 백만 원 넘게 쓴 비용청구를 갚지 않아 신용불량자로 등록될 것이다.

나는 그가 싫었다. 진실하고 힘들지만 제대로 노력하는 올케가 되기를 바랐다. 그가 하는 행동들은 모두가 가식적이었다. 그는 내 눈을 피했다. 그는 나를 두려워했다. 그 스스로 뭔가 노출되는 것을 힘들어했다. 그는 왜 진실하고 성실하게 살지 못할까? 나는 그를 내 가족이라는 테두리에 두는 것이 불편했다. 그래도 그는 내 식구이기 때문에 그를 이해해야 했다. 그는 우리 가족이었으므로.

그는 수시로 아팠다. 그래서 자주 병원에 입원했다. 그는 몸이 허실했다. 나는 아픈 올케를 위해 그 집을 방문하는 것이 도리였다. 그는 병원에서 퇴원을 했다. 나는 집에서 아이들과 어른을 위한 그 집 반찬을 만들었다. 배낭에 바라바리 쌓아서 그 집으로 갔다. 그는 환자로서 안방에 누워 있었다. 나는 그 집의 밥솥에 애들 먹을 밥을 한 솥 끓였고, 국을 끓였다. 또 다른 반찬들을 준비해서 다음날 먹도록 만들었다. 나는 이불 위에 있는 올케를 봤다. 그는 TV를 보고 즐기고 있었다. 나는 갑자기 맥이 풀리면서 움직이던 손이 멈춰졌다.

나 같으면, 저런 정도의 아픔이면, 나 스스로 밥하고 애들 챙기겠구먼…. 그는 천진난만한 아이일 뿐이었다. 내 안의 속이 뒤틀렸다. 내가 학교에서 힘들게 강의하고, 돌아와서 내 집 일을 제쳐두고, 저를 위해 하고 있는 일들이 부질없었다. 나는 조용히 밥상을 차려놓고 부지런히 집으로 왔다. 나는 그 후 그를 사람으로 보이지 않았다.

난 그 미친년을 욕할 수밖에 없었다. 어린 조카가 신용불량자로 등록되는 것은 바람직하지 않았다. 아이들 편을 들어주는 막냇동생이 미웠다. 나와 막냇동생은 싸울 일이 많았다. 아이들 편을 들어주어 불리한 사건이 터지면, 그 일은 내 일이 됐다. 남동생은 마음이 여렸다. 애들 어미라고 쉽게 이혼하지 못했다. 십 년 넘게 지속된 빚은 눈덩이처럼 커졌다. 사십대 후반에 딸 셋, 그가 가진 것은 노모와 빚, 이혼 안 하고 사고치는 마누라였다. 무슨 좋은 놈팡이가 새로 생겼는지 그 미친년은 이혼하기로 했다.

그 후 잠잠한가 했더니 이혼하기 전 주민등록증으로 사기 대출 천만 원을 내서 썼다. 외국인학교 학비는 비쌌다. 내가 먼저 학비를 송금하고, 월급으로 갚았다. 그런데 대출건에 문제가 일어났다. 우리는 무엇이 문제인지 몰랐다. 경찰에 신고됐다. 중국에서 동생을 호출했다. 경찰에 출두했을 때 범인은 그 미친년이었다. 동생이 도장 찍으면 그는 즉시 사기죄로 구속감이었다. 마음 여린 남동생은 애들 어미라고 용서하고 없던 것으로 끝을 냈다. 그 당시 나는 그년을 용서할 수 없었다. 우리 집안을 다 말아먹은 것에 참을 수 없었다. 그리고 계속 우리를 괴롭히니 죽이고 싶었다.

집안이 망가진 후 우리 집은 설과 추석 제사가 사라졌다. 친척들이 모일 수 없었고 제사할 수도 없었다. 친정어머니는 시골에서 거동을 못 했다. 다리가 아파 자신을 추스를 수 없는데, 어찌 제사를 지낼 수 있겠는가? 아들과 손자들은 중국에서 살았고, 딸네 집에서 자기네 제사를 지낼 수는 없는 것이다. 엄마는 지혜로웠다. 모든 제사를 자기가 믿는 절에서 지내게 했다. 적당한 돈을 지불하고 명절과 제삿날을 공들여 해달라 했다. 처음에는 제사 못 지내는 것을 슬퍼하며 자신을 원망했다. 내가 부덕해서 모든 것이 틀어짐을 욕했다. 세월은 약이 됐다. 멀쩡히 살아 있어도 제사를 피했고, 그런 것들이 오히려 자손을 법속에 묶는 것이라 생각했다.

시간이 가면서 어려운 일들이 서서히 해결되어갔다. 많은 빚들은 융자를 내서 갚았고, 어머니가 귀중히 여기던 고향 땅을 팔아 법으로 묶인 남동생의 빚을 갚았다. 다행히 빚이 끝나 공항 출입은 자유롭게 할 수 있었다. 그는 한국으로 출장 오면 우리 집에서 기거했다. 어느 해는 육 개월 동안 우리 집에서 먹고 자고 출근했다. 새벽 4시에 갔고, 전철 타고 밤 12시에 돌아왔다. 그의 회사는 서해안 끝에 있었다.

그 후 그는 중국 법인장으로 다시 돌아갔다. 나는 그를 위해 적금을 들었다. 만기가 되어 융자 내서 작은 집을 사주었다. 시간은 흘러갔다. 십 년이 넘은 세월이 됐다. 경제적 어려움을 서서히 극복했다. 중국의 경제가 발달할수록 회사의 규모도 커졌다. 그는 중국어에 능통했고, 회사의 총경리가 됐다. 중국의 경제가 좋아지면 한국 내 회사를 역으로 돌봤다.

우리가 상주에 갔을 때 그 회사 회장이 출장 왔다. 그 회장과 우리 부부는 식사를 하기로 했다. 우리는 이십 년 전부터 잘 아는 사이였다. 그 회사를 설립할 때 서로 물심양면으로 돕고 돕는 사이였다. 어느 호텔에서 우리는 만났다. 그는 다의 할아버지이기도 했다. 다를 데리고 식당으로 갔다. 그 회장은 여자를 우리 집 사람이라고 소개했다. 우리가 아는 전부인이 아니었다. 전부터 아는 부인이 아니라서 나는 불편하고 어색했다.

그녀는 얼굴이 예쁘지도 않았고, 그렇다고 밉상도 아니었다. 몸에서 흐르는 때깔이 점잖아 보이지 않았다. 몸놀림이 빠르면서 회장에게 이상한 몸짓으로 자신을 드러내는 태도가 천박해 보였다. 맹랑했다. 여러 이야기가 오가면서 그녀는 자신의 모습을 강조했고, 회사의 주인 역할을 하려고 애썼다. 그녀는 말했다.

- 너 대학 졸업하면 이 회사에 들어와라?

- 그럼 내가 낙하산 하는 거네요?

그녀는 그 회사가 완전히 자기 것처럼 행동했다. 나는 그의 태도에 당황했다.

- 회장님 집이 어디예요?

- 송탄입니다.

- 전원주택 부지를 3억에 샀어요. 그곳에 지으려고요, 300평 정도인데 이 사람이 농사에 관심이 많아요. 잘할 겁니다.

뉘앙스로 보아 그녀는 요녀였다. 회장을 어떻게 홀렸는지, 회장은 그의 시종이었다. 그 요녀 속으로 녹아드는 회장의 쏠림이 걱정스러웠다.

- 어쩌면 좋을까? 회사가 망하지는 않을까?

그 회장은 돈을 잘 벌고 회사 운영을 잘했다. 그러나 그의 지금 처지는 보기에 딱했다. 그는 어둠 속으로 들어가는 것 같았다. 그의 새 부인은 남편 회사를 자기 것으로 말했다. 임직원에게 수시로 내 회사라 말했고, 내 회사를 물건 사용하듯 취급했다. 임직원들은 그녀를 피했다. 그녀는 그곳의 악동이 되어 그곳을 장악했고, 그곳을 휘젓고 즐겼다. 직원들은 그녀를 괴로워했다. 그녀는 회장 옆에 딱 붙어서 회장과 똑같이 행동했고, 그림자처럼 붙어 다녔다.

그 회장 전 부인은 사연이 많았다. 부인이 고등학교 다닐 때 회장이 입주 가정교사였다. 그때 연애해서 결혼했다. 부인은 귀한 공주였다. 둘은 결혼해서 잘살았다. 그러나 부인이 아기를 못 가졌다. 10년 후 예쁜 아기를 입양해서 잘 키웠다. 아기는 잘 자랐다. 그 후 조금 있다가 신의 조화가 생겼는지 부인에게도 태기가 생겨 딸이 태어났다. 그들은 그렇게 두 딸을 키웠다. 회장은 중국으로 회사를 진출시켰다. 그리고 그의 가족도 그곳에서 살았다. 큰딸인 입양아는 공부가 시원찮았고, 작은애는 공부를 아주 잘했다.

큰애가 말썽이 많아졌다. 한국에 있을 때부터 학칙을 어기고 이상한 서클에서 활동하며 그들을 괴롭혔다. 그래서 중국으로 학교를 보내고, 식구들이 회사 근처에서 살았다. 살면서 회장 부부는 싸움이 잦았다. 큰애 교육을 잘못 시키는 것이 엄마의 책임이라며 싸웠다. 그 사이 큰애는 남자를 만나 동거했다. 두 부부는 미치도록 싸웠다. 서로 탓하며 싸웠다. 작은애는 미국으로 보내 공부시켰다. 큰애가 아기를 낳았다. 학교를 다니다 말았다. 애 아빠는 회장이 볼 때 많이 부족한 사람이었다. 그러나 그를 용서하고 자기 회사에 넣었다. 그러나 딸 부부 사이는 멀어졌다.

그때 회사들의 모임이 자주 있었고 회사 간의 교류로 출장이 많았다. 그 당시 그 새 부인이 그 업계에서 이름난 별난 여자였다. 회사는 부도 맞아 빚이 많았다. 그 여자는 이놈 저놈 가리지 않고 회사 살리려고 애썼다. 그 여자는 불량스럽다고 주변 사람들의 소문이 많았다. 그리고 뭇 남자들의 여자로 변신했었다.

그녀는 악녀였지만 회장에게는 선녀가 됐다. 회장은 선녀인 그 여자 품에서 탈출할 수 없었다. 회장은 그녀의 시종이 됐다. 회사 직원들은 미쳐 죽었다. 말 못 하는 벙어리로 그들의 관계를 지켜보며 회사를 지키려 애썼다. 시간은 흔들거리며 지나갔다. 위태하게 흔들리지만, 그런 대로 견뎌 갔다. 그 사이 전 부인과는 이혼했고 선녀가 된 여자가 새 부인으로 채택되었다. 큰애 애 아빠인 사위도 이혼하고 회사에서 나갔다.

집안은 풍비박산이 됐다. 안주인이 된 새 부인은 자기 애들인 딸 둘을 집으로 들여왔다. 회장이 출근할 때마다 딸들은

- 아빠, 다녀오세요.

- 아빠, 조심하세요.

했다. 그렇게 두 딸을 얻었다. 새 여자는 욕심이 많았다. 회장을 보면 땅을 사자, 집을 짓자고 떠들며 보챘다. 결국 회사 돈이 망가져가는 것이 보였다. 직원들은 눈살을 찌푸리며 괴로워했다. 집요한 새 부인은 집을 지었고, 그들의 안식처로 삼았다. 이제 이미 회장의 가정은 모두가 침몰되고 말았다.

지금 우리는 그 작은부인과 식사하는 중이었다. 그는 계속 자신을 드러내며 무엇인가 뽐내면서 자신의 자리를 확인하고 인정받으려는 제스처를 보냈다. 동생은 그의 이상한 몸짓을 참아내려 애썼다. 다는 그를 무시하고 공격했다. 어린 것이 어른에게 그렇게 무시하고 공격하는 모습은 보기에 안 좋았다. 나는 다를 건들면서 자제하도록 토닥거렸다. 아무래도 빨리 이 자리를 끝내는 것이 좋을 듯했다. 대충 차를 마시고 악수로서 인사했다. 짧은 호피 밍크코트를 흔들며 회장 팔을 끼고 서서히 자리를 물러갔다. 자연스럽지 못한 풍경이었다.

추운 날씨는 계속됐다. 새벽부터 동생은 출근했고, 다는 학교에 갔다. 다는 한국 음식을 좋아했다. 입에 맞지도 않은 중국 음식을 먹으니 그는

몸무게가 적었다. 전날 저녁 그는 나에게 매운 닭도리탕을 해달라고 했다. 시장에서 식재료를 사면서 나는 아주 조금 배운 중국어를 활용해서 손가락으로 얼마인가를 묻고 돈을 손바닥에 펼쳐놓았다. 그러면 식품가게 주인은 돈을 셈해서 가져갔다.

나는 아침 산책을 하고 돌아오면서 화덕에 구운 빵을 사서 집으로 왔다. 그 빵과 야채 우유로 아침을 먹었다. 대충 집안 청소를 했다. 그리고 우리는 집을 나섰다. 어느 때는 청소하고 책을 읽었다. 또 어느 때는 일찍 시내버스 길을 따라 상주의 중심가 시장으로 걸어갔다가, 그곳을 둘러보고 공원에서 쉬었다. 시내 한가운데엔 운하로 사용되는 강이 흘렀다.

강에는 긴 화물배가 밤새 줄을 이어 화물을 날랐다. 낮에도 화물배에 물량이 가득했다. 강 주변은 옛날에 이곳에서 얼마나 호화로운 무역이 이루어졌는가를 확인할 수 있는 화려한 집들이 헐려가고 있었다. 나는 안타까웠다. 아직 개발되지 않은 곳이 나는 너무 좋았다. 골목골목에서 사람들이 작은 연탄불에 새우튀김을 만들어 팔았다. 오가는 사람들과 아이들이 초등학교 앞에서 이물개 사서 먹듯이 사서 먹었다.

강을 따라가다 보면 샛강길 따라 옛날 상가들이 즐비했다. 큰길 따라 새 집을 짓고, 공원을 조성했다. 옛 가옥에는 옛날 풍물이 보였다. 그곳에 호기심이 생겼다. 우리는 왔다 갔다 하면서 하루를 보내고, 돌아올 때 지쳐서 버스를 타고 돌아왔다. 도로는 자동차와 사람이 탈 수 있게 뒷좌석이 달려 있는 오토바이와, 자전거 등이 앞다투어 달렸다.

그곳은 개발이 되는 곳과 옛 모습을 지닌 곳, 새로 개발되어 번쩍번쩍한 유리로 만든 새 건물 등이 서로 인접하여 붙어 있었다. 자동차 규율은 엉망이었다. 아무 곳이나 돌아서 거꾸로 왔고 거꾸로 갔다. 나는 길이 무서웠다. 차가 항상 마차처럼 왔고, 자전거처럼 앞에서 다가왔다. 질서가 없었다. 가끔 사고로 사람이 죽었다. 그래도 그것은 별일이 아니었다.

어느 날 밤새워 폭죽이 일어났다. 어느 집 결혼식, 혹은 새 건물 축하식이라 했다. 밤새도록 폭죽은 온 곳을 괴롭혔다. 폭죽이 터질 때마다 그곳은 공해가 됐다. TV 방송 채널은 100개가 넘었다. 아침마다 한국 뉴스 KBS를 볼 수 있었다. 다른 채널과 비교해서 한국의 허점을 엿볼 수 있었다. 어느 제약회사의 음모를 방영했다. 제약회사들은 국민의 건강을 담보로 돈을 벌었다. 특히 한국에서 고혈압 환자와 당뇨병 환자를 담보로 돈을 벌었다. 1970년대경 혈압약은 혈압이 160 이상이어야 처방되었다. 그런데 요즘은 혈압이 140 이상이 되면 무조건 복용하도록 의사가 처방했다.

외국은 고혈압 환자에게 컴퓨터상에 나타나는 혈압약 중 가장 싼 것을 권장했다. 그런데 한국은 ○병원에서 처방한 혈압 약만을 고집했다. 그 약만 환자에게 맞는 약이라고 강조했다. 그 약은 가장 비싼 약이었다. ○병원은 병원을 지을 때 제약회사로부터 거금을 원조받았다. 그래서 원조받은 제약회사의 혈압 약을 처방해줘야 했다. 이렇게 의사와 제약회사 간의 음모가 있었던 것이다. 환자는 먹지 않아도 될 때부터 먹도록 권장했고, 안 먹으면 죽을 것처럼 강조했다.

국민의 건강을 담보로 돈을 버는 제약회사와 의사들과 병원들, 그리고 그들을 감독해야 하는 보건복지부가 나는 무섭다. 그들이 오히려 국민을 죽이고, 국민을 종합병원으로 몰아넣는 것이다. 이와 같은 사실을 외국에 와서 외국의 방송으로 들었다. 한국 내부에서 일어나는 진실된 방송은 진실이 아니면서 진실처럼 말했음을 알았다. 나는 거짓과 진실을 알아야 했다. 사람들은 거짓 것에 목숨을 버렸고, 거짓 속에서 진리를 찾았다. 그리고 그것을 진리로 이해했으며, 거짓을 진리로 자신의 죽음을 가졌다.

그날은 북쪽의 청풍공원을 갔다. 대규모로 만들어진 중국의 공원이었다 규모도 크고 한없이 넓었다. 넓은 구릉지를 공원으로 만들었다. 물길을 만들고 주변에 식물을 심었다. 인공호수 겸 바다를 만들고, 모래를 가져다가 해변을 만들었다. 놀라웠다. 내륙지방에서 해변을 거닐 수 있다니? 해변을 지나 구름다리와 전망대, 기어오르는 인조 바위를 올랐다. 그곳을 지나 물과 조경이 어우러진 새로운 지역들이 계속 늘어났다.

무수히 커가는 공원 지역은 나날이 변모했다. 우리는 하루 건너 그곳을 갔고 조깅했다. 그곳에 갔다 오면 하루가 지나갔다. 가는 시간도 길었고 공원 규모가 커져서 한 바퀴 도는 것도 힘이 들었다. 그곳이 아니면 가장 중심가인 난따지 남대가를 찾아갔다. 집에서 동쪽 길을 택하기도 하고, 서쪽 길을 따라 걷기도 했다. 버스는 노선을 몰라 탈 수 없었다. 어디든 차비는 1원이었다. 우리 돈으로 170원 정도였다. 한국 차비가 천 원이었는데 그에 비해 쌌다. 일본을 방문했을 때 버스비가 이천 원이었다. 오고 가고 한 번 더 타면 6천 원이 들었다. 그 당시 6천 원은 꽤 비쌌다.

나는 상주 시내 한복판에 흐르는 강과 강 위에 떠 있는 화려한 배, 그 속에 주점이 있는 배를 보면 먼 역사 속으로 빠져 들어갔다. 찬란했던 전성기의 모습을 엿보게 되는 것이다. 그곳은 지금도 인구가 꽤 많았다. 약 450만이나 됐다. 그곳은 바닷길이 연결된 중요한 개발도시로 발전하고 있었다.

그곳에 현대중공업이 자리했다. 내가 갔을 때 현대중공업 중장비가 그 회사 전 면적을 가득 채웠다. 한 대에 최소 1억 원이라 했다. 그 회사 하청업체도 많았다. 그 많은 차는 이듬해 모두 팔렸다. 그리고 몇 년이 된 지금 불황으로 한국 기업체는 모두 되돌아와야 했다. 우리는 다리를 거닐며 산하를 구경했다. 낡은 집을 봤고, 새로운 곳을 지나며 개발되는 건물속을 지났다. 강을 따라 거닐었고, 큰 도로를 따라갔다.

난따지는 신흥 시가지로 변했다. 햄버거 집이 있었고, 커피집이 있었다. 신나는 음악이 있고, 멋진 도시형 옷들이 즐비했다. 중심가가 지루하면 다시 한길 따라 길을 걸었다. 주택가 깊숙이 들어가면 구 주택가가 나왔다. 마을 가운데 대형 느티나무가 서 있었다. 아이들이 바글바글 치고박으며 놀았다. 모퉁이는 작은 가게와 문방구 작은 구멍가게들이 잡다하게 늘어서 있었다. 오는 사람들과 가는 사람들 사이에 우리도 오고갔다.

처음에 그곳에서의 생활은 시간이 느렸다. 서울에서 삶의 시간은 빨랐는데, 상주는 천천히 여유롭게 편안한 시간이 흘러갔다. 몇 년 전 내가 갔을 때 그곳은 무척 시골이었다. 그런데 지금은 시골이 아니라 대도시가 되었다. 인공 공원이 조성됐고, 노상 상가가 슈퍼마켓으로 바뀌었다. 대형 노천 농시장 단지가 대형 슈퍼 형태의 도시형 상가로 변형되면서, 물가는 두 배로 올랐다. 그곳의 도시화가 나는 싫었다. 아담하고 순박하면서 시장 사람들과 주고받는 정겨움이 사라졌다. 차츰 그곳 사람들도 돈을 탐내가는 모습이 보였다. 어쩌다 보니 세월은 갔고, 새해가 다시 시작됐다.

공무원 퇴직 후 조용했던 어느 날 남편에게 부처의 차관이 전화했다. 그는 남편의 후배였다. 그들이 필요한 그들의 자리에 남편이 가주기를 바랐다. 며칠 동안 계속 종용했고 남편도 고심했다. 결국 그 자리를 맡기로 합의하고 한국으로 돌아왔다. 그곳은 공직과 다른 종류의 일이었다. 그곳에서 그는 공직자처럼 일했다. 그의 모토는 바르게, 성실히, 깨끗이 일하는 것이다. 그의 방식대로 운영하는 회사는 그의 생각대로 그렇게 회사가 운영됐고, 그것에 걸맞게 규모도 차츰 커져가기 시작했다.

회사가 커지면서 회사의 경영에 맞게 열심히 일하는 직원들의 혜택도 늘려주었다. 따라서 그들의 복지도 좋아졌다. 직원들은 환호하며 행복해했다. 회사가 커지면 그 계열 다른 회사는 힘든 면이 생겼다. 다른 회사들은 시기하고 질투하며 새로운 다툼으로 싸움을 걸어왔다. 그러면서 국회 쪽으로 시비를 걸어왔다. 어느 국회의원은 이 회사의 수익성 때문에 자기네 쪽으로 귀속시키려고 온갖 수작을 걸었다. 남편은 고민했다. 회사를 너무 많이 키워서 국회 쪽 사람들이 그 회사를 집어먹으려 함을 알아차렸다.

그들은 싸웠다. 먹느냐 먹히느냐가 됐다. 싸움박질은 해가 갈수록 치열했다. 그리고 어느 날 먹겠다는 국회의원이 뇌물죄로 구속됐고, 회사는 온전히 남겨졌다. 그 후 후배의 자리를 위해 남편은 그 회사를 떠났다. 평안한 마음으로 새 삶을 개척해서 마지막 인생을 마무리하기로 했다. 그러나 주위 사람들은 남편을 꼬드겼다. 어느 팔십이 넘은 선배가 자기 회사를 남편에게만 넘겨주고 싶다고 삼고초려를 하며, 남편에게 자신의 자리를 물려줬다. 그 회사는 작았다. 회사 사무실은 임대했고 융자 받아 운영됐다. 직원들은 힘들었다. 10년 넘게 월급은 제자리였다. 열악했다. 관련 업체의 도움으로 살았다. 똑같은 마음으로 그는 열심히 그 회사를 키웠다.

그것은 그의 마지막 인생 마무리를 어그러지게 만든 것이 됐다. 회사가 커지는 것은 돈과의 관련이 깊어지는 일이었다. 그곳은 돈에 관련된 돈의 세계를 만들어냈다. 그들은 돈으로 결탁했고, 그들의 힘을 키웠다. 남편도 그들 따라 돈의 힘을 만들었다. 차츰 회사는 돈의 힘을 가졌다. 빚낸 사무실이 온전히 자기들의 사무실을 낼 수 있도록 만들었다.

그렇게 시간은 흐르고 세월은 갔다. 어느 사이 회사는 반듯해졌다. 앞으로의 전망도 좋아졌다. 오래된 고집스러운 사람들이 퇴직하고, 실력 있는 새 사람이 영입됐다. 직원들의 복지도 늘렸다. 십 년 동안 묶였던 월급도 올라갔다. 직원들은 즐거워했다. 이 회사가 돈이 된다는 설이 주변에 알려졌고, 비슷한 업계들은 시기와 질투로 이 회사를 죽여야 자기의 회사가 커진다는 것에 집착했다.

주변회사는 슬슬 자기 회사의 이익 창출을 위해 남편의 회사를 법으로 죽일 방법으로 쳐들어왔다. 정치계를 영입하고 그들을 꼬드겨 회사의 비리에 집중했다. 임원진의 비리에 집착했다. 남편은 전문직 사람들을 믿었다. 자기는 경영 책임자로 임무를 다했고, 기술직 사람들은 그들이 스스로 알아서 그들의 임무를 수행하도록 했다. 그들도 인간인지라 서로 회사끼리 공조하는 단계에서 최선을 다하지 않았고, 개인의 이익에 집착해서 그 임원진은 결국 비리가 노출되는 지경이 됐다.

결국 그는 퇴직과 동시에 검찰 측으로부터 조사를 받았다. 같은 임직원도 함께 조사를 받았다. 그리고 회사에는 비밀에 부쳤다. 그들은 모든 혐의를 남편에게 돌렸다. 회장이 시켜서 그렇게 할 수밖에 없었다는 것으로. 공조하면서 돈은 돈을 불렀고, 돈은 싸움을 만들어냈다. 그래서 그들은 죄를 불렀다. 그들은 그곳을 탈출하는 데 집중했다. 가장 좋은 방법은 회장인 남편에게 책임을 물어 법으로 구속하는 방법이 됐다. 그러면 자기네 혐의와 죄가 사라질 것이다. 그들은 사람이 아니었다. 그들은 짐승으로 변해갔다. 머릿속은 온통 악으로 갔고, 악으로 옷을 입었다. 남편의 얼굴은 얼굴이 아니었다. 얼굴 속에 죽음의 그림자가 서렸다. 그는 곧 앓다. 직선적 사고가 그를 죽일 수 있는 터였다.

곧 회사 임원진을 압송했고 책임자인 남편도 압송될 것이었다. 정치계는 그동안 세월호로 잃어버린 신임을 회복하는 차원에서 깨끗한 사회 비리척결의 사회를 정립하고자 애썼다. 그들은 특감을 설치해서 검찰 측에 힘을 실어주었다. 그들은 그들의 힘을 받아서 법을 이용했다. 법 속에 그들이 원하는 자를 만들었다. 그것만이 자기가 승진하고 법의 권력을 가질 수 있었다. 그들은 난폭했다. 법 속으로 들어온 자들은 그들의 밥이어야 했다. 남편은 그들의 법 속의 밥이 되고, 고명으로 제격이었다.

그들은 남편을 구속시켰다. 그들은 심문했다. 남편은 책임자였다. 부하직원이 구속되는 것이 싫었다. 그는 그들이 말하는 죄를 자기 것으로 말했다. 박 변호사는 그를 면회 갔다. 그는 간곡하게 설명했다. 이곳에서 사나이다운 것과 남자다운 것은 당신을 불리하게 하는 것이라고. 시키지도 않은 것을 시인하지 말라고. 그들은 죄에 마땅한 벌을 받아야 한다고.

오늘은 손자가 무척 보고 싶었다.

잠자면서도 마른 침을 삼키며 손자가 보고 싶다는 생각만을 했다. 어떤 친구가 손자가 보고 싶어 비행기를 타고 미국에 갔다는 말이 실감났다. 아침에 햄을 들고 손자를 보러 갔다. 아이들이 밥을 먹었다. 손자가 나를 보자 두꺼운 공룡책을 들고 왔다. 아빠가 복사해온 책이었다. 백과사전만큼이나 두꺼웠다. 그런 것이 두 권이나 됐다. 밥을 먹으면서 카마라사우루스, 스캘리도사우루스, 코리토사우루스, 케라토사우루스, 딜로포사우루스 등을 읽었다. 동생인 손녀는 그 옆에서 '쉬야, 쉬야'를 외쳤다. 손자는 두꺼운 공룡책 이름을 다 읽어야 했다. 우리는 그것을 합창하며 다 읽었다. 이번 주말 강화도 작은집에서 만나기로 약속했다. 그리고 그들이 버린 쓰레기를 들고 집을 나섰다.

우리 집으로 왔다. 손자를 만났더니 치유가 됐다. 기쁨이 생겼고, 만날 날이 기대됐다. 남편은 손자가 좋아하는 불고기를 말했고, 나는 손자가 좋아하는 두부찜을 말했다. 분명 남편의 얼굴에 화색이 돌면서, 손자와 손녀의 생각을 머릿속으로 그렸을 것이다. 이것이 무슨 신의 조화일까? 아침에 살짝 손자를 만난 것이 그렇게 행복할 수가 없었다. 다른 어떤 것으로도 대신할 수 없는 즐거움인 것이다.

*

동생네 집을 방문했다.

처음으로 입대한 아들들이 편지를 썼다. 그중 둘째가 써보낸 편지에 나는 감동 받았다. 그들의 일상을 소상히 알 수 있었다. 나는 그들의 일상을 읽고 또 읽었다. 후에 우리 손자가 그것을 확인하고 즐거워할 것 같았다.

〈충성!〉

어머니, 아버지, 막내아들입니다. 입대하고 첫날에는 전우들하고 서먹서먹해서 시간이 정말 가지 않았습니다. 잘못된 점 지적도 당하고, 앉아 있어도 편히 앉지 못하며, 정자세로 모르는 사람들과 단체생활 한다는 것이 아주 힘들었습니다. 비록 1주일 동안 큰 훈련은 받지 않고 물품들을 나눠받고 예방접종, 정신교육을 받았지만, 적응하는 것이 쉽지는 않았습니다. 다른 훈련병님들도 저와 같이 힘들었지만, 서로 경어체를 윗분들이 쓰게 하고, 예의를 지키라 해서 서로 배려하고, 불편한 점 없이 지금까지 잘 지내게 됐습니다.

솔직히 말해서 제 생활관 분대장님들 중 너무 깐깐한 분이 계시지만, 그런 분 빼고는 전부 다 잘 대해주시고, 혼나야 될 것은 혼나며, 하여튼 다 좋으신 분입니다. 훈련소에서 세 끼를 꼬박꼬박 다 주는데, 정말 생각보다 괜찮고 먹을 만합니다. 그래서 화장실 가서 볼일 보는 것도 아무 탈 없이 잘 봅니다. 이곳이 예상 외로 깔끔한 곳이고, 샤워도 하루에 한 번씩 무조건 꼭 하게 합니다. 그리고 밤에 점호 끝나고 자게 합니다. 그런데 코 고는 사람이 많아 별 희한한 소리도 다 듣습니다. 이것과 더불어 불침번이라고 2~3일에 한 번씩 새벽에 일어나 1시간 동안 잠자는 인원을 파악하는 일이 있는데, 이 두 개가 정말 힘들었습니다.

하지만 이것들도 계속 듣고 하다 보니까 적응이 되어서 그런가 보다 하고 지냅니다. 그리고 불편한 점이 더 있다면 TV나 핸드폰을 통한 정보를 받지 못하고, 먹고 싶은 간식을 먹지 못한다는 게 힘듭니다. 하지만 신기한 점이, 남들도 다 그런 것들을 이용하지 못하고 저처럼 생활하니까, 이제는 있어도 그만, 없어도 그만, 하면서 잘 지냅니다. 저희 분대 훈련병님들 포함해서 훈련소 훈련병들이 모두 수료식을 기다립니다. 저도 그렇고 빨리 자대배치를 받고 싶습니다. 주변 전우님들이 그곳에는 침대도 있고, 이등병을 이등별로 모신다고 합니다. 하루빨리 5월 4일이 왔으면 좋겠고 수료식 날 면회 꼭 오실 필요 없습니다.

대신에 제 안경닦이 한 장이랑 방수 전자시계 하나만 사주세요. 시계 막 비싼 거는 필요 없고, 적당한 가격대의 시계를 부탁합니다. 고가의 물품은 너무 부담스럽습니다. 이 두 가지만 소포로 보내주시고, 먹을 것은 안 받아 준답니다. 보내지 마세요. 자세한 내용은 다른 종이에 쓰여 있을 겁니다. 형도 곧 입대하니까 잘 가라고 전해주고, 건강하고 행복하게 잘 있으세요. 저도 잘 지내고 있고, 앞으로 더 잘 지내게 될 거 같습니다. 편지 자주 쓸게요.

2016. 4. 3. 일요일. 충성!

〈어머니 아버지께〉

저번 주 월요일에는 집총제식을 8시간 동안 했습니다. 세워 총-위로 총-받들어 총-어깨 총-좌우경계 총 등, 다양하게 제식훈련 연습을 했습니다. 총이 너무 무겁고 날씨가 더워서 매우 힘들었지만, 평가 점수도 꽝이어서 더욱더 힘들었습니다. 그래도 저는 열심히 해서 만족하는 자세가 나왔습니다.

그다음 날 우미관에서 중대장님께서 설문지에 대한 답을 해주셨습니다. 훈련 생활 중 건의할 사항에 대한 내용을 설문지에 적었는데, 저희 중대는 이런 건의 사항을 잘 수렴해서 훈련병들한테 더 도움을 잘 주는 것 같습니다. 그리고 이날 정신교육을 하고 하루를 마무리했습니다.

북한과 우리의 관계, 북한은 적의적인 존재라는 내용이 정신교육에 담겨 있었습니다. 이날 제가 안경을 쓰고 있는 상태에서 옷을 벗다가 안경이 떨어져 테가 부러졌지만, 그다음 날 보내주신 안경 잘 받고 너무 잘 쓰고 있습니다. 선거 날 훈련이 없어서 개인 정비시간이었습니다. 그날 화생방 관련 예비교육도 하고 개인 정비 시간에 그동안 길었던 머리를 밀었습니다. 이발 관련 직종에 종사하는 훈련병님들께서 밀어주셨습니다. 생각보다 깔끔히 잘 밀었습니다.

다음날엔 화생방을 했습니다. 방독면을 처음으로 써봤는데 굉장히 답답하고 새로운 경험이었습니다. 그리고 폐쇄된 공간에 들어가 매운 가스가 주입되기까지 기다렸는데, 그때 정화통을 교체하라는 소대장님의 말에 교체를 하자, 맵고 따가운 느낌이 얼굴에 전체적으로 느껴졌습니다. 생각보다 무섭진 않고 코가 뻥 뚫려서 좋았습니다.

그리고 그다음부터는 3조준 후진과 엎드려 쏴! 자세를 연습해서 소총사격을 대비했습니다. 영점 사격이라고 주간 사격을 잘 쏘기 위한 평가가 있는데, 영점 사격을 1차, 2차, 3차, 4차 모두 불합격했지만, 오늘 주간 사격 20발에서 모두 쏴서 만발로 손쉽게 합격했습니다. 여태까지 영점 사격 때 계속 떨어져서 난 왜 안 될까 하면서 자책했는데, 오히려 평가를 계속 봐서 총을 많이 쏴봤기 때문에 이번에 잘 쏜 듯합니다.

이제 딱 2주 남았는데 건강하게 수료식까지 잘 버티고 안전하게 생활하면서 멋진 모습으로 100일 휴가 때 찾아뵙겠습니다. 편지 또 쓸게요.

2016. 4. 20. 수요일.

〈어머니, 아버지 안녕하십니까?〉

지금 벌써 2주차입니다. 전투복을 이제는 항상 입고 전투화 신고, 점호 훈련을 합니다. 저번에 소총 분해와 조립을 하고 공포탄까지 쏴봤습니다. 총이 되게 무겁고 꽤 큽니다. 이제는 방탄 헬멧에 탄피까지 매니까 정말 군인 같습니다. 초소경계, 수하교육도 배우고, 무엇이든 많이 배워가고 있습니다.

하루를 마무리할 때 푸시 업, 스트레칭, 윗몸 일으키기, 뜀뛰기 등 체력 단련을 많이 시킵니다. 신기하게도 이 덕분에 체력이 많이 늘었습니다. 초반에는 살짝 달리는 것도 힘들었는데, 이번엔 18분 동안 운동장을 돌았습니다. 10바퀴나 넘게 오래 뛰기는 제가 잘한 것 같습니다.

항상 규칙적인 생활을 하니까 적응도 되고 건강해진 느낌이 듭니다. 아침에 일어날 때 방송에서 기상이라는 소리가 나고 빰빠빠빠빠 빰빠라빠빠빠! 이런 음이 나오는데, 입대 초에는 꿈에서 내가 원래 살던 사회에서의 생활에 관한 꿈을 꾸다가, 그 기상 소리로 깨니까 꿈에서 깨면서 '아, 군대구나' 이런 한탄이 많이 나왔습니다. 그런데 최근에는 군대 생활에 대한 꿈도 많이 꾸고 기상 소리가 나기도 전에 눈이 떠지면서 '아, 언제 기상 벨이 울리지?' 이럽니다. 그리고 이불 먼저 개고 점호 준비합니다. 점점 갈수록 적응되는 거 같습니다.

그래도 소대장님한테 혼이 난 적 있는데, 그 덕에 더 잘해야 되겠다는 마음도 들고, 얼마 전에는 중대장님께서 성실하고 키 큰 몇 명을 직접 부르셨습니다. 그 중에 저도 포함되는데, 조교 할 생각이 없느냐고 했습니다. 조교가 좋은 점이 6주 동안 훈련병들을 도와주고 가르치는 대신, 2주 동안 푹 쉴 수 있어서 휴가가 80일이 넘는다고 합니다.

하지만 자기 시간이 없고 주말도 못 쉬고, 조교들은 저희들(훈련병)보다 늦게 자면서 더 일찍 일어나기 때문에 매우 힘듭니다. 저는 이게 할 짓이 못 된다고 느껴서 안 한다고 했습니다.

또 이곳을 벗어나고 싶었습니다. 그래서 헌병이나 통신병 같은 것을 할 생각입니다. 주말에는 종교 활동을 합니다. 기독교는 몽쉘과 사이다, 천주교는 빵과 커피, 그리고 불교는 햄버거, 콜라, 또는 바나나, 오렌지, 라면, 콜라를 줘서, 앞으로 불교만 갈 생각입니다. 항상 평일에 훈련을 하면서 주말 종교가 기다려지고 수료식 날도 기대가 됩니다.

이곳에 있으면서 뭔가 작은 목표가 생깁니다. 어제 토요일에는 투표를 하러 입대 이후 처음으로 사회로 나왔습니다. 예상대로 민간인들이 저희를 볼 때 거리감 있고 좋게 보지는 않는 것 같습니다. 줄 맞추어서 서 있고 같은 복장을 입고 있어서 죄수 같은 느낌도 들었지만, 밖에 있는 사람들도 보고 오랜만에 건물들도 보니까 반가웠습니다.

이상하게 훈련소 안에서 주변사람들도 좋고 중대장님도 저희 건의사항들을 항상 잘 들어주셔서 훈련소가 정이 들어, 나갔을 때 엄청 막 좋지는 않았습니다. 그만큼 군대 생활에 적응을 했고 잘 생활하고 있다고 느낍니다. 요새 허리가 아팠는데 중대장님이 이제 벽에 기대고 생활할 수 있게 해주셔서 기분이 너무 좋습니다. 제 걱정 하지 마시고 건강히 잘 계세요.

뒷장도 보십시오.

금요일 날 다른 중대에서 건물대에 생활용품과 전투복을 정리해서 배치해달라고 부탁했습니다. 왜냐하면 그 중대에 다음 주가 되면 새로운 훈련병이 들어오기 때문입니다. 마찬가지로 그 중대에서 저희가 새로 들어오기 전에 건물대에 물건을 넣어줬다고 하니까, 한마디로 서로 중대끼리 도와주며 운영되는 듯합니다.

그렇게 해서 1시간 동안 일을 한 뒤 상점 2점을 전부 줘서 좋았지만, 건빵과 사과 주스까지 주어 더 기뻤습니다. 사회에서는 거들떠보지도 않던 건빵을 이곳에서 미친 듯이 받아가며 기분 좋게 하루를 마무리할 수 있었습니다.

2016. 4. 10. 일요일.

나는 편지를 읽으며 즐거웠다. 막내아들은 진실을 말했고 그의 깨끗함을 말했다. 그 속에는 순수함이 있고 사랑이 있었다. 자신의 본성을 잘 다스리려 애썼다. 그를 통해 우리가 살아가는 삶의 방법을 전달했다. 보이고 싶은 허욕이 없어서 좋았다. 남을 헐뜯고 비방함이 없어 즐거웠다. 그는 감각으로 행복을 맛봤다. 어쩌면 삶의 진리는 가까운 곳에 있으면서 먼 곳을 찾아 헤매고 있을지도 몰랐다. 순수하고 깨끗한 것은 우주의 가장 가까운 진리가 될 것으로 보였다.

*

연휴가 계속되면 나와 남편은 집을 나섰다.

차가 밀릴 것을 예상해서 이른 새벽부터 강화도로 향했다. 복잡한 서울 시내 한복판 사거리를 지났다. 신호등에 따라 차를 타고 갔다. 연휴

첫날이라 차길은 붐벼갔다. 올림픽 대로로 진입해서 한강을 따라 서쪽으로 향했다. 강 건너 아파트가 아침 안개에 싸여 조용했다.

잔잔히 흐르는 강 빛은 부연 안개 속에서 편안하고 조용히 침묵을 지켰다. 고요했다. 서울이 이렇게 고요한 것을 느끼기는 어려운 곳인데. 강과 내가 함께 서쪽으로 함께 갔다. 어쩌다 동쪽으로 가는 차선이 보였다. 벌써 차는 가득 찼다. 틈이 없었다. 그럴 때 나는 안도의 숨을 쉬었다.

그래, 아직 우리나라는 살아 있는 거야. 그렇게 마음이 들었다. 어느 해 내가 몽마르트르 공원에 있는 누에 다리를 걸을 때 밑으로 지나가는 차선에 차는 하나도 없었다. 항상 꽉 차서 움직일 수 없는 도로에 차가 없이 양쪽 차선인 10차선 공간이 텅 비었었다. 그해 살아가는 사람들은 팍팍했다. 한강으로 뛰어든 이, 누에 다리에서 뛰어내리는 사람들이 생겼었다. 마음이 착잡했다. 이러다가 우리나라가 망하는 것이 아닐까 걱정했다. 사는 것에 집착했던 나 또한 세월에 따라 흘러갔고 나도 모르게 지나가버렸다. 그런 시절을 생각해서 나는 차가 밀리고 도로가 막혀서 사람들이 짜증을 낼 때마다 "그래! 아직 한국은 살아 있는 거야"를 외쳤다. 오늘도 동쪽으로 가는 찻길에서 나는 희망을 봤다. 아직 한국이 살아 있다고.

서울 사람들은 동쪽을 선호했다. 그런데 나는 서쪽 강화도를 사랑했다. 처음부터 그곳을 사랑한 것은 아니었다. 우리는 주말마다 산행을 했다. 가족행사로 못 가는 날은 의례 청계산을 갔다. 정상쯤에 한 스님이 바위굴 앞에서 시주를 받았다. 우리는 오랫동안 시주도 좀 하고 인사하고 지냈다. 어느 날 그 스님은 우리에게 지시했다. 길을 그렇게 가면 안 된다고. 오르는 사람과 내려가는 사람들이 부딪힌다고. 계속 우리를 스님은 관장했고 지시를 내렸다. 남편은 참을 수 없었다. 올라가는 위치가 나무뿌리로 엉켜서 자리를 지킬 수 없는 곳이라고. 내가 알아서 할 것이라고.

그 뒤부터 남편은 청계산 산행을 가지 않겠다고. 그래서 우리는 강화도 마니산을 올랐다. 꼭대기는 좋았다. 그곳은 바다가 보였다. 저 멀리 영종도 다리, 서해대교, 초지대교, 강화대교, 교동도 다리 등 섬 주위의 다리가 섬을 이어주었다. 신기했다. 희미하게 점점이 뿌려진 섬들은 흐릿한 물안개에 뒤섞였다.

길고 짧게 줄지어 선 섬들이 서로 마주보고 이웃으로 서 있었다. 동해의 파란 파도가 출렁이는 모습이 아니었다. 네모진 밭둑들이 이어진 바둑판처럼 각 져 있는 땅이 펼쳐져 있었다. 흐릿한 회색물이 땅 위를 적셨다가 물러섰다 했다. 염전일 듯도 싶고 바다를 메워 땅으로 만든 듯도 했다.

그곳은 이국적이었다. 내가 갔던 하와이와, 괌, 사이판이 머릿속에서 겹쳐졌다. 유명한 할리우드 배우들이 산다는 별장들이 해변 가의 작은 집과 한 그림이 됐다. 나는 그들과 똑같이 작은 집을 사서 그들처럼 살고 싶었다. 산과 바다를 끼고 함께 사는 모습을 그림으로 그렸다. 나도 그리 해보겠다는 생각이 들었고 내 가슴이 뛰었다. 하산하며 살아갈 수 있는 곳을 찾기로 했다. 발이 빨라졌다. 있을 것 같지 않았다. 마음이 바빴다. 없을 것 같은 마음 쪽이 강했다.

무조건 하산을 했고 알지 못하는 부동산을 찾았다. 그리고 부탁했다. 가장 작은 집, 가장 싼 곳으로 머무를 수 있는 곳을. 그 후 6개월이 되어 이곳을 찾았다. 기뻤다. 번잡한 잡생각을 버릴 수 있는 이곳이 행복한 곳이 되었다. 사람들은 이곳을 불편당으로 불렀다. 현대사회에서 필수인 TV가 없다. 그리고 되도록 불편한 것을 고집하는 곳이었다. 불편하게 지내면 고마움을 알았다. 불편함이 우리의 마음을 치유했다. 겨울은 몹시 추웠다. 몸에 옷을 칭칭 감고 자야 했다. 입에서 입김이 올라왔다. 이불 속에서 내 몸을 이불로 감고 누워 있음을 좋아했다. 어쩌다 일어나면 발이 시려 바닥을 맨발로 걸을 수 없었다.

이때 아침에 뜨거운 두부 삶은 물에 맛있는 양념장을 끼얹어 먹는 삶은 두부는 그야말로 최고의 맛이 됐다. 추울 때 금방 삶은 라면과 신 김치, 단무지를 곁들이면 이 또한 최고로 맛났다. 불편당은 나를 깨우쳐주었다. 그동안 잃어버렸던 것들을 찾게 했다. 나는 오랫동안 문명과 문화에 길들여졌다. 조금만 힘들면 불평과 불만으로 내 몸속을 그것으로 채웠다. 이제 다시 깨어나기를 바랐다. 자신을 잘 다스려보자고. 말의 유혹에 빠져, 말로 사람을 공격하여 상처를 주지 말라고. 무모한 욕심으로 상처를 내지 말라고. 자신의 본성을 잘 다스리라고. 청청한 마음으로 진실하라고.

*

세상사는 쉽지 않았다.

사람들은 자신을 드러내고 상대방을 공격했다. 자신보다 더 나은 사람들을 더 공격해서 상대방을 추락시켰다.

몸이 좋지 않았다. 책상에서 글을 쓰면 오래 버틸 것 같은데 그러지 못했다. 오히려 누워서 쓰는 편이 나았다. 어느 때는 글이 써지는 듯하지만, 어느 때 글은 나를 피했다. 글이 나에게 글이 되지 않는 날은 많았다. 빈 공간에 나와 내 속의 나를 마주하고 있어도, 나는 아무것도 쓸 수 있는 것이 없었다. 이럴 때 『칼의 노래』를 보면 내 몸속의 피가 거꾸로 솟아나는 나를 보는 것이다.

어제 신문에 개발비 명목 프로젝트로 모 기업 사장의 구속 사건이 TV 자막에 나왔다. 나는 그것을 보자마자 또 한 사람의 기업인이 죽겠구나 싶었다. 그 사실을 알게 되자 내 몸속으로 칼이 들어오듯 가슴이 아팠다. 요즘 정치계는 검찰과 손잡고 기업인들을 죽여서 난도질하는 일에 집착했다. 그들은 깨끗함을 보이고자 했다. 정치적 치적에 업적을 두었다. 그들의 결탁으로 검은 놈은 검게 죽었고, 흰 놈은 검은 옷을 입혀 검게 죽였다. 그것은 국가를 위한 일이고, 국민의 민심에 그들의 업적을 드높여 정치적 목적을 달성하고자 하는 것들이 많았던 것이다.

나는 정치적 국가가 무서웠다. 국민을 그들의 입맛에 맞추어 그들의 옷 속으로 밀어 넣으려 애썼다. 정치적 싸움으로 큰 기업은 하루아침에 침몰됐다. 나는 그들의 내막을 몰랐다. 다만 해외여행을 하다 보면 이름과 흔적들이 남아 있어서 가슴이 아렸다. 죽이지 않고 살릴 수는 없었는가를 묻고 싶었다.

하나의 기업이 쓰러지면 그 기업에 딸려 살아가던 사람들이 얼마나 피눈물을 흘렸겠는가? 우리는 그들의 진정한 배고픔을 얼마나 알고 있겠는가? 지배층의 업적과 망한 기업의 배고픔은 서로 너무 먼 거리였다. 그러면서 온갖 세금을 투입해서 살아나게 만드는 또 딴 세상의 기업은 또 어찌되는 것인지? 정치적이라는 어휘가 나라를 침몰시키지 않기를 빌 뿐이었다. 그것의 단어가 온순하고 평화적이며, 청정하기를 바라는 것이다.

6·25 이후 어느 작가가 말했다. 쓰레기통에서 성한 것을 먹었고, 썩은 것을 버렸다. 피난민들은 쓰레기통을 좋아했다. 그것은 먹고 살아날 수 있는 유일한 길이었다고. 갑자기 먹거리 파일로 날짜 유통이 지난 것을 팔았다고. 그들은 유죄선고를 받았다. 그 작가는 우리 모두가 사치를 먹고 살고 있다 했다. 썩은 쓰레기통을 먹었지만 모두가 살아났다 했다. 나는 세계적 동향이나 나라 일에 관심 없다. 단지 핵전쟁이나 6·25 같은 사건이 일어나지 않도록 정치 지배층이 나라를 지켰으면 싶었다.

우리가 똘똘 뭉쳐도 시원찮은데 자기중심적 이기심에 집착해서, 국민을 이용하여 집권하려는 자만 가득한 것이 한심할 뿐이었다. 매사를 그들은 정치적으로 이용했다. 그들은 청소를 좋아했다. 경제를 청소하고, 정부를 청소하며, 검은 것을 청소해서 하얗게 만드는 것을 즐겼다. 그들은 남이 잘살면 검게 보았고, 희게 살아야 함을 강조했고, 검은 사람을 검다고 욕했다.

그것은 그들의 시비를 조장해서 분열을 일으키고, 분열을 다시 패로 짜서 정치적으로 만들었다. 나에게 정치인은 비열하고 치졸했다. 그곳은 거짓과 헛됨을 요구하고 추구하는 곳이기도 했다. 언제부터인가 나는 관심을 버렸다. 내가 바라는 선거 열망은 이루어지지 못했다.

그들은 악의 집단으로 보였다. 아집과 욕망과 힘을 행사했으며, 국민을 농락하는 집단으로 보였다. 나는 이제 그들과 멀어져야 할 것이다. 이미 나는 땅속에 있어야 할 사람일 것이다. 나는 그들의 세계에서 진정으로 진실하고 성실하며 순수한 자세로 나라를 구할 수 있는 사람이 나타나기를 기원하는 바였다. 그리고 영원히 우리나라가 존속할 수 있도록 우리 자손들이 후손을 낳아 잘 기르도록 지원해주기를 비는 것이다.

*

어느 날 모 기업 사장은 결국 죽었다.

나는 뉴스의 자막을 보면서 죽겠구나 생각했었다. 물론 잘못한 허물을 숨겨두자는 것이 아니다. 그 기업에 딸린 식구들은 결국 우리의 국민일 것이고, 그들은 피눈물을 흘릴 것이라 생각됐다. 나는 대우그룹의 해체를 보았다. 그들의 실체에 대해 아는 바가 없었다. 다만 해외여행지 곳곳에서 그들의 유명한 모습이 존재했고, 그들의 영혼이 그곳에 있었을 때 가슴이 아팠다. 떠돌아다니는 소문에 의하면, 대우를 미국이 싫어했다는 것과 새 정부의 실세들이 그들을 밀어냈다는 것, 그 회사와 경쟁하는 회사들과 합작해서 몰락할 수밖에 없었다는 소문이었다.

틀림없이 합작품은 살리자는 데 뜻을 두는 게 아니라 죽이자는 데 집착했을 것이다. 외부 세력들이 찬성하고 정치계가 손을 들면 그것은 그들만의 업적 잔치가 됐고, 치적 잔치가 될 것이다. 오랫동안 만든 세월과 힘들은 한순간에 사라졌으리라. 먼먼 옛날의 이야기가 아닌 것이다. 가깝게 지금, 현재, 미래에도 존속되고, 존속될 일인 것이다.

*

그해 4월은 산과 들에 꽃 잔치가 벌어졌다.

하얀 벚꽃과 목련이 산과 들을 덮었다. 먼 산에서 바람이 불어올 때마다 그 꽃들은 나무에 몸을 붙이고 파르르 떨었다. 꽃들은 품속에서 나뭇가지 살을 잡고 자신을 지키려 애썼다. 그러나 한밤중에 폭풍과 비바람이 불었다. 회오리가 일면서 꽃과 나무를 휘몰아쳤다. 꽃잎은 뒤엉키면서 하얀 꽃들이 땅으로 떨어졌다. 땅 밑에 깔린 꽃잎들은 사람의 발에 밟혔고, 땅과 발이 부딪히면서 꽃잎은 사그라져갔다. 그해 그렇게 많은 작은 기업들이 치적과 업적 속에서 하얀 꽃처럼 죽어갔다. 죽은 기업의 회장과 그 기업의 가족들은 죽은 시체 앞에서 치적과 업적에 대한 원망과 원한을 가지고 그들의 죽음 속으로 들어가기를 바라는 것이다.

나는 생각을 바꾸기로 했다. 기업이든 인간이든 살고 죽는 것은 딴 세상의 이야기로. 살고 죽는 것은 우주의 존재계의 일이라고. 그들은 수학과 과학으로 풀어낼 수 없는 것이라고. 나는 풀리지 않는 것을 욕하고 싶지 않았다. 그들을 새로운 세상의 일로 해석했다. 나는 세상의 일을 수학과 과학이 아니고, 법과 질서가 아닌 세상의 흐름, 자연의 흐름, 우주의 흐름인 것으로. 내 마음은 편했다. 그대로를 받기로 했다.

모든 잡념을 떨쳐버리고자 나는 집을 나섰다. 차를 찾았다. 남편의 차는 먼지가 하얗게 끼었다. 그 위에 흰 목련 잎이 갈색을 띠고 차 위에 나뒹굴었다. 한 달째 주인이 없는 차였다. 닦아보려 애썼다. 새 똥이 덕지덕지 붙었다. 버찌 진액이 찐득찐득했다. 그것들은 차 몸에 붙어 떨어지지 않았다.

차 속에서 남편의 힘이 사라졌다. 항상 반짝반짝 빛나는 찬란한 빛을 가진 차였다. 그러나 모든 것이 사라진 어둠의 차가 되었다. 목련 잎이 사라지듯 그도 사라졌다. 차 속에 남편이 남긴 남편의 에너지는 어디에도 없었다. 내 마음 깊은 곳에서 허하고 슬픔이 올라왔다. 나는 그것을 꾹꾹 누르고 나를 추스르려 애썼다. 남편이 영원히 사라졌을 때의 영상이 그곳에 있었다. 그곳은 춥고 어두웠다. 어둠속에 헤매며, 더러운 먼지를, 더러운 허물을 벗기고자 발버둥치는 모습이었다. 나는 다시 머리를 흔들었다. 내가 깨어나려고 몸짓했다. 나는 대충 먼지를 털고 차를 몰았다. 머릿속은 텅 비었다. 내가 뭘 하고 있는지 나도 몰랐다. 차와 내가 간 곳은 남편과 자주 다니던 산 입구였다. 산행을 천천히 했다. 온갖 새들이 지저귀고 있었다. 붉은 진달래가 만발했다. 산속의 아름다움은 나에게 오지 않았다. 나는 또다시 나를 복잡한 잡념 속으로 밀어넣었다.

남편은 주변 사람들, 특히 친구들 사이에서 잘나가는 친구였다. 그들은 보이지 않는 시기심과 질투심이 있었다. 그들은 항상 남편이 경쟁의 대상자였다. 공무원이라 경제는 한참 뒤떨어지지만, 그 외의 것들은 그들이 승자여야 했다. 그들은 우리를 따라 했다. 왼쪽으로 가면 그들도 왼쪽으로 갔다. 동쪽으로 방향 틀어 그쪽으로 가면, 그들도 그쪽으로 뒤따라 왔다. 북쪽을 선호하면 그들도 북쪽을 선호했다. 우리는 서로 말할 수 없는 경쟁자가 됐다. 그런 중에 남편의 구속 사건은 그들을 영원한 승자로 만들 것이다.

그들에게 일시적인 승자의 기쁨과 친구로서의 애환이 존재했을 것이다. 그리고 시간이 흘러가면서 걱정과 근심으로 자리했을 것이다. 인간의 본능은 남의 불행을 통해서 자신의 행복을 확인하면서 안도의 숨과 함께 친구를 걱정하게 되는 것인가? 그들은 다시 우리의 어려움을 말했고, 그들의 걱정거리를 말하면서 서로를 위로하는 것이다. 그러면서 동질의 감정을 교감하고 신뢰를 주고받으며, 말로 구체적 이해를 소통케 하는 것이다.

친구 남편은 말했다. 당신의 장모님이 병원에 입원한 지 8개월 됐다고. 치매기가 있어서 요양병원으로 모셨을 때 어머니는 무척 슬프게 우셨다고. 당신도 이제 마지막임을 아셔서 그랬을 것 같았다고. 아들과 며느리, 딸들의 책임은 한계가 있었다고. 결국 요양병원으로 모셔갔는데. 정말 그네 가족들은 어떻게 마지막을 모셔야 하는지, 어느 것이 최선인지를 생각했었다고. 그의 어머니는 돈이 많았다. 당신 스스로 쓰는 병원 비용을 쓰고도 남았다. 정신이 말짱하면 당신의 통장을 확인했고, 잘못이 있으면 지적했다고. 자식들은 바빴다. 당신의 돈을 그가 원하는 대로 삶을 유지할 수 있는 최선의 방법을 찾을 수 없었다. 바쁜 날은 바쁘게 이어질 뿐인 것이다.

계속되는 시간 속에서 어머니는 사그라지고 죽음을 기다리는 존재가 됐다. 일시적이나마 자식들은 어머니의 죽음이 빨리 오기를 바랄 것이었다. 그래야 자식이 좀 더 편안한 삶이 돌아올 것이라고. 그리고 어느 날 그 어머니는 조용히 가시고 말았다. 그 어머니의 죽음이 우리에게도 똑같이 다가올 것이다.

나는 내 어머니에게 강조했다. 요양원이나 요양병원은 결코 행복하지 못하다고. 마지막까지 당신의 힘으로 당신을 지탱하다 죽음을 맞는 것이 가장 행복한 인생임을. 당신도 언젠가 그런 사실을 깨달았다. 어느 해 당신이 종합병원에서 심장시술을 할 때, 주변 노인들이 링거를 꽂고 침대에 누워서 죽음을 맞이하는 모습을 봤다. 그들은 모두가 입원한 지 1년이 넘었다. 링거만 꽂고 죽은 숨을 쉬고 있었다. 아무 의식이 없었다. 모로 누운 할머니는 뼈만 앙상했다. 그의 자식은 일용직이었다. 한 달에 한 번 올까말까 했다. 그들은 돈을 벌어서 어머니 병원 값을 댔다. 어머니는 인상을 찌그리며 그들을 봤고 함께 생활했다.

그곳은 죽어야 할 사람이 죽지 못했고, 가족을 부양할 사람들이 가족을 부양하지 못했다. 그들은 서로 이별했고 서로를 미워하며 살았다. 모두가 불쌍한 인생으로 살았고, 모두가 슬픈 인생들이 됐다. 그 후 어머니는 병원이 자신이 알고 신뢰하던 곳이 아님을 깨달았다. 어머니는 조금만 아파도 까탈을 부렸었다. 그 병원이 시원찮다고 욕했다. 그가 원하는 곳으로 찾아다녔다. 당신의 마음에 안 든다고 투정했다. 한 의사가 어머니를 욕했다. 아픈 곳을 짚으며, 내일 모레면 구십이 되는 양반이 당연히 아픈 거라고. 없는 호랑이 털이라도 삶아 먹여야 당신의 병이 낫는다고 믿을 거라고. 못된 할머니라고.

그 후 당신의 성품은 부정에서 긍정으로 바뀌었다. 노인이라도 유교적 사상으로 무조건 공경해야 하는 것은 아닌 것으로 생각됐다. 노인답지 못한 노인이 너무 많았다. 그것도 공공장소에서 그들은 막가파였다. 언어 폭력으로 무조건 나이 어린 사람들을 누르고 짓밟았다. 가끔 비슷한 동료들, 자각 있는 사람들은 말했다. 늙으면 죽어야 한다고.

어느 날 나는 국립도서관에 들렀다. 그곳엔 노인이 많았다. 어느 노인은 숨소리가 거칠었다. 또 다른 이는 기침이 심했다. 같은 노인들도 책에 집중이 안 되는데, 젊은이들이 책에 집중할 수 있겠는가를 생각했다. 그들 중 의식 없는 이는 전화가 오면 으레 큰소리로 받았다. 모두가 쳐다봐도 상관없었다. 직원이 밖에 가서 받으시라 말하면, 그는 큰 소리로 야들이 전화 받지 말란다며 야유를 하며 전화했다. 직원들이 할아버지에게 파란 도서관용 비닐 백을 밖으로 가져가면 안 된다고 강조했다. 그래도 그들은 굳이 그 속에 자기 소지품을 넣어 도망치듯 가지고 집으로 가버렸다.

친구 시어머니 나이가 95세. 평생을 지금까지 모셨다. 그들은 함께한 세월이 반백년. 어머니는 지배자. 친구는 피지배자. 어머니는 노왕비. 친구는 무수리. 노왕비 저녁 메뉴가 항상 일정했다. 캔 맥주에 스테이크.

무수리가 좋아하는 소울 메뉴는 고구마, 감자, 옥수수. 노왕비는 고구마, 감자, 옥수수가 구황식품으로. 노비들의 식사라고 먹지 않았다. 이들의 삶은 조화롭지 못했다. 세월이 조화롭게 만들었다. 그 세월은 길고 험난했다. 끝이 보이지만 끝이 없었다. 노왕비의 끝과 무수리의 끝은 같을 것이다. 둘은 끝을 잡고 끝을 향해 끝으로 갈 뿐이었다.

어느 작가의 마지막 말이 생각났다.

처음의 희망은 산을 오르지 못하더라도 서서 걸어만 다닐 수 있는 것에 희망을 말했었다. 그다음 희망은 걸어 다니지 못해도 좋다. 오로지 서 있을 수 있기만을 바랐다. 희망은 더 줄어들었다. 앉아 있을 수만 있기를 바랐다. 다시 누워 있기만을 바라는 삶이었다. 이제는 마지막으로 24시간 중 단 한 시간만이라도 고통이 없는 시간을 간절히 바라는 삶이었다 (그 시간에 그는 글을 쓰기를 바라던 작가였다). 고통이 밀려오는 마지막 삶의 끝을 설명한 어느 작가의 슬픈 말이다.

친구는 자기 어머니가 치매로 입원한 당신의 어머니 이야기를 들려주었다. 처음에 어머니가 입원했을 때, 친구는 어머니가 좋아하는 회 초밥을 사서 갔다. 어머니는 그 회 초밥 도시락을 다 먹었다. 한참 후 그가 다시 사간 회 초밥 도시락을 어머니는 반만 먹었다. 그다음에 어머니는 회 초밥 도시락을 삼분의 일만을 먹었다. 그 후 어머니는 회 초밥 도시락 중 회만 집어서 조금 먹었다. 그 후 어머니는 씹지를 못했다. 8개월째가 되는 어느 날 어머니는 위통으로 출혈이 생겼다. 어머니는 식도와 기도를 분별하지 못해서, 음식을 먹지 못했고, 몸속으로 영양분을 흡수할 수 없었다. 결국 코를 뚫어 음식물을 넣어야 했다. 갑자기 몸이 쇠약해지면서 어머니는 말을 하지 못했다. 눈만 껌벅거렸다.

그는 어머니의 코를 뚫어야 했다. 그것이 자식의 도리고 최선이라 생각했다고 한다. 그 후 그 친구는 일주일에 세 번 어머니를 방문했다. 어머니와의 대화는 껌벅거리는 눈으로 서로를 말했던 것이다. 그리고 한두 달

후 어머니는 눈을 감았다. 친구는 코 뚫는 일은 안 하는 것이 좋다고 말했다.

나는 인간의 존엄성으로 어느 것이 옳고 그른지 몰랐다. 나도 지금 그렇게 끝으로 가는 중일 뿐이었다. 정신이 맑고 투명할 때 자신의 상황을 미리 설명해놓아야 한다고 친구는 강조했다. 공증을 받아놓을 필요가 있다고 말했었다.

1) 코를 뚫지 마라.

2) 남은 재산을 어찌어찌 해라.

3) 나 자신이 자연스레 죽음을 맞이하게 해달라.

죽음 후에 재산 싸움이 일어나서 형제간 우애를 망치지 않도록 하는 것이 중요하다고 강조했다.

붓다는 모든 집착을 버리라 했다. 집을 버려라. 가족을 버려라. 내 안의 자아를 버려라. 그것만이 진정한 자유를 소유할 수 있다 했다.

나는 산꼭대기에서 햇빛과 바람을 맞고 있다. 안개와 먼지가 섞인 앞산은 회색 물감을 풀어 던진 모습이었다. 검은 경계선으로 회색 금을 따라 산 그림자를 만들었다. 자연 속처럼 인생의 삶에 대한 분기점이 있기는 할 텐데….

여기서 잠시 『법구경』을 생각했다.

진정한 스승은 산에 도달하는 법을 가르친다. 그는 결코 세상을 포기하라고 말하지 않는다. 그는 진리를 얻으라고 말할 뿐, 거짓과 싸우라고 말하지 않는다. 거짓은 수없이 많다. 그러므로 거짓과 싸우기로 작정했다면 수많은 생이 허비될 것이다. 그러나 진리는 하나이다. 진리를 얻는 것은 지금 이 순간 가능하다. 인간의 목숨은 순식간에 지나간다. 삶은 너무나 짧다.